臺灣現代詩典律與知識地層的推移

以創世紀、笠詩社為觀察核心

解昆樺 著

此書獻給

在不義的陣地中
永遠選擇前進的靈魂

目次

內文附圖

内文附表

附件　465

第一章 緒論

第一章　緒論

第一節　研究動機與目的

　　典律，文學史中一個巨大又迷人的詞彙。文學史家嘗試透過各種對過往文學歷史的記憶與言說，企圖捕捉典律的型態。聚焦於當代臺灣現代詩的場域，可以發現，臺灣現代詩典律的建構，絕對不是一個單純文學文本的欣賞問題，事實上在詩人與讀者之間，實介入了大量的歷史與社群的現象，有待研究者進行釐清與探述。

　　對此，筆者本書在研究動機上，乃是企圖以：

　　第一、在社會傳播情境中，臺灣現代詩社如何建構自身典律？

　　第二、各現代詩社典律間的差異背後，涉及哪些現代詩認知與社群意識的議題？

　　第三、在時代環境轉換下，各現代詩社典律間在交鋒過程中有何轉變？

　　以上三個問題，做為基本問題，並以創世紀與笠詩社[1]作為觀察核心，藉此探述臺灣現代詩典律建構與發展的過程。

　　若以十年為一年代單位，自1950年代到1970年代每個年代都有著代表性的詩社出現，各領其風騷，由於在臺灣1949年以後特殊的政治與文

---

[1]　創世紀詩社及詩刊成立於1954年10月，笠詩社成立於1964年6月，其詩刊物至1965年8月仍附屬於曙光文藝社當中，於1965年10月方登記成功。

化傳播情境影響下，詩社構建幾乎成為臺灣現代詩史重要的傳統。詩社以群體的力量對臺灣現代詩壇進行詩典律與文化衝擊，也使得詩社在臺灣現代詩史中佔據著主導的地位。詩刊風起雲湧的狀況使得詩壇好不熱鬧，誠如李瑞騰所言：「詩社為詩人之所集結，最初可能只是因為情誼相通，詩觀相近，其後卻可能因切磋詩藝而產生衝突，可能因內聚力太強而生排他性，可能因爭詩壇地位而論戰連連，詩史因此也是一部詩論爭史。」[2]「詩社史」當然不等於「詩史」，但詩社史卻突顯了臺灣現代詩史中的典律衝突史。

這部臺灣詩社典律衝突史可濫觴於日治時期鹽份地帶詩人群對風車詩社的批評，在1950年代則有現代詩社與藍星詩社間的對抗。1960年代隨著創世紀詩社繼承紀弦現代派精神，以及笠詩社的崛起，則進入創世紀詩社與笠詩社的交鋒階段，且對抗的層次更趨於全面。

因此本書以創世紀與笠兩詩社作為討論比較的對象，背後考量絕非只是因為兩詩社詩刊在營運上的歷時長久。而是兩詩社跨越1960年代至今，在面對社會傳播情境中，政治文藝審查制度、商業營利機制的規範與排擠所建構之詩典律，各具有其詩美學的典律意義。且在當代臺灣詩史中，兩詩社並實際且頻繁地發生互動交鋒的現象，更值得藉此細部探究臺灣現代詩典律內部中衝突與融合的問題。為求陳述三個問題在論述上的必要性，以下筆者嘗試針對本論文的三個核心問題，作進一步的說明。

中國五四新文學運動在發展上，有別於之前中國文學運動，大量運用新聞報刊與雜誌等傳播工具，作為推廣文學理念的新模式。中國五四新文學運動後，無論是大陸還是臺灣的新文學發展運動，幾乎都是依循著「媒體＋理念」的傳播模式，掀起一波波文學風潮。因此對於新文學之文本（text）的分析，實必須建立在社會傳播情境之上。

---

[2] 李瑞騰，〈前言——寫在「詩社詩選檢驗」專輯之前〉（臺灣臺北：《臺灣詩學季刊》第20期，1997年9月），頁8。

　　可以說所有的文學活動，都是以作家、書籍和讀者的參與為前提，文學創作者、作品及讀者藉著一套兼有藝術、商業各項特質，而又極其繁複的傳播操作，將一些身份明確的個人，和一些常無從得知身份的特定集群串連起來，構成一交流圈[3]。特別是在臺灣現代詩史中，詩人們往往有集團化的匯集現象，除各自糾集有同樣詩歌理念的詩人成立詩社外，更編輯詩社所屬的機關刊物，以詩社集團為單位在文學公場域，乃至於社會公場域中進行文學傳播。

　　詩社詩刊本身不僅限於同仁投稿，更大量接受外稿，例如《創世紀》第1期（1954年10月）稿約第一條即明言：「本刊為一純新詩雙月刊，園地公開，竭誠歡迎投稿，凡未發表的創作新詩、詩論、詩評、譯作等均所歡迎。」[4]。各詩社的詩刊表面看來對外完全開放，但事實不然。包括《創世紀》與《笠》在內，臺灣各詩刊初創之際，由於因為詩刊之人員架構、知名度，以及經濟基礎等條件尚未站穩腳步，為吸收投稿者稿源以及讀者的參與，編輯審稿難免因而較為寬鬆[5]。但是一旦詩社詩刊基礎穩固後，各詩社往往透過編輯以及編輯委員[6]等人員，進行投稿詩作的篩選，形成了守門人（gatekeeper）的審查機制。特別是《笠》乃建立對先前各詩社詩刊的反省上，因此為確立客觀的詩批評與研究機制，吸收了日本詩刊《詩學》等刊物的詩作合評模式，對於詩作

---

[3]　Robert Escarpit，葉淑燕譯，《文學社會學》（臺灣台北：遠流，1990年），頁1。

[4]　《創世紀》第1期（1954年10月），頁29。

[5]　在筆者訪談張默創刊初期問題時，張默即表示：「一開始早先的創世紀詩人的習作都能刊登在《創世紀》上，但是之後不一定每個人都能刊登，就要看作品的質了，坦白說11期之前，《創世紀》還不能跟，《藍星》、《現代詩》比，從11期開始才能跟《藍星》、《現代詩》並列，主要是作品的質提高了。……《創世紀》前十期同仁不多，在11期之後，同仁開始多了，為了維持高水準，大家都盡量創作好詩，這是必然的現象。」，見解昆樺，《心的隱喻：文學場域中知識份子的書寫意識》（臺灣苗栗：苗栗縣文化局，2002年），頁246。

[6]　例如《創世紀》第10期（1958年4月）列有編輯委員名單：王嵐、金刀、林間、洛夫、葉舟、葉笛、張默、瘂弦，以後第11、16、18、19、20、51、52、68、75期，皆有列出不同的編輯委員。

篩選更趨嚴密[7]。儘管各詩社詩刊的篩選標準，表面上奉行取優捨劣的法則，但背後實牽涉了該詩社所認同的現代詩美學典律之問題。各詩社透過詩刊編輯進行這樣現代詩典律的把關，無疑地在詩刊傳播之際，也同時建立以自身詩社為中心的影響圈。

不僅如此，隨著現代詩運的發展，現代詩的文本成果也日益豐碩，使得各種型態的現代詩選[8]相繼出現，各大文學獎中現代詩也逐漸與散文、小說兩文類鼎足而三。無論是詩選還是文學獎，各詩社重要詩人往往參與其中的評審作業，更使得各詩社美學典律的影響圈，從自身詩刊領域跨越到公共文學場域之中。這個傳播影響圈對讀者以及創作者兩者發揮了重要的影響作用，在讀者（特別是剛進入現代詩閱讀領域者）方面，詩社典律對讀者有著文學教育作用，影響讀者對現代詩文類的初步認知；在創作者（特別是有發表慾望的創作新手）方面，詩社典律對讀者有著文學規範作用，影響創作者在自身現代詩書寫時，對創作題材與手法的抉擇。

以體認各現代詩社影響圈由建立到擴散的傳播現象為基礎，筆者嘗試點出本書第一個問題：「在社會傳播情境中，臺灣現代詩社如何建構自身典律？」在探述上的迫切性及探述上的後續進路，即：對於臺灣現代詩社自身詩典律的掌握，必須透過該詩社對於機關刊物、詩選、詩活動等傳播活動進行勘查，方能具體建構該詩社之詩典律。

---

[7] 例如《笠》第7期（1965年6月）對於詩作合評詩作的編審特刊有說明：「本期於四月三十日截稿，計收詩創作五十六首，經編輯室執行初選二十八首後，以無記名方式，謄抄數份，分寄北、中、南部編輯委員，以優二分，良一分，不採取零分之方法，評分複選後寄還編室統計，錄用八篇，再以無記名油印分送北、中、南三地舉行作品合評。」

[8] 包括詩社詩選（如瘂弦等主編，《創世紀詩選》以及趙天儀、李魁賢、李敏勇、陳明臺、鄭烱明主編，《混聲合唱——笠詩選》等）、年代詩選（如張默、瘂弦主編，《六十年代詩選》以及郭成義主編，《當代臺灣詩人選》等）、年度詩選（如張默主編，《七十一年詩選》以及李魁賢，《一九八二年臺灣詩選》等）、區域詩選（洛夫、李元洛主編，《大陸當代詩選》及白萩、陳千武主編，《亞洲現代詩集（第五集）》）等各種型態的詩選。

　　以此進行深入探述，必然引發各詩社典律間的比較問題，特別是自胡適提倡新詩運動以來，新詩與現代詩可以說一直在創作與論戰中建構自身的價值。聚焦於臺灣文學場域，1924至1925年張我軍於《臺灣民報》先後發表諸多評論[9]，批判臺灣舊詩壇，引發了新舊文學論戰。由此帶出的舊詩論爭，主要焦點僅集中在白話口語創作文學的可能性上，基本上還不具現代性的意義，但卻開啟後續新舊詩論爭的序幕。隨1924年4月，謝春木以筆名「追風」於《臺灣》第5年第1號發表〈詩的模仿〉四首日文短詩，開啟了臺灣新詩創作的起點，此後臺灣新詩便分別以中文與日文兩個語言系統進行發展。特別是1935年6月楊熾昌（筆名水蔭萍）成立「風車詩社」與發行《風車》詩刊，以及張彥勳、朱實等人組織「銀鈴會」[10]與發行《緣草》[11]後，可以發現臺灣新詩已開始逐漸透過日文轉譯的世界作品，吸收法國超現實主義等現代主義養分，慢慢展現現代性的主知特質。

　　隨著政治環境的轉變，1949年大陸省籍的詩人隨國民黨政府遷台，使臺灣現代詩的發展更為蓬勃。1956年2月1日紀弦發表〈現代派六大信條〉引發現代詩的各種爭議，也正式展開戰後臺灣現代詩史的序幕，其中以紀弦與覃子豪間的論戰[12]最為矚目。此次論戰突顯現代詩在「主知

9　〈致臺灣青年的一封信〉（見，《臺灣民報》2卷7號，1924年4月6日）、〈糟糕的臺灣文學界〉（見《臺灣民報》2卷24號，1924年11月21日）、〈為臺灣文學界一哭〉（見《臺灣民報》2卷26號，1924年12月21日），〈請合力拆下這座敗草叢中的破舊殿堂〉（見《臺灣民報》3卷1號，1925年1月1日）、〈絕無僅有的擊缽吟的意義〉（見《臺灣民報》3卷2號，1925年1月11日）、〈絕無僅有的擊缽吟的意義〉（見《臺灣民報》3卷2號，1925年1月11日）、〈新文學運動的意義〉（見《臺灣民報》67號，1925年8月26日）。

10　1944年時已加入了詹冰、林亨泰、蕭金堆、錦連等人，而詹冰、林亨泰、錦連後來更是笠詩社的創社要員。

11　此油印刊物後改為《潮流》，持續至1947年。

12　此次紀弦與覃子豪間的論戰，覃子豪發表有〈新詩向何處去〉、〈關於『新現代主義』〉，紀弦則發表有〈從現代主義到新現代主義〉、〈對所謂六原則之批判〉諸文。

／抒情」、「西化／傳統」上的爭議，這樣的相關議題在往後臺灣文學發展過程中，也一直被反覆提起討論。

紀弦與覃子豪間的論戰甫歇幕，1959年11月20日起一連四天，言曦又於《中央副刊》發表了〈新詩閑話〉，引起藍星詩社重要詩人余光中等人撰文反擊，主要的焦點仍在現代詩「西化／傳統」的問題上。但1959年7月1日蘇雪林於《自由青年》發表〈新詩壇象徵派創始者李金髮〉，又引起1959年8月1日覃子豪在《自由青年》撰〈論象徵派與中國新詩〉反駁。此次論戰正式點出現代詩在1950、1960年代語言晦澀，以及小眾化的問題，在論戰型態上可視為詩壇對非詩人批評的抵抗與澄清。

在1970年代，關傑明於1972年在中國時報「人間副刊」接連發表的〈中國現代詩的困境〉[13]、〈中國現代詩的幻境〉[14]。與1973年8月唐文標於《中外文學》第2卷第3期發表的〈僵斃的現代詩〉，及《文季》創刊號發表的〈什麼時代什麼地方什麼人？〉，又引起了一波現代詩論戰。此次論戰乃是聚焦於對現代詩現實性與時代性的探討，在性質上，也可視為1977年鄉土文學論戰的前奏。

可以說，文學論戰的發生乃是不同文學觀間有意圖的擦撞，這也正是筆者點出本書第二個問題：「各現代詩社典律間的互動背後，涉及了哪些現代詩認知與社群意識的議題？」的思索進路。從以上臺灣文學史中詩論戰的檢討看來，可以發現在臺灣文學場域中，每當新的文藝思潮興起時，詩文類往往是率先被檢討的對象。在一次次的現代詩論戰中，被詩壇外的文學界人士意圖污名為邊緣與異端的現代詩人，除了必須不斷創作出實際作品外，更需要透過論戰確立現代詩在創作上的價值。

然而值得注意的是，捨去現代詩壇外對現代詩的誤解不談，詩壇內各詩社集團各據其詩觀互控異端的現象，其實亦屢見不鮮。這樣的狀況，濫觴於戰前鹽分地帶詩人與風車詩社詩人間的對抗，1950年代現代詩社紀弦與藍星詩社覃子豪間的對抗承其緒，而在1960年代以後，則

---

[13] 該文發表於1972年2月28至29日之中國時報「人間副刊」。
[14] 該文發表於1972年9月10至11日之中國時報「人間副刊」。

以創世紀詩社與笠詩社間的對抗為代表。事實上，比起1970年以前詩社集團間的對抗，筆者認為創世紀詩社與笠詩社間的對抗，其爭論議題實更為全面，整體統合了1970年代以前現代詩論戰中，「主知／抒情」、「西化／傳統」、「晦澀／明朗」、「純藝／實用」四大主題，並做了縱深發展。

　　進入史實的探勘，可以發現創世紀與笠兩詩社間的對抗，在笠詩社創刊初期便已可見到零星的批評砲火，例如白萩於《笠》第2期（1964年8月）發表之〈魂兮歸來（一）〉[15]與柳文哲（趙天儀當時筆名）於「詩壇散步」專欄談洛夫詩集《石室之死亡》[16]等，皆已對創世紀詩人做了長短不一的檢討。但是真正點燃兩詩社對抗的，則是在詩選的爭議上，隨著傅敏（李敏勇當時筆名）於《笠》第43期（1971年6月）中，發表之〈招魂祭——從所謂的一九七〇詩選談洛夫的詩選之認識〉一文，正式引爆。1972年1月，洛夫於其另外主編之《中國現代文學大系》第一輯詩選序中予以反擊，此後兩詩社之對立狀況更越趨於明顯。

　　兩詩社在詩選上爭議的原因無他，誠如前文所述，乃涉及了編選標準背後的典律問題，是以筆者在本計畫第二個問題中，試圖觀察詩社典律間的互動背後，所涉及之「現代詩認知」與「社群意識」議題。

　　在「現代詩認知」部分，由於創世紀與笠詩社之間，在現代詩精神大體呈現「實驗前衛」與「寫實批判」的差異，促使創世紀與笠詩社在

---

[15] 白萩於該文寫到：「『毒玫瑰』瘂弦小姐出來賣唱以後，因其風華絕美，而骨子裡放蕩不羈，引起多少王孫公子，戀戀其後，為其跳火坑，為其端盆水，誠尤物也。視之今日詩壇，多少憫憫，多少蒼白虛弱，在「深淵」中多少呻吟。亦禍端也。」見《笠》第2期（1964年8月），頁13。

[16] 柳文哲（即趙天儀）於該文寫到：「我們從六十四首十行詩中，發現作者外在的形式頗為整齊，無形中使作者所欲追求的由內而外的投射，失去了更為多樣的變化，況且作者所表現的意象都較屬於隱喻和暗示，所使用的語言都較傾向於沈重和堅硬，也許這是作者受了哲學思想的影響，雖然那些哲理深化了作者的感受，但是作者並沒完全做到深入而淺出。」見《笠》第6期（1965年4月），頁53。

現代詩詩語特質上，呈現「晦澀跳躍」與「明朗直接」的對比差異。至於如何更細膩地把握其中的質地與演變，則須透過對兩詩社之詩刊及相關的詩選之編輯理念，進行深入地分析比較。

在「社群意識」的部分，由於1949年以來時代的動盪，促使臺灣匯集了不同的社群。早期的創世紀與笠詩社彼此間，恰好正呈現了「軍旅詩人」與「本省籍詩人」的身份劃分[17]，他們雖然同樣面臨了1950至1970年代政治氣氛、戒嚴法令與國家文藝審查制度等，種種特殊的傳播情境之限制，但是因為社群身份以及經驗不同使然，他們遭受到的挑戰以及回應開解之道也有所不同。

1895年以來，大陸與臺灣間政權斷層形成，臺灣脫離中國大陸政治系統正式進入日治政治系統，隨後的光復、二二八、國府遷台、白色恐怖，使得詩人飽歷家國版圖的變遷、戰爭流離的經驗，與身份認同的曖昧，大部分的詩人都不是追求純藝的動物，他們無法不去面對時代脈動的衝擊（干擾）。他們所凝視的風景，除了自然，還有自我與人世，他們不僅體察自然的美感，更體察自我與人世的悲劇。用以凝聚詩社精神的，除了詩觀，有時更是詩人彼此對族群身份的認同，身份認同有時更使他們得以超越彼此間對藝術理念的執著與差異。於是，臺灣詩社，遂呈現一種群化的分類。此一群化差異，既是詩觀的，也是族群的、身份的，甚至是政治的，自然這也內蘊形成了集體記憶的不同模組。

以創世紀詩社的軍旅詩人為例，他們受到軍中嚴密制式化的管理，再加上本身由大陸遷移到臺灣的生命經驗，使其社群在1970年代中期以前呈現以下特質：

第一、期望透過詩作書寫來傳達內心鄉愁與飄盪的苦悶，但由於深處軍中，使得他們必須使用晦澀隱喻的手法予以規避，例如洛夫的組詩

---

[17] 這樣的劃分主要以兩詩社創社之初，其主幹詩人的身份特質而言，不可否認隨著兩詩社的壯大，詩社內的成員型態也會有所轉變。此外兩詩社創社之初，所以造成這樣類型身份相同的詩人匯集，主要還是牽涉到發起人本身文學交遊圈的問題。

〈石室之死亡〉便是藉此傳達其反戰思想[18]。而自1959年4月《創世紀》第11期起，創世紀開始轉向強調詩的「世界性」、「超現實性」、「獨創性」和「純粹性」，大量吸收超現實主義等現代主義文藝思想後，更使得他們認為必須藉此書寫方式，方能深度探掘傳達內心複雜的情緒。

第二、在當時政治與文藝政策下，他們儘管不認同反戰文藝的文學書寫，但是對於在臺灣建立中國文化以及文學的正統，卻有著使命上的自覺，這可以從其創刊第1至第10期所提倡的「新民族詩型」看出。然而在這樣的口號號召下，真正有所成果的作品其實不多，反倒吸收了不少類同於反共文藝的作品。

第三、他們來台之初，對臺灣本身歷史背景其實認識不多，使得他們在體察臺灣現實社會時，著重於探討此時臺灣逐步現代化的社會現象，以及現代人的失落感與苦悶處境，這也正與存在主義的文藝思維有所符合，例如瘂弦的〈深淵〉便投注了這樣的關懷。

第四、由於強調繼承中國新文學傳統與民族正統，以及吸收西方各種現代主義文藝思潮，特別是加上創世紀社中詩人們，普遍經歷過1960年代現代詩論戰的洗禮，使其社中詩人詩歌呈現複雜姿態，各有其不同的融合與聚焦。

就笠詩社本省籍詩人部分而言，由於本身擁有日據殖民統治與文化影響，以及重新接受國民政府治理（特別是1949年以後）等複雜的社群經驗，使得其社群在1970年代中期以前呈現以下特質：

第一、由於他們都出生在日據時期的臺灣，在日本統治下，本身日常會話雖夾雜使用閩南話、日語與北京話，但書寫語言主要使用日文。因此當1945年3月23日「臺灣調查委員會」[19]公布「臺灣接管計畫綱要」，針對臺灣文化政策之第四條、第七條分別明確指出：「接管後

---

[18] 洛夫此時深處在八二三砲戰的金門前線，組詩〈石室之死亡〉乃其躲在壕溝中撰寫，其反戰思想在此時前線自然是一大禁忌。

[19] 「臺灣調查委員會」乃蔣中正於1944年4月17日在中央設計局內成立之單位，統籌規畫收復臺灣的事宜。

之文化設施，應增強民族意識，廓清奴化思想，普及教育機會，提高文化水準。」與「接管後公文書、教科書及報紙禁用日文。」[20]後，他們隨即陷入無法創作的困境，使得他們必須嘗試重新學習以中文進行創作。

第二、在傳播情境上，由於他們必須重新學習使用中文進行創作，以及國民黨政府播遷來台之初的刻意打壓，使得省籍詩人在1950、1960年代陷入發表困境。但他們仍不斷嘗試進行結社與辦刊物，1964年吳濁流創辦《臺灣文藝》，刺激鼓舞了陳千武、趙天儀、林亨泰、李魁賢、杜國清等十二位本省籍詩人創辦笠詩社的意願。可以說他們所親歷的傳播困境，促使他們自身的社群意識更為強烈。

第三、他們從日據時代跨越到國民政府時代，本身不僅止於接受中國五四新文學的養分，更繼承了臺灣自身新文學的傳統。因此對於現代詩史的探索，比起創世紀詩社甚至其他現代詩社，他們更早在臺灣與大陸兩個方面，進行雙管齊下的勘查[21]，如在《笠》第33期（1969年10月）即同時刊載吳瀛濤〈臺灣新詩的回顧〉[22]、趙天儀〈中國現代詩研究〉[23]兩文，除在編排上並舉意味濃烈外，也呈現他們對現代詩史的關注層面。

第四、他們所觀察體認的臺灣現實社會，富有歷史背景。特別是他們自身存在日據時期、國民政府接收臺灣時期，臺灣社會（人）遭受壓抑的記憶，使得他們詩作不止寫實，更帶有批判性格。

透過以上簡述對比，可大略點出創世紀與笠詩社及其成員，在現代詩語言和背景上的差異，其中在社會傳播情境、成員社群意識上，

---

[20] 陳鳴鐘、陳興唐主編，《臺灣光復和光復後五年省情》（大陸南京市：南京出版社，1989年），頁49-51。

[21] 在1970年以前，創世紀詩刊之「新詩史料」專欄，僅有瘂弦選註，〈廢名詩抄〉（第23期，1966年1月，頁4-7）、〈朱湘詩抄〉（第24期，1966年4月，頁60-67）、〈王獨清詩抄〉（第25期，1966年，頁51-55）。

[22] 《笠》第33期（1969年10月），頁39-46。

[23] 《笠》第33期（1969年10月），頁47-51。

其實仍需要進行更翔實地處理。特別是由於兩詩社成員人數眾多自成隊
伍，部分成員甚至與其他文學刊物或報章副刊互有關係，例如：笠詩社
詩人曾貴海為《文學臺灣》社長、瘂弦曾執掌《聯合報副刊》編輯等，
使得兩詩社的傳播影響圈更為擴大，更易於傳播自身詩社的詩典律。當
然部分成員也任職於學術界與教育界，例如：創世紀詩人葉維廉、游喚
等，笠詩社詩人趙天儀、杜國清等，一則能以學術論證自身詩典律的正
確性，一則藉擔任學校現代詩教學課程進行教育傳播。此外，兩詩社也
各自與特定的出版社有良好的互動關係，例如：創世紀詩社與爾雅出版
社、大業書店[24]，笠詩社與春暉出版社、前衛出版社，詩社與出版社之
間，可說互有供需，無形中也使詩社的傳播系統更為穩固。

　　兩詩社雖各有其傳播資源以利擴張典律影響圈，但是彼此之間卻非
全然對抗關係，這也引出本計畫第三個問題，即「在時代環境轉換下，
各現代詩社典律間在交鋒過程中有何轉變？」針對這個問題進行探討，
以發現兩詩社了交鋒外，實有更多的交流，也突顯兩詩社典律的發展與
互動，實具有相當階段性。具筆者目前觀察發現有以下兩種交流類型：

　　第一、透過「中介性質」詩人進行交流：兩詩社間其實兼有具「中
介性質」的詩人，例如林亨泰、白萩、李魁賢、簡政珍、楊平[25]、張國
治等，他們不僅於自己的詩刊中發表詩作與論文，同樣也跨足到對方詩
刊進行發表。這樣通過雙方詩刊守門人篩選機制的發表行為，表示兩詩
社在詩觀典律上，的確有彼此共同認可的地帶。

　　第二、透過詩壇聚會進行交流：兩詩社並非完全不相往來，事實
上由於同在詩壇活動，而有著許多相互碰面的聚會，這些聚會無論私下
交遊活動或公開討論活動，都是雙方對話溝通的機會。對於私下交遊活
動，自難一一察證，但是公開的討論活動卻因有相關的會議記錄，使得

---

[24] 大業書店目前已結束，但其曾幫助創世紀詩社發行《六十年代詩選》、《七十
　　年代詩選》等出版物。
[25] 簡政珍與楊平屬於創世紀中壯世代詩人，也分別執掌過創世紀的編務，他們在
　　笠詩刊的發表活動，呈現了中壯世代詩人的哪些特質，值得後續仔細探討。

筆者可以具體觀察雙方典律間的對話，這樣的對話也是雙方交鋒與交流的重要管道。

屬於公開討論活動的部分，具筆者目前收集的資料加以觀察，可概分為以下兩種型態：第一、詩作合評，乃針對詩人詩作進行的討論會，例如洛夫參與過《笠》第6期（1965年4月）的作品合評，岩上參加《創世紀》第48期（1978年8月）之「談詩小聚」談碧果作品[26]等。第二、主題座談會，針對某些主題舉辦的公開討論會，其中特別以1983年5月1日笠詩社、自立副刊主辦的「藍星、創世紀、笠三角討論會」最具代表性，會中創世紀詩社與笠詩社主要成員發表彼此詩社的看法，值得後續深入的探討。

事實上，正如「藍星、創世紀、笠三角討論會」中張默直陳：「笠的詩風，強調現實性、鄉土性沒有什麼不好，但是希望能容納各種風格，不要有排他性。」[27]以及李魁賢表示：

> （一）提及詩社，當然不可能涵蓋全部成員，只能提及大部分同仁比較顯著的特點，（二）提及某一詩社有某一特點，並非意指其他的詩社沒有該項特點，否則會陷於兩刀論法的弊端。……超現實主義能否經由融會理解產生中國的超現實主義仍然值得做一反省。但是，它比較重大而能給我們營養者應是在反面思考上，假如不能明確地抓住反面思考的要點，則我們所學到的會成

---

[26] 見蕭蕭記錄，〈「談詩小聚」實錄之二：一隻未被閹割的抽屜——談「碧果」作品〉（《創世紀》第48期，1978年8月），頁76-85。其中岩上直陳：「十多年前，有些碧果的詩我看不懂，現在仍然看不懂……為何不懂？我認為他把一些意象切離得太遠，所以讀者必須加入很多想像，如果想像不準確，就易造成牽強附會；造成偏差。」（頁82）討論會最後碧果則發言：「剛才大家對我們的作品有所指正，這就是我們聚會談詩的初衷，可以做為今後創作的修正參考。岩上提到時多年前不能讀懂我的作品，近一兩年能感受到我的詩味，我們這次舉辦座談會，也就是希望知道朋友對我們的詩的看法怎樣。」（頁84）。

[27] 見笠詩社，〈藍星、創世紀、笠三角討論會〉會議記錄（《笠》第115期，1983年6月），頁7。

為浮面的，創世紀本身至少在語言上的實驗，對推動中國現代詩
有相當的功勞，我想，此點應給予肯定。[28]

可以說，隨著政治時代與傳播情境的轉變，特別是歷經1970年代關
唐事件引起的現代詩論戰、鄉土文學論戰後，檢討現代主義、發揚鄉土
文學的文藝思潮成為主流。兩詩社在1980年代的彼此交鋒也趨於緩和，
儘管兩詩社之現代詩典律仍然各自有其據守的美學底線，但是彼此的交
流以及融合是顯而易見的。

第二節　典律概念之界義

典律（canon）一詞，源於西方古希臘文kanon，其原意為測量儀器
的「葦桿」或「木棍」，後引申為「規則」與「法規」之意。典律作為
文學場域的討論術語，乃受到西方基督教神學家對《聖經》崇揚的啟發，
由於早期基督教徒為確信真理為何，因此將《聖經》視為一種真理典
律。[29]基督教宗教領域中的《聖經》典律，關心的乃是教義真理的表現與
規則，及如何作為思想純正性的標準等問題。但卻啟迪了文學研究者，
使得他們開始援引典律此一術語，檢視文學史中所謂的經典文本，是如
何透過如同基督教徒崇揚《聖經》的過程，而成為具準則意義的典律。

因此對於文學典律形成的理解，便成為典律研究在方法論上的切
入點，因為對文學典律形成模式的理解，往往影響文學研究者如何實際
在文學討論中，對文學典律一詞的操作。而筆者認為典律所以在文學史
中，成為一種被尊崇的文學範式，其最基本的運作模型，筆者將之圖繪
於下頁。

---

[28] 同前註，頁8。

[29] 對於基督教《聖經》典律更詳細的運作問題，可參考Frank Lentricchia & Thomas
McLaughlin編，張京媛等譯，《文學批評術語》（中國香港：牛津大學，1994
年），頁319。

　　典律的形成過程，可稱之為典律化（canonization）。從該圖可以發現，其主導權，乃是在於審核者身上。典律是審核者所預存的文學藍圖，他透過審核文本的種種手段（包括批評、獎勵等等），完成典律的具象化，並經由種種管道達到其典律的散播。所謂的審核者並不單止於個人，有時甚至代表的是龐大的組織，這個組織可能是一個文學社團，也可能是一個學院學派，甚至可能大到是一個政府機構。因此，典律研究可說是一種傳播效度的研究。審核過程既是一個依據典律進行的檢調排他的過程，所以傳播效度的大小，往往與審核者在文壇上的權威，乃至於社會政治的權力息息相關。

　　文學史中典律具現的形態，最常以文本聚集的方式出現，即我們經常可見的各種文學選本。例如西方《亞歷山卓典籍》（Canon d'Alexandrie）便是摘取古希臘史詩等文類作為典律，中國的《昭明文選》、《唐宋八大家文鈔》，皆是如此。聚集在選本裡的文本，為審核者發出典律之聲，並成為審核者心中那份典律藍圖的鐵證。這些文學選本的編選者，如果未在選本中吐露其編選理念與品味，那麼讀者、研究者便得在眾多被選入的文本中，尋找其在精神、內容、技巧上的同質性。這時選本中的典律方才能浮現，只是其典律形態，隨著讀者與研究者各自的差異與著重點的不同，而顯得較不穩定。但是大多數的狀況是，編選者（即審核者）總會在選集中，將所欲以傳達的典律，透過「露骨」地對文本直接批評意見，或在前言、後序的總評說明中，概念式地呈現其典律主張。

　　特別是以詩選呈現典律的例證，在中國古代文學史中，可謂不勝枚舉，其中又尤以明、清兩代為盛。[30]而在臺灣現代詩史，創世紀詩社在1960年代運用《六十年代詩選》、《七十年代詩選》詩選方式，更是影響臺灣戰後詩壇中，現代主義典律生成的重要選集。

---

[30] 例如竟陵派鍾惺、譚元春所編之《古詩歸》，所突顯的幽深孤峭；王士禎所編之的《唐人萬首絕句選》，所呈現的尊唐以及神韻說特質；沈德潛所編之《古詩源》，重盛唐與格調之說。

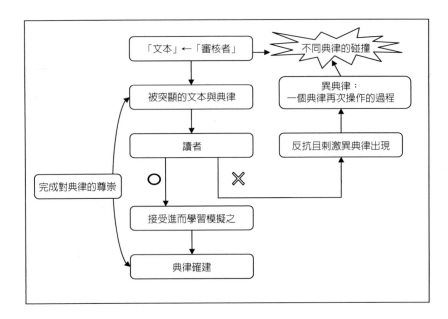

附圖1：文學典律運作模型圖

不過，當然也有「逆向」操作的典律生成形態。即先建立預先原則與目的，透過一些策略，刺激文本的出現。例如唐代律賦的生成，還有清代八股文取士等等的案例，都是如此。而臺灣1950年代由政府所推行的反共文藝，以廣泛的政治力量深入文學體制，除消極性的管制作品外，更運用相關獎勵政策刺激[31]合於其政治典律的作品出現，則可說是新文學部分的最佳範例。

---

31 張道藩等人於1950年3月1日組成的中華文藝獎金委員會，便是官方的文藝獎助機構。而該委員會所設立「五四文藝獎金」、「元旦獎金」、「國父誕辰紀念獎金」、「雙十節獎金」，其目的正如其「徵求文藝創作辦法」中所指作品應「以能應用多方面技巧發揚國家民族意識及蓄有反共抗俄之意義者為原則。」。而所徵選得名之作品，多能合於其典律原則，例如1951年五四文藝獎金新詩類第一獎上官予的〈祖國在呼喚〉、1950年五四獎金紀弦的新詩〈怒吼吧臺灣〉、1951年元旦獎金電影劇本第一獎白馬的〈青天白日滿地紅〉、1955年國父誕辰紀念獎金獨幕劇本類第一獎朱白水的〈熱血忠魂一江山〉等等。

　　至於典律的影響力，則表現在抑揚文學文本，以及塑造讀者文學品味之上。前者使得文學典律成為一種判準文學價值的教條，排擠非典律作品至文學場域的邊緣地帶。後者由於讀者的接受，使得審核者的典律不再只是其自家書房內的價值，因此可以說，典律的形成過程中審核者雖然具有主動權，但是卻必需仰賴讀者的尊崇，才得以完成。而尊崇行為中所含括的傳誦與模擬動作，都使得典律的影響力延續，特別是對典律文本的模擬，使得讀者對典律作品進行實際揣摩，而變成創作者。由於這樣文本、審核者、讀者、創作者的共同參與，使得典律運作不僅止於文學評價的問題，更是一種文學生產的機制。只是有時一個文學典律系統，在景從者的過度模擬下，其末流亦往往呈現種種流弊[32]。

　　典律流弊刺激反抗既成典律者的出現，在文學史中是無例外的鐵律。典律雖由於其自身的價值系統，得以對文本進行優劣取捨的評斷，但是檢視其影響的有效性，還是在於其讀者的接受與否上。因此，在典律論述之中，研究讀者為何會接受典律，實為一重要的課題。如果說讀者對於一套文學典律的接受，是代表他與審核者在文學價值上的有所匯通，那麼，為何會造成這樣的匯通呢？讀者又為何願意遵循典律價值呢？

　　由於人並非生而具有閱讀與寫作的能力，教育本身使得人獲得能力，同時也受到了本質上的規範，因此寫作與閱讀都是屬於一種社會實踐活動，使得文學問題往往與社會現狀產生密不可分的關係。從筆者所繪的「文學典律運作模型圖」看來，審核者似乎主導了讀者，但其實無論是審核者還是讀者，他們都共同受到文化社會的制約。因此社會身份經驗，往往使讀者與審核者彼此隱然預存呼應的可能。只要審核者的文學水準讓讀者信服，或是其運用文學外的政治社會權力，營構威權的、利益的制度，便會使審核者的典律，被讀者接受。只是，同樣地，反抗

---

[32] 例如筆者前提之王士禎，其神韻說之末流從者，多為空泛虛響。至於沈德潛的格調說，則如洪亮吉於《西溪漁隱詩序》所言：「從之遊者，類皆摩取聲調，講求格律，而真意漸瀝。」由此可見其末流的生硬。

性讀者的出現，其實也正暗示著他與審核者間，在文化社會身份上，存在種種可能的差異。

　　反抗性讀者的出現，使得既成典律不再那麼具有絕對性與權威性，這樣的崩解突顯典律生成過程中，種種非文學美學因素參混的問題。而反抗性讀者不只與既成典律針鋒相對，有時更會嘗試運作出自身代表性的典律。從反抗性讀者出現，到異典律完成的過程中，其實隱含的是以下兩個必需注意的問題，即：「反抗性讀者的挑戰策略是什麼？」、「異典律與既成典律間的互動關係為何？」。

　　首先，讓筆者針對第一個問題進行論述。反抗性讀者對於既成典律的挑戰策略，一開始往往以質疑既成典律審核者的公正性，作為對抗既成典律的著力處。特別是批評典律化過程中，審核者的獨斷與霸權，更是他們最主要的策略。他們質疑審核者典律公正性的切入點，往往由審核者的身份經驗[33]入手，並連帶質疑其典律系統的獨斷性，使得反抗性讀者認為不容抹滅的價值遭到宰割。將審核者的形象，透過突顯其背後種種社會身份背景，更加地「人性化」的過程，根本地使得審核者所運作而出的典律，不再獨一且權威。

　　這樣反典律的操作策略，若搭配著筆者前述對審核者的認識，對審核者原本權威形象的拆解，尚不僅止於單一的文學家，而是讓我們更加發現，政府組織與學院，作為典律的審核者與推動者，其隱含力量的強大與可慮。這種力量的強大，展現在他們將自身典律作為「初級」知識進行傳播，而成為被傳播者根本性的基礎認知。典律運作過程中的取捨，原本便隱含政治性，但如果其基礎的推動力量，乃是根源於社會場域中政治霸權之政治目的，其實際的運作表現，則往往顯得相當可慮且不堪，例如1950年代臺灣反共文藝、美國白人文學的運作情形都是如此。

---

[33] 黃宗慧，〈瓦解與／或重建：論少數族裔批評中的典律之爭〉（臺灣台北：《中外文學》第253期，1993年6月，頁72）便指出：「少數族裔挑戰典律的成功之處就在於他們的言說使原先經典作品中的背景（background）變成不容忽視的前景（foreground），也使典律本身慣用的合理化策略被重新檢視。」。

　　以現實政治霸權成為典律運作的根源與能量，固非文學典律發展的良弼。所幸文壇內的典律生成機制，始終保持著顛覆前者的力量，促使文學場域內的典律恆保著複數形態的彼此抗衡。在典律討論中，反抗性讀者抗拒的力量為我們指出典律化過程中，種種被忽略的陰影，使得審核者同樣受到了「審核」。審核者運用文學之外的社會霸權機制，左右了讀者的接受行為，固然遭到質疑，但更讓我們注意到，接受典律的讀者也可能因為與審核者在身份經驗上的相同，使得他不由自主地產生共謀行為，而在典律尊崇行為中，複製延續了審核者的歷史錯誤。

　　例如美國國家敘事文塑造的白人權威神話[34]，呈現黑／白文學典律的族裔爭議。美國1960年代以降興起的後殖民論述[35]，更指出白人的讀者與研究者，所受到其文化身份的制約，使得他們將自身所「想像的」殖民世界，視為一種真實，而持續進行種種誤讀行為。此外，無論是西方還是中國，在18世紀前女性文本被排除在典律外的現象，更是東西方比較文學中典律議題的最佳範例。特別在20世紀典律研究興起後，抵抗性讀者從解構審核者的權威，開始關注「這是誰的語境」的問題，由此典律中心／邊緣的論述，也往往涉及膚色、性別、種族等議題。

　　抵抗性讀者形成的異典律與既成典律間的關係，總存在相對應的競爭關係。抵抗性讀者可能促使既成典律必需容納的價值擴大，或許典律殿堂內被尊揚的神祇也因而增多，但更實際的狀況是，他們並不共處在一樣的典律空間之中，而是另建廟堂供奉神祇，彼此興壇鬥法。異典律的出現，往往是「被擱置者」的反撲狀況，這讓我們體認到一個事

---

[34] Houston A. Baker著、楊明蒼譯，〈應許之軀：從美國非裔脈絡重看典律問題〉（臺灣台北：《中外文學》第257期，1993年10月，頁87-105。）一文便點出美國獨立戰爭時期，華盛頓的宣告以及傑佛遜的獨立宣言草稿等等中，他們（白人）所統治的黑奴毫不掩飾地成為不自由的代稱。而非洲黑人的軀體在憲法語境之中，如商品一般被支離的四分五裂，這樣的現象也延伸到文學場域之中，形成了以白人為中心的文學典律。

[35] 其中也包括了美國黑／白人的族群文學論爭，另外更著名的範例莫過於薩伊德《東方主義》引起的種種論爭。

實，即：文學選本是不可能越編越厚，但是被忽略的文本，的確可能形成一種意義系統。既成典律者也可能會繼續操作其典律化程序，以「中心」之姿為抗典律讀者與異典律者，冠上種種如鄉土文學、地方色彩、分離主義等，充滿負性意味的「邊陲」之名。但這似乎只是益加證明了異典律者對之的質疑，突顯了典律建構過程裡，那隱含的霸權、排他等等問題。

　　但異典律者如僅訴諸於差異，卻對自我典律理論的架構，與刺激典律作品的生產毫無進展，那麼這樣的質疑便存在危機。特別是異典律者過度採取質疑審核者身份族群意識的策略，其隱含危機便是所有美學價值，也將被破壞殆盡。意識型態式的閱讀方式，總是包含著對文學場域以外的社會、政治場域等種種企圖的實踐，這個動機如果強大到將多重意義的文本，約化為意識形態的問題，而將一切文學作品中的修辭技巧、章法佈局等等藝術表現，與族群經驗處處接軌，的確無法讓人信服。異典律者如將這樣質疑既成典律的策略，作為形塑典律的唯一手段，那其企圖刻意完成的典律，也只是一個意識形態的「翻轉」，失去了其典律運作的意義。同時，也只是再次成為另一個具宰制性、獨斷性的霸權機制。

　　典律的備受質疑當然是值得樂見的，但如果只能悲觀地認為，典律最終必定落得霸權的獨夫之名，那麼唯一的解決之道，便是將我們的選集越編越厚，將雜沓紛亂的作品仰賴高科技電腦技術，全數收編。因此，關於既成典律與異典律間的對抗問題，其重點不在於檢視論戰火花與音量的大小，而在於其各自的典律文本的生產機制中，其是否能真正實踐出其代表性的典律文本，以及文本內容的厚度與持續性。因為典律化的整個過程，正如前述，本身便不只是一個審核與接受的文本欣賞問題，而是包括了模擬與創作的文本生產行為。

　　參照文學史中的典律之爭，也可以發現各典律之間並非完全針鋒相對，在一些議題上有時更能見其和諧之處。在文學史中所出現的眾多文本內，的確存在著不同典律者彼此共同認可的地帶，這也正是劃時代典

律作品的聚集之處。是以在進行典律研究中，及釐清存在的既成典律與異典律對抗的問題時，應該注意兩點：

第一、比較對抗典律間的相異之處時，應該要實際深入檢討各自典律系統的建立，是承續怎樣的影響，而其實際的價值論與創作論又為何？

第二、檢視典律運作與對抗要以時間作為參數，觀察其歷程的演變，不只要比較其異，更要檢視其同。其中應注意對抗典律間在對抗發展各階段中，是否存在著共同認可的地帶，其共同認可的作品具有怎樣的同質之處？

如此方能檢測不同典律間的碰撞與交融，是否具有意義性。而筆者亦相信「真正的」典律作品，正是不同意義的典律空間疊合後的交集，儘管各種典律空間是如何地操作著擇優捨劣的排他策略。最後，筆者想藉以上對典律的論述之研究，對本論文涉及的現代詩典律的問題作理論考察，並點出其中值得注意之處，以俾做為以下各章論述的方向。

臺灣現代詩典律的生成，基本上也不脫以上筆者所圖繪的典律生成圖，也同樣呈現文學團體與詩選本聚集等等操作機制，這樣的現象在戰後越亦明顯。儘管現代詩在戰後一直以前衛運動的姿態登場，但是比較起西方前衛運動，實另外有其特具的關懷點與發展路向。在西方前衛運動中，詩與小說所產生典律空間之爭[36]，但在臺灣戰後1960年代的現代主義風潮中，這樣的典律之爭可說並未出現。1960年代以降現代詩在臺灣的發展，雖然已大致脫去了反共戰鬥文藝的典律約束，開始形塑宛如

---

[36] 廖咸浩，〈前衛運動的焦慮：詩與小說的典律空間之爭〉點出：「在十八世紀之前，文學典律之中的主流作品一直是詩。隨著布爾喬亞階層的出現及苗長，小說之為文類也逐成形，並成為日漸擴大的文學市場中一股不可忽視的競爭力量。……不同於詩的「聖靈」（sacred）起源，小說的直接起源是「俗世」（secular）的活動……在前衛運動發生前後，文學內部會擔憂喪失影響力（即產生「前衛運動」）的文類，基本上是詩。而這種焦慮則主要緣於以小說為代表的通俗文化壓力。」該引文見臺灣台北：《中外文學》第253期，1993年6月，頁171。

聖靈般的純粹質地。但是由於臺灣社會尚未步入布爾喬亞的社會型態，文學場域尚未通俗化，即使是小說也是朝著前衛化、純藝化的方向發展，因此現代詩與小說並未產生如同西方前衛運動中那般的對抗關係。

　　事實上，真正的狀況是，在1960年代臺灣現代詩的現代主義典律發展過程中，得到了另一批小說審核者、創作者與讀者的欣賞，而共同組成一個支系交錯的跨文類典律系統，也就是我們所熟知的臺灣文學史中的現代主義風潮。臺灣1960年代現代詩的出現，由於其企圖以西方的現代主義作為其價值核心，一開始便是與現代小說相偕而起，但是由於本身的非敘事性，使得其叛逆之姿越益明顯。現代詩所秉持的美學，可說抵抗反叛了當時強大的學院派（特別是以中國舊文學論者為核心），以及政府國家反共文藝的文學典律。在當時活躍的創世紀詩社鼓吹下，現代詩現代主義的異端形象不脛而走，甚至在1956-1959年、1959-1960年、1972-1974年引發了三起論戰。這三起論戰代表著文壇中現代詩的典律衝突，其中前兩起是在現代主義詩典律，從發展到逐步強勢的過程中所發生的，論爭核心正反映了中國傳統美學與現代美學間的抵抗對搏。

　　正如John Guillory認為：「對個人作品的價值判斷，保存的適用性總是被學校的制度化語境和需要及它的社會功能所決定。而且，學校並不僅僅作為一個保存作品的機構而出現。相反，學校還具有一般的傳播各種知識的社會功能，包括怎樣讀寫和讀寫什麼的知識。」[37]在1950、1960年代，臺灣的文學欣賞品味，主要還是由學院所主導，呈現濃厚的中國抒情傳統傾向，而在其教育制度的「合法」傳播下，也可以說是一般讀者、作者被命定接受的典律。學院既代表一種知識的權威與正統[38]，現代詩這樣不依賴學院進行價值認定，在各種傳媒上所展開崇尚

---

[37] Frank Lentricchia＆Thomas McLaughlin編，張京媛等譯，《文學批評術語》（大陸香港：牛津大學，1994年），頁328。

[38] 呂正惠，〈門羅主義？還是「拿來」主義〉：「想一想鄉土文學興起之前臺灣文學的創作環境，一方面是西方現代文學強烈的主導霸權，一方面是作為官方意識形態的僵硬的中國古典文學霸權，在『兩大』的夾殺之下，臺灣的『文學』最欠缺的的確是『臺灣』色彩。」見呂正惠，《戰後臺灣文學經驗》（臺

知性美感的前衛運動，很快地，與學院派間的典律之爭勢所難免。這也可說是現代詩史發展中，一個必然的發展。走過這個階段，現代詩在代表性的詩人與詩社（特別是創世紀詩社）主導運動下，在1960年代才真正穩固奠定了臺灣現代主義[39]的典律基石。

現代詩在1960年代以後，雖猶存早期那般非典律的異端形象，但在文壇中已取得合法的地位，其中賴以與學院派抗衡的現代主義典律，更成為當時詩壇的強勢典律。但是在早期的抵抗性讀者的「誤讀」下，現代詩這樣缺乏抒情美感的特質，以及對缺乏對時代社會關懷的現象，在1960年代中其實仍然備受挑戰。雖然現代詩強調的知性美學已能被接受，但是其以艱澀詞彙意象所構成的詩風，及「不容易」看出的社會革新企圖，依然備受針砭。特別是在1960年中期以後，抵抗性讀者的結構開始轉變，在文壇傳播場域中一批比前期抵抗性讀者，更能掌握現代詩學核心，並已有實際創作經驗的詩人（其中可以笠詩社為代表）開始出現。

他們以現實主義作為典律核心，與現代主義典律[40]展開了一波典律之爭，可以說臺灣戰後超現實主義與現實主義典律的對抗，其實正與戰前便存在的風車詩社與鹽分地帶詩人間的典律之爭，遙相呼應。相較之下，現代主義（特別是超現實主義）在戰後1950、1960年代的強勢發展，是風車詩社所不能比擬的，但是卻也必須遭逢對社會種種動盪「現實」的制約。正如同張錦忠〈他者的典律：典律性與非裔美國女性論述〉一文中認為：「文學典律之爭同時顯示所謂典律，並非永遠不變的金科玉律，而是權宜、不穩定的現象。……在主流底下，總有他者或處

灣臺北：新地，1995年），頁237。

[39] 臺灣文學界受到現代主義乃至於超現實主義的影響記錄，一直可以追溯到日治時期的風車詩社與銀鈴會，特別是風車詩社詩人群，可以說是目前臺灣詩壇中現代主義與超現實主義影響發展的起點。只是在鹽分地帶所代表的現實典律對抗下，使得風車詩社終不免被迫解散。其詳細論述，筆者在第四章第一節，將會作進一步的探討。

[40] 特別是其中創世紀詩社所倡導的臺灣超現實主義。

於邊陲的文學暗流潛伏，配合社會與經濟變動，顛覆或修訂當道的文學典律。」[41]可以說1970年代以後現實主義典律的揚升，以及現代主義與現實主義典律間地位的轉變位移，其中的外在契機之一，正是因為1970年代初期一連串政治社會危機[42]，引發知識份子的覺醒與社會運動。1972-1974年的論戰，正是詩壇外的現實主義論者對詩壇的約束，同時也加強了詩壇中現實主義典律的聲勢。

　　雖然臺灣現代詩的現實主義典律，在戰前曾一度強勢，但在1950、1960年代卻呈現著勢弱的格局。在1960年代笠詩社的耕耘，1970年代的新興詩社的崛起，以及鄉土文學論戰的助長，方才逐步加深在詩壇的影響力。1980年代後，現實主義典律確定了其主流地位，與現代主義成為至今臺灣現代詩史典律的兩塊基石之一。

　　以上筆者實際探討典律與典律化的發展，以及其中所涉及文學理論的問題，乃是為本論文建立一個典律概念的基石。此外，並藉此實際勾勒臺灣現代詩典律的發展史中，現代主義與現實主義典律之爭的輪廓。而其中的創世紀詩社與笠詩社，更是各自代表著形塑超現實主義與現實主義典律的關鍵性力量。在這樣的基礎，以下各章筆者將實際探述兩詩社各自典範系統所承續的影響，以及其價值論與創作論。並檢視在兩詩社在現代詩典律對抗史的各階段中，所存在的爭議與認可地帶，如何影響著臺灣現代詩典律的建構與推移。

---

[41] 見張錦忠，〈他者的典律：典律性與非裔美國女性論述〉（臺灣臺北：《中外文學》第253期，1993年6月），頁94。
[42] 包括保釣運動、臺灣退出聯合國事件等等。

第二章　創世紀與笠詩社的發展與社群性格

第二章　創世紀與笠詩社的發展與社群性格

第一節　社團發展

　　本節主要在探述創世紀與笠詩社的發展史，並加以比較。第一與第二部分主要將透過分期的方式，分述創世紀與笠詩社發展史。在兩詩社各期的探述上，筆者首先將強調分期原因，與該期主要的詩學主張，並注重探討各期中重要的社論、專欄運作、詩選。在第三部分，則將具體比較兩詩社的「籌備期」、「組織型態」、「典律轉變型態」、「影響發展的原因」、「活動型態」之異同，為後續篇章鋪路。

一、創世紀詩社社團發展史

　　《創世紀》1954年10月10日誕生在國家海軍的左營軍區，創辦人是張默與洛夫。首期編輯雖是張默、洛夫聯同掛名，但是許多實際編輯事務如劃版、編排都是由張默實際操持。創世紀之名，乃是1954年8月仍於高雄左營砲兵中隊服務的張默，於高雄大業書店翻閱散文集《三色堇》時，在書中篇章看到「創世紀」三字甚為喜愛，便興起依此名辦詩刊的念頭。由於張默本身的個性積極，仰仗著對詩的熱愛，第二天他便

到桃子園海軍印刷所估價[1]，並聯絡當時在鳳山大貝湖海軍陸戰隊駐地服務的洛夫，議定於1954年10月出版。張默與洛夫由於深處軍營，因此許多資源都有賴他們於軍中的奧援。例如在發佈《創世紀》詩刊創辦以及邀稿消息上，便是張默透過當時軍中四開小報《戰士報》副刊[2]發佈；至於詩刊的封面設計，則是洛夫請當時在左營海軍出版社服務的牟崇松（筆名曼路）代為繪製刻板。

附圖2：《創世紀》第1期封面

　　牟崇松主要透過木刻方式刻繪版面，第1期以晨曦之景為主題，畫面由遠至近分成四個層次，在不同層次的遠近景當中，將太陽的光源點置放在畫面中心偏左上之處，向畫面四處輻射，向上在天空處刻繪筆直的光線，向下則以景物的光影對比展現陽光的力道，展現初光乍現的雀躍和活力感，也隱喻《創世紀》在當代詩壇的企圖心，以及期盼帶給當代詩壇的震撼力。

　　《創世紀》為「當時臺灣南部出版的第一本新詩刊」[3]，在1950年代的文學傳播情境中，不僅新詩與現代詩呈現邊緣化的特性，即使聚焦詩壇，更可以發現詩運活動又特多集中在北部（特別是臺北）。造成這樣現象的主要原因有二，其一乃是遷台人士（特別是知識份子）多集中居住於臺北，其二則是分佈於全台的本省籍文人，在當時因國語政策與政

---

[1]　當時估價為卅二開本，卅二頁，一千冊，印刷費大約為四百餘元，是張默當時少尉軍官月薪的三倍，於是張默便在同事間起了個會，暫時解決經濟上的問題。見張默，〈創世紀春秋〉（臺灣臺北：《創世紀》第58期，1982年6月），頁16。

[2]　當時《戰士報》副刊主編為潘壽康。

[3]　見張默、張漢良編，《創世紀四十年總目1954-1994》（臺灣臺北：爾雅，1994年），頁253。

治禁忌的限制下，使其在創作語言的轉換以及結社活動皆遭逢到困難，因此，當時臺灣南部實屬於文壇中邊緣的邊緣。在左營軍區出現的創世紀詩人們在國語書寫上自然是沒有問題的，在身份上雖然因本身軍人身份，而受到軍方一定程度上的干涉，但是在當時卻完全沒有省籍上的問題。綜觀其後創世紀詩社的發展重心，筆者認為可分為以下五個時期：「新民族詩型時期」、「現代主義時期」、「中挫整合時期」、「現代傳統融合時期」、「多元化時期」，以下筆者將順此按期探述創世紀之社團發展史。

（一）新民族詩型時期

　　《創世紀》第1期（1954年10月）到第10期（1958年4月）為「新民族詩型時期」[4]。這段期間創世紀詩社喊出「新民族詩型」口號，在動機上除要揚棄當時詩壇種種浮濫的詩作外，更重要的是欲以此與當時的現代派與藍星相區別。《創世紀》創刊號詩刊上，張默執筆的〈代發刊詞〉便設問：「新詩往何處去？」，並據此點出創世紀的宗旨與立場乃是：

　　一、確立新詩的民族路線，掀起新詩的時代思潮。

　　二、建立鋼鐵般的詩陣營，切忌互相攻訐，製造派系。

　　三、提攜青年詩人，徹底肅清赤色、黃色的流毒。[5]

　　張默的發刊詞呈現對時代的檢討，以及強調詩人應強力介入這個時代，體悟自身政治身份[6]的想法。大體統括了創世紀前十期所喊出「新民

---

[4] 《創世紀》詩刊「新民族詩型時期」重要的宣言與理論文章，分別為張默，〈創世紀的路向——代發刊詞〉（第1期，1954年10月）、洛夫，〈建立新民族詩型之芻議〉（第5期，1956年3月）、洛夫，〈再論新民族詩型〉（第6期，1956年6月）、張默，〈新民族詩型之特質〉（第10期，1958年4月）。

[5] 見《創世紀》第一期（1954年10月），頁2。

[6] 張默，〈創世紀的路向——代發刊詞〉：「政治關係是人類為謀求生命的安全與自由及管理社會公務所必須的，人不能脫離政治而生活，詩亦不能脫離政治而孤立，尤其際此民族存亡艱苦奮鬥的年代，我們這一份對民族起碼的愛是不能抹殺的。詩是最崇高的藝術，而詩人乃是民族正氣的象徵。法國將亡，而有

族詩型」的特點，但不免讓人與1950年代國民黨政府所提倡反共文藝產生聯想。〈代發刊詞〉對此也並不避諱，直言：「我們之所以要提出以上三點，意義是非常深刻而正大的。今天處於這個翻天覆地大動亂的時代，本居於最崇高藝術地位的新詩，假若不能以民族為背景，以三民主義的本質為其主題……這又何異為虎作倀，無形中成為赤色黃色毒素的幫凶。」[7]這個看法有三個重點：第一、認為詩歌具實用性。第二、詩人必須體認時代局勢。第三、詩人不應規避與世俗政治、與民族間的關係。

　　發刊詞對於詩藝術的形式、更深入之美學建構與實踐課題皆略過不談，點出《創世紀》前十期所刊載詩作的詩風，乃是強調對當時臺灣政治處境的宣洩，難以擺脫戰鬥文藝與口號詩的弊病，並帶有濃厚的軍方色彩。[8]

　　創世紀詩社早期這樣極具政治氣氛的口號，與他們成員的軍方身份不無關係，他們投身軍伍，自然被迫灌輸當時國民黨政府的政治與文藝政策。儘管他們對之有所抗拒，但是在創刊初期，卻還是不自覺選擇這樣「政治＋文藝」的路線。可以說，創刊之初諸事尚未穩固就緒，又特別是深處軍營，扛著這樣的民族大旗，自然是最保險的上綱。

　　1950年代政府的文藝政策受到當時政局影響，提出反共的、戰鬥的文藝政策。在具體實踐與推動上，則在中央機關設有「中央文化運動推行委員會」，並在民間主導設立了「中國文藝協會」與「中華文藝獎金委員會」，透過各種活動與獎助推廣「以促進三民主義文化建設，完成反共抗俄復興建國任務為宗旨」的文學作品。特別是在1954年5月「中國文藝協會」更成立「文化清潔運動專門研究小組」，響應《民生主義

　　一闋馬賽曲扭轉危局，重整江山。今天針對這復國建國的歷史任務，我們亦應創造偉大的民族詩篇，來歌頌這任務的神聖，讚美這時代的輝煌。」見張默，〈創世紀的路向——代發刊詞〉（臺灣臺北：《創世紀》第1期，1954年10月），頁2-3。

[7]　同註5，頁2。

[8]　當然除肇因於其創刊號〈代發刊詞〉的宣言特質，也與他們在《戰士報》副刊發佈邀稿消息有關。

育樂兩篇補述》中所號召的「務必剷除赤色的毒與黃色的毒」，這也成為現代派與創世紀在創社（派）宣言中反赤反黃的「法源基礎」。當時揭櫫主知前衛詩觀的現代派六大信條猶需高唱「愛國、反共、擁護自由與民主」[9]，而此時尚不以現代主義為其綱領的創世紀詩社，其新民族詩型所謂的三宗旨自然也無法避免。

　　在創世紀詩社呼喊的「新民族詩型」口號下的第1至10期中，所編輯收入的詩作大抵也都沾染了「反共文藝」、「戰鬥文藝」的特質，至於投稿的詩人幾乎清一色皆有軍方身份。不過，當時社中詩人張默、洛夫對「新民族詩型」顯然另有美學思考，會將這些詩作收入，難免是因在左營創辦詩刊之初，亟欲籌措詩作、開闢稿源之故。洛夫1956年3月10日致張默的書簡便提到：

> 這期（筆者按：指的是第5期）的內容不算壞，尤其是我們自己的幾篇東西，均與我們的理論相符，我們有我們的獨立性和另一新型風格，別人看了以後，就會知道創世紀與別的詩刊是迥然不同的，唯一的遺憾是我們的理論基礎不夠，假若沒有什麼精闢而不同凡響的理論，那就乾脆不要⋯⋯。[10]

　　洛夫在第5期（1956年3月）〈建立新民族詩型之芻議〉以及第6期（1956年6月）〈再論新民族詩型〉兩文在動機上，可以說是企圖補足新民族詩型在美學內涵上的不足。在〈建立新民族詩型之芻議〉一文中，洛夫將當時的新詩類型概分為三種，分別為兜售西洋舊古董的商籟型（豆腐干體），一種是專寫標語口號歌詞的戰鬥型，一種是以法國波特萊爾詩風為中心的現代型。洛夫認為「這三種類型除後者已組成獨立

---

[9]　現代派六信條最後一條便是「愛國、反共、擁護自由與民主」，有趣的是，紀弦在〈現代派信條釋意〉中的解釋僅草草寫下「用不著解釋了」，語氣上便有虛應故事之意，可見紀弦不得已之苦衷。

[10]　張默、張漢良編，《創世紀四十年總目1954-1994》（臺灣臺北：爾雅，1994年），頁337。

之現代派，並正從事新興詩體之創造外，餘均不值一談……由於這三大對流互相沖激，彼此對立，致使一般作者讀者如臨三叉路口，無所適從。」[11]並進而分別闡釋新民族詩型的形式、技巧與本質，在形式上追求（一）藝術的──形象第一，意境至上；（二）中國風，東方味的──運用中國語文之獨特性，以表現東方民族之特有情趣。在技巧上，則是既接受民族遺產也接受西洋新舊詩派的。在本質上，更要透過鮮活形象表達中國的「天人合一」、「心物一體」，中心意識則接受儒家意識的影響和道家（自然）的啟導，並還要追求入世精神。[12]

　　不可否認，洛夫這樣企圖在三叉路上另闢蹊徑的結果，卻也因為過於求全而使其主張的境界過高而難以實踐，反倒使創世紀詩社陷入十字路口的窘境。最後在《創世紀》第10期（1958年4月）的刊尾刊錄張默的〈新民族詩型之特質〉一文後，《創世紀》「新民族詩型時期」也暫時告終。

（二）超現實主義時期

　　《創世紀》第11期（1959年4月）至第29期（1969年1月）為超現實主義時期[13]，這段時期誕生的動機乃是創世紀在第10期出版後，便陷入了出版的困境[14]，於是張默、洛夫等創世紀詩人便對《創世紀》前10

---

[11] 洛夫，〈建立新民族詩型之芻議〉（臺灣臺北：《創世紀》第5期，1956年3月），頁2。

[12] 洛夫之論大抵可見其意在融合當時現代派與藍星的主張，仔細檢讀之下，卻可以發現與張默的發刊詞儘管部分類似，但是張默認為詩歌有其實用性，洛夫講究的是偏屬藝術性的探求。因此，這兩位創世紀詩社的創辦者，在觀念上可說是有所抵觸的。

[13] 《創世紀》詩刊「超現實主義時期」重要的宣言與理論文章，分別為張默，〈編輯人手記〉（第11期，1959年4月）、洛夫，〈五年之後〉（第13期，1959年10月）、季紅，〈第二階段──詩論專輯前言〉（第14期，1960年2月）、白萩，〈實驗階段〉（第15期，1960年5月）、葉維廉，〈詩的再認──代社論〉（第17期，1962年8月）、洛夫，〈詩人之鏡──代社論〉（第21期，1964年12月）、商禽，〈詩之演出〉（第24期，1966年4月）、余光中，〈現代詩第一──致現代詩同輩的老兵們〉（第26期，1967年3月）。

[14] 事實上第9期（1957年6月出版）與第10期（1958年4月）兩期間便已延遲了10個月之久，已可喚出，《創世紀》這段期間出版陷入困境的徵兆。

期進行了一次全盤性的檢討。筆者訪問張默時曾詢及相關問題，張默便表示：「創世紀從11期1959年開始，也就是創世紀改版那期開始有了突破，那時候並沒有人要我們改版，是我們自己覺得1到10期編的不怎麼樣，不得不尋求機會重新出發。」[15]綜觀當時1950年代末的詩壇大勢，紀弦的現代派已漸消沈[16]，藍星的出版物亦僅止於單張活頁，創世紀詩社在1959年2月[17]改版《創世紀》，除有檢討自己的意味外，也欲藉改版詩刊振奮詩壇。至於在轉變的方向上，則可發現乃受到了現代派的影響。

創世紀的新民族詩型時期可以說充滿了矛盾，在理論與口號上有抗拒與區別紀弦現代派的意識，但卻無法另行建構更深厚完備的美學，而與戰鬥文藝有著曖昧模糊的關係。不過在超現實主義時期，創世紀與現代派主張的

附圖3：《創世紀》第11期封面

---

[15]　筆者訪談張默之記錄。見解昆樺，《心的隱喻：文學場域中知識份子的書寫意識》（臺灣苗栗：苗栗縣文化局，2002年），頁243。

[16]　《現代詩》季刊在1959年3月第23期，因經濟因素而暫時停刊一個月，復刊後與之前的現代派似乎兩不相干，楊牧在，〈關於紀弦的現代詩社與現代派〉亦談到：「第二十三期格式相同，但似乎已經和『現代派』沒有太大關係，而紀弦終於寫了『不是感言』把交出現代詩刊的經過作了一個報告，呼籲朋友『信任黃荷生，支持黃荷生，也像信任我，支持我一樣』。這期封面上註明『第七年春季號』。事實上以紀弦為象徵的『現代詩社』和『現代派』到此已經結束。」見楊牧，〈關於紀弦的現代詩社與現代派〉（臺灣臺北：《現代文學》第46期，1972年3月），頁87。

[17]　張默於《創世紀》第11期革新擴版的，〈編輯人手記〉寫到：「『創世紀』決定改版，那是今年二月間的事。」見張默，〈編輯人手記〉（臺灣臺北：《創世紀》第11期，1959年4月），頁36。筆者按：《創世紀》第11期乃是於1959年4月出版，故可推證出改版計畫乃是於1959年2月便已開始籌畫。

關係卻有180度的變化，不只在編輯形式上仿效現代派，在藝術理念上更是接受現代派的現代主義精神，大喊追求詩的「世界性、超現實性、獨創性、純粹性」的口號。這樣的現象使得進入超現實主義時期的創世紀詩社及其刊物，呈現以下幾點特色：

第一、編輯主軸的轉向。此時《創世紀》革新改版計畫中，關於增加版面與篇幅的部分倒是其次，最重要的還是在實質內容上編輯主軸的大幅轉向。最明顯的改變在於，此時期的《創世紀》已不再刊登前十期那些近似戰鬥文藝以及口號詩的作品，其編輯主軸正如張默於第11期革新擴版的〈編輯人手記〉所言：「我們想說的而且也必須說明的還是這期的作品，從這裡業已顯示出我們今後的計畫，是在逐漸加重譯作的成分，我們認為翻譯與創作實具有同等價值。」[18]可看出此時的《創世紀》主要乃是仿效紀弦所編輯的《現代詩》季刊，強調對外國譯詩的介紹及在詩刊中的刊登位置，企圖透過翻譯通往世界性的理念是很明確的。

創世紀在超現實主義時期大量譯介許多西方重要詩人的作品，許多期數皆以一位西方重要詩人作為其專輯，連帶也選其肖像作為封面，例如第12、13期葉泥除譯介法國詩人梵樂希、德國詩人里爾克作品外，亦提供了兩人肖像以為封面，這也是歷期《創世紀》中，最早封面與內容相互搭配的期數，而《創世紀》在第12期（1959年7月）開始也正式在封面上，標列有英文刊名。這樣西方詩人們透過文字與形象的形式，紛

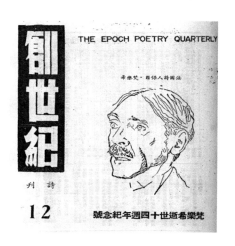

附圖4：《創世紀》第12期封面

---

[18] 同註17，頁36。

紛「進駐」到東方《創世紀》的現象，隨著創世紀詩社的茁壯，說明了整個詩壇如何熱衷汲取西方的現代主義的養分，並漸次成為整個詩壇的主流。在強調特別歡迎具「實驗精神」的作品的呼籲下，當時許多現代主義精神的詩人們，重要的實驗代表作都刊登在《創世紀》之上。

　　第二、大量接收現代派與藍星詩人及其作品。由於現代派的解散，以及此時創世紀詩社復以現代主義作為號召，使得當時原本屬於現代派以及藍星詩社，特別是在創作與詩觀上，的確也能落實現代主義精神的詩人們，紛紛轉而投入創世紀詩社。在現代派的部分，例如後來成為創世紀要員的辛鬱，以及後來成為笠詩社主幹的白萩[19]，在這時期都加入了創世紀詩社。

　　實際接受了現代派與藍星詩社的人力資源，不只使創世紀詩社的陣容擴大，受到詩壇的注意，更促使創世紀詩社早期予人「軍人詩社」的刻板印象，漸漸產生轉變。早在新民族詩型時期的末期，創世紀詩人及其詩作便已有西化的成分與傾向，這樣的徵兆可追溯至紀弦成立現代派之際，儘管當時創世紀仍凸顯與它的區別，但在一定的程度上還是受到現代派的刺激[20]。特別是當時許多「現代派」的同仁，後來更成為創世紀詩社的中堅大將，使得創世紀詩社在系譜上，呈現著濃厚的現代派血緣。

　　因此可以說超現實主義時期的創世紀詩社，乃是承續著紀弦現代派所主張的現代主義作進一步的發揮，是以也博得林亨泰「比現代派更現代派」的雅譽[21]。在創作上亦強調前衛實驗精神，不再主張新民族詩型時期的融合民族傳統之論調，而在前進西方的路途上與傳統保持距離。

---

[19] 辛鬱、白萩原都附屬於現代派，兩人於1961年加入創世紀，只是後來白萩復又投入笠詩社的創辦。

[20] 瘂弦在，〈我的詩路歷程——從西方到東方〉：「紀弦提倡現代主義時，我們一批寫詩的朋友都不過二十來歲，深受影響。」見《創世紀》第59期（1982年10月），頁28-29。

[21] 林亨泰，〈比「現代派」更「現代派」——關於「創世紀」〉（臺灣臺北：《中時晚報》「時代文學」週刊，1992年5月31日）。

　　創世紀在此時期極力強調奉行現代主義的實驗精神，使得其詩作呈現前衛色彩，標榜突破精神。因此，當時追求現代主義的詩人們的代表性作品幾乎都刊登在《創世紀》之上，例如瘂弦的〈從感覺出發〉（第11期）與〈深淵〉（第12期）、商禽〈長頸鹿〉（第12期）、洛夫系列組詩〈石室之死亡〉（第12-17期）、林亨泰〈風景NO2〉、紀弦〈阿富羅底之死〉等等，《創世紀》詩刊也因此備受當時詩文壇矚目。

　　再加上這段期間創世紀詩社中的核心詩人們，如張默、洛夫等人正值壯年，連帶使得創世紀詩社在這段期間的運動性極為活絡，1965年9月18日創世紀詩社又舉行改組座談會，在洛夫主持下決議將刊物編輯陣容擴大，確立創世紀詩社未來編委會成員、經理財務、各地區發行負責人等事項[22]，使得創世紀詩社更積極地推展詩運。其中重大決議案中編輯部分的第4項便是「每期出版前一月召開編委會，並不定期舉行座談會（含讀作者座談會）及餐會」[23]，因此創世紀詩社在1966年3月25-27日便與前衛雜誌社合辦「中國現代藝術季」活動[24]，1968年7月亦主辦「詩與哲學座談會」，活動類型不僅侷限於詩，亦勇於跨越繪畫、音樂、哲學等層面，並以之與詩進行相互對話，突顯了創世紀詩社這段時期活動的先鋒與前衛性格。除此之外，創世紀詩社此時期更著意於詩選的編輯，十年之內在大業書店以及詩人自費贊助下，便出版了《六十年代詩選》、《中國現代詩選》、《七十年代詩選》三部詩選，主導詩選的運作與篩選的同時，連帶使得創世紀詩社在詩壇上建立自身的權威性，以及延伸自身詩社的典律運作的場域，不過這也成為了與笠詩社詩人間衝突的遠因之一。

---

[22] 該次會議記錄刊載於《創世紀》第23期（1966年1月）之〈創世紀詩刊改組座談會紀錄〉，值得注意的是編委名單亦有香港詩人李英豪、馬覺，菲律賓詩人雲鶴、戰塵的加入，顯示創世紀詩社活動亦擴及臺灣之外。

[23] 見《創世紀》第23期（1966年1月），頁2。

[24] 「中國現代藝術季」於臺北中美文經協會舉行，由辛鬱策劃，25日為「開幕式」，26日為「現代藝術專題座談」，27日為「痛苦與狂喜之夜」。其中並有「詩畫聯展」，展出十八位畫家與三十二位詩人的作品。

　　然而，這段期間現代詩人在前衛精神的主導下勇於實驗，在詩語上求奇與求新，卻也連帶使得詩歌的語法更趨於斷裂，一般讀者於焉深感晦澀。加以創世紀成為繼現代派之後推廣現代主義的要角，使得創世紀詩社及其詩刊轉而成為當時現代詩批評者的焦點。例如雜文作家言曦（邱楠）1960年1月8日在《中央副刊》一連四天發表〈新詩閑話〉批評藍星詩人余光中詩句「下午與夜的可疑地帶」與瘂弦的詩句「用晨雲金的瓶水供養」令人費解。兩句均出自《創世紀》第11期（1959年4月），前者為余氏詩作〈呼吸的需要〉，後者為瘂弦詩作〈索影人〉。儘管後來論戰集中在藍星詩社與言曦等人之上，但這筆文學史料說明了《創世紀》由於廣納當時重要詩人的代表性作品，已成為當時備受矚目的詩刊。事實上由於創世紀詩社在超現實主義時期運動性特強之故，其後也逐漸地成為詩文壇攻擊現代詩晦澀詩風的箭垛，使創世紀詩人不得不作進一步的辯解與回應。

　　創世紀詩社這段狂飆期最後終止於1969年1月《創世紀》詩刊第29期，其後創世紀詩社隨其詩刊暫時休刊，亦暫時解散。創世紀詩社之所以中挫，成為詩文壇攻擊對象這個原因倒是其次，最主要還是經費籌措困難，使之難以繼續營運。

（三）中挫整合時期

　　《創世紀》詩刊在第29期（1969年1月）與第30期（1972年9月）之間因經費問題，足足相隔了將近三年多的時間，這段期間可說是創世紀詩社內部的中挫整合時期。儘管創世紀社務暫時為之中挫，卻不意味創世紀詩人從此在詩壇上銷聲匿跡，因為創世紀詩人此時仍分別在南、北兩地成立暫時性的詩社團與詩刊。在北部，1970年1月洛夫與羊令野，結合了南北笛詩社[25]的資源，成立了「詩宗社」；在南部，1971年1月10日則由張默與管管於高雄合辦了《水星詩刊》。兩詩社（刊）此時的發

---

[25]　《南北笛》原由羊令野、葉泥主持，於1967年3月創刊，24開，1968年5月休刊，共5期。

展重心與理念，對於1972年9月以後創世紀詩社的發展，可說具有著指標性的意義。

詩宗社乃是創世紀詩人洛夫結合原來南北笛詩社的資源後，與羊令野、彭邦楨共同發起成立的。「詩宗」乃洛夫與瘂弦交換意見後方乃定名，非取「失蹤」諧音之趣，其意乃是標明歸宗於中國傳統之意。洛夫於〈中國現代詩的成長——「中國現代文學大系」詩序〉便提到：「『詩宗社』雖不倡導某一特殊理論或組織特殊派系，但他們仍有其共同的旨趣和信念，例如對現代詩的再認和對中國詩傳統的重估就是他們當前的兩大目標。」[26]這顯示創世紀詩人們在超現實主義時期面對種種批評以及自身檢討後的思維轉向，這也可以嗅出創世紀詩社後來轉向的先兆。

《水星詩刊》乃是張默、管管於左營創辦，其形式類似詩頁，為4開一張半，計出九期，主要創刊動機便是發掘新人，詩人渡也、朱陵（袁瓊瓊）、季野、汪啟疆，都是在水星崛起，此外同時也舉辦老一輩詩人回顧展[27]。從水星成員來看，可看出呈現濃厚的創世紀風，而之前非創世紀詩社的同仁，可以劃分為兩個系統，其一為早先現代派同仁，其二則為文壇新秀，主要乃是此時創世紀的創辦詩人們都已進入中年，期待為詩壇栽培新秀，繼續傳承與創造現代詩的成果，這樣的栽培與吸收新秀的想法，也影響了創世紀復刊後的營運。陳鴻森[28]便統計當時《水星詩刊》大量刊登年輕詩人作品的現象，其統計如下：

---

[26] 洛夫，〈中國現代詩的成長——「中國現代文學大系」詩序〉，見洛夫、白萩編，《中國現代文學大系》（一九五〇－七〇）詩一輯（臺灣臺北：巨人出版社，1972年），頁58。

[27] 見張默，〈三十年來全國新詩期刊縱橫談——從「新詩週刊」到「春秋小集」（一九五一－一九八三）〉（臺灣臺北：《創世紀》第62期，1983年10月），頁138。

[28] 陳鴻森，〈水星的軌跡——我對「水星」詩刊的看法與期望〉（臺灣台北：《笠》第49期，1972年6月），頁144。

	年輕世代		既成詩人		合計
詩作	146	佔79%	39	佔21%	185
理論	1	佔20%	4	佔80%	5

　　在此同時創世紀詩人則繼續透過編輯詩選影響詩壇，計有葉維廉編譯《中國現代詩選》（Modern Chinese Poetry）英文本，以及洛夫主編《一九七〇詩選》、《中國現代文學大系》（詩卷一、二冊）。特別是洛夫主編《一九七〇詩選》一事引發了笠詩社詩人的批評，此時創世紀與笠兩詩社成員間的衝突也開始表面化，相關的論戰文章分別散見於此時的《水星詩刊》與《笠》。

　　詩宗社與《水星詩刊》後來雖分別於1972年3月、1972年5月停止營運。但是《創世紀》在醫師蘇武雄、黃彬彬夫婦的捐款贊助下，也於1972年9月復刊。因此這段時期創世紀詩社其營運表面看似停滯，但是基於創世紀詩人對詩的熱愛，實則南北伏流為詩宗社與水星兩脈，並且彼此呼應[29]，並且為後來創世紀詩社籠統地擬出「復歸傳統」、「栽培新秀」兩個路向。

（四）現代傳統融合時期

　　《創世紀》於1972年9月復刊，其第30期（1972年9月）到第65期[30]（1984年10月）為「現代傳統融合時期」。這段期間創世紀詩社的整

---

[29] 水星詩刊第四期社論便提及：「水星是不孤獨的，它是繼『創世紀』之脈絡，和『詩宗』為姊妹刊物……。」。

[30] 《創世紀》詩刊「現代傳統整合時期」重要的宣言與理論文章，分別為洛夫，〈一顆不死的麥子──復刊詞〉（第30期，1972年9月）、周鼎，〈從卑微到超越──據大眾文學觀點論現代詩〉（第34期，1973年9月）、洛夫，〈請為中國詩壇保留一分純淨──詩論專號前言〉（第37期，1974年7月）、洛夫，〈我們的信念與期許──創刊二十周年感言〉（第42期，1975年12月）、張默，〈以更壯闊的胸懷，傳承現代詩的香火〉（第61期，1983年5月）、張默，〈以更堅實的作品，開闢現代詩的新路〉（第62期，1983年10月）、洛夫，〈且領風騷三十年──代社論〉（第65期，1984年10月）、張漢良，〈創世紀：詩潮與詩史〉（第65期，1984年10月）、張漢良，〈超現實主義並未死

體方向，可以具體而微地濃縮在洛夫《創世紀》第30期（1972年9月）的復刊詞〈一顆不死的麥子〉一文。在詩社詩風上，明顯可看出意在調和「傳統／現代」、「明朗／晦澀」（以及背後所延伸的「大眾／菁英」）這幾組二元對立的詩學主張。

　　這樣的徵兆在創世紀中挫整合時期其實已有顯露，而原因在內緣因素上，乃是因為創世紀詩人們自身詩歌創作歷程的自然演變。在外緣因素上，則因為創世紀詩社在超現實主義時期的聲勢壯大，以及大力傳播所主張的詩典律，使創世紀詩社已成為詩（文）壇中與之詩觀（文學觀）悖異者的攻擊對象。具體來說，創世紀遭受批評非議的焦點有二，其一乃是因為創世紀詩人在此時期之前的詩語晦澀，對詩壇造成一些負面影響，其二則為創世紀主導之詩選引發爭議。面對這些批評，洛夫在〈一顆不死的麥子〉便提到：

> 有人說：「創世紀」所主張的走「孤絕，虛無的狹義現代主義」。我們不曾表示什麼。有人說：「創世紀」倡導晦澀詩風，其路向是錯誤的。我們不曾表示什麼。有人說：「創世紀」操縱現代詩的發展，製造詩壇的混亂。我們也不曾表示什麼。因為，我們不想規避責任，如果這些確是我們的責任；我們願齋戒沐浴，仰天吞下這些責難，如果有人認為創新實驗是一種錯誤。當然，在任何新文學運動的初期，必然會發生一些個別性的偏差，以及披荊斬棘，開創局面時不可避免的缺失，但我們是誠懇的，我們審慎的處事態度與嚴肅的追求精神是不容懷疑的。[31]

七〉（第65期，1984年10月）。此外瘂弦於《中央副刊》發表〈林木蓊籠——「創世紀詩選」編後〉（1984年9月19日），張默亦於《中央副刊》發表〈檻外長江空自流——執編「創世紀」三十年小記〉（1984年10月4日）。

[31] 洛夫，〈一顆不死的麥子〉（臺灣臺北：《創世紀》第30期，1972年9月），頁4。

　　可見此時期創世紀詩社雖意在調和「傳統／現代」、「明朗／晦澀」，但對於過去「超現實主義時期」的成果卻不全盤否定，反倒是重新追蹤創世紀在起點上追求的「新民族詩型」，期待與現代主義的詩歌精神兩相結合。

　　創世紀詩社進入傳統與現代融合時期一開始，在封面上便展現了與超現實主義時期不同的風格。《創世紀》復刊號第30期（1972年9月），迴異於之前封面所呈現的現代主義的風格，開始注入了復古的情調，30期封面乃是由莊喆所設計，他集字於〈蘭亭集序〉，然後將之做撕裂的處理。這樣的封面讓人有短簡殘篇之感，也傳達了創世紀詩社，如何從西方走回東方，尋回在現代主義風潮下，被遺棄的、碎裂的中國圖騰。創世紀這樣的轉向，的確展現了有別一般人對之的刻板印象，陳芳明在《創世紀》第31期（1972年12月）的「創世紀書簡」中，在一封寫給張默的信件裡便提到「這一期（30期）的封面令人激賞，頗能超越過去『創世紀』的風格。」而創世紀詩社也在第32、33、34、36期，分別以此為封面，只是將背景顏色稍加更動而已。第56期（1981年6月）在季野的編輯下，也選用了古文做封面，都可以展現這個階段創世紀詩社重新面對傳統的走向。

　　誠如筆者於前文所述，創世紀初期所提倡「新民族詩型」就當時創世紀詩人的創作經歷來說，實在理想太高且過於籠統，而進入「現代傳統融合時期」的創世紀，在1960年代飽受詩（文）壇批評下，於「中挫整合時期」便已多所反省各方的批評意見，在先前歷期的經驗累積下，使得「新民族詩型」的部分

附圖5：《創世紀》第30期封面

理念得以實際落實，而這樣的調和方向不僅止於這個階段，而成為此後創世紀一個持續發展的路線。[32]

　　儘管重新出發的創世紀詩社重新檢討自身的營運方向，但由於詩（文）壇對創世紀詩社的刻板印象已深，使得進入「現代傳統融合時期」的創世紀詩社，仍成為批評的對象。例如關傑明在1972年2月28-29日，於《中國時報・人間副刊》發表〈中國現代詩的困境〉，以及唐文標在1973年8月分別於《文季》創刊號、《中外文學》第2卷第3期發表的〈什麼時代什麼地方什麼人？〉、〈僵斃的現代詩〉批判臺灣現代詩中過度晦澀以及缺乏時代性的問題時，都仍間接波及到創世紀詩社。誠如洛夫於〈一顆不死的麥子〉的復刊社論所宣示：

> ……今後「創世紀」的路向是在穩實中求更新的發展，在作風上，我們仍將維持以往嚴正的態度，基本上與各詩社保持友善的關係，但如有涉及重大理論之爭辯，或辱及本社令譽時，我們自無懼一切，準備接受任何挑釁。[33]

　　是以關唐事件之際，創世紀詩社除了於《創世紀》第30期（1972年9月），刊登關傑明的來信說明[34]外，更利用1972年12月出版的《創世

---

[32] 例如在此階段瘂弦於《創世紀》第59期（1982年10月）發表〈我的詩路歷程——從西方到東方〉便陳述「今天，那種一面倒，向西方學習的階段已經結束，已經到了終點，而終點也正是我們回歸中國傳統的起點，那個西化的時代，或功或過，歷史會有定評。」到了創世紀詩社下個階段（即多元化時期），瘂弦於《創世紀》第73、74期（1989年8月）合刊本所發表的〈現代與傳統的省思〉依然認為「現代與繼承的問題已漸趨解決，至少，尖銳對立的現象已不存在。」都可以看出此後創世紀詩人們重新檢討調和過往詩史與詩社發展經驗的用心。

[33] 洛夫，〈一顆不死的麥子〉（臺灣臺北：《創世紀》第30期，1972年9月），頁4。

[34] 關傑明該信指出：「拙作『中國現代詩人的困境』一文，不論由任何標準來衡量，都不夠學術性。我無意使它成為一篇專論，它只是我讀了若干中國現代詩人後個人印象的一些非正式紀錄。我只是寫下我讀當代中國詩的一些感想（我

紀》第31期中的創世紀書簡專欄，刊登了創世紀詩人與葉珊、王潤華、白先勇、張漢良等人的對關傑明〈中國現代詩的困境〉一文的批評意見的來信，寄寓創世紀詩社的反駁態度。此外針對唐文標文章，創世紀詩社更於《創世紀》詩刊第37期（1974年7月）籌備詩論專號予以回應，洛夫更在該期發表〈請為中國詩壇保留一份純淨〉一文，提出「反對粗鄙墮落的通俗化」、「反對離開美學基礎的社會化」、「反對民族背景的西化」、「反對三十年代的政治化」[35]。都可以看出創世紀詩社在這個階段以許多實際的行動，企圖澄清與反擊文學界對自身的誤解，特別是因為1970年代已降新興詩社不斷崛起，使得在1950年代便創立的「元老級」創世紀詩社除了必須面對1960年代創立的笠詩社的挑戰外，更必須面對1970年代新興詩社的衝擊，因而使得創世紀在詩（文）壇中批評意見的對應上，顯得相當積極。

在社務推動上，因為主事者逐漸成熟，除了同仁們持續進修外，在文壇上也分據各個有力的傳播工具。例如瘂弦於1977年接編《聯合報副刊》，使得創世紀詩人們在詩典律的傳播上，有一定程度的便利性。此外，此時創世紀詩社也積極培養新生代詩人，漸次將編輯社務傳接給新秀。創世紀詩人們與爾雅出版社間的互動良好，也使得創世紀詩社這段期間相關出版品的運作上獲致相當的便利性，這可反映在這段期間創世紀詩社詩選編選出版的蓬勃上。[36]

相信另有少數一般讀者亦有同感。）正如閣下（筆者按：指的是洛夫）所指出者，我的這些印象很可能是錯誤的，如閣下能將我的那些概略印象之所以錯誤的理由說得稍微詳盡些，當更有助於問題的澄清，但因閣下太忙，我們只能到此為止。」見關傑明〈致洛夫〉（臺灣臺北：《創世紀詩刊》第30期，1972年9月），頁86。

[35] 洛夫，〈請為中國詩壇保留一份純淨〉（臺灣臺北：《創世紀》第37期，1974年7月），頁5-9。這四個主張可說總結了創世紀詩社（特別是前行代詩人群）的詩觀，筆者下文會繼續深入探討。

[36] 在1976年6月，洛夫、瘂弦、大荒、商禽、辛鬱、梅新、管管、張漢良、張默繼續主編《八十年代詩選》，該詩選遂成為創世紀所持續推動的年代詩選，1976年8月洛夫則主編《中國現代文學年選（詩）》，1977年7月張漢良、張默則主編《中國當代十大詩人選集》，1980年4月瘂弦主編《當代中國新文學

　　由於對整合中挫時期的經驗有所警惕，創世紀詩社亦開始有意識的整理自身的成績，1984年9月輯成《創世紀詩選》，該詩選不限於詩社同仁，而是歷期詩刊的詩選其收入的詩作，凡作品大抵接近創世紀現代主義詩典律的作品，皆予以收入。從以上各種活動記錄可以發現，這段期間創世紀詩社持續展現其衝勁，幾乎年年編選出版詩選，然而由於其編選的標準所涉及的詩典律未必為詩壇所認同，因此仍與其他詩社有所摩擦，其中特別是與笠詩社間的衝突更加地趨於激烈。

（五）多元化時期

　　創世紀詩社自其詩刊第66期（1985年4月）至今第133期（2002年12月）為多元化時期[37]。除了經濟的問題外，在上個階段（即現代傳統融合時期）創世紀詩社在編輯水準以及相關社務活動，都已呈現相當穩定的狀況。然而，社中創社詩人們卻也已不再年輕，是以在創世紀三十週年紀念會之後，便將創世紀詩社主要社務，也就是創世紀詩刊的編輯工作轉接給社中新生代詩人。創世紀創社詩人的交棒，象徵著創世紀自身的新陳代謝，同時也展現了創世紀詩社本身的開放精神，以及期待新血使創世紀詩社能持續其一貫的活力。理想層面是如此，但在新舊轉換的過

　　大系》（詩卷），1981年6月張默主編《剪成碧玉葉層層》該詩選為現代女詩人選集，1982年6月瘂弦、編委會主編《抒情傳統——聯副三十年文學大系・詩卷》，1982年9月張默主編《感月吟風多少事——現代百家詩選》，1983年3月張默則主編《七十一年詩選》。

[37] 《創世紀》詩刊「多元化時期」重要的宣言與理論文章，分別為沈志方，〈向詩史請纓〉（第66期，1985年4月）、侯吉諒，〈寫在前面——如果你們不光只是「繼承」，為什麼不乾脆另創一個詩刊？〉（第67期，1985年12月）、江中明，〈迷思中的沈思——編前語〉（第68期，1986年9月）、侯吉諒，〈見證時代——兩岸詩論專號前言〉（第73、74期，1988年8月）、洛夫，〈建立大中國詩觀的沈思〉（第73、74期，1988年8月）、侯吉諒，〈超穩定與多元化〉（第76期，1989年8月）、杜十三，〈再「創」現代詩的新「世紀」〉（第77期，1989年11月）、簡政珍，〈「創世紀」與詩的當代性〉（第99期，1994年6月）、創世紀詩社，〈《創世紀》詩社特別啟事〉（第117期、張默，〈向另類詩的星空探險〉（第118期，1999年3月）。

程中其實牽涉許多的問題，除了技術面的詩刊編輯、社務運作外，更重要的是實質面上詩社典律繼承、轉化的課題。當時新生代人初次接掌《創世紀》（即第66期）首篇社論〈向詩史請纓〉，便是由沈志方操刀。這篇社論宣言儘管振振有詞，但是與創世紀前幾個階段的主張其實大同小異。

就詩社營運史的觀察，創世紀詩社的傳承背後，同時也涉及了創世紀詩社之前奠定的詩歌創作典律，與詩社營運的態度如何延續的問題。臺灣現代詩壇中各個詩社（特別是社齡長者）的文學人力，主要都是由其主幹詩人支撐，但詩社一旦營運既久，如欲企圖繼續延續下去，就不能徒靠這些主幹（老幹）詩人硬撐，因此每個詩社都莫不期待新枝接續其社務運作。新枝的接續當然要有其自身主動的意願，詩社本非營利（事實上也不可能）的組織，因此新生代詩人必然乃是認同詩社的理念，這樣的認同與承接，比起各式各樣的論文，更能證明詩社自身典律的確建。但是，詩社典律儘管透過新生代詩人不斷地記憶與言說獲致傳承，但卻不意味典律的內質恆常不變，事實上，隨著文學環境轉變，過往的文學記憶與經驗在追述中，往往會被片面的加強，或者，被片面的遺忘，無論是添加或抽離，都促成典律漸次被擬造轉換。

特別是創世紀詩社自身實驗創造的典律精神，使得創世紀這個階段詩社發展主要的命題，不在於新生代詩人如何崇仰往日典律，比起縱的繼承，更重要的是接棒的新生代詩人帶來了怎樣橫的碰撞。在繼承與碰撞間的取決，實是新生代詩人面對自身詩社典律時所不得不衍生的焦慮，新生代詩人既不願成為叛教逆子，卻也不願成為代聲鸚鵡，誠如侯吉諒在第67期（1985年12月）接掌《創世紀》編務後，第一篇編語〈寫在前面——如果你們不光只是「繼承」，為什麼不乾脆另創一個詩刊？〉便犀利地指出：

> 如果，「新的」創世紀只是「舊的」創世紀的延長，似乎，所謂的「交棒」並沒有任何新陳代謝的意義。如果，「新的」創世紀只是與「舊的」創世紀完全不同，那麼，「創世紀」這個詩刊，似乎就

不應當繼續存在。這當然是一個尖銳的問題，一個正是我們需要深思的問題——新人接編以後的的創世紀，應該要有什麼新的面貌、個性和作風？新舊之間應該要有那種程度的交集？……但更重要的問題，我們也知道，是如何注入創世紀在內容、編輯方面、甚至活動方面等「體質架構」的新生命，而又維持它原有的特色！[38]

　　侯吉諒該文比起沈志方的〈向詩史請纓〉，更直接切入新舊交替的問題核心，也點出新生代詩人在衝擊而非摧毀的大方向下，如何在典律中注入新生命的難度，1985年4月到1986年9月，這段期間創世紀詩社便陷入了這樣混沌未明的狀態，同時亦有拖期的現象[39]凸顯了新舊交替在接榫上的陣痛。不過在第67期（1985年12月）發刊以後，這個問題漸次解決，新生代詩人開始「以自身所處的80年代現實情境」為立場，以此自別創世紀前行代詩人並主導著創世紀的運作。而所謂的現實現況，主要乃是1980年代以降臺灣社會由農業社會向工商社會轉型，以及政治局勢的開放，黨外運動的蓬勃，鄉土意識的發揚之情境。這樣不斷開放的社會情境，都非社中前行代詩人當年創辦創世紀詩社時的臺灣社會所能比擬，特別是如何面對鄉土文學論戰以來本土意識的成形，以及後現代主義浪潮的襲擊，更成為新生的創世紀詩社必須面對的兩個重要的課題。

　　《創世紀》在1985年4月改由新一代詩人編輯後，從今天的角度重新檢討他們接辦的成績，或許在專欄設計上仍不脫之前的模式。但是至少在封面設計上，為《創世紀》帶來新的氣象，這主要還是因為主編群的轉變，使得其藝術趣味也連帶轉變。可以發現在多元化時期，《創世紀》的封面除了在84-92期仍使用傳統的繪畫[40]外，其他部分的確也呈

---

[38] 侯吉諒，〈寫在前面——如果你們不光只是「繼承」，為什麼不乾脆另創一個詩刊〉（臺灣臺北：《創世紀》第67期，1985年12月），頁7。
[39] 以季刊4個月發刊的標準來看，《創世紀》第66期（1985年4月）與第67期（1985年12月）間遲延了4個月，第67期（1985年12月）到第68期（1986年9月）間遲延了5個月。
[40] 繪畫部分有部分仍是由張默進行選用。

附圖6：《創世紀》第71期封面　　　附圖7：《創世紀》第71期背面

現多元化的設計風貌，侯吉諒選用一些使用電腦影像處理技術的封面
設計，例如第71期（1987年8月）的封面，呈現的是——從時間的鐘面
上，綻放而出的各種圖像：有唐仕女、蒙娜麗沙、比薩斜塔、總統府、
奔跑的運動員、中國瓷器、實驗瓶等等。這一連串跨越東、西方的圖
像，在對照拼貼之中，其實傳達了此時社會上的多元複雜化的情境，這
也是接辦《創世紀》的新世代詩人們所必須面對的臺灣社會情境。

　　特別是1987年10月15日，國民黨政府開放大陸探親後，創世紀中的
軍旅詩人們紛紛訪鄉探親，在寬慰鄉愁之餘，更與大陸詩壇多所交流，
激起創世紀詩社思考在詩史上自身的定位。在政治解禁下，辨別1949
年後臺灣現代詩史與大陸現代詩史各自的發展與成績，成為此時創世
紀的要務之一。除此之外，工商業的發達，帶動大眾娛樂的盛行，促使
人們審美觀更趨於物化，使得文學面臨更強大的商業機制的挑戰，特別
是強調文字凝練的現代詩更趨於小眾化，也促使創世紀詩社思考現代詩
推廣的問題，例如杜十三於《創世紀》第77期（1989年11月）社論〈再
「創」現代詩的新「世紀」〉便寫到：

詩的動人，是必須要建立在對「人」傳播的可能性與可行性之上
的，「文字」的傳播在過去是對「人」最有效的傳播形式……對
「現代人」而言，「傳播」的最大效果，卻已不全然是文字了，
而可能是電波、聲波、影像，或是以上的數種和文字的結合——
這是後現代情狀之下，做為一個現代詩人所不能忽視的重大問
題，而詩要復興祂的最高「動」能，似乎也必須在文字的形式之
外，同時容忍其他聲光媒介的結合，以配合現代人的生活節奏和
形式才有可能——而這已不是「文」學或不「文」學的問題了，
而是「人」或是不「人」的問題……[41]

　　新生代詩人對於聲光科技有著較高的接受度，帶動創世紀詩社持續
跟著時代尖端，不只企圖藉此實驗創作，更利用新的科技傳播現代詩運
動。[42]當然，在這個階段中創世紀前行代詩人們仍未停止其文學活動，
一方面他們過往的創作成果也逐漸被文壇與學術界予以經典化[43]，一方
面他們也繼續以「傳統」的方式，透過主辦座談會[44]、編詩選或相關編
目[45]推廣詩運。

　　儘管此時創世紀詩社新生代詩人與前行代詩人各有發展，但是在
《創世紀》125期（2000年12月）以後，卻逐漸可以感受到新生代詩人

---

[41] 杜十三，〈再「創」現代詩的新「世紀」〉（臺灣臺北：《創世紀》第77期，
1989年11月），頁4。

[42] 例如在楊平與須文蔚都積極擴展網路詩的領域，挖掘在網路上寫作的新生代
詩人。

[43] 例如：1990年9月29日輔仁大學主辦的「第二屆國際文學與宗教會議」便在
「詩與超越」部分，以葉維廉詩作為研討對象；瘂弦《深淵》、洛夫《魔
歌》、商禽《夢或者黎明》入選文建會與聯合副刊合辦「臺灣文學經典」書目
三十種等等。

[44] 例如：1992年8月7日起洛夫與臺北「誠品書店」合作，發起標榜長期性、小眾
化、精緻化的「詩的星期五」活動，定於每月第一個星期五舉行。

[45] 例如：張默主編之《臺灣現代詩編目》（一九四九─九一），瘂弦、陳義芝主
編《八十六年詩選》，瘂弦主編之《天下詩選》，辛鬱、白靈、焦桐主編《九
十年代詩選》。

對於詩刊的編輯活動的參與逐漸疲弱，其中的原因主要還是現實環境下的問題，經費的籌措、編務的煩碎、個人生活的顧慮等等現實問題干擾著他們。因此前行代詩人張默於是重新參與編務運作，老將未必永遠保守，進入21世紀的創世紀儘管在詩社活動已不那麼活絡，但在其基本的詩刊營運上仍迭有新鮮的創意。

二、笠詩社社團發展史

在臺灣，因為特殊的政治氣氛的影響，1949年以後（特別是1950、1960年代）在政治禁忌的約束下，民間的臺灣省籍人士要組成社團誠屬不易，這也是為什麼從1935年銀鈴會以後，直到1963年才有另一個以省籍詩人為主的詩社──笠詩社出現。笠詩社的創辦，主要是受到吳濁流創辦《臺灣文藝》的刺激與鼓舞，1963年小說家吳濁流因病險些送命後不再猶豫，開始努力企圖打破臺灣文學家在當時政治情境下所面臨的僵局。

1964年3月1日吳濁流為成立《臺灣文藝》，借臺灣合作金庫舉辦創刊籌備座談會，由施翠峰教授擔任主席。參加者多為臺灣省籍創作者，其刊名正意在以「臺灣」為號召，匯集省籍作家的力量。該次會議主要以小說作為討論主題，因此會後受到激勵的省籍詩人趙天儀、陳千武、吳瀛濤、白萩、薛柏谷、王憲陽等人，便相約到台北市華陰街吳瀛濤的住處舉行「會後會」。吳瀛濤當時個人早已有創辦詩刊的想法，李魁賢在《笠》46期（1971年12月）〈孤獨的暝想者──悼念詩人吳瀛濤先生〉一文寫到：

> 有一段期間，他（吳瀛濤）也頗想有所作為，那正是他出版第二部詩集『瀛濤詩集』（四十七年六月）的時候，他有意把「展望詩社」辦起來，在四十七年詩人節的翌日，他還把荷生、柏谷、錦標、和筆者，邀到他位於華陰街十五號的舊宅去討論發起事宜。[46]

---

[46] 李魁賢，〈孤獨的暝想者──悼念詩人吳瀛濤先生〉（臺灣台北：《笠》46期，1971年12月），頁43。

　　因此在該次聚會，吳瀛濤藉此機會建議創辦省籍詩人詩社，他認為：「《臺灣文藝》要出刊了，是綜合性的文學雜誌，值得慶賀，可是我們還要一本純詩刊。沒有一本臺灣人自己的詩刊，怎能建立獨特而完整的臺灣文藝？文藝不能沒有詩。」[47]因此向大家提出討論，有了共識後便開始進行實際的籌備工作。

　　他們所以亟欲成立本省籍詩人的詩社，其動機誠如李魁賢〈臺灣的現代詩〉一文所言：「……在與中國來臺詩人主宰編輯權的詩社風格感到格格不入的情況下，兩代結合的契機而於一九六四年三月成立笠詩刊社，於六月創刊《笠》詩雙月刊。」[48]乃是期望本省籍詩人能有較為平衡（公平）的發表空間，戰後臺灣省籍詩人這樣的意識，也可以說是日後臺灣現代詩本土意識的萌生起點。很快地在3月8日，陳千武與錦連、林亨泰、古貝便到卓蘭詹冰家集會，討論籌備詩刊的細節問題，其中便包括詩刊的定名，陳千武回憶笠的定名時指出：

　　　　首先是詩刊的名銜。從各人提出的詩刊名稱，如「臺灣詩刊」、「華麗島詩刊」；還有其有臺灣特色的植物「相思樹」、「榕樹」、「鳳凰木」這些容易看到的名字，不無嫌通俗了一點。林亨泰提出了「笠」一個字，令人想到與「皇冠」的對比。臺灣斗笠的純樸、篤實、原始美與普遍性，不怕日曬雨打的堅忍性，也就是表示島上人民勤奮耐勞、自由與不屈不撓的意志的象徵，隨即獲得了大家一致的贊同，決定出版《笠》詩刊，雙月發行。[49]

　　除此之外，陳千武對「笠」的解釋，亦有笠的台語發音為「你」[50]此一說，趙天儀便認為「因此，『笠』可以說象徵每一個人的結合，是

[47] 陳千武，〈談「笠」的創刊〉（臺灣台北：《臺灣文藝》102期，1986年）。
[48] 李魁賢，〈臺灣的現代詩〉（臺灣臺北：《笠》第135期，1986年10月），頁79。
[49] 同註47。
[50] 乃是1967年4月，日籍詩人高橋喜久晴訪台時，於座談會中詢問陳千武笠詩社

個群體，而不是『我』這樣的個體。」[51]因此笠的發音，也象徵你我不分以及力量的意思。林亨泰也認為笠的發音為重音也帶著穩重的意味，這都是其他笠詩社同仁對於笠的指稱幾種的詮釋[52]。但是，無論那種詮釋都間接呈現了笠詩社與詩人其後，強調自身「在野[53]」、「民間」、「親近弱勢」、「樸實」的特質。

　　笠詩社名稱以及相關討論確定之後便草擬章程，並正式發出通知邀請書[54]。最後參與創刊的發起人共有12位，分別為：吳瀛濤、詹冰、桓夫、林亨泰、錦連、趙天儀、薛柏谷、白萩、黃荷生、杜國清、古貝、王憲陽[55]，這12位詩人不約而同皆為臺灣本省籍詩人，彼此之間各有關連，除了或有私誼以及姻親關係[56]外，甚至更有曾在戰前便共同參加過詩社的關係[57]，使得他們甘冒政治禁忌創辦臺灣省籍詩人的詩社。

　　笠詩社既於3月16日正式宣告成立，同年6月便發行自身的機關刊物《笠》詩刊，因為尚未正式登記，便先暫借「曙光文藝社」的名銜進行出版[58]。笠詩社終於正式開始了自身的社團發展史，以下筆者將其社團發展史分為「詩學批判」、「鄉土寫實」、「社會批判」、「本土精神」四個時期探述之。

何以以笠為名，陳千武便回答：「『笠』（ㄌㄧˋ），就是臺灣話的「你」，國語的「笠」跟台語的「你」發音相同。」。

[51] 李敏勇，〈座談記錄：星火的對晤〉（臺灣臺北：《笠》第56期，1973年8月），頁92。

[52] 而由於笠詩社中的詩人們多有日文背景，因此平常私下也習慣以「笠」的日語發音相暱稱。

[53] 例如李魁賢詩論集《詩的反抗》（臺灣台北：新地文學出版社，1992年6月）代序中便自言：「詩人是天生的在野代言人。」。

[54] 該邀請書內容有五部分，分別為：甲、名銜事項——笠詩刊。乙、工作分配。丙、選稿方式。丁、費用收入方式。戊、其他。

[55] 然而薛柏谷從未參與過笠的任何活動以及寫稿，古貝與王憲陽於笠詩社第一年便退出。

[56] 趙天儀與吳瀛濤之間私誼甚篤，陳千武為杜國清之姊夫。

[57] 林亨泰、詹冰、錦連曾共同參加過銀鈴會。

[58] 《笠》詩刊後於1965年10月登記成功，由黃騰輝擔任發行人至今。

（一）詩學批判時期

　　笠詩社在《笠》詩刊第1期（1963年6月）到第32期（1969年8月）間為詩學批判時期。林亨泰在《笠》首期刊頭社論〈古剎的竹掃〉開宗明義便寫到：

> 雖然就某種人來說，做為一個學者是他的目標和終身的理想，但有「只能當學者」的這種人，實在是很糟的，……因為他們並不想打開箱子看看其中所裝有的是什麼東西，就想把它拿在手中加以玩弄；有時候，他們更由於包裝或出產地的原故，盲目地加以讚嘆，或盲目地加以蔑視，因為他們只要求「嚐一嚐」就感到滿足，……但是，我們應該知道，亞朗（Aiain）曾經也說過：「不是嚐一嚐就夠，而要吃的啊！」……他們雖然是站在外邊，但卻自認為是對內裡最清楚的人，……因為他們只在於能嚐一下就夠了，所以，他們滿足於玩弄措辭法，及看著穿尼龍絲襪的美而發呆。是故，大學中文系之不能比軍隊培養出更多的詩人或小說家，其原因在此。[59]

　　可見創刊初期的笠詩社一開始企圖展現的，並非一般論者對其那般鄉土的、寫實的刻板印象，而是建立客觀詩學批判的色彩。在笠詩社初期的營運上，笠詩社詩人已有以詩學為主，盡量不觸擊政治議題的共識。因此儘管笠詩社成立之初，無論是社員身份以及潛在創社動機上，都呈現本省籍色彩，但是他們初期營運詩刊，主要營造的是批判當代詩壇與詩刊剪輯二手轉譯的西方文獻，以及囫圇吞棗後浮誇詩論的亂象，並企圖透過營造客觀的詩歌批評與審稿機制以矯正之。這反映在其機關刊物笠詩刊初期的專欄設計上，除了與一般詩刊刊登詩作、翻譯之外，更設立了「笠下影」、「作品合評」、「詩壇散步」三個固定專欄。其中「笠下影」乃

---

[59] 林亨泰，〈古剎的竹掃〉（臺灣臺北：，《笠》第1期，1964年6月），頁3-4。

是介紹當代臺灣的詩人，「作品合評」為該期編輯邀請詩人品評當期選入的詩作，「詩壇散步」則是探述當時的新詩集，都可看出笠詩社主其事者的用心。特別是翻譯，他們努力地以分工與系統化的方式，進行深入的介紹與研究。

　　笠詩社初期對現代詩的研究精神的落實方式之一，便是透過直接譯介西方作品以保持與世界溝通的管道，這樣的歷程也使他們的詩學觀點漸有雛構。這時在詩社內部已慢慢有強調語言明朗、詩學研究的共識，並在聯合批評的機制中逐漸凝聚彼此的詩觀。當然他們並非閉門造車，創立之初的笠詩社也謀求與當代已成名的詩人詩社進行合作交流，除了拉抬自身的聲勢外，更重要的是塑造其客觀性的色彩，以及吸收各詩社詩人的卓見與針砭。例如初期便曾刊有林錫嘉對紀弦的專訪（第13期）、刊登紀弦給趙天儀的公開信（第14期），邀請創世紀詩人參加作品合評，此外笠詩社也與其他詩社一起參與現代詩的推廣活動[60]。同時他們也開始與日本詩壇進行交流[61]，在1966年3月12-14日，笠詩社與臺灣其他詩社（含創世紀詩社）便一同參加了日本靜岡縣中央圖書館展覽之「早春的詩祭」活動。

　　以上為笠詩社在詩學理念上的發展，至於這段期間笠詩社在社務上的發展，有以下幾個重點：

附圖8：《笠》第1期封面

---

[60] 例如1966年3月25-27日，參加中美文化經濟協會舉行之「現代藝術季」，以及1966年3月29日青年節參加「現代詩展」，於台北西門町圓環露天展出詩人詩作。

[61] 這主要是因為創社詩人們有大部分皆為跨越語言一代的詩人，他們皆嫻熟日文以及自身文學歷程多少與日本文學發生關係，因此自然與日本文壇多所往來。

　　第一、克服刊物出版的相關問題。笠詩社初期在營運上亦面臨了經濟難題，主要的開支乃是《笠》詩刊的印刷費用[62]。《笠》詩刊第1期便是由林亨泰選稿，趙天儀湊足新台幣三百元買紙，送由黃荷生開設的福元印刷廠印刷出刊。第2期，仍由林亨泰選稿，而吳瀛濤去找一家印武俠小說的印刷廠印刷。第3期，續由林亨泰選稿，趙天儀、吳瀛濤則一起拿到憲兵印刷廠印刷。第4期到第6期，由彰化林亨泰、錦連、古貝負責相關社務。第7期、第8期白萩選稿，由於其企圖心較大，擴大了篇幅，連帶印刷支出也隨之水漲船高，笠詩社差一點因此而倒下，由陳千武、錦連、趙天儀相約募款，才得已繼續辦下去，可見在初期笠詩社的在詩刊印刷上顯得相當曲折，直到後來才漸漸步上軌道。

　　第二、笠詩社同仁開始掌握其他媒體。吳瀛濤原本在1963年3月前（即吳濁流臺灣文藝籌備會之前）便籌議創辦詩刊，後來參與創辦《笠》之後，便另外成立《詩展望》，其發刊類似《藍星》乃是借報紙副刊之便發刊，所刊登詩作有部分為笠詩刊裡因版面不足而無法刊登的作品，因此可說是《笠》的另一個腹地。其於1963年11月25日創刊，至1965年1月4日借《民聲日報副刊》及《臺灣日報》的「文藝雙週刊」以《詩展望》專輯每週日出一期，其後改為油印32開本，出到28期後於1968年2月休刊，後曾轉由趙天儀、藍楓接編，發行長達三年半。此外，1970年2月起，陳千武並擔任《中堅綜合文藝青年刊物》主編。笠詩社同仁這樣開始掌握媒體資源都有助於推廣自身的詩學理念，並藉此發揮自身詩社的影響力。

　　第三、茁壯自身的社務組織。這段期間笠詩社透過固定舉辦的年會，完成其組織化過程，成立社務委員會、社長、顧問、經理部、編輯部、資料室[63]，這也使得笠詩社在社務組之上趨於健全，能有效的分工。而在1965年1月2日，召開第一次年會兼同仁大會時更決議發行「笠

---

[62] 如同臺灣目前為止所有詩刊一樣，通常編輯都不予以支薪，投稿者也往往沒有稿酬，《創世紀》如此，《笠》亦然。這樣的現象涉及了文藝與商業互動的問題，以及如何調和純文學以及流行文學間的關係。

[63] 同註59，頁122。

叢書」[64]，協助詩社同仁發行自身的作品集，有助於彙整笠詩社同仁的創作與研究實績。

第四、笠詩社開始編選詩選。這段期間笠詩社亦開始從事詩選的編輯事務，1965年1月16日，文壇社為慶祝臺灣光復二十週年印行省籍作家叢書，其中新詩選輯便委託笠詩社編輯[65]。這也是首次以笠詩社為單位進行編選的詩選，有助於日後笠詩社進行相關的詩選編著，在該詩選中笠詩社同時整理了臺灣省籍詩人的成績，有助於日後對臺灣現代詩系譜的追蹤。此外，1966年4月亦籌畫《中華民國現代詩選》日文本翻譯，並交由日本思潮社印行。

第五、栽培新秀。笠詩社在這個階段積極的挖掘年輕詩人，在1966年2月第11期上便有刊登招募大專院校駐校聯絡員的啟示，除了意在推廣詩運外，亦有栽培新秀詩人的用意，很快地《笠》詩刊中便有文化大學華岡詩社詩人，包括蔣勳、龔顯宗、陳明臺[66]等人的座談記錄刊登出來。1967年1月15日，笠詩社便為當時的新生代詩人鄭烱明舉辦「鄭烱明作品研究會座談」，這也是笠詩社首次進行對新生代詩人的專門討論，該次座談錦連一開始便談到：「上次桓夫說過：『笠』創刊的目的在於培養年輕詩人。因為年老一代的人，詩思已枯竭，勉強寫出來也是無聊；故此我們計畫今後只要有年輕人的好作品，盡量加以成輯，作為研究資料。」[67]林亨泰亦言：「我想，詩是年輕人的，因為他們有活力，富於幻想，寫出來的東西較能動人心弦；所以我們盡量的培養新人，使其有所成就。」[68]可以看出笠詩社創社詩人們獎掖新秀之意。此

---

[64] 在當時由於新聞局出版規定作家作品需有標有相關出版社（組織）的名銜以利相關審查，故當時詩人作品集都各自附屬於不同詩社。

[65] 笠詩社編委分別為：桓夫、林亨泰、錦連、趙天儀、古貝。

[66] 陳明臺為陳千武之子，文化大學華岡詩社與笠詩社間的接觸，陳明臺應有邊線之功。

[67] 張彥勳，〈座談會：「鄭烱明」作品研究〉（臺灣臺北：《笠》第17期，1967年2月），頁40。

[68] 同前註。

外，笠詩社這段期間內逐漸嶄露頭角的新生代詩人尚有李敏勇、拾虹、
陳鴻森等人，而這些新生代詩人的出現，使得笠詩社的班底相當早便出
現世代性，同時也成為主導笠詩社後續各階段發展的重要動能。

（二）鄉土現實時期

笠詩社在《笠》詩刊第33期（1969年10月）到第101期（1981年2
月）為鄉土現實時期。笠詩社所以漸漸由詩學批判時期向鄉土寫實時期
推移，可說是因為兩個條件的成熟：

第一、其研究批評對象的重心，
逐漸由社內詩人轉向至社外詩人：笠
詩社在詩學批判時期之初，大部分主
要僅針對投稿作品以及社內詩人進行
批評研究。但是對當時著名詩人的批
評研究卻不是沒有，主要的論述的紀
錄都集中在柳文哲（當時趙天儀的筆
名）的「詩壇散步」專欄中，其批評
的重點集中在詩語過於拘泥傳統古典
韻律者，這可以對藍星詩社的余光中
與周夢蝶的批評為代表[69]；以及生硬
地吸收西方營養者，這可以對創世紀

附圖9：《笠》第33期封面

---

[69] 可見《笠》第2期（1964年8月）柳文哲對余光中《蓮的聯想》的批評，其言：
「作者掙脫格律的枷鎖，好不容易跟上現代的流行，竟又套上新古典的鐐銬；
這本集子，只看出作者對稱的句法，工整的語法，卻不能讓我們感受到一股
新鮮的風味。」（頁24）。以及《笠》第9期（1965年10月）柳文哲對周夢蝶
《還魂草》的批評，其言：「當『創世紀』在民國四十五年鼓吹著「新民族詩
型」，當余光中先生留美歸國，曾經徘徊在在古董店與委託行之間，這都表示
我們這一代的中國人，還在摸索探求的階段，現代的中國詩，既不是中國古詩
詞的再版，也不是外國詩的翻版，而是要靠我們這一代來作嶄新的創造。」
（頁63）、「作者除了在書本上打滾以外，生活圈子越來越受限制；表現的純
粹性也越來越顯得淡薄，這在我們的創作上，正是一種危險的信號，願作者注
意詩創作的斑馬線，別讓典故造成意外的車禍啊！」（頁66）。

詩社的張默與洛夫的批評為代表。到了詩學批判的後期，由於笠詩社透過批評研究經驗的累積，已逐漸確立自身的詩學觀點，對於社外詩人的批評論述愈見頻繁。

　　第二、社中新生代詩人逐漸成熟，由於年輕有活力，他們更具衝勁，他們對自身言論主張的表達方式顯得更為直接，而無懼所謂的「詩壇權威」，這也帶動了笠詩社本身的詩社營運風格趨於活絡。

　　在以上兩個條件的漸趨成熟後，笠詩社挑戰當時詩壇權威之勢越益明顯。這也意味在詩典律上，與1960年代創立的藍星與創世紀詩社們的衝突也越大越全面。因此這個階段首先有傅敏（當時李敏勇的筆名）於《笠》第43期（1971年6月）發表〈招魂祭〉一文批評洛夫所的編選《1970詩選》之舉，這也引發了創世紀詩人與笠詩人的大規模論戰。這場論戰的戰場主要在《笠》詩刊與《水星》詩刊上，論爭的焦點在初期集中詩選評選標準背後，所涉及在詩語言的有機性、彈性，以及新舊詩人間世代衝突的問題。但是隨著《水星》第五號論壇宋志揚〈溫柔的感嘆〉一文中指稱笠詩社為「日本現代詩的翻版」，以及《水星》第六號論壇夏萬洲更批評笠詩社為日本詩壇的「殖民地」後，兩詩社間的論爭焦點在西方與中國文學的吸收轉化的爭議上，更介入「臺灣」議題，並觸動了兩詩社詩人（特別是創社詩人）因族群身份差異而引起的文化辯論。

　　此外，由於趙天儀在笠詩社詩學批判時期中於《葡萄園》第23、24期合刊本（1968年6月）所發表的〈談方思的「仙人掌」〉、《笠》第37期（1970年6月）「詩壇散步」評介〈死亡之塔〉以及《笠》第41期（1971年2月）名詩選評中，皆對藍星詩社詩人羅門

附圖10：《笠》第43期封面

的〈麥堅利堡〉一詩有所批評。引發羅門撰〈從批評過程中看讀者、批評者與作者〉反擊，與趙天儀展開筆戰，可以說在鄉土寫實這個階段初期，呈現的是笠詩社同時與藍星、創世紀進行交鋒的局勢。

笠詩人對自身省籍詩人身份的堅持，亦促使笠詩社在當時「中國文學」的大敘述下，開始追溯自身的文學系譜。此時在笠詩社鄉土寫實時期中，與創世紀詩人在詩選上的爭議，也逐漸發酵。笠詩人除了持續對創世紀詩人所主導編輯《七十年代詩選》、《中國現代文學大系——詩集》進行批評[70]外，更重要的是，在與創世紀詩社的對搏中，除了繼續堅持自身詩語的明朗特質，更開始進一步強調自身的鄉土與寫實性格。在創社初期笠詩社創辦詩人們由於當時政治氣氛以及自身省籍身份因素下，自然不願在鄉土議題上大作文章以免遭受查禁，但是在鄉土寫實時期在種種外緣因素的刺激下，笠詩社詩人們慢慢開始強調自身的本省籍身份，同時也促使他們著重於宣揚「鄉土寫實」的重要性，並在檢討中國新詩史的同時，建立臺灣詩文學的系譜。這項工作可以從笠詩社同時進行「臺灣新詩的回顧」（《笠》第33、35、51、52期）以及「中國新詩史料選輯」（《笠》第47-56期）看出笠詩社的企圖心，而這時陳千武也正式提出了笠詩社最重要的詩史觀——雙球根說[71]。

1970年代在1972年的關唐事件，以及1977年鄉土文學論戰的連番刺激下，整個詩文壇的走向，可以說是由追求「時代性」轉趨到追求「鄉土性」。事實上，笠詩社在時代與鄉土性探求起點，至少可以追溯至1970年代之前。因此儘管笠詩社詩人皆未深入當時關唐事件，以及鄉土文學論戰的主戰場之中，但是不可否認1970年代文學大環境的走向，實有助於笠詩社繼續在鄉土性與現實性發揮。

---

[70] 相關批評文字有鄭烱明，〈不能忽略的事實——從「七十年代詩選」談起〉（《笠》第46期，頁95-97）、杜國清，〈評「中國現代文學大系·詩集·序」〉（《笠》第51期，頁67-75）。

[71] 該說首見於《華麗島詩集》之後記〈臺灣現代詩的歷史和詩人們〉，原文為日文後由《笠》詩刊編輯部轉譯刊於《笠》第40期（1970年12月）。

　　笠詩社這段時期的里程碑可以《笠》詩刊第100期（1980年12月）
的出版為代表，該期卷首論壇上鄭烱明〈創造詩的歷史〉一文中提到：
「『笠』的存在，已經為未來的中國的詩壇，提供一條可行的方向，那
就是堅定藝術的、社會的、鄉土的三者平衡發展。」[72]可以說總結了笠
詩社的發展成果。同時在該期座談會「詩的社會性」以及趙天儀在〈詩
的精神力量——笠百期編輯後記〉中，亦強調「社會正義的精神」[73]。
其實都慢慢點出了下個階段笠詩社的發展路向。

　　以上為笠詩社在詩學理念上的發展，至於這段期間笠詩社在社務上
的發展，有以下幾個重點：

　　第一、與1970年代新興詩社的互動頻繁。1970年代新生代詩人們
不斷創立詩社表達他們對詩時代性的要求，這時新創立詩社中的要員多
與笠詩社有所關連。有本為笠詩社同仁，後來在新興詩社結束營運後又
回笠詩社者，龍族詩社[74]的同仁林煥彰、喬林、施善繼以及大地詩社的
林錫嘉，原先就屬笠詩社，但仍持續與笠詩社保持聯絡。他們雖脫離笠
詩社，但仍持續在《笠》發表作品保持互動關係。此外更有原不屬笠詩
社，後來在新興詩社結束加盟笠詩社者，例如龍族詩社的陳芳明，後浪
詩社[75]的莫渝，主流詩社[76]的黃勁連、羊子喬，後來便加入笠詩社。也有
仍為笠詩社詩人，但另外創辦刊物者，例如岩上1976年7月25日於南投
創辦《詩脈季刊》[77]。

---

[72] 鄭烱明，〈創造詩的歷史〉（臺灣臺北：《笠》第100期，1980年12月），
頁1。

[73] 趙天儀，〈詩的精神力量——笠百期編輯後記〉（臺灣臺北：，《笠》第100
期，1980年12月），頁60。

[74] 龍族詩社於1971年1月1日創社，1971年月3日正式發行其機關刊物《龍族詩
刊》，共出刊16期。

[75] 其機關刊物《後浪詩刊》於1972年9月28日創刊，至1974年7月15日休刊。此外
後浪詩社亦於1974年11月25日另外創辦《詩人季刊》

[76] 主流詩社於1971年6月15日創社，1971年7月30日創刊，共出13期。

[77] 《詩脈季刊》共出版9期，於1980年9月休刊。

笠詩社當時與這些新興詩社可說互動頻繁，當時陳芳明等人亦時有詩作與論文等稿件投遞，《笠》中也時見推薦這些新興詩社的廣告。當然值得注意的是，這些當時分流出去以及後來匯流進入笠系譜的詩人們，都強調著與笠詩社所主張的鄉土寫實路線，無形中都孳衍擴大了笠詩社的影響圈。總的來說，誠如《笠》詩刊第44期（1971年8月）編輯後記寫到：「在混亂無秩序的中國詩壇，最近有許多以青年詩人為中心的詩誌創刊發行，這是一個極為可喜的現象。」[78]笠詩社與這些新興詩社間的關係大抵和諧。

第二、除編選詩選外，更致力於選譯臺灣現代詩，向國外推廣臺灣現代詩的成果。這段期間笠詩社不只「進口」，更致力於「出口」，除了持續推動翻譯國外優異詩作進入臺灣詩壇外，更勤於整理臺灣現代詩豐碩的成果，介紹給外國詩壇。在1970年11月1日由日本若樹書房代為發行《華麗島詩集》，該詩集為笠詩社以日文選譯臺灣詩壇65位詩人105首詩作，是臺灣詩史上第一部日譯臺灣現代詩選，另外於1979年2月，繼續以日文選譯笠詩社詩人代表作出版《臺灣現代詩集》。

第三、中生代詩人逐漸分擔社務的編輯。此時笠詩社新生代詩人班底日益厚實，對於笠詩社的資助不僅在於提供創作上，更實際協助《笠》詩刊的編輯，其中在刊物座談、專輯的規劃上，以李敏勇襄助猶多，且由於其詩觀的主張，更引導了笠詩刊下個階段的走向。在詩翻譯上，此時在笠詩社的鼓勵下，當時尚未加入笠詩社的莫渝，開始「有系統地譯介法國詩，填補了笠一直最弱的法國詩選譯的一環，他的參予，使笠在翻譯方面的貢獻，更為圓滿。」[79]。在評論方面，李勇吉（筆名旅人）也提供了7萬多字的〈中國新詩論史〉，自《笠》66期（1975年4月）開始連載，雖因作者事忙該文未能撰畢，但是在提供笠在評論厚度與深度上的貢獻是無庸置疑的。

---

78 臺灣臺北：《笠》詩刊第44期（1971年8月），頁81。
79 李魁賢，〈笠的歷程〉（臺灣臺北：，《笠》第100期，1980年12月），頁51。

（三）社會批判時期

笠詩社在《笠》詩刊第102期（1981
年4月）到第140期（1987年8月）為社會
批判時期。1970年代在政治的黨外運動
以及文學界的鄉土文學論戰的交叉輻射
下，使得當時臺灣的社會氣氛中呈現臺
灣鄉土意識的揚升。1970年代末爆發
的中壢事件（1977年）以及美麗島事件
（1979年）後，更一再刺激著當時臺灣
的社會，使得對鄉土議題的討論從未偃
兵息鼓，同時，這樣一波波持續對國民
黨政府政治容忍度的挑戰，都企圖為臺
灣當時的政治社會情境「解禁」。

附圖11：《笠》第102期封面

這股風潮自然蔓延影響了1980年代初臺灣的社會情境，此時《笠》
詩刊在建立100期的里程碑後，也將詩刊編輯的重擔逐漸轉交給臺灣戰
後第一世代詩人（即1940年代末至1950年代末出生之詩人），首先正式
接下這份職務的是李敏勇，在此之前他已有擔任《笠》詩刊執行編輯的
經驗，此時接手可說駕輕就熟。由於李敏勇自身東海大學歷史系畢業的
背景，當時年輕極具衝勁，以及與黨外運動人士時有往來，因此在詩刊
的營運方向上，有別於創社詩人們規避政治的立場，強調展現詩社會批
判的作用。

在1960年代的臺灣，政治情境相當緊張，因此當時創社的省籍詩人
當時都已有所共識，杜國清便言：

> 笠詩社成立的時候，我們都知道臺灣人聚集在一起是一個很敏感
> 的問題，可是我們居然還是把一群臺灣詩人聚集在一起辦一個詩
> 刊，主要的一個信念便是我們不介入政治。我們就是辦笠詩刊。

本省人聚在一起辦詩刊難道也會有問題嗎？我們不能相信因為這
樣就會出問題，所以在那上面就是有一個自覺，對於實際政治是
不介入的。[80]

　　但是時過境遷，笠詩社後期崛起的戰後第二代詩人卻未必如此戒
慎恐懼。除了乃是因為他們自身敢言直諍的性格外，當時政治局勢在
黨外運動不斷地衝擊下，當年政治禁忌的約束力在一次次被挑戰下，雖
然仍繼續發揮影響力，但是其勢卻已逐漸地疲軟。同時在笠詩社內部，
自1960年代以降所建立的詩學批判精神，在鄉土現實時期時由於關注焦
點逐漸從詩文本，向外延伸到鄉土題材，也使得笠詩社開始批判社會現
實。在詩學中求真的精神，轉換到社會現實上便是求其善，這樣追求詩
的社會性的現象，以及探求社會政治議題的狀況，在鄉土寫實時期的後
期已漸漸展露。因此可以說，1980年代的政治社會氣氛、臺灣戰後第一
世代詩人的世代性格，與笠詩社內部精神的自然演變，是促成笠詩社由
鄉土寫實時期進入社會批判時期的三個原因。

　　至於這段時期笠詩社是如何展現社會批判精神，具體來說，分別為：

　　第一、點出在地性，強調臺灣社會殖民史的實景。這可從拾虹在
106期（1981年12月）社論[81]〈審視與驗屍〉看出，其寫到：「我們發現
太多的所謂現代詩，其實是現代『屍』，是屬於綠卡文學的一部分（包
括人在這裡，心不在這裡的）。……如果綠卡文學統治了這個我們呼吸
的土地，是這個時代的悲哀與恥辱。」[82]已經突顯出強調文學應根源於
臺灣土地，並且有意識地對抗「綠卡文學」，這樣的論述自然是支持鄉
土、在地文學。

---

[80] 乃筆者採訪整理之〈現代性與現實性的結合——專訪杜國清〉（未發表）。

[81] 這段期間《笠》詩刊的社論多為戰後第二世代詩人們執筆，在論述主張上比起
戰後第一世代顯得更直接。

[82] 拾虹，〈審視與驗屍〉（臺灣臺北：《笠》106期，1981年12月），頁1。

　　既然如此，如何建構在地性，便成為當時笠詩社發展上的重要課題。尋找臺灣歷史的過往記憶，特別是日統時期的殖民經驗便是方式之一。笠詩社於1982年8月28日，在李敏勇主持下舉行「臺灣現代詩的殖民地統治與太平洋戰爭經驗」座談會，企圖透過會談討論臺灣過往殖民史經驗，促使臺灣現代詩產生了怎樣的精神傳統。這比鄉土現實時期追蹤臺灣文學系譜，在方式上更為深化，向過往歷史探求時代經驗，以建構臺灣文學發展的「實景」的用心是相當明顯的。1984年3月3日與4日，則分別在北部（臺北市）與中部（臺中市）舉行「詩與現實」座談會，原本預計在南部高雄也要舉辦，後來改為邀請作家們[83]進行筆談。這樣整合北、中、南社中詩人以及相關文學家的座談，可以看出笠詩社此時頗著力於凸顯了臺灣當代社會現實性的議題。而就座談中笠詩社詩人的發言內容看來，可以發現他們已經不再避談臺灣日統殖民時期文學，表達他們對鄉土、寫實、批判、臺灣殖民史的看法。

　　第二、批判現實，強調詩的反抗性格。李敏勇在《笠》第102期（1981年4月）卷頭言〈人類在轉捩點上〉，刻意徵引約翰・洛克斐勒《第二次美國革命》一書，提出人生特質五個要素[84]。其中在「歸屬」上，李敏勇引述到「因此我們的忠誠不是歸於一個全能的政府或是一個自私的個體，而是歸於我們自己和與跟我們維持著一種平衡關係的其他人」[85]，並認為約翰・洛克斐勒之說「不但對於具有對社會改革熱誠的人誠摯的啟發與鼓勵，更包含對所有生於變革時代的人們的關心與開導」[86]可以發現在這個階段，李敏勇所撰寫的社論，往往透過這樣

---

[83] 不僅限於詩人，計有葉石濤、李旺台、龔顯榮、莊金國、耿白、利玉芳、棕色果、李昌憲、廖莫白、冷齧、黃樹根、涂秀田、林仙龍、明哲、鄭仁、簡簡、德有、朱學恕。

[84] 分別為「人的尊嚴」、「歸屬」、「關切」、「每個人努力去發揮其人類全部潛力的需要」、「美」。

[85] 李敏勇，〈人類在轉捩點上〉（臺灣臺北：《笠》第102期，1981年4月），頁1。

[86] 同前註。

的引述方式，表達詩人對現實困境的反抗，在《笠》第103期（1981年6月）的〈人間之詩〉一文中，他亦引述尤琴妮亞・金茲包格（Eugenia Ginzburg）回憶錄《在狂風中》[87]之言「詩是對抗不人道的現實世界的堡壘，是一種不妥協的頑抗。」[88]都傳達在笠詩社乃在發揚詩的反抗現實（社會）精神。而其中所謂現實也者，自然指的是當時臺灣的社會現實。這也帶動了戰後第一代詩人們[89]的呼應，顯示在社會批判時期戰後第二代詩人的主張，是獲得社中創社詩人們的支持。

　　第三、提倡詩學教養，強調藉詩完成社會改革。這段期間笠詩社已有詩學教養的主張出現，主要乃是在其將批判性格由詩學領域，延伸到社會層面時，在批判社會之餘，期待能以詩人身份與專長，參與社會改革。換言之，即企圖透過詩教來影響人心，發揮現代詩的實用層面。李敏勇在《笠》108期（1982年4月）社論〈教養與教訓〉便寫到：

> 詩如果不能在更多的人心頭中，行動上發生意義，無論如何，是一件缺憾。我們希望，詩能提供教養的意義。……詩的教養，可以說是經驗的模擬和想像力的創造，在詩的語言世界，它變化著，它飛躍著。……進一步，詩能提供教訓的意義。……教訓意味著什麼呢？意味著慰安和啟示……如果詩能夠不僅僅成為寫詩人的嗜好品，那麼詩的社會性價值一定更能彰顯起來。[90]

---

[87] 該回憶錄為俄國女詩人尤琴妮亞・金茲包格（Eugenia Ginzburg）記錄自身在西伯利亞監獄十八年的囚禁生活。

[88] 李敏勇，〈人間之詩〉（臺灣臺北：《笠》第103期，1981年6月），頁1。

[89] 例如李魁賢在《笠》第105期（1981年10月）所發表的〈詩的見證〉一文便提到：「在特殊的社會環境下，廟堂詩人已變成不鳴鳥，一切的牽制都在鼓勵詩人費盡心力於文字技巧的末節，使詩人忽視了以人道立場的精神來作發言，來針砭社會和喚醒真知的自覺。」（頁4）。

[90] 李敏勇，〈教養與教訓〉（臺灣臺北：，《笠》第108期，1982年4月），頁1。

　　可看出笠詩社在社會批判時期中希望詩向大眾開放，透過詩教養的美善功能，達成淨化人心的目的，並且透過詩教訓的批判功能，啟發大眾尋找現實處境的意義。

　　這段期間笠詩社社務運作持續一貫穩健的步伐而漸臻高峰，這乃是由於社中主幹詩人們的社會職業多為中產階級以上，部分詩人並在相關出版社任職，因而提供笠詩社相當實質的物力奧援。而1970年代成立的新興詩社（刊），在1980年代後多數解散，因而分散的新興詩人中認同笠詩社理念者，不斷地加入笠詩社，使得笠詩社的陣容更為堅強。這段期間笠詩社在詩選表現上極為強眼，其詩選的編選上，更加強調彙整省籍詩人的成績。[91]

　　這段期間笠詩社也並未劃地自限，更跨國與日、韓詩人合作，在1982年1月15日舉辦了「中日韓現代詩人會議」。此外陳千武、白萩並與韓國的金光林、日本的高橋喜久晴合作編選《亞洲現代詩集》，以韓文、日文、華文及英文四種形式出版。而這項工作亦持續久長，在1982年1月出版第1集後，分別在1983年到1988年出版了2-5集。

（四）本土精神時期

　　笠詩社在《笠》詩刊第141期（1987年10月）起，進入本土精神時期，笠詩社進入本土時期的時間，主要乃是以國民黨政府解除戒嚴令為起始點。這段期間笠詩社在發展型態上，與社會批判時期大抵相同，只是在言論尺度上，受到解嚴的影響而更顯得開放。

　　首先，笠詩社在政治批評上，更勇於直陳國民黨政府自1950年代以來的弊端，此外，也促使笠詩社朝向本土詩學發展。這樣的現象具體地可反映在這段期間《笠》詩刊的專欄尺度，進入本土精神時期的初期，

---

[91] 例如羊子喬與陳千武合編的《亂都之戀》、《廣闊的海》、《森林的彼方》、《望鄉》、李魁賢《一九八二年臺灣詩選》、郭成義主編《當代臺灣詩人選（一九八三卷）》、笠詩社編《臺灣詩人選集》、李敏勇主編《旅途》、《情念》、《憧憬》都可以看到強調臺灣省籍詩人的特色。

面對著解嚴後兩岸交流開放的新局，此時笠詩社為匯集社中詩人的言論共識，在白萩的主導下，於1988-1989年間，舉辦了一連串大規模的本省籍詩人的會談。

特別是1989年，可以說是笠詩社確建臺灣本土詩學，以及臺灣文化主體性的關鍵年。[92]這些議題比起笠詩社過往所觸及的社會批判議題，呈現更高度的政治敏感性。

笠詩社的核心詩人群敢於觸碰這些議題並在詩刊上公開發表，不只在當時詩壇首見，就是許多笠詩社同仁也深感訝異，例如陳千武於「臺灣人的唐山觀──兼論巫永福『祖國』一詩」中的引言便指出：

> 今天的專題討論是以「臺灣人的唐山觀」為題，來研討巫永福先生的「祖國」一首詩。笠編輯部把這一論題發表之後，不少同仁提出疑問說：為什麼要討論這種奇怪的問題。好像這個問題大家心裡明白，而且也牽涉到政治敏感，最好不要碰它。[93]

錦連亦於「臺灣孤立的哀愁──兼論陳千武『見解』一詩」會談中說道：

> 《笠》詩刊在剛開始創立就有作品討論會，當時大都談詩那裡寫得不好，如何修改等問題。《笠》詩刊經過二十幾年也有相當的成長。今天，我坐在這裡參與討論，到現在產生了驚惶、有興味

---

[92] 諸次會談分別為148期的「論臺灣新詩的獨特性與未來發展」（1988年12月）、149期的「臺灣人的唐山觀──兼論巫永福『祖國』一詩」（1989年2月）、150期的「臺灣孤立的哀愁──兼論陳千武『見解』一詩」（1989年4月）、151期的「浮沈太平洋的臺灣──兼論白萩『領空』一詩」（1989年6月）、159期的「被踩污的綠色臺灣──兼論李敏勇詩『噪音』江自得詩『童年的碎片』李昌憲詩『返台觀感』」（1990年10月）

[93] 笠詩社，〈詩作討論會：臺灣人的唐山觀──兼論巫永福「祖國」一詩〉（臺灣臺北：《笠》149期，1989年2月），頁7。

等等複雜感情。……方才大家馬上聯想到世界、歷史等等，相當
深的各種層次，《笠》詩刊的成長，真令人驚喜。[94]

　　從這些會談中笠詩人的發言，可發現笠詩社在當時演變規模上的劇
烈發展。特別是在解嚴以後，隨之開放的大陸探親與兩岸交流，使得笠
詩社在言論開放的傳播情境下，更加著意於探討臺灣與大陸間政治與文
化的關連與區別，以及持續深入追溯補足臺灣日據殖民以降，遭受國民
黨政府刻意抹去的政治文化實景。解嚴使笠詩社在言論尺度更加開放倒
是其次，更重要的是提供了助力，使笠詩社得以從鄉土跨越到本土詩學
的領域。

　　在這個階段他們除了持續以往一貫的鄉土關懷，關注臺灣土地上
的種種現實問題，更延伸到政治社會制度層面，批評國民黨政府的文
化與教育政策，企圖找回臺灣本土的聲音與文字，並進一步提倡臺灣
母語詩[95]的創作。在這一方面其實早在《笠》第140期（1987年8月）之
前各期刊載的詩作中，已可零星散見到。在當時，笠詩社詩人中林宗
源、黃勁連等人[96]都皆已有具體的創作實蹟，只是隨著鄉土文學運動的
浪潮下，母語詩（或是散文、小說）創作，成為當時詩（文）壇聚焦
的重點。

　　除了趙天儀在《笠》第148期（1988年12月）卷頭言撰〈值得嘗試
的台語詩〉，認為「基於我手寫我口，也基於台語文學的創作，不論
是用鶴佬話[97]、客家話或原住民的語言來寫作，我們都應該寄以一種期

---

[94] 笠詩社，〈臺灣孤立的哀愁——兼論桓夫先生「見解」一詩〉（臺灣臺北：
《笠》第150期，1989年4月），頁17-18。

[95] 在當時所提倡的母語詩歌創作，主要還是集中在閩南語（當時亦稱為台語）的
創作上，隨著這項運動的持續推廣，詩人們對於母語的思考開始移向客家話與
原住民語言上。

[96] 在當時向陽在臺灣母語文學的創作上也已有所表現，只是當時他仍尚未加入笠
詩社。

[97] 筆者按：趙天儀此處指的便是閩南河洛話。

待，一種希望。」[98]張信吉亦於《笠》第152期（1989年8月）卷頭言
〈這一代的語言哀愁〉寫道：

> 臺灣人之所以會強烈地抗拒中國，可能是追求世界觀的海洋文化
> 與封閉獨裁的大陸文化衝突，以及家族統治的現場經驗，由失望
> 而驚戒的結果。本質上考查，破壞臺灣人與中國人感情的，國民
> 黨難辭其咎。……臺灣的語言世界不明朗。典型被消滅，未來的
> 典型被誘惑。不同於統治階段的語言世界與思考模式一律在封殺
> 與壓抑之列。要消除我們這一代的語言哀愁，不僅要求實施多語
> 教育，更需要重新檢視我們的語言世界，剔除由中國出發的封建
> 思考，小心警戒中國的符號，再創海洋文化的世界觀，躋進於現
> 代文明。[99]

　　比起笠詩社1930年世代詩人趙天儀，1960年世代的張信吉在立論
上，顯得更為激烈，強調臺灣省籍詩人過往遭受壓抑的語言書寫記憶，
並且透過臺灣語言書寫中所隱含的文化性，對國民黨所代表的大陸文化
進行批判。笠詩社詩人企圖建構在地性語言書寫系統，尊重臺灣島內各
語言系統的文化文學發展，這自然是對國民黨政府當初推行的國語（北
京話）政策的反動與修正。

　　解嚴以後，笠詩社仍持續堅守其在野的、批判的文學立場。此時
臺灣整體的文學大環境中，以鄉土寫實、社會批判等為主題的作品蔚為
大宗，這樣的現象自然對自創社以來，便持續推廣這樣路線的笠詩社有
利。但是笠詩社卻仍堅持藝術與文學的立場，持續批評當時許多缺乏藝
術性的政治口號詩。

---

[98] 趙天儀，〈值得嘗試的台語詩〉（臺灣臺北：《笠》第148期，1988年12
月），頁1。

[99] 張信吉，〈這一代的語言哀愁〉（臺灣臺北：《笠》第152期，1989年8月），
頁1。

　　儘管笠詩社的詩典律呈現臺灣本土的精神，並始終堅守其在野的、批判的文學立場，書寫內容取向亦強調著社會性。但是笠詩社這樣的文學發展，卻未必意味他們全體皆在政治立場上主張台獨，特別是進入本土精神時期後，笠詩社詩人持續探索臺灣與大陸間在政治與文化上的糾葛關係，以進一步認知臺灣在世界文學上的位置。杜國清於《笠》第151期（1989年6月）所發表的〈笠・臺灣・中國・世界──笠詩社25週年感言〉一文便認為：「做為一個臺灣詩人，在政治上，贊同『獨台』也好，主張『台獨』也好，所能脫離的中國，恐怕也只有政權上和地理上的中國，而在文化上，尤其是語言和文學傳統上，要獨立或脫離似乎都不太可能。」[100]這段期間關於「臺灣文學」定義與建構中所涉及的本土性、中國性與世界性的交叉關係，成為企圖建立臺灣文學主體論的笠詩人，另一個必須面對的新課題。

　　這段期間隨著黨外運動以及解嚴的影響，許多報章刊物與社團紛紛成立，笠詩社與之亦互動密切。在文壇上除了有早期即等同於姊妹刊物的《臺灣文藝》外，更有《文學界》（後來停刊，鄭烱明等人創辦《文學臺灣》延續之）以及自立報系、臺灣時報、民眾日報之副刊交互奧援，使得本土詩（文）學得以穩健地發展。這樣的現象主要乃是因為臺灣文化與社會大環境的改變，支持臺灣本土論述的知識份子增多，連帶對臺灣本土詩（文）學多所認同。而部分笠詩社詩人也跨足到其他刊物與社團，使得彼此之間的合作機會大增，例如這段期間笠詩社[101]主編的《混聲合唱──笠詩選》便是由文學臺灣社出版，可見當時推展臺灣本土文學的陣容有著相當的規模。

　　由此可以發現，笠詩社在本土精神時期中，大抵已將過往在戒嚴政治下必須隱晦的主張一一實踐。1980年代中期以後，臺灣詩壇中社會性的、詩語明朗的現代詩作雖未必蔚為大宗，但至少已成為一股得與超現

---

[100] 杜國清，〈笠・臺灣・中國・世界──笠詩社25週年感言〉（臺灣臺北：《笠》第151期，1989年6月），頁13。

[101] 其編輯群由趙天儀、李魁賢、李敏勇、陳明臺、鄭烱明五人組成。

實主義相抗衡的風格。因此至《笠》詩刊第151期（1989年6月），也正是《笠》發行第25週年之時，當初笠詩社12位創辦人之一的白萩便認為《笠》已經完成階段性的任務，提議可否停辦《笠》詩刊。對這樣的提議，陳千武於〈笠廿五歲〉一文則認為：「另一方面也由於時間長久，大部分……令人感到心酸。」、「最近，有同仁要提議笠詩誌的停刊，使我感到欣喜雀躍。……停刊與否？不知道笠同仁多數的意見如何？我個人只覺得有點腳軟了，懶得再跑……。」[102]。笠詩社這波小亂流其實反映了臺灣詩社發展所遭遇到的許多錯綜的問題，可以發現臺灣詩社（特別是1980年代以前）除了必須面對政治當局的限制，同樣也面對經濟上的難題，甚至即使當詩社克服以上問題而得以長期發展，其成員卻也難免有疲弱之姿，像笠詩社這樣發展路線始終相當一貫的詩社，也難免會有這樣的問題發生。

其實無論笠詩社還是創世紀詩社，這些1950、60年代便誕生的元老詩社，在1990年代紛紛打破臺灣現代詩社史的延續與連續發刊紀錄後，都觸及到臺灣之前（包括日據時期）的現代詩社（派）所未曾面對的問題，即：當一個詩社已能抗拒一切外在因素的壓抑，並且大聲鳴唱過自己的精神理念，讓整個世界都聽到（懂）後，這個詩社還有沒有存在的價值？《笠》至今（2003年6月）仍持續營運，這個事實或許是為筆者以上問題提供了一個暫時性的答案。總之，笠詩社至少在目前為止，的確仍代表著臺灣現代詩壇中一股重要的本土精神與力量。

三、創世紀與笠詩社社團發展比較

透過以上分述創世紀與笠兩詩社的發展史，可以發現兩詩社在發展史上有所同異，筆者認為有以下幾點值得作進一步的比較討論：

---

[102] 陳千武，〈笠25歲〉（臺灣臺北：《笠》第151期，1989年6月），頁7-8。

（一）兩詩社籌備期的比較

創世紀詩社其籌備動機，可說是張默一人臨時起念，在說辦就辦的豪氣下，並聯絡了洛夫，兩人一同在南部高雄左營軍區創立創世紀詩刊，其後才成立詩社。相較之下，笠詩社其籌備動機上則有其遠因近緣，這主要乃是臺灣省籍詩人受到1950、1960年代政治氣氛的壓抑，使得他們亟欲創辦專屬於「臺灣省籍詩人」的詩刊，這幾乎是當時所有臺灣省籍詩人共同的潛在想法，而終於在吳濁流創辦《臺灣文藝》的刺激下創立詩社，其實後來的笠詩社諸子在未成立笠詩社前，各自皆已有籌擘詩刊的意願，當確定要成立詩社與詩刊後，更在卓蘭的詹冰家中舉辦籌備會議進行相關討論。是以較之《創世紀》詩刊的籌備，笠詩社及其詩刊無論在籌備人員或相關社務的準備上，是較為充分的。

而探述兩詩社當時籌建的意義，可以發現《創世紀》詩刊為「當時臺灣南部出版的第一本新詩刊」，笠詩社及其詩刊為「1949年以後臺灣省籍詩人群首次結集的詩社與詩刊」。兩詩社這樣的代表性，其實各自觸及到了當時臺灣現代詩壇失衡問題，前者點出臺灣現代詩壇的發展地區過度集中在北部地區的現象，後者點出臺灣現代詩壇刊物報章的編輯（掌握）者過度集中在外省詩人的現象。

在籌備期中，兩詩社第一要務皆為籌畫自身的詩刊，在籌畫過程中，必須面對刊物內容編輯、出版印刷以及經費籌措三項難題。主其事者自然就近統籌四周的人脈與資源，除了在刊物內容向周圍熟識的詩人邀集詩稿外，在刊物印刷上則必須就近打探門路。在創世紀的部分，由於《創世紀》詩刊籌備初期尚未成立創世紀詩社，因此相關事務皆由張默經手處理與聯絡，張默在邀稿與印刷上自然就近利用軍方資源；相較之下，在笠的部分由於先成立詩社，因此詩刊的編輯與印刷則採分工處理，而利用的資源便純屬民間資源。

儘管兩詩社在後續發展各有其分期與歷程，但在籌備期中兩詩社匯整資源的對象以及方式，對兩詩社的後續發展皆有著潛在的影響。特別

在籌備期時邀稿主要對象,可以看出創世紀詩社與笠詩社皆以創辦者自身為中心,分別向軍旅詩人以及省籍詩人尋求支持,也因此此後兩詩社的詩人集團,特別是在主幹詩人群的部分,自然連帶呈現軍旅詩人與省籍詩人的色彩。

此外,與一般論者對兩詩社的刻板印象有別,在籌備初期的理念上,創世紀創辦詩人張默由於本身便深處軍旅之故,呈現以詩人身份強力介入時代社會的企圖心。反倒是笠詩社創辦的十二人由於彼此皆屬於臺灣省籍身份,在當時已相當的敏感,因此他們對政治議題已有不碰觸的共識,而謹守在詩與詩學的界線內。

(二)兩詩社組織型態的比較

從上文看來,可知在組織型態上創世紀詩社乃是先有刊物,而後才籌辦詩社;笠詩社則是先成立詩社,而後才有其詩刊。這與兩詩社籌備之初的狀況有關,創世紀的部分,乃是由於張默臨時起意方乃與洛夫合作創辦,由於尚不知未來情形,是以未成組詩社;笠的部分,除吸收了先前重要詩社的發展經驗,更由於創辦者們自身省籍詩人身份上的敏感,是以必須要結合各地方省籍詩人的力量。

因此比較兩詩社的發展史,可以發現笠詩社較早完成自身的詩社組織化。笠詩社在初期便強調臺灣北中南地域省籍詩人的整合,因此組織也較為完備。而創世紀的組織完成主要是漸進式,主要利用高雄左營軍區一帶的資源,進行編組,雖在初期已有相關職銜。但在新民族詩型時期之後,隨著入社詩人的增多,其組織職務才真正慢慢有分工的現象。

由於兩詩社皆為文學性社團,因此在內部組織型態的結構上,可以說大同小異,主要分為社團組織以及編輯組織兩部分,而這兩部分的負責人員可以說正是詩社中的基本班底,基本班底詩人的詩觀與行事態度,更是左右詩社發展的重要關鍵。在社團組織部分,兩詩社皆有社長的設立,就兩詩社發展史比較可以發現,兩詩社之社長在初期皆非由社內詩人擔任,例如《創世紀》於1954年10月創刊時社長為柯清,《笠》

於1964年6月創刊時社長為白山塗，他們擔任社長的原因多為人情請託之故。不過後來兩詩社的社長之職便都由社中詩人擔任，擔任者也都積極介入社務運作，在主持社內座談、資金統籌、對外發言上，都有實際貢獻。除社長外，兩詩社亦共有經理部的設立，主要處理社費出納的事務。不過兩詩社也有不同之處，笠詩社在一開始則另設有資料室，主要為收集當代詩壇之史料，這乃是為配合其初期「詩學批評」的主張，其後仍持續營運。而創世紀詩社則在1999年，為呼應大環境及詩壇的轉變，設有網路、翻譯、社務、審查四組。

在編輯組織上，兩詩社基本上皆由主編領銜，主編自然為社中詩人擔任，有時不僅只由一人擔任。除有對來稿進行刊登與否的權力外，更重要的是，必須設計詩刊相關欄目的責任，因此相較於社長，主編對於詩社的發展，更具有主導地位。除此之外，兩詩社有時則會設有編審委員會，主要乃是為求審核來稿的公平性，避免主編過於獨斷。而在創世紀部分期數，例如第21-34期，甚至在主編欄上，便逕行填上本刊編輯委員會，而笠詩社在179期（1994年2月）以前的版權頁上，僅附編輯部地址，並不附上主編者姓名。

至於比較兩詩社的主編負責人員，則可以發現《創世紀》的實際編輯工作，在1984年10月第65期以前，主要皆為張默負責，在第65期以後，才有社中戰後詩人接棒。但在125期（2000年12月）以後，主編雖然由張默、楊平、李進文聯合掛名，但是仍多由張默主導。相較之下，笠詩社的主編事務在分擔上，便不會呈現過渡集中在一人身上的現象，除在輪替上比起《創世紀》呈現較為活絡的現象外，也相當早便讓社中戰後詩人參與編務擔任執行編輯的工作，更進一步讓他們擔當主編的重責大任。此外，隨著刊物的營運久長，兩詩社便開始有顧問的設立，多由先前深入參與過社務的詩人擔任，對社務提供諮詢以及經驗的幫助。

以上為兩詩社內部組織之比較，隨著兩詩社的發展，兩詩社詩人們在詩學活動以及實際生活職務上的觸角，也都會有所延伸，使得詩社另有主導的言論腹地，成為詩社的外援組織。創世紀詩社由於發展較早，

在長期於傳播界與出版界的互動過程，他們累積了一定程度的人脈媒體資源，使得詩社除編輯詩刊外，更能獲得相關出版社（例如大業書店、爾雅出版社）的支持編輯詩選。

此外，像辛鬱曾任《人與社會》編輯、張默亦曾經擔任《中華文藝月刊》編輯，創世紀詩社詩人們這樣不斷橫向，向其他媒體擴散，並在其中任職的現象，間接使得自身詩社的典律透過「守門人」機制進行擴散。特別是瘂弦1977年擔任《聯合報副刊》主編一職，使得創世紀詩社的典律得以透過強大的新聞媒體進行傳播。1950年代大部分的文學媒體皆為外省籍人士把持，在當時政治指導文學的情境下，使得本省籍詩人備受壓抑，因此外省文人這樣掌握傳播媒體的優勢，亦往往被解讀為「文化霸權」，其中原因自然涉及到社（族）群以及臺灣殖民史等等相關問題，筆者將於其後細部論述。

笠詩社及其詩刊的成立在動機上，有一部分本省詩人對當時情境下，本省籍詩人在媒體上弱勢的自覺。笠詩社的主幹詩人們如吳瀛濤、林亨泰早期皆有在各詩社刊物活動投稿的經驗，使得他們更瞭解掌握媒體的重要，以及早期詩刊中的一些問題。因此他們一方面在自己詩刊審稿機制的運作上強調客觀，一方面亦勤於掌握其他文學媒體的資源，早期有陳千武主辦《詩展望》，後期則有鄭烱明於1982年與葉石濤、陳坤崙辦《文學界》，1991年與陳坤崙、曾貴海、彭瑞金創辦《文學臺灣》。特別是在1980年代以後，笠詩社所推廣的臺灣文學，與當時國民黨政府主導的中國文學的大敘述有別，使得笠詩社詩人們在自身刊物外，更用力於掌握甚至創辦新的媒體資源。

（三）兩詩社典律轉變型態的比較

創世紀與笠兩詩社在創刊初期所主張的觀點，在強調與文學大環境的對話上大抵是一致的，但在細微處仍有著差異，這樣在座標起點上的些微差異，卻促使兩詩社未來在發展型態上呈現巨大的差異。

　　首先，他們都強調追求時代性，創世紀詩社的發刊詞或多或少因為創社詩人們的軍人身份影響，相當強調詩歌的救國功用，因此難免與戰鬥文藝有著曖昧的關係，乍看之下反倒與後來唐文標於《文季》創刊號（1973年8月）所發表的〈什麼時代什麼地方什麼人？〉一文似有所謔和。相較之下，晚了創世紀詩社將近10年才創社的笠詩社，因為文學大環境下文學家們的自覺，戰鬥文藝的風潮漸次退潮，使得他們得以擺脫這方面的干擾。《笠》的創刊號徵稿啟示這樣寫到：「所謂屬於這個時代的詩是什麼呢？換句話說，這個時代有了怎樣的詩呢？其位置如何？其特徵又如何？這種檢討與整理的工作，再保存文化幫助讀者之鑑賞方面都是非常重要而且必須的。」[103]與創世紀的創刊詞相比，可看出已排除了戰鬥文藝的成分，但在追求時代性的動機上兩詩社則都是同一的。

附表1　創世紀與笠詩社時期轉變對照表

創世紀詩社	笠詩社詩社
新民族詩型時期 （1954年10月——1958年4月） ↓	詩學批判時期 （1963年6月——1969年8月） ↓
超現實主義時期 （1959年4月——1969年1月） ↓	鄉土現實時期 （1969年10月——1981年2月） ↓
中挫整合時期 （1969年1月——1972年9月） ↓	社會批判時期 （1981年4月——1987年8月） ↓
現代傳統融合時期 （1972年9月——1984年10月） ↓	本土精神時期 （1987年10月起）
多元化時期 （1985年4月起）	

　　只是創世紀詩社在1959年4月以後，轉而進入「超現實主義時期」，是以1960年代的笠詩社仍再次提出呼應時代性的主張，就如同1950年代

---

[103] 《笠》第1期，1964年6月，頁5。

的創世紀詩社欲以時代民族的上綱與現代派相區別般，隱然有與創世紀詩社抗衡之意。其次，兩詩社都必須面對反對勢力，他們在現代詩的推廣運動上皆必須面對保守勢力（包括學院派學者以及雜文家等）的質疑與嘲諷，因此他們都必須有所回應，在這方面1950年代的創世紀詩社由於在批評理論上的缺乏，因此主要透過創作實際的、成功的文本與之對應，而1960年代的笠詩社則積極建立批評制度，作為確建自身價值的方式。

然而從以上的「創世紀與笠詩社時期轉變對照表」看來，創世紀詩社其後的發展型態可說相當的曲折。較早成立的創世紀詩社，在笠詩社未成立前的這十年發展中，在初期1-10期的新民族詩型時期，主要工作在摸索詩刊的編纂工作，以及嘗試建立自身的風格特質。在第11期（1959年4月）這段工作與嘗試都已累積不少成果，在編輯經驗上，他們已能編輯較大版面以及較多頁數的刊物，在風格上，他們拋去「新民族風」這個在推行有困難，又與反共文藝有曖昧關係的主張。在當時主幹詩人的認知上，由於他們已確立自身民族立場，使得他們更勇於反叛自己向世界性出發，特別是當時現代詩社與藍星詩社的聲勢趨弱，使得創世紀詩社在此時更站穩腳步，成為當時的聲勢較大的詩社。因此創世紀詩社前兩個階段，在發展型態上可說充滿著反動性格，在新民族詩型時期是對現代派的反動，在超現實主義時期則是對1950年代的自己的反動。

這樣的反動歷程主要在於追求語言的藝術性，不過，由於後續造成的詩語晦澀現象而飽受批評，加以經濟問題促使創世紀詩社深入西方的路途為之中挫，又再次轉變方向進入調和時期，都可以發現創世紀詩社在每一個時期轉換上的動作幅度都相當地劇烈。這樣的反動性格與他們在詩歌藝術上，一直強調實驗前衛的精神不無關係，但是更重要的是他們勇於調整自己，呼應大環境的轉變，特別是進入多元化時期後，由於戰後世代詩人的接替，使得創世紀詩社得以靈活地面對1980年代以後臺灣後現代以及本土化的情境。

　　至於笠詩社在發展型態上則呈現一貫的、承續的、加強的特性。在創刊初期笠詩社主要發展的是詩學批判精神，這樣的「批判精神」隨著笠詩社的發展，而從詩學領域向時代現實領域橫移。對於時代的關注，在笠詩社詩學批判時期便已略見端倪，只是笠詩社所謂的時代性，在國民黨政府所強調的中國文學的大敘述下，則顯得相當的模糊。不過從笠詩社後續發展看來，可發現笠詩社所強調「時代性」在輪廓上日益具體，首先在鄉土寫實時期，抓準了當下所處的「鄉土空間」，並逐次將其批判精神所關注的面向，從鄉土空間轉至社會空間。進入了社會批判時期後，在戰後世代詩人的主導下，更追溯了日本殖民統治時期的「島嶼時間」，至此笠詩社所隱喻的──一個強調「臺灣」歷史處境的時代性終於完整浮現，在外在政治環境解嚴的刺激，自然進入了本土精神時期。

　　特別是笠詩社這樣從鄉土到本土的歷程中，由於自身詩社詩刊未曾間斷與拖期的堅持，在發展型態上，更顯得極其篤定踏實。因此可以發現，無論在那個階段，笠詩社都持續強調其一貫的批判精神，不只在詩學領域求其真，追求詩語真摯的力道，更在社會領域求其善，追求時代社會中的公理與正義。

　　透過以上對照，可以發現創世紀與笠詩社詩人，在創刊之初都訴諸對時代的觀察，但是創世紀的軍旅詩人們終究自當時尚不足以實現，又與反共文藝相曖昧的新民族詩型叛逃出來，瘋狂地追尋西方的超現實主義，最後則強調傳統與現代的結合。笠詩社的省籍詩人們也強調詩作的時代性，主張回到現實，用以對抗創世紀於詩壇主導的超現實詩風，並以其一貫的批判精神，從詩學到鄉土，由鄉土到社會，再由社會到本土。

　　至於在兩詩社的轉變型態上，創世紀詩社每個階段（特別是前兩期）的主張幾乎都有所不同，如同蝶類的蛹（突）變過程般，是一種完全變形的轉變型態，中間有著中挫整合期以為蟄伏，進入傳統現代融合時期後才大抵定型。而笠詩社則有固定的路向，每個階段都是上個階段主張的重點發揮，如同猿類演化過程般，是一種不完全變形的轉變型態，中間的演變歷程相當一貫。

（四）影響兩詩社發展的原因比較

　　以上為兩詩社發展型態的比較，接下來筆者將進一步探述比較，影響兩詩社發展型態的原因。由於兩詩社皆為文學性社團，都是在同一個政經大環境下進行發展，同時也因為營運的久長，他們更可說是整個文壇（特別是詩壇）的礎石之一，因此兩詩社在發展上，都同樣受到以下各原因的影響，但是在回應與接受的方式上，兩詩社仍是有所差距的。

　　第一、政治大環境的限制與轉變。政治干預一直是早期兩詩社在營運上必須面對的問題，在創世紀詩社部分，由於初期他們在軍區服務，因此他們的編輯部也連帶設在軍中，使得他們的許多聯絡事宜，都受到相當程度的監控。張默便表示：

> 我們早期的詩人群，第一到第十期即1954到1958年這時期，那時候我們在部隊裡，雖然部隊裡表面上沒有限制我們的詩刊，但是實際上當年我們編詩刊，跟當時香港的同輩詩人李英豪通信，我每寫一封信出去，軍中的保防單位就把我們的信抄寫其中重要的部分。積到一年半年，我們的保防部門就找我們去談話，說你看你寫這樣那樣……是怎麼回事等等，那個時候辦詩刊多少都受到一些限制，那以後開始我們寫詩當然多少都有一種規範，部隊裡無形的規範，我們不得不遵守。[104]

　　但是大抵來說，創世紀詩社受到的軍方限制，基本上僅止於不得鼓吹左派文學，以及洩漏國家機密上，至於對於國民黨政府主導的中國文學的大敘述，創世紀詩社並沒有反對。

　　笠詩社創辦之時，由於自身省籍詩人身份敏感，因此他們並不觸碰政治議題，他們所追求的時代性，雖不至於淪為所謂的反共文藝，但是

---

[104] 同註15，頁242。

與官方版的文藝政策仍不相抵觸，對於當時強調的中國文學大敘述，也無特別要與之區別的企圖心。

只是隨著臺灣政經情勢受許多重大事件，如中美斷交、釣魚台事件以及黨外運動的刺激下逐漸開放，兩詩社的發展也受到不同程度地影響。就創世紀詩社的部分來說，由於他們較為關注詩歌藝術性的問題，除了在臺灣重大國際事件時參與相關活動外，他們較少注重社會政治議題，相對地受到的影響也相對較少，僅在臺灣解嚴後，詩社詩人們大量重返中國故鄉探親，並開始與大陸1949年以後的詩壇對話，算是受到政治環境比較大的影響。

但是就笠詩社的部分來說，由於他們除關注詩藝術外，更強調詩的現實性，使得他們的詩活動與政治環境息息相關。笠詩社在初期不斷嘗試觸碰鄉土議題，這在當時可說是一項政治禁忌，因此他們在步調上相對地較為溫馴緩慢，逐次由鄉土向社會議題橫移，特別是在社會批判時期，由於黨外運動的興盛使得他們更勇於追探臺灣殖民史的實景，也可看出笠詩社逐漸已擺脫中國文學的大敘述，並在解嚴之後，開始明白地提倡本土精神以及臺灣文學。

第二、詩壇內外的刺激。在詩壇外，兩詩社在初期都受到學院派、雜文家的詰難與挑戰，對於這些詩壇外的挑戰，兩詩社在立場上可說是一致的。不過，在詩壇內，情形則有些複雜，創世紀詩社在1950年代創辦之初，儘管企圖與現代詩和藍星兩詩社相區別，但是在1960年代接受現代派的精神發展超現實主義後，也因而成為一些詩社的批判對象，除了要面對1960年代的笠詩社的批評外，更必須詩壇內1970年代新興詩社的挑戰，都影響了創世紀詩社的後續發展。

相較之下，笠詩社在1960年代創立之時，由於創社詩人林亨泰、白萩等人之故，雖也繼承了現代派的部分理念，但在與創世紀以及其他詩社的對抗刺激下，已能區別出屬於自身的立場，並進而建立自身的典律雛構。不過與1970年代新興詩社的互動關係上，由於在追求現實性與時代性的立場上的趨同，以及部分新興詩社成員與笠詩社皆有所淵源（例

如1971年創刊的龍族），因此彼此顯然衝突不多，在這點上也是與創世紀詩社有所不同的。

　　第三、財務經濟的困難。兩詩社皆為文學藝術性社團，本非營利組織，因此他們在高喊詩學主張之餘，更須面對經費問題。特別是在商業機制下，現代詩更是票房毒藥，兩詩社在詩學上有所堅持，自然也不可能轉走娛樂文藝的路線，是以兩詩社往往在經費問題上煞費腦筋。《創世紀》詩刊便曾因此短暫中斷過，其實這也凸顯兩詩社在經濟狀況上的差異。

　　由於兩詩社的經費來源以社員繳交的社費為主，其次才以私人以及政府贊助補貼，因此兩詩社的經濟問題間接地，也與詩社同仁的經濟狀況與互動整合相關。例如創世紀詩人張默便表示：

> 近十年來的經費（筆者按，指的是創世紀詩社），大概1994年在創世紀四十年時，我們募集了一些款項，目前已經用的差不多了，近六七年文建會每年都辦詩刊評選，《創世紀》不是第一名就是第二名。換句話說每一年我們出四期，如果能拿到文建會的補助，大概就能出兩期，另外同仁掏一些就差不多了，每年一個同仁大概拿三、四千塊新台幣，《創世紀》那一年就能按時出版了。但是現在開始文建會對詩刊的補助停辦，我們又開始傷腦筋了。[105]

笠詩社詩人莫渝則表示：

> 年費是詩刊經營最主要的經費來源。《笠》在這方面比較柔性。年費都是反應印刷費的成本，並沒有轉作他用。《笠》的成員在社會上都有一些成就，所以長期以來，經濟方面比較寬裕些。詩社活動時，有些成員會自動承擔某些費用。[106]

---

[105] 同註14，頁239-240。
[106] 摘引自筆者採訪整理之〈笠詩社與臺灣文學間的發展——專訪莫渝〉（未發表）。

　　兩相比較之下，可以發現由於笠詩社有著統合省籍詩人的使命感，因此整合力較強，特別是社中部分同仁自身的努力，也在不同職業領域上位列要津，連帶也使得笠詩社在經費應付上較為從容。

　　第四、社中新生代的接續。詩社的營運端賴詩人的付出，但是詩人的年華畢竟有限，因此兩個營運長久的詩社都面臨交棒接手的問題。交接的意義不在於權力的交付，而在於責任的承擔，轉接詩人的思維以及謀事手段，更是影響兩詩社未來發展的重要關鍵。

　　檢討兩詩社的發展史，創世紀詩社在轉接上較為不順利，主要乃是其社性較為開放，雖然持續栽培詩壇新秀，但是僅止於刊登其詩作，並未特意吸收為社務交接人選的用意。因此創世紀詩社的社務處理上，一直集中在幾個詩人之間，在「傳統現代融合時期」方才著意於社務交接人選。而接棒後的戰後世代詩人的確使創世紀詩社，較能適應面對1980年代解嚴以後本土的、後現代的等等雜然併陳的多元情境，但是由於接棒的戰後世代詩人們各有現實壓力，使得創世紀的轉接上並不順暢。

　　至於笠詩社創辦之初由於其所主張的詩學理念，以及當時省籍詩人的弱勢狀況，使得笠詩社的社群性格極為團結。也因此他們在初期便刻意培養在理念上與之相近的新秀詩人，這些新秀詩人也勇於承接笠詩社社務。因此笠詩社的世代轉接上，比起創世紀詩社不只較早，且亦較為順利。

（五）兩詩社活動型態的比較

　　創世紀與笠詩社在活動型態可說相當類似，大抵可分為籌辦詩刊詩選，以及舉行會議聚會兩大類。

　　詩刊的編輯可說是兩詩社直接影響詩壇的方式之一。《創世紀》從1954年至2003年為止，為臺灣現代詩壇營運時間最長（49年）的詩刊，《笠》從1964年至2003年為止，為臺灣現代詩壇連續出版時間最長（39年）以及連續出版期數（232期[107]）最多的詩刊。創世紀與笠詩社的成

---

[107]《創世紀》至2002年12月為止，共出版133期。

員深處詩壇，參與臺灣現代詩史的發展，他們都在臺灣現代詩運消沉之際，進行創刊或改組，期待帶給詩壇新的刺激，這樣的行動也的確成為臺灣現代詩史運動重要的轉折關鍵。此外，誠如前文所述，兩詩社也都透過守門人的機制以及傳播行為，藉此在詩壇上營造他們的典律影響圈，在這一方面兩詩社可說各擅勝場。

在出版品的表現上，除了詩刊以外，創世紀詩社則是最早開始投入詩選編輯的詩社。在1956年1月張默、洛夫便主編《中國新詩選輯》，他們也透過這樣選與捨的過程，推廣他們自身詩社的典律。至於笠詩社則到了1965年10月，因協助文壇社編輯《本省籍作家作品選集第十輯「詩選集」》才有編輯詩選的相關紀錄，到了1970年12月才正式以笠編輯委員會名義，主導編選《華麗島詩集──中華民國現代詩選》。除了創世紀詩社在詩選工作的起步較早外，在兩詩社編選的詩選類型上，創世紀詩社及詩人所編選的詩選涵蓋的主題面較廣，而笠詩社及詩人所編選的詩選較集中在整理臺灣省籍詩人成績。

除了出版詩刊詩選外，兩詩社亦常舉辦相關的詩活動，大抵可以分為詩人的交遊聚會、展覽、座談會議三者。前者大多為詩人私下的交誼活動，型態也極為紊雜，談天喝酒交遊等等不一而足，不過每逢詩社週年，兩詩社則多會舉辦較為盛大的慶祝活動，笠詩社每年除有固定的年會外，每兩年則都會有社員大會，改選社中重要幹部。展覽則多為詩社中詩人詩作的公開展覽，有時也結合相關的藝術活動如音樂、畫、裝置藝術等等，這方面創世紀詩社的表現極為活躍。座談會議則為詩社主導的相關會談，主要分為社內與社外，會談內容多為詩學探討，有時則以社內社務為討論主題。

由於笠詩社長於社內的組織動員，因此其舉辦的座談會型態較多且相當密集，除了一般社內的詩作合評會議外，更常以相關的政治文化議題作為社內同仁討論議題。在社外部分，笠詩社於1983年6月更舉辦了「藍星、創世紀、笠三角討論會」邀集三詩社代表人，進行直接的交流討論。兩詩社也曾合作協辦大型的座談會，例如1982年1月15日由國內六個詩社

「創世紀」、「藍星」、「現代詩」、「笠」、「大地」、「陽光小集」
聯合主辦「中日韓現代詩人會議」，在臺灣現代詩社史上極具特殊意義。

第二節　詩人構成

　　此節企圖探討創世紀與笠兩詩社的詩人構成，筆者將嘗試分為「時
空特性」以及「詩社系譜」兩個部分來談。在「時空特性」部分，主要
先針對詩人們各自的世代性以及寓居地進行初步劃分與探討。在「詩社
系譜」部分，主要針對詩人們參與創世紀以及笠詩社外的詩社經驗，進
行初步劃分與論述。最後則進行兩詩社詩人的比較，突顯兩詩社詩人的
同與異，以利下面各章的論述。

一、創世紀詩社詩人構成

（一）時空特性分析

　　創世紀詩社參與詩人的現象極為紊雜，乃是因為牽涉到詩人出入
詩社的問題，事實上，剖析這個問題的同時，也可檢測出創世紀詩社
的詩人班底，及社員的相關通性。透過本書「附件二　創世紀成員分析
表」，可發現創世紀詩社詩人的籍別，分別有大陸、臺灣、美國、菲律
賓、韓國四種，若同時考量到詩人出入詩社的變化，在數量上由多而少
則可分為三級，第一級為大陸省籍詩人集團，第二級則為臺灣省籍詩人
集團，第三級則為域外詩人集團。大陸省籍詩人集團始終是創世紀詩社
的主幹，臺灣省籍詩人集團則為旁枝，域外集團在數量上儘管最為薄，
卻凸顯了創世紀詩社觸角延伸的廣度。

　　單有趣的是，若考量到詩人現居地更可以發現許多微妙之處。首
先，可將其各居地人數由多至少分為四級，第一級為臺灣，第二級為菲
律賓，第三級為美國、加拿大，第四級則為大陸。若參酌前段對創世紀
詩人籍別的探討，筆者認為有兩點值得注意：

　　第一、儘管在省籍結構上創世紀詩人以大陸省籍詩人集團為主，但是在現居地的結構上，卻以寓居臺灣為主，無法反應這樣的優勢。其中主要原因，自然是遷移的問題。可以發現，創世紀詩人的遷移路向，早期以大陸到臺灣為主，後期則零星有復從臺灣移往大陸、美國、加拿大等地的情形。

　　第二、居於域外的詩人，若非籍別屬於大陸、臺灣省籍者，常容易因失聯等原因而被詩社退出名單之外。事實上這些域外詩人在大部分的時間，也僅是掛名而已，與創世紀詩社的互動相當少。

　　創世紀詩人群內具有強烈的世代屬性，據其出生年代可以分為1920-1970年，這6個世代。各世代則又會因為相關的時空因素，因而使得各世代間的比例與分佈現象有同有異。以下筆者嘗試分別就各世代的特性加以探述，以釐清相關問題。

　　曾參加過創世紀詩社的1920年世代詩人分別有洛夫、季紅、葉泥、沈甸、沙牧、管管、羊令野、彩羽、丁雄泉、曠中玉、李篤恭共11人，目前[108]仍參加創世紀詩社者僅洛夫、管管與彩羽3人，他們的加入趨勢與創世紀詩社的人員發展間的對照關係，可由下表看出：

附表2

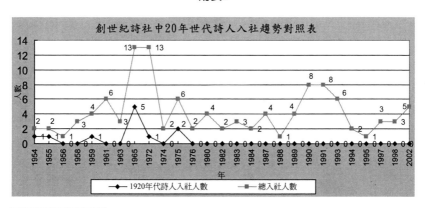

---

[108] 其數量統計年限從1954年到2002年為止，以及可查及相關資料者，其後討論創世紀與笠詩社各世代詩人時，皆以此為標準。

　　從上表可以發現，1920年世代詩人在創世紀詩社1954年創辦期時，便已有洛夫參與。在創世紀詩社新民族詩型時期時則緩慢成長，在創世紀超現實主義時期的1965年，則為1920年世代詩人加入的高峰點，而在1975年以後，便沒有1920年世代詩人再加入。究其原因，蓋此時創世紀詩社已進入自身的「現代傳統融合時期」，而詩壇中的20年世代詩人們此時亦幾乎年屆50多歲，本身的活動力雖仍旺盛，但是自身詩觀則大抵底定，基本上對詩壇上的詩社，有固定的認知與認同，因此其詩社參與的變動性趨緩，除非本身即不參與詩社者外，大抵都固定安身在特定詩社。

　　透過這樣考量詩人的年歲與投入詩社活動的狀況，則可以發現在1976年，創世紀詩社中1920年世代的固定班底已浮現，分別為洛夫、管管、彩羽3人。其中以洛夫參與詩社營運最力，同時也是創世紀詩社重要宣言的撰述人。其次則為管管[109]，再其次則為彩羽[110]。統括看來，創世紀詩社20年世代詩人班底在創世紀詩社在數量上雖不多，但是在創世紀詩社中卻有著一定的影響力。

　　在籍別上，除李篤恭為臺灣省籍外，皆為大陸省籍詩人，而李篤恭後來更退出創世紀詩社加入笠詩社，使得創世紀詩社的1920年世代詩人，呈現相當統一的大陸省籍特色。這些大陸省籍詩人除丁雄泉，全部皆有軍旅背景，共同經歷中國1930-1940年代的內戰，輾轉隨部隊渡海來臺灣，這也可說明為何他們雖然為大陸省籍詩人，目前絕大多數卻都未居於大陸的原因。創世紀詩社中這些1920年世代的軍旅詩人目前全數退役，在社會活動上已不再受軍籍身份的限制，除已逝世者、赴加拿大依親的洛夫，以及居於美國的丁雄泉外，絕大多數也都已在臺灣深根。

　　曾參與創世紀詩社的1930年世代詩人，大陸省籍者有張默、瘂弦、章斌、林間、葉舟、商禽、碧果、黃用、楚戈、辛鬱、鄭愁予、葉維

---

[109] 管管曾擔任創世紀詩社社長（1999年3月到2000年9月）、編委（第38、51、52期）、社務委員（第75期）、活動小組（第117期）。

[110] 彩羽則曾擔任創世紀詩社之編委（第16、51、52、75期）。

廉、崑南、大荒、梅新、菩提、蔡炎培、戴天、沈臨彬、周鼎、劉
菲、朱沉冬、許露麟、任洪淵、李元洛、呂進、劉登翰、謝馨、白樺、
謝冕、邱平、丁文智，臺灣省籍者有白萩、白浪萍、朵思、葉笛，韓
國籍者有許世旭、金良植總共38人。儘管數量頗為龐大，但是目前也
僅剩下張默、瘂弦、商禽、碧果、辛鬱、葉維廉、周鼎、許露麟、謝
馨、邱平、丁文智，共11人參與。這11人為創世紀詩社中1930年世代
詩人的基本班底。

　　在籍別類型上，可以發現1930年世代詩人比起1920年世代詩人，除
了固定有外省與臺灣省籍詩人外，更有域外韓國詩人的加入，他們的加
入趨勢與創世紀詩社的人員發展間的對照關係，可由下表看出：

附表3

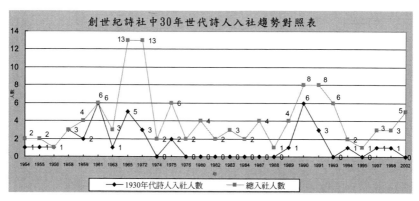

　　從上表可以發現，1930年世代詩人在創世紀詩社1954年創辦期時，
張默便已參與，他正是創世紀詩社重要催生者。1930年世代詩人在創世
紀詩社新民族詩型時期則有固定成長，在創世紀超現實主義時期初期的
1961年則為成長量的第一高峰。進入現代傳統融合時期初期，仍維持固
定比率的成長，在現代傳統融合時期中期（1976年）到多元化時期初期
（1988年）則停止成長，而在1989年到1998年間有另一波成長，其中以
1990年為另一高峰。

　　1930年世代詩人這兩個成長波段，都與總入社詩人的成長波段大抵平行，可間接說明1930年世代詩人在創世紀的詩人成長波段，實有相當比重的影響力。值得再深入追問的是，創世紀1920年世代與1930年世代的詩人既然同樣在1976年以後其成長都有所中斷，但是為何1930年世代詩人卻在1989年還有第二高峰？

　　其中原因乃是1987年10月15日國民黨政府開放大陸探親後，創世紀詩社詩人們不僅回大陸故鄉探親，還與大陸當代詩壇多所交流，連帶吸引了大陸當代詩人加入，其中如劉登翰、謝冕等亦兼具文學研究者身份之詩人，亦欲藉此之便對臺灣詩壇進行認識。這也凸顯出了創世紀詩人大陸省籍中「1930年代後遷移至台者」以及「1930年代後未曾移出大陸者」的兩種劃分，兩者的合流現象在1990年達到高峰，而終止於1994年。但是所謂的「1930年代後未曾移出大陸」者，對於創世紀詩社的影響力其實有限，而他們現在也大多退出創世紀詩社。

　　至於大陸省籍部分中的「1930年代後遷移至台者」，方為創世紀詩社中真正的主力。如同創世紀1920年世代的大陸省籍詩人一般，這些「1930年代後遷移至台者」的大陸省籍詩人在身份上，主要也呈現軍方色彩。其中張默是創世紀詩社實際事務的掌舵者，為創世紀詩社提供最實質貢獻。瘂弦則長年擔任《創世紀》的發行人以及社長，他們兩人與20年世代的洛夫，是創世紀詩社中投入社務最力的三人，詩壇一般稱之為創世紀三巨頭，可見他們在創世紀詩社中舉足之輕重。其他如大荒、碧果、辛鬱、周鼎、商禽，也都曾負責創世紀詩社的相關社務，在創世紀詩社中佔有一席之地。

　　不過，值得注意的是這些大陸省籍詩人中已有遊學生身份者，即許露麟、葉維廉二人，許露麟為菲律賓華裔（祖籍為福建省晉江縣），曾長期居住於臺灣，主要曾負責創世紀詩社的經理以及社務事務，其所經營的五更鼓茶屋曾是創世紀詩社詩人的重要聚會場所。葉維廉在臺灣大學外文系畢業後，更前往美國深造後獲得普林斯頓大學比較文學博士學

位，目前則在美國加州大學任教，他為早期的創世紀詩社提供重要的翻譯作品以及理論研究。

而在1930年世代詩人中的臺灣省籍者，其數量上則呈現相對地弱勢，目前也都不再參加。他們加入的時間點都相當分散，不像大陸省籍「1930年代後未曾移出大陸者」那麼集中在某一期間加入創世紀詩社，例如白萩於1961年創世紀超現實主義時期加入，白浪萍乃是於1975年創世紀傳統現代融合時期加入，朵思則是於1994年創世紀多元化時期加入。其中白萩與白浪萍皆與笠詩社有較深的關係，可見儘管創世紀詩社的詩人構成，雖主要呈現了大陸省籍詩人群的特色，但是顯然並未呈現對本省籍詩人的排斥。不過，這些臺灣省籍詩人後來皆退出，短暫的加入使他們對創世紀並沒有發生重要影響。

至於域外詩人的部分有韓國詩人許世旭與金良植的加入，1930年世代也是創世紀詩社中最早出現外籍詩人的世代。其中許世旭兼有遊學生身份為臺灣師範大學文學博士，在臺求學期間與臺灣創世紀詩人互動頗多，儘管參與創世紀的期間未負責任何社務，目前也已退出創世紀詩社，但是彼此仍有互動，可說是創世紀詩社與韓國詩壇交流的窗口。

曾參加過創世紀詩社的1940年世代詩人，大陸省籍部分有李英豪、雲鶴、景翔、馬覺、戰塵、沙穗、汪啟疆、季野、連水淼、夏萬洲、許丕昌、藍菱、張漢良、張堃、羅英、古月、劉延湘、歐周、王潤華、龍彼得、月曲了、平凡、和權、陳默、葉坪、龔華，臺灣省籍部分有葉珊、余素、辛牧，國外籍部分則有大衛‧孔伯格（David Cornberg）[111]、漢樂逸（Lloyd Haft）[112]、白凌，總共32人。目前剩下汪啟疆、張漢良、歐君旦、張堃、古月、月曲了、龔華、余素、辛牧、大衛‧孔伯格（David Cornberg）、白凌，共11人，儘管如此在數量上。1940年世代詩

---

[111] 大衛‧孔伯格（David Cornberg）乃是經由杜十三介紹加入創世紀詩社。

[112] 漢樂逸（Lloyd Haft）乃是洛夫至荷蘭參加現代詩活動後結識之詩人，後曾來台與創世紀詩社詩人有所接觸。

人加入創世紀詩社的趨勢與創世紀詩社人員發展間的對照關係，可由下表看出：

附表4

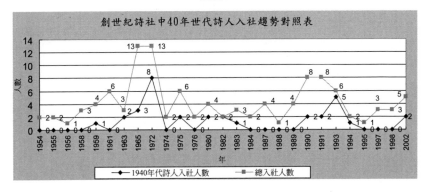

若比較前面1920與1930年世代詩人入社趨勢圖，可以發現1940年世代詩人的發展趨勢的波段起始點較晚，要到1959年創世紀詩社正式進入超現實主義時期後，才有葉珊（楊牧）的加入[113]，但是隨之短暫中斷，直到1963年才持續有1940年世代詩人加入。不過一直要到1972年創世紀詩社正式進入現代傳統融合時期後，才有第一個高峰，產生這波高峰的原因，主要乃是創世紀詩社在中挫整合時期，開始著力培養詩壇新秀。因此當創世紀詩社重整旗鼓後，這些1940年世代的詩人自然便投入創世紀詩社的陣營，這段發展在1983年後，又進入另一波短暫的中斷。進入多元化時期後，創世紀詩社中的1940年世代詩人群在數量上，則有另一波成長，到1993年又產生另一波高峰。

這些曾加入創世紀詩社的1940年世代詩人，軍旅詩人的色彩已不再那麼濃烈，臺灣省籍、華裔留學生[114]、1930年代後未曾移出大陸者[115]、外國

---

[113] 據筆者訪談楊牧，其雖與創世紀詩社詩人如瘂弦等私誼甚篤，但楊牧個人較不投入詩社活動，因此短暫參加創世紀詩社後則又退出。

[114] 例如王潤華。

[115] 例如龍彼得、葉坪。

籍等背景的詩人漸有取而代之的趨勢。特別是1993年的1940年世代詩人加入的高峰期，明顯以菲華詩人為主力，真正屬於菲律賓籍者僅有1人，他們祖籍全部都來自大陸福建省分。若結合現居地來看，這些現居菲律賓的華語詩人，在數量上僅次於現居臺灣的創世紀詩人，實為創世紀詩社中目前第二大勢力，現居大陸者反而僅有1人。

　　其中原因除政治問題的干擾漸小外，主要還是因為早在1950年代臺灣與菲律賓的中文現代詩壇間，互動往來便極為頻繁。華人在菲律賓在接收華語文學作品上端賴外地輸出，其中以臺灣為重要管道之一，他們居於菲律賓儘管也自組詩社，例如千島詩社、自由詩社，但是仍期盼與臺灣現代詩壇多所互動。他們集中在1993年加入，目前仍為創世紀詩人，是現居臺灣以外，仍持續參加創世紀詩社的主力。在居於香港的詩人方面，李英豪、崑南[116]、雲鶴都集中在1963年加入創世紀詩社，以李英豪與創世紀詩社的接觸最為密切。當時李英豪於香港創辦《好望角》文學刊物，委託創世紀詩社於臺灣左營代為銷售，而於臺灣所販售的利潤都轉捐給創世紀詩社，給予當時創世紀詩社相當實質的幫助。

　　創世紀詩社40年世代詩人群中，在臺灣省籍詩人方面的成長也極其明顯，這些省籍詩人都是在戰中乃至戰後出生，因此他們並沒有語言跨越的問題。他們投入創世紀詩社的時間，除葉珊於1959年外，分別有余素於1972年，以及落蒂、辛牧於2002年加入。對比於1940年世代中大陸省籍詩人，他們在數量上仍呈現偏弱的格局，除辛牧目前協助張默進行相關編務外，創世紀1940年世代的省籍詩人在創世紀詩社中，未曾特別負責相關事務。而創世紀1940年世代詩人中，對於社務貢獻較多的仍是大陸省籍詩人。[117]

---

[116] 崑南為當時在葉維廉介紹後，加入創世紀詩社。

[117] 其中汪啟疆於2000年12月起擔任創世紀詩社社長，也曾擔任過《創世紀》編委（52期）與社務委員（75期）；張漢良除協助編選創世紀相關文論集外，亦曾擔任《創世紀》編委（51、52、68期）與社務委員（75期），目前亦為創世紀理論小組成員。

　　曾參加過創世紀詩社的1950年世代詩人，大陸省籍部分有朱陵、馮青、沈志方、艾農、游喚、楊平、舒婷、歐陽江河、張國治、方明、陳素英，臺灣省籍部分有朱提、宋熹、渡也、侯吉諒、簡政珍、藍嵐、陳明哲、杜十三、楊柏林、談真，總共21人。目前僅剩下游喚、楊平、張國治、方明、陳素英、簡政珍、楊柏林、談真共8人仍持續參加創世紀詩社。1950年世代詩人加入創世紀詩社的趨勢與創世紀詩社的人員發展間的對照關係，可由下表看出：

附表5

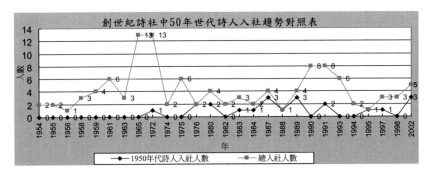

　　在上文探述1920、1930年世代詩人的部分，都可發現他們在1976年後，都有所中斷。而在1976年以後這樣的中斷裡，創世紀詩社的詩人增長群中，正是以1950年世代詩人為主。他們之中以1972年朱提投入創世紀詩社為最早，可以發現如同創世紀1940年世代比起創世紀1920、1930年世代詩人，遲自超現實主義時期才開始參與創世紀詩社般，1950年世代則恰好又比1940年世代晚了一個時期，到傳統與現代融合時期，才開始參與創世紀詩社。

　　1950年世代詩人有自己生命以及文學的養成期，因此在1972年以後，才有詩人加入，不過「遲到」的他們未必難以對創世紀詩社發生影響。從發展曲線來看，1976年到1989年，他們的發展曲線與創世紀詩社詩人整體的發展曲線，不只平行而且相當地接近，說明他們的確主

導了這個階段創世紀詩人的發展趨勢。1940年世代的歐周，1950年世代的沈志方、侯吉諒，以及1960年世代的江中明正是主導創世紀進入多元化時期的重要份子。其後承其續者，負責創世紀主編編務供力最多者，則分別有杜十三、簡政珍、楊平、艾農。

但是1950年世代詩人的流失率顯然相當地高，由於他們退出後也仍未轉投其他現代詩社，因此可推測他們應非在理念上，與創世紀詩社發生衝突。其中原因乃是由於他們缺乏早期創世紀詩社詩人彼此間，在創世紀創社初期所培養的革命情感[118]，因此對於創世紀詩社的向心力較為不足，當然，更重要的是，他們同時必須面對現實生活的壓力，使他們無法持續投入心力，參與創世紀詩社實際事務。

創世紀1950年世代中臺灣省籍詩人與大陸省籍詩人間的差距，也不像以往各世代一樣那麼大。這些大陸省籍詩人中，除舒婷為「1930年代後未曾移出大陸者」，以及馮青生於青島市，後在臺灣成長就學外，其他皆為外省第二代。他們自小在臺灣生長，已沒有遷移過海的經驗，接受臺灣國民黨政府的教育，對臺灣有一定程度的認識。他們與1950年世代中的臺灣省籍詩人[119]相互結合，在地的生長經驗，使他們比起1920-1930世代的創世紀詩人，更能體認到臺灣1970年代後社會轉型、後現代以及鄉土現實的情境，對創世紀詩社產生相當衝擊，影響《創世紀》的走向。

除此之外，值得注意的是，從1950年世代開始，不再有外國籍詩人加入創世紀詩社，創世紀詩社中外國籍詩人的系譜至1950年世代，算是暫時中斷。

曾參加過創世紀詩社的1960年世代詩人分別有江中明、須文蔚、雪陽，至於1970年世代詩人則僅有丁威仁一人。這兩個世代在創世紀詩人

---

[118] 瘂弦曾對於當年篳路藍縷創辦《創世紀》回憶到：「為了討論『創世紀』的編輯大綱，我們在海軍紀念塔的石階上傾談整夜，被海軍憲兵誤認為小偷，坐了一夜的牢。」（張默，1988：133）

[119] 就曾參加過創世紀的角度看來，50年世代中的臺灣省籍詩人是冠於其他各世代的。

群中最明顯的特色便是數量比例的寡少，但筆者仍將1960、1970年世代詩人加入創世紀詩社的趨勢與創世紀詩社的人員發展間的對照關係，整理成圖表羅列於下：

附表6

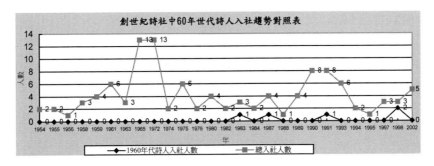

附表7

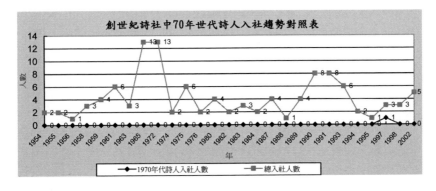

　　由於1960年與1970年世代在數量上的銳減，使得他們在創世紀詩社的發展趨勢，顯得極為零星破碎。1960年世代不僅在量上急遽萎縮，詩人在籍別類型也相當集中，除李進文為臺灣省籍詩人外，其餘皆為大陸省籍詩人。其中除了雪陽以外，江中明、須文蔚兩人雖屬大陸省籍，但是都在臺出生，目前也都居於臺灣。

　　江中明是第一位加入創世紀詩社的1960年世代詩人，在1983年加入時，正處於創世紀「現代傳統融合」與「多元化」兩時期的轉換關鍵期，江中明也曾短暫參加過《創世紀》新生代的交接改組計畫。不過雖然如此，但江中明後來也因為私人因素退出了創世紀詩社。

　　至此之後，創世紀詩社也要到1991年才有1960年世代詩人須文蔚加入，須文蔚曾獲得創世紀週年創作獎，在未參加創世紀詩社前，便與創世紀詩社有所互動，參加之後曾主編過《創世紀》。[120]須文蔚本身有著政治大學新聞所以及學術研究的相關背景，使其相當注重網路社群以及網路文學的研究，因此目前被延攬為創世紀網路小組的成員，使創世紀詩社得以與新銳文學現象有所互動，保持其一貫新銳前衛的多元化接受能力。

　　而雪陽則為於大陸生長的1960年世代詩人，目前則居於澳洲，與創世紀詩社間的互動微乎其微，不過他的加入可以看出創世紀詩社中，在1990年一波大陸本土詩人的加入熱潮後，儘管雖逐步退燒，仍持續有大陸籍詩人零星加入，且世代性也向下延伸。但明顯可以發現，自1930年世代以降，各世代的大陸本土性詩人在社務以及理念上，對於創世紀詩社的影響都不大，彼此間的往來仍偏屬於交流性質。其中原因首先還是因為政治阻隔，及兩岸氣氛的膠著，使得兩岸間的交流儘管開放，但卻無法持續深入。其次則是創世紀詩社畢竟主要乃是以臺灣作為核心基地，無論是社員現居地或是刊物編輯發行地，皆以臺灣為主要據點。他們與創世紀詩社的聯繫主要建立在機關刊物上，即按期接獲《創世紀》、向《創世紀》投遞發表詩作。因此，創世紀詩社在吸收非現居於臺灣的詩人同時，如何使他們與創世紀詩社的詩學理念、社務經營有更深入的互動，以避免有名無實純為掛名的現象，實是創世紀詩社中，這些廣佈世界各地的海外詩人間普遍的問題。

　　創世紀詩社的詩人構成中，在1970年世代中，僅有丁威仁一人有參加紀錄，這個世代對於創世紀詩社的影響可以說是沒有。丁威仁也是繼

---

[120] 後來由於必須專注投入撰寫其博士學位論文，而暫時放下《創世紀》的編務，但後續仍積極參加創世紀的其他社務。

白萩、葉笛、李篤恭之外，第四位曾經參與過創世紀詩社後又轉投笠詩社的詩人[121]。不過，由於創世紀詩社仍尚在營運，因此1960、1970年世代詩人顯然仍應會有所增長，如不考慮商業機制對純文學的破壞以及文學環境大環境的轉變等因素，以經驗法則看來，2000-2005年間創世紀詩人應該仍有一波1960與1970年世代詩人的加入趨勢。但是如果創世紀詩社中1960與1970年世代詩人的數量結構上，仍是呈現如此零星疲弱的格局，這樣的現象值得作進一步的深入探析，但這已不是筆者目前所能處理了。

（二）詩社系譜分析

　　創世紀詩社成員間的詩學背景其實各有譜系，考察這些參與過創世紀詩社的詩人，他們的詩社參與經驗，可發現大部分都非純然僅參加過創世紀詩社而已。臺灣詩人並非人人參加詩社，有些詩人甚至本身便不熱衷於詩社活動，由此倒可以反證一件事，即這群參加過創世紀詩社的詩人們，基本上對於參與詩社並不排斥。概括地來說，在1970年代以前的詩壇，詩人們基本上都僅參加一個詩社，1970年代以後，詩人跨越詩社的現象則逐漸增多，主要乃是以下兩個原因所促成：

　　第一、隨著臺灣政經局勢的轉變，許多詩人對當時臺灣的局勢有所反應，因此成立了許多以時代性為關注焦點的詩社，使得當時已參加過1950、1960年代的老牌詩社之詩人，紛紛另行投入這些於1970年代新興創辦的詩社。

　　第二、此時在臺灣出生的臺灣與大陸省籍新生代詩人陸續嶄露頭角，他們接受臺灣學校教育，由於對現代詩的喜好，在大專與高中時期便多數參與學校或地區性的文藝社團，他們在參與全國性詩社時，通常仍保持與之前參與詩社的聯繫。

---

[121] 相較之下，從筆者整理的笠詩社成員分析資料看來，可以發現未有曾參加笠詩社後又轉投入創世紀詩社者，這樣的現象值得進一步探述分析，筆者在本節最後會加以處理討論。此外，這些詩人為何會有這樣的出入詩社的現象，是基於詩學上的認同，還是另有他因，筆者下文探述亦將會仔細探述。

　　以上兩個原因促成1970年代以後詩壇呈現詩人們跨越詩社現象[122]，身為自1950年代營運至今的創世紀詩社，社中這樣的現象自然是屢見不鮮。而探討詩人參與詩社的紀錄背後，主要的探求目的乃在於檢視他們所曾認同的詩社群及背後的詩典律，以及是怎樣的原因使得他們願意選擇加入創世紀詩社。此外更重要的是，當他們夾帶這樣的背景加入創世紀詩社後，對於創世紀詩社產生了怎樣的影響？

　　以詩社作為類別單位，可以發現創世紀詩人中有五類支系，分別為（1）創世紀系統（2）現代派系統（3）藍星系統（4）1970年代新興詩社系統（5）域外詩社系統五個系統。

　　創世紀系統指的乃是僅參加過創世紀詩社者，除了在創世紀各個時期加入創世紀詩社者外，還包括了參加創世紀在中挫整合時期，所另行組織的詩宗社以及水星詩刊，且於1972年9月創世紀詩社重新營運後，仍持續參加創世紀詩社者。特別是於創世紀詩社新民族時期加入後，始終未脫離者，這些詩人皆為創世紀詩社中的1920、1930年世代詩人，如張默、洛夫、瘂弦，他們對創世紀詩社可說有著革命般的情感，也是創世紀詩社最為核心的人物。他們完整地參加創世紀所有的發展歷程，除了在1950、1960年代，受到長輩與同輩詩人影響外，在1970年代以後，更受到後輩詩人的強力挑戰，是以他們詩風的轉向對於討論創世紀詩典律的擬建與衍變，可說具有相當重要的指標性意義。

　　至於在創世紀詩社中挫整合時期加入水星與詩宗社的詩人，大多為1940年世代的詩人，他們在詩歌創作學習階段時（通常是15-25歲），正值創世紀詩社廣泛對詩壇發生影響的時候，因此他們往往在閱讀報紙副刊以及詩刊、詩選的同時，受到創世紀詩社所主導的超現實主義詩風的影響。雖說如此，但他們的現代詩創作，卻也未必是全然晦澀的作品，他們在詩語言的書寫上已多所放鬆，例如汪啟疆、余素等人，事實上，這也是後來創世紀詩社詩人詩作的整體趨勢。

---

[122] 事實上，考察創世紀與笠兩詩社的同仁規約，似乎也未明訂詩人不得同時參與兩詩社，因此詩人參與詩社的多少，主要還是依據詩人的個人意願。

　　創世紀詩社其社性具有融會性質，就上文探述分析其詩人群的時空特性時，其對大陸以及海外詩人的吸收可為明證，若就其詩人群的詩社系譜來分析，則同樣呈現多種詩社背景的疊合現象。創世紀詩社在對不同詩社背景詩人的吸收上，以紀弦所主導的現代派與現代詩社為多。而具有現代派背景的詩人，多為1920、1930年世代詩人，他們多數在紀弦的現代派與現代詩社解散後，加入創世紀詩社，這也可以解釋以上附表7中1961年左右期間，何以有一波加入創世紀詩社的高潮。儘管當時紀弦創辦現代派時，並非所有詩人對紀弦所提倡的現代主義都有所知詳，但是就後來轉投入創世紀詩社的詩人來說，如辛鬱、商禽、鄭愁予、梅新等人，當時都曾深入參與過現代派或現代詩社的運作。因此他們在1960年代一波波加入創世紀詩社後，無疑助長創世紀詩社在超現實主義時期中，提倡西方現代主義的聲勢。他們雖然未必積極負責創世紀詩社中的細部事務，但是他們都在創作上提供協助，他們在當時的《創世紀》，發表許多前衛性的作品，而實際創作出來的文本作品，有時的確勝過許多喊地熱烈的口號，對詩壇影響也更為直接。

　　關於以上對有現代派與現代詩社背景的詩人，融入創世紀詩社的說明，其實有助於我們更細緻地，瞭解到創世紀詩人們間，對於現代主義的接受有著遲早之分。這至少可在創世紀系統與現代派系統間，發現這樣的層次性，在創世紀系統中，如洛夫、張默、瘂弦早年雖對紀弦的現代主義有一定程度的認識，但是真正接受現代主義進行創作上，比起現代派系統的商禽、辛鬱等人來說明顯是較遲的。但是洛夫、張默由於介入創世紀事務深切，因此他們的詩路歷程，幾乎完全呈現「新民族」、「超現實」、「回歸傳統」的脈向；至於屬於現代派系統的商禽、辛鬱等人由於在1950年代，便投入現代派與現代詩社的活動，因此他們的詩作，並未呈現創世紀於1950年代所提倡的「新民族詩型」的色彩，在未加入創世紀詩社前，他們的詩作便有相當濃厚的現代主義風格，為創世紀詩社注入另一股新的活力，激化創世紀詩社在超現實主義時期的發展力道。而這兩個系統的詩人於1960年代中在創世紀詩社合流，使得創世

紀詩社一躍成為當時詩壇提倡現代主義最力的詩社，也幾乎成為超現實詩風的代稱。

在1950年代現代詩社方面，除有現代派系統的詩人融入創世紀詩社外，創世紀詩社中亦有曾參加過藍星詩社的詩人，分別有黃用、管管兩人。只是相較於曾參加過現代派的詩人群，對創世紀超現實主義時期路向的劇烈衝擊，這些具有藍星詩社經驗的詩人，對於創世紀詩社在詩學路向上的影響顯然薄弱。

1950年代的詩壇猶由覃子豪領銜的藍星詩社，與紀弦所主導的現代詩社與現代派為主要勢力，兩者在詩學觀念上是呈現相互對抗的局面。藍星詩社針對現代派提出的「橫的移植」、「強調主知」的宣言，在其詩主張提出「縱的繼承」的口號，在創作上也明顯呈現中國抒情傳統的色彩。因此在超現實主義時期繼承現代派精神的創世紀詩社，在一定程度上也延續現代派與藍星詩社間的對抗關係。只是隨著現代主義在1960年代的詩文壇逐漸蔚為風潮，藍星詩社後續主導詩人如余光中、羅門的詩風，也逐漸融合現代主義的精神，且在1960年代以後，藍星詩社本身的社群架構漸趨鬆散，創世紀與藍星詩社間的對抗關係也趨緩。因此，雖說創世紀詩社有具藍星背景的詩人加入過，但藍星的詩學理念對於創世紀的影響可說幾乎沒有。

以黃用來說，雖然曾擔任《創世紀》第16、18期編委，但其投入創世紀詩社的時間不長，又長期旅居美國，自然難以對創世紀詩社發生影響；至於管管，雖然曾參加過藍星詩社，但是顯然與藍星詩社的社性有些隔閡，管管曾於〈藍星、創世紀、笠三角討論會〉自陳：

> 我當初是加入藍星詩社，後來為什麼參加創世紀詩社呢？那是因為，創世紀詩社都是阿兵哥，跟我相同，而藍星則是教授，家世良好，生活的感覺無法配合。還有創世紀不守章法，可以胡來，尤其重要的是我喜歡創世紀的意象的大膽、潑辣、奇怪。……我反對戰爭，當過二年兵，但基本上我是軍人，必須時時面對死

> 亡，因而在許多方面，創世紀都可以引起共鳴。同時，對超現實
> 主義者的偏好，也許只是由於西方的一位超現實主義者的譯詩令
> 我喜愛，覺得不錯，而無關於超現實主義的理論。[123]

　　管管本身的詩風雖有前衛色彩，但在語言上除呈現較為口語的現象
外，部分作品更帶有著古典趣味，這自然多少與藍星詩社的主張有關。
但是他加入創世紀詩社的原因，誠如筆者轉錄其自述中所提，除創世紀
詩社詩歌的實驗性與前衛性投其所好外，更重要的是他們在軍旅身份上
的經驗認同。可見促使詩人在不同詩社間出入的原因，除導因於詩學
理念，有時更是在社會身份或族群身份上的認同。

　　因此管管加入創世紀詩社，也看不出其帶來任何藍星詩社的影響，
只是更加印證創世紀詩社對於軍旅詩人在身份情感上的磁吸效應。就如
同管管般，軍旅詩人加入創世紀詩社，主要是也都是透過軍方的管道，
他們彼此間不止在身份情感上有所共鳴，在詩歌創作上也往往同樣帶著
反叛的共性。

　　是以，儘管創世紀後期在傳統融合時期中，提倡回歸中國傳統的
主張，好似與藍星詩社初期的主張有所關係。但正如前節所述，提供創
世紀詩社這樣轉變的動能，還是在於創世紀詩社在新民族時期所隱然呈
現，向中華民族精神靠攏的路向，以及經歷詩壇對其提倡超現實主義而
造成晦澀詩風的批評。此外，創世紀詩社在展現吸收中國傳統上，也不
銳意強調抒情性格，而是強調現代性與中國傳統間的交互融合，這也是
與藍星詩社的主張不同的。

　　創世紀詩社中有1970年代新興詩社[124]背景的詩人不在少數，可發現這
些參與過1970年代新興詩社的詩人，與曾參加現代派與藍星詩社的詩人，
有著世代的區隔。1970年代所以是新詩社風起雲湧的年代，與戰後世代詩

人不斷出現息息相關，這些戰後世代詩人，大約皆在1940、1950年代出生於臺灣，都接受國民黨政府制式化教育，並在1970年代逐漸成熟。他們對臺灣1950-1970年代以來的文化、政治現象有一定的認識，由於1970年代臺灣內外政局的動盪，他們普遍堅持現代詩應積極反應時代性，以及辨別自身的文化定位，因此紛紛成立許多新詩社，他們基於理想創立詩社，同樣也面對到經濟以及理念維持等問題。但是隨著這些戰後世代詩人們在理念上的趨異（特別是在辨認自身的文化地位上），以及難以克服的經濟問題，使得這些1970年代新興詩社紛紛解散。這凸顯1970年代新興詩社體質趨弱，少數如龍族詩社等外，通常營運難以持久，甚少超越2年，使得詩壇1940、1950年世代的詩人在1970年代的流動性極大。

在1970年代初剛結束中挫整合時期而重新營運的創世紀詩社，大致維持其1970年代以前的基本班底，即兼融有上述創世紀、現代派系統的詩人群。事實上，在1970年代中的1960年代元老詩社如藍星等，內部各自的1920、1930年世代的詩人班底普遍皆已穩固成形，各詩社間在典律與社群性格上，也都有一定的區隔性，因此1920、1930年世代的詩人在1970年代的流動性不大。是以創世紀詩社在1970年代吸納的成員多為當時許多解散的新興詩社成員，這些成員不少即是戰後世代詩人。

例如在暴風雨詩刊[125]部分，主編沙穗（1948年生）、連水淼（1949年生）、張堃（1950年生）三人，後來分別於1972年（沙穗、連水淼）、1980年（張堃）加入創世紀詩社，而沙穗、張堃亦曾另行主持過盤古詩社；拜燈雙月刊[126]，主編之一的渡也（1953年生）則於1976年加入創世紀詩社；龍族詩社12位發起人之一的辛牧（1943年生）則於2002年加入創世紀詩社。

可以發現這些戰後世代詩人們，儘管陸續解散或退出當初他們於1970年代籌建的詩社，但卻猶保有在詩壇的活動力，對創世紀詩社而言，本身便亟待新世代詩人的加入，以延續其典律精神。而這些投入

---

[125] 1971年7月創刊，6開單張設計，1973年7月休刊。
[126] 1972年1月23日創刊，20開，只出2期，尹凡、渡也主編。

創世紀詩社的戰後世代詩人間，在意識與族群身份上，多少與創世紀
1920、1930年世代詩人帶有些許關連性。例如這些戰後世代詩人多為外
省第二代，他們在文化意識的光譜上，對比於臺灣意識，他們較偏向中
國意識，並不特意強調臺灣主體性。

　　這些戰後世代詩人多數與創世紀詩社的詩典律有較多的認同，因而
加入創世紀詩社，但他們與創世紀詩社間未必僅有趨附的關係，在生命
經驗上他們與創世紀戰前世代詩人最大的差別，便是不再有那麼濃厚的
遷移流亡經驗，取而代之的是本身在臺灣的成長經驗，這樣臺灣本土生
長經驗的加強，使他們普遍強調對自身的文化身份的歸屬問題，以及對
臺灣當下（特別是1970年代以降）臺灣社會現實的關注。這些1970年代
新興詩社系統詩人，帶給創世紀詩社的影響實不容小覷，他們的加入使
得創世紀的整體世代概跨幅度向下擴張更新，使創世紀的陣容上更為整
齊。此外也為當時已屬於元老級詩社的創世紀詩社，提供戰後新世代詩
人強調關注臺灣社會現實的力道。

　　最後，讓我們來討論創世紀詩社中域外詩社背景的詩人。他們全數
皆為寓居菲律賓的福建省籍華人，並集中在1993年加入創世紀詩社，
且皆為1940年世代的詩人，主要皆是菲律賓千島詩社的重要成員。[127]
創世紀域外詩社系統的詩人們之間的背景與特性可說相當類同，他們參
加創世紀詩社主要乃是保持與臺灣詩壇的交流關係，由於身在海外菲律
賓，自然難以對創世紀詩社社務發生決定性影響。

　　因此與創世紀詩社的交流媒介，主要是透過《創世紀》，不僅藉
此瞭解臺灣當地詩壇的最新發展，也提供菲華詩壇的最新動向。不過創
世紀詩社這樣跨疆界的華語詩人的互動，其實最早可追溯到《創世紀》
第36期（1974年1月）開始刊載越華詩人詩選時，而《創世紀》第68期

---

[127] 如月曲了（1941年生）、白凌（1943年生）皆為千島詩社的發起人，平凡
（1941年生）為千島詩社的社長，陳默（1940年生）則為千島詩社的主幹成
員。除此之外，月曲了亦為自由詩社的發起人，白凌則為辛墾文藝社的社長，
和權（1944年生）則為《永珍詩刊》、《萬象詩刊》主編。

（1986年9月）刊載菲律賓華僑詩選，可謂承其續而已。這些域外詩社詩人的融入，也使得創世紀得以與世界華語詩壇，保持著時時交流互通的管道。

二、笠詩社詩人構成

（一）時空特性分析

笠詩社的詩人陣容極為龐大，但是若考究其詩人的省籍與現居地，卻可以發現其詩人背景相當統一地呈現以臺灣為主體的特性（參考本書「附件四　笠詩社成員分析表」）。笠詩社詩人在籍別上，僅有臺灣、大陸、日本三種籍別，其中以臺灣省籍詩人的數量最多，日本籍詩人次之，大陸省籍者僅非馬1人。就現居地來看，其數量由多至少可分三級，第一級為居於臺灣者，第二級則為居於日本、美國者，第三級則為居於西班牙。

笠詩社詩人們的遷移特性並不明顯，大多數笠詩社詩人多生於臺灣長於臺灣，是以對於臺灣他們很自然有著母土觀念。其向海外移動遷移的案例僅有非馬、杜國清、張昭卿三人，三人向海外移動的原因皆是海外留學。[128]除以上留學定居海外的三位詩人，笠詩社海外詩人則以居於日本的日籍詩人為另一大宗，這些日籍詩人乃是隨著笠詩社與日本詩壇的交流，彼此相熟識後加入笠詩社。[129]

笠詩社由於社齡長久，所以社中詩人跨越不同的世代，而笠詩社詩人各世代間所呈現的區隔性，幾乎與臺灣政治史相呼應，具體可概分為以下三大部分：

---

[128] 非馬目前定居美國任教職，杜國清則曾留學日本京都，而後再赴美進修，目前亦定居美國任教職，張昭卿目前則於西班牙留學。

[129] 有北原政吉（1908年日本岐阜縣）、增田良太郎（本名陳楳增，1922年生於高雄市，早年歸化日本）、井東襄（1924年日本大阪）、北影一（1930年），他們與臺灣都有相當的淵源。其中北原政吉曾參加過1939年9月臺灣日治時期，由西川滿所主持的臺灣詩人協會。

(1) 跨越語言的一代：主要為1913-1929年在臺灣出生者。[130]

(2) 日治時出生戰後成長者：主要為1930-1945年在臺灣出生者。[131]

(3) 戰後出生者：主要為出生於1946年以後者。[132]

　　為求論述縝密，以下筆者分別就各世代的特性加以探述，以釐清相關問題。

　　笠詩社中最老的世代可上溯至1900-1909年世代，分別為巫永福、周伯陽[133]、北原政吉三人。巫永福於1964-1968年加入笠詩社，此時笠詩社營運尚未滿10年，不過已漸上軌道，巫永福是臺灣戰前的重要詩人，他的加入無疑增強了笠詩社的詩人陣容，並提供了許多實質的幫助。他提供笠詩社詩人更多創作經驗，讓笠詩社後輩詩人（特別是戰後世代）瞭解臺灣日據時期文壇的現象，例如《笠》在1989年便曾舉辦「臺灣人的唐山觀——兼論巫永福「祖國」一詩」之詩作討論會，巫永福在該次會談中便陳述了日治時期臺灣詩壇的實際狀況。此外，巫永福更挹注了笠詩社相關的物資，例如笠詩社1969年第一次舉辦笠詩獎的典禮會場，便由巫永福向其所服務的新光人壽公司商借會場。

　　北原政吉則於1974-1978年間加入笠詩社，目前仍為笠詩社同仁。他1923年於台北市建成國小畢業，1929年又於台北第一師範學校畢業，因此雖然後來返回日本千葉縣定居，但是對臺灣並不陌生。北原政吉可說是笠詩社接觸日本詩壇的管道之一，笠詩社便曾與北原政吉於1979年以及1989年合作編選《臺灣現代詩集》、《續‧臺灣現代詩集》。笠詩社為表彰他對笠詩社的貢獻，曾於1994年6月頒給北原政吉笠詩社第五屆特別詩獎。因此，笠詩社1900-1909年世代詩人對於笠詩社的發展，以及國際交流等方面都有相當實質的幫助。

---

[130] 例如巫永福、吳瀛濤、陳千武、詹冰、林亨泰等。

[131] 例如葉笛、黃騰輝、林宗源、趙天儀。

[132] 例如曾貴海、李敏勇、陳明台、莫渝、鄭炯明。

[133] 已不幸逝世。

　　曾參加過笠詩社的1910年世代詩人分別有吳瀛濤、巫永福、周伯陽、王昶雄四人，他們的加入趨勢與笠詩社的人員發展間的對照關係，可由下表看出：

附表8

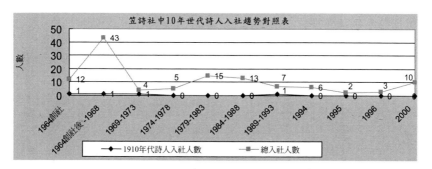

　　兩人目前都已不幸去世，王昶雄加入笠詩社時已屆八十多歲高齡，對於笠詩社的影響可說微乎其微。至於吳瀛濤可說是笠詩社重要的催生者之一，對於早期笠詩社具有決定性的影響，他是笠詩社中早期重要的支柱，其相關創作與評論，更相當早便展現笠詩社後來所著重強調的鄉土、現實價值。因為吳瀛濤的過早逝世，使1910年世代詩人對笠詩社影響，僅集中反應在早期笠詩社的營運發展上。

　　曾參加過笠詩社的1920年世代詩人分別有詹冰、桓夫、林亨泰、錦連、陳秀喜、張彥勳、羅浪、杜潘芳格、李篤恭、吳建堂、蕭翔文、柯旗化、莊世和、賴洝、井東襄、增田良太郎，共16人。目前仍為笠詩人者為詹冰、桓夫、林亨泰、錦連、羅浪、杜潘芳格、莊世和、賴洝，共8人。他們的加入趨勢與笠詩社的人員發展間的對照關係，可由下表看出：

附表9

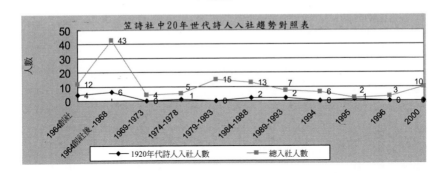

1920年世代詩人的入社趨勢，以1964創社到1968年間為加入的高峰期，在1969-1973年間暫時中斷，1974年開始又有1920年世代詩人加入，但加入人數較少，到1994年又暫時中斷，1995年復有1人加入，隨後又進入中斷期。這個世代除了日籍詩人外，最大的特色便是他們的生命史同時跨越了戰前與戰後。使他們實際感受到在日本皇民化統治時期與國民黨政府戒嚴時期中，臺灣人的苦悶與哀愁，同時他們更是跨越語言的一代，在戰後面臨了寫作語言轉換的問題。

這群20年世代詩人中，以1964-1968年這段期間加入者對社務投注心力最多，可說是笠詩社在1970年代以前的社務主力之一。他們之中的詹冰、陳千武、林亨泰、錦連為笠詩社12位創辦發起人，都曾戮力承擔過笠詩社的編輯與相關活動事務。其中林亨泰負責擘畫《笠》一開始的專欄設計與編輯，陳千武除曾參與《笠》的編輯事務外，更長期負責笠詩社的經理部事務，而1964年後加入笠詩社的陳秀喜，則長期擔任笠詩社的社長。[134]

---

[134] 至於日籍詩人方面，增田良太郎，漢本名為陳樑增，1933生於高雄市，後歸化為日本籍，在日據時代便曾參加過《文藝臺灣》，《植物派》，相當早便投入文學活動當中，他在1980年代返台遊歷時加入了笠詩社。井東裏於1945年畢業於臺北師範大學，後返回日本繼續深造，1965年大阪市立大學日本文學科畢業，現定居日本大阪。他相當關注臺灣文學，曾著有日文評論《大戰中的臺灣文學》，1989年加入笠詩社後，可說是笠詩社與日本詩壇交流的管道之一。

　　曾參加過笠詩社的1930年世代詩人分別有趙天儀、白萩、黃荷生、薛柏谷、古貝、葉笛、黃騰輝、林宗源、李魁賢、岩上、白浪萍、何瑞雄、林煥彰、林錫嘉、林外、龔顯榮、莊柏林、北影一、非馬共19人。他們的加入趨勢與笠詩社的人員發展間的對照關係，可由下表看出：

附表10

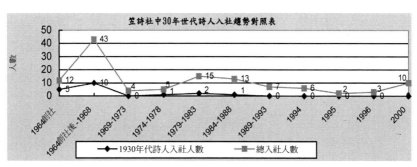

　　笠詩社中的1930年世代詩人的發展趨勢，與1920年世代詩人可說大致相仿。在1964年創社時，便有趙天儀、白萩、黃荷生、古貝、薛柏谷5人加入，1964-1968年為30年世代詩人的加入高峰期，1969-1973年暫時中斷，1974年以後又有詩人加入，但數量上較為零星，至1993年後則進入中斷期。

　　1930年世代詩人皆為臺灣日治時期出生，而後在戰後成長者，在他們的成長期中經歷過臺灣許多重要的政治事件，例如1945年國民黨政府接收臺灣，1947年228事變等等。相較於笠詩社中的1920年世代詩人，30年世代詩人面臨臺灣這樣政治轉換時期時，大約不過10多歲，因此學習力尚強，使得他們得以快速通過漢文書寫的障礙。他們之中如白萩、黃荷生在1950年代，便崛起於當時以大陸省籍詩人為主的詩壇，並且在當時重要的詩社如現代詩社、創世紀中扮演重要的角色。他們在1950年代都能確實感受到臺灣人及社會，在戰前戰後的轉變，因此他們對自身的省籍身份都有所自覺，很自然地在1960年代便投入笠詩社的創辦。

　　笠詩社成立之際，他們正屬中壯時期，衝勁正足，在笠詩社最重要的前十年與較年長的1920年世代詩人，以及較年輕的1940年世代詩人，組成笠詩社的堅強陣容，積極投入笠詩社的營運，除勉力於個人詩藝的突破外，更致力於翻譯以及建立客觀的詩學研究。他們之中如趙天儀以柳文哲的筆名，在初期的《笠》經營「詩壇散步」專欄，對當時的新出版詩集進行簡評，後來也長期主編《笠》[135]。而李魁賢則以楓堤的筆名，持續進行對德國以及其他各國詩歌的翻譯。白萩長期為《笠》設計封面，也長期負責《笠》的編輯[136]。而岩上自1980年代175期後長期編輯笠詩刊，詳列笠詩刊的版權頁、定期整理社內詩人名單，為相關研究者打開了方便之門。因此可以說，笠詩社中1930年世代詩人是投入笠詩社社務最力的世代。

　　曾參加過笠詩社的1940年世代詩人分別有杜國清、王憲陽、拾虹、吳夏暉、李敏勇、陳明台、鄭烔明、鄭仰貴、施善繼、龔顯宗、古添洪、喬林、莊金國、沙白、旅人、許達然、黃勁連、曾貴海、黃樹根、張子伯、莫渝、林豐明、江自得、洪中周、陳芳明、海瑩、賴欣、陳填，共28人。目前仍為笠詩社詩人者有杜國清、拾虹、吳夏暉、李敏勇、陳明台、鄭烔明、喬林、沙白、旅人、許達然、黃勁連、曾貴海、莫渝、林豐明、江自得、洪中周、海瑩、賴欣、陳填，共19人。他們的加入趨勢與笠詩社的人員發展間的對照關係，可由下表看出：

---

[135] 趙天儀曾負責編輯過《笠》46-54，61-101期。
[136] 白萩曾負責編輯過《笠》。

附表11

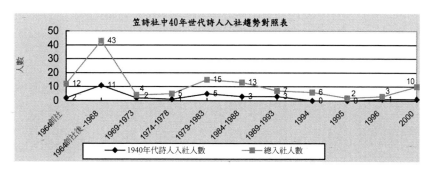

　　笠詩社中1940年世代詩人的成長趨勢在1994年前可說相當穩定，1994年以後除逾1996年增加1人外，基本上算是進入中斷期。誠如1940年世代詩人在笠詩社中的沈穩成長，這個世代了承接社中1930年世代以前詩人在社務上的棒子，使笠詩社的社團氣象，在70年代以後猶能常保活絡。此外由於1970年代臺灣政治社會的巨大轉變，使他們更深入辨別臺灣與大陸間的關係，而將笠詩社從「鄉土寫實時期」進一步帶入「社會批判時期」，使笠詩社現實主義的色彩愈益鮮明。

　　在笠詩社1920-1930年世代詩人的銳意培養下，他們在笠詩社的創作成長可說極為快速，據李魁賢於〈笠的歷程〉一文統計，《笠》第二個五年期當中「發表五十首詩以上的同仁有傅敏（李敏勇）、非馬、羅杏、趙天儀、杜國清、陳鴻森、岩上；四十首以上的有桓夫（陳千武）、白萩、巫永福；三十首以上的有林宗源、李魁賢、鄭炯明、拾虹、陳明臺。」[137]1940年世代詩人群之中，以杜國清（1941）年紀較長[138]，為笠詩社1964年創社12人之一，相當早便投入笠詩社的活動，但是由於其轉而留學日本、美國，因此後來以為《笠》寫稿、投遞詩作為主。而李敏勇在1960年代末至1970年代初便長期擔任《笠》的助理編

---

[137] 李魁賢，〈笠的歷程〉（臺灣臺北：《笠》第100期，1980年12月），頁36。
[138] 此外王憲陽亦為1941年出生，但是在笠詩社1964年成立後，極少參與笠詩社活動，故在此不予討論。

輯，後來曾擔任《笠》102-118期的主編，可說是促成笠詩社在進一步蛻變的重要詩人。這個世代可說極具活動力，除在1970年代以前持續進行詩作、詩論的發表外，更勇於挑戰當時詩壇的典律，1970年代以後更另外參與創辦了許多新興詩社。

　　曾參加過笠詩社的1950年世代詩人分別有陳鴻森、郭成義、陳坤崙、羊子喬、謝碧修、杜榮琛、蔡榮勇、黃恆秋、利玉芳、吳俊賢、李昌憲、陳亮、蕭秀芳、江平、林盛彬、徐雁影、林建隆、張昭卿、楊超然、林鷺、慶之、蔡秀菊、向陽、吳念融、王啟輝、吳櫻，共26人。目前除杜榮琛、陳亮、徐雁影退出外，多數仍為笠詩社詩人。其加入趨勢與笠詩社的人員發展間的對照關係，可由下表看出：

附表12

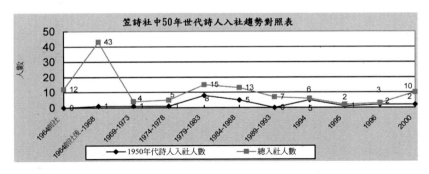

　　笠詩社1950年世代詩人的加入趨勢，在1964-1968、1969-1973、1974-1978三個時間區段間，都有1人參加。這乃是由於1950年世代詩人在1960-1970年代尚在詩歌學習時期，自然極少有人投入詩社運動當中，但進入1980年代，他們便大量地投入詩社運動。如同1940年世代詩人在1970年代展現的活躍力一般，1950年世代詩人在1980年代開始展現他們的衝勁。其中以陳鴻森最早參加笠詩社的活動，由於他自身的學術背景，使得他注意於整編笠詩社的史料，在1980年代以後，著力於整理彙編了笠詩社相關史料。其與吳政上合作編輯《笠詩刊三十年總目》，

以學術嚴謹的角度將《笠》各篇文章詳細分類，並進行相關的學術論述，對確建笠詩社的典律價值有所助益。郭成義則曾負責《笠》128-140期的主編工作，亦曾另行創辦《詩人坊》，在1980年代的臺灣詩壇可說相當活躍。謝碧修在1980年代以後長期固定負責笠詩社的費用經理事宜。林盛彬則在1990年代後，接替岩上負責現在《笠》的主編工作。

　　曾參加過笠詩社的1960年世代詩人有張芳慈、張信吉、陳晨、陳謙、潑雲、周華斌、紀小樣，共7人。目前除潑雲外，全數仍為笠詩社詩人。他們的加入趨勢與笠詩社的人員發展間的對照關係，可由下表看出：

附表13

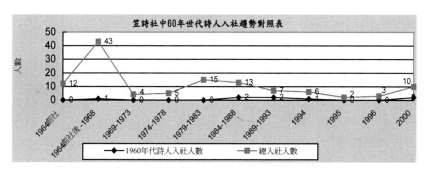

笠詩社中60年世代詩人入社趨勢對照表

　　笠詩社1960年世代詩人的加入趨勢，以1980年代中期為起點，至1995年暫時中斷，2000年又有2人加入。比起1940、1950年世代，他們的加入趨勢顯然較為疲弱，也較少介入笠詩社的社務。不過他們在創作的表現上，都有一定的成績，例如張芳慈除有笠詩人普遍具有強調寫實關懷特質外，更有著女性詩人特有的細膩筆觸。而紀小樣更是公認的「得獎專家」，詩歌樣貌及技巧具多變性。陳謙的詩類似波特萊爾，對城市文明帶有現代性的觀察。

　　曾參加過笠詩社的1970年世代詩人有王宗仁、李長青、丁威仁、黃明峰、楊潛，共5人。加入笠詩社的這群1970年世代詩人，大致反映臺

灣目前最新世代詩人的一些特性，例如熟悉網路發表機制，李長青、王宗仁、丁威仁都是網路詩人中的佼佼者。他們的加入趨勢與笠詩社的人員發展間的對照關係，可由下表看出：

附表14

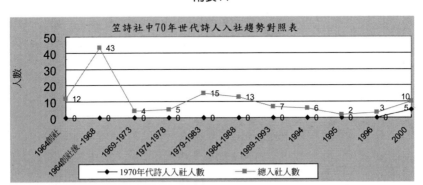

　　臺灣1990年代詩壇中的詩社現象已不活絡，而1960年世代詩人對參加詩社的意願普遍不高，在2000年仍有堪稱最新世代的1970年世代詩人加入笠詩社，有其特殊意義。正如李長青所言：「詩人當有天生在野的思考與靈魂，對生存的時代與群體提出批判，是詩人責無旁貸的使命，這也是我加入笠的主因……。」[139]說明了笠詩社所建立的典律價值，在新舊世紀轉換之際仍能持續為新生世代詩人所認同，而保有其磁吸效應。

　　值得注意的是，1970年世代詩人中的丁威仁，則是從創世紀轉至笠詩社，據筆者親自詢問丁威仁的紀錄[140]，丁威仁乃是因為私人因素無法按期繳納創世紀詩社之社費，而後乃退出創世紀詩社，並非在詩觀上與創世紀詩社有重大的歧異，而加入笠詩社亦嘗試投入社務運作，期待給笠詩社的體質注入新的元素。

---

[139] 李長青，〈基礎的素描──青年詩人會談專輯〉（臺灣台北：《笠》第232期，2002年12月），頁24。

[140] 丁威仁於2001年獲得九十年度教育部文藝獎新詩項首獎，筆者有幸亦獲得三獎，於頒獎典禮當天詢問其出入創世紀與笠兩詩社背後的源由，丁威仁作以上的表示。

（二）詩社系譜分析

　　笠詩社的典律並非一開始便固存，隨著笠詩社的逐漸穩固以及持續營運，各系統背景的詩人由於詩觀上各有所源，對於笠詩社的風貌以及轉向，挹注各種不同的影響，使笠典律漸趨形成。綜觀笠詩社詩人的各種詩社活動經驗，筆者將之分為（1）笠詩社系統（2）銀鈴會、創世紀、現代派系譜系統（3）1970年代新興詩社系統。以下筆者分別就三個部分進行細部討論。

　　此處所謂的笠詩社系統的詩人，指的是僅參加過笠詩社之詩人。而談論分析笠詩社中笠詩社系統的詩人，其實可以點出笠詩社詩人內部的一個現象，即：在笠詩社的詩典律建構的過程中，笠詩人彼此之間共同的臺灣本省籍意識以及身份認同，特別是在笠詩社第一個十年中，是凌駕於他們彼此間或有不同的詩學認知上，並使他們聚集在一起。分析1964年笠詩社創社的12人名單，可發現他們全數皆為本省籍詩人，因此在詩人群的增長上，便是以此為核心在詩壇上進行擴散，使得其詩人群始終帶有濃厚的省籍詩人色彩。他們之中如白萩、林亨泰、黃荷生、王憲陽等，都曾投入1950年代的現代派、創世紀、藍星等詩社的活動，甚至是其中的重要幹員，算是能打入當時1950年代以外省人為主體的現代詩壇。但1960年代笠詩社成立之時，儘管他們彼此間的詩觀未必相同，卻都不約而同投入笠詩社。細究這樣匯集現象的原因，正如筆者於本章前節所述，乃是因為當時省籍詩人共同體認本省籍詩人的困境，及本省籍詩人間共同的文化背景以及風格習慣，使得他們快速建立了本省籍詩人群的班底結構。本省籍詩人群結構在1960年代馬上展現了強大的磁吸作用，使臺灣1910-1940年世代的省籍詩人迅速加入笠詩社。

　　特別是1910、1920年世代的詩人，他們都繼承了戰前臺灣文壇的寫實主義精神，陳千武、巫永福、吳瀛濤可做為代表。而1930、1940年世代詩人，在臺灣光復初期大約10歲左右的年紀，學習力尚強，因此迅速跨越語言障礙，相較於1910、1920年世代詩人詩作與心理中普遍的苦悶

感，他們比較有更多樣的表現，並持續護守著臺灣日治時期形成的寫實主義傳統。[141]因此在笠詩社1960年代時期，笠詩社基本上可說已經順利繼承了臺灣日據詩壇形成的現實主義傳統，而現實主義也正是笠詩社後來詩典律重要的核心部分。在1970年代之後這樣的結構更為堅強，轉而再吸取了部分1940年世代的省籍詩人，以及大量當時約莫20幾歲的1950年世代詩人，這樣的吸納現象說明了笠詩社的詩學理念，的確成為當時詩壇另一個典律區域。

　　1960年代笠詩社之中，除了有繼承日據現實主義的笠詩社系統的詩人外，另外值得注意的是，有著濃厚現代主義色彩的「銀鈴會、創世紀、現代派系統」的詩人。早在1950年代之際，部分後來加入笠詩社的詩人，其實大多已與當時重要的詩刊詩社有所互動，其中以投稿發表詩作最多，而部分詩人則更進一步深入參與了1950年代重要詩社詩刊的內部活動。例如黃騰輝在1951年便經常向《新詩週刊》、《藍星週刊》投稿詩作。李魁賢於〈笠的歷程〉一文，亦指出：

> 在詩壇重建期，參與詩壇活動的臺籍詩人較少，吳瀛濤是比較幸運的一位，他在臺灣光復時即能自如操作中文，得以繼續以中文寫詩發表於各刊物。林亨泰日文詩集「靈魂の産聲」之偶然被葉泥發現而譯成中文，由此機遇參與現代詩社活動，終於以其在現代主義方面的認識促成紀弦成立現代派的動機，後來又有黃荷生、薛柏谷的投入現代詩社。早期參與藍星詩社活動的有黃騰輝，接著有白萩，晚期有王憲陽。至於創世紀方面早期有葉笛，後來有林亨泰、錦連、白萩和古貝的參與。[142]

　　李魁賢除仔細地點出笠詩社詩人在1950年代詩壇的活動狀況外，其實也勾勒出了笠詩社之中「銀鈴會、創世紀、現代派系統」的詩人群。

---

[141] 其中以趙天儀、李魁賢、杜國清為代表。
[142] 同註30，頁39。

這個系統的詩人群多為笠詩社1920、1930年世代詩人，他們最大的特色便是對西方現代主義有所接觸與理解，在詩作也反映了相關的特質。

其中的1920年世代詩人在戰前，即對現代主義有所認知，他們之中如林亨泰、錦連、張彥勳等人，在戰前都曾參與過銀鈴會。因此他們詩歌的風格正如張彥勳所言，呈現主知、抒情、鄉土性三種傾向[143]。在1950年代，他們多數因語言轉換的問題，暫時無法投入詩壇活動，但是林亨泰由於葉泥的轉譯其作品的原因，開始與紀弦有所互動，並且影響紀弦創立現代派。林亨泰與紀弦兩人的互動，背後象徵了大陸現代主義與臺灣現代主義的第一次結合與接觸，林亨泰後來更曾擔任創世紀的編委，在臺灣戰後現代詩壇中現代主義的推廣上，具有其特定的地位。

至於其中的1930年世代詩人在戰前因為年齡尚幼，都未曾參加過銀鈴會，他們主要都是在戰後開始接觸現代主義，其中以白萩、黃荷生、林宗源為代表。白萩在1954年以17歲之齡，即獲得第一屆中國新詩獎，至此開始深入當時重要的現代派、創世紀詩社之中，使得他的作品中現代主義的色彩與思考越益深化。而黃荷生亦屬早慧型的詩人，早年與紀弦間的互動亦相當密切，後來繼紀弦之後，承辦《現代詩》的編輯。林宗源早年的詩作則有別他後期母語詩，呈現了相當濃厚的前衛實驗色彩，亦曾擔任現代詩社的社長。

這些有著「銀鈴會、創世紀、現代派系統」背景的1920、1930年世代詩人，在笠詩社1964-1968年便加入了笠詩社，使得早期笠詩社便有著現代主義的血統，可說與笠詩社中的現實主義相互並列。特別是《笠》創刊號，便是由同時有銀鈴會、現代派、創世紀詩社背景的林亨泰執編，因此笠詩社在初期便展現了現代主義的特色。只是後來笠詩社的鄉土社、現實性等訴求越趨於強烈，笠詩人與作品中的現代主義，比較以精神層次，而非技術層次進行展現。此外又由於笠詩社社長、《笠》主編相關社務的替換，使得笠詩社風貌開始呈現以現實主義為主

---

[143] 見張彥勳，〈探討銀鈴會時代的重要詩人及其創作路線〉（臺灣台北：《笠》第111期，1982年10月），頁35-43。

要方向的發展，進而逐漸掩蓋了其本身的現代主義精神，但是這卻不意味現代主義的精神在笠詩社中完全銷聲匿跡。

笠詩社另一個重要的系統，則為1970年代新興詩社系統的詩人，這些詩人在1970年代參與了許多新興詩社（刊）的運作，其背景因素在上文創世紀詩社中1970年代新興詩社系統的詩人時，便已討論過，在此不再贅述。除了岩上以外，他們皆為1940年世代以後的詩人，參照筆者整理之「附件四　笠詩社成員分析表」中，對笠詩社詩人跨文學社團、刊物活動的整理，可以發現1970年代新興詩社系統的詩人大抵可以分為二種類型：

其一、學習階段時未呈現自身的特質，其後逐漸認同笠的理念。如1970年代的莫渝參加過中部的後浪詩社[144]，陳鴻森則編有《盤古詩頁》[145]，陳芳明也是《龍族詩刊》[146]中的要員，黃勁連則為主流詩社[147]發起人。在1980年代的部分，郭成義曾主編過《詩人坊》[148]，李昌憲、向陽則參與《陽光小集》的編輯。他們所主編或參與的詩社（刊）在1970年代中，可能未必完全呈現與笠詩社相同的理念，但是隨著他們自己的思索與成長，在1970年代末後開始匯入笠詩社的系譜中。

其二、本身即為笠詩社詩人，在1970年代後跨越其他刊物，集中加強笠詩社個別的特質，例如吳夏暉所參與的蕃薯詩社，強調鄉土母語的書寫，而岩上主編的《詩脈季刊》[149]，則大抵維持笠詩社所強調的鄉土

---

[144] 1972年9月28日創刊，共出12期，採16開及8開單張，蘇紹連主編，1974年7月15日休刊。

[145] 1968年7月15日創刊，24開，共出8期，1974年1月休刊，陳鴻森主編。

[146] 1971年3月3日創刊，20開，出刊16期，1976年5月休刊，陳芳明、林煥彰主編，林白出版社發行。創辦成員有林佛兒、陳芳明、喬林、施善繼、辛牧、林煥彰。口號「敲自己的鑼，打自己的鼓」。

[147] 1971年7月30日創刊，24開，出版12期，1976年1月休刊。強調自審精神。

[148] 1982年10月10日創刊，24開，至第五期改為叢書型態由金文公司出版。

[149] 1976年7月創刊，20開，共出版8期，1978年休刊，岩上主編。強調繼承中國詩的傳統，探討詩的來龍去脈，進而對詩及詩壇發揮針砭作用，王灝，〈論詩的鄉土性〉（第三期）、〈論詩的社會性〉（第四期），探求樸實的鄉土與

寫實的基調。這也可以看出笠詩社對於1970年代詩社，帶有相當程度的影響，正如張默於〈三十年來全國新詩期刊縱橫談——從「新詩週刊」到「春秋小集」（一九五一——一九八三）〉所言：

> 由於「笠」特別重視詩的主題，強調本鄉本土意識，無形中把某些藝術性較濃的詩作忽略了。從表面看，「笠」的風格相當樸實而有個性，流風所及，「詩脈」、「主流」、「草根」、「大地」、「詩人坊」……也多少感染了一些鄉土與社會相結合的淡淡的氣息。[150]

這也足以解釋以上附表22中，笠詩社在1979-1983年間，入社人數攀至另一高峰的原因。整體來說，1970年代新興詩社系統的詩人，因大部分詩人活動力都相當強勁，對笠詩社整體發展有重要的影響，他們除維持笠詩社的詩學主張外，在1980年代以後更有著推廣臺灣文學的使命感。如曾貴海、鄭烱明、陳坤崙更參與1982年《文學界》以及1991年《文學臺灣》的創辦與營運，這些刊物雖不是純詩刊，卻可視為《笠》的姊妹刊物，他們都共同有著推廣臺灣本土文學的理念。

三、創世紀與笠詩社詩人構成比較

以上筆者分別探述創世紀與笠詩社詩人的構成，分析了兩詩社詩人內部各自的時空特性以及詩社系譜。以下筆者將進一步比較兩詩社詩人，在「詩人籍別特性」、「詩人分佈型態」、「詩人加入詩社的現象」、「詩社系譜」上的異同。

社會性。

[150] 張默，〈三十年來全國新詩期刊縱橫談——從「新詩週刊」到「春秋小集」（一九五一——一九八三）〉（臺灣臺北：《創世紀》第62期，1983年10月），頁142-143。

（一）兩詩社詩人籍別特性的比較

比較兩詩社詩人的身份特性，大略呈現著外、本省籍的差異，這樣省籍上的差異也呈現兩個族群歷史經驗的不同，同時，這樣現象也特別集中在兩詩社1940年世代以前的詩人群上。誠如李豐楙所言：

> 如果說『創世紀』的大兵詩人，其生命體驗及其生活閱歷是戰爭、軍營及眷村，乃是營區、戰區或竹籬笆所象徵的封閉世界……笠詩社同仁相較之下，就擁有比較平實的城、鄉經驗，從前行代到戰後世代，都共同面臨社會變遷中的城、鄉變革。[151]

李豐楙不只點出了兩詩社詩人身份上的差異，更指出了雙方因身份進而造成的社會經驗的差異。這樣的身份差異也使得雙方感受到的，所關注的議題多所不同，進而影響各自詩風的發展。

創世紀詩社集結了在左營一帶的軍旅詩人，笠詩社則集結北（台北吳瀛濤、李魁賢等）、中（台中陳千武等、彰化林亨泰等）、南（台南葉笛等）之詩人，在面上是比較廣泛的。而在臺灣居民結構上，創世紀詩社與笠詩社的詩人群反應的正是外與內兩個不同省籍的族群，這也使得他們各自的群體記憶有所不同，連帶使得他們詩歌反應的時代記憶也有所差異。

《創世紀》在創辦之初，詩刊內所刊集的詩作中，充滿大量「離去島嶼」的詩作。這乃是由於1940年世代以前大陸省籍的創世紀詩人，在1940、1950年代中國政局的動盪下，多數都有遷離故鄉的漂流經驗，他們大多數為軍旅詩人，其次則為留學生，因此他們早期帶有因偏離大陸故鄉與文化體的焦慮情緒。進而在追溯自身文學系譜的過程，很自然會將自己接繼到中國文學的系統之下。

---

[151] 李豐楙，〈嘲諷與浪漫──「笠」戰後世代詩人的兩種精神面向〉（臺灣臺北：《笠》第224期，2001年8月），頁51。

　　相較之下，笠詩社在自覺意識上，便強調自身的省籍身份。特別是1940年世代以前本省籍的笠詩人，雖然多數沒有離開故鄉的經驗，但卻飽受日據時代被殖民統治，以及1940年代228事件等痛苦的政治經驗，使他們產生釘根臺灣母土的心理。他們在詩歌溯源上，有別於現代派、藍星乃至於創世紀，不談所謂的對西方「橫的移植」，或者對中國「縱的繼承」相關問題，談的則是「雙球根」說，反應他們對日治時期臺灣文學傳統特殊性的堅持。

　　其實這也正觸碰到了本論文對兩詩社詩典律的問題，以下筆者將會在第三、四兩章，對創世紀與笠詩社的詩典律的建構作詳細地探述。然而，若不考量雖加入創世紀詩社，但是其實互動甚微的大陸詩人，創世紀與笠詩社中1940年世代以後詩人間，其實在籍別上的差異已經不大，連帶地雙方的族群意識，乃至於臺灣意識都有著許多融合之處。

（二）兩詩社詩人分佈型態的比較

　　以現居地來看，兩詩社目前以居於臺灣者為最多，但是就分佈面上來看，創世紀詩社分佈的區域涵蓋面，曾廣及菲律賓、澳洲、加拿大、韓國等國，而笠詩社則集中於臺灣、日本、美國三地。

　　造成創世紀詩社詩人這樣分佈面廣大的原因，主要乃是因為其社性，本就強調海納融合，除曾吸收了不少留學生以及外國詩人加入外，由於與大陸以及海外華人的接觸頻繁，因此不斷有詩人加入創世紀詩社。但是創世紀詩社這樣以臺灣為主體，進而涵蓋海外的詩人分佈型態，一方面難以定期舉行社內社務會議，另一方面也無可避免遭遇到海外詩人與詩社間互動甚微，造成僅是掛名的窘境。特別是在台的創世紀詩人的確有著外流的趨勢。[152]這些詩人之中，不乏現今仍在創世紀詩社

---

[152] 1940年世代以前的軍旅詩人或如周鼎，因個人因素返回大陸，或如洛夫、瘂弦因親人因素移民國外者，實大有人在。此外遊學生在經歷過臺灣以及第三地的遊學洗禮後，有返國者如許世旭、王潤華等，或定居美國者如葉維廉，亦所在而多有。

中極具代表性的詩人，所幸現今資訊交通便利，詩人與詩刊詩社間的聯繫尚不構成問題。

不過不可否認的是，創世紀詩社中詩人流動出入現象的頻繁，主要還是因為其分佈面較廣，平時不易聯絡匯集。相較之下，笠詩社詩人分佈型態雖不如創世紀詩社般廣泛。但由於笠詩人地域分佈絕大部分集中在臺灣，且始終沒有大陸方面詩人加入參與過，因此笠詩社詩人的相對流失率並不大。再加以笠詩社定期舉行社務集會的結果，詩社中的詩人掛名現象並不嚴重，使得笠詩社在組織上，比起創世紀詩社呈現較為嚴密的結構。

（三）兩詩社詩人加入詩社現象的比較

比較創世紀與笠詩社的入社詩人的數量趨勢，可以發現兩詩社都有著成長高峰期[153]。創世紀詩社的高峰期有三次，分別為：

(1) 1958-1963年間，共加入16人之多，造成這樣人數激增的原因，一方面持續吸收了軍方詩人，另一方面由於紀弦現代詩社的解散，許多詩人轉而加入創世紀詩社。

(2) 1965-1972年間，共加入了26人之多，造成這樣人數激增的原因，一方面由於創世紀詩社在詩壇已有相當的代表性，因此不斷有1920-1930年世代詩人加入。另一方面則是當時新生代詩人，也就是1940年世代詩人大量投入創世紀詩社，他們大部分都是在1960年代末，於創世紀詩人另組的詩宗與水星中崛起的。因此創世紀詩社在1970年代初重新結集後，很自然地便加入創世紀詩社。

(3) 1990-1993年間，共加入22人之多，造成這樣人數激增的原因，主要乃是海外詩人的加入，其中有兩大部分，第一部份為大陸詩人，主要乃是兩岸開放後，創世紀詩社與大陸詩壇開始

---

[153] 筆者這裡所謂的成長高峰期不包括創社時加入的詩人，因為創社時加入之詩人乃是基本名額，不可視為增長名額。

有所交流，而許多大陸詩人開始加入創世紀詩社。第二部分則為菲律賓的華語詩人們的投入。

至於笠詩社的成長高峰期，則有四次，分別為：

(1) 1964-1968年間，共加入了43人之多，這樣的增長乃是因為，笠詩社所呈現的省籍詩人色彩之故，使得原本分散在臺灣各地的省籍詩人，紛紛加入了笠詩社。加入的43人當中，僅就目前可查證的資料看來，1910年世代詩人至少有1人，1920年世代詩人至少有6人，1930年世代詩人至少有10人，1940年世代詩人有11人，1950年世代詩人有1人，由此可知這段期間加入的詩人，世代平均分佈在1920-1950年世代，就當時來看，在結構上已涵蓋了中生與新生兩代。

(2) 1979-1983年間，則加入了15人之多，其加入的詩人大部分為1940、1950兩世代，且部分都曾投入1970年代各新興詩社的活動中。他們的加入，間接證明了笠詩社在1980年代典律的影響圈正逐步增強。

(3) 1984-1988年間，共加入了13人之多，這段期間加入的詩人，雖然仍多為1940、1950兩世代的詩人，但是已慢慢有以1950年世代詩人為主體的意味了。

(4) 2000年，共加入了10人，這段期間加入的詩人，其世代已降自1960、1970年世代，這可說相當難得，使笠詩社社群結構進一步向年輕世代延伸。

比較兩詩社詩人的成長加入的**趨勢**，可說有同有異。可以發現在兩詩社頭一個十年，加盟詩社的詩人都集中在1920、1930兩個世代上。然而彼此卻各自呈現了特定的族群特徵，創世紀詩社明顯吸收大量大陸省籍的軍旅詩人，而笠詩社則吸收了本省籍詩人，而日後兩詩社之結構基本上，也都環繞這樣的身份特質作成長。

此外加入兩詩社的詩人其世代向下都僅止於1970年世代。從兩詩社1960、1970年世代詩人的成長結構，以及1980年代中期以後，極少有新

的詩社籌建，可發現1960、1970年世代詩人加入詩社的現象似乎已不熱絡。其主要原因乃是臺灣社會在政治、媒體的持續開放下，作品的發表不再受到限制，加以詩人彼此間聯絡也越趨於容易，詩社的集團中砥礪交流與抵抗壓抑的功能，逐漸被削弱。屬於新生代的1960、1970年世代詩人，在1980年代開放多元的社會情境下，比較強調個人化的表現，詩群概念較為薄弱。具體地來看，創世紀詩社僅有丁威仁曾經加入，但是隨後丁威仁又轉而加入笠詩社，使得創世紀在1970年世代中的詩人投入上付之闕如。相較之下，笠詩社在這方面的表現上，則顯得較為樂觀，目前除有丁威仁的加入外，尚有李長青、楊潛等人加入。不過若就1960年世代一併考量的話，在就與其他世代詩人的數量相比較，實都可發現兩詩社的社員年齡結構都過度趨於老化。

　　比較加入兩詩社詩人的世代分佈結構，則可發現笠詩社分佈的世代面，上至1910年世代，下至1970年世代，明顯比創世紀詩社來的廣。特別是比起創世紀詩社，笠詩社中的1940年世代詩人，投入社務活動明顯較深，他們的年輕衝勁，既對笠詩社中的前輩詩人有所承接，又開拓了笠詩社的影響面，可說是使笠詩社典律性，得以在1970年代以後根生蒂固的重要世代。這樣的成績，也使得笠詩社的各世代在社中各有其代表性，加上笠詩人的團結意識，因此比起創世紀詩社，笠詩社其世代性較為明顯且寬，其組織結構也較為嚴密。

　　筆者指出這個現象，並不在指陳兩詩社孰優孰劣，而是說明新生世代對社齡漫長的詩社的重要性。如何尋覓年輕世代詩人的認同，使兩詩社所建構的典律得以延續，實是重要問題。這項問題的產生，其實也根本性地指出，兩詩社詩人組成結構呈現高齡化背後，所可能隱含的危機，即：臺灣現代詩社對於臺灣現代詩史的發展，似乎已不再扮演著主導地位，而被迫在臺灣新的社會傳播情境中遜位。

　　至於在海外及異國詩人的部分，可以發現兩詩社雖都同時有外國詩人加入，但是創世紀詩社在廣度上，顯然比笠詩社較為廣泛。特別是，從創世紀詩社之中大陸以及菲華詩人的參加史看來，他們的加入都有

著了叢集加入的現象，而荷蘭籍、美籍詩人的加入則屬於零星加入的型態。加入笠詩社詩人的異國詩人則非常單一，皆為日本籍詩人，這些日籍詩人主要是在戰前臺灣活動過，因此在笠詩社與日本詩壇交流後，因緣際會地加入了笠詩社，他們比較少介入笠詩社內部的營運，不過他們扮演的是笠詩社在日本交流的窗口，而笠詩社也曾與日本、韓國詩人合作進行亞洲現代詩集的選譯工作。

（四）兩詩社融入之詩社系譜的比較

比較兩詩社內部詩人的背景，以及所融入的詩社系統，可以發現兩詩社都融入了參與過1950年代三大詩社：即現代詩社、創世紀、藍星詩社之詩人。藍星詩社的理念，對創世紀以及笠詩社的影響微乎其微。主要乃是藍星強調古典的、抒情的主張，與在社性上強調知性的創世紀，以及強調現實精神的笠詩社可說相互抵觸。此外，創世紀詩社雖也有菲律賓詩社背景詩人的加入，但是對創世紀的影響可說完全沒有。

兩詩社在與1950年代重要詩社的匯通上，主要承接紀弦現代派的影響，其中創世紀詩社可說是直接繼承紀弦現代詩社的主張，並刺激創世紀詩社進入「超現實主義時期」。這些1920與1930年世代有著現代派背景詩人，可說是後來創世紀詩社重要的基石，他們在詩觀上都有著現代主義濃厚的刻痕，其中不乏在詩壇上有高知名度者。正因為如此，造成詩壇對創世紀的刻板印象，始終便停留在1960年代濃厚的現代主義色彩，而忽略創世紀在1970年代以後的轉變。

相較之下，笠詩社融入的詩人中，雖也不乏參與過紀弦現代派與現代詩社者，但笠詩社之中，由於有著臺灣戰前銀鈴會背景詩人的加入，甚至如林亨泰、白萩等人，更參與過紀弦現代派以及創世紀詩社。使得笠詩社詩人對於現代主義的看法，與創世紀詩社的成員間產生差異，也連帶影響了彼此間在詩觀上的差異。但相較於創世紀在1970年代以後，對現代主義的重新解釋，並仍呈現以現代主義為主的藝術觀。笠詩社在1960年代後期以後，笠詩社內部雖然並沒有排斥現代主義的立論，但是

卻逐漸有反對過度實驗、形式色彩詩作的主張，以及回歸鄉土現實的訴求。因此笠詩社在1970年代以後，現代主義的色彩不再那麼顯著，而主要呈現以現實主義為核心立論的社性。

第三章

創世紀詩社的
現代詩典律建構

第三章　創世紀詩社的現代詩典律建構

　　本章將實際探述創世紀詩社的現代詩典律的建構過程。第一節與
第二節主要透過影響論的角度，探討創世紀詩人在1970年代以前如何接
受與理解，中國五四新文學及西方現代主義的成績。在第一節，注意創
世紀詩人如何評價中國五四左翼詩人如艾青等的藝術成就，藉以觀察創
世紀詩人基本詩觀。在第二節，筆者將探討現代主義在中國與臺灣的發
展，特別注意「世界（歐美、日本）──大陸──香港──臺灣」這個
路向中，創世紀詩人所扮演的角色，及他們為何在現代主義中特別屬意
於超現實主義的原因。第三節則探討在1970年代後，創世紀詩人如何調
適對東方中國與西方現代的理解，並促使他們形成「中國式」超現實主
義的詩典律。

第一節　接受中國五四新文學的影響

　　本節將透過影響論的角度，檢視創世紀詩人創作所承受五四新文學
的影響。在文學場域中的影響研究，涉及了現在和過去的文學文本、作
者（影響者、被影響者）間的往來關係。而影響研究的方法，往往是透
過兩種方法，其一為對不同作者文學文本進行比較，其二則是參酌作者
（特別是被影響者）本身的自述札記。當然，就可信度而言，主要還是
得端賴對前者的考察。

　　在影響者與被影響者的文本中，進行影響關係有無的研究準則，往往取決於兩者間的「類似」與「不類似」。類似與否背後，往往間接反應兩者間承續繼承與批判反抗。因此影響研究之重點不在於注意被影響者，在自己的文本空間中，是如何進行對影響者文本的「複製」。而在於注意影響者是以何種文本質素「刺激」被影響者，使之成為其創作生涯中的轉變關鍵[1]。所謂影響的內容，並不僅止於文字構句上的問題，而是包括了影響者與被影響者間，對文本精神與技巧間的認同問題。是以在影響研究中，實充滿著影響者／被影響者、精神／技巧、繼承／反抗等二元對立等命題。

　　本節首先要進行觀察的是，五四新文學與創世紀詩人間的影響關係，在以上對影響研究方法論的認識下，筆者將透過兩個部分先後進行論述。首先，將建構影響者，即五四文學本身多樣且複雜的內涵，分析其內部「文藝復興」與「啟蒙運動」的兩大路向。此外並觀察五四新文學的成績，在1950年代臺灣國民黨政府的文藝政策下，如何進行「片段性」的傳播，而創世紀詩人又如何透過手抄本的方式，吸收五四新文學的成績。其次，則將論述重心放在被影響者，即創世紀詩人身上，觀察他們如何評價與擇取五四新文學的成果，而引據為他們學習階段時，詩作書寫的參考對象。此外並細加探討五四新文學，對於創世紀詩社的現代詩典律建構，發生了怎樣的影響。

一、「文藝復興」與「啟蒙運動」的路向

　　創世紀詩社的詩人，特別是其中屬於1920、1930年世代的軍旅詩人們，受到五四新文學的影響可說相當直接。這些軍旅詩人尚未隨國民黨政府遷至臺灣前，雖然大多年不過20幾歲，詩創作尚在起步階段，但他們在大陸時多少已沾染到當時的新文學氣氛，對於大陸五四新文學運動以降的著名作家都有一定的認識。只是當他們在1949年左右遷移至臺灣

[1]　被影響者甚至在不同時期，對於影響者也有著不同的接受度。

後，由於大陸1930年代新文學中的左翼色彩，觸及國民黨政府的政治禁忌，使得大陸五四以降新文學的風貌無法以其全貌，一同「播遷」至臺灣，這也連帶影響到創世紀詩人對五四新文學的體認與接受。

五四運動儘管被公認為中國近代最重要的文化運動，但是運動本身由於涉及各種社會文化層面，參與者又各有其理念與知識背景，使得五四運動在民主與科學的口號背後，其實充滿著各種紊雜的風貌。若將之簡要區分，可以耙梳為「文藝復興」以及「啟蒙運動」兩大路向，而兩者的代表推廣人物，分別為胡適以及陳獨秀。整體說來，無論是文藝復興還是啟蒙運動，這些詞彙都取經自西方世界，但在轉介過程當中，卻隨著中國情境以及主事者的現實（政治、文化）需求，使得西方文藝復興與啟蒙運動的意涵，進入東方中國後往往產生種種異變。

文藝復興（Renaissance）運動為歐洲在14、15、16世紀追溯中世紀傳統價值的整體社會活動，最大特色在於崇仰人文主義（humanism），強調世俗精神。renaissance在法語便含有「再生」之意[2]，這間接說明了文藝復興在思想與文化主張上，本身並不意味截然與傳統決裂，相反的，強調的是兼求復古與創新的精神。文藝復興運動提倡於自身傳統上進行轉變的主張，經過其中國的提倡者胡適的介紹發展後，在與傳統的關係上，除仍帶有捨劣擇優的篩選精神外，更有著強調將中國傳統裡的優良遺產與西方精神相結合的目標。大抵說來，胡適在五四運動中所引導的文藝復興路向，為一種調和的、溫和的思想文化方案。

啟蒙運動（Enlightenment）是17、18世紀歐洲知識界獲得廣泛擁護的一種思想運動和信仰運動，它所研究的是上帝、理性、自然、人類等各種相互關聯的概念[3]。啟蒙運動帶有極大的反傳統特質，而17、18世紀西方世界所謂的「反傳統」，指的是反對當時基督教傳統的教會制度，對人思想的侷限，進而崇仰人自我的理性能力。這無疑使西方社會在原本的宗教權威外，形成了世俗性的文化傾向，並促成近代科學的

---

[2]　見《大不列顛百科全書》第15冊，頁268。
[3]　《大不列顛百科全書》第12冊，頁235。

興起。啟蒙運動儘管刺激了法國大革命等政治運動，但其根本的精神仍在於強調人類思想的解放，發揮自身自我理性能力。因此，啟蒙運動被轉介到中國時，便與中國五四運動所呼喊民主與科學的口號，有了間接匯通。只是其所謂「反傳統」的內容，已改變為對中國傳統各種制度的挑戰。因此顯而易見地，其在中國的主要提倡者──中國左翼知識份子們，所嚮往的其實是西方啟蒙運動中，那股澎湃的革命精神。

　　中國啟蒙運動便在左翼份子片面強調革命精神的方向下，強調追求國家進步，進而成為一種政治方案。影響所及，連帶使得左翼文學，特別是中國共產黨領導的左翼文學，都強調文學應為政治服務，這雖恰恰與原本西方啟蒙運動的主張大異其徑，但卻完全符合當時左翼知識份子在國家危機下，對解救中國的心理需求。余英時於〈文藝復興乎？啟蒙運動乎？──一個史學家對五四運動的反思〉便觀察到：

> 中國的國家危機在一九三〇年代持續深化時，深植於英美自由主義的文藝復興方案，並不適合在中國深根。馬克斯激進主義一方面可與民族主義作連結，另一方面又可隱匿於啟蒙運動的背後，因而對全中國的活躍學生，有著極度的吸引力。在新世代的大學生之間，文藝復興已不若一九一八年那時，有那麼多共鳴的迴響。……儘管「啟蒙運動」這一措詞直到一九三六年才應用到五四，然馬克思主義方案本身在一九二〇年已經啟動，至少，那時陳獨秀把深具影響力的《新青年》從北京移到上海，也把雜誌轉型為「《蘇聯》」──亦即，紐約共黨周報──的「中國版」。這也使得新青年社之中，陳獨秀領導下的左翼，與北京以胡適為首的自由派右翼之間，產生了分裂。自此，左翼開始積極地參與不斷擴大群眾的組織與動員，將五四轉向政治運動，反之，自由派人士繼續在文化與思想畛域，發展原先的文藝復興方案。[4]

---

[4]　余英時，〈文藝復興乎？啟蒙運動乎？──一個史學家對五四運動的反思〉（臺灣臺北：《聯合文學》第175期，1999年5月），頁14。

在西方，文藝復興與啟蒙運動有先後發展的關係，例如兩者都強調引導人類重返現世，以及崇仰世俗性。但原本在西方密不可分的文藝復興與啟蒙運動，一經轉介到1910、1920年代的中國後，卻產生左、右翼的割裂。中國知識份子在共同的傳統文化、政治現實命題下，因各自不同的面對態度，對西方營養也產生不同面向的「挑食」與「偏食」，後來竟演變為左、右翼兩個截然不同的發展路線。

文藝復興與啟蒙運動在1930年代的中國，幾乎成為一組對立的概念，中國文藝復興推動者在態度上的溫和，著重處理思想、文化問題，強調將中國優良傳統與西方傳統進行調和的主張，漸不能滿足當時追求中國進步的知識份子，使得態度激進的中國啟蒙運動應運而生。特別在共產黨的銳意經營下，中國啟蒙運動維持五四運動以降一貫的反傳統激進色彩，其所關注的問題不僅在於思想、文化上，更進而跨越到中國時政議題，企圖透過啟蒙運動尋找解救國家（族）的政治方案。中國啟蒙運動的推動者們片面擷取了西方啟蒙運動史中，因啟蒙思想而帶動的法國大革命等政治運動的案例，藉以激化他們自身對改革（或革命）的信仰。而最先反應這樣思潮轉換的，便是五四文學從原本便濃厚的寫實主義文學上，開始更進一步地發展為帶有寫實批判色彩的左翼文學。

儘管左翼文學在1930年代中國大陸蔚為主流，卻不意味當時大陸的左翼文學在藝術上，也擁有對等成就。事實上，在政治強烈干擾下，文學為政治服務，大陸1930年代的左翼文學不再單純地著重現實關懷，反倒漸漸強化了在階級對立、階級集體革命等問題上的注重，而成為共產黨階級鬥爭或宣傳的工具。

五四運動中「文藝復興」與「啟蒙運動」兩種的路向，說明五四運動在本質上的矛盾。特別是其中左翼質地使1949年遷移至臺灣的國民黨政府，在文藝政策與媒體監控制度上，無所不用其極地處處防堵，這也是為何在臺灣1949年以後，五四運動的面貌長期失真與破碎。而創世紀詩人群（特別是1920-1930年世代詩人）對中國五四以降的文學成績進行積極吸收，便是起始於1950、1960年代這個文藝監控最嚴的時代，因

此感染著戒嚴氣氛的創世紀詩人們，自然是抗拒排除其中的左翼思想，而著重於文學作品中文學技巧的吸收。即便至1970年代以後，創世紀詩人的詩作與左翼文學作品所關注的命題間，亦保有著相當的距離。

由於創世紀詩社詩人世代極廣，在吸收五四新文學上的方式與程度，隨著不同世代的差異亦自然有別。創世紀1920、1930年世代詩人在臺灣吸收五四新文學的方式可說相當曲折，他們自大陸遷台後多數投身軍伍，並分散於各軍方單位，彼此皆互不認識。軍紀管制及心中瀰漫的鄉愁與疏離感，使他們在身心上都深深感受到龐大侷限，只能憑對文學以及詩的愛好，各自尋找相關書籍閱讀。然而，臺灣在1940年代初期由於飽歷戰爭與政局的動盪，物質以及心靈上的環境都相當蕭條，市面上自然不易見到文藝書籍出版，而大陸五四新文學作家的作品集，自然更不易在市面上看到。此外，不只因為動亂情境下，使得臺灣島內的出版事業並不發達，難以出版大陸五四新文學作家作品，更因為國民黨政府大量打壓五四文學中的左翼作家，使得大陸五四新文學史及其作家群，一直以相當零碎破滅的面貌在臺灣出現。

此外，在國民黨政府的戒嚴限制下，使得當時臺灣在日據時期已累積些微成果的本省文學刊物，例如銀鈴會之《潮流》等，皆因涉有左翼文學的色彩或嫌疑，而難以持續營運。是以包括詩在內，當時臺灣各種文類的文學創作，在這樣備受限制又百廢待舉的文學傳播情境下，幾乎必須重新開始。在當時知識份子的努力下，文學界慢慢已有《野風雜誌》、《半月文藝》、《寶島文藝》等文學刊物出現，文學活動已有復甦的趨勢。至於在現代詩活動的復甦，則以1951年11月5日，臺灣戰後第一份沒有受管制，而得以發行詩刊物《新詩週刊》為起點。

《新詩週刊》為四開本的報紙型刊物，由《自立晚報》副刊提供版面與通路，葛賢寧、李莎、覃子豪、紀弦、鍾鼎文負責選詩與編輯，共出版94期，而於1953年9月14日休刊。紀弦除參與《新詩週刊》外，亦曾於1952年8月1日以暴風雨社的名義，創辦16開本的《詩誌》，可惜僅

出版一期後便無下文，但是紀弦在汲取《新詩週刊》、《詩誌》的編輯經驗後，又以現代詩社的名義創辦了32開本的《現代詩》。

　　真正打破臺灣1950年代初期這樣新詩困境的，正是1953年紀弦創辦《現代詩》，除了《現代詩》自身編輯的成績有目共睹外，更重要的是紀弦《現代詩》真正帶動起了當時臺灣詩壇活動，不只刺激了覃子豪創辦藍星詩社，可以說幾乎自此以後，臺灣幾乎年年有詩刊創辦。這些詩刊在1950年代詩壇，打破了當時詩壇的僵局，使得詩人們得以在閱讀詩刊之外，私下互相聯絡認識，連帶使臺灣詩壇中，因各種政經原因而四散的詩人得以慢慢匯集，並在彼此聚集切磋的過程，凝聚了共同的詩觀。

　　當時尚未結集的創世紀詩人們，四散於軍方各單位，身處在南部軍中的軍旅詩人們，正是透過北部這些詩刊詩誌，慢慢擴展詩人交遊圈。他們在1954年成立《創世紀》後，在軍中更產生巨大的磁吸效應，匯集了當時愛好詩的軍旅詩人們。自中國五四新文學運動以來，在中國現代詩史中重要的詩人群體之一的軍旅詩人群，便是在此時成形，其中又以創世紀詩社中囊括的軍旅詩人群最具代表性。

　　不過此時國民黨政府仍持續對現代文學界中，包括詩壇的詩刊在內的各種文學刊物團體，進行嚴密地管制，以遏抑大陸與臺灣本土的左翼傳統重新滋生。此外亦以中國文藝協會的名義，在詩界舉行一連串國家與戰鬥文藝的宣導。[5]凡此種種，皆是為了防堵被籠統化為共黨文藝的左翼文學，使得當時詩壇極難以向上與五四新文學家有系譜上的接繫。

　　面對上述的政經傳播情境，在1950年代《創世紀》營運後開始匯集的創世紀詩人們，卻開始透過私下傳抄的手抄本形式，將大陸新文學家的作品引渡至臺灣，也同時展開他們詩人群中，私密地向五四新文

---

[5]　例如1952年5月18日，中國文藝協會於南陽街省黨部邀請數十位詩人，舉行以〈中華民國萬歲〉為題的新詩合唱組詩創作；1955年6月24日，中國文藝協會亦邀請紀弦、覃子豪、方思、羅門、上官予、宋膺、鍾雷、鄧禹平等人，分別於軍中及空軍廣播電台舉行戰鬥文藝座談。

學的學習歷程。創世紀詩人們在1950年代中期（特別是民國45、46、47年左右）因共同的文學嗜好彼此熟識後，開始交流彼此私自保存的文學書籍，這些手抄本多是創世紀詩社中1920、1930年世代詩人們，由大陸隨行李夾帶至臺灣，例如洛夫於1949年5月來台行李除一條毛毯和幾件換洗衣物外，便只帶了父親給他的二百銀元，馮至、艾青詩集各一冊，以及個人作品剪貼簿一本。[6]此外，也有相當大的部分為商禽在陽明山當憲兵管理禁書時抄錄而得作品。由於從大陸直接帶來的大陸新文學文本，或斷簡殘篇，或被列為禁書，而臺灣日據以來殖民統治下大陸文學作品亦極為稀少，因此五四新文學的文本，幾乎是以「手抄秘本」的方式在民間流傳，且版本紛雜。

當時，大部分創世紀1920、1930年世代詩人如瘂弦、洛夫、張默等人都曾抄過這些私下流傳的手抄本，而許多創世紀詩人自傳性質的文章亦都曾指出，創世紀詩人在影印機尚未面世流通的年代，他們是如何私下傳抄珍藏五四文本。張默便表示：「那時（筆者按：指的是1950年代）流行抄書，例如瘂弦他抄了1930年代很多的詩，以及國外很多人的詩，商禽也不少，洛夫也有。就是說在那個年代裡，當時出版界很多書不能出，所以我們找到一些大陸詩人或其他的作品等等，大家都當寶貝一樣，因為那時候不能公開，只能私下抄。」[7]當時幾乎是一有人找到新的詩文集後，創世紀詩人便開始彼此借閱，又由於當時影印機尚未普及，只得抄錄或節錄書籍內容。

這群軍旅詩人狂熱地著迷於文藝，竭盡其能地抄錄收集書本，著實累積不少成果，據張默表示，他們曾經抄過艾青的詩論、以及選抄部分外國詩人例如梵樂希、波特萊爾的翻譯作品。此外就劉正忠整理瘂弦、商禽的相關文字記錄，亦發現當時他們抄錄、閱讀過的，至少包括梁宗

---

[6]　龍彼得，《洛夫評傳》（大陸南京：南京大學，1995年5月），頁2-4。

[7]　筆者整理之〈創世紀雜誌及詩人的發展——專訪張默〉之訪談內文，見解昆樺，《心的隱喻：文學場域中知識份子的書寫意識》（臺灣苗栗：苗栗縣文化局，2002年），頁251。

岱譯《水仙辭》（梵樂希）、朱湘譯《番石榴集》（世界詩選）、卞之琳譯《新的糧食》（紀德）、盛澄華譯《地糧》（紀德）、戴望舒譯《惡之華掇英》（波特萊爾）、余振譯《萊蒙托夫抒情詩選》、覃子豪譯《裴多裴詩》、桑簡流譯《惠特曼選集》、楚圖南譯《在俄羅斯誰能快樂而自由》（涅克拉索夫）等。[8]就文學影響的角度來看，創世紀詩社早期的主幹詩人在初期詩歌學習階段，便是透過這樣的閱讀抄錄的方式，間接又片段地受到五四新文學運動以來的新詩人們的影響。

二、創世紀詩人對大陸五四已降詩人的評價

抄寫這些「秘典」對於這些1920、1930年世代創世紀詩人的影響是顯而易見的，使他們自身軍旅流離的生命經驗，與那個充滿動亂與激情的中國有著無限共鳴，例如在〈從「詩與臺灣」到「詩與科技」〉中，瘂弦在與杜十三對談時便表示：

> 三四十年代作家的問題是，他們往往重視寫什麼而忽略了怎麼寫。現在他們當時寫的詩已經通不過年輕一代的美學考驗了。拿艾青的詩來說，我自己覺得對他早期作品還是很感動的，因為我經過那個時代，像「雪落在中國的土地上」、「寒冷在封鎖著中國呀」好簡單的句子，一想到那個時代，那種感受又回來了。[9]

說明了大陸新文學的成果，對創世紀1920、1930年世代詩人的詩創作所產生劇烈的影響刻痕。創世紀詩人們在初期書寫，對五四新文學的作家的接受上各有所宗，在今天重新檢討創世紀詩人的作品，可以發現五四新文學作家是如何地隱匿在手抄密本當中，而在創世紀詩人的作品

8　劉正忠，《軍旅詩人的異端性格──以五、六十年代的洛夫、商禽、瘂弦為主》（臺灣臺北：臺灣大學中國文學研究所博士論文，2001年1月），頁158。

9　艾農，〈詩的跨世紀對話：從「詩與臺灣」到「詩與科技」──瘂弦V.S杜十三〉（臺灣臺北：《創世紀》第119期，1999年6月），頁40。

中重新浮現其身影。然而，這樣手工型式的傳播，其實可能充滿著許多謬誤，例如漏、誤字問題，因此儘管對大部分創世紀詩人而言，五四新文學家對他們詩作的影響從未缺席過，但是其面貌卻未必是百分之百的完全。為求論述縝密，以下筆者嘗試以創世紀詩社中的1920、1930年世代瘂弦、張默、洛夫、商禽，以及1940年世代的詩人做進一步的探述。

誠如筆者二次訪談張默，談及大陸五四新文學家與創世紀詩人間的關係時，張默每表示在1950年代末，創世紀詩人間盛行抄書，其中尤以瘂弦在這方面用力最勤，收集也最多。加以其好讀書，每每徹夜苦讀，並實際地轉資為創作的養分。這也連帶使瘂弦成為目前《創世紀》之中，發表探述五四詩人相關文字紀錄最多者。他在〈詩人手札〉便言：

> 在中國，徐志摩、朱湘、康白情、李金髮、戴望舒、馮文炳（廢名）等人匯成的純正的詩流，從「左翼文學聯盟」在武漢成立之後就開始受阻且逐漸陷入混亂。詩人們因一種突來的政治狂烈而「中邪」，以詩想極其稀薄的音節去敲擊「革命」……一個詩人把生命中最好的時光浪費在政治抒情上，甘願將已經戴在自己頭上的桂冠拆得一葉無存，而降格成為一個「社會主義」的「喇叭手」，你說，還有什麼比這更令人惋惜的？我相信以一個法國留學生的天才詩人艾青，如若不去濫造那些粗俗的製作，他有足夠的能力寫出更純粹傑出的詩來。詩，究竟不是一面戰旗。[10]

由此可見瘂弦將五四以降的新詩發展史大體分為兩路向，其一為純正詩流，另一則為左翼亂流。所謂純正詩流之中，其實海納了以徐志摩、朱湘為代表的新月派，以李金髮為代表的象徵派，及以戴望舒為代表的現代派等。因此兩個路向的區分，主要還是以否定左翼文學所提倡「藝術為政治服務」主張，為辨別標準。瘂弦曾批判大陸的左翼詩人，

---

[10] 洛夫、張默、瘂弦主編，《中國現代詩論選》（臺灣高雄：大業書店，1969年），頁147-148。

如胡風、鄒荻帆、臧克家過度強調自身無產階級的身份，以鼓吹階級鬥爭。微妙的是，他卻是帶著惋惜的情緒看待艾青，可見他對艾青有著一定程度的欣賞，艾青早期詩風主要便帶有現實主義的色彩，〈雪落在中國的土地上〉及〈大堰河〉都是艾青的代表作，都帶有其感性寫實的、善利用排比呼應的修辭，營造詠歎氣氛的特質，因此瘂弦在〈從「詩與臺灣」到「詩與科技」——瘂弦V.S杜十三〉中的發言裡，時時表達對「現實主義的艾青」的欣賞。

然而現實主義本就極易與中國共產黨鼓吹的左翼文學相匯通，因此一旦艾青自1942年5月參加延安文藝座談會蛻變為「左翼文學的艾青」[11]後，，這樣詩質與意象俱失的艾青，自然不為瘂弦所喜。是以包括瘂弦在內的創世紀詩人，對「現實主義的艾青」的欣賞與對「左翼文學的艾青」的批判，倒未必是全然受到當時國民黨政府文藝政策的影響，主要還是以藝術性作為其評斷標準。

同樣情形也發生在對瘂弦對何其芳的接受上，何其芳早期詩風帶有濃厚浪漫主義的色彩，瘂弦在臺灣政工幹校影劇系就讀時，便接受何其芳代表作〈預言〉等詩的影響。其〈山神〉詩後署文寫到：「民國四十六年一月十五日讀濟慈、何其芳後臨摹作」可見〈山神〉是在西方濟慈與中國何其芳的浪漫主義詩風鼓舞下的創作，是以瘂弦欣賞的是「浪漫主義的何其芳」，自然不是那個在1939年以後在延安蛻變的「左翼文學的何其芳」。瘂弦在25歲前的作品，也的確帶著與何其芳般輕柔的小調色彩，如其21歲的詩作〈我是一勺靜美的小花朵〉：

> 在那遙遙遙遠的從前，
> 那時天河兩岸已是秋天。

---

[11] 這時期的艾青詩風，可由以下兩段引詩中見得。在〈魚化石〉中艾青寫到「活著就要鬥爭／在鬥爭中前進／當死亡沒有來臨／把能量發揮乾淨」，在〈光的讚歌〉中寫到「為真理而鬥爭／和在鬥爭中前進的人民一同前進／我永遠歌唱光明……和光一起前進／和光一起勝利／勝利是屬於人民的／和人民在一起所向無敵」。

我因為偷看人家的吻和眼淚，
有一道銀光的匕首和幽藍的放逐令在我眼前閃過！
於是我開始從藍天向人間墜落，墜落，
我是一勺靜美的小花朵。
…………

不知經過了多少季節，多少年代，
我遙見了人間的蒼海和古龍般的山脈，
還有，鬱鬱的森林，網脈狀的河流和道路，
高矗的紅色的屋頂，飄著旗的塔間……
於是，我閉著眼，把一切交給命運，
又悄悄的墜落，墜落，
我是一勺靜美的小花朵。

終於，我落在一個女神所乘的貝殼上。
她是一座靜靜的白色的塑像，
但她卻在海浪上蕩漾！
我開始靜下來。
在她足趾間薄薄的泥土裏把纖細的鬚根生長，
我也不凋落，也不結果，
我是一勺靜美的小花朵。

夜裡我從女神的足趾上向上仰望
看見她胸脯柔柔的曲線和秀美的鼻樑。
她靜靜地、默默地，
引我入夢……
於是我不再墜落，不再墜落，
我是一勺靜美的小花朵。

　　這首詩與何其芳的〈預言〉一般，都是以我為主語，寄託對愛情的渴望，並帶有神話幻想的色彩。只是在何其芳的〈預言〉中的「我」是個等待者，等待「預言中的年輕的神」與他相愛，但是沒想到對「年輕的神」而言「我」只是祂流浪的過程而非終點。整詩細膩之處，在於「我」由興奮到期盼，由期盼而失望的情緒轉換，全詩最後在「你終於如預言所說的無語而來／無語而去了嗎，年輕的神？」充滿命定式的悲劇感中結束。在瘂弦〈我是一勺靜美的小花朵〉中的「我」一開始便是在天堂的天河，因偷看到人相愛的淚與吻（象徵著愛的苦與欲），而被變為靜美的花朵遭到放逐，從天堂墜落到人間，全詩三分之二便是表達這樣對愛情的渴望，與難以企求的悲劇性，彷彿伊甸園偷食禁果的人類被迫放逐，只不過「我」背負的原罪卻是愛情。

　　「我」在人間隨風吹動而難自主的「墜落」過程，表達詩人對自身愛情的態度，與何其芳〈預言〉一般，是「我閉著眼，把一切交給命運」充滿著被動以及命定的色彩。只是幸運地，「我」最後降落在「女神所乘的貝殼」，這個女神應該是詩人從神話借來的維納斯女神，象徵著美的典型，且是「靜靜的白色的塑像」，更傳達了其聖潔形象。「我」於是「在她足趾間薄薄的泥土裏把纖細的鬚根生長」，用整個生命與女神相結合，整詩最後在「我」的仰望「女神」的視角和甜美滿足的語調中結束。背負愛情原罪的「我」，終因依附膜拜聖潔的女神而獲致救贖，原本在天堂被視為「不潔」的愛情，卻在俗世得到另一種寬解。

　　顯然此詩中的放逐歷程，如同瘂弦21歲以前的詩作，並不是要寄託自身流離的身世，處理的也大多是藝術、美等命題，這倒的確是繼承瘂弦所謂的大陸五四新月派以降抒情的詩歌正流。至於此詩在詩語的書寫手法上，也可以看到帶有五四新月派以降浪漫主義詩歌的特色，強調形容詞的運用，企圖以工筆勾勒出細膩的詩景，在語言上向口語開放，使讀者在閱讀上並不困難。

　　因此瘂弦在評斷五四以降的新詩發展史，是崇揚由新月派、現代派等強調詩歌藝術性的純正詩流，不排斥現實主義詩風，但是絕對反對呼

喊口號的、強調階級鬥爭的左翼詩歌。事實上，何其芳以及艾青在中國政局環境緊張下，本身（不得不）向政治口號詩轉向的歷程發展，幾乎是1930-1950年代政治環境中作家們的普遍通病。即便是瘂弦，由於身為軍旅詩人，在臺灣1950年代亦不免寫了些政治口號詩吶喊一番，也因此得了許多文藝獎。[12]但是基本上，瘂弦仍大抵努力維持在政治題材上的藝術性平衡，也並不以此種詩作為主要創作方向。

　　瘂弦不耽美於浪漫主義詩作，也不滿足於政治口號詩，在這樣的雙重反抗之中，1955年以後他開始以其從五四以降徐志摩、何其芳一路的浪漫詩風裡，鍛鍊出屬於自己的抒情柔和的特有調子，處理現實主義詩人所注重的時代題材，例如〈工廠之歌〉（寫於1955年春）、〈鼎〉（寫於1955年8月）、〈劇場，再會〉（寫於1956年9月）從個人愛情走出來，深入貼近當代中國。表達的不再是隱密在神話世界裡個人的愛情命運，而是現實世界裡中國與自己的時代命運，詩語的跳動性也越趨於強烈，已有像現代主義語言靠近的趨勢。這樣的創作歷程的轉變，可以說是對左翼文學施以藝術性的制（平）衡。

　　在清點開列五四以降的詩人上，張默與瘂弦一般，都著重在創作上避免政治意識過度干擾，維持藝術創作動機上純淨度的詩人。收錄於《張默自選集》中的〈詩人張默訪問記〉（金風訪談）裡，張默便曾表示：「強調用口語寫詩，藉以達成詩的大眾化，其實在五四時期的詩人早就做過這樣的實驗了，不過並不成功。而現在強調用生活語言寫詩的人，作品依然寫得很糟。我個人絕不反對用口語寫詩，但是一定要有『詩味』──這兩個字是極為重要的。」[13]張默1970年代對五四時期詩人這樣的觀點，也可反映在1990年代由他執編的《新詩三百首》上冊「卷一：大陸篇・前期（一九一七──一九四九）」中所選入的詩人包括：劉大白、魯迅、沈尹默、劉半農、胡適、郭沫若、康白情、徐志摩、王統照、王獨清、聞一多、穆木天、俞平伯、李金髮、冰心、

---

[12] 例如1957年5月，瘂弦便以三千行長詩〈血花曲〉，獲國防部文藝創作第一獎。
[13] 張默，《張默自選集》（臺灣臺北：黎明文化公司，1978年3月），頁295。

廢名、朱湘、戴望舒、馮至、臧克家、李廣田、蘇金傘、艾青、卞之
琳、陳夢家、孫毓棠、何其芳、辛笛、徐遲、方敬、田間、陳敬容、鄒
荻帆、穆旦、鄭敏、曾卓、綠原。可說間接呈現了他所理解認同的中國
新詩系譜與典律。

　　如同張默於該詩選首頁標舉的編輯體例第八點：「本書特別標舉『清
明有味、雅俗共賞』，希望入選詩作大體均能貼近此一主題……。」[14]這
也是張默認為在五四以降、1949年之前，大陸詩人整體創作中應被崇揚
的價值。大抵來說，除了幾乎成為必選必談的李金髮及其晦澀代表作
〈棄婦〉[15]外，《新詩三百首》的確抓準了這個原則，排除掉帶有政治
鬥爭的左翼文學作品，也刪去了無謂吶喊的口號詩。

　　筆者曾探詢張默，在《新詩三百首》這些大陸前期詩人當中，哪
些詩人為他所最為愛好，且對他創作有直接影響。張默則表示對於大
陸該時期的冰心、陳敬容印象最深。冰心最為詩壇著稱乃是其透過小詩
形式，傳達大自然盎然無限的生命美，張默在鑑評中給了冰心《繁星》
與《春水》非常高的讚詞，其言「本書所選小詩五節，各節均清明暢
曉，用語確當，雋永清倩，充分展現她溫柔婉約的風格，是毋需筆者畫
蛇添足再加按語。」[16]。可惜據張默於《張默自選集》的年譜中的1950
年（筆者按：該年張默19歲）處紀錄：「效班超投筆從戎，參加中國海
軍行列，並利用公餘閒暇，開始詩的創作，嘗試像當時頗負盛名的『半
月文藝』等雜誌投稿，但那些早年的習作，均已散失殆盡。」因此甚難
藉此管窺冰心、陳敬容兩人如何具體影響張默嘗試創作時期的詩歌，不
過若考察張默步入成熟期初期及之後的詩作，依然可以看到受冰心影響

---

[14] 張默、蕭蕭編，《新詩三百首（一九一七──一九九五）》（臺灣臺北：九
　　歌，1995年9月），頁2。

[15] 事實上在《新詩三百首》中的李金髮部分，張默除選了李金髮的〈棄婦〉外，
　　亦另選了〈里昂車中〉，該詩相較於〈棄婦〉顯然較為明朗，編者將此詩與
　　〈棄婦〉同時選入，有調和平衡之意。

[16] 同註14，頁154。

的脈絡。例如張默於1956年11月15日發表於嘉義《商工日報‧副刊》的
〈陽光頌〉寫到：

> …………（前略）
>
> 是以，我聽見脫土種子跳出的爆響
> 　　我聽見花果偷偷啜飲清明的消息
> 　　　還有，一顆星子拴住一個希冀
> 　　　　　一條河流閃放一個真理
>
> …………（後略）
>
> 與冰心《繁星》之一：
>
> 繁星閃爍著——
> 　　深藍的太空，
> 　　何曾聽得見他們對語？
> 　沈默中，
> 　　微光裡，
> 　　　他們深深的互相頌讚了。

相比較，可以發現張默運用了冰心那種少修飾語的清明詩句，以及將
自然擬人化的技巧，真摯地頌揚對大自然中物象的美。只是寫作此詩
時張默詩齡尚幼，在此詩中還是投入「我」作為觀察視角，尚不如冰
心純粹表陳自然物象，因此詩境尚未臻圓熟。張默後期亦曾嘗試小詩
的創作，如組詩〈素描六題〉的六首小詩，都抓準單一意象作發揮，
例如其中的〈鴕鳥〉：

> 遠遠的
> 靜悄悄的
> 閒置在地平線最陰暗的一角
> 一把張開的黑雨傘

　　在黑傘與鴕鳥間的互喻中，建構了意象的氣氛，地平線及遠視角構成了寬平無涯的空間感，而陰暗一角與黑雨傘烘托出深沈的色調，強烈地傳達出詩人企圖透過鴕鳥帶給人的孤絕寂寞之感。從這首詩看來，張默後來在小詩的實驗上，似乎自己也能走出與冰心不同的路子。

　　洛夫由於年齡長於瘂弦、張默，因此早在大陸時期便已開始展開自身的詩路旅程，早期在大陸他便手抄過艾青的詩論，繼之也研讀過卞之琳、戴望舒、李金髮的作品，此外也受到艾青、臧克家的影響，特別是艾青，對於洛夫早期詩語上的敘述手法有深入的影響[17]。可見艾青幾乎對於創世紀這三頭馬車都有普遍性的影響。另外，也可發現創世紀詩人在所接受的五四以降的詩人名單當中，很早便有現代主義傾向的作家，對於象徵性、隱喻性的詩語接觸亦早。要尋找洛夫早期的詩作文本，探述五四以降大陸詩人與洛夫間的影響關係，只能從其第一本詩集《靈河》找尋。《靈河》的主題相當一貫，寄託的是洛夫少年的愛情與生活，《靈河》共收錄洛夫早期31首詩作，前10首為乃是為紀念與女友聖蘭沒有結果的戀情而寫的情詩，後21首則抒發日常生活的雜感。

　　無可避免地，《靈河》整體的調子還是受到前面10首情詩的主導，呈現自我悲劇性的抒情色彩，有著與新月派中，從徐志摩以降至何其芳浪漫主義詩人間的血緣關係。奚密便認為洛夫早期的詩作，可能受到何其芳的影響，是以他們都在詩中建立封閉的內心世界，且對愛與美都有近乎宗教的信仰，與理想主義式的追求。[18]失去的愛情最美麗，洛夫在早期的情詩中構築禁園，在那個動盪不安的1950年代中，構築一個僅有「我與妳」的愛情禁園[19]，其中充滿著浪漫主義詩人所偏愛書寫的大自然風景，如星子、果樹等等，這也正是浪漫主義詩人發抒詩感的利器，透過謳歌大自然湧動的生命力，藉以發抒詩人愛情中那源源不絕的激情。

---

[17] 葉維廉，《三十年詩》（臺灣臺北：東大圖書公司，1987年7月），頁559。

[18] 奚密，《現當代詩文錄》（臺灣臺北：聯合文學，1998年），頁183-185。

[19] 例如在〈飲〉中洛夫寫到「你說要擁有一個茂密的果園，／散佈白玫瑰的御林軍，然後把我囚禁。」、〈芒果園〉則寫到「不要攀摘，青柯亦如你溫婉的臂，／哦！聖蘭，園子正成長。」。

　　可惜的是，儘管愛情禁園裡的自然世界是如何生長，在現實世界裡的詩人與戀人卻是隔牆對泣的兩株無花果樹，洛夫在〈紅牆〉中寫到：「兩棵無花果樹隔牆對泣，／落著小雨的春夜需要醉。」，這隱喻了兩人間的戀情終難開出璀璨的花朵。因此在《靈河》中充斥著的是嘆息的調子，筆者摘錄於下：

〈芒果園〉：

> 這裡實在綠得太深，哦，園子正成長，
> 成長著金色的誘惑，一些美麗的墜落…………。

〈靈河〉：

> ──那小小的夢的樓閣，
> 我將在這裡收藏起整個季節的煙雨…………。

不僅如此，在洛夫未收錄於《靈河》的詩作，更可以看到這樣強調詩語情感抒發的詠歎特質，例如原載於《創世紀》第一期的〈茅屋散集〉[20]之「六、沉默時」：

> 別來看我吧，帶來花束的朋友！
> 再不願看到五彩繽紛的場面
> 在沉寂的落日的窗口
> 我愛聽夜潮嗚咽…………。

---

[20]　《創世紀》第一期（1954年10月），頁23-24。張默在《創世紀》第一期編後散記推薦語為「洛夫先生為一青年軍官，他的詩猶如他的人，清新可喜，瀟洒不羈，用特為之介紹。」（頁30）這倒可以用張默──另一個同屬於詩人的角度，來理解洛夫早期詩歌的浪漫特質。

以及《創世紀》第二期〈海的畫像〉[21] 之「一、礁」：

> 洇波裡，沐清風而獨立…………。
> （中略）
> 於今，你慣於在風中沉思
> 兀自悵望星辰墜落像流螢…………。

〈海的畫像〉之「四、海，舊戀」：

> 一束束，一絲絲黛綠的惦記，
> 從浪峰中蕩開…………。
> （中略）
> 這本是偶然中的偶然
> 但怎能淡忘那一抹金色的夕陽…………。

　　可發現早期洛夫的詩作中的情緒幅度，是屬於大起大落的格局。在詩語中舒緩的刪節號與激昂的驚嘆號、探詢的疑問號交錯運用，幾乎首首如此。洛夫早期詩作雖可能如奚密所言受到何其芳的影響，但是就詩語的語調特性看來，筆者認為顯然還是受到新月派徐志摩的影響較多。透過強烈發抒自身的情感情緒，以建構個人化的自我，一直就是徐志摩最大的特色，而其流風所及也造成了1920、1930年代詩人詩歌盛行狂呼猛喊的弊病，這也可說是洛夫早年詩作的問題所在。

　　洛夫對這樣拖沓的詩語是有其自覺的，洛夫在籌編個人第一本詩選集時，便順手將五四浪漫派詩人在他早期《靈河》詩作留下的陰影徹底修裁一番。其所修改後的詩作，首先最大的特色便是刪去無謂的刪節號「…………」以及略顯繁重的形容詞，這樣的刪減，不只在語感上，更

---

[21] 見《創世紀》第二期（1955年2月），頁39。

是在個人情感（愛情）上的節制。可見洛夫乃是企圖透過這樣的精簡，以使詩情蘊藉深化。

在創世紀1920、1930年世代詩人當中，葉維廉對於自身與大陸五四以降詩人間的關係，解說的最明白，這或許是因為他兼有學者的身份，使他更能清楚釐清自身詩歌中所涉及的影響論問題。葉維廉在〈我和三、四十年代的血緣關係〉說的相當仔細，他自剖道：

> 我猛讀五四以來的作品，在十五、六歲便開始，我從貧窮的農村流落到香港，憂國思家，那些書最能給我安慰，我曾在「中國現代作家論」編後記裏記下此事。我約略說，當時我讀到的作品，使我作為一個新文學作家的血緣關係未曾中斷，在感受上、語言上、思潮上有一種持續的意識，這是我的幸運。但我那時很窮，書買不起，只有猛抄，抄了五大本；五本中抄得最多的詩人包括馮至、卞之琳、何其芳、王辛笛、穆旦、梁文星（即吳興華，他的詩大部份由宋淇在香港發表，由我商得濟安師的同意重刊於文學雜誌）杜運燮、袁可嘉、艾青、臧克家、梁遇春、曹葆華、戴望舒、廢名、陳敬容、殷夫、蒲風、羅大剛、袁水拍等，其中穆旦、馮至、曹葆華、梁文星是我在臺大外文系做學士論文的素材（譯為英文）。這些人對我的語態、意象、構思都會有過相當的影響。我在日記裏寫詩的時期，曾多方實驗過他們的句法。[22]

與其他創世紀1920、1930年世代詩人一般，葉維廉也是透過手抄本進行對五四詩人的學習，並且在日記中實驗他們的句法，穆旦、馮至、曹葆華、梁文星，更是其於臺大外文系做學士論文的材料，在轉譯這些詩人詩作的同時，使得他更能細膩地分析他們細部的特色。葉維廉也正是在中國古典詩與西洋現代詩的比較領略中，促引他後期詩歌風格的轉向。從葉維廉所開列的名單，顯示他比較側重於大陸1930年代後崛起

---

[22] 同註17，頁583。

的詩人，新月派那種浪漫主義的詩作對他的影響顯然較小。而，這樣的
現象對於葉維廉學習階段的詩作，有什麼實際影響呢？葉維廉在〈我和
三、四十年代的血緣關係〉自陳道：

> 我早期詩的面貌是怎樣的呢？在「賦格」出版之前，或應說，我
> 在臺灣發表作品之前，曾有每天在日記裏寫詩的習慣，個人的夢
> 和感受，社會上大小的不平，我試圖以種種五四以還我認識的詩
> 的方法和技巧去駕馭，我那時頗有信心，一共寫了三大本，都沒
> 有整理出來發表。在這個之前，我十六歲那年，開始寫我的第一
> 首詩，題目是「海裏一朵花」，發表在香港星島日報的學生園
> 地。[23]

葉維廉第一首詩〈海裏一朵花〉，筆者摘錄於下：

> 淡藍的海裏一朵花開出來了
> 落寞裏我追尋一個遺失的靈魂
> 一艘熟識的帆船無意從水面劃過
> 於是礫碎了這一剎那夢幻的輕盈
>
> 空間的枯寂不容許彩色瘋狂的躍動
> 腳下只留存一些輕微的水擊岩石的響聲
> 足踝啊！把它浸在海的深邃
> 讓春水的冰冷把一個迷惘的夢喚醒
> 褪色的陽光從暮靄的幕後隱沒
> 藍色的律韻裂成碎片代替溫馨
> 光前寰宇的璀璨已在夜的舒展裏
> 窒死朦朧的眼睛裏彷彿閃過隕落的星星

---

[23] 同註17，頁578。

　　此詩為觸景生思之作，主要傳達詩人靈魂中的不安情緒。全詩可能在葉維廉力圖鋪陳細膩詩境的意圖干擾下，使形容詞與敘述性語言在運用上顯得浮濫，詩語偏向於散文語言的特質。但此詩也未必完全不足取，書寫描摹風景儘管載負過多形容詞，但還維持相當流動性，從海面的花朵寫到天邊由暮而夜的景致，最後以眼中飛逝過的流星作結。此詩也沒有大陸1930年代以後，帶著新月派陰影的浪漫詩人，那種在詩語中窮嘶力喊的傷悲喜怒，大致能把握透過寫景，帶動或暗示自我情感的技巧，主題也不著重於個人情愛，已有探討自我放逐生命的徵象。

　　而促使葉維廉得以跨過初期的詩歌學習歷程，還是大陸五四以降的文學作品與評論，其中以李廣田的《詩的藝術》、劉西渭的《咀華集》、朱自清的《新詩雜談》的影響最為深切。葉維廉藉此反省詩語技巧的表現問題，確定詩藝術的價值之所在，以及相關的方法論。這樣的啟發，使得葉維廉快速從自然抒情的路子走出來，他也是創世紀1920、1930世代的詩人中，較早處理時代以及個人放逐的命題者。在1955-1957年左右，對照當時張默、瘂弦、洛夫在《創世記》中發表的詩作，為迴避政治口號詩，尚還在自然抒情的作品中打轉，並嘗試走出另一條兼顧藝術方法與現實內容兼顧的路子之際，此時尚在香港的葉維廉，已開始嘗試處理放逐命題。例如在〈我們忽略了許多事實──一九五六年〉、〈一點預言〉等詩的嘗試後，葉維廉於1956年的〈城望〉，這樣寫到：

（前略）
在事物不規則的竄動中，
我們聽見急促的步聲，
試著手杖和槍枝的劈刺；
一縷炊煙遊過教堂的屋脊，
在我們忽視時歌舞地溜走了
　　焦急的生命
　　在焦急的人們中

　　　　在焦急的時代下

　　　　有群獸支持馬戲班主的一生：

　　　　代替整個世界的展露，

　　　　牠們解釋了親嘴和謀害的方法

　　　　表演我們從未看過的技藝

　　　　（後略）

　　此詩的隱喻性極為強烈，一開始詩人便在「不規則的竄動」等句中，暗示這是一個因戰亂失序的時代。特別是在其後，詩人更將這個世界的秩序縮影在「馬戲團」這個園地之中，詩人在此不用禁園與囚牢等空間，乃是企圖彰顯詩人對時局的嘲諷。馬戲團的空間雖然充滿著種種歡愉，但是詩人在此亟欲突顯的，顯然是其中的戲謔性。可以發現這個「戲」，是由「群獸支持馬戲班主的一生」，並為失序的世界，其中自有其解釋出一套「親嘴和謀害的方法」。因此這齣馬戲，無不象徵了1950年代軍閥互鬥的政局結構，其諷刺意義自不待言。此詩終於確立葉維廉詩歌初期宏大沈鬱的詩歌特色，初步剔除掉了敘述性的語言，並帶有非常銳利的諷喻性，下開葉維廉〈賦格（Fugue）〉、〈仰望之歌──一九六二年〉、〈降臨──一九六一～二〉、〈愁渡〉等詩作的藝術高峰。

　　從以上的探述可以發現，五四運動在1930、1940年代不只漸趨以左翼文學為其主流，更在中國共產黨的政治目的影響下，扭曲為沒有藝術性的口號文學。而遷移至臺的國民黨政府在防堵左翼文學上的不遺餘力，及臺灣當時經濟蕭條，使得大陸五四文學成果幾乎甚難在臺灣延續。因此當時大部分創世紀詩人們僅能透過手抄密本，進行對中國五四新文學的吸收與學習。

　　創世紀詩人對五四新文學的吸收可說帶有一定程度的選擇性，創世紀詩人們對於大陸新文學作家及作品的吸收呈現以下幾點反應：

　　第一、反抗左翼文學的階級鬥爭色彩，強調詩語必須兼顧現實與藝術。

第二、大部分接受新月派以降的浪漫主義色彩，成為詩歌學習時期的風格。

第三、對於五四以降新文學發展中，所出現的象徵派與現代派詩風已有接觸，並稍有領略。

第四、隨著他們詩歌創作歷程越長，他們越能從五四詩歌中脫化出來，特別是浪漫派過於沈溺哀傷的語調，以及過於累贅的修飾語。

左翼文學並非負性詞彙，創世紀詩人真正排斥的是中共以階級鬥爭至上的左翼文學，是以早期他們亦不滿於書寫國民黨政府提倡的戰鬥文藝詩作。他們在創世紀「新民族時期」時，因與國民黨政府有相同的政治立場，復由於軍方身份（葉維廉除外），使得他們一方面對戰鬥文藝口號詩虛與委蛇。另一方面，持續在五四新月派等頌揚自然與個人情感的路子上發揮[24]。

但隨著創世紀1920、1930年世代詩人，走出詩歌學習時期所關注的愛情或自然主題後，他們也開始逐漸關注到左翼文學所注重的現實問題，誠如瘂弦〈創世紀的批判性格〉一文所言：「在保守勢力封鎖詩壇打壓現代的年代，它（筆者按：指創世紀詩社）以『廣義的左派』（文學上，不是政治上的）的身姿，鼓動風潮、打擊邪惡、匡正文學路向……。」[25]說明了當時創世紀詩人是如何嘗試透過詩作的藝術技巧，隱喻他們感受到的放逐感與時代感，甚至有著相當程度的批判性。不過早期創世紀詩人在學習時期雖從五四出發，但到後來卻也開始強調自己或臺灣詩壇與五四間的區別性，以及特有的藝術價值，主要還是臺灣後來新詩的發展，已徹底轉變為以現代性為主調，詩風的樣貌也因而更與五四有所區別。

是以就影響論的角度來看，早期創世紀詩人與五四文學間的影響關係，是「選擇性」地接受五四新文學中，那非左翼的，以及浪漫主義的

---

[24] 而個人情感（特別是愛情），也的確幾乎是古今大多數年輕詩人偏好的題材。
[25] 見瘂弦、簡政珍主編，《創世紀四十年評論選：一九五四——一九九四》（臺灣臺北：創世紀詩雜誌出版社，1994年），頁359。

創作成績。因此可以說五四文學與早期創世紀詩人間，實為一個雖直接但卻片段的影響關係。但是相較之下，五四新文學對創世紀1940年世代以後詩人的影響，卻可說越益平面化，而不再如早期創世紀詩人對五四文學那般的糾結曖昧。

這主要乃是因為創世紀1940年世代詩人間未必流通所謂的手抄本，他們大多數都在臺灣國民黨戒嚴時期的教育制度中，展開他們的制式求學生涯，他們無暇，也未必需要像創世紀早期詩人一樣抄錄五四新文學的作品。因為對創世紀1940年世代以後詩人而言，在他們的詩作學習成長過程中直接引為典律的對象，便是在1960年代以後，逐漸形成自己風格並在詩集出版上獲致豐沛成績的創世紀1920、1930年代詩人。畢竟比起五四給1940年世代後詩人那種遙遠的時空距離感，社中1920、1930年世代詩人詩作中所傳達的現代感，對新世代詩人來說，更顯得親近且直接。

當然，就詩歌系譜傳承的角度來看，1940年世代後詩人還是透過創世紀1920、1930世代詩人的身上，間接地接受到了五四的孳乳，主要乃是因為創世紀1920、1930世代詩人早已將五四詩歌反芻消化，使得他們的詩作或多或少繼承了五四詩歌的部分價值與特質，當然也因此間接地影響到了1940年世代以後的詩人們。可以說在臺灣乃至海外，五四文學的精神內涵都不斷透過種種篩選方式，在各地的華語詩壇被接受，以及發生影響。

第二節　接受西方現代主義的影響

從上節的論述，可以發現五四新文學對於創世紀詩人的影響，可說是較片面性的。相較之下，創世紀詩人對於現代主義的吸收則相當地全面，這也幾乎是一般論者對於創世紀詩人，最主要的認知面象。筆者在此將承續上節的論述方法，首先將探述西方現代主義的發展及特質，並觀察其在大陸與臺灣的傳播過程。[26]其次則觀察西方現代主義在大陸與

---

[26] 包括了「世界（歐美、日本）──大陸──香港──臺灣」、「世界（以日本為主）──臺灣」這兩個路向。

臺灣「翻譯」的過程，如何被囿於1950、1960年代特殊時代環境下的臺灣現代詩人們，選擇性地加以接受。特別是創世紀詩人們又是如何接繼著紀弦所引領的現代詩風潮，並從中強調對超現實主義與存在主義的吸收。最後，筆者則將觀察現代主義如何在創世紀詩人實際作品中發揮影響，特別是創世紀詩人們如何運用現代主義的創作方法，在其作品中建構種種疏離異境（例如洛夫的石室、瘂弦的深淵等等），以傳達他們此時偏離大陸文化母體的苦悶情緒，以及在臺灣漸趨成形的現代社會中，對自我存在意義於資本社會規律的運作中，漸次剝落的徬徨之感。

一、現代主義從大陸到臺灣的傳播路向

　　臺灣1950、1960年代的文學乃是以現代主義（modernism）為主流。若就影響研究的角度來看，上溯到大陸五四以及臺灣日據初期，大陸與臺灣知識份子所吸收及轉譯傳播的各種西方主義，其內涵便已不是西方現代主義的原本質地。這樣表面籠統而內部衝突的移植發展，牽涉到西方與大陸、臺灣間在社會背景及國情的差異，使得西方各種現代主義的文藝理論中所著重的課題，未必百分之百適切於大陸、臺灣的社會情境。

　　而撫平西方現代主義文藝理論，在文化型態殊異之社會間適應不良的手段，往往是在中間扮演轉譯推廣者的知識份子，蓄意或不經意的「誤讀」，其中尤以西方現代主義在大陸與臺灣社會的播遷發展為甚。現代主義在臺灣的傳播，可以說是一個標準的比較文學論題，從西方引介至臺灣的傳播過程，大抵可概分為兩個支系：其一為「世界（歐美、日本）──大陸──香港──臺灣」，在這個支系中傳播主導者為大陸省籍知識份子；其二為「世界（以日本為主）──臺灣」，在這個支系中傳播主導者為臺灣省籍知識份子。無論是那個支系，就文類來觀察，詩與小說在這兩股西方現代主義的傳播浪潮中，都佔有著先導地位。

　　本節筆者將順承第一節的探討進路，先行處理討論現代主義在「大陸──香港──臺灣」這個支系的傳播過程，檢視創世紀詩社在其中所扮演的角色與位置，並進一步討論創世紀詩社詩人如何面對這波現代主

義的浪潮，甚至又如何在這波詩壇的現代主義風潮中，將現代主義作引為其現代詩創作的養分，並成就創世紀在詩壇上的第一波高峰。

在探討現代主義在中國大陸的傳播情形前，筆者顯然仍必須勾勒西方現代主義的發展狀況，方能探討其在大陸傳播發生了哪些質變以及接受現象。20世紀初期，西方已開始盛行現代主義，第一次大戰後社會的蕭條不安為其社會背景。在19世紀末到20世紀初，帝國主義與資本主義結合，隨著第一次大戰後帝國主義的崩潰，資本主義社會也面臨解體的現象。在舊社會秩序喪失之際，西方知識份子開始重新思索社會新秩序，他們反省過往啟蒙運動中，象徵光明的、積極的理性精神，並進而控訴資本主義社會的經濟制度對人性的窄化。在這樣思想主導下，隨之掀起的是現代主義文藝風潮，產生達達主義、超現實主義、存在主義等等具現代主義精神的派別。現代主義文藝風潮儘管派生出許多系別，但是各種系別間仍大致有匯通之處，都展現了他們在文藝上先鋒前衛的性格。

Charles Russell認為現代主義的前衛藝術有四個基本前提，分別為：第一、對急劇變化的「現代」的自覺。第二，前衛對文化主流價值採取一距離的，批判的態度。第三，前衛運動反應藝術家欲尋找或創造一新的社會角色，可能與其他前進或革命的力量結盟。第四，也是最重要的一點，就是前衛藝術企圖經過美學上的斷裂和革新來尋找新的觀察、表現與行為的模式。[27]他們在形式上透過實驗性的創作，挑戰過往依附於理性精神、資本社會、權威體制的文藝慣性，在內容上則強調發抒現代資本社會給予人的疏離感，以及探討人真實的存在意義。

現代主義衍生的各種子嗣流派中，以超現實主義影響的時空面最廣也最深，其崛起於1924年的法國，至1969年正式解散，在這45年間，超現實主義從在法國只有十幾個成員的巴黎小組[28]，蔓延擴大到歐美亞

---

[27] 原文見Poets, Prophets, and Revolutionaries: The Literary Avant-Garde from Rimbaud Through Postmodernism（牛津大學出版社，1985年），頁4。本譯文轉引自奚密，《現當代詩文錄》（臺灣臺北：聯合文學，1998年），頁160。

[28] 1924年10月，超現實主義小組在法國巴黎格勒奈爾街，建立了他們的第一個常設機構「超現實主義研究辦公室」，使得超現實主義正式以法國為其第一個地

非各洲，成為跨國際的現代主義運動。超現實主義發生的背景為第一次
世界大戰之後秩序崩潰的西方社會，其受到1916年2月在瑞士蘇黎世崛
起的達達主義的影響，不只繼承其反抗精神，更具體地反抗西方的理性
文明與資本主義社會。其領導人物安德烈・布勒東（Andre Breton）在
1924年11月，發表了可說是超現實主義憲章的〈超現實主義宣言〉，在
該宣言中對超現實主義下了一個明確的定義：

> 超現實主義，陽性名詞：純粹的精神自發現象，主張通過這種方
> 法，口頭地，書面地或以任何其它形式表達思想的實實在在的活
> 動。思想的照實記錄，不得由理智進行任何監核，亦無任何美學
> 或倫理學的考慮滲入。哲學背景：超現實主義的基礎是信仰超級
> 現實；這個現實即今遭到忽視的某些聯想形式。同時也是信仰夢
> 境的無窮威力，和思想能不以利害關係為轉移的種種變幻。它趨
> 於最終地摧毀一切其它的精神學結構，並取而代之，以解決人生
> 的主要問題。[29]

　　這樣與現代主義精神呼應的主張，具體地指出超現實主義著重於政
治革命、語言革命和思想革命。由於在社會改革上的企圖，以及其反資
本主義傾向，使得超現實詩人阿拉貢、布勒東、艾呂雅、佩雷、尤尼
克五人在1927年一同加入法國共產黨，實踐他們在社會政治上的革命
企圖。
　　今天檢討超現實主義的成果，其真正對當代發生影響，還是在文學
上的語言革命。1924年，布勒東在布魯賽爾，於對比利時超現實藝術家
進行的演講「何謂超現實主義」中，清楚地指出第一次世界大戰後，超
現實主義文藝創作方向，在於著重對人類潛意識直覺的著重，以及應運

　理上的據點。

[29] 柳鳴九，《未來主義、超現實主義、魔幻寫實主義》（臺灣台北：淑馨，1990
　年），頁255。

而生的創作方法論——自動寫作，期望藉此反抗權威體制對文學創作的
侷限。[30]

　　超現實主義者既著重於打開在資本主義社會下，主體備受封閉的
身體，於是解放自我想像力便成為其首要目標，而此時弗洛伊德在心
理分析上的成就，便成為超現實主義文藝創作者們創作理論最重要的
來源。[31]弗洛伊德的心理分析強調對夢與潛意識的認知，並賦予其意義
性，認為夢代表人在潛意識中最真切的意念與想法。弗洛伊德的立論，
使得超現實主義者嘗試透過對夢與潛意識的耙梳，尋覓人性最自由的
真實（如慾望），藉以完成對現實世界的超越。可以說，對於超現實
主義者的創作者來說，解放想像力，甚至探勘想像力，夢無疑是最好的
畛域。

　　自動寫作可說是超現實主義解放想像力的方法論，早在布勒東的
〈超現實主義宣言〉中便已詳細論及，布勒東認為：

> 盡你自己之所能，進入被動的、或曰接受性的狀態。忘掉你的天
> 才、才幹以及所有其他人的才幹。牢記文學是最可悲的蹊徑之
> 一，它所通往的處所無奇不有。落筆要迅疾而不必有先入為主的
> 題材；要迅疾到記不住前文的程度，並使你自己不致產生重讀前
> 文的念頭。第一個句子會自動地到來，這是千真萬確的，以致於
> 每秒鐘都會有一個迥然不同於我們有意識的思想的句子，它唯一
> 的要求便是脫穎而出。很難預斷下一個句子將會如何；它似乎既

---

[30] 超現實主義者這樣的文藝創作觀，可以從他們對波特萊爾片段性的著重中看
出，對超現實主義者來說，他們認為波特萊爾的文學成就，不在於其在《惡之
華》展現的詩歌技巧，而是其在《巴黎場景》與《散文小詩》中，所展現的對
資本主義世界的秩序反抗與個人慾望。

[31] 布勒東，〈超現實主義宣言〉：「這要感謝弗洛伊德的發現。根據這些發現，
終於形成了一股思潮；而借助於這股思潮，人類的探索者便得以作更進一步的
發掘，而不必再拘泥於眼前的現實。想像或許正在奪回自己的權利。」轉引自
柳鳴九，《未來主義、超現實主義、魔幻寫實主義》（臺灣臺北：淑馨，1990
年），頁242。

　　從屬於我們有意識的活動、也從屬於無意識的活動，如果我們承認寫下第一句所產生的感受只達到了最低的限度。[32]

　　布勒東企圖讓創作者能透過盡情的發抒回到潛意識本身，讓潛意識中的所有想像，可以避免任何世俗價值的篩選程序干擾。布勒東認為創作者甚至可以略去修飾潤稿的程序，如果不確定知道自己想要表達的是什麼，也可使用片段不成字的字母代替。[33]可以想見，這樣幾乎完全不考慮讀者及可讀性的作品，將如何晦澀。自動寫作最大的目的，便是要解放人在潛意識裡的想像力，讓想像力重新奪回其在語言上的權利。當然，超現實主義者後來還是對其文學觀，有些許的修正，在1930年代以後，他們轉向對「知性」（Reasoning phase）的強調，並著重於「純粹唯心與唯物辯證」，可看出他們在抵抗西方浪漫傳統的激情調性上的努力。

　　不難想見，當向來以揮別腐敗中國傳統為職志的1920年代中國知識份子，在西方現代主義中，籠統地找到了這樣相互呼應的反傳統情緒，是如何地興奮莫名。特別在五四初期與文藝復興思想並屹，而後期成為主流的啟蒙思想刺激下，略有左傾色彩的現代主義，可說帶給他們相當程度的嚮往。1920年代以後的中國知識份子，主要還是偏重於認可現代主義在政治社會上的主張，卻對現代主義所展現的文藝創作成果甚難苟同。為何1920年代的中國知識份子對西方現代主義文學的吸收，有著如此失衡偏食的現象？其中的原因大抵可歸納為兩者：其一是五四以降的

___
[32] 同註4，頁258-259。

[33] 布勒東的〈超現實主義宣言〉：「……還有一點，就是標點符號似乎有礙於這股熱流酣暢地奔瀉，儘管那是必要的，就像是要在一根顫動不已的繩子上打結一樣。只要你願意，就一直往下寫。請相信：細聲柔語是綿綿不斷、不可窮竭的。你一不小心（可以說，這是由於疏忽造成的），就有可能產生沉默的間歇；果如此，則應當機立斷，中止那過於鮮明的句子。如果寫出了一個你覺得來源不甚清楚的字，那麼就隨便加上一個字母，例如l，就是l罷，即以它作為下一字的頭一個字母，這樣你就恢復了隨心所欲的狀態。」轉引自柳鳴九，《未來主義、超現實主義、魔幻寫實主義》（臺灣台北：淑馨，1990年），頁259。

進化時間觀，使他們短暫接受現代主義文學，其二則為在政治情勢以及國族論述的壓力下，使得現代主義文學在中國大陸暫時為之中斷。以下筆者將對現代主義在大陸的傳播實景，以及又如何從上海傳播至臺灣作進一步的勾勒。

自嚴復翻譯天演論至中國後其影響所及，使得民國初年五四運動以降知識份子的社會史觀，一直是呈現演化、進化的色彩，這樣的社會史觀與早期中國啟蒙運動可說是相互結合，使得當時中國知識份子亟待將「舊」中國社會快速帶往「新」社會。「舊／新」的對立，在當時幾乎等同於「傳統／西化」的對比，五四知識份子反傳統，他們信仰與依歸的價值體系，其根源乃是在當時代表進步的西方。至於古老中國的演化與進化，在他們的心中，其實就是西化。五四運動有別晚清的自強運動，甚至戊戌變法，這表現在對於同樣的西化訴求下，五四運動的提倡者不僅在器物科技以及社會制度面力求仿效，在思想面的接受上更是不遺餘力。

五四運動的提倡者對於西方，幾乎可說是全盤地接受，亟欲透過西方現代化以及現代性經驗，使中國快速進化。但不容否認，大陸五四時期以降，知識份子自西方所摘取的種種現代主義雖然面廣，可是卻往往浮光掠影，有時甚至涉入了自己樂觀的嚮往與幻想，而忽略了西方現代性經驗中紊雜的實況。李歐梵在〈中國現代文學的「頹廢」及作家〉曾引述卡理耐斯古（M.Calinescu）《現代性的幾面》[34]說明當時西方現代主義風潮中內部的矛盾現象：

> 一種是啟蒙主義經過工業革命後而造成的「布爾喬亞的現代性」——偏重科技的發展對理性進步觀念的持續樂觀，當然也帶來了中產階級的庸俗和市儈氣；第二種是經後期浪漫主義而逐漸演變出來的藝術上的現代性，也可稱之為現代主義，它是因反對前者的庸俗而故意用藝術先鋒的手法來嚇倒中產階級，也是求新厭舊

---

[34] Matei Calinescu, Faces of Moddernity (Bloomington: Indiana University Press, 1977), pp41-46.

的，但它更注重藝術本身的現實的距離，並進一步探究藝術世界
內在的真諦。所以現代主義的藝術家無法接受庸世的時間進步觀
念，而想出種種辦法打破這種直接前進的時間秩序，從波特萊爾
《惡之華》到喬艾思的《尤里息斯》皆是如此。[35]

　　諷刺地，西方現代主義中刻意強調要抹滅的時間進步觀，卻恰恰
正是1920年代以降中國知識份子，所處處強調的社會進化史觀。中國
知識份子思考的是中國如何強盛的方案，「進步」、「新」是他們普遍
的意識結構與精神上綱，這自然連帶使得他們文學史觀亦帶著進化論的
色彩。這樣的文學進化論，可以陳獨秀〈現代歐洲文藝史譚〉中所謂：
「歐洲文藝思想之變遷，由古典主義（Classicalism）一變而為理想主義
（Romanticism）……由理想主義再變為寫實主義（Realism）更進而為自
然主義（Naturalism）。」為代表，是以周昌龍〈西方文藝思潮與五四〉
認為：「五四文學應該不只是傳統當中的循環、體制內的變改，而是
『結構性的形變』（Structural Change），無論在觀念，內涵、形式上，
五四新文學與過去傳統文學都有不同之處，是發展的而非循環的。」[36]李
歐梵亦認為：

　　　　西方啟蒙思想對中國最大的衝擊是對於時間觀念的改變，從古代
　　　　的循環變成近代西方式的時間直接前進──從過去經由現在而走
　　　　向未來──的觀念，所以著眼點不在過去而在未來，從而對未來
　　　　產生烏托邦式的憧憬。這一種時間觀念很快的導致一種新的歷史
　　　　觀：歷史不再是往事之鑑，而是前進的歷程，其有極度的發展
　　　　（development）和進步（progress）的意義……[37]

---

[35] 李歐梵，《現代性的追求》（臺灣臺北：麥田，1996年），頁198。

[36] 周昌龍，〈西方文藝思潮與五四〉（臺灣臺北：《幼獅文藝》第449期，1995
年7月），頁9。

[37] 同前註，頁195。

　　所以當時五四知識份子在推廣現代主義的背後，乃是帶著鞭策落後於西方世界的古老中國加速「進步」的意識型態。以沈雁冰（茅盾）為例，他便曾主張「中國的新文學一定要加入世界文學的路上——那麼西洋文學進化途中所已演過的主義，我們也有演一過之必要。」這樣「按表操課」的決心，至今看來似乎顯得可笑，但是卻普遍反映了當時中國知識份子，亟力以中國現代化為己任的理想。他們宣揚的現代主義其實是片面地對理性思想，以及中產階級對資本主義社會發展的樂觀信念，儘管他們內部在政治立場有著或左或右的殊異，但是無庸置疑的是，理想主義可說是這群五四文學知識份子共同的信念。就如同他們所片面倡導的「理想主義的寫實主義」一般，在對西方現代主義的吸收上，持進化論立場的他們亦特意（或先入為主）地忽略了現代主義的主流，實是另一支系，即：在第一次世界大戰後，對理性信念、資本社會的反動思潮。

　　因此，誠如周昌龍於〈西方文藝思潮與五四〉一文所言：「五四知識份子沒有吸收西方原版和最新版的文藝思潮，而讓他們心目中的西方停留在十八、十九世紀的軌跡上，這個現象，可能與五四知識份子本身選擇性、主觀性的吸收態度有關。」[38]以陳獨秀之論為代表的五四文學進化論，及其所引述的西方文學變遷，自然絕非西方真正文學史發展的實景，而是在當時中國方興未艾的啟蒙，以及左翼運動思想主導下，屬於中國五四知識份子的解（誤）讀，這也是當時中國知識份子普遍的現象。

　　但是，具有現代主義特質的文學，在1949年前卻未必沒有，因為留歐的留學生，以及中國沿海外國租界內熟稔西洋文化的文學家，都使得現代主義躲過了在轉譯過程中失真的危機。追尋大陸現代文學創作地圖中現代主義遺跡，最早的地標應該是崛起於1920、1930年代大陸詩壇的李金髮。李金髮本身是個留法的雕塑家，在他1919-1925年留法期間，正是超現實主義與達達主義在法國風行的時期，但他不是用他的雕塑

---

[38]　同註11，頁10。

帶回現代主義，而是用他的詩。在他留法期間創作了將近三百首詩作，這些詩作後來經過修改，就是後來大家所看到《微雨》、《為幸福而歌》、《食客與凶年》。相較於他寫實主義的雕像[39]與素描，他的詩正如他宣稱他所喜愛的法國超現實主義詩人波特萊爾、魏爾泰、保羅·福爾的作品一般，帶有強烈的隱晦性，傳達的美感也不是浪漫主義那種積極正面的美感，而是如〈棄婦〉一般的頹廢美。

　　在當時儘管已有現代主義的相關理論輸入至中國，但是在文學創作實踐上，李金髮才真正算是第一人，他被當時文壇奉上「詩怪」的雅號，說明了當時大多數的文人對他詩作的觀感。當時主導大陸詩壇的是浪漫主義以及寫實左翼的詩潮，兩者慢慢已有匯流，例如兩者在詩語上的特色，都是以淺白語言、情緒呼告做為主體。因此，當浪漫主義詩人終於用他們自己的詩，凝視到動盪中國的實景後，他們也往往會從表述個人性格的激情，轉而變為憐憫俗世的大愛。很自然地，像李金髮這樣與時代現實無關，詩作語言與意象又晦澀難解的風格，便為當時詩壇驚訝且不喜。

　　詩怪李金髮依舊為中國打開了「異端」的系譜，影響所及王獨清、穆木靈、馮乃超等人也開始注重起純詩以及象徵、感覺等問題。至1932年施蟄存與杜衡、戴望舒於上海創辦《現代》，在開闢現代詩的專欄後，大量刊登李金髮、戴望舒、施蟄存等人帶有現代感覺的詩作後，大陸現代派漸趨成形，並凝聚一股隱然將要爆發的現代詩風潮。

　　可以發現，此時批駁李金髮以及《現代》上的詩的專屬詞彙，例如「頹廢」、「空虛」、「晦澀」等等，竟與1930年代臺灣的風車詩社詩人，甚至1960年代臺灣的創世紀詩社詩人，以及1980年代大陸的朦朧派詩人們，共用了這一組相關的負性詞彙。這樣的現象除了間接說明他們在創作上，確有些共同的類質，更可以看出西方現代主義無論是在臺灣還是大陸的生根過程，始終帶有著極大的爭議性。

---

[39] 李金髮當時主要的代表作品，多為政壇名人如伍庭芳等人的肖像。

　　就空間地域的角度來看，或許更能讓我們理解現代主義在大陸1949年以前發展的細緻實況。在大陸1920、1930年代，現代主義的發展以上海為其重鎮，上海在晚清以降，隨著開放為對外的商戶，而成為西洋各國的租界領地，連帶使得上海成為當時中國最早現代化的城市，與當時大陸其他省分地域（特別是內地省分）仍顯得沒落蕭條的農村，有著截然不同的區別。這樣現代化的城市情境，確實提供了文學藝術上現代主義發展的背景。抱持政治中立以及自由主義的《現代》，雖然終至無法迴避社會政治問題，但它主要的興趣點，從一開始便著重於現代藝術空間的建構上，藉此表現（上海的）城市的現代生活場景、現代情緒與現代節奏。[40]因此面對當時詩壇上攻擊《現代》上的詩不是詩的意見時，施蟄存於《現代》中呼籲到：

> 在《現代》中的詩是詩。而且是純然的現代詩。它們是現代人在現代生活中所感受的現代情緒，用現代的詞藻排列成的現代詩形：《現代》中的詩，大半是沒有韻的，句子也很不整齊，但是它們都有相當完美的「肌理」（texture），它們是現代詩的詩形，是詩！

　　施蟄存這樣的說法明顯已與五四傳統的文學進化論有所差別，其論點可說已相當先進，他強調現代人與現代生活的現代感，這與後來紀弦在臺灣宣揚的現代派六大信條，隱然有血脈上的關係。在1934年，紀弦仍身處大陸的時候，便因投稿《現代》，而與現代派的各成員有所接觸，隨著他輾轉至臺，便把大陸支系的現代主義潮流帶到臺灣，影響到創世紀詩人。但是現代主義在大陸的發展傾向，主要還是側重於在藝術層面上的實驗，包括李金髮以及戴望舒等人在詩創作上，都沒有透過藝術革命以完成社會革命的意圖，主要還是企圖完成不受政治干擾的，綻

---

[40] 楊義、張中良、中井政喜，《二十世紀中國文學圖志》（下）（臺灣臺北：業強，1995年），頁89。

放自我想像力的純粹藝術。對於身處在上海的大陸現代派詩人們,這樣
說法有其現代生活背景作為其論述基礎,但在左翼文學家眼中,這與他
們所凝視到的中國———一個經濟建設仍十分落後的農業社會來說,可以
說是相當衝突的。

　　而現代主義在1930、1940年代的大陸所以會遭到排斥,主要還是其詩
語給人的異端姿態,使得原本習染白話文學以及左翼文學的作家們,難以
接受其非宣洩性、非陳述性的詩語,以及顯得歐化(現代化)的意象質
地,也使得以表述中國社會現實為職志的作家們,感到格格不入。特別是
在國族論述影響下的五四文藝觀,一向以進步、積極為尚,職是之故,頹
廢,從來就不是被接受的文藝風格。此外,復由於1940年代以後中國內部
政局的緊張,現代主義詩作在大陸詩壇終於為之中斷,暫時銷聲匿跡。

二、創世紀詩社對現代主義的接受過程

　　現代主義在1949年以後在臺灣的傳播,就像被打斷的故事,又得重
頭說起。無論是在1930、1940年代的大陸、臺灣,現代主義受到國族論
述以及政治情境的干預下,一直都處在難產狀況。即便是晚近至1950、
1960年代,現代主義在臺灣的傳播上,也同樣面臨這樣困窘的狀況,甚
至隨著1950年代現代派主導者紀弦及林亨泰,因積極體認中國政局的動
盪,也被迫向現實情境作修正。

　　臺灣1950年代初期雖然在1947年以前,因日本實行經濟掠奪政策,
已有部分工業化建設的出現,但是主要還是呈現農業社會型態,不過在
美援資助,以及國民黨政府為反攻大陸,而持續加強工業化的建設下,
使得1950年代末的臺灣社會型態已經漸漸向工商業型態發展。至少在外
在環境上,臺灣滋生現代主義的社會情境已緩慢形成,但是最主要促
使臺灣文學界朝向現代主義發展的因素,還是知識份子和文學家的心態
上,期望透過前進西方達成進步的社會理想。整體來說,1950年代國民
黨政府利用軍政資源強力壓抑共產思想,左翼的社會主義思想自然連帶
受到禁絕,這可說直接影響到了臺灣當時內大陸省籍知識份子的言論。

　　在戰前，臺灣本省知識份子間即是以社會主義思想為其主流，228事件以及國民黨政府至台後，亟欲建立有效政權，因而大力拔擢外省菁英，不只使得台籍菁英受到壓抑，更使得臺灣在戰前即相當深厚的左翼社會主義思想，迅速在臺灣言論界中暫時銷聲匿跡。在國民黨政府肅清左翼的政策下，1950年代知識份子主要呈現西化以及自由主義的色彩，儘管他們未必全然服膺國民黨政府，但是由於一部分與國民黨政權的主要思想大抵相符，也因此使得他們的言論得以受到國民黨政府一定程度上的默許。

　　1950年代的文學環境與政治情境息息相關，特別是國民黨政府吸取在大陸時期，由於忽略文藝宣傳的功用，間接導致政權崩解的教訓，對1950年代的臺灣文學界進行嚴密地管制。1950年代文學家及知識份子在對西方各種文藝思潮的吸收上，大抵以不違反當時國民黨政府的國家文藝政策，即反紅、黃、黑為方向。

　　在詩壇首先以現代主義為號召的紀弦，為當時臺灣現代詩壇注入大陸支系的現代主義。大陸的現代主義因為紀弦，從上海傳播至臺灣，而紀弦所提倡的大陸現代主義，所以能夠通過國民黨政府的監督在臺灣傳播，自然是其本身在大陸《現代》，便已建立的自由主義色彩，及紀弦在〈現代派六大信條〉中第六條「愛國。反共。擁護自由與民主。」的政治背書。因此當時以「反傳統」──主要是反以感性抒情的浪漫派為基調的現代主義，得以擺脫國家藝術政策的限制獲得發展。

　　紀弦主張的現代主義詩作，誠如其〈現代派六大信條〉所主張，帶有主知、純粹、實驗的要求。特別是在主知這一點上，紀弦最為堅持，現代派信條第四條便是「知性的強調」，而在「現代派信條釋義」中，他亦解釋到「現代主義之一大特色是：反浪漫主義的。重知性，而排斥情緒之告白。」，因此紀弦所推廣的現代主義基本上，與西方現代主義是有些聲脈相通之處。但是紀弦也毫不掩飾他對西方現代主義的刻意地「誤讀」與「轉化」，他認為：

> 我提出了我的『新現代主義』：那是不同於法國的，亦有別於英美
> 的『中國的』現代主義。我所要求的『現代詩』，乃是基於我的
> 『新現代主義』的一種健康的而非病態的，向上向善的發光發熱的
> 而非縱欲的頹廢的，並尤其是積極的反共的而非消極的非共的。[41]

　　明顯可見，紀弦所推廣的現代主義主要還是具有其反共的政治特
質，以及企圖規避西方以及1940年代所遭致晦澀批評的動機。儘管如
此，紀弦在提出現代派六大信條之後，卻依然掀起軒然大波，除了其呼
喊「橫的移植，而非縱的繼承」的口號太過刺目外，主要還是現代六大
信條中，本身實多有自相矛盾之處。特別是其所謂的純詩主張，主要企
盼的便是政治雜質不要進入詩領域之中，強調詩的純粹性，這樣反抗現
實性的涉入，實是一種政治上的排斥反動。[42]因此，這樣的純詩主張如
何能與其第六條的政治信念相協調，實在令人費解。事實上，在1950年
代臺灣，抵抗中共政權，反攻大陸等相關的政治意識，可說當時知識份
子（特別是大陸省籍者）普遍共同的情感結構（feeling of structure）。

　　1950年代初詩壇，幾乎可說是環繞著紀弦的現代主義主張為中心，
進行發展。當時紀弦接受了臺灣省籍詩人林亨泰的奧援，號召成立現代
派，由於林亨泰在戰前臺灣便已接受過現代主義的洗禮，使得現代主義
在初期與傳統勢力以及藍星詩社的對抗上，不至於勢單力薄。由於其所
號召的理性、實驗精神，與當時以抒情為主流的詩風有所抵觸，因此在
初期或者因頭角崢嶸而被斥為異端，但隨著1950年代兩次新詩論戰，現
代主義在臺灣詩壇在論戰雙方的各自澄清與調整，使得原本的西方現代
主義逐漸轉化為具臺灣色彩的現代主義。所謂「具臺灣色彩」，便是前
文筆者所述，為當時知識份子在當時時代政局情勢的影響下，而被迫或

---

[41] 紀弦，〈給趙天儀先生的一封公開信〉（臺灣臺北：《笠》詩刊第14期，1966
年8月），頁4。

[42] 早在《現代》便以強調自身在政治立場的中立為其特色，這也是紀弦純詩口號
的來源之處。

蓄意的「誤讀」，犖犖大者，在當時擎現代主義號角呼喊最力的紀弦身上，最可以作為其逐步調整的案例。

論戰的激情終會過去，隨著現代主義與臺灣政情、詩壇傳統論者間的交互調和下，現代主義已從逆流成為主流。例如在1950年代與現代派持對立的藍星詩社覃子豪、余光中、羅門等人，後來皆不再持反對立場。儘管紀弦的現代詩社與現代派終因經濟因素而被迫解散，但在1960年代以後，隨著其繼承者創世紀詩社的努力下，更使現代主義在詩壇取得領銜主導的地位。現代主義所以逐漸成為詩壇主流，主要還是在當時毫無任何書寫技巧的反共文藝的勢力下，提供實際嶄新的方法論與精神內涵，使現代詩得以豐富其藝術技巧，並深掘現代人的生命困境。

紀弦的現代派自然也影響到了創世紀詩社，甚至可以說是促使創世紀詩社轉入西化色彩濃厚的「超現實主義時期」的遠因。在1956年1月現代派成立時，

洛夫當時雖未參加現代派，但是現代派成立之時，他卻到場作見證，實際感受到現代派的氣氛。當時基本上以民族立場作為其標誌的創世紀詩人儘管都未加入，但是後來成為創世紀要員的辛鬱、德星（楚戈）都投入了現代派的運作，因此當現代派解散後，這些詩人們加入創世紀後，都帶給創世紀詩社實質上的衝擊。

而這段期間張默、洛夫、瘂弦等人在創作上，主要還是承受著艾青、何其芳、冰心等人的影響，因此紀弦所強調的現代主義的主張，可說為創世紀詩人如洛夫、瘂弦等人初期詩作，帶來了知性調和，使他們能開始擺脫早期詩作中，因受到新月派以降浪漫主義詩風影響，所產生過份強調發抒自我情感的弊病。此外，在現代主義的資助下，使創世紀詩人們得以擁有藝術性的利器，開始面對寫實性題材，避免陷入為他們所不喜的左翼文學口號詩。

當然，創世紀詩人對於紀弦現代主義的接受，是有脈絡可循的。因為在他們學習時期中，一連串地向中國五四汲取營養的過程，本身便有著從東方出走，尋覓西方的趨向，這乃是由於五四精神本身帶有著的反

傳統，接收西化的特質。此外，他們也多少接觸過李金髮、戴望舒等象徵派、現代派詩人作品，儘管尚未立即反應在他們的學習時期的詩作當中，卻隱然成為在1950年代末與紀弦現代派匯通的伏流。正由於對象徵派李金髮以及現代派戴望舒，已有著模糊的認知，使得創世紀詩人一開始對紀弦所提倡的現代主義，並沒有太強烈的排斥感，反倒是由於他們本身對於左翼口號文學的批判立場，對於強調純粹性、實驗性的現代主義文學有著親近感。例如在創世紀詩社於1961年1月出版的《六十年代詩選》中，洛夫於緒言便指出：「本詩選所採納的二十六家，絕大部分是中國現代詩發展過程中後半期的代表作，至少由象徵主義躍進到現代主義各階段的創作。」[43]便呈現當時創世紀詩人認為現代主義，乃是比象徵主義更為進步的藝術觀的看法，也展現他們對現代主義的看重。

　　創世紀詩人以紀弦現代派為據點，開始展開自己追尋西方的旅程，他們一開始或許還保有新民族時期的民族傳統精神的立場。但是，他們逐漸發現他們要出外探勘的西方文學世界，並不是一座文學的後花園，而是一片遼闊的文學大草原，因此，創世紀詩社的超現實主義時期，幾乎跨越整個1960年代。儘管他們當時外文能力顯得不足，但是他們仍極其浪漫地用一知半解的吸收，像唐吉訶德一般，在西方文學的草原浪漫地瘋狂地探險。在透過文藝消解苦悶，化除因政治而封閉的疆界的企圖下，他們不斷透過走向西方，完成通往世界的夢想。誠如瘂弦在〈我的詩路歷程——從西方到東方〉寫到：

> 我寫詩的時候，正是整個文藝思潮承襲著五四運動流韻餘存的時代，雖然五十年代上距五四已有三十年，而五四的影響力——尤其是對於寫詩的朋友——仍然非常巨大，五四的西化精神自然也震撼了我們，當時，我們對西方傳來的東西非常喜歡，對西方文學充滿幻想甚至可以說崇拜，往寫作上也一直向西走……狂熱地

---

[43] 見張默、瘂弦編，《六十年代詩選》（臺灣高雄：大業書店，1961年），頁6。

擁抱西方現代主義的作品。像我，就受到西方許多作家的影響，
如美國惠特曼，德國歌德與法國一些詩人，法國影響我尤其深。
「影響」有一種極有意思的情形，往往一首詩、一篇小說或一段
簡短的文字，就會對創作者產生奇妙的、精神上的感應或啟發，
而「一知半解」的影響力大過「全知全解」。譬如我深受法國作
品的影響，我卻不懂法文，正因為懂的少，對它的神祕與嚮往也
就特別強烈，這也可以說是一種浪漫精神。歐洲文學史上有浪漫
主義時代，它們常常強調兩件事，也是它們的特色：異國情調與
對遠方不可知的事物的渴望和幻想，在浪漫派文學作品裏，有很
多這樣的例子。……像我曾經寫過一系列描述印度、巴黎、倫敦
的詩，當時我根本沒去過，卻寫得「活靈活現」的，……「影
響」不一定要懂原文或有系統性的研究以後才能產生。[44]

在1950年代，創世紀詩人除了
透過紀弦、戴望舒、李金髮的中文作
品去認識中國的現代主義，在1950年
代末他們也收集手抄了不少西洋文學
的譯本。這樣間接地對西洋文學的吸
收，反映了創世紀詩人在1950、1960
年代外語能力尚顯不足的事實，因此
他們主要都是透過譯本轉介的方式，
進行對現代主義的理解，例如洛夫在
〈我與西洋文學〉中亦承認，自己在

附圖12：《創世紀》第11期封面

接收超現實主義理論上，主是透過日英譯本的管道進行[45]。也的確，翻
開超現實主義時期的《創世紀》詩刊，幾乎每期都盡量收集刊登許多轉

---

[44] 瘂弦，〈我的詩路歷程──從西方到東方〉（臺灣臺北：《創世紀》第59期，
　　1982年10月），頁27-28。

[45] 見洛夫，《詩的邊緣》（台北：漢光，1986年），頁45。

譯作品，甚至刊頭封面便以西方著名詩人如梵樂希、里爾克等詩人的肖像為封面，都可以看出他們追尋西方現代詩人的熱切之情。

必須澄清的是，創世紀詩人對西方現代主義的吸收，主要還是著重於對現代主義文學作品的吸收，而非文藝乃至社會理論的研究與認識。例如瘂弦在幹校就讀藝術系時，便讀了許多絕版的詩集，特別是瘂弦詩中的戲劇效果，便是受到了當時許多西方詩人如西班牙詩人洛卡、美國詩人哥斯康等作品的影響，也因此使得他的詩表現較多元的色彩。特別在後期，他們明顯較為偏好超現實主義、存在主義的文學作品，使得他們的詩作開始有導向超現實主義以及存在主義的傾向，例如管管便直言：「同時，對超現實主義的偏好，也許只是由於西方的一位超現實主義者的譯詩令我喜愛，覺得不錯，而無關於超現實主義的理論。」[46]在筆者訪談辛鬱時，辛鬱亦直言：

> 其實超現實主義在抗戰後期中國詩人已經有了……後來經過戰亂便傳到了臺灣，當初部分詩人在大陸已接觸過了超現實主義，而部分則透過香港、新馬那邊的刊物比如《學生週報》、《香港時報》的副刊、《星島日報》的副刊、《祖國周刊》等，透過這些刊物來吸收超現實主義。……50年代後期到60年代，存在主義風行於學術界以及青年群……我們也透過香港報刊等等媒體瞭解到存在主義的文學部分，不是哲學的部分，是文學這個部分……後來發現我們這邊某一些狀況下的情景，就很像存在主義文學所描述的那樣，那種無可奈何的心境，怎樣往你內心展現出來，把那種在心中的壓力表達出來……[47]

---

[46] 笠詩社，〈藍星、創世紀、笠三角討論會〉（臺灣臺北：《笠》第115期，1983年6月），頁15。

[47] 為筆者訪談辛鬱之記錄，見《臺灣詩學》學刊1號（2003年），頁241。

1957年，瘂弦與商禽兩人交換各自私藏的書籍，這時他們也開始交流彼此對超現實主義的看法，瘂弦在〈採出來的詩想〉便回憶到：「當時我們兩人所談的超現實主義就是從少量的譯文借火，又加上自己的臆猜所發展出來的一個模糊的想像世界，跟普魯東他們並沒有多大關係，只能說是我們兩個的超現實。」而當時商禽在給瘂弦的信上也說道：

> 我們現在常談的那些什麼什麼主義，全不是我們發明的，我們若要企圖去談他，憑我們這幾乎是與世界隔絕的文壇，而僅靠我們東尋西找弄到的一些皮毛，乾脆不談的好，……憑了那些麟爪的知識，給予我們一些敲擊作用，我們按照自己的氣質發些聲音，情形可能是這樣，我們以超現實主義出發弄出來的恐怕是非現實主義。[48]

以上辛鬱、瘂弦與商禽的表述，都說明了創世紀詩人在1950、1960年代，主要還是著重於對超現實主義以及存在主義文學作品的吸收，他們雖然對於超現實主義以及存在主義全貌的理解並不全面，但是他們卻能在這些西方文學語言，隱約地產生自我的體悟，以及對文學技巧的學習，進而產生風格類似的作品。

他們之中，少數如洛夫、瘂弦等人逐漸開始從超現實主義或存在主義文學作品，轉而投入對兩者的理論探索，因此也慢慢釐清比較出，西方現代主義在大陸、臺灣發展情形的一些問題。例如洛夫在〈超現實主義與中國現代詩〉便表示：

> 我國的超現實風格的作品，並非在懂得法國超現實主義之後才那麼寫的，更不是在讀過布雷東的〈超現實主義宣言〉，或其他有關史蹟，傳記，以及法則以後才仿效而行的。[49]

---

[48] 見《創世紀》第13期（1959年10月），頁36。

[49] 洛夫，《洛夫自選集》（臺灣臺北：黎明，1975年），頁263。

　　洛夫同樣指出臺灣詩壇對於超現實主義在接受上，是文學感受大於理性認知，是創作影響大於理論興趣。洛夫這樣的說法雖未必能涵蓋所有臺灣的現代詩人，但是至少包括了他自己。事實上在1959年7月，他創作出被詩壇公認為能代表超現實主義的系列詩作〈石室之死亡〉時，他正身處在金門戰地，擔任新聞聯絡官，根本無暇深究超現實主義的理論[50]，在創作上則略微襲取了對超現實主義文本的印象。而如洛夫所言「蒐集資料，潛心研究超現實主義理論，已是五年以後的事」[51]當洛夫真正收集了相關資料進行對超現實主義的理解後，如同前述的大陸詩人以及紀弦一般，他也開始透過中國詩學中的相關概念，將現代主義進行片面化解釋。[52]

　　儘管創世紀詩人早期對西方現代主義的探求，是一種重文本輕理論，重啟發輕理解的片面化接受型態。但是他們在超現實主義時期呼喊的口號「世界性、獨創性、純粹性」，以及所主張「從感覺出發」，追溯挖掘「潛意識中才是最真實、最純粹的世界」，並強調技巧的創新與實驗性，「在肯定潛意識之富饒與真實」的前提，在語言上擺脫邏輯與理則的約束，讓心靈中的詩語的自動表現出來[53]等意見。顯然已大略抓到了超現實以及存在主義等文藝理論中的超現實、潛意識、自動書寫、強調想像自由、挖掘人性本質等「關鍵詞」，使他們認為詩最基本的條件，便是表現「矛盾語法的情境」、「遠征的情境」、「旅行者或『世界之民』的情境」，「現代詩的真義之一，即在重新發掘自我，而且用前人未有過的近乎瘋狂的情操集中於這個自我的表現上」[54]，透

---

[50] 洛夫於〈超現實主義與中國現代詩〉言：「在寫《石室之死亡》一詩之前，尚未正式研究過超現實主義。」見洛夫，《洛夫詩論選集》（臺灣臺北：開源出版，1978年8月），頁94。

[51] 侯吉諒編，《洛夫石室之死亡及相關重要評論》（臺灣臺北：漢光出版社，1988年），頁195。

[52] 針對洛夫詩作及詩論中，這樣西方現代與中國傳統間的衝突與融合，筆者將在下一節作進一步的討論。

[53] 見洛夫《石室之死亡》自序，〈詩人之鏡〉，頁20。

[54] 見洛夫、瘂弦、張默所編，《七十年代詩選》中葉維廉的序〈詩的再認〉。而洛

過他們自己的詮釋以及實際創作，他們開始走出1950年代詩歌學習時期中，那顯得過於巨大的五四新文學家的陰影，初步奠定了他們整個1960年代的詩作風格取向。

　　事實上，1960年代時期創世紀詩人在透過「自動語言」，所挖掘到的潛意識世界，由於他們共同的族群經驗──即軍旅苦悶與當時對臺灣社會的陌生感，使得他們的詩與詩境充滿晦暗、暴力與幽深的超（非）現實情調，此外他們技巧形式上的競奇（例如洛夫與瘂弦軍中競寫），更開發語言的寬度與變異性。這樣十足「異端」的怪異詩風，與當時「正統」的反共文藝以及抒情詩風相較，明顯呈現了相當實驗前衛的色彩，也組構了當代詩壇對創世紀詩人詩作的刻板印象。

　　隨著《創世紀》詩刊逐漸躍升為1960年代的主流詩刊，以及相關詩選、詩運動的傳播，使得創世紀著重的超現實詩風，成為一種詩壇典律。當然，除了肯定創世紀詩人超現實詩作在實驗前衛上，刺激詩語朝更多元的角度發展的價值外，也不能否認其所帶動的流弊。首先，就創世紀詩人內部來看，由於他們對超現實主義「瞥見」而非「凝視」的片面吸收，雖觸動在詩歌創作上的可能，卻有可能在過度生硬的緣引中，使得詩歌充斥洋化弔詭的詞彙。此外，受到他們影響的詩人，有部分卻往往僅襲取超現實主義的形式表象與晦澀調性，於是以雕鑽矛盾語句為尚，在1960年代末造成了臺灣現代詩壇不少的弊病。

三、創世紀詩人詩作的超現實、存在主義特質

　　雖說創世紀詩人繼承了紀弦現代派現代主義的棒子，卻不意味他們百分之百走的是紀弦所著重的主知路線。事實上，他們走的是早期法國超現實主義中，強調對潛意識挖掘、釋放想像力的路子，其因乃是他們本身對於自身放逐感與虛無感上，有著陳述需求。疏離感在當時，可說是遷至臺灣的外省知識份子的普遍情緒，洛夫便認為「存在主義」

夫等在該詩選所撰〈後記〉，更特別肯定該文之觀點，頗能代表彼等「對詩之認裁」。

與「超現實主義」乃是「構成現代文學藝術真貌之兩大基本因素」[55]。不過權衡兩者對創世紀詩社的影響，筆者認為創世紀詩人主要從超現實主義獲得宣洩放逐感與虛無感的技巧利器，而存在主義則深化了創世紀詩人對自身以及現代人的本質探求。

可以說在1950、1960年代，創世紀詩人的普遍情緒便是放逐感與虛無感，這在創世紀詩人們的追憶自身生命經驗的文章中，幾乎隨處可見，筆者不妨摘錄幾則，以為證明。例如管管便自陳：「創世紀同人大多數是離鄉背井的軍人，尤其離家時多是十七、八歲，多帶有強烈的對於母親的依戀。」[56]當然，這樣的情緒未必僅止於鄉愁層面，葉維廉便曾表示：

> 在五十年代六十年代間在臺的詩人，大都充滿著游離不定的情緒和刀攪的焦慮。用瘂弦的一句詩來說：「激流怎能為倒影造像？」這個游疑焦慮的狀態曾經是當時不少詩人的主要美感對象。政府被狂暴的戰變導致離開大陸母體而南渡臺灣，在這「剛渡」之際，它給知識份子帶來了燃眉的焦慮與游疑。我們頓覺被逐離母體的空間與文化，而在「現在」與「未來」之間徬徨：「現在」是中國文化可能全面被毀的開始，「未來」是無可量度的恐懼。徬徨在「現在」與「未來」之間，我們感到一種解體的廢然絕望。在當時歷史的場合，我們要問：我們如何去了解當前中國的感受、命運和生活的激變與憂慮、孤絕、鄉愁、希望、精神和肉體的放逐、夢幻、恐懼和游疑呢？我們並沒有像有些讀者所說的「脫離現實」。事實上，那些感受才是當時的歷史現實。[57]

誠如筆者於本章第一節所言，在1950年代中，葉維廉可說是創世紀詩人群中最早以藝術性的詩語，考掘與發抒個人在時代動盪的環境下，

---

[55] 見洛夫，《詩人之鏡》（臺灣高雄市：大業，1964年），頁49。
[56] 同註21，頁15。
[57] 葉維廉，《三十年詩》（臺灣臺北：東大圖書公司，1987年7月），頁3-4。

所產生的流離情緒。當然，對於時代情緒的發抒雖然在當時詩壇並非沒有，只是極大部分皆委身於戰鬥文藝當中，被強烈的政治意識所掩蓋。與創世紀新民族時期所刊登這些戰鬥文藝詩作中那種狂呼猛喊的情緒，或主觀建構中國政治願景的現象相較，葉維廉的詩作卻以建構個人的放逐情境，透過荒涼滄桑的現代意象，傳達一種特屬於中國40年代外省知識份子的悲壯感與疏離感。葉維廉在1950年代初的詩作，幾乎便是環繞著這個主題進行不同層面的書寫，以其1960年完成的早期代表作〈賦格〉（其一）為例，葉維廉寫到：

> 北風，我還能忍受這一年嗎
> 冷街上，牆上，煩憂搖窗而
> 至帶來邊城的故事；呵氣無常的大地
> 草木的耐性，山巖的沈默，投下了
> 胡馬的長嘶，烽火擾亂了
> 凌駕知識的事物，雪的潔白
> 教堂與皇宮的去麗，神祇的醜事
> 穿梭於時代之間，歌曰：
> 　　　　　　　月將升
> 　　　　　　　日將沒
> 快，快，不要在陽光下散步，你忘記了
> 龍縈的神諭嗎？只怕再從西軒的
> 梧桐落下這些高聳的建築之中，昨日
> 我在河畔，在激激水聲
> 　　　　　冥冥蒲葦之旁似乎還遇見
> 群鴉喙啣一個漂浮的生命：
> 　　　　　　　　往那兒去了？
> 北風帶著狗吠彎過陋巷
> 詩人都已死去，狐仙再現

> 獨眼的人還在嗎？
> 北風狂號著，冷街上，塵埃中我依稀
> 認出這是馳向故國的公車
> 几筵和溫酒以高傲的姿態
> 邀我仰觀摹星：花的雜感
> 與神話的企圖──
> 　　　　我們且看風景去

　　〈賦格〉全詩一開始便是由相當生動的引領句帶動，透過對北風的質問，間接引出了一個荒涼的世俗境地。其中的胡馬與烽火更隱喻了戰亂如何摧毀這世界的美，同時戰亂也使得整個世界的價值重新面臨調整，教堂、皇宮所隱喻的形上與形下的權威，開始在時間裡扭曲，甚至連遠古神話時代的神祇醜事，也進入了這混亂時空，更彰顯了當下時空中形上與形下價值的混亂程度。至此，本詩似乎將要爆發出的一串漫長控訴之際，葉維廉卻以一精簡的「歌曰：／月將升／日將沒」收尾，展現了一種情緒上的節制（並非強忍）與穩當感。但這月升日沒的夜景中，卻是一個充滿形象感的奇異境地，裡頭群鴉叼著漂浮的生命，詩人、狐仙、獨眼人更並列了建構了人境與魅境並現的俗世。而，詩人便是被置放在這價值混亂的空間當中。

　　全詩收尾，不只單純地在呼應首段，而是繼續將北風意象化，葉維廉在末段處理的技巧可說相當精湛。在北風揚起的灰塵當中，詩人將冷街北風看成了歸向故國的公車，北風在視覺上雖是透明的，但是讓人無法不觸覺其風勢的冷冽逼人。因此，詩人用冷風形成的公車，予人空洞無奈之情緒，特別是這輛公車是要通往故國，更讓人感到深刻的虛無感。全詩的末句收尾如同前面一般，在處處隱喻虛無的空間場景後，詩人看似清閒地寫到「我們且看風景去」，然而，如果風景盡是前面所寫的情境，又有什麼得看的？或者，詩人到底想在這樣的虛無感中看到什麼？最後，詩人為讀者留下這樣無限的想像。

　　葉維廉1950、1960年代這段期間的詩，大多正如〈賦格〉一般，以一種沈穩但不放縱的語調，傳達了他個人和當時整個大陸省籍知識份子的精神苦悶。這樣的精神苦悶主要還是由於血性鄉愁的影響，例如葉維廉〈愁渡〉便寫到：

　　　　你也不必因見不到莽莽的海而愁傷
　　　　倚著窗臺
　　　　我們共聽血脈裡的潮湧

　　詩中意味著鄉愁是人性之必然，血脈裡的潮湧傳達的自然是，對母土的共鳴與渴望的激情。包括葉維廉在內，早期的外省詩人們在臺詩作中，最常出現的觀物對象與觀物視角，便是仰望天與遙視海，這成為他們望鄉或凝視未來的一種方式。他們視點與視角儘管如何的遙遙遼闊，然而卻可以發現，在立足點上，他們的腳卻往往不是懸空的，便是被綑綁的。例如葉維廉〈降臨〉中的冬之囚牆，他這樣寫到：

　　　　冬之囚牆緊觸著
　　　　明朗的空漠，憂傷的
　　　　冷冽的腳鐐搖鳴
　　　　一冰柱的叮噹，囚窗的太陽
　　　　獨佔霜髮的蓬野……（後略）

　　在本詩中詩人呈現了相當濃厚的束縛氣氛，這表現在以下幾個意象的連鎖經營上。首先「冬之囚牆」，其冬字呈現其冷，囚本就有囚禁之意，但是詩人所寫的「囚牆」，則更顯其阻絕難越，因此「冬之囚牆」本身便傳達了荒涼受禁的異離之感。而在這禁絕的世界裡的人們身上，卻仍加上重重的枷鎖，詩人在此所寫的「冷冽腳鐐」，明顯與「冬之囚牆」相應對照，其中冬對著冷冽，囚牆對著腳鐐。兩意象共同展現著冷

酷拘禁的氣氛，只是比起囚牆，腳鐐因為直接配戴在人身上，更深刻展現那種苦悶之感。其後詩人寫到「囚窗的太陽」，此乃隱晦之筆，現實世界中的太陽當然不可能為窗所囚，是以在此所視見的囚窗之陽，乃為透過受禁之人的視角而得見。總的來看，此詩中無不銳意呈現一個禁絕的、失溫的封閉世界，這也正是詩人對此時自身所處世界的感觸。

而商禽〈大地（土行孫告白）〉則以另一種更具形象化的方式寫到：

> 他們把我懸掛在空中不敢讓我的雙腳著地
> 他們已經瞭解泥土本就是我的母親
> 他們最大的困擾並非我將因之而消失
> 他們真正的恐懼在於我一定會再度現身

土行孫，乃是有鑽地術法之神怪，帶有緊密於泥土，極端卑下的形象寓意。商禽曾說：「回想起來，過往的歲月彷彿都是在被拘囚與逃亡中度過。」商禽以被懸吊的土行孫自比，主要呼應他當時被國民政府軍囚禁限制，而流亡來台的生命經驗。商禽在詩中諷刺了管制拘禁他的人，為了怕他因思戀故鄉而叛逃，如何用種種方式壓抑他心中對故鄉的思念。

無論是詩人被吊懸的腳，還是被綁的腳，可說都隱喻了失根、難以直接表達對故土思念的情緒，也傳達了創世紀詩人當時普遍的身體囚禁感。在當時嚴密的戒嚴體制下，詩人彷彿置身於囚籠，甚而必須以肉身接受種種暴力迫害的儀式，以壓抑淨化他們血性中的鄉愁。所以大多有遷離經驗的創世紀詩人們，這段期間的詩，往往也刻畫出如同葉維廉〈賦格〉一般的絕境，例如洛夫的石室、瘂弦的深淵、張默的峰頂、商禽的逃亡天空、碧果的牆等等，這些絕境往往帶有囚禁性格，使得詩人在沈溺在絕境當中，時常表露出一種亟欲叛逃的慾望與無奈之感。

以洛夫的〈石室之死亡〉為例，洛夫在〈關於《石室之死亡》跋〉一文中，對於《石室之死亡》的創作背景和心態，有以下的描述：

這段期間，我的文學生命正處於狂熱的顛峰狀態，詩情豐沛，感
性敏銳，閱讀廣泛而專注，吸取西洋文學和藝術觀念及創作技
巧，如長鯨吸水，涓滴不遺，而當時的現實環境卻極其惡劣，精
神之苦悶，難以言宣，一則因個人在戰爭中被迫遠離大陸母體，
以一種飄萍的心情去面對一個陌生的環境，因而內心不時激起被
遺棄的放逐感，再則由於當時海峽兩岸的政局不穩，個人與國家
的前景不明，致由大陸來台的詩人普遍呈現游疑不定、焦慮不安
的精神狀態，於是探索內心苦悶之源，追求精神壓力的舒解，希
望通過創作來建立存在的信心，便成為大多數詩人的創作動力，
〈石室之死亡〉也就是在這一特殊的時空中孕育而成。[58]

　　因此洛夫〈石室之死亡〉第33首寫到：「而我只是在歷史中流浪了
許久的那滴淚／老找不到一副臉來安置」，相較於洛夫著名的意象「我
是想飛的煙囪」，所象徵的空間上的拘禁，「我是在歷史中流浪的淚」
實是一種在時間上的徬徨無依。無論是煙囪或淚，詩人都是要將心中脫
離母體（文化體）後，那種游移、渴望再返的焦慮情緒表現出來。
　　《石室之死亡》全集可說是充滿著隱晦的色調，充斥著種種暴力激
烈的形象，洛夫亦言：「我們那時候離開家園，離開整個民族文化的母
體，臍帶突然剪斷，當時到了異鄉的臺灣來，現在當然已經是變成自己
的家鄉了──當時內心的虛無、生存的不確定，除了用晦澀的詩的方式
來表達，沒有更好的方法。」[59]洛夫的石室空間，當然是一種拘禁的空
間，特別是因為書寫此詩時，洛夫正身處金門砲戰的戰地中，因此詩中
意象，不只有著戰爭的暴力氣息，更充滿種種死亡的氣味，例如「在清
晨，那人以裸體去背叛死／任一條黑色支流咆哮橫過他的脈管」、「當

[58] 侯吉諒主編，《洛夫石室之死亡及相關重要評論》（臺灣臺北：漢光出版社，
　　1988年），頁193。
[59] 艾農，〈詩的跨世紀對話：從現代到古典，從本土到世界──洛夫V.S李瑞
　　騰〉（臺灣臺北：《創世紀》第118期，1999年3月），頁49。

我的臂伸向內層，緊握躍動的根鬚／我就如此樂意在你的血中溺死」、「我再度看到，長廊的陰暗從門縫閃進／去追殺那盆爐火」、「有人試圖在我額上吸取初霽的晴光／且又把我當作冰崖猛力敲碎／壁爐旁，我看著自己化為一瓢冷水」都是透過那些緊張的暴力形象，傳達他內心的情感。特別是從其詩中意象極其稠密與晦澀的特色看來，可以發現雖然洛夫當時尚未深入接觸過布勒東〈超現實主義宣言〉，但是已經與布勒東提倡的自動技法，隱然有貌合之處。

　　然而，我們同樣不能否認，與西洋許多超現實主義詩歌的弊病一般，《石室之死亡》中的許多字句與意象的確甚為費解，造成讀者閱讀上的障礙與緊張。或許這便是洛夫想帶給讀者們的感覺，當然，無論讀者懂或不懂。大抵來說，洛夫的《石室之死亡》便是在這樣的驚疑痛楚中，見其苦悶美感，不過在《石室之死亡》後，洛夫於《外外集》中，卻開始刻意篩除去那些過度晦澀的意象，使其所欲傳達的題旨清晰起來，例如〈泡沫之外〉：

　　　聽完了那人在無定河邊釣雲的故事
　　　他便從水中走來
　　　漂泊的年代
　　　河到哪裡去找它的兩岸？
　　　（後略）

　　此詩一樣運用超現實的句法，但卻簡單幾筆，就將漂泊惆悵的情感表達出來。特別是「河到哪裡去找它的兩岸」一語，尤其耐人尋味，可引發許多不同詮釋賞析的角度，例如：想尋覓岸停止漂泊的河，就如同想根著母體的詩人；或者也可能是，河沒兩岸便如同一灘水澤般散漫無定（前面正好提到無定河），人沒有確建的價值作為規桌，也會茫然無所依，而詩人所處的1950年代的臺灣，卻正是社會秩序與價值亟待重整的時代。因此《外外集》的詩作意象雖不像《石室之死亡》綿密，

也不刻意營造什麼詩空間，但是像這樣一段只表述一個意象，卻使得詩中的意象與意念更有整體感，反倒免除《石室之死亡》中意象繁重拖沓的問題。因此筆者認為《外外集》雖比《石室之死亡》清淡，但是卻也比《石室之死亡》更為耐讀。

　　比起洛夫為表達心中的疏離苦悶，而構建出帶有暴力虐殺氣息的石室，碧果在表現囚禁感上，則比較抒情。碧果的〈牆〉這樣寫到：

> 我有一道牆
> 我有著一道殘忍而冰冷的牆，高高的圍著我
> 高高的圍著我，哎哎
> 　　妳想，這是多麼的惱人吶
>
> 深夜，我飛啦，以我無情的翅膀
> 向一個遙遠的純綠色的園裡
> 　　吻我有理想的型態的月
> 是甜美的
>
> 啊，而我的牆是有著四肢，鼻子和眼睛的……

　　牆的意象本身便帶有阻絕性，但在碧果這首詩中，牆被擬人化了，有著觸覺、嗅覺與視覺，甚至還有四肢得以活動。因此這個牆對詩人而言，與其說是阻絕者，不如說是監控者更為適當。所以在牆的阻絕監控下，被囚禁的詩人要在夜，或者應該說是潛意識的心理中，才能超現實地飛越牆，到遠方富有生機的綠園，甚至去「吻月」。吻月雖是浪漫的意象，但「月」卻未必是象徵愛情，這裡的「月」詩人明指為理想、型態的「月」，因此「吻月」象徵的其實是詩人對可以依靠的信仰與價值之意欲，之求索的歷程。

　　商禽在早期創世紀詩人中，由於本身被囚禁受迫當兵的實際經驗，使得他1950年代的詩，相當深厚地展現了對拘禁的無奈與無助感。碧果的囚禁之牆，還能讓人看到天空，讓人能趁夜飛翔逃離，但是商禽的囚禁世界裡，卻連天空都已逃亡了，天空完全不是象徵絕對自由的場域。在他的〈逃亡的天空〉這樣寫到：

> 死者的臉是無人一見的沼澤
> 荒原中的沼澤是部分天空的逃亡
> 遁走的天空是滿溢的玫瑰溢出的玫瑰
> 是不曾降落的雪未降的雪
> 是脈管中的眼淚升起來的淚
> 是被撥弄的琴弦撥弄中的琴弦
> 是燃燒著的心焚化了的心是沼澤的荒原

這首詩可說是一首回文詩，它的寓意結構與讀法，筆者認為應該是：

附表15　商禽〈逃亡的天空〉寓意結構圖

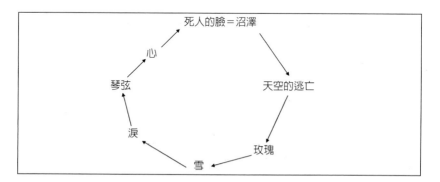

　　因此全詩可說是一個循環的互喻，也暗示著無論天空怎麼逃亡，都仍侷限在這個輪迴循環的結構當中，而無法脫離出去，也間接傳達詩人對囚禁的無奈感。「逃亡的天空」可說是1950年代末商禽的關鍵意象，

在其代表作〈夢或者黎明〉、〈門或者天空〉中都不斷出現。特別是在〈門或者天空〉當中，商禽這樣描寫到：

> 他將它好好的端視了一陣：
>
> 他對它深深地思索了一頓。
> 他推門；
> 他出去。……
>
> 他出去，走了幾步又回頭，
> 再推門
> 他出去
> 出來。
> 出去。

　　在沒有絲毫的天空下。在沒有外岸的護城河所圍繞著約有鐵絲網所圍繞著的沒有屋頂的圍牆裏面的腳下的一條由這個無監守的被囚禁者所走成的一條路所圍繞的遠遠的中央，這個無監守的被囚禁者推開一扇由他手造的祇有門框的僅僅是的門

> 出去。
> 出來。
> 出去。
> 出來。出去。出去。出來。出來。出去。
> 出。出。出。出。出。出。出。
>
> 直到我們看見天空。

商禽在詩題〈門或者天空〉的定名上便已所寓意，他將天空與門以「或者」相連，而不以「像」或「是」等喻詞代替，正是要隱密地傳達兩者間相關，但非等同的關係。詩中描述到一個「無監守的被囚禁者」，可看出作者苦悶的受禁情緒，「無監守」在此絕不意味「沒有監守」，事實上應該指的是「無所不在的監守」，因此使得詩人望天似門而非門，展露出詩人坐困島中的脫離意識。

所以詩人在詩中坐困在被護城河、鐵絲網、圍牆的環繞囚室中，向上刻畫了一扇虛無的門，期待能從在門的背後看到天空。但是詩人反覆寫到「出去」、「出來」，顯示門後面顯然沒有他所企盼的天空，因此在此詩中，天空仍是那座已「逃亡的天空」，所以詩人不斷反覆來去，「直到我們看見天空」。原本「脫門而出」便帶有逃離、衝刺的意味，在此卻形塑成無奈往返而不得其要的空虛感。而本詩末段接近無意識的「出去、出來……」的自言自語，實是本詩最精彩之處，其特色尚不在於其音感，而是表達出詩人潛意識中，反覆在門（或者天空）間不斷來往，卻找不到自己所要尋找的目的地，而陷入的無奈。也許是這樣的無奈情緒主導，「不禁哭了」[60]一直是是他早期散文詩的一個關鍵句，試看〈行徑〉一詩：

> 夜鶯初唱的三月，一個巡更人告訴我那宇宙論者的行徑，想起他日間折籬笆的艱辛，我不禁哭了：「因為你是一個夢遊病患者，你在晚上起來砌牆，卻奇怪為何看不見你自己的世界……。」

宇宙論者在白天試圖拆去籬笆，試圖拆解種種侷限，進入廣闊的宇宙，但卻在夜裡的潛意識主導下，在睡夢中不自主砌牆，把自己跟整個世界阻隔起來，這明顯便是一個對比性的諷刺，象徵了在大時代下個

---

[60] 此外例如商禽的散文詩〈打火機〉亦寫到：「憤怒昇起來的日午，我凝視著牆上的滅火機。一個小孩走來對我說：『看哪！你的眼睛裏有兩個滅火機。』為了這無邪告白：捧著他的雙頰，我不禁哭了。」。

人對拘禁的驚怵與無助感。因此，可以說詩人的「不禁哭了」，其值得
注意的尚不在詩人之「淚」，而在於「不禁」二字中，那不可抗拒的無
奈之感。而是什麼使得詩人不可抗拒地落淚呢？分析〈打火機〉、〈行
徑〉兩詩，可以發現詩人的不禁之哭，是對現世虛妄的假面具，乃至於
自己肉身的表象被無情揭開後，對面具及軀體之下，現世價值的虛無所
感到的失落與徬徨。

　　相較於1950、1960年代商禽透過「門」以及「逃亡的天空」等空
間，所傳達個人內心的無奈感與絕望感，張默則是透過「峰頂」這個
空間，傳達他內心與世俗隔閡的孤獨感。張默的《上升的風景》篩選收
錄了他1960年代的詩，這本詩集收錄了〈恆寂的峰頂〉、〈曠漠的峰
頂〉、〈繆斯的峰頂〉、〈峰頂的峰頂〉四首以峰頂為主題的系列詩
作，展現了詩人特意經營「峰頂」空間的意圖。筆者曾探詢張默寫這一
系列峰頂詩作時當時的心境，張默表示：

> 我寫那首詩主要的動機是因為當時受訓的問題，本來軍方要我去
> 幹校受訓，結果我到幹校去報到的時候，這我在外面沒提，結果
> 被幹校拒絕，結果我只好回去，我的心情就不好，所以我就寫了
> 這首詩。我這首詩想法上是有，但是就是說這首詩還不夠圓潤，
> 不夠……怎麼講，不過現在要改，不知道怎麼改。[61]

　　傳達了當時張默受到軍中制度拘束，而透過書寫詩作發聲的事實。
整體來說峰頂系列詩作，表達的是孤寂的自我，如何與同樣寂寥的峰頂
相呼應，並且進而跨越峰頂，化解心中的苦悶焦慮。〈恆寂的峰頂〉的
主題為「寂」，「多雨的眼睫＼驚不走憂鬱的巨症」寫出人面對憂鬱時
的軟弱。〈曠漠的峰頂〉更加突出「我」的形象，在曠漠的峰頂上漸漸

---

[61] 筆者訪談資料，〈創世紀雜誌及詩人的發展——與張默對談錄〉，見解昆樺，
《心的隱喻——文學場域中知識份子的書寫意識》（臺灣苗栗：苗栗縣文化
局，2002年），頁248。

站起了一個與曠漠形象相對的人，如「而生之欲，悲劇之欲，極度飢渴之欲以及薄薄＼默默的欲中之欲，不經意地被投入＼我的清風的雙袖」念以「我」空虛的雙袖吞吶生存與慾望的悲劇，這是一種藝術性的承擔。[62]在〈謬斯的峰頂〉中則透過書寫峰頂上的謬斯，表達自我對藝術的戀慕，並期望自己能以一個與藝術戀愛的心情跨越峰頂，這也是軍旅詩人張默在動盪漂泊的時代裡，心靈的安頓之道。而〈峰頂的峰頂〉即展現張默身陷峰頂的焦慮，期望再攀登、超越，這樣的登上峰頂，又發現峰頂之上猶有峰頂，而必須重新開始的情緒，正如商禽身處在循環結構裡的「逃亡的天空」一般，帶有深沈的苦悶虛無感。正如張默自言：

> 那時候沒有辦法，像我的〈峰頂的峰頂〉也好，我的語言很曖昧，但是也是反現實的，對當時的境遇情況，要回去無法回去、鄉愁等等糾結在一起。這樣的情緒無法用很流暢清明的語言來表現，不得不用晦澀的語言來表現，因為你心中有反戰、反暴力的思想沒有辦法直接表現，就是我們那時做為臺灣的青年或中年的那種心境與想法，不是一般人能瞭解表達出來的。[63]

從以上對創世紀各詩人的探述發現，創世紀詩人透過超現實技巧，嘗試透過鋪寫拘禁的空間，完成他們私己心理場域中的生命苦悶。這樣言說的過程，其實也正是嘗試打開自己被封閉的身體，尋找潛意識內裡的意念，這種幽微意識，主要還是根植於他們離開中國後，所產生流離失根的情緒。儘管在他們的詩中，隱喻了反拘禁者（制度）、反戰等意念，但是他們還是據守在文學創作的範疇中，表達他們對社會的批判性，極少真正涉入社會改革運動。

誠如奚密在〈邊緣、前衛、超現實：對臺灣五、六十年代現代主義的反思〉所指出：「五、六十年代臺灣超現實詩和法國超現實的最大的

---

[62] 同前註，頁215-216。
[63] 同註36。

差別在於前者並沒有以文學改革作為社會改革藍本的企圖。但是與其視此為臺灣超現實之不足，不如說當時臺灣的情況還不具備以文學改革來帶動激盪社會改革的基礎。」[64]創世紀詩人1960年代詩作中的批判性，在對政治層面的批判的確是比較隱晦的，至於在現代社會制度方面，即控訴現代社會消解扼殺人性本質上，卻相當明顯，在這方面的書寫上，明顯受到存在主義的啟發。

創世紀詩人體認到臺灣當代社會在美援國民黨政府的積極建設下，不斷朝向現代社會發展，其中的現代人所陷入的異化困境，「體認異化」可以說是軍旅詩人從自身疏離徬徨的情緒出發，觀察社會中現代人後所產生的類似感受。在存在主義的啟發下，創世紀詩人感受到臺灣現代化社會三方面的異化（alienation）[65]：

第一、現代人自我意識的異化：在1950、1960年代人民意識在國民黨政府戒嚴令的控管下，人們生存目標與理想受到各種政治目標與理想的箝制與催眠，喪失了自我的主體。

第二、現代人需求的異化：現代化社會與資本主義幾乎密不可分，人們追求現代化的慾望，不斷對金錢需索，形成盲目循環，人們成為追求物質慾望的野獸。

第三、個人與社會集體關係的異化。在社會集體的分類化與專職化中人們被工具化，缺乏自身個性。

是以洛夫亦言「攬鏡自照，我們見到的不是現代人的影像，而是現代人殘酷的命運，寫詩即是對付這殘酷命運的一種報復手段。」[66]因此，1960年代創世紀詩人的詩作中，控訴社會中的異化現象成為另一個重要主題，並且其諷喻性與批判性也較為明顯強烈，以下筆者以瘂弦、碧果為例作分析探討。

---

[64] 奚密，《現當代詩文錄》（臺灣臺北：聯合文學，1998年），頁163。

[65] 異化（alienation）為馬克斯所提出的概念，原意指工人在資本社會下，受到制式管理與經濟剝削，而感到自己如被售出的器物般，因缺乏存在感，在心中產生的孤獨與冷漠情緒。

[66] 同註30，頁31。

　　瘂弦的詩從來就不缺少批判性，只是他的批判性都是透過間接的諷刺完成。在新民族時期他便已完成〈鹽〉（寫於1958年1月14日）、〈土地祠〉（寫於1957年1月4日）等詩。〈鹽〉在書寫上是透過散文詩的形式，同時在寫法上也較為寫實，全詩偶而才穿插些幻想的意象如「天使們就在榆樹上歌唱」等。瘂弦透過描述「壓根都沒見過退斯妥也夫斯基」的二嬤嬤，對生活中實質物品鹽的需求，諷刺空談革命的革命份子，並凸顯下層人民的現實心聲。

　　到超現實主義時期，瘂弦詩歌的諷刺性已產生了幾種改變，第一、場景拉到了現代社會情境當中。第二、排除掉了敘述性，詩的焦點也不再以處理單一對象為中心，詩中各段往往以營構「主題感」而服務。第三、詩歌中收羅了大量具象徵意義的荒謬意象，並期待在其中獲致救贖。第四、在情緒表述上，透過間接的手法，表現詩人身處在現代社會的虛無感。

　　對這樣的轉變，瘂弦自己也表示：「五〇年代的言論沒有今天開放，想表示一點特別的意見，很難直截了當地說出來；超現實主義的朦朧、象徵式的高度意象的語言，正好適合我們，把一些社會的意見、抗議隱藏在象徵的枝葉後面。」[67]甚至認為「詩人全部的工作，似乎就在于『搜集不幸』的努力上。……是以我喜歡諦聽那一切的崩潰之聲，那連同我自己也在內的崩潰之聲。」[68]瘂弦不僅收集自己的不幸，更收集了整個現代社會中現代人的不幸，並在諷刺中尋找存在的意義。例如瘂弦在1960年代的代表作〈如歌的行板〉便這樣寫到：

> 溫柔之必要
> 肯定之必要
> 一點點酒和木樨花之必要
> 正正經經看一名女子走過之必要

---

[67] 見《中外文學》（1981年6月）「現代詩三十年的回顧」，頁146。

[68] 瘂弦，〈詩人手札〉，見洛夫、張默、瘂弦主編，《中國現代詩論選》（臺灣高雄：大業書店，1969年），頁146。

　　　　君非海明威此一起碼認識之必要

　　　　歐戰，雨，加農砲，天氣與紅十字會之必要

　　　　散步之必要

　　　　溜狗之必要

　　　　薄荷茶之必要

　　　　每晚七點鐘自證券交易所彼端

　　　　草一般飄起來的謠言之必要。旋轉玻璃門

　　　　之必要。盤尼西林之必要。暗殺之必要。晚報之必要

　　　　（中略）

　　　　而既被目為一條河總得繼續流下去的

　　　　世界老這樣總這樣：──

　　　　觀音在遠遠的山上

　　　　罌粟在罌粟的田裏

　　瘂弦〈如歌的行板〉此詩，正如其詩題上的「如歌」、「行板」之稱，其強大的音樂效果幾乎是所有論者共同認可的。但是如果僅止於對其音樂性的分析，顯然仍失之偏頗與單薄，事實上，值得論者作進一步論述的關鍵問題，筆者認為應該是：詩人在強大音樂性的魅力背後，所欲傳達的意義是什麼？詩人又是如何將音樂性與意義性進行結合，呈現出其整體意義呢？

　　首先，正如一般論者所發現的一般，在種種「之必要」前，詩人畫構了種種生活中的眾相。但是假如更深入地觀察這眾相，則可以發現詩人所畫構的這些眾相，實是現代社會裡種種中產階級生活片段的拼貼畫，這也是現代主義所致力於關懷的情境與對象。就種種「之必要」的類型來分析，「溫柔」、「肯定」等是屬於情緒性的，不過像「正正經經看一名女子走過」、「散步」、「溜狗」、「薄荷茶」、「每晚七點鐘自證券交易所彼端／草一般飄起來的謠言」等就呈現了中產階級休閒與工

作的一面。此外，其中更有著大時代環境的圖像，可以發現在種種「之必要」的音樂性連結下，這些生活圖像並不具層次性，反倒相當雜亂，因此這些片段畫，正象徵當時不具穩定秩序且多變的世界生活圖像。

　　另外，詩人所以要採取「之必要」作為連結這寫種種現代社會生活的「片段」，背後也頗耐人尋味。「之必要」為有確定、必需的意思，但是這些種種「片段」，卻都僅是現代生活中一些刻板的、缺乏意義的種種行為，詩人僅用寥寥數語，勾勒這些現代生活「片段」，正意謂其中的缺乏意義。因此詩人以「之必要」連結拼貼這些種種「片段」，其實正暗示這現代生活的拼貼畫中，雖有著種種的「之必要」的「片段」，但是那種種的必需裡，卻都是完全無義的。

　　本詩所瀰漫一連串綿延的「之必要」的音樂行板，最後終於以「而既被目為一條河總得繼續流下去的」的形象化語言中止。就意象來看，這條漫無目的卻不斷延伸的河流，其實正喻比著現代社會中種種「之必要」生活片段的無意義延伸。詩人其後寫到「世界老這樣總這樣：──／觀音在遠遠的山上／罌粟在罌粟的田裏」，「老這樣」、「總這樣」已點出詩人處在這樣反覆卻無意義世界的無奈之感。然而，「觀音」代表救贖性的神祇，卻只能在遠遠的山上，而代表人世罪惡的「罌粟」，卻仍蔓延在人世。承續本節前述，可知西方理性主義崇揚人的自主性，

附表16　瘂弦〈如歌的行板〉寓意結構圖

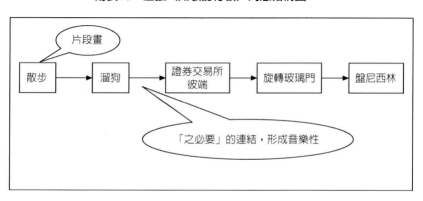

拋卻對神的信仰，然而現代主義卻又是對理性主義這樣過度崇揚人精神的反省。所以詩人將救贖的神祇與罪惡的人世，擺置在天與地者兩個相對的空間，正是質疑深處在現代社會中之現代人，是否能突破種種無意義的片段，找尋到自我存在的價值。因此可以說，隱藏在「之必要」音樂性背後的意念，是詩人對現代世界與社會，種種反覆卻失去意義的生活，所感受到的存在無奈之感。

　　而瘂弦這樣呈現對現代人在現代社會中，喪失自我存在意義的無奈感，在他現代主義時期的詩作中，一直是主要的精神現象，例如其另一代表作〈深淵〉便這樣寫到：

　　　　沒有什麼現在正在死去
　　　　今天的雲抄襲昨天的雲

　　這兩句詩頗為耐人尋味，詩人寫到「沒有什麼現在正在死去」，可說是一反語，因為詩人其實正是要逼問「什麼現在正存活」？詩人於是接著寫到「今天的雲抄襲昨天的雲」作為答案。這個「不答之答」又具有什麼意義呢？筆者認為，雲本身為無時不刻呈現流變的形體，但是今天的雲僅能抄襲複製昨天的雲，顯示雲已失去自我存在的特性。詩人真正要諷刺暗示的其實是，本身具有不亞於雲多變性與可造性的人，在現代社會規律卻無意義的種種片段中，每天也只能不斷拷貝往日的自己，過著一模一樣的日子，而無法找到自我充滿無限可能的存在意義。

　　在1960年代的創世紀詩社中，除了瘂弦以外，碧果也是致力於探討現代人存在意義的另一個重要詩人。在碧果的〈那人〉一詩中，他這樣寫到：

　　　　　　在鏡前，我已設法進入鏡中之我。而鏡中之我也已設法進入
　　　　立在鏡前之我
　　　　　　這樣往返的我好疲倦

但畢竟我已經過了這段旅程
使得悉自己的面貌

不但如此
我已可以進入樹
　　　進入河
　　　進入風雨
　　　進入你們的內裡
使自己蛻化為你們的面貌

最終
成為每日
走在我上班去的路上的那人

因為那已是不再陌生的自己

　　比起筆者以上探討瘂弦的兩首詩，碧果此詩雖然同樣使用暗示象徵
手法，但是卻更銳意於討論現代人喪失自我主體性的存在問題。一開始
詩人便勾勒了一個透過鏡子往返自我主體、客體的「我」，在此詩中由
於鏡子是溝通媒介物，其意象實必需仔細分析討論，方能接續理解下段
我進出其他客體（如樹、河、上班路上的人）背後所指涉的意涵。鏡子
通常用以呈現客觀的個體，而在一般文學文本中，鏡子通常代表著能投
影出真實的意象，但是此詩中的鏡子，其意象意義不在於區別真／偽，
而是呈現自我軀體／精神間析離現象之物。因此詩人寫到「我」，頻於
奔命地往返在「鏡前之我」與「鏡中之我」，這一行為其實突顯了現
代人為了適應現代社會的秩序與步調，而自我被迫割裂、陌生化的存在
問題。因此「我」必須藉由在鏡子間的往返，方能重拾在現代社會中為
適應他者，而被迫遺失的自己形貌。而「我」所以如此疲倦於這樣的往

返，其實正呈現自身無法將「鏡前之我」（精神）與「鏡中之我」（軀體），揉合在一起的挫敗感。

這樣具挫敗感的鏡前練習，雖然無法使精神與軀體組合在一起，但卻似乎使得「我」更嫻熟於出入其他種種陌生的客體了。因此我開始能進入樹、河、風雨，但是正並非在呈現道家思想中那種逍遙出入主客體的意義，而是一種對成為他者的不抵抗。所以詩人寫到「進入你們的內裡／使自己蛻化為你們的面貌」，這「蛻化」兩字，正暗示了自我進入他者的軀體，不只是冠戴他者的面具，並進而泯滅了在面具下屬於自我的肉身（即主體精神）。因此可以說，本詩探討的是現代人在現代社會中，失去自我存在本質的問題，只能為外在的社會秩序與他者而存在，現代人終於不只是對外在客體世界感到陌生，甚至是連對自我主體亦感到無比的陌生。

理解了以上碧果超現實時期詩作中，對存在主題的關懷後，便足以為我們釐清，碧果最饒富爭議性的〈靜物〉一詩中，為何在樹、房子、眼、街、手腳、雲、花、魚、門、椅子、大地等種種物件被閹割後，而「我偏偏是一只未被閹割了的抽屜」。詩人在此使用「閹割」作動詞，其實正是喻指萬物本質在現代社會中，被迫遭到去除，而詩人用「偏偏」二字，正突顯自身力圖抵抗本質被強迫消除的無奈。而抽屜這物件，本身便有隱匿收納的意涵，所以將我以抽屜互比，正是比喻自我本質在隱匿在自我軀體之中，而未被閹割。因此正如沈奇於〈藍調碧果〉中寫到：「『抽屜』的意象是別有意味的，它幾乎成了整個碧果詩歌創作的一個標誌性的隱喻。它喻示著一種收藏而非展示，一種私人話語而非公共空間，一份詩性人生的個人檔案而非歷史的繁囂演出。」[69]所以抽屜此一物件，不只是在詩中的我，其實亦是詩人自我價值系統的具像化。

就另一角度來看，「閹割」也是去除「性」、「欲」等本能自我的動詞，而抽屜將自我本質收納隱沒入抽屜之內，其實正與佛洛依德的冰

---

[69] 碧果，《愛的語碼》（臺灣台北：文史哲，1996年），頁213。

山理論不謀而合。儘管碧果的詩作，往往由於在詩語修辭上恣己意而為之，極少體恤讀者，因而一向被公認為創世紀詩人中晦澀之翹楚者。但是若對照本節一開始對西方超現實主義與存在主義的探述，由於他致力於維護自我的話語空間，以及直陳心中潛意識的異離之境，他也可能正是創世紀詩人群中，最接近於佛洛依德的潛意識理論，以及布勒東的超現實主義創作方法論者。

最後，總結以上的討論，可以發現，如同紀弦的現代派，創世紀詩社在接收現代主義甚至超現實主義，都未曾以社會改革作為其主要宣揚的主張。另外，由於他們本身在藝術性上的需求，使得他們的詩文本有著濃厚的超現實主義的特質，即：在藝術創作上呈現著自動寫作、拼貼、奇幻的暗喻、驚悚的意象等特色。只不過，不同於西方企圖以超現實主義，對抗現代資本社會剝奪人存在意義的悲劇，創世紀詩人對抗的是，在政治情境下的身體與情志被迫遭受囚禁的苦悶心理。不過儘管創世紀的超現實主義詩作中，未必存有如同西方超現實主義那般的社會改革企圖，但是對於世俗制度對現代人心理的壓抑，可說展現了另一種深刻的批判性。

第三節　中國性與現代性的碰撞與重塑

1960年代末1970年代初，創世紀詩社的運作一度中斷，不只使得現代主義的詩潮短暫中挫，其在1970年代的影響力也漸趨和緩。事實上在1960年代現代主義在詩文壇的狂飆期中，對於臺灣現代主義所呈現西化與晦澀現象的批評便未嘗中斷，而創世紀作為1960年代現代主義的代表詩社，自然便成為批評的箭垛目標。面對這樣種種檢討的聲音，創世紀詩人群自然不可能無感，因此在1960年代中末期，相對於現代性，創世紀詩人們開始慢慢呈現對中國性的探求。其中原因主要有兩個：第一、早期創世紀詩人們的詩齡漸長，他們開始對中國文學作品進行再次且深

入的閱讀，從中有了一番新的領悟。第二、在西方與中國的對比命題中，他們選擇重回中國，企圖重新建構自我的文化精神。

在這波重估中國性，及將中國性與現代性兩相磨合的過程中，「民族」可說是這個階段中，創世紀社內典律發展的「關鍵詞」，並成為創世紀詩社在1970年代現實主義詩潮中，展現其對現實、鄉土等議題關注的據點。因此本節首先將要探討創世紀詩人，如何重新回顧與修正，創社初期所提出的「新民族詩型」。其次，筆者將選擇在創世紀各世代詩人中，展現這樣關懷的代表詩人進行觀察，分析探討他們在理論、創作上的實際表現。

一、創世紀詩社傳統與現代融合論的發展

析辨創世紀詩人對「民族」的認知，可說是解讀創世紀詩人為何從西方現代主義的路途，重新擁抱中國傳統的重要關鍵。以下筆者將探索在1950年代創世紀新民族時期，創世紀詩人如何在戰鬥文藝的氣氛中，闡釋所謂的「民族」，而對於中國，創世紀詩人又如何從帶有政治含意的「民族立場」，轉變為文化意義的「傳統立場」，並對他們的詩觀、理論、詩作產生了怎樣的實際影響。

通常對早期創世紀詩社的刻板印象，可以阮美慧〈《笠》與現代主義：笠詩社成立史的一個側面〉一文作為範例：

> 《創世紀》從十一期開始提倡「超現實主義」理論，強調詩的「『世界性』、『超現實性』、『獨創性』、『純粹性』」等藝術性表現，而忽略了文學的現實基礎，因而將臺灣現代詩的發展帶到一種形式主義的方向。……臺灣的超現實主義，作為一種幾近的文化運動所呈現的衝擊力業已消褪，取而代之的是，作為「純文學」的一種表徵。[70]

---

[70] 阮美慧，〈《笠》與現代主義：笠詩社成立史的一個側面〉（臺灣臺北：《笠》第225期，2001年10月），頁92-93。

似乎創世紀詩社與現實、傳統等詞彙毫不相關，事實上打從一開始，特別是在鄉土文學論戰之前，創世紀詩社對於「傳統」與「民族」的論述便已相當多。創世紀詩人在一開始的新民族時期，在政治意識的主導下，對於「傳統」與「民族」兩詞彙的觀念，其實顯得相當混淆。除在《創世紀》第1期（1954年10月）張默的序言，明顯帶有呼應反共文藝以及國家文藝政策的意味外，他們在新民族時期也已略微顯露了追溯自身東方傳統，建立自身詩歌創作的意識。

　　這樣的立論以洛夫的第2期（1955年2月）〈論詩的時代性〉、第5期（1956年3月）〈建立新民族詩型之芻議〉以及第6期（1956年6月）〈再論新民族詩型〉為代表，洛夫兩文之論主要乃是企圖從中國文化典籍中提煉文化精神，在兼顧善與美的藝術標準下，妥協調和儒家與道家甚至是佛家精神，但這樣的立論似乎顯得過於誇大。他們標舉出東方，主要還是有與西方相區別的意圖，並再從整個東方裡標舉出中國，在崇揚中國傳統中出世的道家文化精神後，又「不偏廢」地追求入世的儒家精神，其實點破其意，大抵還是要在詩藝追求外，不忘救中國。

　　因此，推敲這段期間創世紀詩人使用「民族」一詞，由於其中牽涉到太多政治口號的雜質，讓人不免屢起疑竇：到底其所謂的「民族」所指涉的是文化民族、還是國家民族？亦或是黨派民族呢？甚至是三者皆各自沾染一些？這樣論述上的模糊，至今當然無法一字一句地，在這段期間創世紀詩人的各種宣言主張中為之釐清。不過，參考游喚於〈創世紀與傳統〉所言：「至此階段，《創世紀》揭示的民族，加一『新』字，乃是要與三、四十年代共產黨的『民族』畫清界線，另外，這個『新』字扣在民族之上，又是與『非中國』、『非東方味』的西方不同，有著反抗標榜世界主義與『橫的移植』之企圖。」[71]運用排除法，或許能為創世紀新民族詩型作以下的定義，即：排除中共左翼文學、西方色彩的國族論述，並在這樣的前提下，崇揚中國固有的傳統文化。

---

[71] 游喚，〈創世紀與傳統〉（臺灣臺北：《創世紀》第100期，1994年9月），頁65。

　　在1950年代現代派崛起，紀弦「橫的移植」的主張引起廣大爭辯之際，創世紀詩社在創刊之初，標舉這樣的新民族立場，自然有突出自身立場與特色的用意，另一方面，創世紀新民族這樣模糊的定義背後，也相當程度地有兼蓄覃子豪「縱的繼承」主張的意味。是以，在國民黨政府以反共文藝、復興中國文化等旗號主導文壇的1950年代，創世紀這樣的口號因為恰巧符合了政治正確性，因而面對的外在批評也最少。

　　在這樣摻有太多國族論述、中國文化傳統等因素的口號影響下，又輔以草創之初徵稿不易的原因，幾不可免地，新民族時期中《創世紀》刊登之作品顯得相當紊亂，藝術表現上也欠佳。何謂「中國風」？「東方味」又意指為何？即便是當時的創世紀詩人顯然也難有所共識，從當時所徵集的作品看來，顯然當時詩人還是以戰鬥文藝的「另一種說法」進行理解，加以《創世紀》在這段期間也開闢了所謂的「戰鬥專輯」，以及詩刊初創之初，不能免俗地以自己為中心向周遭軍中詩人擷獲稿源等等原因下。因此《創世紀》初創之際，充斥的是戰鬥詩，在當時也甚難脫去高雄軍區詩刊的色彩。

　　可以說《創世紀》前十期最大的問題，便是在於口號與實際刊登的創作間交互抵觸干擾。或許本身便是《創世紀》口號與宣言撰寫者的原因，在當時洛夫的一些詩作如〈歌者（我的畫像）〉（創刊號）、沙礫集中的〈傷風的鼻子〉、〈兩棵果樹〉（第四期）等，較能符合新民族詩型的一些要求。以洛夫在創刊號發表的〈歌者（我的畫像）〉為例，此詩分為八個小節，詩題既標明為「我的畫像」，詩作中自然突出了創世紀詩人們所追求「自我的」民族性形象。詩中的自我呈現三個動態特徵，第一為「工作」，暗示自我努力進行建設工作；第二為「戰鬥」，指的當然是反共；第三為「唱歌」，展自我積極又樂觀的精神。全詩以唱歌為連串，宣揚著極具「戰鬥意義」的內容。

　　不過此詩由於不會徒以鋪陳口號為尚，還能把握一定的文學情緒進行提煉，因此比起當時《創世紀》中漫佈的口號詩自然是超之千里，甚至與辛鬱、張默此時期這類主題的作品相較，也明顯是較為成功的。

不過洛夫此時也開始有了晦澀的作品出現，於此可看到他逐漸從中國五四浪漫作品的影子走出的徵兆。此外，這段期間瘂弦也創作了〈屈原祭〉，算是實際利用中國傳統知識份子形象為題材，進行書寫創作的作品。然而不管是洛夫還是瘂弦，他們在這方面的嘗試可說是淺嘗即止，未能繼續深入。因此在新民族時期中，像洛夫、瘂弦這樣比較能諧和新民族詩型理念，又兼顧藝術水平的詩作，畢竟相當零星且分散，這也顯示了這段期間創世紀詩社及其詩人群，在傳統與民族理解上的混淆。

　　創世紀詩社的超現實主義時期的主張，可說與新民族時期完全截然相反。洛夫在《創世紀》第13期（1959年10月）發表的〈五年之後〉一文，可說是《創世紀》中首次出現批評「傳統」的文字記錄。在新民族時期中尚高唱文化民族的中國風、東方味，以抵抗紀弦「橫的移植」主張的創世紀詩社，在超現實主義時期所以產生這樣與過往截然不同的反應，誠如筆者於本章第二節所述，主要還是詩人開始展現揮別戰鬥文藝，吸收西方現代主義以成長詩藝的企圖。因此，這段期間創世紀詩人暫時丟棄傳統前進西方，並放棄繼續創作帶有戰鬥意味的民族詩，而用超現實語言包裝隱藏他們的疏離苦悶。創世紀詩人在超現實主義時期的表現，透過機關刊物以及詩選的一系列傳播下，的確引領了一股超現實主義的風潮。然而，他們比現代派更現代派，或者說，更激進的主張[72]，也使得創世紀飽歷批評，紀弦在〈從自由詩的現代化到現代詩的古典化〉一文便批評：「諸如玩世不恭的態度，虛無主義的傾向，縱欲、誨淫，乃至形式主義，文字遊戲等種種偏差，皆非我當日首倡新現代主義之初衷。」[73]雖未指明創世紀詩社，但卻對其所引領的詩風有所批判。

---

[72] 例如《創世紀》第13期（1959年10月）社論曰：「尤其現代詩之所以受到學院派（或傳統派）抨擊的另一原因是他們常以藝術的衛道者自居，而其實他們所極力衛護的卻是人性中的虛偽成分。」。

[73] 張漢良、蕭蕭編，《現代詩導讀——理論・史料》（臺灣台北：故鄉，1979年），頁29。

　　創世紀詩人開始面對超現實詩風的流弊，以及自身詩藝的再成長的問題，在1960年代中期以後，一方面釐清自己與超現實主義間的關係，例如瘂弦便說：「曾有人說洛夫和我是法國超現實主義在中國的傳人，領了別人薪水的，其實我們對超現實主義知道的不多，至少當時是如此。」[74]另一方面，也開始向中國古典傳統與現代詩融合的路子發展。

　　但是，筆者認為不能純粹以「逆反東方」的角度，解讀創世紀詩社超現實時期的主張，因為對於創世紀後期這樣中國古典傳統與現代詩融合的轉向，創世紀的超現實主義主張，實有以下兩項促導作用：

　　第一、在超現實主義時期，創世紀詩社確定了後來瀝除政治干擾，以藝術創作為主體的創作觀。當然，這並不全然意味著他們不關心現實問題。

　　第二、使他們能以現代主義的現代視角，而非崇古的態度重新接納古典傳統。

　　起先，在創世紀詩社中，這樣向中國傳統靠攏的現象，還僅是詩人個別的現象，但是到了1969年1月創世紀詩社暫時中挫營運開始，這樣對中國傳統的融合思維開始正式組織化，其例證便是此時洛夫結合羊令野、彭邦楨等人所籌組詩宗社。洛夫在夏萬洲〈夜訪洛夫，煮茶論詩〉中，曾談到他與瘂弦為何決定以「詩宗」為社名：「『詩宗』含有『現代詩歸宗』和主流的雙重意義。目的是使現代詩成為中國文學的一部分，而不應被視為旁枝或異端。……我們將創造新的傳統，來完成中國文學的整體性。」[75]而瘂弦在〈我的詩路歷程——從西方到東方〉亦言：

　　　　寫現代詩的朋友，在經過一番西化的過程後，差不多在十年以前就有現代詩「歸宗」的觀念，要把現代詩回歸到自己的母體文學裡。從早年紀弦說現代詩是移植的花朵，是從西方來的，現代詩

---

[74] 瘂弦，〈我的詩路歷程——從西方到東方〉（臺灣臺北：《創世紀》第59期，1982年10月），頁29。

[75] 見《幼獅文藝》第32卷5期，頁120-121。

是橫的移植而不是縱的繼承，到後來的歸宗傳統，不但要橫的移植也要縱的繼承，真是繞了個好大的圈子才得到的結論。[76]

從洛夫、瘂弦兩人的說詞，可以發現在1960年代末、1970年代初，創世紀詩人對於中國傳統與現代詩之間的融合上，有幾點是值得注意的：

第一、他們有意識地整理臺灣現代詩的成績，並企圖扭轉現代詩在1950年代以降，特有的邊緣、前衛、異端諸種特性，以韻文轉變發展的觀念，將現代詩回歸到中國文學史的系譜之中。

第二、他們重新主張「橫的移植」與「縱的繼承」間的調和，雖然詩壇在1950年代中期以降，這樣的調和主張便從沒中斷過，但是此時由創世紀詩人提出後，格外具有詩史意義。此時的創世紀中的主幹詩人（主要是1920、1930年世代詩人）詩齡已長，這意味著他們已累積有足夠的創作經驗，能具體貫徹他們的主張。

其中尤以第二點最為重要，這使創世紀詩社能避免新民族時期口號不及創作的弊病，此外亦能較理性地釐清中國傳統中，哪些的確能提供現代詩創作實際營養者，避免新民族時期主張過度誇大、籠統的弊病。

就創世紀詩人的現代詩學習歷程過程來看，更可以發現其實許多創世紀詩人（特別是1920-1930年世代詩人）在從事現代詩創作之前，便有接觸古典經籍的經驗。他們多在私塾教育中，完成對中國古典文學知識的啟蒙，甚至他們也研讀或欣賞了大陸早期流行的古典小說與民俗戲劇。這些中國傳統中的藝術營養未必一開始就對他們發生直接影響，但是卻在隨著他們的詩齡增長後，成為他們詩作轉型的觸媒。隨著詩人個性與吸收上的差異，他們對於中國傳統的理解，以及在詩作中實際展現的風貌也有所差異，但是他們還是有著一貫的立場，誠如瘂弦於〈現代與傳統的省思〉一文所言：「傳統，不單單靠『繼承』，它必須經過『反芻』的階段，必須花心血來尋求它底真髓，說得大膽些：真正的傳

---

[76] 同註5，頁28。

統精神就是反傳統。」[77]他們並不以在現代詩創作文本中，如擺置花瓶般擱置中國傳統的詞彙或事物為滿足，過往現代主義的歷練，使得他們更強調以現代人的立場回顧反省中國傳統。

　　此外他們與中國性的碰撞，也不僅止於在文學藝術上的融入吸收，更重要的是對於中國傳統文化的追尋與認同，亦能開解他們心理上的血性鄉愁與文化苦悶。在現代傳統融合時期中，由於創世紀詩人在語言上的放鬆，可從他們的詩作明白看出他們對中國與傳統，帶有母性的追尋與焦慮。這幾乎是新民族時期以降，創世紀詩人的伊甸園情結，他們從故鄉遷移到臺灣的軍旅經驗，彷彿離去樂園到世俗境界，因此他們在臺灣期嚮故園，或回返樂園，便成為他們早期詩作的重要命題。進入多元化時期，隨著1987年10月15日國民黨政府開放兩岸探親，創世紀詩人陸續再返中國後，一方面從他們的遊鄉詩中，可以發現他們多少化解了那心中的愁結，另一方面，也越益鞏固了他們將現代詩歸整入中國文學史的主張。這可以洛夫〈建立大中國詩觀的沈思〉做為例子，洛夫認為：

> 真正懂得傳統的人是不須反傳統，也無所謂回歸傳統的。傳統之所以被人懷疑，是因為它的可變性和可塑性太大，它只有在某一特殊時空中才會凸顯它的意義。有時它變得不見了，那只是隱伏，漸漸與其他的歷史和文化因素包括非本土性的外來因素相融合，久而久之使孵化出一種新的傳統。[78]

　　在與中國文壇與詩壇實際接觸後，很明顯的創世紀詩人持續加強了他們探索中國文學傳統的論述，期待臺灣現代詩發展的成果，能融入原本中國文學系統，洛夫所謂的「非本土性的外來因素相融合」，當然

---

[77] 同註5，頁27。
[78] 洛夫，〈建立大中國詩觀的沈思〉（《創世紀》第73、74期，1988年8月），頁22-23。

指的是臺灣現代詩發展過程中，吸取西方文學的轉化經驗。據此可知，洛夫所提出的大中國詩觀，乃是期望兩岸在臺灣現代詩發展經驗的刺激下，能「追求詩的現代化，創造現代化的中國詩」，發展現代詩的探索精神以及表達策略，共同「開創詩的新傳統」。

　　創世紀詩社的現代傳統融合論，在與大陸詩壇交流過後，可說發生了一個重大的改變，即：創世紀詩社更加認同臺灣所代表的文化中國地位，也認為在華語現代詩壇中，臺灣詩壇應該比中國大陸扮演更重要的角色。主要乃是因為比較兩岸現代文學的發展，臺灣因為政治干預（或者說破壞）文學的程度不及大陸，使得臺灣現代詩的成果明顯比大陸更為突出。因此創世紀雖追尋融合中國傳統，但卻不意味他們全然認同中國大陸所代表的文化中國，事實上，在一定的程度上，他們認為臺灣更能代表文化中國。可以說，在創世紀詩社多元化時期中兩岸交流的刺激下，創世紀的傳統現代融合論是更加強調對文化中國的追尋，以及期待臺灣經驗能予大陸詩壇正面的刺激。

二、創世紀詩人對傳統的重新詮釋與吸收

　　以上筆者探述了創世紀詩社中傳統現代融合論的發展過程，辨析了創世紀詩社的發展過程中，在1960年代進入超現實主義時期後，如何逐漸排除掉帶有政治意味的「國族論述」，在1970年代現代傳統融合時期後，更強化為透過現代觀點對中國文化傳統進行吸收與轉化。然而這樣的發展過程僅能代表創世紀詩社的大方向，事實上，由於創世紀詩社的陣容龐大，許多詩人在對中國傳統的認知及吸收上實各有體會。因此為求論述細密，筆者以下擇取在傳統現代融合上具有代表性的洛夫、葉維廉、商禽、張默、侯吉諒、楊平進行個別討論。

　　洛夫七歲時，便進入私塾，到十歲進入大陸仁愛鄉國民中心小學止，接受的是中國傳統的童蒙教育，養成他對中國傳統典籍的閱讀能力。私塾與小學求學期間，他已開始閱讀了中國傳統的小說《七俠五義》、《封神演義》、《西遊記》，十五歲進入私立成章初中後，更閱

讀《水滸傳》、《三國演義》、《紅樓夢》等中國古典小說。閱讀中國
古典小說的經驗，略微萌發他對文學的興趣以及創作的慾望，也許是這
些小說中穿插的古典詩詞，使得洛夫後來對古典詩詞產生興趣。

　　1950年代中期以後洛夫透過手抄本及圖書館等管道，大量接觸西
方現代主義文學作品，但是嗜讀古典文學的興趣顯然未曾斷絕，這可反
映在他後期以後的詩論以及詩作上。這樣的影響最早是反映在他的詩論
上，在洛夫早年的超現實主義代表作《石室之死亡》中，洛夫雖認為儘
管現代詩「在傳統文化中擔任一個背叛、魔性的角色」[79]，但是他也表
明自己對於傳統，並非是完全的離棄。他認為所謂反傳統，「並非只傳
統此一整體意義，而是指一切因襲的腐敗的阻礙生長的因素」，因此洛
夫所謂的反傳統，畢竟還是比較帶有篩選的意味。也由於這樣的態度的
主導，使得他對於現代主義的接收上，猶帶有些許的保留，甚至在解讀
現代主義以及超現實主義上，他也往往透過傳統詩的角度進行傳釋。

　　可以發現，現代主義在移植傳播的過程，至少在大陸與臺灣，總是
會受到本土因素的牽制[80]，產生在地性的調適，特別在臺灣，隨著不同
政治時間的轉化，這種調適不只在幅度上，甚至在本質上都有著一定程
度的轉變。洛夫對超現實主義的解讀正是屬於在本質上，對西方超現實
主義進行中國文化系統的詮釋。在其相關評論，如〈詩人之鏡〉、〈超
現實主義與中國現代詩〉、〈超現實主義的詩與禪〉、〈我的詩觀與詩
法——《魔歌》詩集自序〉等文，洛夫經常由以中國禪宗或禪詩衍生而
出的文藝概念，進行對西方超現實主義的比附詮釋。例如洛夫在〈詩人
之鏡〉便提到：

　　　　我們判斷一首詩的純粹性，應以其所含詩素（或詩精神）密度之
　　　　大小而定，所謂詩素，及詩人內心所產生的並賦予其作品的力

---

[79] 見《石室之死亡》自序。
[80] 葉維廉，《解讀現代‧後現代——生活空間與文化空間的思索》（臺灣臺北：
　　東大，1992年），頁3。

量，這種力量在讀者欣賞時即成為一種美的感動。純詩乃在發掘不可言說的隱秘，故純詩發展至最後階段即成為「禪」，真正達到不落言詮、不著纖塵的空靈境界。

洛夫這樣的詮釋背後，其實隱含了重回中國文藝傳統尋求詩法的意圖，這也是與五四進化史觀中，強調背離傳統的時間觀是有所不同的。考量洛夫的詮釋與傳播，就「傳真」的角度看來當然是失當的，但是就文化系統內部的創造繼承的角度來看，卻有其另一方面的貢獻。詹明信便認為：

> 在詮釋者與作品之間，在文化的詮釋者與另一個文化（本身也是一種作品）之間，每一次傳意釋意的對質，總是要帶動雙方一連串偏見和意識型態的部署：一方面，「作品」要求被了解；另一方面，詮釋者努力去吸取這一個外來的東西。……不但要消除一方或兩方的偏見這個理想無法實現，而且，事實上，不應該做這種壓制；因為我們要的正是作品中意識型態和詮釋者的意識型態的相遇。所謂「境界的融匯」，不應該解作把其間的歧異消滅來構成「一種境界」……。[81]

顯然在1960年代末，相對於西方現代主義，中國傳統文化在洛夫思想中的比重愈益增多。後來洛夫相關的詩論中，西方現代主義或者說超現實主義，在洛夫的詩論逐漸變成僅是書寫技巧的層次，而中國傳統文化則成為影響詩歌書寫的思維主體。洛夫曾自言：

> 按照我早年思想的發展過程，接受西洋的思想，尤其是超現實主義的影響，可說是非常的前衛、非常的現代。後來發展到八十年

---

[81] 轉引自葉維廉，《解讀現代‧後現代──生活空間與文化空間的思索》（臺灣臺北：東大，1992年），頁6-7之譯文。

代初期，我開始回頭，對中國傳統的文化、中國古典的東西，去重估它的價值的時候，我發現自己需要吸收的東西太多了，過去忽略的東西太多了。所以本質上，那些中國傳統裏精粹的東西，對於我後來中期到晚期創作的影響非常的大。[82]

因此在1980年代以後，洛夫已放棄對西方現代主義以及超現實主義的闡釋推廣，取而代之的是對中國傳統詩學的闡揚。值得一提的是，有別於洛夫在新民族時期企圖含括儒、釋、道三種思想，洛夫在1980年代則僅專談莊禪思想以及相關的傳統詩論，與現代詩之間的匯通。例如洛夫〈論現代詩的特質〉便認為：

純粹的詩中只有「直覺」的內容，而無「名理」的內容。可知者大都可以解說清楚，可感者大多有賴於意會，如「禪」之悟。……當我們面對一片自然美景時會由靜觀中興起一種悠然神往，物我兩忘的純粹感應，而進入一種超物之境。這種心理狀態即情景契合的境界，不是可以說得清楚的。這種「不可說」而能感悟到的真境才是詩的本質，也就是嚴滄浪所說的「興趣」，王漁洋所說的「神韻」，袁簡齋所說的「性靈」，克羅齊所說的「情趣」，王靜安則歸納之謂「境界」。[83]

由此看來，對於創世紀詩社早期提倡所謂詩的純粹性，在方法論上洛夫已放棄掉超現實主義自動書寫的說法，完全以道禪所著重「靜觀」、「禪悟」的方法，使經驗純粹化。而洛夫用所謂「興趣」、「性靈」、「情趣」、「境界」等詞彙比附，雖細究之下，可以發現這些詞

---

[82] 艾農，〈詩的跨世紀對話：從現代到古典，從本土到世界──洛夫V.S李瑞騰〉，臺灣臺北：《創世紀》第118期，1999年3月，頁56。

[83] 見《創世紀四十年評論選》（臺灣台北：創世紀詩雜誌社，1994），頁44-46。

彙彼此間未必等同，但是也可以推測到洛夫所亟力追求的純粹經驗，並非那種死寂空無的經驗，而是充滿體悟生機的經驗。

雖然，洛夫在與李瑞騰的會談中提到：「我二十幾歲，出版《靈河》詩集的時候，序裏就提到，我的思想受莊子的思想影響很大。幾十年過去了，到現在我一直沒有擺脫老莊的美學所提供的一些觀念以及表達方式。」[84]將自身對老莊道禪的吸收推至1950年代中期，但是就其創作來看，最能反映洛夫以上這樣的思考，還是洛夫1970年代中期《魔歌》以後的詩作。有別於1950、1960年代那種在政局變動中飄離故鄉惶惶不安的心境，洛夫在1970年代以後由於經濟基礎日益穩定，使得心情相當平靜，也適應在臺灣的生活，因此詩中的題材主要便是真實生活，而非《石室之死亡》中那遍佈死亡陰影的潛意識世界。例如洛夫〈金龍禪寺〉一詩：

> 晚鐘
> 是遊客下山的小路
> 羊齒植物
> 沿著白色的石階
> 一路嚼了下去
>
> 如果此處降雪
> 而只見
> 一隻驚起的灰蟬
> 把山中的燈火
> 一盞盞的
> 點燃

這首詩主要乃是洛夫遊金龍禪寺後所寫的詩作，全詩在構圖上可說相當古典，選取金龍禪寺晚鐘、小徑、石階、灰蟬、山中燈火的景物。

---

[84] 同註13，頁45。

但是洛夫此詩所以精彩，不在於他用盡各種形容詞作如實的勾勒，而是在於他用了超現實、擬人以及假想等方式虛寫之。例如「羊齒植物／沿著白色的石階／一路嚼了下去」以「羊齒」作為聯想的關鍵，將原本屬於植物靜態化的羊齒植物，予以動物動態化，這樣的連動與聯想所形成的詩意，可說並不生硬。第二段的詩句雖寫夜景，但亦極具動態感，降雪與灰蟬可說充滿「靜／鳴」、「降／起」的對照關係。因此將詩句連貫讀下，可以感受到由靜而鳴，由降而起的動態之感，也形構了動人的視覺、聽覺意象。洛夫曾經以此詩為例，說明禪詩如何實際影響了他的創作觀念：

> 影響我的觀念約有幾點：第一，就是我早期提出的看法，所謂「以有限暗示無限」「以小我暗示大我」。……第二，從中國古典詩中，學到一個很重要的觀念，就是所謂「無理而妙」的觀念，這是從唐詩這樣的傳統詩裏所得到的啟發。宋朝的嚴羽在《滄浪詩話》中講的幾句話：「大抵禪道惟在妙悟。而孟襄陽學問下韓退之遠甚，詩突出退之上者，一味妙悟故也。」……詩的妙悟、禪的妙悟，事實上講的就是那種無理而妙，就是表面上看起來不合常理，它扭曲了事物之間正常的關係，從一個散文的眼光來看，就是不通。詩的表現方法，是要突破人為的關係，超越知性的邏輯。……我寫了許多被評論家認為其有禪味的話，像〈金龍禪寺〉這首詩，就是用這種手法來表現的。這種手法表現又與當年我學習超現實主義的手法有關係。第三個，受古典文學的影響的就是「無我同一」的觀念……。[85]

　　細觀〈金龍禪寺〉，全詩勾勒三個就現實界來看顯得相當「無理」的意象，分別為：

---

[85] 同註13，頁56-57。

其一、乃是晚鐘如何可能成為遊客下山的小路呢？若用實寫，普通的寫法應該是晚暮時分，遊客在下山路上一直聽到鐘聲。但若用這樣的實寫則詩意全無，因此以超現實手法來寫，把「連綿的」晚鐘化為「蜿蜒的」下山之路，以生詩趣。

其二、乃是羊齒植物如何一路沿石階嚼路而去？換成實寫，則應該是羊齒植物沿著石階一路生長。洛夫在此乃是將「齒嚼」與「植物生長」相比附，將視覺意象用動態化、擬人化的方式表現出來。

其三、蟬聲如何能把滿山燈火點燃？金龍禪寺自然是不會降雪的，洛夫在詩裡卻將不可能化為可能，寫一隻被雪嚇著的蟬，在驚叫中亦喚起滿山燈火，所以能喚起滿山燈火。也或許可能是灰蟬的鳴叫，嚇醒了滿山的住戶，因此人們紛紛點燈察看。當然另有其他可能的推想，不過這樣引發人多種詮釋與探意，也間接說明了洛夫技巧上的成功。

綜上所述，可以發現此詩雖然「無理」，但觀其詩的文本特質，可以發現洛夫走的不是《石室之死亡》時期那樣誇奇怪誕的路子。而是在明朗放鬆的語言中，運用擬人化、超現實的技巧，輕描淡寫地勾勒帶禪趣的生活面貌，展現了洛夫進入中年以後沈穩超然的心境。但是，〈金龍禪寺〉雖然深得禪詩的技巧，但是是否傳達了禪理，似乎必須另加細究了。

洛夫進入1970年代以後，以自然景物與遊歷經驗為題材的詩作明顯增多，這類詩作如〈邊界望鄉〉等的最大特色，便如同〈金龍禪寺〉一般，從實際表象中尋找其他關聯經驗，將之無理化、深刻化。雖未必傳達了怎樣的禪理，但是的確讓洛夫成功地超越了1960年代的自己，塑造了另一個與過往迥異的風格。

不過，1970年代以後，洛夫在嘗試傳統與現代融合上，創作最多的還是改寫古典文本的作品。這類改寫作品大多以古詩詞、小說、神話為對象，例如改寫王維詩作的〈山居秋暝〉、李白詩作的〈床前明月光〉，以及杜甫詩作的〈車上讀杜甫〉，甚至也不乏與傳統詩人對話的〈與李賀共飲〉，以及改寫《莊子》中的故事等等。在《創世紀》復刊的第30期（1972年9月）上，洛夫承續其在詩宗時期的看法，在該期便

發表了〈長恨歌〉一詩，正有向詩壇展現自身詩風轉向的用意。檢視洛夫自《無岸之河》到《魔歌》、《釀酒的石頭》、《月光房子》、《隱題詩》、《漂木》中的詩作，可以發現處理傳統與現代融合的問題，始終是1970年代以降，洛夫在詩藝追求上的焦點。然而洛夫在處理古典題材上，雖然都盡量要求以現代人新的視角賦予新的詮釋，但是平心而論，卻未必首首都能達到這樣的標準。

　　儘管如此，我們卻不能否認洛夫在這方面的努力，換一個角度來想，有時這些未能體現現代意義的詩作，卻未必是失敗之作，而是詩人藉以傳達一些古今不變的價值，例如洛夫的〈愛的辯證〉便是這樣的作品。洛夫的〈愛的辯證〉為一題二式之作，在詩前洛夫摘錄了莊子〈盜跖篇〉的一則故事：「尾生與女子期於梁下，女子不來，水至不去，抱梁柱而死。」洛夫在式一「我在水中等你」寫到：

　　　　水深及膝
　　　　掩腹
　　　　一寸寸漫至喉嚨
　　　　浮在河面上的兩隻眼睛
　　　　仍炯炯然
　　　　望向一條青石小徑
　　　　兩耳傾聽裙帶撫過　草的窸窣

　　　　日日
　　　　月月
　　　　千百次升降於我脹大的體內
　　　　石柱上蒼苔歷歷
　　　　臂上長滿了牡蠣
　　　　髮，在激流中盤纏如一窩水蛇

　　　　緊抱橋墩
　　　　我在千噚之下等你
　　　　水來我在水中等你
　　　　火來
　　　　　　我在灰燼中等你

　　由此詩可以發現，此詩的素材雖然摘引自《莊子》，但是顯然洛夫所要藉此傳達的便非莊子哲理的層面，而是那戀人彼此間令人動容的愛情信諾。洛夫在式一中乃是透過詩人自身的想像，傳達尾生在橋下被淹沒之時，心中的那份為愛情而死的心情。因此全詩乃是以第一人稱（即尾生自言）的角度來書寫，為了抓準尾生的語態，在詩語言上帶有古典語的美感，詩語在鍛鍊上明顯以四字詞、二字詞交叉運用，來形成語感節奏。在四字詞方面有「水深及膝」、「蒼苔歷歷」、「千噚之下」等，二字詞「日日」、「月月」等，特別在疊字詞上的運用都使全詩帶有傳統詩特有的韻律。另外值得注意的是，洛夫在擬寫尾生上的細膩程度，例如首段寫水從尾生的膝淹至喉嚨，又從喉嚨掩到眼睛，最後用「浮」這個動詞生動地描寫尾生的眼睛與耳朵，如何癡癡地凝望傾聽岸邊佳人的消息。當然全詩還是運用洛夫特有的想像與比喻，例如日月在體內的升降，水中浮髮如水中亂蛇等等。由此可發現，包括洛夫在內的創世紀詩人在對古典的吸收上，有時未必是哲理上的吸收，或是題材上的抄襲。而是透過重新塑造素材，或以現代觀點重新闡釋古典，成就另一種詩人所欲傳達的主題；或者另就古典中隱而未發的意旨，以現代詩的形式重新挖掘出來。

　　此外，洛夫的〈車上讀杜甫〉，也是出入古典文本與現代現實世界的佳作。洛夫在車上讀杜甫的〈劍外忽傳收薊北〉一詩，將坐在公車上繞行台北的自己，透過閱讀杜甫詩作為媒介，對比杜甫生命中的放逐歷程。詩中對比呈現了兩個古今詩人間在心情上的差異，一方面是杜甫聞官兵收河南河北，歡欣地便向洛陽下襄陽，一方面則是洛夫自己卻坐困在台北的巷弄街道裡，搭著公車在洛陽路與襄陽路間荒謬地往返，呈現

自己被時代逐離的落寞情緒。這樣的書寫強烈諷刺了當時國民黨政府只能透過在台北與大陸城市地名同名的台北街道，在台北城內濃縮對整個中國版圖的想像。而詩人也僅能透過杜甫的放逐詩，在虛實互寫中，對種種中國地名符號投注想像，完成血緣地圖與現實地的往返。

　　葉維廉在傳統與現代的融合上，若與洛夫相較可說有其同處，亦有其異處。以葉維廉為例，他自己吸取了五四的反叛精神，以一種顛覆性的精神進行創作，在初期他的詩歌充滿實驗性，在音樂和意象上展現雄奇沈鬱的風格，體式命題亦極為宏大。然而正如葉維廉自言「我從繁音複旨衝出來，首先是頓覺自己困在這個鬱結太久了。」、「……我很高興讓他過去了」由於企圖脫離沈鬱悲涼的情緒主導下，使他的詩歌美學系統向兩個路向發展，其一是思維向道家美學推移，尋找現代人在現代工商業文明迫害下，如何維持自然本性的方法。其二，則是以透過西洋與中國傳統詩的比較，探索現代詩的語言與形式。

　　葉維廉所以會產生以上兩個方向的探索，乃是在創世紀前行代詩人群中，葉維廉的生命路向與其他軍旅詩人不同，他擁有軍旅詩人一般的流離性，但是其留學生涯，使他不只經歷臺灣，更經歷美國。學術志業的探索，使他相當早便觸及中西詩學的比較問題。他自身比較文學的學術背景，在對比西方強調指示性語言後，使他更珍惜中國傳統中非指涉性的詩語，葉維廉在〈中國古典詩與英美現代詩語言與美學的匯通〉，曾列舉中國傳統詩與西洋現代詩間相匯通之處，包括：

(1) 用非分析性和非演繹性的表達方式求取得事物直接具體的演出。

(2) 空間的時間化和時間的空間化導致視覺事件的同時呈現，結果是空間的張力，繪畫性和雕塑性的突出。

(3) 靈活的語法和意義不決定性帶來多重暗示性。

(4) 不求直線追尋，不依因果律而偏向多線發展、多重透視和並時式行進。

(5) 用連結媒介的減少到切斷來提昇事象的獨立性、具體性和強烈的視覺性。

(6) 兩種詩雖有程度和詭奇度的差別，都設法使說話人的位置讓及讀者，讓讀者（也許是觀眾）參與美感經驗的完成。

(7) 以物觀物。

(8) 蒙太奇的應用來構成疊象美（這個觀念本來就是從中國六書中的會意字發明出來）。

(9) （在西方較少但也有嘗試的）自我的隱散，任未經界分整體萬變萬化的生命世界呈露。[86]

從他意見（特別是第8、9點）中，可以發現他強調中國古典詩在部分藝術實驗上，比西方更早也更自然地完成某些藝術理念的探求與展現，這樣的論述成果影響了他1970年代以後的詩作語言的形式。雖然，筆者在本章第二節對葉維廉的研究中，便已點出他早期的詩作中，有著向古典文本汲取詞彙意象的狀況。但是基本上，1950與1960年代的葉維廉整體風格，還是比較偏向以西方表達技巧為主，誠如其自言：

> 很多人都認為我早期的詩比較西化。這句話一半是真的。因為傳統的詩短和比較簡單，而我的詩比較複雜，我既是承繼新詩的傳統下來，我仍然採用敘述性，但我敘述的形態跟他們不同，如用很複雜和多層次的表達，如果說這不是跟西洋的表達方法有一點互通聲氣，那是騙人的，到底傳統的詩並不是這麼複雜呵。事實上，當時我想嘗試能不能將西洋和傳統的表達手法構成一種新的調和。以「賦格」為例，個別意象的構成和傳統的關係很密切，但整體交響樂式的表達卻接近西洋的表達方法。[87]

但是在1970年代以後，葉維廉詩技巧中已轉而向中國傳統詩的領域探求，其中最大的改變是，他在後期詩作形式上明顯精簡偏短，在意象使用上也不刻意尋經覓典，而強調從自然物象中勾勒意象。此外，由於

---

[86] 葉維廉，《比較詩學》（臺灣臺北：東大，1988年），頁27-85。

[87] 見葉維廉，《三十年詩》（臺灣臺北：東大圖書公司，1987年7月），頁564。

葉維廉身處在美國，在比臺灣更先進的工商業情境中，既使他在傳統與現代之間感受到「被迫承受文化的錯位」，亦使他感受到人性在現代社會中的被物化與異化。為面對這兩個問題，葉維廉開始向道家思想以及傳統詩中所呈現的自然完滿境界進行探求，這樣的方向雖與洛夫有些類似，但是葉維廉卻不以禪詩、禪趣作為他的發展方向，而是在理論學術的支持下，在精神上襲取道家的言意、自然美學。企圖在傳統詩與現實切斷的生活中重建文化的諧和感，讓現代人可以重新沐浴生根在古典美感經驗中。[88]因此葉維廉認為：

> 中國古典詩，尤其是道家影響下的古典詩中所提供的「物各自然」「依存實有」「即物即真」的美感意識，幫我別除了「因語造境」的若干毛病而復歸「因境（而且是實境）造語」的路線上；再其次我已經較少游疑於歷史的時空，那「望盡天涯路」的時空，因為我對臺灣這個地方已經寄情日深，而慢慢的轉向對她的描模。[89]

明顯可以展現，他企圖在語言中展現對道家「自然」的要求，因此1970年代以後，葉維廉自身的詩語言革命，不是追求更晦澀更怪異的語言表現，而是改造語言，讓詩自然化並適應新的當代文化情境。因此他認為「一首詩應該把意象、語字、述義處理到一個程度，讀者閱讀時，根本不曾覺得有意象、語字、述義的存在；傳統中所謂『渾然』，亦即藝術化作自然之意，好比我們一覽群山，感到的是自然而臥的全景氣象，而非注意構成該氣象的每一個獨立的山頭。」[90]也許在這樣理論刺激，使得他的現代詩作在實踐上，形式也越趨精簡，並略帶有圖像性，

---

[88] 葉維廉，《春馳》（大陸香港：三聯，1986年10月），頁181。

[89] 同註18，頁5。

[90] 見葉維廉，《秩序的生長》（臺灣臺北：志文出版社，1974年）。

音感上也帶有傳統詩特質。以下筆者即摘取葉維廉1970年代以後的現代詩文本，作進一步的分析。

葉維廉在1970年代《醒之邊緣》（1971年12月出版）中的詩作，已經開始展現了他對過去沈鬱氣息的轉離，中間經過1980年代《春馳》（1986年）等詩集的承續，一直到1990年代的《移向成熟的年齡》（1993年4月）都多少展現了以現代語言表達道家，以及傳統詩的深遠境界的企圖。這並非意味葉維廉在1970年代以後詩風的一成不變，而是說明現代詩在與傳統詩以及道家思維相融合上，有許多值得努力以及展現的命題。具體來說，例如〈愁渡〉的詩中，葉維廉便使用了許多傳統詩的句法。特別是第四曲中便採用了杜甫詩的迴響效果，用以傳遞那種特有的心境，葉維廉認為在轉用古詩上，不一定要像艾略特那樣將古詩作為典故加以引喻。讓我們看看〈愁渡〉第四首，葉維廉怎樣形構那音感：

　　（前略）
　　走出這沉沉的
　　　　沉沉的
　　　　　黑夜
　　冷冷長江水
　　湛湛故人情
　　凝　凝而復動
　　睡　睡而著醒
　　默　默而成聲
　　也許我可以邀你
　　穿雲踏夜
　　而躍騰

　　　　——1980.8

　　葉維廉連用了兩次「沉沉的」，最後才點出「黑夜」，使人感到黑夜的深長無奈，而「冷冷長江水／湛湛故人情」採用古詩特有的五字句，兩者並排在典雅中傳達含蓄的情感。而下面各點出凝、睡、默三種情態，但是卻「凝而復動」、「睡而著醒」、「默而成聲」，不只在構句節制無謂的詞彙，更展現輾轉矛盾的細膩心理。因此可以發現，葉維廉相當注意運用傳統詩的特有的五字、四字句，以及疊字詞來形構一首詩的音感。

　　除了杜甫外，傳統詩及詩人中，其實以王維對葉維廉的影響最多，葉維廉不止一次以王維的〈鳥鳴澗〉為例，表述他後期的詩學理論，在創作上葉維廉亦曾言：「我後期的詩在聲音的試探上，從王維的詩中獲益最多。」[91]例如葉維廉在〈著花這個事實〉一詩寫到：

> 說尋常
> 卻不尋常
> 我沒有理由
> 像王維那樣
> 向初識的你
> 問：
> 木蓮著花未？
> 當你帶著我穿城而馳
> 一個我當年未識的城市
> 一個我猶待認識的城市
> 彷彿一切都不重要
> 只要那花
> 從長長冬天覆蓋的記憶中
> 爆放開來

---

[91] 見註18，頁9。

狂暴的風

把路旁溶雪後

初發的微綠壓倒

萬柱

無葉的黑枝

奮然伸向沈灰的天空

也許這就是為什麼

著花這個事實

是那麼重要

當這個城市的繽彩

溶失為一張底片

轉黃、焦滅

而逐棄

（後略）

　　本詩以王維詩中「木蓮著花未」一語為起頭，透過這樣的探詢以抒情筆調探討美的存在價值。葉維廉彷彿在辯證「著花」這個事實重不重要，在工商業都市叢林中，花開不開顯然根本不是件重要的事，因為這幾乎不影響社會的秩序與利益，但是葉維廉在詩中對那個陌生城市唯一惦念的，卻正是花開還是沒開這個事實。在這裡「花」不只是用以寄情，更表達詩人對美與生命價值的看重，所以詩人首段鋪寫了花突破風雪壓抑而「爆開」的生命力，此段也描寫了綠葉如何「壓倒」光禿黑枝向沈灰的天空生長的生命力，以此回答首段前的探問。在此詩中自然與文明間是一種對抗的關係，因此葉維廉使用了「爆開」、「壓倒」等激烈的動詞，正表現了他道家自然的思維，企圖從工商業文明的箝制當中，尋回人自然本性。除了〈著花這個事實〉外，葉維廉的〈蕭孔裏的流泉〉也表達了這樣的思考，葉維廉這樣寫下：

鳥鳥鳥鳥
一片織得密不通風的鳥聲
隨著朝霞散開
透明便肌膚似的
延伸開來

瀑布一瀉
瀉入洗衣洗菜洗肉洗化學染料洗機身車身的
一片密不通風的馬達的人聲
人人人馬達馬達人人人馬達人
響徹雲霄

　　這首詩主要是透過前後兩段對比的方式，表達詩人對工業文明的諷刺。首段寫自然中帶有美感的鳥聲，這裡的透明向肌膚延伸，傳達的是人心靈的舒展，然後詩人突然便開啟下一段，寫到了城市中那像馬達般煩躁的人聲，因此前後兩段可說是「淨」與「污」的對比。葉維廉此詩值得注意的是在技巧上，使用了傳統詩特有的疊像技巧，首段首句「鳥鳥鳥鳥」非贅詞也，而是利用鳥的並置，表達群鳥紛飛的形象美，而次段中「人人人馬達馬達人人人馬達人」則是透過這樣的重複並置，表達那種擁擠繁雜之感，而將人與馬達並置也表達了人與馬達間的互喻，諷刺人的物質化以及被污濁化。

　　以上〈著花這個事實〉、〈蕭孔裏的流泉〉兩首詩，無論是前者的抒情，還是後者的譏諷，都屬於展現企圖從城市文明中超脫，進一步探詢人自然生命美感的詩作。向道家哲學遊移的葉維廉，在1970年代以後的詩作中，更多的是直接進入風景本身的風景詩，除了因為葉維廉本身喜於遊歷的個性外，主要還是期望透過詩人自我向自然探索的過程，帶給讀者純淨的，免除工業污染破壞的情性。綜上所述，可以發現早期葉維廉主要處理軍旅詩人一般的流離命題，而進入傳統現代融合時

期後，他的路向則向道家美學靠攏，並汲取傳統詩的長處，追求人性自然，以及詩中不被名理干擾的真純視境。

在傳統與現代的融合上，商禽有別於葉維廉在後期在形式上轉換，則持續保有了其在超現實主義時期特有的風格，一方面持續運用其慣用的散文詩型式，另一方面則持續運用超現實的意象傳達詩意。他主要的改變主要還是在題材上，開始從古典典籍中尋找題材，而所勾勒的超現實意象，則排除掉早期那晦澀、拘禁、暴力驚悚的意象特質。例如他的組詩〈封神三章〉：〈池塘〉（枯槁哪吒）、〈水田〉（申公豹之歌）、〈山谷〉（張桂芳效應）、〈大地〉（土行孫告白）、〈火焰〉（馬善疑點）皆是透過散文詩型式，將《封神演義》中的人物改寫，或者說，應該是以其中人物的口吻情態，述說商禽自己的生命經驗。例如〈池塘〉（枯槁哪吒）中商禽寫到：

> 從污泥中竄長出來，開過花也曾聽過雨。
> 結果。終還要把種子撒到污泥中去。
> 唯有吃過蓮子的人才知道其心之苦。
>
> 父親和母親早已先後去世，少小從軍，
> 十五歲起便為自己的一切罪行負完全的
> 責任了。這就是所謂的「存在」。儘餘
> 下少數的魂、少數的魄、且倒立在遠遠的
> 雲端欣賞自己在水中的身影。
>
> 深秋后池塘裡孑然的一支殘荷。
>
> ——1987

在這首詩中哪吒與商禽的影像可說是相互疊合的，哪吒的叛逆性格或許出自天性，但是商禽的獨立性格卻是時代造成的，所以商禽雖

與哪吒一般少小從軍，然而其中卻含蘊著深沈的無奈。商禽寫到「從污泥中竄長出來」的自己，其實帶有著許多同情，自己儘管尚能夠在污濁的俗世（池塘）中，成全自己如蓮花般的藝術心靈，但卻也不堪時間的摧殘，儼然如「深秋后池塘裡孑然的一支殘荷」了。因此詩雖以哪吒為題，但是寫的是商禽自身的流離生命，這也是散文組詩〈封神三章〉大致的脈絡。由此可以發現商禽在現代與傳統的融合上，主要展現的是從古典中找尋題材，以為自己現實生命發聲的特性。除了在題材上有了新的變化，在詩語言上商禽注入了1970年代以前未有的風格。試看商禽的〈無言的衣裳〉：

> 月色一樣的女子
> 在水湄
> 默默地
> 搥打黑硬的石頭
>
> （無人知曉她的男人飄到度位去了）
>
> 荻花一樣的女子
> 在河邊
> 無言地
> 搥打冷白月光
>
> （無人知曉她的男人飄到度位去了）
> （後略）
>
> ——1982

這首詩作以三峽浣衣女「搥打冷白月光」為核心意象進行發展，有著商禽在《用腳思想》以前的詩集中難得見到的特性，例如僅營造一單

純的意象，語言合於邏輯性，描述的也是單一的時空，而不同時跨越各種時空，展現的可說是現實圖景，而非超現實那種帶有詭譎氣氛的超現實空間。甚至也運用到了台語書寫，是創世紀詩人中少數嘗試運用台語入詩（儘管非全首）的作品，因此無論是對商禽自己，還是其所隸屬的創世紀詩社而言都是極為難得的。

　　本詩以極具傳統美感的擣衣女為題，通常這樣題材的詩作，馬上會令人聯想到李白的〈秋歌〉：「長安一片月，萬戶擣衣聲。秋風吹不盡，總是玉關情。何日平胡虜，良人罷遠征。」一詩。商禽在此詩則用現代詩語為這傳統題材，投注了新的美感，商禽不寫擣衣女如何辛勤地擣衣的勞苦姿態，卻寫擣衣女默默地在水湄，搥打水邊石頭和河中月光的情景，營造了極具古典美感的詩境。此外，在分段處的設計上，以括號內的閩南語追問其良人何處，使得全詩更有著鄉土現實的真純美感。中間雖穿插閩南語，不僅不會產生協調，事實上以「無人知曉她的男人飄到度位去了」比起「沒人知道她的男人飄到什麼地方去了」，反而將台語歌謠文學特有的飄搖哀愁的情緒，注入本詩當中。商禽這樣的探詢雖未必像李白〈秋歌〉般，意指她的男人從軍去，但卻傳達了另一番男人漂泊流蕩的意味。而透過女子在河邊擣衣，傳達了在日常生活中的寂寞等候，比起描寫女性在枯守樓台閨閣的那種等待，更加真實而有深度。

　　以上探述的是創世紀詩社中1920、1930年世代詩人，在現代與傳統融合上的表現，以下筆者則嘗試以楊平與侯吉諒為例，檢視創世紀詩社中1950年世代以後的詩人，對於中國傳統的吸收上有什麼表現。

　　楊平最早的詩作明顯帶有中國古典的氣氛，在他第一本詩集《空山靈雨》的後記中他的幾段自白，可以發現他這樣的特質展現是極其自然的，他寫到：

　　　　自幼，對充滿古典情趣，尤其以大自然風物為背景的文藝作品，
　　　一直有著說不出的喜愛。……我有一位十分喜好旅遊的父親他心
　　　慕陶淵明，五古詩風亦頗神似……喜歡文學藝術，再加上對詩詞

的偏愛，種種結合起來，使我走上創作之路，很自然，也影響到
創作風格。最令我關心，也最嚮往的渴望的，不僅是寫出好詩，
更是有著古典風味的好詩！像余光中的「蓮的聯想」、鄭愁予
詩選中的大部分作品、方旗「哀歌二三」中的若干詩、溫瑞安
的「山河錄」、和周夢蝶的禪趣詩，近乎這類氣質，卻必須有自
己的面目！[92]

　　他吸取的營養很自然將他初期的詩作，導入了中國古典文學，特別
是明清性靈文學的意境當中。瘂弦在〈回到中國詩的原鄉──楊平「新
古典」創作試驗的聯想〉中，雖為楊平取了新古典的封號，並點出他詩
作有著「小詩的形式」、「風雅的意境」、「中國傳統生活情調和審美
趣味的探求」、「古典文學語言的重鑄和再造」、「山水自然的靜觀與
感悟」、「東方哲學（禪學）、理趣的表現」、「古典秩序和現代生活
的衝擊」七個特點。[93]但是從今天的角度來看，細觀楊平初期的詩作，
畢竟還是走不太出中國傳統的影子，許多的詩作仍流於傳達傳統中的文
人情緒，而與所徵引的古典文本間，保有太多模糊不清的地方。
　　在《空山靈雨》中，可以發現楊平的詩作，有別於創世紀早期詩人
普遍吸收的唐詩、禪詩、古典小說文本，他則是主要大多受到清代文人
的小品雜記的影響，例如〈寺名業報──題壁〉，乃是受到張潮《幽夢
影》影響，〈道情〉則是受到李慈銘《越縵堂日記》的影響，以下筆者
將三首詩作摘錄於下為證：
　　〈寺名業報──題壁〉：

花　不可無蝶
石　不可無苔

---

[92] 楊平，《空山靈雨》（臺灣臺北：聯經，1987年），頁153-154。
[93] 見瘂弦、簡政珍主編，《創世紀四十年評論選：一九五四──一九九四》（臺
灣臺北：創世紀詩雜誌出版社，1994年），頁225。

蒼蒼的喬木
不可無藤羅糾結嘯風助興
人，之為人
不可無癖　無欲　無情！

一切有為法──
佛曰：業報亦如電

〈道情〉：

（前略）
山陰道上、落花亭畔
悠悠然　晶晶然　栩栩然
溶溶我心後
──個中趣味
一若小雨叮叮的打點于丘壑塊壘
夫子曰：此樂非但醉人
兼可入道

　　可以發現以上詩作，其病在於過度裸露地使用古典的材料，或許是因為楊平浸淫領會古典之深，有時把古人之文言，直接當成了詩語使用，使得他在《空山靈雨》中的詩作，比較類似於明清分行小品文，而不是現代詩。此外，他的題畫詩作〈南國風情畫──古代〉[94]、〈行到水窮處──觀畫〉等，可以發現楊平在凝視畫作的同時，其視角所含蘊的還是一種仿古典或進入古典的心情，因此他的題畫詩中勾勒的詩境，與畫中的畫境並沒有太大的差異。

---

[94] 此詩乃是楊平觀倪瓚畫，用畫家黃公望、小說家古龍的筆法所寫，見該詩後記，載錄於楊平，《空山靈雨》（臺灣臺北：聯經，1987年），頁79-80。

　　楊平《空山靈雨》書末附有詩集中各詩創作時間表，例如〈忘言〉一詩署民國「63.12.27」作，民國「75.12」修改；〈道情〉一詩署民國「75.10.4」作；〈寺名業報──題壁〉一詩署民國「75.10.10」作。從《空山靈雨》最早寫於1974年12月3日的〈古意〉到寫於1987年1月3日的〈南國風情畫──古代〉，可以發現在1970年代初到1980年代中期，楊平的詩風大抵都是呈現這樣濃厚的古典氣氛，而難以看到其專屬的風格。這樣的問題可說是詩人在學習時期，難免會遭遇到的問題，楊平自然也有所自覺，在他後來的詩集《我孤伶地站在世界的邊緣》則明顯飛越了這到中國傳統的障礙。而從古典走出去的楊平，也才開始真正展現了他特有的詩語特質。楊平這樣的改變也反映了創世紀詩社，乃至整個詩壇中，臺灣戰後世代詩人（特別是1940年世代以後）對中國傳統吸收與出走的現象。

　　創世紀詩社戰後世代詩人中除楊平外，侯吉諒是另一個在詩作反應了現代與傳統融合問題的詩人。侯吉諒早期在1970年代末1980年代初學詩經歷，主要受到1970年代洛夫與余光中的影響[95]，因此詩作明顯從中國古典中挖掘體裁，傳達江湖豪俠的意境。在他詩歌學習時期的階段，與楊平一般，古典就是古典，除了使用現代白話書寫外，其實與現代毫不相關。然而，正如侯吉諒在《城市心情》詩集中的〈我的寫作因緣及歷程〉提到，1985年12月於《創世紀》第67期發表〈抽煙〉一詩之後，從此詩風大幅轉向現實題材。[96]自此以後，處理傳統與現代間的落差，的確成為他詩作最主要的題材，在初期這樣出入古今的詩作，使侯吉諒的詩，帶有臺灣現代詩中少有的幽默感，例如〈風雨夜讀東坡〉：

（前略）
風雨之外，蘇東坡仍仰伸張嘴
躺在書桌上

---

[95] 侯吉諒，《城市心情》（臺灣臺北：漢光，1987年6月），頁94-95。
[96] 同前註，頁97。

故國神遊，多情應笑我
那一夜──
捲起千堆雪的拍岸驚濤
已翻過許久，用銅紙鎮壓著
銅雀台上的小喬才剛剛
探身出來，從珠編的垂簾
臉上的春意
猶羞紅似輕掩嘴角的粉色水袖
只是公瑾當年的雄姿
碰上倏來急往的車聲
已經萎縮三分，到底羽扇太輕
搧得出瀟灑卻揮不掉
塵土飛揚的懸浮粒子
倒是錄影帶還可證明
江山的確如畫，更何況
關稅降低之後家電便宜許多
大螢幕電視已非奢侈
尤其AV端子的畫面清晰異常
再也不必擔心
大江東去的消息曖昧如風
風中會有太多的雜訊干擾
無論如何，終究夜已深了
淺睡的夜裡有失眠的夢
夢中的東坡仍在江邊對月喝酒
酒中的雨勢酣暢淋漓
奔放有如剛剛寫好的草書念奴嬌[97]

---

[97] 該詩發表於1987年9月18日《中央日報副刊》。

　　侯吉諒在此詩形構了三個空間，第一為在宋代寫〈念奴嬌・赤壁懷古〉的蘇東坡，可說是引用文本的作者空間。第二為〈念奴嬌・赤壁懷古〉中三國的周瑜與小喬，可說是引用文本內的空間。第三則為現代社會，乃是詩人（侯吉諒）所處的現實空間，三個空間在詩人的夢裡，穿插出現與並現，產生現代傳統間的矛盾。就寫作手法來看，通常以引用的文本（例如古典詩人的作品）作為創作的題材的詩人不在少數，不過大多僅止以現代詩語，將引用文本作另一種感興式的文本「翻譯」而已。對照之下，本詩的特點便極其明顯了，一方面詩人侯吉諒勇於處理以引用文本為核心的其他空間層次（即上述分析的三個空間）；另一方面便是全詩的詩行在此三個空間的跳躍帶動，完全不露痕跡，不見生硬之感，並從幽默到荒謬的趣味之中，傳達詩人的深刻諷刺。

　　詩中以輕拂羽扇的周瑜為關鍵點，帶出現代社會中的電視機，侯吉諒進而將蘇東坡的〈念奴嬌・赤壁懷古〉的詞境，放到有著AV端子畫面的電視上「放映」。電視機這個視角，其實正是現代社會的工商科技的視角，在這樣務求效率、直接、功利的視角下，東坡的詞境一下子「清晰了起來」，詞境中的曖昧、滄桑的歷史感也立刻蕩然無存。這樣的「現代感」對美感經驗的戕害，其實正是現代主義批判現代社會商業機制的命題之一，只是詩人在此，結合了他一貫擅長對古典文本的詮釋功夫，在表現上特見其獨特之處。

　　進入1990年代侯吉諒在《詩生活》中卷丁「書法新寫」亦對傳統現代的調合上有新的嘗試，在其獲得一九九二年時報文學獎新詩評審獎的〈如畫──讀江兆申先生水墨〉中，所處理的同樣是將傳統美感融入現代生活的問題。《如畫》可說是典型的讀畫詩，但是有別於上述楊平將自身投入畫境，侯吉諒則採取了〈風雨夜讀東坡〉的方法，積極地將自我與畫視為兩個主體進行彼此的對話。詩人在《如畫》一詩中的對話對象為「江兆申先生水墨」，侯吉諒本身便是直接向國畫大師江兆申學畫，因此更能直接瞭解江兆申的畫意。評審委員陳黎稱：「這首詩寫現代人對自然的想望，藉著一張山水畫的過程，描繪出大隱於市的現代

人，如何經由藝術和想像尋找現代的桃花源。」可說點出侯吉諒此詩的精神，因此與楊平早期的題畫詩相比，侯吉諒的題畫詩在出入畫境之間，更有著他現代人的現實立場，也帶有更多的反省。不是僅將自己全然投入畫境之中，而是嘗試透過詩將畫境帶入現代人的生活，這樣的策略與葉維廉是頗為類似的。侯吉諒透過此詩表達了他對古典美感如何在現代社會中續存的關懷，也可以發現在處理現代與傳統上，侯吉諒採取的是向現實逼近的策略。

　　綜合以上的敘述，可以發現創世紀1920、1930年世代詩人在進入傳統與現代融合期後，大多都能以其過往創作成績為基礎，尋求與傳統相溝通的創作進路。就形式上來看，這展現在他們這個階段中，詩語向古典詞彙擴張，以及詩作素材向古典延伸。當然，更重要的是，他們在精神內容上，已能重回中國文化精神的領域之中，並藉此與自身的現實生活尋求一種呼應。例如葉維廉的詩中，企圖藉道家自然思想，補足開解在現代社會中人類那受限的精神心靈，至於洛夫、商禽的詩，則透過中國古典材料，表現自身的放逐生命以及臺灣社會生活。相較他們在超現實主義時期的創作思維與表現，明顯有極大的突破。

　　而創世紀1950年世代以後的詩人，在傳統與現代融合時期，由於多數創作正在起步階段，因此部分詩人尚難在傳統題材中建構自我獨特詩質，但是他們也之中如侯吉諒等，卻已能慢慢地運用活躍的創意，將古典題材作進一步地運用，為自身所關注到的臺灣社會現實服務。

第四章

笠詩社的現代詩典律
建構

第四章　笠詩社的現代詩典律建構

　　筆者在本章將深入探述笠詩社現代詩典律的建構過程。

　　在第一節中，筆者主要探述日治時期臺灣新文學傳統，在文化運動與文學運動交互影響下如何生成，其中所呈現的臺灣意識，又具有哪些內涵，進而促使戰前臺灣新詩展現了什麼樣的典律特質。而此時，笠詩社中在戰前已開始投入詩創作的笠詩人們，他們的實際創作又如何具體反映這些特質。

　　在第二節中，筆者將分「1940-1960年代」與「1970年代後」兩期，觀察笠詩人如何在1949年以後，臺灣特殊的社會情境的轉換中，據守其詩社場域，透過文本創作與文學主張，呈現他們由鄉土而本土的意識發展。

　　在第三節中，筆者將討論分析笠詩社典律的系譜論與創作論的問題。在系譜論中，筆者將以陳千武的「雙球根說」為基礎，探討笠詩社詩人如何重建臺灣新詩的發展成果，以抵抗1950年代以來，臺灣戰前新詩普遍受到忽略的現象，並確建臺灣現代詩壇中現代主義與現實主義的系譜源流。在創作論中，筆者將探述笠詩人群在創作上，所反映的新即物主義的技巧特質，以及背後所牽涉到創作論的相關問題。

第一節　日治時期的新文學傳統

　　第二章分析笠詩人的詩人構成時，可以發現笠詩社中的1920、1930年世代詩人，不僅在數量以及在社中的地位，都相當重要。特別是笠詩

社的社群結構相當緊密，各世代詩人間在詩觀，乃至於政治觀上的傳承現象，可說極為明顯。是以就影響論的角度，追溯笠詩人詩學特質的源頭，自然可以發現笠詩社與臺灣日治時期的新文學傳統間，有著密不可分的關係。因此在探究笠詩社的現代詩典律建構這個問題上，追探日治時期臺灣文學傳統的形成，以及如何影響當時尚處在詩作學習時期的笠詩社1920、1930年世代詩人，便成為重要的問題。

　　為釐清以上的問題，筆者首先在本節第一部份，將探述日治時期臺灣意識的形成，觀察在日本統治下的臺灣人，所展現的臺灣意識特質，以及知識份子進而所發展的文化、文學運動。藉以觀察在這樣臺灣意識主導下，臺灣日治時期所形成的文學傳統，以及所關注的主題與成就的特質。在本節第二部分則將焦點集中在日治臺灣詩壇，探討詩人如何透過漢語與日語創作，展現自身的文學關懷與趣味。特別是日治臺灣末期，即1930年代末1940年代初，在這樣特殊文學大環境下，臺灣省籍的笠詩人開始正式站上了臺灣現代詩的舞台上，包括了巫永福、陳千武，以及銀鈴會系譜等詩人，在這段期間其詩作所受的影響，及他們在臺灣光復初期努力跨越語言障礙的現象，都將是筆者欲作深入探索之處。

一、日治時期的臺灣意識

　　臺灣意識為居於臺灣之族群的潛在意識，此意識具有空間觀性質，以臺灣為基點，向中國、世界輻射，隨不同個人乃至族群的差異，對臺灣、中國、世界有不同的詮解與價值觀。主導臺灣意識的衍變，不僅止於外在政治經濟環境的影響，更會隨著臺灣內部族群的增長與融合，而有所轉變。進一步來看，臺灣意識的內涵與轉變，在1949年以前，可以分為以下兩期：

　　(1)　明清時期，臺灣意識單純地僅為中國地方意識，基本上其內涵為內部各族群的祖籍、血緣和語系上的認同，例如「漳州意識」、「泉州意識」、「閩南意識」、「客家意識」等。

(2) 日治臺灣時期，臺灣意識超越族群，展現的是被統治的臺灣內部各族群，集體地對日本統治政府的抵抗性，此時臺灣意識不只是民族意識，更與階級意識相結合。而民族意識的內涵，其對中國的「文化認同」遠大過於「政治認同」。

臺灣意識所以在日治時期產生這樣的轉變，最直接的原因當然是在日本殖民下，感受到社會、經濟地位上的不平等所致。日本治台之初，即實行高壓統治，以肅殺為手段，平定臺灣各地義勇軍的武裝抗爭，將臺灣變成一個充滿殺戮的地獄。大正九年，日本臺灣總督法務部編纂的《臺灣匪亂小史》中，統計北埔事件、林圯埔事件、土庫事件、苗栗事件、六甲事件、噍吧年事件等抗日事件，在明治34年（即西元1901年）以前，一共逮捕8030人，判死刑砍頭的斬罪者有3472人[1]，當然實際人數一定比此更多。高壓統治後，在1896年10月14日，日本總督府第三任總督乃木希典就任，開始採取懷柔政策，拉攏臺灣仕紳階級，10月19日間接主導「紳商協會」成立，10月23日公布紳商條約，依條例頒予「紳章」，滿足仕紳階級的虛榮心，11月11日更准許地方仕紳成立壯丁團，維持地方治安。

當時的仕紳階級當然或有驅炎附勢者，但是大部分的仕紳階級以及知識份子，仍堅持一貫的反日立場，這可從當時仍持續成長的舊詩社與漢文房可見一般。然而日本總督府卻仍持續採取打壓、懷柔並進的政策，建立官辦學校打壓臺灣人私塾性質的漢文房。監督打壓臺灣舊詩社之餘，在1898年臺北知縣村上淡堂發起「江瀨軒唱和」，1899年臺灣總督兒玉源太郎亦發起「南菜園唱和」，1900年更召開「揚文會」。日本官員這些舉動除了乃是基於他們本身對於漢詩的喜愛，更重要的還是期望藉此融入臺灣舊詩社，同化影響臺灣當時的仕紳階級。這樣的舉動多少對臺灣原本的古典詩社有所影響，這可從當時臺灣北中南鼎足而立的瀛社、櫟社與南社看出。瀛社由於在台北，在臺灣總督府的就近籠絡

---

[1] 轉引自尹章義，〈臺灣意識試析──歷史的觀點〉（臺灣臺北：《中國論壇》289期，1987年10月），頁104。

下，明顯是偏向日本殖民政權，而身處中、南部的櫟社、南社則明顯仍保有其抗爭意識。

此時，日本的經濟掠奪卻仍持續進行，使得臺灣人在經濟上與日本人的抗爭越趨緊張，黃俊傑整合了史內原忠雄《日本帝國主義下之臺灣》的資料，於〈論「臺灣意識」的發展及其特質〉一文中，便指出：

> 臺灣社會的階級關係就與民族的對立互相交錯而且互相競爭，出現了殖民地特有的複雜狀態。大體言之，官吏公務員、資本家及其從屬人員（如公司職員、銀行員等）均由日本人獨占；他們的背後，又有在日本國內的政府及大資本家的強權為其後盾。農民勞動者階級則大部分是臺灣人。至於中產商工階級，則日本人與臺灣人互相競爭。在自由職業領域，則兩者並立，臺灣人也形成一堅強的勢力。因為日本人獨占總督府及大資本家的企業，所以在政治及經濟方面成為臺灣的支配者。農民及勞動者階級是臺灣人的勢力，日本人在這一階級內的地位就很微弱。中產商工業及自由職業階級雖為日本人與臺灣人的並立競爭，但既屬競爭，則日本人自然附於日本人的獨占勢力（即政府及大資本家），同樣的，臺灣人則與農民勞動者階級合流而成為農民勞動階級指導者。日本人對臺灣人的民族對立，同時也是政治上統治者與被統治者的對立，並與資本家對農民勞動者的階級對立相一致、相競爭。[2]

在日本政府的高壓統治下，臺灣知識份子仍持續鼓動反日運動，他們知道藉由武裝抗爭，是難以與日本殖民政府抗衡的，此外日本殖民政府不斷的鎮壓，使得臺灣知識份子在1910年以後反日運動的層面，大多

---

[2] 黃俊傑，〈論「臺灣意識」的發展及其特質——歷史回顧與未來展望〉，見夏潮基金會編，《中國意識與臺灣意識論文集——一九九九澳門學術研討會》（臺灣臺北：海峽學術出版社，1999年），頁14-15。

集中在政治與文化運動上。當時臺灣總督府秘密文書「文化協會對策」中，便將當時主導臺灣人民抗日運動的臺灣知識份子，分為兩大派：

第一為穩健派，他們「不談論帝國之統治權，專努力於改良統治、撤除內台差別，以增進島民之利益幸福者」，包括林獻堂、蔡培火、陳逢源、蔡式穀、王受祿、韓石泉、謝春木、鄭松筠、楊振福、黃周。

第二為激進派，他們「奉行民族自決主義或共產主義、無政府主義等，動輒有反抗帝國國權之傾向者」，包括連溫卿、蔣渭水、鄭明祿、王敏川、邱德金、高兩貴、自成枝、王萬得、洪朝宗、蔡孝乾、莊泗川、彭華英、楊良、潘欽信、吳廷輝、洪石柱、黃運元。[3]

最能代表穩健派的林獻堂，1907年在日本奈良訪遇梁啟超，請教臺灣在日本統治下的未來之途時，梁啟超建議「三十年內，中國絕無能力可以救援你們，最好效愛爾蘭人之抗英，在初期愛人如暴動，小則以警察，大則以軍隊，終於壓殺無一倖存，後乃變計，勾結英朝野，漸得放鬆，繼而獲得參政權，也就與英人分庭抗禮了……。」[4]林獻堂可說徹底地受到了梁啟超的影響，返台後並不採取激烈手段抗爭，而採取較溫和的非武力方式，逐步爭取臺灣人的權益。1914年林獻堂發起創立台中中學運動，爭取臺灣人的教育權。1914年12月，林獻堂並參與日本自由民權運動領袖坂垣退助的「同化會」，主張臺灣人和日本人同樣對日本政府盡相同的忠誠與義務，也享同等的待遇。[5]1920年林獻堂赴日與

---

[3] 這份〈文化協會對策〉更將這兩派人物加以細分為六類，分別為一、合理派：「專注於可能範圍內，謀增進本島人之幸福利益者。林獻堂、蔡培火等大部分穩健派屬之。」二、穩健派中稍有社會主義傾向者：陳逢源、謝春木等。三、民族自決主義者：蔣渭水、王敏川、邱德金。四、無政府主義者：連溫卿、彭華英。五、盲動派：大部分之無產青年，超逸青年應有之熱情受煽動而盲動者。六、機會主義派：新竹、彰化之大部分，見風轉舵者。見若林正丈著、周偉康譯，〈臺灣總督府秘密文書「文化協會對策」〉（臺灣台北：《春風》創刊號，1979年11月），頁80-81。

[4] 乃1907年陪同林獻堂訪梁啟超的甘得中之回憶，轉引自王曉波，〈日據時期「臺灣派」的祖國意識〉（臺灣臺北：《中國論壇》289期，1987年10月），頁121。

[5] 不過同化會成立34天後便遭到取締而解散，主要乃是因為臺灣總督府認為「臺

臺灣留日青年組成「新民會」，並擔任會長。1921年與蔣渭水等人組成
「臺灣文化協會」，開始了歷時14年共16次的臺灣議會請願運動，這標
誌穩健派與激進派的結合。

　　在林獻堂參與的政治運動中，後來對臺灣文化運動影響最大的，可
說是「新民會」的部分。新民會是臺灣島內傳統民族運動，與島外現代
民族運動的交會點，並標誌著臺灣啟蒙運動的開始[6]。1920年代臺灣的
文化運動可說與大陸五四新文化運動有異有同，有別於大陸新文化運動
呈現著「文藝復興」、「啟蒙運動」兩大路向，臺灣文化運動一開始便
呈現以「啟蒙運動」為主的路向，這乃是因為臺灣身陷於比大陸更為緊
迫的政治殖民情境當中，在建構政治上的國族論述，以及文化上的新民
啟蒙方案的需求，也更為積極。他們學習大陸新文化（學）運動的發展
模式，在建立組織外，更積極籌辦刊物進行宣導傳播，先後分別籌辦了
雜誌《臺灣青年》、《臺灣》，以及報紙《臺灣民報》。

　　在1920年1月11日新民會的創立大會上，林仲澍、彭華英便提議創
辦雜誌，雖然獲得大會同意，但是經費難以籌措，所幸得到蔡惠如的資
助，使《臺灣青年》得以在1920年7月16日創辦，至1922年第4卷第2期
停刊。而在1922年4月10日更改題為《臺灣》，繼續出版了18期。此外
在1923年4月15日於東京，延伸創辦了《臺灣民報》，1927年7月進入臺
灣發行，更直接發揮了該報的傳播影響力。《臺灣青年》、《臺灣》、
《臺灣民報》都算是文化綜合型的刊物，並非純粹的文學刊物，他們刊
載文章的重心毋寧較偏重於政治、社會改革方面的評論，但是也不乏文
學改革方面的意見。

　　《臺灣青年》在創刊號即刊有林獻堂、連碧榕的祝辭，兩人仍持
續其一貫保存祖國文化的意見，這也是臺灣島內傳統仕紳階級對文化運

灣民心現尚反叛不定，而輕言同化，寧非癡人說夢。」可見臺灣總督府對於林
　獻堂的企圖有相當的認識。

[6]　王曉波，〈日據時期「臺灣派」的祖國意識〉（臺灣臺北：《中國論壇》289
　期，1987年10月），頁123。

動普遍的態度。但是《臺灣青年》內部成員還是以留日的臺灣留學生為主，對於臺灣文化運動，他們的意見便與臺灣島內傳統仕紳階級有所不同。他們與祖國（即中國）的接觸後，吸收到的不是發揚傳統國故的那套意見，而是五四運動以降，中國知識份子一連串批判傳統，而戮力西化的啟蒙運動方案，這也使得他們嘗試展開臺灣的啟蒙運動。他們所發表一連串對臺灣文化的評論意見，其中對臺灣日用文的討論，也使得他們慢慢觸及到如何建構臺灣新文學的相關問題，其中《臺灣》比起其前身《臺灣青年》更注意文學問題，如同大陸《新青年》等相關刊物般，刊載不少文學評論、文學作品、翻譯等。在《臺灣民報》更直接開闢藝文專欄，定期刊登文學創作，這樣的發表園地，刺激了作家，使尚在萌芽時期的臺灣新文學得以持續成長。

　　或許是刊物本身的性質之故，使得他們所刊載的文學作品，大多也都有政治、文化的批判意識，張我軍首先引起的一場文學論戰，其便肇因於對臺灣文學文化的批評。如同中國近代五四運動一般，臺灣的新文學運動亦是扣合著政治、文化、文學三個面向的複合體，而參與臺灣新文學運動的知識份子本身的論述主題，也往往呈現此三個面向緊密連結的現象。正如陳芳明於〈啟蒙實驗時期的文學〉所言：「新文學運動的發軔，無疑是與二〇年代政治運動同步出發的；二者都在於追求社會與新文化。如果把新文化運動視為一個整體，則政治運動乃是為了求得殖民體制的改造，而文學運動變於求得文化體質的改造。」[7]張我軍在1920年代臺灣新文學運動肇始期的地位，其實頗為類似胡適在中國五四新文學革命所扮演的角色。

　　張我軍在當時許多論述，不僅引發了激烈的新舊文學論戰，以及新舊文學背後所連結的新舊文化，乃至政治歸屬的爭論。更重要的是，其中涉及臺灣話語典律的爭議，更成為後續臺灣文學與文化的重要論題。值得注意的是，從目前《張我軍全集》以及《臺灣民報》的文史資料看

---

[7]　陳芳明，〈啟蒙實驗時期的文學〉（臺灣台北：《聯合文學》第180期，1999年10月），頁157。

來，張我軍對臺灣文化與文學的重要言論集中於1924至1925年間，其後則逐漸淡出臺灣文學的論壇[8]。而在1924至1925年這段張我軍對臺灣文學文化影響最鉅的兩年，他便是以《臺灣民報》作為他的根據地，發表一系列抨擊舊文壇的評論。

張我軍這一系列的評論，一開始乃在於抨擊當時代表臺灣文學界的舊詩社之陋習，其次則提倡新文學（化）運動，強調新文學所代表的啟蒙意義。由於旨在透過報紙對一般大眾宣揚新文學以及文化啟蒙的理念，是以在文字表達上都相當淺顯，口吻時而懇切時而激情，相當具有渲染力。至於其談論的方式，有時是文學議題引伸至文化問題，有時從文化問題轉談至文學議題，但是無論文化與文學在轉論中孰先孰後，張我軍對於「推廣新文學運動」、「臺灣文化啟蒙」兩個主題，可說都投注了一樣的關懷。張我軍在臺灣推廣新文學的模式，其實可說完全取樣於大陸五四新文學運動，而他的貢獻是在新舊文學論戰中，將臺灣新文學正式拉到臺灣文壇的檯面上，引起廣泛注意，並反應新文學家在創作上的文化使命感。

經過1920年代以前文化啟蒙運動、新舊文學論戰的刺激，以及臺灣傳播刊物的漸趨活絡，使得臺灣新文學在1930年代以後漸趨成熟。1920年代被視為臺灣新文學搖籃的《臺灣日報》在1925年7月12日從旬刊改為週刊，1930年3月19日改名為《臺灣新民報》後，在1932年4月15日更改為日刊，說明了《臺灣日報》在營運上的順利，這也使得其文藝欄的傳播作用更為廣泛，《臺灣新民報》在原本的文藝欄外，更增開了「曙光」

---

[8] 其中的原因鮮少論者論及，從史料看來筆者推測張我軍轉居大陸後，儘管對臺灣仍十分關心，甚至在大陸創辦《少年臺灣》月刊。但是日本對於輸入臺灣的言論書籍查禁趨嚴，張我軍本身所代表的民族自決特質，自然使得張我軍的言論無法進入臺灣，連帶使得張我軍逐漸淡出臺灣文學的論壇。此外，再次移居北京的張我軍也慢慢將工作的重心放自日文翻譯與教學的工作上，之後於北平大學法學院、中國大學及母校師範大學擔任日文講師，與文學的關係逐漸轉向至創作，包括詩集部分有1925年的《亂都之戀》，小說部分有1926年9月的短篇小說〈賣彩票〉、1927年的〈白太太的哀史〉等，也可看出張我軍將文學主張具體落實於實際創作的企圖心。

專欄專刊詩作。但是在1930年代初期，新文學作家的不斷崛起，使得他們渴切有更多的發表園地，因此1930年代許多新創辦的報章刊物，例如《明日》、《洪水報》、《三六九小報》，文藝欄都成為必備的版面。

　　然而，更重要的是，1930年代開始臺灣文學界正式有了以文學為主的刊物出現，文學作品不再侷限在早期文化刊物的文藝欄，這使得文學有了自己的成長空間，此外許多文學集團也與這些刊物相應而生。這些文學集團大多便是文學刊物的編輯群，例如《南音》與南音雜誌社、《福爾摩沙》與臺灣藝術研究會、《先發部隊》與臺灣文藝協會。這樣分散在臺灣與日本的文學刊物與社團，可說間接促成了1934年，臺灣全島性的「臺灣文藝聯盟」誕生，並創辦了《臺灣文藝》。

　　可以發現1930年代的臺灣文學，不再像1920年代帶有「強烈中國新文學色彩」，事實上，反倒帶有濃厚的左翼運動色彩。當時臺灣作家在社會改革、反抗日本殖民政府的意識下，很自然地接受左翼文學的反殖民論述，成為文學書寫的理念，但是在初期，即便是這樣具有反帝性質的殖民文學，也未必由臺灣作家領銜，而是透過日籍人士首揭其緒端，方能漸漸形成一股左翼文學風潮。在1930年代，臺灣人與日本人間，未必全然是被殖民者／殖民者，這樣二元對立的劃分，進入臺灣的日籍人士其實各有其背景，特別是隨著他們政治、社會思想立場上的不同，日本人未必僅扮演阻絕臺灣新文學發展的角色。

　　最明顯的實例便是1931年6月31日，在臺灣的日本籍左翼人士井手薰、上清哉等人，結合了台籍文學家王詩琅、張維賢、周合源等人，成立了「臺灣文藝作家協會」，並發行中日文並刊的《臺灣文學》。這個日、台籍人士合組的文學社團，主要提倡文藝大眾化的主張，有助於當時臺灣文學的發展。但是，日籍人士在臺灣傳播的「普羅列塔利亞文化」，認為文藝不應「把民族的心理、思想、感情等，用國家主義的保守性或布爾喬亞性來加以體系化」，這自然與台籍人士一貫的臺灣意識有所衝突，使得他們內部意見產生分歧，在1932年3月自行停刊解散。不過，臺灣文學家卻開始吸收左翼文學理論以為己用。

　　1930年代在上述各種刊物、組織運動不斷發生的刺激下，可說是戰前臺灣文學典律的確建期。比較起1920年代前文學文化論述較多於實際文學作品的現象，在許多文學家的嘗試下，1930年代臺灣文學不只實際作品增多，作品中也普遍帶有抗殖民國族論述與左翼文學的精神，產生了許多戰前臺灣文學代表性作品。1930年代的文學場域，由於在殖民情境下，臺灣人普遍具存的抗日意識，仍無法避免與政治與文化空間產生碰撞與關聯，他們普遍都參與過社會改革運動，例如賴和曾參加過臺灣文化協會，楊逵更積極投入民族解放運動，參與過臺灣文化協會，以及臺灣農民組合等組織。

　　其中以被視為臺灣新文學之父的賴和，可為此階段及後來臺灣文學的典律性人物，他跨越了臺灣1920、1930年代的文壇，在1920年代中期他除在新舊文學論戰中聲援張我軍外，更實際進行創作，發表了〈鬥鬧熱〉、〈一桿秤仔〉、〈覺悟下的犧牲〉等代表作。進入1930年代，他除了持續發表重要的作品〈善訟人的故事〉、〈惹事〉、〈流離曲〉、〈南國哀歌〉外，更投入領導了許多文藝組織，如《南音》、臺灣文藝聯盟[9]的活動，鼓舞帶動了許多當時的文學新人如楊逵等人。可以發現，在1930年代臺灣文學的發展，已經不全然受到中國文學的影響，更直接地說，在他們自己的需求下，透過日文翻譯的管道向世界文學吸收。

　　1940年代臺灣文學在阻隔與區隔中，開始呈現其主體性格。一方面自1937年開始，日本政府對台力行更為激烈的「皇民化」統治，禁斷臺灣漢文寫作後，使得1940年代臺灣文壇與中國文壇間更形阻隔，且這段時期開始嶄露頭角的青年文學家，也大多僅能以日文進行創作。另一方面，1940年代許多日本學者開始將臺灣文學，定位於日本文學之下，例如當時在台的日本帝國大學講師島田謹二，便提倡「內／外地文學」論，認為日本本國為「內地文學」，而臺灣文學乃是「外地文學」。而外地文學主要的特色，便是以殖民地的異國（臺灣）風情為特色。

9　賴和為臺灣文藝聯盟的常務委員，在臺灣文藝聯盟第一次常務委員會時，更被公推為常務委員長，因其拒絕，方由張深切擔任。

　　而在臺的島田在西川滿主編的《文藝臺灣》第二卷第二號中，所發表〈臺灣文學的過去、現在、未來〉一文，更直接指出臺灣文學乃是「日本文學之一翼」，這都是在政治殖民觀點下對臺灣文學的定位。因此1940年代臺灣文學界未必全然融入日本文學界的系譜之下，他們大部分仍將臺灣文學與日本文學相區隔。在這樣與中國文學阻隔，又與日本文學相區隔的現象，促使臺灣文學開始慢慢產生了建構自身主體性的認知，不只與當時中國文學帶有著某種辯證、辨別的關係，又因對日本殖民政權與日本官方文學有著抵抗的關係。因此1940年代臺灣文學，除仍普遍帶有的左翼色彩，更承續著原本反殖民、重社會改革、強調寫實批判性的色彩，形構了戰前臺灣文學的典律性。

二、跨越語言的詩人

　　文學作家的書寫語言，從來就不單純地僅是一個語言上的問題，裡頭一向潛藏了更為深沈的文化問題。臺灣戰前新文學的發展歷程，最能凸顯這個現象，包括詩人在內的臺灣文學家們，用什麼語言創作，或被迫用什麼語言創作，他們自身又想企圖嘗試用什麼語言創作，其中實有著政治、文化等因素在其中拉鋸牽扯。

　　誠如前述，1920年代初期，臺灣新文學尚未有具體的具代表性的文本成績前，臺灣新文學主要還是在一些相關的論述中被模擬想像。新民會創辦了在臺灣刊物傳播史上，最具指標意義的刊物《臺灣青年》、《臺灣》中，已經不乏有觸及到文學問題的論述，例如《臺灣青年》中便刊載有陳炘〈文學與職務〉、甘文芳〈實社會與文學〉、陳端明〈日用文鼓吹論〉、林南陽〈近代文學之主潮〉、黃呈聰〈論普及白話文的使命〉、黃朝琴〈漢文改革論〉等。他們的文章主要還是比較帶有濃厚的文化啟蒙運動的色彩，他們探討在臺灣日用文的改良與改造的問題上，慢慢延伸到臺灣書寫文的問題，然後再觸及到白話文學的問題。

　　在1920年代，臺灣新詩也正式透過《臺灣》的版面出現了，謝春木用筆名追風，於1924年4月在《臺灣》5年1號，發表了用日文寫成的

組詩〈詩の真似をする〉（詩的模仿），該組詩包括了〈讚美蕃王〉、〈煤炭頌〉、〈戀愛將茁壯〉、〈花開以前〉。謝春木本身便投入抗日運動，被歸為與林獻堂一路的穩健派，因為本身即為同化會成員，他的創作[10]很自然都發表在《臺灣》，其後更擔任了《臺灣民報》的主筆。因此他的詩作很自然都有社會寫實的精神，其中〈讚美蕃王〉寫到：

> 我讚美你
> 你用你底手你底力
> 建設你的王國
> 獲得你的愛人
> 你不偷竊別人功勞
> 不虛偽不粉飾
> 只要所需
> 只需所愛
> 不假裝高貴

　　謝春木該詩隱含有批判抵抗的意識，矛盾的是，這樣的反日情緒，卻恰恰是以日文形式來發抒。不過基本上由於屬於開風氣之先的嘗試之作，謝春木的詩在藝術技巧上，仍是比較粗疏的。

　　另外，此時以漢文寫成的新詩也出現了，臺灣第一首漢文新詩，為施文杞所寫的〈送林耕餘君渡南洋〉、〈假面具〉，分別發表於1923年12月1日《臺灣民報》、1924年3月11日《臺灣民報》。施文杞為彰化鹿港人，曾赴日留學，1923年更到上海就讀南方大學，因此〈送林耕餘君渡南洋〉、〈假面具〉等詩，據推測應該是在上海留學時寫成後，投稿給《臺灣民報》。筆者摘錄施文杞〈假面具〉一詩於下：

---

[10] 除了新詩外，謝春木1922年在《臺灣》3年4號到7號上連載發表的小說〈她要往何處去〉，也是臺灣現代文學史上第一篇小說。

哥哥戴著假面具
跪到我面前
我見著一笑
（中略）
可惡的假面具呀
你少些供人戴吧
帶著善惡使人不曉
人家於是利用你多少？

　　可以發現該詩敘述性成分相當濃厚，不過也可以明白地知道，作者乃是藉由批判面具，傳達對人性虛偽面的控訴。臺灣現代詩史在起點上，追風、施文杞詩作的出現，說明了臺灣現代詩在一開始便面臨了語言工具上的問題，臺灣人在創作語言上選擇中文還是日文進行表現，背後可說隱含糾結了殖民政治與文化自主等等因素。臺灣本土新詩的第一頁，就是在這樣充滿著政治、文化等複雜情境下誕生的，似乎也注定了臺灣本土現代詩後來的發展，也糾結著這樣複雜的命題。

　　在一開始，這些相關的評論文章以及零星的實驗創作，可說尚未引起廣泛的討論。真正促使臺灣新文學中的書寫語言，慢慢成為當時文化界共同關注的問題，乃是肇始於張我軍所引起的新舊文學論戰。張我軍在〈請合力拆下這座敗草叢中的破舊殿堂〉提出的各種文學意見中，在第八點便提倡「不避俗話俗字」，正式推廣白話文學，主張捨棄「土話」，以中國普通話進行創作。其實張我軍該文各點主張，明顯帶有胡適八不主義的影子，他在文末更再舉了陳獨秀的三大主義以為結論，都可看出他向中國五四運動借取火種，企圖革新臺灣文學界的企圖。

　　儘管張我軍的論述順暢而富渲染力，然而有時不免受到他留學中國大陸的背景影響，過度將中國五四運動的發展模式奉為圭臬。他繼承五四運動反傳統精神批判臺灣腐爛的舊詩壇，很自然得到臺灣文化啟蒙運動投入者的支持，在新舊文學論戰與之互為奧援，但是當新舊文學論戰

漸至尾聲之際，由張我軍白話文學主張，所引發的臺灣話文爭議，新文學陣營支持者卻未必與張我軍站在同一陣線。

　　新文學陣營所以會造成這樣的分裂現象，主要便是張我軍白話文學的主張存在著矛盾，其矛盾之處便在於他無法接受臺灣閩南話是白話，並且認為臺灣閩南話無法書寫，因此必須全數以中國普通話進行創作。但是就五四白話文學運動「我手寫我口」的主張來看，臺灣在日治時期乃至1950年代初期未受國民黨政府語言政策干擾前，臺灣平民語言仍舊以河洛話為主。因此張我軍這樣的語言主張，如同他其他的重要言論一般，都相當刻板地繼承了胡適的文學意見，事實上，胡適在主張以所謂的「白話」，作為書寫語時，同樣也面對了相關的質疑，只是轉換到日治時期的臺灣，這樣的狀況越趨於複雜。

　　胡適所主張的白話是北京話，換個角度來看則是「共同話」，共同話的使用涉及國族政治的問題，即當同一國家同一土地上，具有不同種族、地域的多語使用現象時，往往必須制定一種共同語方便統治，是以共同語的使用往往涉及國家政治力以及人民政治認同的問題。然而，臺灣日治時期的「共同語」卻不是北京話而是日本話，早在1896年3月，日本殖民政府在接收臺灣後，便開始設立國（日）語傳習所，其目的在於「向土人（即臺灣人）傳習現行國語，以為地方行政設施的準備，並為教育的基礎」[11]。張我軍在臺灣，與胡適所在的大陸，兩者是截然不同的政治情境，他推行的白話（北京話）文學，缺乏日本殖民政府政治上的保證，又與當時大部分臺灣人日常使用的河洛話不同，自然不可能獲得所有臺灣新知識份子的認同。

　　張我軍引起的臺灣話文的討論，持續延燒到1930年代初期，並引發了一波鄉土文學論戰，這也是臺灣文學史上第一次鄉土文學論爭，與1977年的臺灣鄉土文學論戰遙相呼應。論戰的起點為1930年8月16日起，黃石輝在《伍人報》9至11期陸續發表的〈怎樣不提倡鄉土文

---

[11] 矢內原忠雄，《日本帝國主義下之臺灣》（臺灣台北：帕米爾書店，1985年），頁144。

學〉，該文中黃石輝提出三項主張：第一、用臺灣話寫成各種文藝，
二、增讀臺灣話音（主張無論什麼字，有必要時便讀土音），三、描寫
臺灣的事物。而1931年郭秋生聲援了黃石輝的意見，自1931年7月7日起
在《臺灣新聞》連續發表了三十三回的〈建設臺灣話文一提案〉。

　　由此可見此次鄉土文學論戰，臺灣話文與鄉土文藝間乃是一組具
連帶性的主題，黃石輝提倡的鄉土文藝方案，乃是根源於自身對臺灣
土地的認同，因此在語言上他提倡自然的母語（即河洛話），在內容上
他則提倡以臺灣在地的現實為題材。母語與鄉土性本身可以說便帶有著
連鎖關係，因此比起張我軍的白話文學提案，黃石輝等人的鄉土文學
方案顯然更能掌握五四「我手寫我口」的精神。

　　據此而觀，可以說張我軍以及部分知識份子所以在臺灣力倡北京白
話文學，背後隱含的顯然是中國（祖國）的認同，這也是當時臺灣人普
遍的政治意識。但是在1920年代末、1930年代初台籍知識份子，已呈現
微妙差異的語言意識，特別在1930年代中期，臺灣殖民統治進入皇民化
時期後，臺灣文學家與中國文學間正式陷入了阻絕的狀態，使得中文書
寫對臺灣新文學家們更顯得陌生。而在日語書寫中，慢慢的也可以看到
臺灣人日益濃厚的臺灣意識，以及對自我的認同。

　　1920、1930年代文壇對臺灣話文的爭論自然也影響了當時的新詩創
作，特別是臺灣話語的討論，慢慢地便延伸至臺灣書寫語的問題，文學
創作者更實際地面對了語言上的問題，使得他們在創作上，存在著更
為深沈的語言意識。1930年代臺灣新詩在書寫語言上，有著漢文、臺灣
話文、日文三大類別。1920年代中期新舊文學論戰過後，新文學正式在
臺灣文壇上發芽，在媒體的促導下，新詩也有不少文學創作者投入，成
績也日漸豐碩。

　　在漢文方面，1920年代中期以後，臺灣新詩慢慢累積了不少成績，
1926年臺灣第一本漢文詩集正式出現，為張我軍的《亂都之戀》。同年
「新竹青年會」藉《臺灣民報》向全台徵求白話詩，共得50首，最後分
別由崇五、楊華（器人）、黃石輝、黃得時、沈玉光、謝萬安得獎，這

個文學史料粗略反映當時漢文新詩創作者的數量與成績。楊華是這個階段中成績最為突出者，由於他本身熟讀古典詩、日本俳句，因此初期新詩有著清新的自然意境與情趣，例如〈小詩〉之一：

> 人們看不見葉底的花，
> 已被一雙蝴蝶先知道了。

楊華並不沈湎於這樣的自然詩境，很快地他的詩開始面向現實，並取得了相當豐碩的成績。儘管早期臺灣的新詩普遍帶有批判性格，但是不能否認由於尚在實驗階段，許多詩作不免過度流於白話述說。但是楊華可能由於善於舊體詩、俳句之故，他的小詩即使是諷刺性，也帶有一定的藝術趣味。1927年楊華因「治安維持法」入獄，在獄中寫的《黑潮集》，便是這樣的作品。例如《黑潮集》之4：

> 本來是個無力的小蒼蠅，
> 他專會摩拳擦掌。

該詩明顯脫化於小林一茶著名的俳句：

> 不要打呀──
> 你看那蒼蠅正擦著手擦著腳呢？

小林一茶原詩傳達了詩人悲憐生命的情懷，但是楊華此詩的小蒼蠅，比喻的卻是日本統治下的臺灣人民，雖然抱有反抗的情緒，但卻往往僅能摩拳擦掌，書空咄咄。

至於在臺灣話文方面，在張我軍之前的相關臺灣話文論述，以及其後的第一次鄉土文學論戰刺激下，在1920年代末期以後，臺灣新詩在語言表現上，除了有漢語與日語兩個系統外，更已經隱微有母語摻入詩作

的現象。在第一次鄉土文學論戰之前，部分刊物已經有了臺灣話文的詩作零星的出現，例如鄭嶺秋〈我手早軟了〉、梨生〈小疑〉（1925年12月31日《人人》第2期）、吳新榮〈阿母呀！〉（1930年2月《南瀛》創刊號）等等。

　　第一次鄉土文學論戰之後，文壇對於臺灣話文詩作更為注意，例如1931年12月《南音》創刊後，便特別開闢了「臺灣話文討論欄」和「臺灣話文嘗試欄」，專門刊登臺灣話文的意見與實際的創作，特別是後者更鼓勵新詩人創作臺灣話文詩作。這時新詩壇上，臺灣話文詩作的數量明顯增多。[12]這段期間賴和的一些詩作，也開始嘗試將河洛話入詩，例如賴和寫於1931年的〈南國哀歌〉：

> 兄弟們！來！來！
> 捨此一身和他一拼！
> 我們處在這樣環境，
> 只是偷生有什麼路用，
> 眼前的幸福雖享不到，
> 也須為著子孫鬥爭。

　　其中「有什麼路用」為「沒有用」的意思，「也須為著子孫鬥爭」中的「為著」是「為」的意思，這都可算臺灣話文的書寫。在賴和的〈覺悟下的犧牲〉也可以看見，例如：

> 我聽講到這回消息
> 忽充滿了滿腹的憤怒不平

---

[12] 有徐玉書，〈我的親愛的母親〉（1931年3月28日《臺灣新民報》第357號）、楊華的〈女工悲曲〉（寫於1932年，發表於1935年7月1日《臺灣文藝》第2卷第7號）、蘇維熊，〈春夜恨〉、〈啞口詩人〉（1933年7月15日，《福爾摩沙》創刊號）、楊守愚，〈女性悲曲〉（1935年3月5日，《臺灣文藝》第2卷第3號）、楊少民的〈歷訪〉（1935年6月10日，《臺灣文藝》第2卷第6號）等詩作。

無奈慘痛橫逆的環境

可不許盡情地痛哭一聲

　　「聽講」也是屬於河洛話，為「聽到」的意思。賴和這樣穿插使用河洛話的狀況非常自然，完全沒有刻意的痕跡。因此可以知道他在構思詩作時，主要還是乃是透過母語（即河洛話）進行思考，在創作時則再將之轉譯為漢文。此外楊華的詩作中，運用臺灣話文的現象亦相當明顯，許俊雅在〈日治時期臺灣白話詩的起步〉一文中，分析《黑潮集》便發現：

　　這五十二首小詩中所使用的閩語詞彙有：攏總（全部）、責驚（驚慌）、滿身軀（整身）、日頭（太陽光）、彎落去（彎下去）、沃濕（淋濕）、漸且停睏（暫時停下）、紅熾熾（紅赤赤）、按怎（怎麼）、也是（或是）、佳哉（幸虧）、一蕊（一朵）、掃清去（掃乾淨）、親像（像）、譽老（誇獎）、清清去去（乾乾淨淨）。至於新造字，如：伸，音ㄧㄣ，他們；哥，要；網；音ㄏㄨㄛ，予、被。這些詞彙的使用多以擬音為主，兼顧其義者較少，對於不懂閩南語的讀者而言，可能為一大隔閡。[13]

　　楊華的〈女工悲曲〉中也有運用臺灣話文的現象，例如：

星稀稀，風絲絲，

淒清的月光照著伊，

搔搔面，拭開目睭，

疑是天光時。

---

[13] 許俊雅，〈日治時期臺灣白話詩的起步〉，見文訊雜誌社主編之《臺灣現代詩史論──臺灣現代詩史研討會實錄》（臺灣臺北：文訊雜誌社，1996年），頁52。

　　天光時，正是上工時，

　　莫遲疑，趕緊穿寒衣。

　　（後略）

　　其中「伊」乃是擬河洛話「他」之音，「目睭」則擬河洛話「眼睛」之音，而「天光」則擬河洛話「天亮」之音。除了運用臺灣話文書寫，楊華此詩的音樂性極強，可說是早期新詩難得的佳作，他運用了三字句與四字句相互搭配，不僅使得詩瀝去了不必要的虛詞，也使得詩便於朗讀。

　　儘管1930年代臺灣詩人們在漢文與臺灣話文，這兩種書寫語言的運用與創作上，取得了相當的成績，但是不容否認，當時詩壇乃至於文壇的創作者們，主要還是採取日語進行創作[14]。巫永福便回憶到：「當時，新舊文學的論戰很熱鬧。不過中文文學活動不像從事日本語文創作的文學活動那樣廣泛。」在1931年，臺灣第一本日文詩集——王白淵的《蕀の道》（荊棘之道）正式出版後，臺灣詩人的日文詩集也不斷出現，如陳奇雲的《熱流》（昭和5年，1930年）、邱淳恍的《化石之戀》（昭和13年12月，1938年）、《悲哀的避遁》（昭和14年，1939年）、楊雲萍的《山河》（昭和18年，1943年）、水蔭萍的《熱帶雨》、《樹蘭》、周伯陽的《綠泉的金月》、陳千武的《花的詩集》等。[15]比起臺灣戰前漢文詩集僅有張我軍《亂都之戀》一本相比，臺灣的日文詩集的增長是非常明顯的，也間接反映了臺灣戰前新詩創作以日文為主流的事實。這乃是由於日本統治臺灣後即大力推廣日語，將日文語言教育深入各階級的學校教育，1937年後強迫實行皇民化改革，開始施行禁用漢文書寫政策，更使得臺灣戰前漢文以及臺灣話文的創作，被迫中斷。

---

[14]　見笠詩社〈歷史的脈搏，時代的影像——詩人巫永福訪問記〉（臺灣臺北：《笠》第102期，1981年4月），頁32。

[15]　趙天儀，〈臺灣新詩的出發——試論張我軍與王白淵的詩及其風格〉，見文訊雜誌社主編，《臺灣現代詩史論——臺灣現代詩史研討會實錄》（臺灣臺北：文訊雜誌社，1996年），頁68。

　　然而無論是使用何種語言工具，在1930年代臺灣新詩已經建構了自身典律，其典律特質呈現了濃厚的社會寫實主義，帶有反殖民、反階級[16]的抵抗性與批判性。此時臺灣詩壇上崛起的「鹽分地帶詩人群」更反映這樣的特質。臺灣戰前新詩壇與整個文壇的發展過程其實頗為一致，在1920年代僅有於《臺灣民報》等刊物的文藝欄上有零星詩作出現，新詩人仍大多單打獨鬥，還未有結群結社的現象。

　　但是在1930年代後，詩人開始有結集的現象，此時出現的鹽分地帶詩人群，正是臺灣新文學史上第一個出現的新詩人團體。所謂的鹽分地帶，指的乃是臺灣日治時期的台南州北門郡一帶，含括了臺灣現在的佳里、學甲、北門、將軍、七股、西港等沿海產鹽的鄉鎮。鹽分地帶詩人群的前身為佳里青風會，乃是1932年赴日學醫的吳新榮返回佳里後，與徐清吉、郭水潭等人合組，其目的不僅在推廣新的文藝思潮，更重要的是鼓舞當地青年。正如吳新榮於〈鹽分地帶的回顧〉一文中回憶到：

> 這個地方是濱海的鹽分地帶，當時日人官吏也有改良這樣土地的意志，而地方民眾也曾做過這樣的努力，現在已變成一片的美填了。這樣環境的變化，影響著農村的每一個青年，誰都朝氣蓬勃，想要為社會人群做些事情。鹽分地帶就是在這時候豎立旗幟，於是當時街庄役場以及信用組合的智識份子，都容易做文學的愛好者、同情者乃至於支持者。[17]

　　這樣地方知識份子的集結，雖以文學文化運動為號召，但是其隱含龐大的政治運動力量卻是不言可喻，因此很快地被日本當局命令解散。但是這批詩人又合組佳里支部參加臺灣文藝聯盟，使得鹽分地帶詩人群

---

[16] 例如楊華的〈煙囪〉便寫到：「但一到冬天／這白色屋頂下／資本家嗤嗤而笑／喘出勞動者的嘆息」。

[17] 見張良澤編，《吳新榮全集──亡妻記》（臺灣台北：遠景，1981年10月），頁270。

正式結集，他們積極參與當時文壇的活動，而成為當時詩壇的重鎮。鹽分地帶詩人群以佳里醫院做為據點，成為當時文壇、詩壇文人交流聚會之處，鹽分地帶「詩人鄉」的雅譽於是不脛而走。當然其重要性，不僅在於他們與文壇人士間送往迎來的情誼，而在於他們發揮了對自己鹽分鄉土的熱愛，以及知識份子救世的理想，才是他們真正發揮其詩壇影響力的根源力量。[18]佳里支部的成立宣言，開宗明義地宣揚了他們的理念：

> 一、臺灣受到世界資本主義的侵襲和波及，為了維護臺灣文化的存亡，必有文藝團體的組織。
> 二、為了要響應臺灣新文學的運動，因此組織文藝聯盟的支部。
> 三、聯絡有志文學的文人，互相鼓舞砥礪，以振興臺灣文藝。

這已將鹽分地帶詩人群的文化文學運動的企圖心表露無遺，他們成為臺灣文藝聯盟機關刊物《臺灣文藝》中負責詩作審查的幹部，也曾負責啟文社《臺灣文學》的編審。鹽分地帶詩人群這樣執掌當時重要全島型文藝刊物中新詩作品的審核權，更使得他們成為當時新詩典律的生成團體，他們的詩普遍帶有臺灣1930年代新詩的典律特質，寫實批判性正是其集團特徵。例如郭水潭的〈世紀的歌〉：

> （前略）
> 在民族嚴肅的試練之下
> 戰旗一直在進行的時候
> 我們已不是虛無主義者
> 我們已不是浪漫主義者

---

[18] 吳新榮，〈歌唱鹽分地帶的春天〉一詩寫道：「……鹽分地帶是我們的故鄉／讓真理的花朵／來開在這個荒野上」。

縱令電波不斷把悲哀的現實
傳給世界的人民
縱令在籠罩憂愁的幾千萬眸子裡
盛開的薔薇會枯萎
（後略）

該詩帶有鼓舞臺灣人民意志的企圖，期盼臺灣人民勇於面對現實的困境，跟著「戰旗」走出虛無主義與浪漫主義的迷障。而吳新榮的〈思想〉，更告誡了詩人需要有面對現實的勇氣，他寫到：

（前略）
從思想逃避的詩人們喲
不要空論詩的本質
倘若不知道就去問問行人
但你不會得到答覆
那麼就問我的心胸吧
熱血暢流的這個肉塊
產落在地上瞬間已經就是詩了啊

該詩發表於《臺灣文藝》三卷三號，針砭當時的詩人沈迷在文藝思想當中，空論文藝理論，但卻忽略了詩乃是根源人在現實中的自然情感，所以他認為詩在詩人的情志「產落在地上」的瞬間便是詩了。全詩運用呼告的語調，更可見詩人殷殷告誡的熱忱，特別是將文藝問題置由行人解答，其實也點出他們的典律價值是寄託於世俗世用，而不在於將文藝界與現實界區異兩別。

在1932年鹽分地帶詩人群開始正式結集同時，後來成為笠詩社重要詩人的巫永福，也開始投入文壇的活動當中，這也是笠詩社的臺灣省籍詩人中，最早投入詩壇活動者。巫永福所以是笠詩社詩人中，最早在

戰前臺灣文壇與詩壇出發者，主要是因為年齡較長之故，1932年巫永福留學日本明治大學就讀文藝科，廣泛地透過日文的管道吸收世界文藝思潮，但正如其自述：

> 為什麼念文藝科？除了本身的興趣之外，我也感覺到，臺灣雖有文化運動以抵抗日本，但偏重於政治活動。從長期目標來看，是不夠的，是欠缺的，為了臺灣的前途，更要從事文藝活動，才能擴大影響，加深力量，所以雖然家人都那樣希望我能學醫，我還是念文藝科。[19]

巫永福並不沈溺於文學世界，而企圖藉此世界文學文化思想，深化臺灣的文化運動，因此他在日本時，便積極地參與了臺灣留學生的文藝運動，在東京時他即與王白淵結識，亦參與了臺灣藝術研究會的活動，創辦《福爾摩沙》。後來巫永福因家庭變故而返台，返台後因投入《臺灣文藝》的活動，而跟鹽分地帶詩人群有所聯絡。他回憶到：

> 由於「臺灣文藝」的機緣，我認識鹽分地帶的吳新榮、王登山、林芳年，郭水潭等人，大家都有一種相對於殖民統治者的共同意識。民國卅年九月七日，並與張文環、陳逸松、王井泉、黃得時等訪問鹽分地帶，並於琅書房寫下「苦節」二字，透露了我們臺灣知識份子在異民族殖民統治下苦守氣節的共同意志與願望。

巫永福在日治時期的言論與詩作，正與鹽分地帶詩人群一樣，普遍傳達了抗殖民的意識。於日本留學時他便不斷受到當時日本情治單位的監督[20]，直至返台之後亦未曾斷絕，由於他的母親恐懼巫永福因而惹事，

---

[19] 笠詩社，〈歷史的脈搏，時代的影像——詩人巫永福訪問記〉（臺灣臺北：《笠》第102期，1981年4月），頁29。

[20] 巫永福自述：「我返台後，日本特高一直不斷採取跟蹤監視行動。一直到後來

因此將他包含新詩的創作悉數燒毀，巫永福日據時期的詩作，目前僅留下〈愛〉、〈祖國〉、〈難忘〉等詩。筆者摘錄〈祖國〉一詩於下：

> 未曾見過的祖國
> 隔著海似近似遠
> 夢見的，在書上看見的祖國
> 流過幾千年在我血液裡
> 住進我胸脯裡的影子
> 在我心裡反響
> 呀！是祖國喚我呢
> 　或是我喚祖國？

此詩不避諱地表述對中國（祖國）的思念，在日治時期可說是觸犯了政治禁忌。在該詩裡中國僅能存活在書本與夢中，表達了巫永福企慕祖國不得的悲哀，值得注意的是巫永福所企慕的中國，乃是「流過幾千年在我血液裡／住進我胸脯裡的影子」因此著重的不是當時的政治中國，而是有著幾千年歷史的文化中國。

在1930年代，臺灣詩壇社會寫實、政治批判風格詩作可謂大宗，但是在1935年楊熾昌主導的風車詩社的成立，標誌著臺灣寫實主義傳統外，超現實主義傳統的正式出現。楊熾昌在1931年進入日本大東文化學院就讀日本文學系，當時日本詩壇產生了一波超現實主義的改革運動，葉笛在〈日據時代臺灣詩壇的超現實主義運動〉一文中，探述到：

擔任新聞記者（筆者按：指巫永福本人）後，才不敢太明顯。特高跟蹤到某一程度，都可以面熟耳識，互相都知道。每次我回埔里，特高辦跟蹤而至，不過，因為我們家族在埔里頗有聲望，特高不敢明目張膽跟進埔里，而在交界處即交由埔里當地警察機關繼續執行任務。可以明顯地感覺出，一離埔里，跟蹤的特高就有出現了。」引自笠詩社，〈歷史的脈搏，時代的影像──詩人巫永福訪問記〉（臺灣臺北：《笠》第102期，1981年4月），頁31-32。

一九二五年（大正十四）最初在上田敏雄、上田保、北園克衛等人辦的雜誌《文藝耽美》上第一次被介紹。有阿拉貢、勃魯東、艾呂雅的翻譯詩和上述三位詩人的作品。接著，一九二七年（昭和二）《文藝耽美》原先的人馬之外，加上富士原清一，發行《薔薇·魔術·學說》帶有超現實主義色彩。同一年，西協順三郎、三浦孝之助、中村喜久夫、佐滕朔、隴口修造等人發行詩集《馥郁的火夫啊》，它是日本第一本超現實主義詩集。上述兩派人匯合，於一九二八年（昭和三）出版《衣裳的太陽》，接著，山中散生私自勃魯東、艾呂雅他們在巴黎接觸。後來這些詩人大部分都成為《詩與詩論》（一九二八年創刊）的同仁或撰稿人，都是所謂esprit nouveau（新精神）運動的成員。[21]

　　其中《詩與詩論》集合的正是對不滿大正末到昭和初期民眾、普羅詩派的年輕詩人，他們大多數僅把超現實主義認為是一種新美學，而非一種社會運動，在這點上與筆者於第三章第二節，所論及到1960年代臺灣的創世紀詩社似乎有些類似。楊熾昌吸收了日本系統的超現實主義思潮後，在1934年返台後自然對當時臺灣新詩壇，以現實主義為主的詩風有所批判。他首先在當時的《台南新報》、《臺灣日日新報》、《臺灣新聞》發表詩作，後來更成為《台南新報》文藝欄的主編。

　　1935年6月他正式組織了風車詩社，其成員包括李張瑞（當時為嘉南水利組合職員）、林修二（當時為慶應大學學生）、張良典（當時為臺北醫專專生）、戶田房子（當時為專賣局職員）、岸麗子（當時為電信局接線生）、尚梶鐵平。從楊熾昌後來為林修二《蒼い星》（蒼星）的序文〈靜かなる愛〉（靜謐的愛）中提到：「當我決議創刊新的詩刊（Le Moulin）時，他很高興做為同仁參加，他那以其身徹底於詩的熱情，顯現

---

[21] 葉笛，〈日據時代臺灣詩壇的超現實主義運動〉，見文訊雜誌社主編，《臺灣現代詩史論——臺灣現代詩史研討會實錄》（臺灣臺北：文訊雜誌社，1996年），頁25。

出走入成熟期的獨創性。」可見有別鹽分地帶詩人群代表的現實主義詩風，風車詩社詩人是以「獨創性」作為號召彼此的理想。在當時，無論是在意象、構詞與詩境上，風車詩社詩人的詩作呈現十足的異端色彩。

　　做為他們社內典律重要的價值系統，正是戰後創世紀詩社所強調的超現實主義。風車詩社的立社宣言，提出了「主張主知的『現代詩』的敘情，以及詩必需超越時間、空間，思想是大地的飛躍。」，並宗主法國超現實主義宣言做為其創作的信條。這些口號與戰後紀弦籌組現代派時，於〈現代派六大信條〉所提倡現代詩主知、前衛的主張，存在許多類似之處。但是就集團運作的角度檢討，比起戰後紀弦所成立動輒百人的現代派，卻僅有紀弦、林亨泰、商禽等人對現代主義與超現實主義有所認識[22]，戰前不到十人的風車詩社，其組成詩人各自的詩學背景，則大多與日本超現實主義有所淵源。例如林修二在日本慶應大學求學時，曾與西協順三郎有所接觸，其後更常投詩稿於日本《三田文學》、《四季》等前衛文學雜誌。[23]因此風車詩社詩人比起戰後的現代派，雖人數與聲勢難望其項背，但是就社團集體對自身所強調超現實主義的認識上，風車詩社的詩人顯然是勝過現代派的。也正因為風車詩社詩人有著這樣共同的典律認知，在風車詩社在楊熾昌的主導下，他們開始創作傳播超現實主義的實際作品。

　　楊熾昌自身的詩作，最能代表風車詩社的超現實詩風，例如〈清白色鐘樓〉：

　　　晨。
　　　一九三三年的陽光。

---

[22] 因此在1956-1959年詩文壇針對紀弦現代派六大信條的主張，引發一場現代詩論戰時，僅見紀弦、林亨泰為文陳述說明其主張。這突顯了現代派雖有龐大的文學組織，卻缺乏文藝理念作為其運作核心的問題。

[23] 相關討論可參考葉笛，〈臺灣早期詩人略論6.閃耀的流星〉（臺灣台北：《創世紀》第131期，2002年6月），頁138-143。

> 我啃著麵包
> 走著向南方的街去……
> 白的胸部
> 吸取新時代的她在著婦女服的現實上
> 敲撞拂曉的鐘……
> （中略）
> 有人站在朦朧的鐘樓……
> 賣春婦因寒冷死去……
>
> 清脆得發紫的音波……
>
> 鋼骨演奏的光和疲勞的響聲
> 冷峭的晨早的響聲
> 心靈的聲響……

　　若將此詩與創世紀詩人1960年代的超現實風格的詩作相比，可以發現楊熾昌在超現實技巧的使用上，可以說毫不遜色。此詩使用了許多非邏輯性的句法，例如第二段楊熾昌幻想婦女在自己的衣服上敲出鐘響，可能便隱含著女性自覺的精神。末段更鋪排出一個陌生疏離的境界，在迷濛的霧景，不只有賣春婦的死訊，更有曖昧神秘的紫色鐘聲，並且深深撞擊了人的心靈。此詩雖然顯得略微晦澀，但是隱約可以看出楊熾昌企圖描繪出，一個令人感到無助的頹廢晨景，楊熾昌運用這種方式，表述出當時在被日本統治下臺灣人民的無奈感。超現實主義這樣新潮前衛的手法，在1960年代的臺灣尚且無法為大家所接受，更何況是在1930年代，於是楊熾昌很自然地，被目為當時的詩壇異端，楊熾昌曾回憶到：

> 我把超現實主義從日本移植到臺灣。以七人開始的機關雜誌「Le Moulin」（風車）嘗試要把文學上的新風注入，但由於社會一般的

不理解而受到群起圍剿的痛苦境遇，終於以四期就廢刊的經驗，其回憶是深刻的（中略）。過去的詩作品的功過姑且不談，經由《風車》四期的超現實主義系譜在臺灣成為主知主義，新即物主義的水源地帶，終於變成神話的定論。[24]

以現實主義為共同特質的鹽分地帶詩人群，正是當時攻擊風車詩社的主力，他們批判風車詩社的詩迴避現實，在自己的幻想世界中沈溺，其意見竟與日後臺灣1970年代現代詩論戰中關傑明、唐文標的論述有著極大的相似性。對於這個現象，劉紀蕙曾分析到：

上海三〇年代所處的「半殖民」文化場域，與臺灣所處的殖民文化場域，是相似卻截然不同的。上海的「半殖民」多元文化場域雖然不同陣營之論戰處處交鋒，卻沒有強制的沈默。反觀臺灣三〇年代的文壇，同樣在三〇年代日本攻佔東三省而牽連臺灣局勢緊張的政治情勢，以及隨之而起強烈的臺灣人民族自覺意識之下，有雙重的檢查制度，以及雙重的沈默壓力。楊熾昌於一九三三年創立了臺灣第一個現代主義文學的詩社「風車詩社」，也開展了中國與臺灣早期現代文學中罕見的壓抑與沈默之下血腥與虐待狂式的美感衝動。這種壓抑之下流露的暴力美感與隱藏的恐懼，要在五、六〇年代臺灣現代主義文學、八〇年代大陸新時期文學，或是臺灣後現代暴力書寫中，才見到相似的文本痕跡。[25]

---

[24] 乃楊熾昌《紙魚》之後記，譯文轉引自葉笛，〈日據時代臺灣詩壇的超現實主義運動〉，見文訊雜誌社主編，《臺灣現代詩史論——臺灣現代詩史研討會實錄》（臺灣臺北：文訊雜誌社，1996年），頁29。

[25] 見劉紀蕙，《孤兒‧女神‧負面書寫——文化符號的徵狀式閱讀》（臺灣臺北：立緒文化，2000年），頁196。

　　因此鹽分地帶詩人群與風車詩社間的對抗關係，不只是為臺灣新詩中第一次現實主義與超現實主義的衝突，更為我們點出在臺灣現代詩史中，早在1930年代開始，「詩社群」便開始實際地展開典律系統的運作與衝突，而成為臺灣現代詩典律發展史中關鍵性的力量。因此兩詩社群的典律之爭，實值得作進一步探述。

　　兩詩社的先後出現，到彼此的交鋒的過程，其實可與筆者於第一章第二節所圖繪的圖一「文學典律運作模型圖」相互參照印證。鹽分地帶詩人群的現實主義典律化過程，可以分成兩方面來談：

　　第一、臺灣殖民受迫的大環境，使得鹽分地帶詩人繼承了1920年代中期漸趨形成的自我鄉土意識與現實主義詩風，這也是在日治時期被殖民的臺灣知識份子，所共同擁有的情感結構。

　　第二、其領導人物吳新榮、郭水潭本身有極強的政治文化運動性格，使得佳里支部、以及與臺灣文藝聯盟的統合關係，主導《臺灣新文學》等當時重要的全國性文藝刊物詩作部分的編審，展現了他們強大的「組織」力量。這種強調透過文學文化的組織，以筆桿武裝民眾精神抵抗殖民者的運動，正是左翼的、反殖民文學的精髓所在。這代表著在書寫語言上被迫箝入日語系統的臺灣詩人，在形式上失去自身書面語的堡壘後，猶保持在內容精神上的反殖民力量。

　　在1930年代鹽分地帶詩人詩典律的現實主義特質，也可說是1930年代臺灣新文學運動的典律特質，這樣的文學組織力量既然其終極目的，意在抵抗政治場域中的日本殖民政府。那麼對文學場域中非典律者的批判，使之「覺醒」融入這抵抗殖民的組織、部隊，更是他們「神聖使命」的一部份。因此，當鹽分地帶詩人群體挖掘在土壤裡象徵苦難的鹽分，同在台南的風車詩社，卻以城市為據點，期盼透過風車的轉動，為臺灣詩壇注入世界的藝術新風。《伍人報》、《明日》、《洪水》、《赤道》、《先發部隊》、《南音》、《臺灣文藝》、《臺灣新文學》、《福爾摩沙》這批以社會主義、大眾、鄉土、反殖民等精神為訴求的龐大文藝部隊們，自然地將那文字風格呈現晦澀，且反殖民色

彩又含糊籠統的風車詩社，歸類為那一群頹廢消極的假想敵，而亟待
殲滅。

　　《先發部隊》在1934年卷頭言寫道：「盲目的發洩一些藝術的製作
慾，而使終於身邊雜記，甚至墮落於挑情的、感傷的、遊戲的、低調的
文學行動。」以及吳新榮於〈象牙塔之鬼〉一文所言：「我們對既成事
實（筆者案：指文學是少數人的佔有物）叛逆，而要求文學歸屬大眾。
正如呼籲政治歸屬大眾一樣。」[26]無論直接或間接地，都批判當時甫成
立的風車詩社，除要將處於「象牙塔」的鬼魅驅趕出來，更要將之淨
化，「賦予」他們積極用世的典律精神。但是風車詩社的確是反運動、
反組織化的，但不意謂他選擇的是一條日本皇民文學的路線。只是他們
的詩作重視藝術前衛，在政治立場不那麼涇渭分明，呈現的是一片灰色
地帶，亟待讀者為之辨別其政治身份。或許更應該說，風車詩社詩人群
在詩作中，刻意保留的政治灰色地帶，正是他們反鹽分地帶詩人群既成
典律，及反其部隊化、組織化的「標誌」。

　　作為鹽分地帶詩人群的典律抵抗者，風車詩社的質疑策略，乃是直
指其徒務表陳滿腔的政治理想，卻缺乏藝術經營，使得詩的藝術性喪失
的缺失。楊熾昌便曾批評脫離《臺灣文藝》的楊逵，另行成立的《臺灣
新文學》，依然無法突破戰前現實主義的藝術困境。他甚至認為「《臺
灣新文學》雜誌上出現的作品有值得上這個新文學的存在嗎？」而《臺
灣新文學》裡日文新詩的編輯，恰恰正是由鹽分地帶詩人群負責。[27]特
別是為了政治訴求，而犧牲文學本質更是楊熾昌所憂心，

---

[26] 該文為吳新榮於1935年9月13日以日文寫成，發表於《臺灣新聞》文藝欄。此
　　中譯版本，筆者轉引自張良澤編，《吳新榮全集——亡妻記》（臺灣台北：遠
　　景，1981年10月），頁234。

[27] 楊逵曾回顧到：「……我創辦，《臺灣新文學》月刊，並不是為了對抗《臺灣
　　文藝》。《臺灣新文學》與《臺灣文藝》目標相同。但，《臺灣新文學》在選
　　稿上較為客觀，中文由賴和、楊守愚，日文詩由『鹽分地帶』（臺灣佳里）的
　　吳新榮、郭水潭負責……。」見李南衡主編，《日據下臺灣新文學明集5.文獻
　　資料選集》，頁323。

1936年楊熾昌在其主編的《台南新報》所發表的〈臺灣的文學呦‧要拋棄政治的立場〉[28]便認為以臺灣人被殖民者的身份，採取寫實主義進行抵抗文學的創作，是幾不可行的。

1980年以後，楊熾昌在〈回溯〉一文中曾解釋到「以文字來正面表達抗日情緒，雖是民族意識的發揚，可是在日帝『治安維持法』，新聞紙法，言論、出版、集會、結社等臨時取締法……假設要在不抵觸法令下從事寫實主義的作品，便成為一種不著邊際的產品，與現實的生活意識相去甚遠。」[29]由此可知風車詩社只是不願意形成政治文學部隊下的單調棋子，因此他們反對既成典律的制約，標舉純粹藝術與前衛運動。可以說他們詩作表現了如何的晦澀，就等同於滿足了他們對藝術自由如何的渴望。不過，相關的研究者[30]則進一步引申詮釋，認為風車詩社詩人的詩作，乃是寓晦澀而進行對日本殖民政治的批判，則猶待存疑。

為什麼說這樣的詮釋見仁見智呢？這主要是楊熾昌在1980年代以後的解釋，顯然參酌了戰後創世紀詩社對自身1960年代超現實時期的解釋意見，而在有意無意間多少提供了一些暗示，使得尋覓論題的研究者有了運作空間。事實上，一切終將以文本進行論斷，若檢討風車詩社詩人群的詩作，雖然的確有企圖呈現新秩序的企圖，但是仍比較在藝術精神面上來表現的，並沒有那樣對殖民現實情境的積極改造企圖。但也正因為如此，風車詩社詩人在臺灣現代詩史的地位，才饒富意義。就詩學概念發展的角度，風車詩社的出現，多少平衡了當時詩壇過度偏重於1920、1930年代臺灣現實主義的詩典律，以及其末流過度濃厚的政治意圖之現象，因此風車詩社可說為臺灣戰前1930年代的詩創作，帶來一股新興的制衡的力量。

---

[28] 該文見楊熾昌著，呂興昌編，《水蔭萍作品集》（臺灣台南：台南市立文化中心，1995年），頁117-119。

[29] 見1980年11月7日，《聯合報副刊》。楊熾昌在〈土人的口唇〉中亦有類似的意見。

[30] 例如劉乃慈之〈論日據時期「風車」詩社的「政治潛意識」〉（臺灣台北：《笠》第221期，2001年2月，頁132-141。）一文。

　　鹽分地帶詩人群與風車詩社詩人群間的典律之爭，正與戰後創世紀詩社與笠詩社間，現實主義／超現實主義的對抗遙相呼應。儘管是在戰後，創世紀詩社曾在1960年代將超現實主義成為詩壇的強勢典律，現實主義仍一波波地扮演衝擊削弱的角色。不容否認，現實主義的動能之一，便是臺灣在政治社會處境上的動盪，使得詩人群很自然地反覆強調文學本身的社會作用。一旦有重大的社會刺激，現代詩在表現手法的明暢與隱晦，往往便成為第一個被重估反省的詩學議題。但是超現實主義這樣反組織、崇尚獨創精神的藝術力量，同樣也扮演著制衡現實主義的角色，使得臺灣現代詩中現實主義的發展，始終能避免落入政治口號的泥淖而不可自拔。因此，無論是戰前與戰後，現實主義與超現實主義間的對抗，不只是臺灣現代詩獨特的傳統，更是促使臺灣現代詩史推進的兩股根源力量。

　　只是回到戰前臺灣現代詩史的歷史場景，可以發現風車詩社在不斷遭受當道典律的圍剿下，終僅能短暫存在。而風車詩社與鹽分地帶詩人群所以會爆發以上的典律之爭，自然是因為在日治時期的背景下，文學家對於臺灣現實悲慘的述說與批判的需求，因此這樣隱晦的、必須作深入解讀的超現實詩作，自然會遭受到批評，在當時的典律——現實主義的排擠下，終而被驅離出當時的詩壇。但是其在臺灣現代詩史中的價值，卻不因其短暫而遭到抹滅。這乃是因為，風車詩社詩人群為臺灣本土超現實主義建立了起點，他們所引進的日系超現實主義「書單」，慢慢影響了日治時期的臺灣詩人。1930年代中期以後，臺灣許多新生代的詩人，由於沒有太深的門戶之見，也開始嘗試閱讀這些資料。是以風車詩社被迫解散，卻不意味著超現實主義在戰前臺灣亦為之中斷，因為1940年代的銀鈴會，特別是其中在戰後參與笠詩社的詩人們，使超現實主義在戰前臺灣持續發展。

　　銀鈴會為張彥勳1942年於台中創辦的文學社團，一開始主要吸收了台中一中學生們的參與，早期的機關刊物《さぐちふ》（即《緣草》）嚴格說起來，僅是同仁作品的剪貼油印本。但是銀鈴會後期發展越來越

附圖13：銀鈴會《緣草》封面

附圖14：銀鈴會《潮流》春季號
封面[31]

附圖15：銀鈴會《潮流》秋季號
封面

---

[31] 該封面為楊英風設計。

盛大，除集結了臺灣中部的文人，甚至有台北師範的詩人加入，後期多達到百餘人之多。

銀鈴會可說是將臺灣光復前與光復後的文壇斷層，銜接起來的重要文學社團之一，特別是他們的主要同仁皆從事詩創作，因此在臺灣1940年代末、1950年代初的詩史中，扮演了關鍵性的地位。他們在戰前主要以日文為工具進行文學創作與吸收，當時參加銀鈴會的笠詩人由於雖仍處於學習階段，但是由於彼此切磋，以及努力透過日文管道吸收世界新的文學成果，使他們當時部分的日文詩作，已相當的成熟。他們的詩作已經有主知、抒情、鄉土三種傾向，就臺灣現代詩發展史的角度來看，在當時詩壇，抒情、鄉土性可說是一種通相，銀鈴會詩人的主知性，方才是他們所以在臺灣現代詩史中，扮演關鍵性地位的原因。而對於1940年代銀鈴會詩人整體創作風格，張彥勳曾回憶到：

> 「銀鈴會」一開始即走著平實的路線，因此，同仁的作品大多以強調對於現實的感受，以及所要掌握的對象物為多，走的就是現實主義路線。詹冰的詩老成持重，帶有敏銳的觸覺，造型了機智與感覺的世界。林亨泰的視野是廣汎的，他的詩出類拔萃，以詩人銳利的直覺來追求美的極致。張彥勳的詩富有濃厚的感情，以年輕人的正義感來表現現實的悲劇性。蕭金堆就是目前在嘉義女高執教的蕭翔文，他的寫作較早，也是同仁中作品最多的一位，他的詩有濃厚的鄉土味。錦連參加「銀鈴會」較遲，他的作品有深厚的民族性與落根於大地的赤裸裸的現實生活之表現。[32]

銀鈴會參與的詩人透過日文吸收西方現代主義，因此他們的詩作很早便有著現代主義的特質，這些詩人後來更投入戰後笠詩社的活動，延

---

[32] 張彥勳，〈從「銀鈴會」到「笠」〉（臺灣台北：《笠》第100期，1980年12月），頁32。

續臺灣戰前現代主義的香火。例如當時使用筆名綠炎的詹冰[33]，由於本身的科學背景，使他年輕時的詩作，便展現了實驗性以及對自然物象的分析力，他戰前的詩作〈液體的早晨〉寫到：

> 瞬間，
> 初生態的感覺
> 游泳在透明體中。
> 毫無阻力——。
>
> 現在，
> 讀新詩般我要讀
> 被玻璃紙包著的
> 新鮮的風景。
>
> 例如，
> 水藻似的相思樹下，
> 成了魚類的少女
> 搖著扇子的魚翅。
>
> 於是，
> 早晨的Poesie，
> 好像CO_2的氣泡，
> 向著雲的世界上升。

此詩原為詹冰（綠炎）刊登於銀鈴會刊物《潮流》秋季號的日文詩作，筆者轉引的中譯版本乃是詹冰自譯，應該最能反映他自己的原意。

---

[33] 詹冰則為詹益川後來的筆名。

本詩的主題乃是詩人對自然生命的感悟，詹冰在此詩展現了他的知性與幻想。詩人感受到的晨景，是悠閒的、自由的，因此他將地上世界幻想成水中的世界，相思樹轉化為水中之藻，連少女都變成了魚類任意悠游。末段則運用了化學知識，將早晨中不斷湧現的詩作靈感，比喻成水中的二氧化碳（Co2）向天空浮升。早期詹冰的詩普遍帶有這樣崇揚自然，以及自由幻想的特質，例如他寫於1949年的代表作〈五月〉：

> 五月，
> 透明的血管中，
> 綠血球在游泳著──。
> 五月就是這樣的生物。
>
> 五月是以裸體走路。
> 在丘陵，以金毛呼吸。
> 在曠野，以銀光歌唱。
> 於是，五月不眠地走路。

　　此詩描寫的詩人感觸到的五月世界，但是詩人並不是使用寫實主義的手法，而是透過非現實的想像，將五月具像化為生物，而此詩比起〈液體的早晨〉跳躍性更為強烈。五月，為盛夏時節，自然中的動植物在春季萌芽誕生後，在夏季開始慢慢茁壯，然而詩人觸目所見的，不是外相的風華富麗，而是盎然的綠色本質，所以他寫「綠血球」在五月的軀體裡，四處活躍流動。第二段詹冰所描寫的五月，彷彿雀躍的神祇，非常「超現實」地能用金毛呼吸空氣，並用銀光唱歌，主要也是為了傳達五月整個大自然湧動的生命力。比起楊熾昌的詩作，詹冰的詩作並不刻意建構一個晦澀疏離的境界，一般讀者比較能抓住他所要表現的主題，主要乃是詹冰在運用超現實技巧上，還是比較講求合於邏輯性。

　　林亨泰在銀鈴會時期使用的是筆名亨人，他這段期間的詩作中知性、理性的成分便相當濃厚。例如〈圍牆〉一詩：

> 父親叫「富豪」的
> 那個孩子每天在教唆著猛犬
> 猛犬會咬人
> 穿破爛的窮家孩子像個叫花子
> 被咬了
> （中略）
> 父親叫「原因」的
> 那個叫「結果」的孩子
> 每天在教唆著猛犬
> 「結果」成了「原因」
> 穿破爛的「結果」也成了「原因」
> （後略）

　　該詩乃是刊於銀鈴會《潮流》1937年夏季號，這首詩的敘述性非常強，而顯得有些叨絮，實是該詩的弱點。林亨泰的詩作本不以抒情為尚，這首詩呈現了相當強烈的主知與批判性，可說有著林亨泰一貫的特質。林亨泰在此詩中，藉由因果的轉換，凸顯了社會上的仗勢欺人的現象。這首有些複雜的詩作，簡單地來說，乃是由於身為富豪的父親平素便相當跋扈，使得他的孩子也因此耳濡目染，會驅趕猛犬欺負窮人孩子。最後詩人把這個受人欺負的窮人孩子也變成了「原因」，卻沒交代「結果」是什麼，因此顯得相當耐人尋味，或許這個「結果」便是詩人為之感到的悲憫。

　　銀鈴會之中另一個展現濃厚現代主義精神的詩人錦連，雖加入銀鈴會的時間較晚，在1948年才加入，而此時銀鈴會已正式進入了潮流時期。儘管如此，錦連在未加入銀鈴會之前，日文創作即相當多，他的

詩在日治時代，基本上寫實性比較強烈，如〈在北風之下〉等詩，呈現著浪漫寫實的特質，在自然物象中投注自我的激情。參與了銀鈴會後，他的詩作也慢慢帶有了現代主義的色彩，例如他這段時期的〈壁虎〉一詩，在藝術表現上非常突出，筆者將原詩錄於其下：

> 守著夜的寧靜，
> 不轉眼珠的小壁虎，
> 以透明的胃臟，
> 靜聽著壁上的大掛鐘。
>
> 連空氣都欲睡的夜半，
> 我亦孤獨地清醒著，
> 守著人生的寂寥。

這首詩作刊於銀鈴會《潮流》1948年秋季號，該詩中詩人出入物象與自我之間，文字使用上非常簡潔俐落，前段寫壁虎，後段寫自己，兩段不用喻詞，而是將兩者並列，突顯出自我寂寥孤獨的情緒。特別是首段寫壁虎「以透明的胃臟，／靜聽著壁上的大掛鐘。」之處，可看出詩人觀察力的敏銳，將細微的壁虎入詩，並投注詩人自身的落寞之感，這在當時可算是相當成功的作品。

至於作為銀鈴會領導人的張彥勳，在銀鈴會時期常用的筆名為路旁石、紅夢，他的詩作相較於林亨泰等人，走的是當時臺灣詩壇普遍的批判現實的路子，這或許是少年時期的張彥勳，與楊逵往來密切之故。例如他的〈碧潭〉一詩：

> （前略）
> 懸在兩山之間的吊橋上
> 有臺灣笠在行走

夕陽映照的湖面上
眼鏡和口紅的男女輕漂著⋯⋯

屏風般崎立的巨巖啊
裸體的男士仰起眉頭
猛地呼吸
飛沫化為白花
狂歡亂舞

哦碧潭！
男性之湖！
美麗島名勝！
泰雅族居住的
烏萊部落就在那附近

　　這首詩大半部分都在描寫碧潭的湖光山色，粗略看來，倒似一首單純的寫景詩。但是在最後兩段，詩人轉而寫帶有剛強意味的巨巖以及男性，最後則以呼告的語調，點出泰雅族的「烏萊部落就在那附近」，隱含了對反抗精神的頌揚。張彥勳此詩，可說與謝春木的〈讚美蕃王〉有所呼應。

　　銀鈴會詩人群所以後來成為笠詩社詩人群中重要支系，也正是因為他們詩作中特有的主知性，以及現代主義特質，有其相當的代表性。他們在戰前由於年輕尚屬於詩作學習期，因此對於新的藝術思潮的吸收力較強，亦勇於實驗，是以儘管他們之中如張彥勳等的詩作，也有著鹽分地帶詩人群那種特質，但是他們也接繼了風車詩社楊熾昌的現代主義，乃至於超現實主義的特質。因此，銀鈴會詩人群在當時，可說已經粗略有現實主義與超現實主義匯流的現象。

　　除了後來參加笠詩社的銀鈴會詩人群外，在1940年代，笠詩人陳千武也開始正式展開了他詩作創作，並取得了相當的成績。從他在戰前便

附圖16：陳千武戰前詩集《花的詩　　　　附圖17：陳千武戰前詩集《徬徨ふ
　　　　集》封面　　　　　　　　　　　　　　草笛》封面

自行剪貼出版了《花的詩集》、《徬徨ふ草笛》兩詩集中，可發現陳千
武戰前的詩作，都是使用日語進行創作，部分如〈上弦月〉、〈終焉〉
仍帶有一貫少年對愛情的憧憬，不過由於他廣泛的閱讀與吸收，在橫光
利一、川端康成等新感覺、左派以及現代主義的作品影響下，他的詩也
慢慢開始帶有著現實性與批判性。例如在〈苦力〉一詩，陳千武寫到：

> 日正當中
> 全都露出赤銅色的背脊
> 油和汗
> 使鈍厚的肌膚亮著
> 給舊式的壓榨機　插上細長的圓木
> 旋盤輪子就吱吱吱吱地發響了
> 苦力們
> 比划船更簡慢的動作

　　　　以水牛般的步子開始轉動

　　　　啊，這就跟羅馬時代

　　　　囚犯勞動的電影鏡頭

　　　　一模一樣

　　　　那些臂腕的筋肉　鈍重的眼神

　　　　還有懶倦的腳步──

　　　　既然如此

　　　　我就是倒背著手　拿著形苔的

　　　　囚犯監守了……我只壓抑著寂寞感

　　　　漫步走──

　　此詩乃是陳千武1941年3月自台中一中畢業後，進入臺灣製麻會社的豐原工廠擔任監工期間所寫。詩人透過第一人稱的旁觀視角，觀察工廠裡的勞動的工人，前半段以細描的手法描寫工人的勞動體態，後半段身為監工的詩人則自比為囚犯的監守。此詩可說以此譬喻作為詩意轉折的關鍵，使得詩人因為擔任監工，而有著罪惡與寂寞之感，全詩也因而有著由對他者的同情，到對自我懺悔的詩意轉折，使得全詩的意義層次得以提升。其實詩人透過工廠內部的上下壓迫的階級關係，並不只是與電影中的羅馬囚犯勞動的鏡頭相互指涉，詩人真正想要藉此暗示呼應的，恐怕還是在他自我所深處的時代中，工廠外那臺灣被殖民社會的社會階級的問題。從此詩可以發現陳千武在戰前的詩作，已經在社會批判中寓含現實主義的精神，帶有戰前新詩之社會寫實典律的特質，而這樣的起點也影響了他在戰後詩作的走向。

　　可以發現在1940年代的笠詩社詩人們，全數都是運用日文進行創作，事實上在皇民化時期後，臺灣整個文壇幾乎完全便是以日文書寫的面貌存在。特別是除了巫永福外的詩人，如詹冰、林亨泰、張彥勳、錦連、陳千武等，他們都是在皇民化時期後才開始正式出發，是以在一開始他們的語言工具便完全依賴著日文。臺灣光復後，國民黨政府接收臺

灣後，自然也致力於臺灣語言的改造，1945年3月23日「臺灣調查委員會」公布「臺灣接管計畫綱要」中，臺灣文化政策之第四條、第七條分別明確指出：「接管後之文化設施，應增強民族意識，廓清奴化思想，普及教育機會，提高文化水準。」與「接管後公文書、教科書及報紙禁用日文。」使得臺灣省籍作家在臺灣光復後，在官方的文化政策主導下，由於自身過去被日本殖民的背景，在一開始便被迫污名化，更重要的是，也因此被迫放棄原本書寫語言的工具。這使得1940年代末的笠詩人遭遇到了相當大的困境，例如張彥勳便回憶：

> 民國三十四年光復，臺灣回歸祖國，「銀鈴會」會刊「緣草」繼續出刊；但是對祖國語文完全陌生的同仁們，因為一時無法以中文寫作而繼續使用日文，這當中同仁們雖然都在努力學習中國語文，奈何仍然無法突破語言文字的障礙，而維持到三十六年間一度停刊，翌年又更名為「潮流」復刊以中、日文夾雜合用的方式繼續出版六期，直到民國三十八年才正式停辦，就此，活躍一時的「銀鈴會」便像一顆流星消失在文壇上。[34]

笠詩人在光復後歷經了相當嚴重的語言困境，是以他們必須重新展開新的語言學習，這也使得他們戰後對詩創作有著濃厚的語言意識，也影響了他們的詩觀，下一節筆者將會做進一步的討論。

第二節　臺灣本土位置的追尋

本節將承續第一節，探討戰後笠詩人的活動現象，以及笠詩社如何從鄉土關懷，到確建其詩典律中本土詩學的立場。進入戰後，臺灣本省籍詩人之世代也向下延伸，其戰後出生之省籍詩人在1963年以後，與戰

---

[34] 張彥勳，〈探討「銀鈴會」時代的重要詩人及其創作路線〉（臺灣台北：《笠》第111期，1982年10月），頁36。

前世代詩人結集組成了笠詩社。因此筆者在論述上，除將繼續注意戰前世代詩人在戰後的轉變，更將注意戰後詩人的活動現象，以及笠詩社各世代詩人所展現的共同特質。

在論述策略上，筆者首先將探討笠詩人在戰後的社會活動，特別是在國民黨政府戒嚴時期中，笠詩社臺灣省籍詩人在各種限制下，其臺灣意識的轉變以及詩學活動。其次則是觀察在笠詩社早期步步為營的發展過程中，笠詩人如何體認自身的族群身份，隱微地傳達自身對臺灣土地的關懷。而在中後期透過追溯歷史建構彼此共同的記憶，更將是筆者探勘的重點。

一、1940-1960年代笠詩人的鄉土意識

整個笠詩社內部的發展過程，實乃是「地方性」、「鄉土在地性」、「本土性」三個概念的轉換蛻變史。可以發現這三個概念，並不僅單純侷限於文學場域之中，更橫跨了政治與文化場域，這主要乃是笠詩社詩人有極大比例皆為臺灣省籍詩人，他們直接遭遇到了（特別是在1940-1960年代）政治文化上的困境，使得他們的詩學發展過程，一直與臺灣政治、文化場域的發展趨勢有所諧合。值得注意的是，笠詩社中戰前世代詩人，由於同時跨越了臺灣戰前與戰後的政治文化情境，使他們戰後所呈現的臺灣意識，已與戰前有所不同。

誠如前節所探述，戰前臺灣意識隨著統治政權的變換而產生質變，在明清時期的臺灣意識單純僅為一種地方意識，主要呈現祖籍母語群（如漳、泉閩客語）的特徵。而日治時期的臺灣意識則為民族階級意識，可說是一種政治經濟文化上的抵抗意識。儘管當時在政治、地理、語言的隔絕下，臺灣主體意識已隨當時的文化啟蒙運動漸趨成型，但是當時大部分的知識份子，對於中國仍有一定程度的文化認同。例如在戰前一向企圖透過文學運動，深化臺灣政治文化運動的巫永福，在日治時期的詩作便表達了對中國的認同，在〈孤兒之戀〉他這樣寫到：

亡國的悲哀　被日人

譭罵為清國奴的憤怒

把它埋入苦楝樹下算了

但花香的風溶化不掉呢

默默　拭去淚珠

佇立著仰望雲的我

雲脆弱地散開了

孤兒的思維和嘆息

在日光裡越來越厲害

（中略）

日夜想著難能獲得的祖國

愛著難能獲得的祖國

那是解纜孤兒的思維

醫治深深的恥辱傷痕

那是給與自尊的快樂

使重量的悲哀消逝使

沉溺的氣憤捨棄深淵

呀，難能獲得的祖國尚在

（後略）

　　這裡的祖國指的自然是中國，在該詩巫永福將隔絕中國外的自己，比喻為孤兒，然而中國在此詩中，與其說有著追認父祖的政治正統意涵，不如說更有著渴慕母體的文化血緣質地。母體中國乃是在身為孤兒的巫永福的不斷呼喊中，方得以浮現。儘管在此詩中巫永福顯然對於母體中國的內質所言不多，但是母體中國的一再出現，顯然是巫永福用以抵抗殖民羞辱感的利器，不僅可以「醫治深深的恥辱傷痕」，更能「使重量的悲哀消逝」。巫永福這樣孤兒意識，其實也反映當時知識份子對中國的態度，他們在臺灣想像中國，除了尋找與記憶自身的文化身份

外，更企圖藉以作為抵抗日本殖民政權的精神力量。笠詩人陳千武提供另外一個例子，他在1942年4月，因為日本總督府公布的「臺灣志願兵制度」，而被迫擔任特別志願兵，在1943年9月開始進入南洋實際參與太平洋戰爭，這樣以臺灣人身份為日本殖民政府打戰的實際經驗，使得陳千武早年詩作中的「祖國」意識更趨於複雜，例如他的〈信鴿〉一詩：

> 埋設在南洋
>
> 我底死，我忘記帶回來
>
> 那裡有椰子樹繁茂的島嶼
>
> 蜿蜒的海濱，以及
>
> 海上，土人操櫓的獨木舟……
>
> 我瞞過土人的懷疑
>
> 穿過並列的椰子樹
>
> 深入蒼鬱的密林
>
> 終於把我底死隱藏在密林的一隅
>
> 於是
>
> 在第二次激烈的世界大戰中
>
> 我悠然地活著
>
> 雖然我任過重機槍手
>
> 從這個島嶼轉戰到那個島嶼
>
> 沐浴過敵機十五釐的散彈
>
> 擔當過敵軍射擊的目標
>
> 聽過強敵動態的聲勢
>
> 但我仍未曾死去
>
> 因我底死早先隱藏在密林的一隅
>
> 一直到不義的軍閥投降
>
> 我回到了──祖國
>
> 我才想起

我底死，我忘記帶了回來
埋設在南洋島嶼的那唯一的我底死啊
我想總有一天，一定會像信鴿那樣
帶回一些南方的消息飛來——

　　這首詩乃是陳千武在1964年回顧自身太平洋戰爭經驗的詩作。戰爭之中最令人感到恐懼的莫過於是死了，但是這裡的「死」，乃是精神信念上的死亡，而非肉體的死亡。陳千武因為被迫擔任志願兵，他的肉體被日本軍隊嚴密管控，而難自主。於是他僅能把自己真實的精神與意志埋藏在「在密林的一隅」，而以這樣無精神的肉體，在第二次世界大戰中「悠然地活著」，不只成為瞄準射擊目標的重機槍手，更成為被別人瞄準的目標。陳千武此詩所指的「祖國」，指的是光復後的臺灣，然而回到這個重回祖國（中國）懷抱的臺灣，陳千武卻忘了把埋藏在南洋椰林裡的自由意志帶回，使得他繼續以缺乏精神的肉體回到祖國。比較巫永福具母體意涵的祖國，陳千武這裡的「祖國」在意涵上，顯然是有所不同的。在此，讓筆者追問：是什麼原因使得陳千武在戰後的中（祖）國觀念，從母土意識向外開始產生了位移，而這樣的書寫背後，又隱喻了什麼樣的臺灣意識？

　　這主要乃是臺灣光復後，因為國民黨政府一連串錯誤的接收與治理政策影響下，使得臺灣人的臺灣意識，並不因為臺灣重回中國版圖而消散，而在當時臺灣省籍人（即本省人）中持續深化。因此可以發現1945年臺灣回歸中國後，在國民黨政府統治下，臺灣意識逐漸成為一種「省籍意識」。這樣的省籍意識除導因於臺灣人對「祖國」長期隔離而造成的疏離感外，主要還是導因於國民黨政府當時「特殊的」政治與文化政策。

　　在政治方面，臺灣光復後由於陳儀等接收官員，及所率領軍隊之紀律不彰，促使臺灣在1947年迅速爆發228事件，國民黨政府採取武裝鎮壓，使臺灣政治氣氛急速緊張。特別在1949年起，遷台的國民黨政府為迅速因應動盪的政治局勢，陸續頒佈「動員戡亂時期臨時條款」、「國

家總動員法」、「懲治叛亂條例」、「非常時期人民團體法」等戒嚴法令，這些律令促使以外省人為主體的國民黨政府，在臺灣迅速建立中央集權的政治結構，也使得社會資源為國民黨政府所壟斷。臺灣人在日治時期的臺灣意識，原本便有著抵抗不平等的階級意識，而臺灣光復後，國民黨政府在政治與社會權力的分配上，比重朝向外省籍人士傾斜的現象，使得期待在政治、社會上獲得平等地位的臺灣人失望，加以1947年二二八事件的刺激，使得抵抗以外省人為主體的國民黨政府的臺灣省籍意識急速發展。

　　這樣的情形，也發生在與臺灣文學家相關的文化層面上。除了上節筆者所提及的國語政策外，1949年後遷台的國民黨政府更銳意建構為政治服務的文學傳播系統，1949年孫陵主編的《民族晚報》首先喊出「反共文學」的口號，馮放民主編的《新生報》副刊繼而鼓吹「戰鬥性第一，趣味性第二」。1950年4月，中央文運會主任委員張道藩領導的「中華文藝獎金委員會」成立，以優厚的獎金鼓勵作家們創作「蓄有反共抗俄之意義」的作品，官方的政治文藝機器正式開始運作，5月4日「中國文藝協會」應運而生，舉辦了各種戰鬥文藝的宣傳活動。除此之外，國民黨政府也開始進行對傳播媒體的控管，在國民黨政府組織中設立了改造委員會第四組（1972年改名為文化工作委員會）專門負責「文化及宣傳工作之指導」，即負責書刊審查、廣播及新聞政策的宣導，定期召集各社會媒體的負責人及編採部門主管，傳達官方的新聞政策與尺度。甚至擁有各傳播媒體單位的所有權與經營權，直接控管社會傳播媒體[35]。至於在對紙媒傳播的管控上，更透過「臺灣省戒嚴期間新聞雜誌管制辦法」及戒嚴法中的「臺灣地區戒嚴時期出版物管制辦法」、「出版法」等法令制度，限制民間自資的雜誌刊物，這直接衝擊到民間文學社團刊物的出版，使得當時文學傳播都受到政治系統的監視。而臺灣本省意識自然成為當時中國本位的傳播情境下，種種制度夾殺以及污名化

---

[35] 國民黨經營的報紙有《中央日報》、《中華日報》，廣播電台有中廣，通訊社有中央社。

的目標之一。此時的國民黨政府除了掌控監督傳播媒體外，國民黨政府更主導了各級學校的教育政策，在課程上積極建構中國的文化、歷史形象，而刻意忽略了對臺灣過往歷史文化的言說，這樣各級學校的教育制度劇烈地影響了當時仍在就學，而尚未展開文學學習的戰後世代詩人。

　　國民黨政府在1950年代推廣的種種政治以及文化政策，可說乃是為了在臺灣迅速建立以中國意識為主體的政治系統，黃光國〈「臺灣結」和「中國結」的社會心理分析〉分析國民黨政府治理政策的中國意識的原型，乃是包含兩種主要的信念，即：（一）臺灣人就是中國人。臺灣的漢人和大陸的漢人具有共同的文化和血緣關係；（二）臺灣是中國不可分割領土之一部分，臺灣絕不能獨立於中國之外。[36]國民黨政府這樣帶有中國意識的治理政策所為無他，乃是為迅速完成對臺灣的治理體制，為符合其當時「反共復國」的首要課題，於是積極介入各種意識型態再生產的的制度機制（institutional mecanism）[37]。

　　1945年以後，一連串的政治事件就這樣在臺灣上演，使得臺灣戰前便已形成的文化文學情境迅速質變。特別是二二八事件對本省籍的作家與知識份子產生重大的恫嚇作用，例如《新生報・橋副刊》在1948年4月舉辦的文學家茶會上，楊逵便曾發言提到：「光復以來快三年了，臺灣文學界還消沉得可憐，原因有二，一是語言生疏；其二便是政治條件與政治變動，致使作者感著不安、威脅與恐懼，寫作空間受到限制。」[38]《福爾摩沙》雜誌領導人之一吳坤煌也曾表示：「光復後，我們也出版過臺灣評論，二二八事件前我們還計劃出版一個文藝雜誌，……但是目前的環境下，大家都不敢說話。」[39]當時戰前世代的文學家們企圖發揚

[36] 黃光國，〈「臺灣結」和「中國結」的社會心理分析〉（臺灣臺北：《中國論壇》286期，1986年10月），頁26。

[37] 徐秀琴，〈「中國本位」與「臺灣本位」意識型態形成制度過程的衝突與調和：以國民中學納入「認識臺灣」課程為例〉（臺灣台中：東海大學社會學研究所碩士論文，2000年）。

[38] 《新生報・橋副刊》第100期（1948年4月1日）。

[39] 引自彭瑞金，〈記一九四八年前後的一場臺灣文學論戰〉（臺灣高雄：《文學

「鄉土意識」，傳達他對臺灣的感情，不幸的是卻往往被批評為「地域主義」、「分離主義」，當時的《橋副刊》的主編歌雷便認為：

> 關於臺灣文學的特殊性問題，並不是我們要強調臺灣文學的地域性，與地域性的獨特保持，而是說我們必定要通過今日臺灣文學的特殊因素而使之發展，正如我們所能看到的國內文壇中所提到的「邊疆文學」，是藉著地域性的不同，來反映現實性的真實與民間形式的應用。[40]

這樣將臺灣文學邊緣化為「邊疆文學」，自然不為在戰前便顯露臺灣主體意識的文學家們所接受，而引發了一次論爭。最後《橋副刊》在1949年4月突然廢刊，使得臺灣省籍作家的處境更為艱困，這也突顯了在1950年代「臺灣」乃至於「鄉土意識」，是不容言說的。

在笠詩社未成立前，省籍詩人們分散在臺灣各地個別發展。當時的省籍詩人所以能在當時官方文藝政策下，找到缺口突圍而出，在臺灣戰後詩壇中慢慢佔有一席之地，仰賴的還是他們詩作本身的藝術價值。向明在〈五〇年代現代詩的回顧與省思〉一文中便回憶到：

> 此時大陸來台詩人如楊念慈、李莎、墨人、亞汀、季薇、覃子豪、鍾雷、上官予、彭邦楨，以及當時屬於年輕一代的蓉子、林郊、鄧禹平、方思、郭楓、梁雲坡、潘壘、楊喚、鄭愁予、童鍾晉、金刀、謝青等都常在上面發表作品。按著本省籍詩人也開始出現，首先女詩人陳保郁翻譯了日本詩人牧千代的《少女的詩》，按著大量翻譯後來成為現代派中堅的林亨泰的日文創作詩。不久用雙語寫作的黃騰輝出現……除了上述「跨越兩個時代」的本省籍詩人外，光復後第一代本省籍詩人，如女詩人李政

---

[40] 引自葉石濤，《臺灣文學史綱》（臺灣高雄：文學界，1996年），頁77。

乃，出版過《夜笛》的謝東壁，後來成為「笠詩社」同仁的何瑞雄、葉笛等都先後從《新詩週刊》出發。[41]

可以發現在1950年代詩壇，臺灣戰前新詩史的成果，相當諷刺地，完全是以遺跡的型態被考掘而出。慢慢地，1910年世代的吳瀛濤，1930年世代的白萩、黃騰輝、趙天儀等人由於能使用中文創作，因此在當時重要的詩刊《現代詩》、《藍星》、《創世紀》等已開始有本省籍詩人詩作發表。但當時的省籍詩人普遍還是感受到侷限。

然而，由於國民黨政府基本上仍屬於民主制度的政權系統，使得笠詩社得以在1964年創社與創刊。笠詩社成立的過程，筆者在第二章第一節已詳細勾勒，在此不再贅述，筆者要在此要點出的是，此時笠詩社的省籍詩人群中，部分已大約有著臺灣鄉土的意識。笠詩人的結集，可說是戰後詩壇省籍詩人臺灣鄉土意識的首次結集。陳千武在1980年代，便回憶1960年代詩壇與笠詩社的發展：

> 當時的詩壇有《現代詩》、《藍星》、《創世紀》等主要詩刊，在推動詩的創作。由於都是外省籍詩人詩觀為主體的詩刊，失去了本土的跟切實的思考，大舉趨向極端虛無的詩路而迷途了，笠詩刊才有挽救此種頹廢現象的主旨，恢復臺灣本身原有的新文學精神的願望。[42]

但是懾於當時的國民黨政府，對文藝媒體與團體的監督與管控，笠詩人對自身省籍身份也有所警覺。因此笠詩社在當時詩壇，並不特意以省籍詩人詩社為號召，雖然大部分的詩社（人）乃至於文壇，都以這

---

[41] 向明，〈五〇年代現代詩的回顧與省思〉（臺灣臺北：《藍星詩刊》第15期，1988年4月）。

[42] 陳千武，〈談「笠」的創刊〉（臺灣臺北：《臺灣文藝》第102期，1986年），頁383。

樣的角度來審視笠詩社。儘管當時笠詩人在屬於公領域的笠詩社，有著
這樣的整體共識，但卻不意味笠詩人在私己領域的創作上，沒有更為
深化的表現。以下筆者便分別以公領域與私領域兩個部分，細部檢視
笠詩社與笠詩人在1960年代鄉土意識的發展。

　　笠詩社創辦之際，在發展上面臨了許多挑戰。一方面要與其他現代
詩社一同面對，當時文壇對現代詩的質疑與挑戰，另外一方面更要同時
面對本省籍詩人所遭遇到困境，因此在初期笠詩社與笠詩人的使命，便
是要克服這些挑戰。在面對文壇對現代詩的質疑與挑戰上，笠詩社雖未
曾參與過1959-1960年的現代詩論戰，但是1963年創社之後，他們也是
站在抵抗學院派及相關對現代詩有偏見者的立場進行發展。

　　值得注意的是，儘管在1960年代，笠詩社與吳濁流的《臺灣文藝》
可說是站在同一陣線上，但是卻不意味兩者百分之百相同，至少在對現
代詩這個文類是否有其價值這點上，雙方在初期便有著極大衝突。例如
吳濁流在笠詩社第一屆笠詩獎頒獎會場，便坦言：「對於新詩，我因
為看不懂，所以持反對的態度。」[43]林衡道則為之緩頰道：「我和吳先
生是好朋友，我事先就提醒他，不要講新詩的壞話，不要潑冷水，他以
前是最反對新詩的，說唐詩如何如何好。」[44]而吳濁流在《臺灣文藝》
第30期更發表了〈再論中國的詩〉一文，站在古典詩的立場對現代詩多
所批評，引來笠詩人鄭烱明撰〈「再論中國的詩」讀後〉一文反擊。不
過隨著笠詩社逐漸有了相當的創作成績後，吳濁流對現代詩也能加以接
受，在《笠詩刊》第47期（1972年2月）〈笠的消息（一）〉中，便刊
載了吳濁流的通信片段，吳濁流提到：

> 　　近來感覺像我老一輩的人，應該虛心坦懷，不可固執，要跟新時
> 　　代走的話，須加努力多多學習，不然，就易犯阻礙有為青年的發

---

[43] 見笠詩社，〈笠詩社五週年暨第一屆笠詩獎頒獎大會〉（臺灣台北：《笠詩
　　刊》第31期，1969年8月），頁3。

[44] 同註9。

展。關於現代詩，事實我沒用過工夫，所以不敢亂言，請勿見
咎。又者，「臺灣文藝」設有「詩潮」，我提供這園地，任新詩
人耕耘……。[45]

　　其後趙天儀也不斷回憶吳濁流由反詩，到認為臺灣文學中新詩和小
說有希望的文學史實。因此，可以發現笠詩社1960年代在宣揚現代詩價
值上，是相當公開且篤定的。

　　但是在宣揚鄉土意識上，卻未必能如此。笠詩社在一開始詩學批
判時期的發展方向，明顯地採取的是現代主義與現實主義雙軌並行的推
廣策略，而笠詩社詩人早期所欲傳達的鄉土意識，正是隱藏在現實主義
的背後。翻閱一開始的《笠詩刊》，「鄉土」一詞幾乎難以發現，一直
要到第13期（1966年6月），柳文哲（即趙天儀）發表了〈評桓夫不眠
的眼〉一文，《笠》詩刊才開始第一次觸碰到當時顯得敏感的臺灣殖民
史問題。然後慢慢有零星的相關文章，如桓夫〈詩・詩人與歷史〉（第
15期）、陳明台〈歷史的、詩的〉[46]（第21期），以及以本社（即笠詩
社）為名義發表的〈談批評〉（第23期）等文出現，這些文章在談述戰
前臺灣殖民史時，都是站在反日立場發言，因此自然不會有所問題。

　　笠詩人在打開對戰前臺灣文學史的論述場域後，也開始嘗試探勘
被視為禁忌的鄉土議題，《笠》詩刊中最早以此為主題的文章，據筆者
考察為吳瀛濤於第17期（1967年2月）所發表的〈民謠詩話（一）〉一
文。《笠詩刊》在第17期，也連帶刊載了吳瀛濤寫給陳千武的私人信
函，說明了他撰此文的動機：

　　昨夜開一月詩會，同人都到。我另請呂泉生來參加閒聊。從「歌
　　唱的詩」談到童謠和民謠。他很期望對這一方面能有發展。我們

---

[45] 笠詩社，〈笠的消息（一）〉（臺灣臺北：《笠詩刊》第47期，1972年2月），
頁106。
[46] 為該期的刊頭文章。

沒有鄉土的歌，大家沒有歌唱，這一點值得我們深省。別說「歌唱的詩」，我們的詩也實在缺少生活的情趣。為何我們不去寫一些輕鬆、爽快、樸素的詩，爭取鄉土民眾的愛好！[47]

〈民謠詩話（一）〉一文單純地介紹了臺灣的山歌，提倡臺灣民謠在反應民俗的價值，他認為：「概觀本省民間歌謠引用的景，最多的是有關天象、歷史、地名、人名、植物，及其他一般事物之類，而於這些所引用的景物中，也可以說充分反映著詩歌據以產生的民族、社會、歷史、生活、自然等之多元（源）環境，換句話說，它是反映民俗的。」[48]，以及在第18期（1967年4月）的〈民謠詩話（二）〉中寫到：「民謠是最大眾化的歌，大眾化的詩，不僅如此，它既然產生於民間，甚至可以說是『大眾的歌、大眾的詩』，也即為民眾化以前的『民眾的歌、民眾的詩』。它的存在及意義，當可以我國詩經的古風比擬吧。」[49]從他以上這樣的論述可以發現，他提倡民謠，乃是為了強調民謠所隱含的反應的寫實性、大眾性以及民俗性，這與笠詩社一貫主張的現實主義是一致，然而更重要的是在民謠的包裝下，吳瀛濤很自然地為笠詩社，帶出了鄉土性的論點。

在笠詩社詩學批判時期的後期，以鄉土性為題文章慢慢出現，有林煥彰、林宗源的〈二林對談──談談鄉土藝術〉（第20期）以及羅浪譯大岡信詩論〈「俗」的釋意〉（第24期）等文。其中〈二林對談──談談鄉土藝術〉的觀點，除與吳瀛濤一樣認為鄉土藝術能反應民間大眾的精神外，更上綱到國家民族的層次，以作為現實性的基礎，抵抗1950、1960年代詩壇過度崇揚西方的弊病。可看出他們當時所提倡的鄉土性，乃是在當時的國民黨文化政策的大方向下，在現實主義的主張中，隱微

---

[47] 見《笠詩刊》第17期（1967年2月），頁63。

[48] 吳瀛濤，〈民謠詩話（一）〉（臺灣臺北：《笠》第17期，1967年2月），頁25。

[49] 吳瀛濤，〈民謠詩話（二）〉（臺灣臺北：《笠》第18期，1967年4月），頁43。

顯露較不具政治意涵的鄉土意識。而這樣結合鄉土性的現實主義觀點，也可與笠詩社詩學批判時期末段，與鄉土寫實時期中，「作品合評」專欄中相關詩學意見交相印證。因此可以說，這正是當時笠詩社進行詩壇詩作批評時，最重要的批評準則。

換句話說，鄉土意識可說是1960年代笠詩社詩人間的最大公約數，但是在從鄉土意識進一步顯露政治意識上，每個笠詩人卻未必相同。可以發現，在1960年代部分笠詩人已開始顯露出比鄉土意識，更為深入的政治意識了，他們一方面承繼著戰前臺灣新詩寫實批判的傳統，另一方面他們也的確有自身的心聲欲吐露而出。笠詩社戰前世代詩人的詩作，大多都隱含了他們的臺灣鄉土意識，這也使得他們在當時文壇與詩壇，遭受到了一定程度的區隔，例如杜國清便回憶到：

> 我想辦法把他（筆者按：陳千武）的《密林詩抄》和我的第一本詩集《蛙鳴集》，同時出版。那時候我已經參與《現代文學》了，白先勇已經出國，我跟王文興商量之後，就將這兩本詩集列入現代文學的叢刊。那時候臺灣的出版界，書是不能隨便出版的，你要找出版社登記等等，要掛在一個刊物底下才能出版，所以我們那個時候就掛名在《現代文學》下面，作為《現代文學》的叢刊。當時王文興關心的是陳先生的思想會不會有問題，我回答說，不會的，一切由我負責，他就放心答應了。[50]

在臺灣鄉土意識猶為禁忌的1960年代，笠詩人們乃是透過詩作中各種暗喻與意象掩護，傳達他們自身的鄉土意識，例如吳瀛濤的〈臺灣衫〉這樣寫到：

---

[50] 筆者訪談資料〈現代性與現實性的結合──專訪詩人杜國清〉，見解昆樺，《詩史本事：戰後臺灣現代詩人的詩史對話》（臺灣苗栗：苗栗縣文化局，2010年）。

我們好福氣

穿了臺灣衫，穿了我們鄉土的衣服

這就十足表示了我們臺灣人的氣概

在那日人佔據的幾十個年代

（中略）

但我們還老是穿了我們的臺灣衫

用我們的臺灣話過著我們的生活

有時候甚至用他們聽了聽不懂的臺灣話罵得

痛痛快快

這就是我們好神氣地穿了臺灣衫的緣故

（後略）

　　這首詩是站在反抗日本殖民立場所寫的，在政治立場上是與當時的國民黨政府不相衝突的，但是值得注意的是，吳瀛濤此詩中已經顯露了臺灣自主文化的意識，透過臺灣話、臺灣衫等將臺灣與日本相區隔的同時，也隱含了劃分出臺灣自我族群的意圖。此詩裡在「鄉土」之下的自我形象，不再是備受欺凌的，在「氣概」、「神氣」等用語中，「鄉土」之稱其實是確立自我存在的精神資產。吳瀛濤此詩極為明暢，他並沒有再進一步述說臺灣人與國民黨政府間的關係，但是顯然臺灣話與臺灣衫，與當時移入的外省族群顯然也是有所區隔。吳瀛濤沒有再寫下去，當然也不能作過度的推論了。在這方面的表現上，笠詩社中戰前世代詩人中，陳千武在1960年代詩作中所隱含的鄉土意識，甚至是政治批判性可說是最為強烈的，例如他的〈恕我冒昧〉一詩寫到：

媽祖喲

坐了那麼久　祢的腳

在歷史的檀木座上

早已麻木了吧

（中略）

這是非常冒昧的話

可是　祢應該把祢的神殿

那個位置

讓給年輕的姑娘吧

比起

人造衛星混飛的宇宙戰

祢那個位置是……

媽祖喲

如果　我說錯了話

請原諒

（中略）

誰也不該永久霸佔一個位置

如果　我說錯了話

請原諒

廟宇管理委員會的

老先生們！

　　此詩寫於1968年，陳千武在1960年代的詩作便已呈現了高度諷刺性。桓夫自身生命歷史見證了島內殖民、海外戰爭，使他更加痛徹地理解歷史中的現實與痛苦。因此在詩歌美學上他凸顯了對歷史、現實等命題的思索，在笠詩社的1920年世代詩人之中，除了體認自身省籍的身份外，對於臺灣意識的啟蒙也顯得較早。

　　此詩可以說是諷刺一般人民大眾的過度迷信，但是卻也可視為諷刺當時國民黨政權的作品。詩中主要的意象為媽祖，媽祖為臺灣民間特別信仰的神祇，主要乃是因為臺灣人民早期都有從大陸跨海遷移至台的經驗，再加上臺灣沿海一帶的漁民亦靠捕魚為生，因此媽祖信仰文化也可說間接反映了臺灣本身的海洋文化。但是這裡陳千武在媽祖意象背後，所欲隱喻

批判的卻是跨海渡台的國民黨政府。詩中諷刺媽祖佔著位子不放，但是整個世界，卻已經不再是過往的神話時代，而是有著「人造衛星混飛的宇宙戰」的科技現代。這似乎也間接諷刺了在臺灣社會中，佔住重要位子不放的外省當權者，是以詩人在末段的首句，意味深長地寫到「誰也不該永久霸佔一個位置」。陳千武這樣託喻諷刺的手法，似乎在當時戰前的笠詩人的詩作中，可看到類似的表現，例如錦連1960年代的〈媽祖頌〉：

> 這媽祖的臉
> 發著苦惱的黑光
> 　（坐得太久了）
> （中略）
> 裝著冷漠的
> 媽祖的臉色憂憂
> 　（坐得麻木了）

便可見到陳千武〈恕我冒昧〉一詩的影子，不過僅分析此詩，或許有孤證之嫌，我們不妨再看看陳千武同樣寫於1968年的〈屋頂下〉：

> （前略）
> 所有的屋頂就以原來那種樣子
> 庇護我們
> 尤其　媽祖廟的屋頂
> 用最精彩的姿勢
> 在保佑著
> 我們的一切
>
> 我們相信
> 屋頂在

庇護著我們的恐怖與享樂

可是　傷腦筋的是

也有洩漏的屋頂

洩漏了光

洩漏了雨

洩漏了殘酷性

（中略）

我們相信

是屋頂

證實了我們的愛和誠實

然而　瘋狂的屋頂

使我們一再地痛苦

曾有一次

我們更換了屋頂

可是屋頂還是同樣的屋頂

不夠溫暖

漏得更多

我們的惰性更為增強

到底還不是一樣的屋頂

要容忍下去嗎

在媽祖廟的屋頂下

避雨的人喲

　　　　　　　　——1968

　　或許是因為同樣寫於1968年之故，使得本詩與〈恕我冒昧〉中的媽祖意象相當地一貫，都有著諷刺政治的含意。媽祖廟的屋頂不只僅

能遮蔽保護人的肉體，更重要的是還能保護人的心靈，但是陳千武此詩中的媽祖廟屋頂顯然並非如此，詩人寫到這屋頂是會洩漏的，會洩漏了光，也會洩漏了雨，更洩漏了殘酷性。廟堂本帶有著威權寓意，而陳千武在這裡寫人們頭上的廟堂屋頂，寫的其實是治理人民的政府。所以瘋狂的屋頂，暗示的是日本殖民政權，因此陳千武寫到「曾有一次／我們更換了屋頂」，暗示日本殖民政權在臺灣瓦解的史實。但是「新的屋頂」顯然仍是「同樣的屋頂」，甚至「漏得更多」，因此最後詩人問到「要容忍下去嗎／在媽祖廟的屋頂下／避雨的人喲」自然是有其用意在，也傳達了他自身的臺灣意識。

在詩學批判時期，笠詩社雖然採取的是現代主義與現實主義同時發展的策略，但是在1960年代末期，笠詩人間已經開始慢慢從在地性的本省籍身份出發，於現實主義精神的掩護下，強調臺灣鄉土藝術與鄉土意識。其中部分詩人如陳千武、錦連等人，則以自身戰前實際的殖民史記憶為觸媒，在詩中寓含臺灣人戰後的臺灣意識。這樣向鄉土性現實主義緩慢位移的發展現象，也間接促使笠詩社進入鄉土現實時期。

二、1970年代後笠詩人的本土意識

1972年2月《笠詩刊》在第47期卷頭言〈四種偶像之蔽〉中，批評1960年代詩壇充斥著市場偶像、江湖偶像、學院偶像、水仙花偶像，而呼籲「要讓創造者把蔽障揭開，讓我們大家來瞧瞧真詩的世界」[51]。在1970年代致力破除各種偶像的笠詩人，透過述說鄉土性，吐露出他們隱晦於心的臺灣意識，並從政治禁錮中，慢慢找回立根於鄉土現實的自己。由於他們普遍體認到自身省籍身份，在當時所受到的限制，使得笠詩人慢慢培養出團結性格，並且更自覺地堅守著自身在詩壇以及政治場域中的在野身份，提出客觀的批判。笠詩人確立自身在野邊緣的角色，而積極地向詩壇與政治場域的中心進行批評，可說是笠詩社在鄉土現實

---

[51] 趙天儀，〈四種偶像之蔽〉（臺灣台北：《笠》第47期，1972年2月），頁1。

時期中期以後的發展路向，此時笠詩人在展現臺灣意識上，比起1950、1960年代可說越為明顯與具體。這主要還是因為1970年代臺灣在一連串的政治事件衝擊下，社會上尋求體認時代現實的呼聲越益劇烈。

　　誠如筆者前述在1950、1960年代，由於國民黨政府全面性的戒嚴令下，基本上帶有呈現省籍意識特質的臺灣意識，僅在民間的本省人中伏流竄動，或是在現實主義與鄉土性言論的包裝下，在公共的傳播情境下隱晦地出現。但是不能否認，省籍意識本身即帶有族群政治以及族群記憶的特質，部分笠詩社戰前詩人的詩作都反映了這樣的族群意識。特別是臺灣人在政治史中不可抹滅的受難記憶，實成為了省籍意識乃至於族群意識涵養滋長的泥土，例如錦連〈日夜我在內心深處看見一幅畫〉：

> 畫面是承受著層層相疊的黑雲
> 和由西方匯集而不斷加重的雲層
> 雲層下有支撐著
> 天空看不見的重壓的無數手臂
> 和由八面趕來增援的許多手臂
> 看看這幅畫　我會隱約聽到
> 骨頭輾軋的聲音
> 手臂斷裂的聲音
> 身軀碎散的聲音
>
> 儘管如此
> 受壓制的雲層上面還重生看雲層的重壓
> 儘管如此
> 支撐著天空的手臂又再添上了不少手臂
> （中略）

　　此詩中的天與人是一種壓抑與對抗的關係，天自然是指在臺灣政治結構上層不斷替換的統治政權，天空不斷增援而來重壓的手臂，使得被壓抑的臺灣人也必須不斷地舉起自己的手臂抵抗。於是詩人聽到了「骨頭輾軋」、「手臂斷裂」、「身軀碎散」的聲音，這樣的聲音正是濃縮了臺灣人在臺灣政治殖民史受害的哀嚎，也反映了戰前詩人內心潛藏的被壓抑記憶。這種上／下對抗的構圖，在笠詩人的詩作中可說普遍存在，例如羅浪的〈蘇鐵〉一詩，便這樣寫到：

> 一群無言吶喊的手臂
> 伸向
> 陰霾四合的天空
>
> 長久地忍受
> 　　被壓抑的憤怒
> 　　被壓抑的埋冤

　　這樣詩作構圖的類同性，可以說並不是一種技巧上的模仿，而是詩人在共同的族群身份下，彼此間不待言傳而彼此互通的族群經驗。不過在1970、1980年代的政治文化運動下，這股被壓抑的臺灣意識，逐漸找到發抒的缺口，特別是1980年代初的黨外運動，使得臺灣意識得以揚升至政治、傳播的檯面上。誠如筆者於第二章的第二節分析，屬於戰後世代的1940-1950年世代詩人，可說反映了這股臺灣意識揚升，臺灣1970年代的詩壇產生巨大的變動。

　　戰後世代的笠詩人普遍在國民黨政府規條式的教育中成長，儘管他們都不曾實地出現在1940年代的政治與文學現場，但是他們都透過自主求知，長輩言傳等管道，承接了臺灣本省籍詩人族群意識的延續。特別是笠詩社的戰後世代詩人李敏勇等人，更實際介入1970、1980年代的種種社會運動，使得他們自身的臺灣意識，隨著政治與社會氣氛的開放亦

越益激化。因此1970年代戰後世代詩人李敏勇等人接手主編社務，可說是促使笠詩社逐漸呈現本土性的重要動能之一。在李敏勇主持下的「社會批判時期」，是笠詩社顯露本土意識的前奏期，這段期間笠詩社將「鄉土寫實時期」確立的現實主義路向，作了進一步深化。最明顯的表現便是，這段期間笠詩人的詩作關注的層面，不只在表述鄉土現實，更普遍將現實批判性更直接地觸及到政治層面。這使得往後笠詩社的詩運動，一直同時涵蓋了詩學理念與政治現實兩個層面。

這樣的現象可直接反映在他們的創作上，特別是比起戰後世代詩人，實際感受到1940-1960年代本省作家所受到的壓迫管制的戰前世代詩人，不只要跨越語言的障礙，更要跨越壓抑的陰影，使得他們在這方面的表現，可說極為深刻，例如巫永福寫於1971年的〈雞之歌〉：

> 竹籠裡的雞凝望著什麼？
> 混在討厭而污穢的糞裡
> 被封閉於狹窄的天地
> 驚惶　為自卑而憤怒的眼
> 悲傷　低低地啼著
> （中略）
> 有一天雞脫離了竹籠
> 跳上垂危的橫木
> 更勇敢地跳上屋頂
> 從咽喉迸出高亢的聲音
> 向四方響亮而誇耀

巫永福將臺灣人民比喻成關在竹籠裡的雞，前半段書寫被箝制的雞的驚惶與悲傷，誠如陳玉玲於〈瘖啞的情結：《混聲合唱──「笠」詩選》的不平之鳴〉一文指出：

「樊籠」代表的意義，第一、無所不在的控制。第二、「閉室恐懼」陰影。吉爾伯特（Sandra Gilbert）和古芭（Susan Gubar）在《閣樓中瘋女人》（The Madwoman in the Attic）認為女作家在面對傳統架構下女性的封閉空間時，往往有兩極的反應：「曠場恐懼」（agoraphobia）和「閉室恐懼」（claustroph）。……笠詩人的閉室恐懼，顯現出在政治戒嚴之下本土意識者的孤立無助。[52]

巫永福詩中雞的恐懼，其實也正是包括詩人在內的臺灣作家的恐懼。戰前詩人在日治時期的臺灣主體意識便已漸趨成形，但是在戰後國民黨政府不斷打壓下，使他們噤若寒蟬。但是巫永福後段卻寫到，雞脫離地上的竹籠，並不斷向上跳躍，跳上橫木，再跳上屋頂上，向四方高亢啼鳴，暗喻了臺灣人向上突破政治困境，勇敢發聲的企圖心。若搭配筆者上文所論及錦連的〈日夜我在內心深處看見一幅畫〉，可以發現笠詩人與統治政權的關係，明顯是「上／下」間「壓抑／抵抗」結構。至於戰前世代詩人中，在1960年代末創作便已帶有濃厚政治意涵的陳千武，進入1970年代以後，這樣的特質更為明顯。例如他寫於1970年的〈給蚊子取個榮譽的名稱吧〉：

> 嗡嗡不停地　飛來
> 叮在我癱瘓的手背上
> 說是過境
> 過境　就抽一絲利己的致命的血去了
> 究竟
> 有多少蚊子真正無依
> 有多少蚊子值得同情
> 在我的手背上

---

[52] 陳玉玲，〈瘖啞的情結：《混聲合唱——「笠」詩選》的不平之鳴〉（臺灣臺北：《文學臺灣》第15期），頁163-164。

在廣漠的國土裡
我底手越來越癱瘓了

　　陳千武在此詩採取以小見大的手法，將自我癱瘓的肉身喻代為臺灣受難的土地。詩人諷刺代表殖民政權的蚊子，在詩人的手背過境來去，並剝削吸取了肉身的血液，詩中人的手背是癱瘓的，自然無法舉起手臂撲打抵抗，反映了臺灣人在受難中的無奈情緒。在詩末，詩人反詰到「究竟／有多少蚊子真正無依／有多少蚊子值得同情」，正是暗暗諷刺漂流的殖民政權「無根」與「失根」的本質。可以說比起媽祖意象，陳千武的蚊子意象，更明顯表現了他的政治立場。而戰後世代詩人也開始對「祖國」的定義展現了探詢，例如李敏勇〈戰俘〉一詩便寫到：

K中尉沒有祖國
被俘的時候
他宣誓丟棄了

釋還的那天
他望著祖國的來人
默默地
想把自己交給他們

武裝被禁止了
武裝沒有被禁止

祖國已經沒有了
祖國還有

雙重的認識論

在K中尉身上實驗了

說不定有一天

會輪到你或我

世界在靜靜地擦著眼淚

世界在靜靜地掉著眼淚

　　　　　——1973

　　此詩雖然以臺灣人對「祖國」的矛盾感作為主題，但是在書寫策略上，並不是以激烈手法描述外在社會情境中，臺灣人種種的被壓迫畫面以呈現衝突。相反地，詩人以挖掘人內在「心景」中對「祖國」的渾沌疑惑之感，促使讀者參與反省這對祖國的矛盾。因此，在此詩中對「祖國」保留了種種的疑惑，並以深入戰爭的K中尉為主角。詩裡的K中尉在戰爭被迫丟棄自己「祖國」，但是戰後他本想將自己交給來自祖國的人，故詩人特定用「默默地」作為助動詞，正突顯K中尉對祖國的嚮往。

　　但是詩人接著卻一連使用了兩組正反句「武裝被禁止了／武裝沒有被禁止」、「祖國已經沒有了／祖國還有」的並列，以反應K中尉對祖國的疑惑與矛盾。這其中的原因，當然是文本之外，臺灣1940年代以降的種種政治事件。詩人以疑問句的手法，將其隱晦存之，在手法上是成功的。而3、4這兩段與前一段默默心甘情願將自己交給祖國的態度相比，雖看似錯愕，但在這迷惑質疑之外，其實正引領讀者反省其中的歷史記憶。而第5段詩人用假設句「說不定有一天／會輪到你或我」，更是令讀者由疑而驚，促使與之共俱同樣歷史血緣的讀者，無法置身事外。特別是詩末重覆寫到「世界在靜靜地擦著眼淚」，其「靜靜」與第2段的「默默」遙相呼應，突顯在自我定位中矛盾徬徨的臺灣人，無法自主的悲哀，也使全詩籠罩著淡淡的哀愁氣氛。因此可以發現，詩人在

有著「雙重認識論」的K中尉上，濃縮了整個臺灣人在1940-1960年代以來的政治遭遇，也表達了他亟待找尋自己家國定位的企圖。

但是笠詩人並不僅侷限於以詩譏刺批判現實的政治，他們更期盼發揮詩的文化教養功能，勾勒理想的文化境界──即愛與和平的境界，這也可說是笠詩社現實主義社會功能的終極目的。早期陳秀喜〈也許是一首詩的重量〉便寫到：

> （前略）
> 詩擁有強烈的能源，真摯的愛心
> 也許一首詩能傾倒地球
> 也許一首詩能挽救全世界的人
> 也許一首詩的放射能
> 讓我們聽到自由、和平、共存共榮
> 天使的歌聲般的回響

這首詩初次發表《笠》第87期（1978年10月），帶有陳秀喜一貫地不以奇險為貴的溫厚特質。在此詩中詩人以其真摯的賦筆，反覆鋪寫了詩的社會功能。強調詩能挽救全世界，詩更能讓全人類消除對立，而「自由、和平、共存共榮」正是臺灣過往政治殖民史中，臺灣社會情境中所缺乏的。詩人期待透過詩教尋回「天使的歌聲」的企圖，可說相當明顯。李魁賢寫於1983年的〈輸血〉一詩，也表達了笠詩人詩作超越藩籬牢籠的大愛，李魁賢在此詩寫到：

> 鮮血從我體內抽出
> 輸入別人的血管裡
> 成為融洽的血液
>
> 和鮮花一樣

開在隱密的山坡上
在我心中綻放不可言論的美

在不知名的地方
也有大規模的輸血
從集體傷亡者的身上

輸血給沒有生機的土地
沒有太陽照耀的地方
突然染紅了殘缺的地圖

從亞洲、中東、非洲到中南美
一滴迸濺的血液
就是一頁隨風飄零的花瓣

　　比起陳千武的〈給蚊子取個榮譽的名稱吧〉中，癱瘓的「我」無
法抵抗地被蚊子吸走血液，所寓含的諷刺性與無奈感。李魁賢詩中的
「我」則是在自我主動意願下，捲起袖子捐血。此詩可說具有明顯的層
次性，在第1、2段中，詩人藉由捐血感受到自己的血，融合在受血者
的體內，那種重生的生命之美。在第3段以後，詩人進而更遙想到遠方
的戰爭革命中的傷亡者，是如何主動地將自己的血，捐輸自身飽受壓
迫，而給沒有生機的土地，企圖讓殘缺的地圖獲得重生。而詩人最後
提到了屬於第三世界的「亞洲、中東、非洲到中南美」，也暗示了許
多第三世界的理想者是如何主動輸血，給自身充滿殖民傷痛的土地。特
別是本詩收尾之處，詩人經營了一個濺血如花的意象，更將第三世界的
人民追求自由、自主的精神詩意化。
　　1980年代中期以後，臺灣整體的社會情境越趨於開放且多元的，特
別是兩岸展開交流，也促使臺灣意識展開轉變。1987年國民黨政府戒嚴

令解除後，兩岸的交流，雖一度打破了兩岸的政治僵局，但是中共政權卻仍持續採取高壓手段，處理兩岸問題，使得臺灣意識逐漸成為反抗中共政權的政治意識，以及對中國文化帶有辯證性的文化意識。臺灣意識的主體性格正式成形，加以1950年代以來內外省族群的融合，這股臺灣意識中的省籍意識已逐漸淡薄，取而代之的是，臺灣內各族群普遍都有以臺灣為中心的思考。

　　這樣的現象也反映在文壇表現上，由於政治的開放，1980年代對「臺灣文學」的言說慢慢地不再是一種禁忌，但是由於戰後臺灣的文人的族群、文學背景的多元雜沓，使得臺灣文學也有著不同光譜的定位，這也連帶影響了臺灣現代詩的定位。其實早在戰前，臺灣文學便有各種的定位，例如前文所述及的「中國文學」、「國際普羅列塔藝術」、「日本殖民地文學」等等，各方論述可說都企圖將臺灣文學，接嗣到各種文學系譜之下。但是在戰後，隨著臺灣意識逐漸有了其主體性格後，臺灣文學也開始有了對其主體性的思考，企圖建立自身的系譜。主體性是一種需求，一種在抵抗中，尋找自我正當性的需求，特別是臺灣近代史一直是各種政治文化勢力的匯聚之處，因此臺灣人對於主體性的述說，也越益強烈。

　　1980年代中期以後的笠詩社，在面對兩岸交流後，中國政治文化的開放輸入下，在本身辨證意識的主導下，也正式進入了本土意識與詩學的確建期。笠詩社在建構臺灣詩學主體性上，採取的是集體的歷史追述策略，在第148期（1988年12月）到159期（1990年10月）[53]舉辦的討論會便帶有這樣的性質。事實上，如果說殖民者抹去殖民地域（鄉土）上的歷史，作為一貫的便利殖民、統治的策略，那麼，回復歷史實景自然

---

[53] 如第二章第一節所整理，分別有148期的「論臺灣新詩的獨特性與未來發展」（1988年12月）、149期的「臺灣人的唐山觀──兼論巫永福『祖國』一詩」（1989年2月）、150期的「臺灣孤立的哀愁──兼論陳千武『見解』一詩」（1989年4月）、151期的「浮沈太平洋的臺灣──兼論白萩『領空』一詩」（1989年6月）、159期的「被蹂污的綠色臺灣──兼論李敏勇詩『噪音』江自得詩『童年的碎片』李昌憲詩『返台觀感』」（1990年10月）。

是反殖民、反統治論者的因應手段。臺灣在1920、1930年代，臺灣知識份子便普遍開始進行對臺灣史的重整工作，《臺灣青年》1921年1月號便有李黃海的〈臺灣之沿革與臺灣人之可敬〉一文，追溯臺灣明清以來的移民史，以及日治時期的殖民史。而《臺灣青年》1921年8月至11月更連載了黃天民的〈近世殖民史概要〉，該文介紹檢討了各國殖民史，「俾我臺人得以了解臺灣今日之地位」。此外傳統文人連橫在「臺灣人不可不知臺灣事」的動機下，在日治時期更編纂《臺灣通史》一書。而日治時代，鹽分地帶詩人群的領袖吳新榮也曾表示，他父親將畢生行醫所賺得錢都投入文化事業，並將全副精神投入《台南縣誌》、《南瀛文獻》的編輯工作，他認為這完全是因為強烈的民族意識之驅使所致。[54] 都可以看見無力以武裝抵抗日本殖民政府的台籍知識份子，透過追述臺灣史的方式抵抗失憶，展現他們反殖民的決心。

　　而笠詩社一連串的集體追憶，也展現了他們對臺灣文化的定位。在「臺灣人的唐山觀──兼論巫永福『祖國』一詩」中，他們企圖釐清臺灣與大陸間的文化關係。而笠詩社以體認臺灣自明代以來移民社會的立場，如何面對文化與地理上的中國，便成了一個極為重要的問題，正如陳千武「臺灣人的唐山觀──兼論巫永福「祖國」一詩」中所言：

> 臺灣人的祖國。依據先人告訴我們的唐山，是透過傳統的漢文、漢詩所得到伊美吉（image），也就是中國古代、漢朝或隋唐，或可以說是宋朝以前，停滯於歷史上的優美伊美吉image的祖國，這才是我們的唐山。絕不是單純以地理上，只認同土地的祖國。雖是地理上美麗的河山景色尚在，但土地上的人民政治主張、生活習慣早已變色……就毫無使我們懷念的祖國的存在了。[55]

---

[54] 吳新榮，《吳新榮書簡》（臺灣臺北：遠景出版社，1981年），頁78-79。

[55] 笠詩社，〈詩作討論會：臺灣人的唐山觀──兼論巫永福「祖國」一詩〉（臺灣臺北：《笠》149期，1989年2月），頁9。

　　從陳千武的口述，可以知道笠詩人所承認的乃是中華文化上，臺灣
與大陸（祖國）間的相關性，因此大陸文化狀況產生質變後，便完全割
裂了大陸與臺灣兩者的關聯。此外這一連串的討論會，也可說全面檢討
了國民黨在台的政治史，例如陳千武在〈臺灣孤立的哀愁——兼論桓夫
先生「見解」一詩〉便認為：

> 戰後四十年來，臺灣的政府以及政府來台的軍公教人員，一直不
> 忘記抗戰八年和敗給中共政機的仇恨，時時刻刻宣導恨共匪、恨
> 日本、恨蘇聯，甚至恨跟中共友好的國家。反之，從來沒有教育
> 過民眾應該持有「人類愛」的觀念。……不但違背人性，造成臺
> 灣內在精神上的孤立，在國際外交上形成現今的孤立現象，也可
> 以說就是這種頑固的心態作祟的吧。[56]

　　在〈浮沈太平洋的臺灣——兼論白萩「領空」一詩〉中，陳千武亦
認為：「我想臺灣人普遍不贊同國民黨政權的國家觀。他們常說：『沒
有國，哪有家』是暴露了流亡政府的不尋常心態。意思很明顯地指：有
黨才有國，有國才有家有人民。而國旗象徵黨國。於是愛國、愛國旗
成為他們唯一的口號。」[57]陳千武這裡表示的是對國民黨政府的批評，
認為在政治上對於中共與日本應採取寬解的態度，企圖以愛取代臺灣人
因政治宣導下而充滿的恨，進而以愛充實臺灣的內在精神，面對臺灣在
國際局勢中的孤立現況。這也是笠詩社詩教的一部分，企圖藉著詩中的
愛，超越恨。事實上愛也正是陳千武詩作中的重要內涵之一，杜國清便
認為：

---

[56] 笠詩社，〈臺灣孤立的哀愁——兼論桓夫先生「見解」一詩〉（臺灣臺北：
　　《笠》第150期，1989年4月），頁9。
[57] 笠詩社，〈浮沈太平洋的臺灣——兼論白萩「領空」一詩〉（臺灣臺北：
　　《笠》第151期，1989年6月），頁136。

　　所以我想你問我，他的詩有哪些特點，這幾乎是跟陳千武詩歌的
　　出發點，也就是愛與美有關。愛，經過他六十年的努力，愛幾乎
　　包括了對整個社會、人類的愛。……他的愛一開始很單純，不限
　　於男女之愛，呈現比較廣泛的人道的關懷。美，陳千武決不是唯
　　美的，雖然我自己後來的發展比較偏向於唯美。我們都知道，真善
　　美往往是一體的，所以他的美就是真與善的合體，這是大原則。[58]

　　笠詩社在這個階段，便是透過對臺灣史的追憶，徹底地展現了對國民
黨政府過往壓抑臺灣人的批判，誠如陳千武於「臺灣人的唐山觀──兼論
巫永福「祖國」一詩」討論會中，明確地將笠詩社在戒嚴後的政治與文學
立場標明出來，特別值得注意的是，在1980年代初期的臺灣意識，幾乎可
說與國民黨的中國意識完全形成對比。[59]笠詩社這樣追溯歷史，自然也隱
含了某種抵抗意識，是以追溯歷史乃成為被殖民者將隱密的臺灣意識，重
新建構為臺灣主體的儀式，也可說是臺灣主體之正當性的來源基礎。

　　同樣參與笠詩社這波集體記憶的戰後世代詩人，自然相當程度繼承
了戰前世代詩人的政治文化觀。例如陳鴻森〈比目魚〉一詩：

　　　由於不同的視界
　　　和意識型態
　　　比目魚終於宣告分裂
　　　成為左右各別的兩個個體
　　　牠們各自拖著半邊的虛幻
　　　踉蹌地
　　　向看自己視界裡的海域
　　　游去

---

[58] 同註16。

[59] 黃光國，〈「臺灣結」和「中國結」的社會心理分析〉（臺灣臺北：《中國論
　　壇》286期，1986年10月）。

　　左邊的鮃

　　永遠看不到

　　牠的右方還有海原的存在

　　右邊的鰈

　　也同樣的否定了

　　牠左方的現實

　　牠們互相指控著

　　對方的背反

　　三十多年來

　　一直共有著同一名字的

　　左鮃右鰈

　　由於異向的游程

　　牠們之間

　　終於形成了

　　一個寂寥的海峽

　　（後略）

　　　　　　　　　　　——1983

　　陳鴻森此詩以比目魚為即物書寫的對象，以比目魚同體而異名的現
象為核心發展詩句。詩人巧妙地以比目魚同時俱存的左鮃右鰈之稱，比
喻在臺灣俱存的中國意識與臺灣意識，點出兩個意識在臺灣族群中矛盾
對抗的關係。特別是「牠們各自拖著半邊的虛幻／跟蹌地／向看自己視
界裡的海域／游去」，此句的「拖」字用地極佳，尖銳地點出左鮃右鰈
雖合於一體，卻永遠執拗地「誤認」另一半的虛無與不在，於是自然僅
能跟蹌而游。

　　特別是詩人其後在字句間，其實更暗暗地將臺灣比喻為比目魚，批
判島內無論是臺灣意識還是中國意識，都各是其所是，而非其所非。因

此，比目魚的兩面雖同體，卻各自往相反的方向游去，最後比目魚終於
因而斷裂成一個海峽。詩人在此也暗喻了臺灣海峽兩側的大陸與臺灣的
文化與政治關係。可以發現在1980年代以後，笠詩人的詩作不只相當普
遍地處理這樣文化政治的課題，甚至更直接批判往日國民黨政府在戒嚴
時期所施行的威權統治。

　　例如林豐明〈圓環銅像〉（1988年）便寫道：「即使死了／還要站
在路中央」銅像原本象徵的乃是意義偶像，這裡卻被諷刺成當權者無所
不在的威權象徵，壓迫民眾強迫對他膜拜、信仰，當然也是諷刺現實世
界中國民黨政府政權的封建性質，不斷在中心向四方的民眾進行監視。
而李敏勇的〈沉思〉更寫到：

　　　　從海面
　　　　逐漸要沉沒的
　　　　夕陽
　　　　我想到腐爛的供果

　　　　也許是敗壞的心
　　　　也許是權力的神位
　　　　也許是某種意識型態
　　　　例如祖國

　　　　通紅的記號
　　　　像血
　　　　轉瞬間就會變為黑暗
　　　　思考吧在餘暉消失之後

　　　　我想我們經得起黑暗
　　　　為了新升起的亮光

　　我們要轉換新的視野

　　在晨光裡和鳥兒一起歌唱

　　　　　　　　——1990

　　這首詩乃是以夕陽與腐爛供果的互喻作為全詩的開展，其實背後隱代的則是國民黨政府的威權之光。第二段以腐爛供果為主，透過其腐爛的果核，批判國民黨政權崇仰的祖國意識型態，第三段則以夕陽為主，期待夕陽隱沒沈思，第四段詩人期待臺灣人能在黑暗中找到自我，為了將「新升起的亮光」，重新轉換視野。因此詩人最後鼓舞讀者，勇於接受尋覓正義之光前的黑暗。此詩也突顯解嚴以後，笠詩社戰後世代的詩人們對臺灣政治史的重估，筆者在第五章第三節將會作更深入地探述。

　　最後，從本節的探述中，我們可以發現檢討臺灣意識的發展，其重大轉變的分期點，皆與統治政府政權的轉換有所諧合，這說明了臺灣意識乃是臺灣族群對統治政權的觀感的內化，並進而影響了他們對自身的文化定位。日治時期的笠詩人儘管仍帶有祖國嚮往，但是被祖國棄離的他們，由孤兒的離棄感中，努力尋找群體的聚集感，這使得他們除了遙望故國外，更放眼世界，隱然有臺灣主體的輪廓出現。但是臺灣光復後，笠詩人們經歷了228事件，以及1950年代以降國民黨政府的壓抑後，對國民黨政府普遍反感，也使得臺灣意識在1950-1970年代，蛻化為具抵抗性的省籍意識。這段期間笠詩人在現實主義的掩護下，從鄉土出發，寄託他們的政治意識，可以發現此時笠詩人的詩作中，祖國形象已日漸剝離，臺灣意識則日漸揚升。1980年代笠詩人在集體歷史追憶中，進行識別「臺灣／大陸」的政治文化，此時「祖國」在笠詩社中幾乎已不再出現。笠詩人既確立了其自身本土位置，便不再透過中國五千年的政治文化史的管道，追溯他們的根源而是透過建構臺灣戰前政治文化史的儀式，在臺灣的母土上，追認他們自己的父祖。

第三節　笠詩社典律的系譜論與創作論

本節承續前兩節，將對笠詩社的詩典律作一整理性的探討。首先筆者將集中論述笠詩社中，由陳千武所提出最具代表性的「雙球根說」，觀察笠詩人如何地釐清自身的詩學系譜，並且在對現代主義的重新定位中，抵抗臺灣1960年代以降超現實詩風，建立自身現實主義為主的詩學立場。平心而論，在1960年代中期以後的詩壇，由於不斷有學院以及相關的文藝人士，對臺灣現代詩壇超現實主義的詩潮，提供不少針砭的意見。然而至今看來，這些批評意見卻無法成為一個具體的典律系統。

與之相較，笠詩社的現實主義所以能在現代詩史留下穩固而明確的位置，主要乃是他們在理論上不流於口號層次，更重要的是，他們在文本創作上留下實際的文本成果，證明了其詩學典律的語言特質及詩語方法論，有其價值性與可行性。是以筆者在本節之中，筆者將透過探述其「明朗詩語中的語言意識」、「新即物書寫技巧」角度，以及其實際作品的表現，分析探述笠詩社詩學典律結構。

一、雙球根說與現實主義

1950-1960年代由於國民黨政府企圖與提倡文化大革命的中國大陸相區別，在政治、文化上無不強調自身中國正統的地位，因此在臺灣的文藝政策宣導，乃是以張道藩的國家文藝政策為主軸，提倡戰鬥文藝以及中國文學，這也可從目前所見當時國民黨文工會相關記錄相佐證。

當時以中國文學、戰鬥文藝為主的傳播情境，在國民黨政府國家機器的強力主導下，若摒棄毫無文學意義可言的戰鬥文藝，當時籠罩文壇的中國文學正統論，使得外省籍作家比起本省籍作家有相對上的優勢。這主要乃是外省籍作家本身多少都有中國新文學傳統的影響背景，與外省人為主體的國民黨政府也較為密切，使得外省籍作家主導了當時文壇。以1950年代具有官方色彩的「中國文藝協會」來說，其主要的核

心人物便是以遷台第一代作家為主,「中國文藝協會」幾乎掌握了當時
文學發表的主要管道,其協會成員分別擔任《中央日報副刊》、《新
生報副刊》、《民族晚報副刊》、《公論報副刊》、《新生報南部版
副刊》等官方色彩濃厚的報紙主編[60],他們自然以官方文藝政策為準篩
選稿件,主導著1950年代的文學主流。不過隨著紀弦提倡主知的現代主
義,以及創世紀詩社繼而提倡超現實為主的現代主義後,1950年代中期
到1960年代臺灣詩壇在戰鬥文藝外,雖確建了以現代主義為核心的典律
體系,但是無論紀弦、覃子豪還是創世紀詩人們,基本上還是在認同中
國文學的立場上進行發展。

笠詩社戰前詩人大多為「失卻語言的一代」,1950年代大多尚無法
掌握新的書寫工具,在這樣由戰鬥文藝、中國文學意識強悍主導的文壇
與詩壇中,自然無法發揚臺灣戰前已確建的新文學傳統。因此可以說,
1950年代是臺灣省籍作家被迫缺席,以及戰前臺灣新文學傳統被迫斷裂
的年代。如果說詩社彼此間是一種競爭的關係,那麼,笠詩社詩人一開
始在起跑點上,便呈現相對的弱勢,這也是在當時以中國為本位的傳播
情境下,臺灣省籍文學家普遍所遭受到的侷限。在1960年代出發的笠詩
人對於官方的戰鬥文藝自然無法認同,但是官方的中國文學在當時的傳
播情境,卻是幾不容挑戰的上綱。因此當時的笠詩社基本上,是籠統地
接受中國文學正統論的觀點以進行發展,也因而當時以省籍詩人為主體
的笠詩社,在初期也被惡意嘲諷為地方性的詩社,地方性背後所隱含的
鄙視意味,自然不言而喻。此外,當時臺灣戰前新文學日文書寫的成績
被迫截斷,而致力於轉譯出臺灣戰前新文學成績的笠詩社,甚至被污名
為猶殘留有奴化思想的遺毒。

不過,儘管笠詩社有既定的發揚臺灣戰前新詩傳統的方向必須堅
持,使得笠詩社不只必須委身於當時中國文學系譜的大敘述之中,又必

---

[60] 徐秀琴,《「中國本位」與「臺灣本位」意識型態形成制度過程的衝突與調
和:以國民中學納入「認識臺灣」課程為例》(臺灣臺中:東海大學社會學研
究所碩士論文,2000年12月),頁64。

須遭受日本殖民的箝指，但是對於紀弦所提倡的現代主義，初期營運受到侷限的笠詩社卻並不反對。事實上，當1960年代詩壇幾以現代主義為價值基準時，笠詩社正企圖以此為切入點，將臺灣戰前新詩拉到檯面，並確建臺灣現代詩的系譜。

最能反映笠詩社辨別臺灣現代詩系譜的論點，莫過於雙球根說。雙球根說乃是由陳千武於〈臺灣現代詩的歷史和詩人們〉一文提出，特別值得注意的是，該文為1970年笠詩社主編的《美麗島詩集》的編撰後記。由於該詩集為笠同仁的第一本選集，可說是笠詩社正式向詩壇展現他們的典律模型的範本，陳千武在此選集中首度提出「雙球根說」，可說別具意義。陳千武這樣寫到：

　　而這個詩的根球可分為兩個源流予以考慮。一般認為促進直接性開花的根球的源流是紀弦、覃子豪從中國大陸搬來的戴望舒、李金髮等所提倡的「『現代』派」。當時在中國大陸集結於詩刊『現代』的主要詩人即有李金髮、戴望舒、王獨清、穆木天、馮乃超、姚蓬予等，那些詩風都是法國象徵主義和美國意象主義的產物。紀弦係屬於『現代』派的一員，而在臺灣延續其『現代』的血緣，主編詩刊「現代詩」，成為臺灣新詩的契機。

　　另一個源流就是臺灣過去在日本殖民地時代，透過曾受日本文壇影响下的矢野峰人、西川滿等所實踐了的近代新詩精神。當時主要的詩人有故王白淵、曾石火、陳遜仁、張冬芳、史民和現仍健在的楊啟東、巫永福、郭水潭、邱淳洸、林精鏐、楊雲萍等。他們所留下的日文詩雖已無法看到，但繼承那些近代新詩精神的少數詩人們──吳瀛濤、林亨泰、錦連等，跨越了兩種語言，與紀弦他們從大陸背負過來的『現代』派根球融合，而形成了獨特的詩型使其發展。民國四十二（一九五三）年二月的「現代詩」第十三期，紀弦獲得林亨泰他們的協力倡導了革新的『現

代派』，形成臺灣詩壇現代詩的主流，證實了上述兩個根球合流的意義。[61]

雙球根論其意義在於透過形象性的比喻，明確地提出了笠詩社對於當代臺灣現代主義風潮正本清源的看法，並點明了臺灣戰前新詩也有其既有的成績，而臺灣省籍詩人在戰前也透過了日文管道接觸到了「近代新詩」（即現代主義）的精神，並在戰後與紀弦的現代派有了結合。

可以發現雙球根說，基本上還是以現代主義作為焦點。事實上，在雙球根說之前，笠詩社在「詩學批判時期」已開始著手進行對現代主義的研究，並提出笠詩社自身的觀點。這方面的成績，除了在相關社論、公開的信函中片段地提出外，笠詩人另外更從實際的文本翻譯入手，翻譯了當時臺灣詩壇少見的〈超現實主義宣言〉（葉笛譯）、〈未來派宣言書〉（葉笛譯）、〈意象派的六大信條〉（趙天儀譯）等等。笠詩社省籍詩人這樣的研究成績，無形中也使得陳千武雙球根說有其說服力。

陳千武提出雙球根說，可說大抵為笠詩社「詩學批判」、「鄉土現實」兩時期的分野。比起「詩學批判」時期，笠詩社在「鄉土現實」時期，在對現代與現實主義的著重上，明顯開始有了位移的現象。在雙球根說之前，笠詩社在「詩學批判時期」一開始，現代主義還是在社中居於主導的地位，至於在「詩學批判時期」中期以後，現代主義則與現實主義則處於平行的地位。但是雙球根說之後，笠詩社進入「鄉土現實時期」，從笠詩人的「作品合評」、「詩壇散步」、「笠下影」等專欄的內容論述看來，可以發現笠詩人對詩壇提出的批評中，對現實主義的著重，顯然已高過了現代主義。因此在笠詩社的典律構建過程中，雖然對現實主義與現代主義間，沒有對立排斥的問題在，但是卻明顯有著現實主義揚升，而現代主義慢慢居於次位的發展趨勢，這其中的現象，顯然是探究笠詩社典律一個相當重要的問題。

---

[61] 陳千武，〈臺灣現代詩的歷史和詩人們〉（臺灣臺北：《笠》第40期，1970年12月），頁49。

　　誠如前述，笠詩社一開始的發展重點為建立客觀的詩學批判精神，大抵走的是當時詩壇現代主義的路線，其中的原因一方面乃是為規避政治監督，另一方面則是因為笠詩社初期加入同仁中，不乏有參與「銀鈴會、現代派、創世紀」經驗的詩人，而在他們普遍深入早期笠詩社社務的影響下，使得笠詩社早期也呈現濃厚的現代主義的色彩。是以，笠詩社對現代主義接受的轉變過程，其實也正代表著笠詩社中這些「銀鈴會、創世紀、現代派系譜」詩人，對現代主義在接受態度上的轉變歷程。以下筆者便循著這一個線索進行探討。

　　如同筆者在第二章第二節，對笠詩社詩人的分析所述，笠詩社省籍詩人的詩社詩刊活動經驗看來，主要以現代派、創世紀與藍星三個詩社詩刊為活動點，特別是林亨泰、白萩、林宗源、黃荷生等人都與現代派有深厚的關係。他們可說是笠詩社初期現代主義的系譜代表者，但是普遍來說，在加入笠詩社後，他們對於現代主義都有著修正性的看法，他們雖都仍強調現代主義精神的重要性，但是他們卻普遍反對創世紀詩社所主導的超現實風潮，使詩壇詩風趨於晦澀的流弊，甚至部分詩人後來的詩作，也不再呈現現代主義的色彩。

　　以有銀鈴會背景的笠詩人來說，林亨泰便表示：「我曾是現代派的編委之一，但是由於他們發展的盛期逐漸的脫離現代精神而走入形式主義，於是我覺得有修正的必要，於是和趙天儀，詹冰，桓夫，白萩他們共組笠詩社。」[62]陳明台亦針對笠詩社中銀鈴會背景的同仁評述到：

> 　　「銀鈴會」詩人在「銀鈴會」解散後「個」的狀態透過加入
> 「笠」詩社而回到「群」的狀態，雖然部分呈現「銀鈴會」的延
> 伸，但是由於80年代「笠」詩社發展出的現實主義、強烈的批判
> 與抵抗的精神，與早期銀鈴會發展相左，甚而因「笠」的各個

---

[62] 見雁蕩天，〈現代詩人的基本精神──詩人林亨泰先生訪問錄〉（臺灣台北：《創世紀》第47期，1978年5月），頁52。

世代同人「相互激盪」，而造成「影響他們其後創作走向的結果」[63]。

戰前臺灣呈現現代主義的發展，目前僅能在風車詩社與銀鈴會中看到。風車詩社楊熾昌所展現的，可說是帶著日系現代主義色彩，劉紀蕙曾分析到：

> 西脇順三郎、上田敏雄與春山行夫等人在《詩與詩論》發表的文字中，呈現的「主知」批判美學與東方哲學「無」的概念，可以讓我們看到日本超現實主義本土化的發展：他們特意放棄早期超現實主義著重的自動技法所帶來的混亂，而選取西方超現實主義後期的知性批判，以調節當時日本現代詩傳統的耽美與抒情主流，並批判他們所面對的混亂社會。[64]

因此楊熾昌的詩作其實也「可能」隱含批判社會現實的意圖，只是畢竟他的晦澀特質太過於突出，以致於壓過了他所「自稱」隱藏的企圖，使得臺灣第一次發芽的現代主義種子，在鹽分地帶詩人的批評攻擊下迅速夭折。至於戰前銀鈴會的現代主義作品，似乎已能與戰前臺灣新詩的社會寫實精神有所匯通，誠如筆者於本章第一節所分析，他們的詩作不只可以看到主知性，更可以看到一定程度的批判性。因此他們加入笠詩社，除肇因於省籍身份上的認同，在後期也能認同笠詩社的現實主義精神。

至於笠詩人中有現代派以及現代詩社背景者，他們參加笠詩社後，對現代主義看法的轉變，在1950年代可以林宗源與黃荷生作為代

---

[63] 陳明台，〈清音依舊撩繞──解散後銀鈴會同人的走向〉，見林亨泰主編，《臺灣詩史「銀鈴會」論文集》（臺灣彰化：礦溪文化學會，1995年），頁107。

[64] 見劉紀蕙，《孤兒‧女神‧負面書寫──文化符號的徵狀式閱讀》（臺灣臺北：立緒文化，2000年），頁226-227。

表。林宗源繼紀弦之後，曾擔任過現代詩社的社長，對現代主義的認同自然不在話下，在加入笠詩社後，他一開始的詩作還呈現了濃厚的形式與實驗色彩。但是從後來林宗源的詩作卻明顯可以看到他的轉向，例如其寫於1972年的〈在包心菜內的一隻小蟲〉一詩：

> 靜靜地吃
> 靜靜地睡
> 靜靜地生
> 長這是一種現代式的享受
>
> 空間漸漸地廣大
> 一絲陽光燃起慾望
> 在光與黑暗的中間
> 頭在細小的洞口伸縮著
> 想出去看看世界又怕碰到農夫的小虫
> 決定活在洞裡
> 靜靜地吃
> 靜靜地睡
>
> 突然
> 一把菜刀

此詩並不賣弄形式主義或是前衛實驗等技巧，單純地僅集中書寫躲在包心菜中的小蟲，諷刺沈迷在現代的人們，僅能躲在自己幽暗的窄室，不敢面對真正的世界。因此「靜靜」在此詩中，並不是一個良性的精神狀態，而是對「現代」那種封閉在自我世界，失去對現實世界直接抗議能力的嘲諷，是以相對於菜蟲的非自主性，詩中的「農夫」其實正代表了主宰世俗世界的統治者。詩人最後僅簡短寫下兩行「突然／一把

菜刀」，便遽然收尾，給讀者一個強力撞擊，讓人不免反省到僅能靜靜
地吃與睡的蟲的悲哀，可說比「坐井觀天」的井底之蛙更顯得悲哀，也
暗示人們應該要勇於面對現實。除此之外，林宗源也致力於臺灣鄉土題
材的書寫，甚至遙接繼承了臺灣戰前的臺灣話文的書寫精神，投入臺灣
母語詩的創作。都可看到林宗源在參與笠詩社之後，本身呈現側重於現
實主義的路向。

　　而黃荷生與紀弦有密切的互動，不只接編《現代詩》，他的詩更直
接帶有現代主義的濃厚色彩。不過他在參與笠詩社之後的發展，卻是相
當的曲折，黃荷生雖為笠詩社創社詩人，但是相當微妙地，他在笠詩社
的活動卻微乎其微。除了由於自身開設印刷廠之便，幫助笠詩刊早期相
關詩叢與刊物的印刷外，加入笠詩社後，卻鮮少投稿《笠》詩刊。檢討
黃荷生在《笠》150期（1989年4月）前的詩作發表紀錄，可以發現他在
《笠》第10期（1965年12月），刊登過〈季節的末了（一）〉、〈季節
的末了（二）〉、〈戀之一〉、〈戀之二〉、〈安眠〉[65]後，一直要到
《笠》第100期（1980年12月），才又出現一首〈榕〉[66]。至於在《笠》
詩刊上的文章發表記錄，在150期前也僅有〈慚愧與歉疚〉[67]、〈旁觀者
清〉[68]、〈「現代詩」及其他〉[69]三篇文章。

　　從以上詩作、文章的分佈看來，黃荷生不只投稿篇數少，甚至各
篇之間的期數差距亦相當大，說明了黃荷生與笠詩社之間若即若離的態
度。這樣的發表記錄，實在不免令人揣想有著現代主義系譜背景的黃荷
生，是不是與笠詩社現實主義路線產生了排斥的現象。事實上並不是如
此的，細部檢閱他在《笠》發表的文章其實可以發現，他對於現代主義
可說有著深沈的檢討，例如在〈慚愧與歉疚〉一文中，他在懷念吳瀛濤
的同時，寫到：

---

[65] 見《笠》第10期（1965年12月），頁9-10。
[66] 見《笠》第100期（1980年12月），頁14。
[67] 見《笠》第46期（1971年12月），頁62。
[68] 見《笠》第47期（1972年2月），頁20。
[69] 見《笠》第112期（1982年12月），頁41。

　　　　我們同在臺北，我就常有和你談詩論詩的機會。可是，當時
也許由於我年少氣盛，也許我一昧執迷於「現代」兩個字，所以
我總覺得你的詩太保守，太固執，而一直沒有好好地去體會你的
作品。後來雖然我慢慢長大，也逐漸成熟了，但我卻由於種種緣
故而離開了詩。……停筆的這十多年來，我對人生和藝術的看法
有了很大的改變，也許這正是每一個不可一世的少年或青年所必
經的過程。我不怕人家笑話我，正因為我當年勇於激進，所以我
現在才能勇敢的保守起來。因此，當我發現了你下面的詩句之
後，我深受感動：

　　我寫詩，是寫生活

　　除非寫生活

　　我能寫什麼

　　你的「舊時代的詩篇」，更讓我想及我自己的根，讓我的血
流加快了起來。[70]

　　在該文中，黃荷生檢討了過往沈迷於「現代主義」的自己。在中
年以後黃荷生把當年自己屬於現代主義的詩作，視為年輕浮動的表現，
而重新回到現實生活中進行沈澱。而吳瀛濤的「舊時代的詩篇」中含蘊
的臺灣戰前新詩傳統，與臺灣人的歷史記憶，引起了黃荷生的共鳴，使
他想及「自己的根」，也使他更「勇敢的保守」起來。可以說現代主義
時期的黃荷生，追求的是一種意識世界的本質，因此他該時期的詩作，
處理的多半是存在命題的題材，強調挖掘意識中的純藝質地，在表現上
也具有其知性特質。但是現實主義時期的黃荷生，則是追尋現實生活的
本質，因此直截地在現實生活中取材表達其生命感悟。因此在上段文字
末尾，黃荷生引到「生活」兩字，正是其企圖回返現實的決心，因為在
現實的生活世界中，詩人才能貼近自己的泥土，及其中的血性。至於在

---

[70] 黃荷生，〈慚愧與歉疚〉（臺灣台北：《笠》第46期，1971年12月），頁62。

〈旁觀者清〉一文中，黃荷生更批評到1960年代以降現代主義在臺灣詩壇引起的亂象，他寫到：

> 此時此地，我深深相信我們所處身的是一個不折不扣的「現代」詩壇；而且非常統一，非常整齊，戴上所謂「現代」的面具，你就可以輕易的博得詩人之名。……在人類的心靈飽受工業文明威脅和震撼的今天，詩的晦澀和難懂也許很難避免，但那終究不是上策。如果可能，詩人們應致力於詩的明朗化，拓寬詩和讀者之間的通道。[71]

黃荷生在該文檢討了中國現代詩應走的方向，比起筆者前引之文更進一步地指出1960年代的現代主義，過度崇尚形式主義，使「現代」成為了一種「面具」，一般人只要循特定的語言意象的操作模式，務求晦澀難懂便能「博得詩人之名」。面對當時詩壇這樣精神疲乏，又充斥著閱讀障礙的亂象，黃荷生認為詩人應該要在語言上放鬆，在明朗化中使詩和讀者間，沒有障礙而能交互溝通，這也可使詩人更注重充實詩的精神內涵。以黃荷生曾經深深投入過《現代詩》運作，且年少詩作也幾乎是現代主義精神的範式的背景，使得他的論述有著相當的說服力，也反應了他的詩觀確實有了轉向。

在1950年代中期引起了一股風潮，而在1960年代初卻封筆的黃荷生，在《笠》第100期（1980年12月）很難得地發表了一首以〈榕〉為題的詩作，這首詩可以呼應他詩觀的轉變，筆者將原詩錄下：

有人喜歡茉莉
有人賞識杜鵑
但我卻是千年古榕
無視你得意百日

---

[71] 黃荷生，〈旁觀者清〉（臺灣台北：《笠》第47期，1972年2月），頁20。

　　無視你一時稱雄
　　且把風風雨雨盡納我的鬍鬚之中

　　你給我陽光
　　我當然枝繁葉茂
　　你給我肥料
　　我只好越長越高
　　可是如果你什麼都不給
　　我也死不了

　　甚至哪一天你火了
　　狠狠地砍我幾刀
　　我仍能吐出更多的新芽
　　只讓你搖頭和懊惱

　　此詩有祝賀《笠》第100期（1980年12月）的意味，將笠詩社比喻成古榕，雖不如茉莉、杜鵑輕柔豔麗，但是卻樸質厚實，無懼環境的優劣，向下紮根持續吐出新芽鬍鬚。此詩詩語明朗，意象亦極為清晰，這與黃荷生1950年代的〈神〉、〈復活〉等詩相比，幾乎是完全截然不同的風格，這也可以看出黃荷生創作的實際蛻變。從以上對笠詩社中有銀鈴會、現代派背景的詩人的分析中，都可以發現他們對現代主義都有所辯證與批評，並逐漸偏向笠詩社所提倡的現實主義，也因此使得笠詩社以現實主義為典律的趨勢越益明顯。

　　細究笠詩社現實主義的根源，其實正是臺灣日治時期所形塑的新詩傳統，笠詩社創社之時最能反映這個傳統的詩人，莫過於陳千武與吳瀛濤。其中吳瀛濤在接渡戰前現實主義傳統，到戰後初期臺灣詩壇上，可說扮演了重要的地位。主要乃是因為在1950年代，他便能夠同時運用中日文書寫，是以他沒遭遇到發表工具的障礙，而能在當時的報章詩

刊中持續發表詩作。連帶使得臺灣戰前的寫實傳統，雖未能為當時詩壇所廣泛注意，但是尚能在當時的詩壇有所延續。

吳瀛濤在戰前日治時期，便參加過當時重要的臺灣文藝聯盟。戰後的文學活動亦相當熱絡，不只參加現代派，在早期《創世紀》詩雜誌中也屢見其詩作發表的蹤跡，其後更是笠詩社創社大將，在《笠》詩刊中更是最早發表相關臺灣民俗、民歌的評論者。其後雖然逝世，但是對確立笠詩社發展初期便注重對現實主義的發揚，以及鄉土現實的關注上，無疑有著重要的貢獻。此外，除以上論及有銀鈴會、現代派背景的詩人外，笠詩社其他詩人普遍對於現代主義在詩壇引起的超現實混亂亦感到不滿，因此他們彼此合流，承襲日治時期現實主義傳統，強調社會寫實。而部分笠詩社詩人也介入了社會運動，以及中生代詩人的承接，使得現實主義論述在1970年代以後，在笠詩社中成為了主流論述。

在笠詩社雙球根說的提出，以及所確立的以現實主義為發展主流刺激下，笠詩社的詩學系譜呈現了相當濃厚的本土性。笠詩社這樣的本土詩學系譜，自然與臺灣戰前新詩典律的構建過程一般，有著文學與政治相互糾結的特性。進一步來看，笠詩社這樣的本土詩學系譜，勢必面臨許多問題待以澄清，方能具體地看出其中的脈絡。

首先，第一個問題便是，笠詩社如何識別「傳統」，特別是在中國與臺灣間？

可以發現笠與創世紀詩社間，在詩史上的文學繼承與影響上，明顯有所差異。也因此兩詩社對於所謂的「傳統」便展現不同的意見，在1970年代當創世紀已從西方回到中國，進行傳統與現代的融合時，笠詩社對於詩壇這樣的風潮，所提出的觀點乃是：

> 來台派詩人因心存「過客」心理，無法認同存活於「臺灣」這塊土地的「現實」、初期還有鄉愁可寫，時間一久，便無感受而形成詩之主題和題材的高蹈虛無，脫離了現實，不得不躲向「舊文學傳統」的陰影中形成現代詩形式裝的是唐宋內容的怪胎。

　　本土派詩人，則秉承先輩對現代精神的追求，與來台派詩人共同推動臺灣現代詩運動之後，體認了本身的悲劇，熱愛臺灣這塊土地，認為應將現代化植根於生存土地的現實來發展，因此在一九六四年重新組合，成立了「笠」詩社，發行「笠詩刊」，經過十年耕耘之後，才爆發了「鄉土文學」論戰。

　　事實上，目前，臺灣本土現代詩運動，一點也沒有回歸什麼傳統的念頭，它是現代精神+現實主義的緊密結合，標顯出非常獨特的性格，並且活躍在整個亞洲詩壇中。[72]

　　以上意見為陳千武與白萩於《笠》詩刊第144期（1988年4月）中，一連刊登了犁青〈回歸傳統的臺灣現代詩——簡介臺灣現代詩的發展與現狀〉、古繼堂〈從西化到回歸——臺灣文學經驗的思考〉、張光正〈從白話新詩的崛起看臺灣新文學運動〉三位大陸學者論文後，兩人所發表的按語。細探《笠》第144期（1988年4月）中這三篇大陸學者之論文，除張光正外，可能由於初步接觸臺灣文學資料，以及大陸官方文學的立場等因素，其中許多的論述的確出現錯誤漏洞。陳千武與白萩兩人的澄清意見，表現的正是笠詩社的本土詩學系譜觀，說明了臺灣在戰前即有新詩，同時有別於外省籍詩人的立場，強調臺灣現代詩的發展實另有源流。陳千武與白萩也認為相對於張我軍帶來的五四文學傳統，臺灣日據時代臺灣人在日本殖民政府的管制下，接受日本或者透過日文接觸到的世界文學的影響顯然更大，而笠詩社詩人在戰前更透過了日文的管道，將西方與日本的現代主義吸收轉化為臺灣本土性的現代主義。

　　因此可見1970年代以後，笠詩社詩人在文學傳統的認同上，基本上還是以回溯臺灣戰前的新文學傳統為主要立場，更細膩地來說，則是對左翼文學中強調現實批判精神的繼承。這樣的立論，其實在笠詩社詩學批判時期便已出現，只是歷經笠詩社由鄉土到本土的發展後，其中的觀

---

[72] 陳千武、白萩，〈陳千武・白萩按語〉（臺灣臺北：《笠》第114期，1988年4月），頁143。

點更集中展現在對族群以及政治議題的批判，笠詩社這個階段臺灣主體的文學論點，也藉此得到了一定程度的支撐。

其次，第二個問題是：笠詩社詩人如何面對日本文學對他們的影響？

笠詩人與日本文學的關係，可從笠詩社中戰前世代身上看出，他們在戰前便大量吸收了日本文學的營養。因此在《笠》詩刊的文獻資料之中，可以看到笠詩社詩人大量翻譯了日本詩人的詩作、詩論，說明了日本文學對笠詩人直接的影響關係，事實上這也都是創作期跨越1949年的臺灣本土作家兼有的通性。特別是在1949年以後，臺灣與日本在政治上不再存在著殖民統治的關係，在1960年代笠詩社開始與日本詩壇互有交流，許多笠詩人更與日本人私下有書信往來，也因而吸收了部分日籍詩人加入笠詩社。因此可以發現，笠詩人普遍認同日本文學對他們的影響。

最後，第三個問題是：笠詩社如何認知臺灣與中國現代詩間的關係？

面對臺灣與大陸詩史之間，甚至是臺灣文學與中國文學間糾葛的關係，笠詩社往往喜於將之對比為美國與英國文學間的關係，早在1968年8月《笠》詩刊第26期中，陳千武轉譯了福田陸太郎〈美國詩史〉一文，便隱約可以看到這樣的傾向。福田陸太郎〈美國詩史〉提到：

> 美國國民文學的發跡，大約於十九世紀與浪漫派的詩同時發生。由於一七七六年七月四日的獨立宣言，提高了國民的自覺和自重心，……文化上也帶來了「新英格蘭的開花」。
>
> 南北戰爭的終了，隨之曾經得有勢力的屬于新英格蘭集團的文人們，開始失墜其地位。……毫無歌唱對活生生的現實，賦予創造性文字的氣力，支配過美國文壇的這些所謂Brahmins的文人們，不得不各自引退其書房裡去了。
>
> 如此美國突然覺醒於現實。尤其美國西部強大地映入人的意識，使美國式的想法急速展開。[73]

---

[73] 見《笠》第26期（1968年8月），頁13-14。

這些論述其實意有所指地指出笠詩社後續在政治、文學、文化的發展路向，即承認臺灣文學與中國文學雖然有關，但更強調臺灣文學有其獨有的特殊性，並致力於建構自身的主體文學與本土詩學。

因此，總結以上的論述，笠詩社的本土詩學系譜具體地表現了兩點特質：

第一、就文學影響的層面來看，展現了對中國文學傳統的排斥，以及對日本文學的吸收。

第二、就文學意識的層面來看，結合了本省族群的臺灣意識，有對抗綠卡文學，建立本土文學的主張。

二、語言、風格與自我

以上筆者探述了笠詩社本土詩學的系譜論，在此則將進一步探述笠詩社本土詩學所呈現的創作論，以及實際在創作上的表現。正如筆者前文所論及，笠詩社整體的發展過程，同時面對文學與臺灣特殊的殖民史的問題，使得其所形成的詩學典律，往往牽涉了文學與歷史等多種命題。為使論述具體，以下筆者將分別就笠詩社典律的詩語、技巧兩部分，論述笠詩社典律的特質，及形塑的過程。

（一）明朗詩語中的語言意識

笠詩社詩語表現明顯的特質，便是強調語言的明朗化。這自然與笠詩社反對晦澀詩作，以及現實主義的詩觀有所關係，這也是大多論者普遍的看法，這樣的論點有其正確性，筆者不願贅述。因此，在此筆者想承續本章第一節，提出另一個探述路向，即：笠詩社詩語的明朗化，實亦受到戰前跨語言一代詩人，被迫重新適應語言工具之影響，這使得他們在詩語使用上在初期有其侷限性，而後期儘管日漸嫻熟於使用中文書寫，但是卻使他們形塑了另一種詩語風格。影響所及，也使戰後世代詩人在普遍反抗超現實詩風下，遵循這樣的明朗路線，漸漸形成了笠詩社的詩語典律。

　　事實上，也因為笠詩社戰前世代詩人中，普遍都有這樣痛苦地轉換語言的記憶，使得笠詩社在詩語的運用與選擇背後，隱含了極為深沈的語言意識。仔細地來看，在1940年代末國民黨政府接收臺灣後，立即成立了「臺灣省國語普及運動推行委員會」（後來改組為「國語推行委員會」），並制訂「臺灣省國語運動綱領」。其主要的三項工作便是：

　　第一、編輯「國音標準彙編」作為推行國語的依據，並在電台進行讀音示範，藉以教化平民大眾。

　　第二、制訂「台語方音符號」以此教導操擅台語的平民拼讀國語，並編印由臺灣話學習國語的「橋樑叢書」。

　　第三、進行國語教材的改進實驗，以利各級學校推廣國語教育。

　　1949年9月26日臺灣省教育廳又頒佈「臺灣省各級學校國語正音補救辦法」，可以看到國民黨政府積極透過學校教育來推廣國語（即北京語），使得國語在臺灣普及化。在政治場域中，政權者為形塑國族形象，也會在教育制度中採取言說策略，例如忽略方言母語，實行統一的「國語」。這樣的政策排擠了許多在政權下的語言者，許多在日治時期的幾乎全數皆以日文書寫的省籍作家，自然難以打入傳播場域，而在1950年代被迫產生了文學空窗期。正如筆者本章第一節所探述，可以發現笠詩社中跨越語言一代的詩人們，他們戰前詩作在詩語及技巧掌握上，其實已經相當熟練，語言工具的轉換，卻使得他們必須重新學習，例如張彥勳便回憶：

　　　　我習學中文的歷程長達十年，我認為自己如果想要繼續寫作，語言障礙不克服是不行的。光復後我在月眉國小任教，不會北京話，於是請校內到過大陸的老師教我，今天他教我，明天上課時我就轉教給學生，現學現賣，那時我已二十歲，學中文的過程比起三、四十歲的人來，當然算是好一點，但也不是那麼容易的。學說中文遠比較容易，但是要能夠用中文思考與寫作，那就很吃

力了，不過基於對文學的不滅理想，我堅持有朝一日不僅要學好中文，並且還要能夠純熟地用中文寫作。我那時候雖然已經是小學老師，自己學習中文的歷程卻與小學生相去不遠，我為自己定下幾個學習步驟，完全是計劃性的學習，首先是造詞，光這個過程就持續兩三年；然後是造句，白天拼命看中文，將其中的好句子抄錄下來，這樣抄著抄著，也累積了好幾本簿子，晚上則訓練自己的造句能力；等我自覺造句已沒有什麼問題之後，就開始進入寫作的練習。如此從造詞、造句、到「作文」的階段，就費去整整十年的功夫，這才敢再回到文學的舞台。[74]

陳千武也回憶到：

……在學校也沒學到多少，只不過是幾句會話，用嘴巴講幾句不成問題，可是創作就不同了，一開始想要從日文轉到北京話仍然很困難，所以學習中文的歷程，也使我有十幾年的創作斷層期。太平洋戰爭期間，我也被派遣到南洋參戰，在那裡學默寫孫文的《國父遺囑》，而且成為我唯一會默寫的中文。回台之後，我爸爸介紹我到林務局八仙山林場工作，那裡的人事主任要考我漢文，叫我默寫《國父遺囑》，這真是太巧了，我馬上一字不漏地默寫出來，他沒想到我居然會，而且還一字不漏，所以我就得到了這份八仙山林場的人事工作。那位人事主任很會寫公文，可以用漢文寫很好的公文書信，最早時是他打好草稿，交給我來謄寫，我就將原稿留下，這樣勤抄勤讀，我的中文可以說是從抄公文當中訓練出來的，當然，除了公文之外，我也勤抄著名的文學書籍，……如《少年維特的煩惱》翻譯本就是當時我曾抄寫過的書籍之一。……最初我寫日文詩時一部份是用台語思考，再翻成

---

[74] 施懿琳、鍾美芳、楊翠，《臺中縣文學發展史：田野調查報告書》（臺灣豐原市：中縣文化，1993年），頁266。

日文寫出來，一部份則直接用日語思考並且寫成。然而寫作中文時就變得複雜許多；如果是用台語思考，問題雖然存在，但沒有那麼艱難，可是有些東西我們原來是習慣用日語思考的，現在就要先在心中將日語翻成台語，然後再二度翻譯成中文寫下來，其間經過文法的差異性，是相當困難的，所以我的創作生涯有一段空白，那段空白除了在摸索中文的文法結構之外，就是在訓練自己的思考方式，訓練自己腦海中「自我翻譯」的能力，現在我這種「自我翻譯」的能力已經不錯，不管是用什麼語言思考，立刻都能翻譯成中文下筆。跨越語言的種種艱苦，真是我們這一代才能感受得到……。[75]

透過抄錄典籍等方式，雖加速他們使用中文工具進行書寫的能力，但畢竟是一種強迫式的學習，使得他們的中文詩語初期顯得相當生硬。於是他們的詩作很自然地，並不朝雕琢詞語的路線發展，進而以強調內容與詩思的路線發展。例如杜國清便表示：

日文是他（筆者案：指陳千武）能得心應手的表達工具，如果寫詩需要耍文字技巧的話，他使用日文一定可以表現出豐富的技巧。但是他的中文沒有好到能使用大量的文字技巧。一個無法使用中文耍文字技巧的詩人，所以他寫詩才能夠那麼真。他不會給文字帶著走的，他一定是先有所感，也就是要表達的詩感或精神活動。我相信他是先用日文思考，然後才使用他不善於操作的中文表達出來。詩的語言，或者語言本身，具有三種特性，也就是說，語言本身有音樂性、繪畫性、意義性，而陳先生最著重的便是詩的意義性。……陳千武詩的意象性很強，但是他最著重的還是意象的意義性。他的詩帶有很強的批判性。……他的詩是有深

---

[75] 同前註，頁257。

度的，有深刻的意義在裡面，我想是跟他的語言不善於耍文字技巧，完全追求詩的精神很有關係。這才是陳先生的詩，也是他的詩難得的地方。[76]

其實不只陳千武如此，大部分笠詩社中跨越語言一代的詩人們，在戰後對詩語的運用上，都強調語言的「質」，即以含納詩思為詩創作的第一優先目的，而將語言的「形」，即附加的修飾、鍛鍊語認為是較為次要的。事實上，對於繼承臺灣戰前寫實批判傳統，如巫永福、吳瀛濤、陳千武等笠詩人而言，語言工具的轉換，使他們更加強了對原有詩觀的堅持；而對在戰前已有超現實主義色彩的笠詩人，如林亨泰、詹冰等，語言工具的轉換，則使他們更朝向主知批判性的路線發展，而不致落入語言過度實驗的迷障。

而根據「表陳」（discourse）理論，語言——當然包括詩的語言在內——並非是澄澈透明的表達媒介，而是意識型態作用不可或缺的一環，權力的「階層結構」（hierarchical structure）藉以保存，所謂的真理、現實、美感等觀念也藉以確立。[77]語言轉換的痛苦背後，傳達的是一種文化上，甚至是政治上的受難記憶，這可說是笠詩社戰前世代詩人中普遍的語言意識，例如杜潘芳格寫於1967年冬的〈聲音〉一詩，則寫到：

不知何時，唯有自己能諦聽的細微聲音，
那聲音牢固地，上鎖了。

從那時起
語言失去了出口。

---

[76] 筆者整理之〈現代性與現實性的結合——專訪杜國清〉訪談資料，見解昆樺，《詩史本事：戰後臺灣現代詩人的詩史對話》（臺灣苗栗：苗栗縣文化局，2010年）。

[77] 吳潛誠，〈臺灣在地詩人的本土意識——以《混聲合唱——「笠」詩選》為討論對象〉（臺灣高雄：《文學臺灣》第9期，1994年1月），頁222。

現在，只能等待新的聲音。

一天又一天，

嚴肅地忍耐地等待。

　　詩人生動地以上鎖，比喻屬於自己體內的聲音（即母語），生生地遭到封閉，而這聲音之鎖牢固地讓詩人無法抵抗。從那時起，詩人的語言便「失去了出口」，受困在語言困境中的詩人，只能「等待」新的聲音從他自己的體內萌發。杜潘芳格在此詩中，可說深沈地表達了一種身陷在語言監牢的囚禁感，以及無助的情緒。此外，雖不屬於跨越語言一代的笠詩人李魁賢，在他的〈鸚鵡〉，竟也有著這樣類似的情緒，他寫到：

「主人對我好！」

主人只教我這一句話

「主人對我好！」

我從早到晚學會了這一句話

遇到客人來的時候

我就大聲說：

「主人對我好！」

主人高興了

給我好吃好喝

客人也很高興

稱讚我乖巧

主人有時也會

得意地對我說：

「有什麼請你儘管說。」

> 我還是重複著：
> 「主人對我好！」
>
> ──1972

　　李魁賢於1937年出生，他同時接受過日本殖民政府，以及國民黨政府的語言教育，使得他能較早突破語言的障礙。正是因為如此，使得他的〈鸚鵡〉一詩相較於杜潘芳格的〈聲音〉，傳達的不是無法發聲的苦痛，而是受迫發出被規定的聲音，而無法抵抗的苦痛。這也可說是笠詩社中1930年世代與屬於跨越語言一代的1920年世代詩人，在語言意識上些微不同之處。此詩中的鸚鵡在主人的語言教育下，僅能說「主人對我好」，儘管能夠發聲，但是卻不能傳達自身內心真正的語意，詩人透過鸚鵡，傳達了在官方教育中，被制式化的臺灣人的悲哀。這也可以發現戰前世代詩人的語言意識，往往透過帶有監禁性質的意象，傳達他們普遍存在著受難的拘禁感。

　　因此，探述笠詩人的詩語表達，在強調他們明朗平實的語言風格的同時，實不能忽略背後所隱含的受難情緒與拘禁感。以此為出發點，慢慢地笠詩人的語言意識中，也開始有了積極地抵抗批判精神，例如陳千武寫於1985年的〈喜相逢〉一詩，便寫到：

> （前略）
> 總共　久達了　一千年
> 你我之間的差距　不該算很大
> 可是　我用中原古老的母語
> 河洛話　歡迎你
> 表示喜相逢
> 你卻用北京話　最初
> 那奇妙的國語　使我聽不懂
> 聽不懂？不行　你逼我學國語

> 講國語　不要講河洛
> 像日本帝國官吏禁止我說母語那樣
> 講國語　不要講河洛
> 使我有生以來　學習說話學三次
> 學會了河洛　日語和北京國語
> 學會了每一種話都講　都講不好
> （後略）

　　〈喜相逢〉一詩過度地白話，可說是該詩的缺點，不過這其中陳千武也「明朗地」讓我們知道，在他自身的語言學習史中，所充滿著矛盾的政治文化衝突。詩中的你與我都姓陳，但是前者是戰後遷台的外省人，後者即陳千武自己，為日治時期便在臺灣居住的本省人，兩人在臺灣光復後在臺灣相逢，但是雙方卻存在著河洛話、北京話的障礙，所以詩人被逼著「學國語」，但是無論河洛話還是北京話都來自中原文化傳統，詩人這樣的經驗，使他對自身的文化身份開始產生了反省。陳千武寫到「像日本帝國官吏禁止我說母語那樣」，其實也間接批評了國民黨政府語言政策，而詩人在「學會了河洛　日語和北京國語／學會了每一種話都講　都講不好」隱含著臺灣人在殖民統治史中的悲哀。而郭成義的〈一隻鳥仔哭啾啾〉也寫到：

> 眼睛瞎了以後
> 才聽得見自己
> 淒屬的叫聲
>
> 自從受傷的那一次
> 意外地叫出了我的語言
> 才開始懂得
> 如何追向遙遠的故鄉

> 停在高高的山頂
>
> 地面上突然傳來
>
> 淒厲的喊叫
>
> 我迅速的往他的身上撲落
>
> 然而
>
> 故鄉怎麼這麼漆黑呢？

　　這首詩有別於上述的李魁賢與杜潘芳格詩作傳達的無奈受迫情緒，傳達的是一種激烈的情緒。詩人將受難者比喻奮力鳴叫的鳥，比起李魁賢拘禁於籠中鸚鵡，此詩中的受難者可說更直接地感受到肉體的傷害。詩人諷刺地寫到被刺瞎的鳥，在極大的痛苦中，竟才意外地叫出潛藏在肉體內，真正屬於自己的語言。受難者於是覺悟，開始尋找與自己一同受難的故鄉，然而喪失視覺的受難者，找到故鄉當然是漆黑一片。此詩可說具像地充滿著暴力與傷痛的情緒與場景。也可看到笠詩人如何從失語的境地，找回自己的語言，以及語言背後潛藏的文化認同。

　　加以笠詩人所以要求詩語明朗，本身便是為求使詩能大眾化，易於為讀者感知。因此很自然地，部分笠詩人在詩語選擇上，更進一步朝向採取母語進行創作，而與戰前臺灣話文創作相互呼應。不過值得注意的是，笠詩人如林宗源、黃勁連母語詩的發展上，主要還是進行河洛（閩南）話的創作。如同陳千武一般，笠詩人在北京語／河洛語間的對比中，往往壓縮了巨大的殖民史記憶，例如：林宗源的〈講一句罰一元〉寫到：「講一句罰一元／臺灣話真俗」、「講一句打一次手心／臺灣話有毒」在課堂上老師與學生，影射的便是屬於上／下的懲戒關係，以及國語與臺灣話間的對立。詩人企圖透過反諷，完成原本上下二元結構的逆反，將臺灣話從俗與毒的地位翻轉過來，傳達了詩人抵抗官方語言的意識。

（二）新即物主義的書寫技巧

　　笠詩社在書寫技巧上的主張，強調的是即物主義，挖掘事象的本質，藉以傳達詩人的詩思。這樣主張的形成過程，可說是笠詩社內部對形式主義的辯證過程，而逐漸形成的共識。

　　在1950年代紀弦所提倡的現代主義精神，主要是以強調知性為其大纛，並不以隱晦為宗，但是當創世紀詩人找到現代主義中，另一把自動寫作的鎖匙，以隱晦的技巧探勘自我潛意識中失根的虛無時，流風所及造成了1960年代初詩壇普遍的晦澀詩風，自然遭到了紀弦的反對。笠詩社早期的發展路向乃是建立客觀的詩學批評，強調勇於批評詩人詩作，以掃除詩壇間膜拜名詩人的現象，這樣的心理當然富有打破固有陋習、典律，建構自身典律的思考，只是在早期這樣的思考，仍然尚未形塑出一個風格。誠如前述，在笠詩社詩學批判時期初期，由於社中不乏有深入吸收過現代主義的詩人，使得現代主義在詩學批判時期初期具有一定的強勢地位，但在後期則與現實主義相互並列。這段期間現代主義與現實主義的升降，正反映了笠詩社詩人內部彼此在詩觀上的溝通與融合，而早期《笠》詩刊中的「作品合評」專欄中，笠詩人彼此間的對話紀錄，最能反映這樣的情形。

　　笠詩社在詩學批判時期對於批評精神的實踐，都反映在當時《笠》詩刊的專欄設計上，其中表現最為突出，持續最久的，莫過於「作品合評」專欄。《笠》第7期（1965年6月）「筆談──我對笠第一年的看法」專欄，共有李篤恭、忍冬、吳瀛濤、洪文惠、喬林、楓堤、趙天儀投遞文章，除忍冬、吳瀛濤、楓堤外，其餘皆對「作品合評」有所批評與建議，說明當時詩壇對之的關注。對照筆者整理的附件十二「笠詩刊歷期作品合評專欄演變紀錄表」，可以發現「作品合評」專欄，在《笠》詩刊創刊時即設立，在16-19期稍微中斷，專欄名稱有時也會稍加轉變[78]，但是基

---

[78] 除合評當期詩作外，更有針對前期詩作進行欣賞的機制，這主要是滿足詩評者對未為詩評者注意的作品，進行補充。其後也有所謂的「大家評」，開放一般

本上都以檢討詩人詩作為主。「作品合評」專欄早期同時在北中南三地進行，多為詩人實際聚會合評，不過有時也有採取筆談的方式進行，可說彙整了分散在各地笠詩人的意見。

　　然而，正因為是採取笠詩人合議批評的機制，使得不同詩觀的笠詩人間開始有所碰撞，這樣彼此間對詩作的觀點爭執，也說明詩社詩人們並非由同一模具刻印出來。早期笠詩社中，其實能操擅超現實主義精神，進行創作的詩人不在少數，因此很自然地與秉持現實主義精神的詩人，在詩評上有所摩擦。兩者間的對立，可說集中在對超現實與形式實驗的爭議上。例如在《笠》第4期（1964年12月）作品合評，便選評了詹冰在該期發表的〈透視法〉一詩，原詩如下：

> 柔軟的四肢，
> 演出了植物的姿態。粉紅的肺葉，
> 流入了早晨的Ether。
> 咦，一直增加的呼吸數──。
>
> 白的樹幹，
> 佇立在銀砂上。
> 紅的樹液，
> 昇降在血管裡。
> 多麼優美的溫度計呀。
>
> 看迷了麼，少女。
> 愛上了麼，薔薇。
> 啊！
> 白色的腦髓中，
> 紅色的花朵開了。

___

讀者評論。

　　詹冰此詩與筆者於本章第一節，所分析他戰前的〈液體的早晨〉等詩一般，都是透過非現實的想像，傳達他對大自然的感悟。在合評中，曾接受過現代主義以及超現實主義影響的白萩，便認為：「這『透視法』不是普通眼睛的看法，而是像X光的看法，內容似是寫人，亦似是寫植物，有點超現實主義的感覺。……把動與靜配合，能造成一種超現實的醜惡的戰慄，好像從太平間走出來一般的感覺。」[79]可說相當透徹地點出了詹冰詩中的特點。然而，主要承襲臺灣戰前新詩傳統的吳瀛濤的意見，卻不那麼正面，他認為：「不過，詩除了以美的意象來表現之外，似乎還可加些生命的體驗，如果作者本著追求美的精神，來配合生命世界的表現，似更能擴大創作的領域。」[80]、「作者過於注重詩表現的計算方法，反而不無失去生氣，雖然表面上看來是美無破綻。」[81]很明顯地，可以看到兩人發言背後隱藏的是超現實主義與現實主義間的衝突。

　　除此之外，《笠》第10期（1965年12月）中的林宗源〈黑板〉一詩，利用圖表模擬旅社中的旅客資料登錄本，可說有濃厚的形式實驗精神在，原詩筆者錄下。

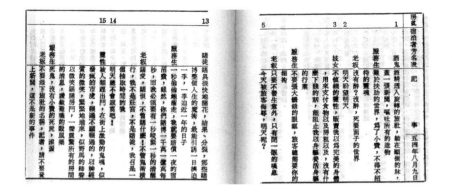

---

[79] 見《笠》第4期（1964年12月），頁23。

[80] 同前註。

[81] 同註20，頁24。

　　此次「作品合評」分別在北、中兩地展開，北部有吳瀛濤、林煥彰、杜國清、趙天儀、林錫嘉、朱建中、洪文惠、楓堤參加合評，中部則有詹冰、錦連、羅浪、桓夫參加合評。這樣的合評人員組成，對於林宗源這樣具現代主義實驗精神的作品，自然引發了當時笠詩人中，詩觀偏向現實主義與現代主義傳統的詩人間彼此的對話。

　　在北部的合評會中，吳瀛濤秉持了對詹冰〈透視法〉一詩的看法，提出較為負面的意見，他認為：「現代詩所追求的現代化，是精神上的，而不是單純技巧上的，故內容如果不太新，光在表面上力求新奇，反而破壞了詩素。」[82]而此時詩觀受到陳千武影響的杜國清，亦認為：「這種形式上的追求，對內容並不能造成特殊或強化的效果。如果把形式上的外殼去掉的話，便流入中世紀道德劇的類型裏。以『靈性』當做人物，可說退化到寓言式的手法。」[83]接著杜國清的意見，吳瀛濤繼續提到：「靈性所講的話裏，並未表明出靈性的什麼，這是作者沒有把握住的地方，所以這一首並非很好的作品。」[84]這一連串的意見，基本上都是站在現實主義的立場，因此可以發現在北部合評會上，林宗源此詩的評價不高。

　　然而在中部，由於參與詩人詹冰、錦連都參與過銀鈴會，對於林宗源此詩，相對於北部合評的貶抑，則是多所褒揚。對於林宗源這樣的圖版實驗，後來同樣投入圖像詩創作的詹冰，便認為「形式特殊，把詩表現的領域擴大了。可記功一次。」[85]錦連亦認為「可以說舞台裝置的按排很巧妙。」[86]然而詩觀較承襲臺灣戰前新詩社會寫實傳統的陳千武，卻認為「這種表現雖然是特殊，但似乎缺乏詩的味道。」面對陳千武這樣的意見，詹冰則認為「作者既提出了新穎的形式，是一種大膽的嘗試，似

---

[82] 《笠》第10期（1965年12月），頁47。

[83] 同前註。

[84] 同註23，頁47-48。

[85] 同註23，頁48。

[86] 同註23，頁48。

不必再過於要求抒情性或其他苛酷的條件了。」[87]可以發現比起北部，中部合評的意見在詹冰與錦連的主導下，則明顯認同林宗源的形式實驗。

北部與中部意見的差異，其實濃縮了笠詩社早期不同詩觀的詩人間的詩觀對立，亦說明了儘管笠詩社對外攻擊當時詩壇晦澀難懂的詩風，但內部其實仍有些許歧見存在。然而，實際翻閱《笠》詩刊，這樣的對立狀況可說漸漸相互融合，其中原因正如筆者與本節前面所述，乃是「銀鈴會、創世紀、現代派系譜」詩人對現代主義的轉變，以及笠詩人普遍反對1960年代詩壇詩風過度晦澀的弊病，以及他們企圖發揚對鄉土現實關懷的共同立場。

作品合評中也反應著這樣的演變過程，而在「合評」中更可以看到笠詩人間的評詩立場，越益形成以現實主義為主的觀點。細密地來看，稿量開始大增後，詩作開始進入選評，而且程序極其嚴謹不亞於文學獎評審，有初選、複選、評分等程序。[88]然而在執行初步篩選稿件的過程，詩刊編輯先行挑選把關的過程，已隱微地將笠詩社的詩觀慢慢導向特定的方向。而在後期，《笠》詩刊也運用作品合評的「評價」功能，提出社中詩人詩作的價值所在，例如在《笠》第18期（1967年4月）的「同仁作品合評」便是針對該期同仁作品進行討論，其中桓夫便提到：「林亨泰建議同仁作品的重視以及提高同仁作品的水準，合評應該針對同仁作品作詳細的觀察與批評，這一點我想大家都會贊同的。」[89]使得笠詩社在批評精神的主導下，已慢慢確立了的自身典律。而從笠詩社鄉土現實時期的路向看來，笠詩社典律明顯是朝向上述吳瀛濤的意見發展，即：將現代主義化為精神的一部分，而在實際創作上則側重現實主

---

[87] 同註23，頁48。

[88] 《笠》第7期在「作品合評」前，便刊登有說明「本期於四月三十日截稿，計收詩創作五十六首，經編輯室執行初選二十八首後，以無記名方式，謄抄數份，分寄北、中、南部編輯委員，以優二分，良一分，不採取零分之方法，評分複選後寄還編室統計，錄用八篇，再以無記名油印分送北、中、南三地舉行作品合評。」見《笠》第7期（1965年6月），頁65。

[89] 見《笠》第18期（1967年4月），頁35。

義的方式，此外，較注重詩思內質的直述，避免過度的形式實驗、超現實晦澀語言的干擾。

　　笠詩社所繼承的現代主義可以說是藝術理論與現實主義的調和，在笠詩社中「形式主義」、「超現實」等技法，逐漸成為一種負性詞彙。或許正是因為笠詩社這樣不崇揚形式實驗，使得他們明朗的詩文本以及現實主義的特質，一直被相關論者質疑是否有具體的創作理論。在這方面，笠詩人也有所檢討與自覺，例如桓夫便認為：

> 單單把現實提出來，並不是現實主義的手法，現實主義應該是一個人跟社會一體，明瞭人性或者歷史性與之連結起來，是一種更現實性的東西，或者是實在性的東西，把他表現出來，能夠給一般讀者得到一種啟示才對，現實主義的表現應該要達到這種程度。[90]

　　可見笠詩社對現實主義仍有藝術性的要求，具體來說，正如創世紀詩社汲取現代主義中的超現實主義，笠詩社則汲取了現實主義中的新即物主義，做為他們創作理論的一部分。

　　由於雙球根認知以及進一步的對世界性的追求接受，使得笠詩社詩人自有其美學系統的接受，相對於創世紀詩人從法國布勒東超現實主義、存在主義尋求滋養，笠詩社則對日本村野四郎等有現代主義精神詩人的詩論，以及德國即物主義有所吸收。在《笠》詩刊第23期（1968年2月），首次見到笠詩人對新即物主義的探討，在以笠詩社為名義刊登的〈新即物主義〉一文中，對新即物主義的介紹如下：

> 新即物主義（Neue Sachlichkeit「德」）原來係美術用語，用於機能性、合目的性樣式美為出標的建築。在文學上排除人的歷史性、社會性，缺乏洞察的表現主義的觀念和純主觀的傾向；而以

---

[90] 笠詩社，〈詩與現實——中部座談會記錄〉（臺灣臺北：《笠》第120期，1984年4月），頁15。

即物性、客觀性極冷靜地描寫事物的本質，產生報導性要素頗強的作品。思想上立於海德格或哈爾特曼的新存在論同一基盤上，佔於一九二五年到一九二三年納粹政權為止的德國文壇為主流。……詩人有林克那慈「機上的追憶」和前述凱斯特那「腰上的心臟」等。這一派的詩人們都抱持著懷疑和譏誚性，排除一切幻影而寫「實用詩」。社會上的報導能被列入文學作品，便是這一派的功績。……在日本即有村野四郎於昭和初期，創辦「新即物性文學」，並寫過「體操詩集」。[91]

該文對德國新即物主義進行介紹，點出了其著重客觀寫實的精神，追探事物本質與意義，其中懷疑和譏誚性，可說是新即物主義的特色。文中雖未提及村野四郎，但可以發現笠詩人基本上還是透過日文的管道，進行對德國新即物主義的理解，因此笠詩人的新即物主義，可說帶有濃厚的日式新即物主義的色彩。村野四郎可說是其中最重要的關鍵人物，村野四郎本身便認為「以客觀性看體操的人同與外界的事物一樣，均為構成世界的一個事物。這是新即物主義理念根源的存在論性觀法的美學的實驗。」[92]而其代表作《體操詩集》的詩作，如〈吊環〉[93]：

我像蝙蝠倒懸著
天的降落傘將我吊起
我暫時安定在此吧
看看走近的人們
看看那驚訝的人的臉
我正在
理解我的世界

91　笠詩社，〈新即物主義〉（臺灣台北：《笠》第23期，1968年2月），頁20。
92　見《笠》第39期（1970年10月），頁40。
93　陳千武譯，見《笠》第39期（1970年10月），頁36。

以及〈鞦韆〉[94]：

> 你的鞦韆
> 打到油漆剝落的陽台邊緣
> 但你仍然不能
> 從那界限飛躍出來
> （中略）
> 世界在你的周圍安靜下來的時候
> 像去過長途旅行回來似地
> 你從那兒下來
> 而在我的身體支撐著
> 你的頭暈

　　都透過如實地，捨去無謂形容詞的方式，描寫體操場上的體操用具以及動作，以展現其知性精神。而杜國清亦曾以唐谷青的筆名，發表了〈日本現代詩鑑賞（四）〉一文，對於村野四郎所展現的新即物主義特色，作了一番分析：

> 村野受了里爾克的實存意識的啟示，所學到的是對物體的『凝視』，以及由此把握住物體背後的意義與價值，與做為表現的『物性的』觸覺等等。……他認為不能不像戈特弗里德・本（Gottfried Benn, 1886）那樣，立於已經不能再後退的虛無的地點，以冷徹的諷刺剝去現實的表皮向存在挑戰。[95]

---

[94] 同前註，頁37。
[95] 唐谷青（杜國清），〈日本現代詩鑑賞（四）〉（臺灣台北：《笠》第47期，1972年2月），頁73-74。

　　無論是德國還是日本式新即物主義，可說合於笠詩人崇揚現實主義的大路向，因此新即物的創作理論與文本，帶給笠詩人一定程度的影響，也使得笠詩社典律的創作論，帶有濃厚的新即物色彩。其中最主要的影響，便是笠詩人不空談自我潛意識，而是透過即物的手法，在書寫的主題事物探掘其體悟的意義。

　　具體地來看，例如陳鴻森的〈十二生肖詩〉組詩，如同村野四郎的《體操詩集》，便是透過對十二生肖的描寫，引伸詩人自我的所欲傳達的詩思。而白萩的組詩〈即物表現論（一）〉之〈靜物〉：

武士刀
欺壓著臺灣通史
而書
棄絕在桌角
不被翻閱

旁邊守候
無名者的雕像
陣風偶然掀起
幾頁
隨被壓蓋

更遠的是
雕像目光所注
一方天窗
一隻沖飛而去的鷹鷟
公然啼叫
成為整個天空的怒吼

　　此詩拋去無謂的形容詞，詩人在詩中讓「物」發揮自身的隱喻意義，在本詩中的「武士刀」與「無名者的雕像」，其實在詩人的即物書寫中，對兩者的意象勾勒都用到了動詞「欺壓」、「壓蓋」，無不隱然地帶有壓迫者的寓意。特別是武士刀一方面帶有宰割殺戮的意涵外，也間接暗示點名為日本殖民政府。而作為被壓迫者的臺灣，則以歷史文本（即臺灣通史）的形物出現，象徵著臺灣人無法掌握對臺灣歷史的發言權與詮釋權。另外值得注意的是，在本詩中詩人寫了兩個空間，一個是狹窄的桌案，一個是窗外的遼闊天空，連接的是無名雕像。作為壓迫者的無名雕像，只能盡力將臺灣史囚禁在房內的案上，但是詩人卻透過「雕像目光」，寫在窗外的大世界中那沖天的鷹鳴，隱喻真正臺灣人的心聲，而這正不是僅片面掌握臺灣歷史發言權的殖民者，所能扭曲的。

　　因此詩人以「公然啼叫」，加強人民心聲的力道與正當性，這其實也與巫永福戰前的〈雞之歌〉有異曲同工之妙。由於此詩善於透過物件本身的象徵意義，表達詩人之寓意，因此使得全詩排除掉無謂的呼告與敘述，而顯得相當簡潔，可說確實深入地表達了詩人內心所感受到，對臺灣過往歷史命運的悲哀。

　　此外，笠詩人中以非馬的詩作即物表現的成績最為突出。在1968年後笠詩社開始倡導新即物主義後，非馬即於《笠》第29期（1969年2月）翻譯了一系列的「即物性的詩」，其中分別為William Carlos Williams的〈詩〉、〈鳶尾花〉、〈鳥〉，Adelaide Crapsey的〈三和音〉、〈預兆〉、〈耐阿瓜拉──十一月某夜所見〉等詩。在實際創作上，非馬的詩作的確呈現了新即物主義詩作，強調以簡潔短小的詩語，開發事物意義的特徵。例如非馬的〈鳥籠〉、〈籠鳥〉兩詩，前者分寫籠與鳥、後者寫籠中鳥，在兩個即物視角下展現了濃厚的批判性。非馬〈鳥籠〉這樣寫到：

　　　　打開
　　　　鳥籠的

門
讓鳥飛

走

把自由
還給
鳥
籠

　　詩人寫將籠中鳥釋放後，不僅鳥獲得了自由，其實連關閉鳥的籠子其實也獲得了自由，詩末將鳥與籠兩物分行並列，而不將之連寫為「鳥籠」，可以看到在詩人的視角下，被籠囚禁的鳥，與囚禁鳥的籠，當他們不在牽扯在一起時，其實都獲得寶貴的自由。此詩的詩語精簡，詩思的力道卻極為強大，可作為笠詩社新即物主義書寫的範本。此外非馬的〈魚與詩人〉：

躍出水面
掙扎著
而又回到水裏的
魚

對

躍進水裏
掙扎著
卻回不到水面的
詩人

說

你們的現實確實使人
活不了

　　此詩的諷刺性亦相當強，非馬全詩僅寫了「魚」與「詩人」，以擬人化的手法，寫從躍出水面有回到水裡的魚，一方面諷刺水上世界的現實是如何的不堪，另一方面更諷刺逃避現實，而不努力改造水上世界的詩人，是如何的懦弱。透過簡單的詩語與物象，非馬便傳達了笠詩人一貫的關懷現實，改造社會的立場，展現其特有的洞察力。至於鄭烱明的〈誤會〉，也是一首展現新即物主義精神的力作，鄭烱明在該詩寫到：

那個藝人，滿身大汗的
在熱鬧的廣場上
表演他的絕技

他靜靜地立在那兒
突然，像隨風飄起的一片羽毛
停留在空中翻筋斗
然後落下
兩手撐著地面
成為倒立的姿勢
看著周圍驚訝的人群
我以為他是在用另一種角度
來瞭解這世界，然而
他的夥伴卻說：

他只是想試試他的力量

能否舉起地球罷了

——1970

　　此詩與村野四郎《體操詩集》一般，也是書寫人的運動，只是鄭炯明寫的不是在體操室裡的運動員，而是深入人群中的藝人。詩中「我」的凝視視角，代表著的是一種悲憫的情懷。藝人必須倒立在人群中，以一種怪異卻帶有卑下意味的姿勢，獲得眾人的打賞以求得生活溫飽，在「我」看來顯然是相當悲哀的。但是詩人卻突然安插了一個他的夥伴，點出其實藝人是想將整個地球舉起來，不只完完全全推翻了我的視角，原本即物的對象——藝人，也突然間從「我」眼中的卑微的、弱小的形象，轉換成巨大的、尊嚴的形象。全詩也在這樣顛覆性的觀點中，傳達了深厚的力道。

　　從以上的探述可以發現，笠詩社詩典律在強調現實主義的精神下，他們反對過度的形式實驗，以及晦澀的超現實語言。他們在創作上強調使用平實的語言，並吸收新即物主義的觀點進行創作，強調對物象作意義上的發掘，通常在一首詩中僅營構一主題意象。而笠詩人在創作手法，並不僅止於著重對事物進行如實描寫，重要的是，將詩人心中所欲傳達的意念「物化」，在書寫的主題事物的描述語句中，與詩想的語序進行關連。由於在追探事物之意義與展現詩人之思的要求下，針對一個物象，詩人往往會採取轉換、顛覆與並列的凝視觀點進行創作，使得詩的意義在不同的凝視策略中向上提升。此外因為笠詩人追求的是意義的展現，使得笠詩人的具代表性的詩作，往往不止單純地帶有浪漫感性的色彩，更多的時候，而是帶著濃厚的即物諷刺性與即物批判性。

第五章 | 異典律的交鋒與推移：
文學論戰

第五章　異典律的交鋒與推移：
文學論戰

　　本論文計畫第三章與第四章的論述重心，在於觀察兩詩社與其詩人如何完成其社內的詩學典律。根據筆者於第一章諸論研究方法中，所引用拉斯威爾（H.Lasswell）的5W公式，第三章與第四章的論述成果，應可瞭解「誰（Who）→說什麼（Say What）」的部分，因此而在本章筆者將以此為基礎，進一步探述以下「→透過什麼管道（In Which Channel）→向誰（To Whom）→產生什麼效果（With What Effect？）」的部分，即兩詩社透過什麼樣的傳播方式，將自身詩學典律推廣入詩壇，並對詩壇發生影響效應。

　　此外筆者亦將鎖定兩詩社在典律的構建與推廣的過程中，所發生的交鋒與對立的史實，並進而觀察論戰對兩詩社典律有何進一步的推移效應。針對創世紀與笠詩社間的交鋒與推移史，筆者概分為兩期，第一期為1960年末到1970年代初的詩選之爭，在型態上為兩詩社正面的交鋒。第二期則為1970年代中期後兩詩社在文學、政治上，對鄉土以及本土議題的不同意見，在型態上彼此意見較為分散錯落，並未有全面交鋒的狀況。

　　因此本章採取的論述策略為，在第一節、第二節將先分別探討創世紀、笠兩詩社前後期的交鋒與對立，並檢視兩詩社在兩期後的轉變。第三節則以兩詩社1940年世代之後的詩人作為觀察對象，檢視他們面對創世紀與笠詩社中間的典律爭議，如何形構他們自身的詩觀，而這些新生代詩人的轉變，對於創世紀與笠詩社的社性造成了哪些維持與流變的問題。

第一節　兩詩社在詩選典律上的差異與衝突

　　本節第一部份主要鎖定拉斯威爾（H.Lasswell）的5W公式中的「→透過什麼管道（In Which Channel）」部分，以瞭解兩詩社的典律推廣模式，為求論述細密，筆者將分別針對兩詩社進行探述。在第二部分則觀察兩詩社主導的典律風格，如何在詩選議題上發生碰撞，其中又引起了哪些典律上爭議。第三部分，則觀察論戰過後，兩詩社的詩學典律產生哪些轉變。

一、兩詩社典律的推廣模式

（一）創世紀詩社以詩選向詩壇發揮典律效應

　　檢討創世紀詩社的發展史可以發現，他們主要是透過編輯詩選的方式，向詩壇發揮他們的典律影響力。在1960年代初期，進入「超現實主義時期」的創世紀詩社，結合了紀弦現代派與現代詩社中的代表性詩人，在擴大了《創世紀》詩刊的版面以及內容後，其聲勢可說如日中天，可說是1960年代最具代表性的詩社。因此很自然地，他們開始編輯詩選，可說將原本屬於自身機關刊物內的守門人編輯機制，向整個詩壇延伸。編者對文本的篩選與解讀的行為，正是掌理詮釋權的過程。早在1956年1月，張默與洛夫便曾主編過《中國新詩選輯》，該詩選收錄了收瘂弦等138位詩人257首詩作，然而此詩選比較沒有進行相關的篩選，感覺略顯雜蕪。真正對詩壇發揮典律效應的，應該是創世紀在《中國新詩選輯》之後，所主編的一系列的年代詩選。

　　創世紀詩社最早推出的年代詩選為《六十年代詩選》，該詩選在大業書店的資助下，使得創世紀詩人們得以無後顧之憂地全力進行編選。《六十年代詩選》收錄的詩作並非是1960年代詩壇的詩作，而大多是1950年代詩壇的詩作，儘管洛夫在緒言對此解釋到「本詩選所採納的

廿六家，絕大部分是中國現代詩發展過中後半期的代表作，至少包括由
象徵主義躍進到現代主義各階段的創作。所謂『六十年代』，並非完全
意味著一種記年式的時間觀念，而是表示一種新的、革命的、超傳統的
現代意義。」[1]然而這樣的解釋，似乎讓人無法信服，這項的錯誤，也
使得後來創世紀詩人主導編選的1970年代詩選，也持續有這樣的年代問
題。倒是在洛夫的解釋中，也連帶說明了他們編選的標準，正是以現代
主義作為主要取捨。最能反映他們現代主義標準的，便是他們在選錄覃
子豪的作品中，不著重其早期呈現古典抒情之作，而多取其後期已經展
現現代主義技巧與精神的詩作，如〈金色面具〉、〈域外〉等詩。在同
樣的標準下，《六十年代詩選》中所選錄了省籍詩人中，除葉珊、敻紅
在當時主要是以抒情詩風著名詩壇外，其他如白萩、林亨泰、黃荷生、
錦連、薛柏谷，這些後來加入笠詩社的詩人，他們的詩作都有著濃厚現
代主義的色彩。

　　平心而論，創世紀詩社所編選的《六十年代詩選》，雖以選錄具
現代主義精神的詩人作品為主，但對於呈現高度抒情趣味的詩人，如鄭
愁予、林冷等的作品，卻也不能忘情，而予以收錄。因此《六十年代詩
選》的確反映了1950年代末詩壇的現象，即：抒情詩作漸居次要的地
位，以現代主義精神為主的作品日益揚升。《六十年代詩選》於1961年
出版過後，僅過了6年，在1967年張默、洛夫、瘂弦又在大業書店的資
助下，主編了《七十年代詩選》。《七十年代詩選》的選詩標準，在詩
選後記上便分四點說明，筆者在此原文錄下：

　　　（一）「六十年代詩選」入選之作者，如在此六年內仍有其創造
　　　　　　性純粹性之作品問世，當列為優先入選對象。
　　　（二）前因篇幅所現而未克選入「六十年代詩選」之成熟詩人六
　　　　　　年來創作不懈，且其作品日益精純，均已納入本選集。

---

[1]　見張默、瘂弦編，《六十年代詩選》（臺灣高雄：大業書店，1961年），頁Ⅵ。

（三）新崛起而確具有潛力之海內外新作者，儘管其詩齡甚嫩，
　　　我們亦將其作品作選擇性之納入。

（四）雖為外籍而能以中國文字，現代技巧表現我國現代精神之
　　　優秀作者，亦為我們邀選之對象。[2]

　　細觀這四點說明，主要還是針對詩人的身份特性進行說明，真正
反應該詩選著重的詩典律特質，還是第一點中指出的「創造性」、「純
粹性」兩項特性。而這兩個特性正徹底反映了創世紀詩社在1960年代，
在現代主義上進一步地掘深，所展現的超現實主義的詩典律特質，因此
詩選後記中，也特別說明說到：「在本詩選出版之際，我們還有一項重大
聲明，即本詩選是繼『六十年代詩選』以降一系列發展下來的正統詩選
（並非指詩之內容與風格而言），一支具有權威性，代表性的現代詩選
主流」[3]。因此翻閱《七十年代詩選》中的詩作，在選詩標準影響下，
一些抒情性的作品雖仍持續收錄外，但絕大部分的詩作明顯有創世紀詩
社「超現實主義時期」所崇揚特質。這除了表現在所選的詩作於語言上
的實驗技巧繁複外，對於自我潛意識的述說也蔚為主流，此外詞語使用
上刻意摘引西方詩人名稱，以模擬心中類似情感風格的方式，更是屢見
不鮮。

　　在《七十年代詩選》當中，本省籍詩人的作品仍持續選入，但是
入選的作品，當然明顯仍是偏屬著重於其各自呈現的前衛本色，其中不
乏後來參加笠詩社的古貝、白萩、杜國清。而白萩被選入《七十年代詩
選》的作品〈窗〉、〈昔日的〉，分別發表於《笠》第2、3期，皆為笠
詩社創刊第一年的作品。可見至少在創世紀當時現代主義與超現實主義
的標準下，笠詩社的詩作不完全都不符合其詩典律。這間接說明瞭在笠

---

[2]　見張默、洛夫、瘂弦編，《七十年代詩選》（臺灣高雄：大業書店，1967年），
　　頁349。

[3]　見張默、洛夫、瘂弦編，《七十年代詩選》（臺灣高雄：大業書店，1967年），
　　頁350。

詩社當中，明顯存在著前衛實驗的系譜，也因此在當時傳播情境下，他們也較被創世紀詩社所看重。杜國清便表示：

> 張默、瘂弦、洛夫他們編選的詩選，最有代表性的便是《六十年代詩選》了，《六十年代詩選》我在詩壇出道晚一點，沒有跟上那個時代，所以當然沒有被選入。我在詩壇起家，照我剛才說的，是因為陳千武的影響，使得我學習的過程很短，沒幾年便有相當的作品出來。我想他們把我選進去是因為我是年輕的、有潛在力的詩人；《八十年代詩選》我好像也被選入進去。……七十年代、八十年代是我創作力旺盛的時期，把我選進去，我想這是主要的原因。我寫詩的摸索時期很短，在七十年代、八十年代的時候，他們稱我的作品水仙花的什麼……其實張默他們說的也沒錯，我到底還是比較追求美的，比較有唯美的傾向。我知道自己在精神上也是有水仙花的一面。[4]

　　《六十年代詩選》、《七十年代詩選》可說是創世紀詩社主導的年代詩選中，對詩壇影響最大的兩本，同時也是將1960年代創世紀詩典律予以表徵化的重要代表選集。創世紀詩社這兩本詩選所呈現的作品選單，突顯了1960年代創世紀現代詩典律的發展，是如何在中國文化體系、臺灣戰前新文學傳統的斷絕外成長。這樣的斷絕，可分為主動與被動兩方面，在主動方面呈現出創世紀詩社對中國傳統文學美學，以及中國五四新文學左翼精神的反抗；在被動方面則可看出創世紀詩社如何在國民黨政府政治文化機制下，對中國五四、臺灣戰前新文學作品吸收的短缺。因此其詩選中呈現的典律系統，其價值根源便僅落在西方的現代主義上，這不只展現在其選錄作品，更可見於其對作品的賞析，可以說

---

[4] 筆者訪談資料，〈現代性與現實性的結合——專訪杜國清訪談杜國清〉（未發表）。

這兩本詩選的影響力道，就是現代主義的力道表現。而其影響面，正如葉珊（楊牧）所述：

> 「六十年代詩選」（大業書店版）出版後，選集中二十六家詩人幾乎都有了成群的模仿者，所有的新詩都在歌唱一些定型塑造的調子，腐爛的形象充斥，大家異口同聲追隨一些句法章節的方式──所謂「新人」也者，也不熱心開創新氣象。創造風格的詩人被因襲者逼成啞巴，看別人亦步亦趨，惶惶然寫不出新詩來，有些人就此停筆（如方思、黃用），有些人另創新意（如洛夫、瘂予），瘂弦也是另創新意的詩人之一！[5]

可以發現，創世紀主導的年代詩選，在當時使得被選入的詩人被典律化，這樣的現象背後，也突顯了創世紀詩社自身的詩典律，開始對詩壇發生了影響的事實。特別是對當時投入詩創作的年輕詩人的影響更是巨大，例如杜十三便回憶到：

> 小時候我喜歡讀古典文學，看了些唐詩宋詞，慢慢模擬著寫給我父親看。我父親是個舊式的人，喜歡吟詩誦詞，喝了酒就唱詩。但是一直到我請了高中，看了一本《六十年代詩選》，從頭到尾看了一遍，《文星》上的詩，瘂弦、張默、辛鬱的詩，一遍一遍的看。高中時代一個叫藍藍的同學寫的詩（余光中還給他寫過序。後來他就沒寫了），那時我們幾個就在那兒討論詩。坦白講，我們都是從在座的幾位前輩學，我因為對詩特別的敏感，就這樣走進去的。[6]

---

[5] 見瘂弦，《瘂弦詩集》（臺灣臺北：洪範，1998年第六版），頁317-318。

[6] 艾農，〈詩的跨世紀對話：從「詩與臺灣」到「詩與科技」──瘂弦V.S杜十三〉（臺灣臺北：《創世紀》第119期，1999年6月），頁39。

　　而這些將創世紀詩選視如啟蒙詩典的年輕詩人，正是後來臺灣現代詩壇的重要主力之一，也使得創世紀的詩典律得以持續發揮其影響力，而成為臺灣現代詩史中重要的典律之一。

（二）笠詩社以詩評向詩壇發揮典律效應

　　如果說創世紀詩社是透過詩選，那麼笠詩社則是透過詩評的方式，進行其典律的營構，以及發揮對詩壇的影響力。

　　在「詩學批評時期」的笠詩社，其發展詩評的方向是非常明顯的，詩評與詩選，其實都有「文學評價」的作用在。笠詩社所以採取詩評作為初期建構典律的方式，誠如前述乃是因為早期笠詩刊受限於當時敏感的政局，並不特別強調自身省籍身份，而企圖建構自別於詩壇亂象的客觀理想姿態。如果說創世紀詩社主導的詩選，是透過文本的聚集，以及聚集的方式（如置放的先後等），讓讀者感受其崇揚的典律特性，那麼，笠詩社主導的詩評，則是以更直接的批評意見中，讓讀者直接瞭解其典律特性。早期的《笠》詩刊中的詩評機制，反映在其「作品合評」、「詩壇散步」、「笠下影」三個專欄，其中作品合評專欄的發展過程，筆者已於上章論及，在此不贅述。筆者在此要點出的是，笠詩社這些詩評在「面」上，都有從社內向社外延伸的現象，這個現象背後隱含的是，笠詩社的典律如何介入詩壇，並與其主流典律相抗衡的過程。

　　可以發現，一開始的「作品合評」專欄都是以投稿於詩刊上的詩作為合評對象，粗略地統計可以發現，早期投稿笠詩刊的詩人中，極少有藍星詩社、創世紀詩社背景者，因此在笠詩社社內的合評機制中，尚無法與當時創世紀等詩社的典律有所碰撞。值得注意的是，在初期的「作品合評」中，笠詩社同仁在評論作品時，也會引述參酌創世紀詩人的論點，例如古貝在《笠》第5期（1965年2月）的合評中，便轉述洛夫於《中央副刊》發表的〈論詩本質〉：「我並無意在此提倡隱晦，但詩總以含蓄深永為上。」[7]為參考。

---

[7]　見《笠》第5期（1965年2月），頁25。洛夫，〈論詩本質〉一文，見1965年1

　　此外，創世紀詩人洛夫實際參與過《笠》第6、7期作品合評，張默則參與過《笠》第7、8期作品合評，細密地檢視，可以發現在此時作品合評中，笠與創世紀詩人基本上沒有太大的衝突，例如他們都反對詩作的過度散文化[8]，此外也強調適當的運用俚語方言入詩。在《笠》第7期（1965年6月）「作品合評」中，針對林宗源〈我是神〉一詩運用河洛話入詩的現象，洛夫便認為「……其中運用俚語方言的傾向是值得重視的，因為今天我們詩的表現符號（語言）太文，千篇一律的「文」，詩的生命就可能逐漸枯歇。」[9]趙天儀亦認為「詩的語言一旦流於文謅謅的話，反而容易被語言所控制，而走上流行調。使用方言，要把方言國語化，也許有助於詩的語言的活潑性。」可見雙方此時在詩的部分意見上，都有共同之處。

　　從初期的「作品合評」中也可以間接地看到，創世紀詩社在1960年代詩壇所擁有強勢的地位，而在笠詩社的典律營構場域中，他們的意見很自然地會介入其中，成為笠詩人參考或是抵禦的意見。然而這段期間，在建立自我獨具的詩觀上，笠詩社並非沒有收穫的，這反映在「笠下影」、「詩壇散步」兩專欄上。每期《笠》的「笠下影」專欄在介紹詩壇上重要詩人的同時，有其固定的介紹格式：首先刊登詩人提供之照片（若無則不刊）以及詩觀，其次在「作品」為選錄其代表詩作，「詩的位置」就影響論的角度，為詩人的系譜支系作定位，「詩的特徵」則簡述其詩作風格，最後「結語」為給予詩人一簡單的評價。可以看出笠詩社嘗試透過「笠下影」為詩壇上詩人作初步定位的企圖心。

　　而由柳文哲（趙天儀當時之筆名）主筆的「詩壇散步」專欄，透過一系列對詩壇出版詩集的介紹與評論，已經將評論觸角延伸到當時社外，被選入創世紀各年代詩選中的著名詩人，例如第2期（1964年8月）評論了余光中《蓮的聯想》，第4期（1964年12月）評論張默《紫的邊

月2日《中央日報》之《中央副刊》。
[8]　見《笠》第6期（1965年4月），頁38-39。
[9]　見《笠》第7期（1965年6月），頁68。

陲》，第6期（1965年4月）評論洛夫《石室之死亡》，第8期（1965年8月）評論覃子豪《覃子豪全集》，第20期（1967年8月）評論鄭愁予《衣缽》，第23期（1968年2月）評論葉珊《燈船》等。可以發現比起「笠下影」，趙天儀以柳文哲個人名義在「詩壇散步」發表的評論，在用語上較為尖銳，也直陳了這些詩人的問題。例如對於余光中《蓮的聯想》，趙天儀指出：「作者掙脫格律的枷鎖，好不容易跟上現代的流行，竟又套上新古典的鐐銬；這本集子，只看出作者對稱的句法，工整的語法，卻不能讓我們感受到一股新鮮的風味。」[10]對於洛夫《石室之死亡》，他則指出：

> 詩是在追求過程中的紀錄。因此「石室之死亡」便是洛夫追求過程中的紀錄。且「對生與死提供了一些傳統反面的觀點」。我們從六十四首十行詩中，發現作者外在的形式頗為整齊，無形中使作者所欲追求的由內而外的投射，失去了更為多樣的變化，況且作者所表現的意象都較屬於隱喻和暗示，所使用的語言都較傾向於沈重和堅硬，也許這是作者受了哲學思想的影響，雖然那些哲理深化了作者的感受，但是作者並沒完全做到深入而淺出。[11]

而無論是此時的「笠下影」還是「詩壇散步」專欄，其實已為笠詩社進行對詩壇主流的重估，預先作了準備與嘗試的工作。

《笠》詩刊在第4年以後，才慢慢地開始以社內詩人的作品為論述對象，例如《笠》第18期（1967年4月）的「同仁作品合評」，便討論了社中詹冰、吳建堂、楓堤、吳瀛濤、鄭烱明、謝秀宗、岩上的作品；第20期（1967年8月）合評會則以吳瀛濤《暝想詩集》、陳千武《不眠的眼》為討論對象；第22期（1967年12月）的詩話會則以白萩詩集《風的薔薇》為討論。並且配合他們這時陸續刊出以現實主義、鄉土性、論

---

[10] 見《笠》第2期（1964年8月），頁24。
[11] 見《笠》第6期（1965年4月），頁53。

難懂的詩[12]等主題的文章、專輯與議題，可以發現笠詩社中的現實主義開始與現代主義相並列，並隱微顯露出自身對臺灣鄉土現實的關懷，這也是建構笠詩社典律的起步階段。

笠詩社初步建構了自身的典律觀點後，也開始企圖透過他們的評論機制，對當時詩壇中的詩人代表作重新進行評價，白萩便提及「笠第七屆年會決定名詩選評工作，這是一項很有意義的嘗試。二十年來，詩壇上發生了不少變化，詩的能力也進步了不少，因此我們現在來回顧以前的作品，相信較能獲得客觀性的看法。」[13]說明了笠詩社的動機。笠詩社在1960年代自身這樣典律發展的跡軌，竟與西方少數族裔論述起步階段的狀況[14]有所諧合，即：由於其所認同崇尚的典律作品尚未進行強勢結集[15]與創作發表，因此他們轉而採取對當時強勢典律中的代表作品，進行批判性的閱讀。這也突顯了笠詩社省籍詩人，此時數量龐大卻相對弱勢的省籍族群特性。《笠》在第39、40、41、42期開始分別檢討了羅門的〈麥堅利堡〉[16]、季紅的〈鷺鷥〉、紀弦的〈狼之獨步〉、余光中的〈雙人床〉，可以發現此時參與笠詩社評論合評者，開始有固定班底

---

[12] 《笠》第21期（1967年10月），「詩的問答」專欄中，便以「對『難懂的詩』的看法」邀請詹冰、蜀弓（張效愚）、藍楓、李莎、羅浪、靜雲、岩上、戰天儒、吳瀛濤、村野四郎（由桓夫代譯）發表意見，普遍意見皆反對詩的晦澀與難懂。

[13] 見，《笠》第39期（1970年10月），頁24。

[14] 黃宗慧，〈瓦解與／或重建：論少數族裔批評中的典律之爭〉（臺灣台北：《中外文學》第253期，1993年6月，頁73）便指出：「在少數族裔論述起步階段，由於尚缺乏他們族裔本身的文學可做為依恃的資源，少數族裔評論家自然必須從經典作品出發，提倡以少數族裔論點進行觀照的閱讀方式——即抗拒式地閱讀文學經典……」。

[15] 在1965年笠詩社曾協助文壇社進行編輯《本省籍作家作品選集第十輯「詩選集」》，但該選集在當時乃是藉著慶祝臺灣光復紀念的名義，方能獲得出版。可見當時臺灣戰前省籍作家作品在流傳出版上的備受限制，也因此突顯笠詩社詩典律在初期形構階段，典律作品選集的弱勢狀況。

[16] 笠詩社評論羅門，〈麥堅利堡〉文字發表後，羅門旋即於1971年的《藍星》「詩的博覽會」發表長文辯解反擊。這樣的互動現象，也可看出笠詩社的合評機制中蘊含的詩典律認知，的確已慢慢開始深入詩壇。

的現象出現，他們長期在「作品合評」中，經過不斷地溝通整合，已大抵有彼此認同的詩觀，於此之際代表笠詩社中重要的典律詩觀——陳千武的雙球根說，也正式在《笠》第40期（1970年12月）提出。因此這些詩壇代表作，經過笠詩人的合評之後，也不再全然完美無瑕，也象徵了笠詩社開始以其典律系統正式介入詩壇。

　　笠詩社在初期便有意向校園推廣詩運，在《笠》第11期（1966年2月）便有「本社徵求駐校聯絡員」告示[17]，雖有增加訂戶的目的，但也兼有其擴展影響面的用心。而在《笠》第20期（1967年8月），華岡詩社蔣勳、龔顯宗、陳明台等人便以「探討詩人的精神領域」為題，討論桓夫的《不眠的眼》，可以看到校園年輕詩人對笠詩人的作品已有所認同。此外，在笠詩社前行代詩人在「作品合評」等專欄的評點下，當時的新生代詩人鄭烱明迅速地崛起，他的詩也實際反映了笠詩社特有的典律。

　　總的來說，笠詩社的詩典律初期的影響面，或許不如創世紀詩社以詩選方式那樣顯著，但是笠詩社透過批評針砭方式，已讓詩壇詩人能退一步反省，並引發了創世紀與笠詩社的一波直接論戰，使得笠詩社的詩典律開始為詩壇所重視。

二、李敏勇〈招魂祭〉引發的兩詩社論戰

（一）兩詩社論戰之始末

　　創世紀與笠詩社在1960年代初期，兩者的實力與掌握的資源上，其實並不相等。1960年代創世紀正值其「超現實主義時期」，乃是對詩壇最具影響力的時期，而笠詩社卻正值起步，尚在彙整資源。在林亨泰前幾期的主持，以及笠詩社同仁避免遭遇政治管制等原因主導下，當時除了笠同仁間共有明顯的臺灣省籍的身份外，笠詩社其實大抵呈現的還是

---

[17] 見《笠》第11期（1966年2月），頁60。

與當時詩壇一般的現代主義色彩，只是以嚴謹的客觀批評，作為與其他詩社相區別的標誌。但是1960年代末，由於創世紀詩社一度因經濟問題而被迫中斷。而笠詩社在匯集更多臺灣省籍詩人，刊物營運也愈亦穩健，笠同仁間著重鄉土現實的基礎詩觀漸趨成形。此消彼長之際，創世紀與笠詩社儘管有創社先後的區別，但是到了1970年代卻隱約已站在一個平等的位置，彼此在詩學、族群的命題上，可說也已慢慢顯露出了二元對立的關係。

　　兩詩社間這樣的差異，無可避免會連帶產生摩擦。笠詩社早在詩學批判時期一開始，便已有零星批判創世紀詩人的文字記錄。而在《笠》第25期（1968年6月）中，鄭烱明發表的〈魂兮歸去〉一文，可說是笠詩社中最早批評創世紀詩選的文字記錄。鄭烱明當時20歲，正是少年衝勁最強之時，使得他勇於面對當時詩壇的主流，提出自己的批評，該文也反映了當時笠詩社中年輕詩人（多為1940年世代）對當時詩壇現象的不滿。與鄭烱明同屬1940年世代的詩人李敏勇，在1960年代末開始投入笠詩社的活動，李敏勇最早是以筆名傅敏在笠詩刊出現，早期以詩創作為主，後來則深入笠詩社的社務經營。

　　1971年6月，《笠》第43期中傅敏（李敏勇）發表了〈招魂祭——從所謂的《一九七〇詩選》談洛夫的詩之認識〉一文，正式引起創世紀與笠詩社間的論戰。李敏勇在〈招魂祭〉一文批評了創世紀以及洛夫所主編的詩選，他提到：

> 從「六十年代」詩選以來，國內可以說沒有一部嚴肅而公正的詩選集。當然，對於這種萌芽時期的詩史缺憾，歷來扮演此類工作角色的創世紀詩社是無法恆久自我陶醉而免於時間仲裁的。……然而，在詩宗社還無法使人感到面目一新之時，洛夫單槍匹馬編選的年代詩選「1970詩選」，卻暴露了嚴重的詩之無知和人格缺憾。[18]

18　見《笠》第43期（1971年6月），頁55。

並針對洛夫於《一九七〇詩選》的序文，提及的「語言有機性」、「散文基礎的重要」、「語言的彈性」，提出不同的意見。

　　如筆者於第二章第一節所述及，1969年1月正式進入「中挫整合時期」的創世紀詩社，其詩人的主要陣地分別為北部的詩宗社與南部的《水星》詩刊。李敏勇〈招魂祭〉一文發表後，1971年7月《水星》第4期中，創世紀詩人立即有所回應。其中以水星詩社為名義發表的〈水星之聲〉一文，表陳水星與詩宗社同為創世紀系譜外，意味將與洛夫的詩宗社站在同一陣線，並決議也開闢水星論壇專欄，亦企圖運用詩評機制，嚇阻某些詩人自吹自擂，顯然暗暗批評了笠詩社的詩評機制。此外也刊登了洛夫寄給張默、管管的信函，洛夫認為傅敏的攻擊，實肇因於他們未被選入詩選所致，而笠詩刊所以刊載傅敏〈招魂祭〉一文，是為了要報復大系詩選在編輯時，並未普遍收入笠詩人的作品。

　　1971年8月，《笠》第44期同樣也以笠詩社名義刊登了〈笠消息〉一文，點出水星的反擊笠詩社之處多有謬誤，已由「本刊編委桓夫致函該刊主編澄清」[19]，而該信函在《笠》第46期（1971年12月）的「笠書簡」專欄中，也將該信原文刊出，桓夫在寫給張默的信函中提到：

> 「笠」詩刊的執行編輯，幾期來均由錦連和我擔任，因四十三期編輯適逢錦連準備參加「升職考試」完全由我一個人負責搞的。傅敏評洛夫的一文之採用，亦是我個人所決定，其他笠同人事先沒有一個人知道。連錦連都在發表後才看見的。我決定採用「傅」文的原意是：認為年輕人有話該讓他講，不要擺起前輩的架子來壓制他，反正話講出來心裡便會安靜，這對於洛夫「真金不怕火」的聲譽不會有所動搖，對「創世紀」在中國詩壇輝煌的業蹟不會有所磨滅。而傅文所說到的詩質問題亦有其參考的地方，且年輕人批評前輩的詩作風，在日本或其他外國我看過的例子也不少，均對詩壇的革新

---

[19] 見《笠》第44期（1971年8月），頁65。

與反省有相當的助益。為了打開我們詩壇的僵局，不妨讓心中有話的年輕人講出一無鬱積的實話，總是對陷於麻痺狀態的詩壇會有提醒的作用。您是提拔年輕詩人最有功勞的一位，應該最能瞭解年輕詩人的氣質，年輕人要吐一點氣，不會對像我這種二三流的詩作者開砲，當然會對公認的一流詩人乘隙發射的。[20]

而《笠》第44期（1971年8月）中，則又另行刊登了當時亦屬年輕世代詩人的陳鴻森〈自覺〉一文，針對洛夫過度自持於輩份的態度多所批評，而李敏勇亦發表〈不絕的音響〉反擊水星詩刊中的〈水星之聲〉與洛夫的書簡。

1971年9月，《水星》詩刊第5期的「戰鬥版」中，刊登了宋志揚的〈溫柔的感嘆〉一文，除批評笠詩刊所有專欄外，亦批評了笠詩社大量刊登日本詩作，而所編輯的《美麗島詩集》，交由日本若樹書房出版，其名單不只有所問題，丟了中國人的臉，更進而指笠詩社為日本詩的翻版。

1971年10月，《笠》第45期之「編輯後記」，復針對宋志揚的指控一一反擊。而此時兩詩社詩人瘂弦與白萩已有所溝通，欲讓兩社間的論爭暫告一段落。但由於《水星》第6期，又出現夏萬洲攻擊笠詩社為日本詩壇殖民地之文字，使得1971年12月，《笠》第46期在付印前，又再度編入反擊創世紀詩人的文字。該期中笠詩社發表了〈本刊嚴正聲明〉，特別針對夏萬洲的指控，聲明到：

……不錯，中國的臺灣省曾有淪於日本殖民地的事實，可是這個責任這個恥辱，卻不是我們生於臺灣省的中國人所應負擔，那是滿清政府的責任，將臺灣送給異族踐踏，而造成了中國歷史上奇恥大辱的一頁！生於臺灣省的中國人的我們，仍然懷有中國人的傲骨，堅

---

[20] 見《笠》第46期（1971年12月），頁99。

忍不屈的胸志，在日本統治的五十年之間，完全塗滿了臺灣省的中國人反抗異族統治的血淚痕跡！在臺灣省歸復祖國之後，我們所受的歷史創傷，本已漸淡忘，不意在廿六年後的今天，尚有中國人對中國人，以「殖民地」的惡語加身。這個名詞，在我們生於臺灣省的中國人來說，是最惡毒的侮辱。我們要求說此話的夏萬洲，登刊此封信的水星編者，必須登報公開地向我們道歉！公開地向生於臺灣省的中國人道歉！否則我們決不甘休地周旋到底！

　　至此，兩詩社間的論戰從原本的詩典律之爭，已演變為帶有政治意識的抗爭。兩詩社間將近半年的論戰，由於在文壇葉泥等人的調停下，兩詩社為避免這樣逐漸參雜有政治意識的論戰持續惡化，會在當時特殊的政治環境，引發嚴重的停刊等問題，於是在1972年2月以後，正式停止交鋒。

（二）兩詩社論戰型態與爭議點的檢討

　　創世紀與笠此次的論戰在型態上可說是兩詩社的正面對決，參與者僅限於兩詩社之詩人，論戰的場域空間也僅止於《水星》與《笠》。兩詩社之論戰的肇始點在於李敏勇〈招魂祭〉一文，該文其實點出了兩詩社間對詩語典律的不同看法，可惜兩詩社的論戰文字，情緒用語過多，也少針對李敏勇點出的語言問題進行探述，多僅環繞在詩選公平性、詩人態度等問題上。不過，仔細檢討兩詩社此次論戰的爭議點，不只反映了當時詩壇的問題，也正式激化了兩詩社在部分議題上的差異，進而影響了兩詩社後來的發展路向。其中的爭議點，筆者概分為兩項：

　　第一、此次論戰中，引發了雙方營構典律方式上的爭議。笠詩社人對於創世紀詩社主導的詩選提出了質疑，批評創世紀詩選所形構的典律，誤導了當時詩壇。創世紀詩人則批評笠詩社的詩評機制，認為笠詩社詩評的典律過度獨斷，難為詩壇普遍接受。

　　第二、此次論戰中，引發了文學系譜上的爭議。創世紀詩人認為笠詩社過度依賴日本文學的管道進行吸收，笠詩人則認為創世紀詩人引發了省籍詩人對過往殖民史的傷痛。

　　特別是第二點，反應了國民黨政府在1949年進入臺灣後，其文化政策呼應著其政治政策，亟欲在臺灣上進行「去殖民」與「重構中心」的事實，因此在政策訴求上，以「貶斥歷史的他殖民」、「擁護國族」為具體目標。日本在臺灣處處遺存的政治遺跡，必然成為其汙名化的目標，但有時卻連帶犧牲了臺灣人固存的價值，例如在國語政策上，不止以剷除日本殖民的日語教育為首要目標，臺灣鄉土母語也連帶地成為大中國文化思考下的犧牲品。對於1950-1960年代的國民黨政府而言，如果說對於過往的敵人（日本殖民政府），是採取「去他化」、「去遺跡化」的反制策略，那麼面對立即敵人（中共）的策略則是反共文藝的申說，以及建構自我的正統性。因此在1950、1960年代的政治社會情境下，國民黨政府透過各種運動與政策，在臺灣處處形構各種中國正統的圖徵，例如「中華文化復興運動」正是對抗中共的文化革命，在臺灣透過復興（複述）中國無形的文化信條，與整理有形的故宮文物，形構中國正統在臺灣的政治想像。

　　當然這樣的現象，標誌著文化特性的文壇也是如此。當時的文壇莫不以中國文學正統的地位，在輿論與教育場域中不斷地進行傳播與教導，當時多數的文學家都是在這樣的氣氛下論述與寫作，例如鍾鼎文在笠詩刊第50期（1972年8月）〈詩刊的理想與使命——笠詩雙月刊八週年紀念座談會討論專題〉便論及：

> 現在臺灣的文學運動，已取得中國正統的文學地位，新詩也是這樣的。目前大陸受中共極權統治，人民是沒有什麼自由創作可言。像我的朋友艾青，聽說已被發放到新疆勞改。臧客家，被迫在人民日報上替朱德註舊詩，完全受政治控制，他們都不再寫

詩。所以中國詩的傳統，只好由臺灣的新詩接續。臺灣詩人當
中，寫詩的態度較嚴謹的，恐怕要算笠詩社了。[21]

　　可以發現，處在這樣的狀況的臺灣省籍作家，也是在這樣的「延續
中國傳統」大環境下進行寫作，但是他們自身的省籍身份，在1960年代的
敏感政局下，使得他們必須釐清他們在文學與政治上的與日本的關係。

　　可以說，笠詩社在詩學批判時期中期以後揚升的現實主義，本身
有極大的部分，是來自戰前臺灣日治時期新詩的左翼傳統，充滿著濃厚
的社會寫實主義的傾向。他們在1960年代展現的主要是對鄉土現實的關
懷，除了筆者於第四章第二節點出的陳千武等人外，當時大部分的笠詩
人尚未特意地企圖展現對社會政治的批判。因此一旦挑起論戰，笠詩人
的日治時期的被統治經驗，以及省籍身份予人的刻板印象，在論戰中非
理性文章的交互駁擊的過程中，很自然成為被巘化的地方。

　　《水星》中批評「臺灣是日本殖民地」的立論，將臺灣省籍詩人
過往與殖民強權的關係，作為批評的點，的確有意氣用事之嫌。笠詩社
詩人自然完全無法接受，當時創世紀詩人以政治上的認知，干擾著文學
認知，將「政治殖民」與「文學影響」混為一談，不可否認帶有1950、
1960時代正統中國國族的氣息。摒去情緒性的用語，在當時的政治社會
情境下，就如同文壇上大部分的外省作家一般，此時明顯尚未瞭解戰前
臺灣文學史的創世紀詩人，在中國／日本文學的二元區分中，爭執的是
文學系譜上的正統地位，卻實不知在中國與日本間，其實含蘊了深厚的
臺灣戰前文學傳統於其中。

　　透過筆者第四章第一節的論述，可以發現包括新詩在內，臺灣戰前
的左翼文學傳統，本身便是一個複合著政治、文化、文學的函數，承
繼這樣傳統的笠詩人，在1960年代的特殊社會情境下，當然未展現他
們的政治抵抗意識，事實上，此時部分笠詩人的臺灣意識，也尚未帶

---

[21] 見《笠》第50期（1972年8月）中之〈詩刊的理想與使命——笠詩雙月刊八週
　　年紀念座談會討論專題〉，頁149。

有這樣的成份。因此笠詩人在政治認同上，並不與創世紀詩人對立，他們亟欲從文化面上澄清自己與日本文學間的關係。其中以葉笛的〈文化是純種馬嗎〉一文最具代表性，葉笛提及：

> Cultural就是人類由原始的野蠻社會到文明社會，在過程中累積於各方面的，諸如科學、宗教、道德、法律、藝術、風俗習慣等的「綜合體」。現代詩不過是「文化」這個「綜合體」裏面的區區小細胞，但，「以小看大」，指認中國現代詩必得貼上純種馬保證書，必然也要以「一加一等於二」的推理方式看文化了。然而，算數裏的「加」只是符號，機械而無生命。在「文化」的「綜合體」裏「加」是有機體的，有生命的，其變化莫測，要專門學者究其一生去鑽研。[22]

此文發表之時，兩詩社的論戰雖已告歇止，但是葉笛此文顯然猶帶有論戰的激情，但是該文貴在能以文化融合的角度，辯證說明瞭笠詩人雖在文學上，承受日本文學的影響，但吸收他文化促使自身文化進一步成長，這實是文化演變的常態，並不應該受到汙名化。

三、論戰後兩詩社典律的轉變

（一）創世紀詩社典律的調整

創世紀詩社在1960年代中期開始，經歷包括與笠詩社間的詩選之爭在內的一連串論戰後，對於其自身所堅持的超現實主義立場，也開始有所反省。其中最主要的兩項改變，其一是對自動書寫技巧的重新詮解，其二則是在超現實語言的轉化與放鬆上。以下筆者分別論述之。

---

[22] 葉笛，〈文化是純種馬嗎？——對「溫柔的感嘆」的感嘆〉（臺灣臺北：《笠》第49期，1972年6月），頁73。

　　創世紀詩人在最初「新民族時期」的主張中，顯露了對國族自我的主體性思考，然而由於他們對藝術語言的執著，以及對貧乏的戰鬥文藝漸感不滿，使得他們在1960年代末，慢慢繼承了紀弦現代派的道路。以洛夫為例，洛夫在1958年6月進入軍官外語學校受訓，寫〈我的獸〉後，正式進入現代詩的創作時期，這乃是他感受到「在現代文學中，我們常看到『神聖』、『光榮』、『偉大』等等空洞的名詞，這些對我們以成為一種無法忍受的枷鎖，它使我們痛苦，使我們虛偽，使我們變的醜陋」[23]。此外由於他們本身軍方身份的侷限，使得他們離開「光明的」、「積極的」戰鬥文藝的策略，乃是透過具有強大的隱晦特性的超現實語言完成。

　　然而，超現實語言的晦澀質地，卻使得他們的詩作帶給讀者們的感受，不是所欲表述的對文化母體與政治現實的苦悶感，反而是一種對現實遙遠的異離。特別是在「超現實主義時期」的《創世紀》，戮力於透過譯介吸收西方以通向世界，更使得詩文壇越益對創世紀詩社，有著遠離現實的刻板印象，因此承受著林亨泰「比現代派更現代派」讚譽的創世紀詩社，一直是詩壇攻擊現代主義的箭垛目標。

　　特別是在1960年代中期以後，儘管創世紀透過詩選將使其詩典律系統，成為1960年代詩壇的主流風格，但是創世紀從超現實主義中吸收的自動書寫技巧，卻已飽受質疑，主要乃是其探勘潛意識的主張，對當時詩壇來說似乎顯得過於前衛。對此，創世紀詩社最初透過詩人的現身說法，提供讀者對超現實詩作的閱讀感受方法，例如商禽於《創世紀》第24期（1966年4月）中的代社論〈詩的演出〉一文，便認為：

> 　　是的，「詩」是不像「戲劇」那樣需要「演出」的。然而，當好
> 多公認的傑出的心靈，都認今日的中國現代詩的內容「澀」和
> 「奇詭」，只看見它印刷術的形式，覺得它是在「砌造一種新的

---

[23] 洛夫，〈天狼星論〉（1961），見洛夫《詩人之鏡》（臺灣高雄：大業，1969），頁114。

文字圖騰」的時候……我們深深地覺得：「詩」需要另一意義的「演出」！意義是可解的，而意象要求被感受。如果我們全官能的開放著去讀一首詩，我們便已經為那詩中的意象在心中準備了舞臺，那些意象才能次第的、疊疊的在那裏上演。……尤其是今日的詩，在使用意象時，已經過濃縮，它使用的「文字」雖然有限，但其所表現的時空幅度極為廣大；觀念與觀念的，形象與形象的交疊，新的秩序之建立，對於太狹小的心靈，在那些只有「意義」的單行道前，乃被宣判為「晦澀」。然而，詩之為人們所唾棄，不得在讀者心中「演出」，詩人自身亦須負很大的責任：便是那些紮紙花的只曉得「文字」作印刷術形式之排列的，請放棄你們的手工藝吧！便是那些「揠苗助長的」——把未成熟的意象硬塞進「文字」中，請多等待吧，而且多採集……其實表現的低能與貧弱，是可以補救的，其方法便是：一面向生活學習，一面將別人的詩在自己心中「演出」在經過很多「演出」之後，並且要求自己的作品的演出性，而後，才能在讀者的心中「演出」。[24]

　　除了攻擊當時詩壇「仿」超現實語言的偽作，應該要多向生活吸收經驗，對於著名詩人的名作也不要僅學習其形式，而忽略其精神。此外商禽也提出全官能的閱讀法，讀者應該擴張自身的經驗世界，才能有足夠的閱讀平臺，得以讓詩人的超現實語言意象上演。創世紀詩人瘂弦對於超現實主義也留有「但書」，在〈詩人手箚〉一文，便認為「一首不可解的詩並不一定是首壞詩，除非它是不可感的。」[25]可見創世紀認為超現實詩作無論在創作與閱讀上，都是以「可感」、「能感」與否作為關鍵。

　　是以創世紀詩人對於當時詩壇處處「超現實」的亂象，不是沒有感受，在超現實主義盛行的時期，洛夫在〈詩人之鏡〉一文中便提到：

---

[24] 商禽，〈詩的演出〉（臺灣臺北：《創世紀》第24期，1966年4月），頁6。
[25] 見洛夫、張默、瘂弦主編，《中國現代詩論選》（臺灣高雄：大業書店，1969年），頁145。

我們也會憂慮到如果純訴諸潛意識，未經意志的檢查與選擇而將
其原貌赤裸裸托出，勢必造成感性與知性的失調，詩生命的枯
竭，而語言技巧對於詩的功能亦無從顯示。然而我們仍認為唯有
潛意識中的世界才是最真實最純粹的世界，如純出諸理念，往往
由於意識上的習俗而使表現失真。因此，我們主張一首詩在醞釀
之初，獨立存在之前，必須透過適切的自我批評與控制，似此始
克達到「欣賞邊際」而產生一種如艾略特所追求的介於「可解與
不可解」之間的效果。

認為創作者如果也想企圖採取探勘潛意識，以進行創作，最後要有
「自我批評與控制」的過程，追求感性與知性的平衡。但是若參照筆者
於第三章第二節對安德列‧布勒東（Andre Breton）超現實主義的創作
方法論的分析，洛夫這樣的說明，明顯與超現實主義創作方法論，強
調鄙棄任何預設觀念的介入上，有明顯的差異，也說明了創世紀詩人對
於超現實主義，已有他們自己另一番不同的解釋。

論戰可說是詩觀美學與詩社實力，甚至是典律系譜的對決。與笠詩
社激情的論戰過後，創世紀詩人除更加戮力加深他們編輯刊物的水準，
使得復刊後的《創世紀》在詩作的水準、翻譯、研究三個方面更為整齊
完備，此外對於超現實主義他們也開始展開了重估。可以說進入「現代
與傳統融合時期」創世紀詩社，對於超現實主義的檢討，越益明顯。在
1978年7月1日，創世紀詩社也舉辦過一次「談詩小聚」詩會，這也是創
世紀詩社中唯一僅見的一次。舉辦的形式正如張默所言：「這樣的『談
詩小聚』大體上與『笠詩刊』作品合評有相彷彿。」[26]會中以張默與碧
果的詩作為討論對象，參加者則有：洛夫、蕭蕭、李瑞騰、碧果、管
管、辛鬱、岩上諸人。該次合評可說是創世紀詩社社內同仁，對超現實
語言最實際且深刻的反省。例如對於張默的詩作，洛夫認為：

---

[26] 蕭蕭，〈記錄談詩小聚實況之一──談張默的詩〉（臺灣臺北：《創世紀》，
1978年8月），頁63。

> 這首詩（指〈無調之歌〉）我看了很久，看不太懂，表面上有邏輯結構，句式都是「什麼什麼漏下什麼」，主詞動詞受詞均合文法，但是，主詞與受詞不相連……張默的意象很凌亂，不太準確，與我們的存在經驗相衝突，尤其在「動詞」的應用方面，因為動詞在詩中十分重要，對「無調之歌」這首詩，我認為表現不夠好。[27]

而辛鬱對於張默的詩作，亦表示到：

> 第一、誇張性的語言缺少適當的節制，剛才洛夫也提到，前後之間缺少必要的關聯，因此，這種語言失掉它的效果。第二，意象處理缺乏必要的透明，透明度不夠，剛才各位也指出來了。第三，還須要在深度上追求，往往對人生探索已進到某一點，但未更深入，這是我個人對張默創作過程的看法。」[28]

比起張默，詩作更呈現形式主義色彩的碧果，也遭受到批評，例如辛鬱便認為：「碧果的語言，一直讓人有難以進入的感覺，用語、意象都眾人殊異……。」[29]此外也參與此次合評的笠詩人岩上也認為：

> 十多年前，有些碧果的詩我看不懂，現在仍然看不懂，不只我個人這樣，其他人相信也相同；包括碧果親近的朋友，對他某些詩無法欣賞。為何不懂？我認為他把一些意象切離得太遠，所以讀者必須加入很多想像，如果想像不準確，就易造成牽強附會；造成偏差。[30]

---

[27] 同前註，頁63-64。
[28] 同註26，頁68。
[29] 同註26，頁76。
[30] 同註26，頁82。

從以上創世紀詩人的意見看來，即便是同樣使用超現實主義進行創作的創世紀詩人，對於他們彼此的詩作顯然也未必能「感」，說明了超現實主義在創世紀詩社的典律系統，已不再具有關鍵性的核心位置。隨著臺灣現代詩史的發展大方向開始轉變，他們也承認超現實主義中的問題，這可以洛夫早年之〈中國現代詩的成長──「中國現代文學大系」詩序〉與後期之〈建立大中國詩觀的沈思〉兩文進行對照。可以發現創世紀從早期崇尚進行對西方各種現代主義的吸收，轉變為透過對中國傳統詩學如禪詩等理論的吸收，將西方的現代主義，改造為具「中國風」的現代主義。而張默在〈「創世紀」的發展路線及其檢討〉中指出：

> 有些人以為「創世紀」詩社是一群超現實主義的詩社，持這種說法的人，大概是由於「創世紀」所刊載的作品常常比較「超現實」之故，但我們認為凡是優秀的現代詩，大都是超現實的，穿越時空的，說我們在精神上有超現實的傾向倒無不可，但是我們必須摘掉所謂「超現實主義」的帽子。[31]

就創世紀詩人的創作，可以更實際地發現創世紀詩人的改變，例如商禽〈咳嗽〉一詩：

> 坐在
> 圖書館
> 的
> 一室
> 的一隅
>
> 忍住

---

[31] 張漢良、蕭蕭編選，《現代詩導讀：理論、史料篇》（臺灣臺北：故鄉出版社，1979），頁428。

直到

有人把一本書

歷史吧

摔到地上

我才

咳了一聲

嗽

　　商禽這首詩作就形式粗略地看來，可以發現頗類似笠詩社詩人非馬的風格，雖然未必採取笠詩社慣於使用的新即物書寫手法，但是在語言上已經有所放鬆，透過精簡的詞語，描寫一個簡單的事件，達成深刻的批判性。儘管部分創世紀詩人，已放棄過度運用超現實語言的創作策略，但是正如瘂弦在〈我的詩路歷程——從西方到東方〉一文中認為：

　　我們在五〇年代之所以追求比較高層次的語言，就是對四〇年代語言的口語化與內容的過份政治的反動，一種文學上的反動；因此我們在語言技巧上學習西方，再把它中國化，意象上也力求高度的經營，以修正四〇年代普羅作家如田間、艾青等人的偏狹。同時，五〇年代的言論沒有今天開放，想表示一點特別的意見，很難直截了當地說出來；超現實主義朦朧、象徵式的高度意象的語言，頗能適合我們，把一些對社會的意見、抗議，隱藏在象徵的枝葉後面，這也是當時我們樂於接受西方影響的重要因素。當然，我說喜歡超現實主義，並不是一成不變的接受，我曾提出「制約的超現實主義」，把超現實主義加以修正。事實上對超現實主義我仍然一往情深，但我認為超現實主義只能作為一種表現技巧而不能代表一切技巧。[32]

---

[32] 瘂弦，〈我的詩路歷程——從西方到東方〉（臺灣臺北：《創世紀》第59期，1982年10月），頁27。

　　由此可知創世紀詩人雖然開展了其他的表現方式，放鬆他們的超現實語言，但是不意味他們認為超現實主義完全一無可取。

（二）笠詩社詩社典律的深化

　　比起創世紀詩社在論戰過後，對超現實主義的重估轉化，笠詩社在論戰過後則是持續深化他們的論點，並更進一步點出他們的典律特質。

　　笠詩社在論戰中批判創世紀詩社超現實語言的晦澀，使得他們更確立了強調詩語明朗化的立場，例如在第43期（1971年6月），李敏勇發表〈招魂祭〉後，笠詩社在該期編後記，旋即提倡詩的大眾化與明朗化[33]，確定了笠詩社詩典律的語言特性。事實上與創世紀間的論戰，才正式揭露了笠詩人當初創辦《笠》的動機，杜國清〈「笠」詩社與臺灣詩壇〉對此便談到：「這是對《創世紀》所誤導的詩風的覺醒和對決，也是本土意識在臺灣詩壇的崛起。」[34]可以發現經過此次論戰，笠詩社也更確立了他們的在野身份，以其詩典律對臺灣現代詩壇核心內的問題提出批評。

　　當然，更重要的是，他們與創世紀詩人後期論戰中，對於《水星》中所謂「笠詩社為日本殖民地」這個爭議點的反抗意識，使得他們在面對當時國族文化正統的指摘中，確定省籍詩人自己的發言權。此外，針對創世紀詩人批評笠詩人與日本文學間過度密切的關係，促使笠詩社的省籍詩人們，開始全面思考政治、文化與文學上，臺灣、中國，以及複雜的第三者日本，乃至大陸中共之間的關係。對於大陸中共，在1970年代的政治情境下，笠詩人完全不予以認同，而較認同於在臺灣的中國。至於對於日本，笠詩人在政治殖民上是採取批判的立場，在文化、文學上則強調互為影響，例如上文所提及葉笛〈文化是純種馬嗎？〉一文便點出日本受到唐文化影響的事實，強調彼此間有同質共融之處。不過在

---

[33] 見《笠》第43期（1971年6月），頁59。

[34] 杜國清，〈「笠」詩社與臺灣詩壇〉（臺灣臺北：《臺灣文藝》第118期，1985年7月），頁19-20。

論戰過後，笠詩社雖繼續深根對日本文學的譯介，但是在量上已略微減少，但轉而將翻譯的篇幅觸及如非洲、拉丁美洲等第三世界國家詩人的作品上，一方面更擴展笠詩社轉譯作品的面象，另一方面隱約可以看到，笠詩人期待從第三世界國家詩壇呼應他們自身過往被殖民的弱勢地位。

而在典律系譜上，笠詩社也開始展開了中國／臺灣、創世紀／笠詩社間的交互辯證，逐步開始建構臺灣本土詩學的系譜。可以發現，在論戰過後陳千武的雙球根說，在笠詩社可說益加發揮了他的代表性與影響力。笠詩社在雙球根說的支持下，不只使他們澄清戰前臺灣新詩便有現代主義的史實，更重要的是他們將被特殊社會情境下「隱匿」的戰前臺灣新文學，拉到詩壇的檯面上。而創世紀在論戰中對省籍詩人日本殖民地的批評，也促引了笠詩社開始自別創世紀以及中國文學，更積極以鄉土為基源點，深入建構臺灣文學。

在策略上，很明顯可以看到笠詩社採取雙球根說的論點，同時進行中國與臺灣新詩史的追尋，一方面在《笠》第47期（1972年2月）趙天儀展開了「中國新詩史料選輯」，一系列地介紹胡適、劉大白、朱自清、羅家倫、傅斯年、胡思永等1949年以前在中國大陸崛起的詩人。另一方面《笠》自第33期（1969年12月）起便已有「臺灣新詩的回顧」專欄，最初由吳瀛濤執筆，後來便中斷了，而《笠》第51期（1972年10月）趙天儀又以柳文哲的筆名，運作中斷許久的「臺灣新詩的回顧」專欄，重新展開對臺灣戰前新詩人的一系列介紹，其後再交由陳千武、周伯陽接手持續譯介。正如陳千武在〈豎立臺灣詩文學的旗幟〉一文所言：

> 《笠》詩刊於1964年6月，繼吳濁流先生主辦「臺灣文藝」，遲兩個月創刊。……這兩本異於統治文化政策的雜誌，相依為命，走同一條路線，攤開臺灣詩人、作家耕耘的園地，促使鄉土性格的文藝作品，重新開始萌芽。同時也挖出被為政者故意埋沒了十幾年的，日據時期臺灣人反抗殖民政策所創作的文藝作品，重新

整理或翻譯，使其復活。逐漸建立臺灣鄉土文學，提昇賦有開
拓、堅忍耐勞、不屈不撓的臺灣精神。[35]

　　可以看出笠詩人在創刊之初，便企圖在中國五四之外，進一步追蹤
臺灣自身新詩的系譜，而在與創世紀詩社論戰後，更用心於此項工作。
而「臺灣新詩的回顧」先後譯介過了巫永福、郭水潭、吳新榮、王登
山、莊培初、林精鏐、邱淳洸、江肖梅、張冬芳、周德三等臺灣戰前詩
人的日文作品。在笠詩社詩人的努力下，他們致力於恢復臺灣戰前新
詩的社會寫實批判的典律，並將之延繫到當時的詩壇，當笠詩社完成其
典律系譜的述說後，自然地會將其成績透過詩選的模式進行統整。後來
陳千武與羊子喬便將「臺灣新詩的回顧」的成果，擴充整理為《光復前
臺灣新詩選》，分成《亂都之戀》、《廣闊的海》、《森林的彼方》、
《望鄉》四集，由遠景出版社在1982年5月出版。
　　除此之外，笠詩社也持續對創世紀詩人主導的詩選進行批評，
例如杜國清〈評「中國現代文學大系‧詩集‧序」〉批評了洛夫的詩
觀[36]，陳鴻森對《七十年代詩選》則批評到：「這一類『莫名其妙』的
『詩』，在《七十年代詩選》中觸目即是。「創世紀」編的那幾本《年
代詩選》塑造的『詩』的範式，影響所及，幾乎使整個詩壇完全陷入
「無詩學狀態」的黑暗境地。」其實也都間接證明了詩選本身，乃是典
律價值體的確立，並有著傳播教育作用。因此笠詩社也開始建構自身的
詩選，企圖透過社內詩文本的匯集，展現笠詩社詩典律的具體成績，
除在論戰前於編選《華麗島詩集──中華民國現代詩選》（1970年12
月），在論戰後亦積極編選了《臺灣現代詩集》、《美麗島詩集》。
　　笠詩社在詩選中所欲傳達的典律理念，從其詩選名所標舉出美麗
島、臺灣精神的隱喻等等，即可知其乃欲彰顯臺灣本土詩學。誠如薩伊

---

[35] 陳千武在〈豎立臺灣詩文學的旗幟〉，見鄭烱明編《臺灣精神的崛起──
　　「笠」詩論選集》，頁2。

[36] 《笠》第51期（1972年10月），頁67-75。

德（Edward W.Said）所言：「本質上，所有的文本都排斥其他的文本，或者更經常地，取代其他事物。文本基本上是關於權力的事實，而不是民主交流的事實。」[37]笠詩社除了在詩評機制下，不斷質疑創世紀編選的詩選呈現偏狹的漏失，在他們所編選的詩選亦透過掌理守門人的機制，排擠剔除了1960年代晦澀的詩文本，取而代之的是，笠詩社明朗、即物的文本，以促使1970年代詩壇的現代詩典律，向笠詩社的詩典律靠攏。這樣的現象主要乃是導因於兩詩社所建構的典律差異之故，是以在不同的現代詩價值體系下，自然不可避免地各有其著重與忽略的價值。

最後筆者要補充陳述的是，儘管創世紀與笠詩社在典律上有所差異，但是並非全然對立，彼此仍有互相欣賞的空間。舉例來看，在兩詩社論戰之前，《笠》第30期（1969年4月）設有「五年詩選」專欄，主要乃是邀集詩壇重要詩人，自由選出詩壇最近五年來的最佳創作，參與者除笠詩社成員外，亦有創世紀詩社詩人。當然，各詩社詩人由於詩觀之故，選出自身詩社同仁的作品應是最普遍的現象，但是這份資料卻也出現了，創世紀詩人與笠詩人間互選的有趣現象，分別為張默選白萩的〈貓〉（刊於《創世紀》25期）、趙天儀選洛夫的〈西貢之歌〉（刊於《外外集》）、桓夫選張默的〈墻〉、楓堤選商禽的〈傷〉（刊於《南北笛》第4期）、白萩選商禽的〈鴿子〉（刊於《七十年代詩選》）、張默選桓夫〈咀嚼〉。

其中笠詩社在洛夫的〈西貢之歌〉一詩後點評中，認為有尖銳的感受，是在戰爭下的一種透視，一種參與，一種靜視，是現代詩即物性的表現。[38]而對於商禽的〈鴿子〉，則點評認為：生在一剎那的觸覺之中，掌握了一個性命的詩章，是生命與生命的衝激，是一種令人顫慄的音符，隨著紛紛落下。[39]而後來由創世紀詩人所主導的詩選大系，如瘂弦主編《當代中國新文學大系》，張默、白靈、向陽主編《中華

---

[37] 焦桐，《臺灣文學的街頭運動》（臺灣臺北：時報文化，1998年），頁250。
[38] 見《笠》第30期（1969年4月），頁15。
[39] 見《笠》第30期（1969年4月），頁16。

現代文學大系〈詩卷〉一九七〇——八九・臺灣》對與笠詩社的詩作也能有所欣賞而收入。可見儘管兩詩社在詩典律的認知上有所歧異，但是卻無法忽略對方價值系統的存在。

第二節　兩詩社在鄉土文學論戰與解嚴後的融合

　　在鄉土文學論戰之時，臺灣現代詩壇的詩人極少介入，主要乃是因為鄉土文學論戰中，所集中探述的寫實性、時代性等問題，早在臺灣1970年代初現代詩壇爆發的關唐事件中，便已針對「什麼時代、什麼人寫什麼作品」這樣的課題，有了一連串的討論。也因此早在1970年代初期，創世紀與笠兩詩社對於鄉土文學論戰中所點出的問題，都早有其各自的定見。兩詩社雖然對於鄉土文學論戰，各有其應變態度，但是鄉土文學論戰過後，由於臺灣政治與社會持續開放，國民黨政府終於在1980年代宣布解嚴，兩岸開始正式展開交流，影響所及也使得創世紀與笠詩社，有了更進一步的轉變。

　　綜觀鄉土文學論戰與解嚴後，兩詩社的一連串轉變，其實反映了他們對社會現實、鄉土文學、文學系譜的認知轉變。大抵說來，兩詩社間的看法雖仍有所差異，但是在兩詩社轉變方向中的許多地方，都可看到彼此在論點上已有所交集，部分意見亦有相互融合之處，反映了兩個典律系統間，雖有基本上的差異，但是開始產生彼此共同認同的明確價值。可以說兩詩社所共同體認的典律價值，也正是在世界文學中，臺灣現代詩典律所特有的獨特性。

　　由於兩詩社在1970年代以後，雖然有相互批評的文章，但是並有沒正面直接的往來衝突，因此以下筆者便分別探述，兩詩社在鄉土文學論戰，與解嚴這兩個時間點上的轉變進行觀察，兼述兩詩社彼此間零星的批駁意見。

一、創世紀詩社在鄉土文學論戰與解嚴後的轉變

（一）鄉土文學論戰前後的大鄉土書寫

　　創世紀詩人們在鄉土文學論戰之時，對於論戰的投入顯然不多，在《創世紀》第47期（1978年5月），比較能明顯看出鄉土文學論戰的風波，在創世紀詩社發展史中留下的些微痕跡。在《創世紀》第47期中，洛夫針對鄉土文學論戰發表了〈根〉一詩，以及〈斥工農兵文藝〉一文，其中傳達了洛夫對鄉土文學論戰的態度。在〈根〉的後記中，洛夫寫到：

> 我寫這首詩的動機，主要是提供我個人對所謂「鄉土文學」的看法。換言之，我乃試圖以較為單純的意象，直接的語言，來表達我對「鄉土文學」本質的認知。今天我們文壇所流行的所謂「鄉土文學」，只不過是各種文學風格之一，這種風格如過於萎縮而有意侷限自己於一隅，則勢必流於淺薄……文學的本質就是生命的根，經過千年萬世的遭遞與衍生，不但不受制於空間，且被時間一再重創而成為永恆，這就是一種超越。[40]

而在〈斥工農兵文藝〉一文中，洛夫則認為：

> 　臺灣文學的成就之所以較自新文學運動以來的各個時期為高，作家擁有自由創作的環境，實為主要因素。然而，過度的自由也產生了反效果，助長了某些荒謬偏頗的狹義社會主義「普羅文學」思想的死灰復燃。
> 　所謂普羅文學思想，就是表面上打著關心勞苦大眾或工農兵階級的旗號，實際上則服役於以某一特定意識型態為核心的政治

---

[40] 見《創世紀》第47期（1978年5月），頁42。

　　　　思想，而「工農兵文藝」正是共黨為了製造內部矛盾，挑撥階級
　　　　仇恨，以達成其政治目標所使用的鬥爭工具，一種談起來，四十
　　　　歲以上在大陸上深受其害的作家都會為之色變的思想瘟疫。[41]

　　從以上的兩段引文，可以發現在當時洛夫面對鄉土文學論戰中「鄉
土」、「社會現實」兩個重點的態度，一方面認為「鄉土」的概念有空
間侷限性，另一方面也覺得「社會現實」與馬克斯社會主義之說，有貌
似雷同之處。因此對於鄉土文學論戰中「鄉土」、「社會現實」兩個重
點，很明顯是予以反對的。早在1977年8月20日，余光中在面對70年代
中期臺灣文壇上鄉土文學的日漸興盛時，便於《聯合報副刊》上發表
〈狼來了〉一文，在爆發鄉土文學論戰前，洛夫亦在1977年6月於《中
華文藝》的詩專號前言，便已明確地對他所認定的「工農兵文藝」予以
駁斥了。

　　洛夫這樣的反應，可說實乃創世紀詩人族群身份特性使然。從筆
者第二章第二節對創世紀詩人身份特性的分析，可以發現他們普遍皆為
大陸省籍詩人，這樣的籍別身份背後隱藏的是，因政治動盪而產生漂離
故鄉的集體記憶，在創世紀詩社中，具有軍旅詩人身份的洛夫、張默等
人如是，而具有僑生身份的葉維廉亦如是。這個集體記憶，對認同「中
國」的他們而言，不只是政治認同，更是血緣與文化上的認同，因此早
在《創世紀》創刊之際，他們便以「新民族詩型」號召，除了追求詩藝
外，如何透過詩作書寫，展現他們由離散記憶與「戰鬥」生活相雜揉的
民族意識，顯然更是他們亟力追求的。儘管「新民族」終被「超現實」
所取代，但是民族意識，或者說是政治與文化中國的意識，仍然在他們
晦澀詩語中時隱時顯。

　　因此無論就政治還是文化上，他們都是反共的，認為1940年代以降
中國一切血難的源頭便是中國共產黨。他們在自身的文學學習上，也尋

---

[41] 見《創世紀》第47期（1978年5月），頁59。

獲到了所以反共的例證：他們在文學啟蒙上的詩神——艾青、何其芳，一個接著一個因認同共黨文藝，

　　所強調的關懷普羅大眾等等信條，而鈍化了詩藝。使得他們對於因關懷普羅大眾，突顯階級矛盾的「赤色」文藝極其敏感，因此1970年代鄉土文學風潮以及論戰出現時，其所強調的關懷弱勢大眾的論點一出現時，他們便十足憂心，而持反對的立場。這也可說是他們這群具流離特性的詩人普遍的意識型態，這也是為何與洛夫曾有「天狼星」文學論辯的余光中，也寫出〈狼來了〉一文反對鄉土文學風潮之故，其因無他，對於他們而言，1970年代中期的鄉土文學運動，並不是文學運動，而是政治運動。

　　他們既然在鄉土文學風潮中關懷弱勢大眾的主張，看到共產階級文學的影子，自然也會對於鄉土文學風潮中，在內容上以強調表述臺灣鄉土現實為尚的風氣而憂心，例如創世紀詩社在1983年5月參加「藍星・創世紀・笠三角討論會」後，隨即於《創世紀》第62期（1983年10月）的社論〈以更堅實的作品，開闢現代詩的新路〉一文中認為：

> 民國卅八——四十四年間，我輩詩人大多以歌詠鄉愁為主調，語言十分明朗；自四十五年「現代派」創立以後，因受國際文學各種流派的沖擊，一度大家的詩風比較傾向於晦澀，意象比較傾向於稠密；自五十六年迄今，詩人又發覺建立真正屬於「中國的聲音」之重要，紛紛向傳統汲取礦源，詩風上有顯著的改變，如之近年來某些詩人特別強調鄉土意識，主張主題掛帥，致使大家的風格面貌，似乎愈來愈接近，不錯，語言是平白了，意象是單純了，但是詩的味道卻愈來愈稀薄。……卅年來，作為中國現代詩成長證物之一的「創世紀」詩社，願借此特別提出呼籲：深盼全國從事現代詩創作的朋友們，千萬不宜把詩的題材範疇侷限在某鄉某城或某一區域，詩文學是絕對沒有時空的束縛的，大至宇宙，小至沙礫，無一不可以入詩，我們何不於熱愛臺灣現實的小

鄉土之餘，從而熱烈擁抱整個中華民族一千一百餘萬平方公里土
地的大鄉土。[42]

此外張默亦認為「為求現代詩更發皇、更無界域性，且更多彩多
姿，我們希望『笠』能擁抱更廣闊動人的『大鄉土』」[43]細讀張默之
論，其實正反映了臺灣新文學一個特殊的現象，即：鄉土書寫永遠不單
純僅是作家對土地的寫實，鄉土空間中蘊含的鄉土記憶與經驗，永遠都
帶有政治性。所以無論對臺灣文學的作家還是讀者而言，文學上的鄉土
書寫，有時幾乎等於政治上的版圖認同。

在1970年代以前，包括創世紀詩人在內的臺灣外省作家，無論就
政治正確性，還是鄉愁血性上，他們文本中的鄉土就等同於大陸。特別
是對於大陸的思慕嚮往，必須符合國民黨政府的政治標準，否則他們對
於大陸鄉土書寫的表達，在文藝監察單位的「誤讀」下，也可能變成對
於大陸中共政權的認同。因此套用1970年代以前，這樣國土與鄉土彼此
互相指涉的閱讀方式，閱讀1970年代以後專寫臺灣鄉土的鄉土書寫的現
象，中國的版圖彷彿突然間就少了海峽對面的那一大塊。

對於1970年代以後如此「狹小」的中國，創世紀詩人自然是無法
接受的，主要乃是此時在文學路線上，他們已從西方叛離，重新回到中
國，他們不只確認了中國文學的正典性，展現的更是對中國文化傳統的
再認同。因此，他們也不能適應載負中國精神傳統的地理空間，是這種
「小鄉土」的格局。1970年代以後，文學書寫中的鄉土中國所以如此狹
小，主要乃是此時崛起的新生代作家們，大多出生於臺灣，普遍缺乏大
陸鄉土經驗，在1970年代文壇中現實精神風潮漸趨於主流的狀況下，鄉
土中國對他們而言，不是鄉土大陸，而是鄉土臺灣。事實上，即便是此

---

[42] 創世紀詩社，〈以更堅實的作品，開闊現代詩的新路〉（臺灣臺北：《創世
紀》第62期，1983年10月），頁1。

[43] 張默，〈三十年來全國新詩期刊縱橫談——從「新詩週刊」到「春秋小集」
（一九五一——一九八三）〉（臺灣臺北：《創世紀》第62期，1983年10
月），頁143。

時在語言放鬆的創世紀詩人，他們所凝視到大陸鄉土，顯然也是遙遠無比，例如張默一系列的旅韓詩抄，如〈搖著我們的鄉愁〉這樣寫到：

> （前略）
> 雪花在雲堂旅館的廊外搖著
> 搖著我們的鄉愁
> 它是橫的，還是縱的
> 是不是距離我們最近的
> （中略）
> 而壁上蒼勁的漢字猶在歌著
> （採菊東籬下，悠然見南山）
> 難道這新羅的南山
> 真的就是咱們五柳先生夢中的南山嗎
>
> ——1976

　　此詩可以說是觸景而生鄉思之作，詩人在詩中不斷運用疑問句的手法，層層逼近詩人心中所欲吐露對故園鄉土，那份欲歸而不得歸的矛盾情緒。詩中在廊外飄搖之雪，拂動了詩人心中的鄉愁，然而比對窗外「具像」可描的風雪，詩人卻難以言說心中那鬱結的塊壘。因此詩人運用疑問句的方法，一問其橫縱，二問其遠近，間接地企圖描繪心中那鄉愁之景。而詩末詩人更用疑問句作結，不過相較於前面這樣屬於詩人私己自我的情思探問，此處則屬於文化（學）文本層面的探詢。

　　可以發現，啟詩人之疑的乃是那壁上那幅寫著「採菊東籬下，悠然見南山」的漢字，此詩正是中國詩人陶淵明著名的詩句。韓國旅店掛起這幅字，乃取店外南山與字句裡的南山的同名之協，以及裝飾旅店的雅致氣氛的用意。但詩人——作為一個臺灣詩人，在韓國異地閱讀感受到的，卻是文本背後，所指陳的中國文化精神境界。所以詩人問到「難道這新羅的南山／真的就是咱們五柳先生夢中的南山嗎」，在「新羅／

中國」、「你們／咱們」中的對比，正是一種「別群」的過程，詩人不自主傳達而出的，不只是詩人個人，而是「咱們」中國人對「自我文化群體」的歸屬情緒。因此，透過詩人這樣在自我、文化層次間的反覆詢問，其實也吐露了詩人所感受到故園鄉土的隔膜與遙遠。

辛鬱的南韓行詩抄中的〈板門店望鄉〉一詩，亦這樣寫到：

> （前略）
> 尋什麼梨花香飄十里
> 自從春鶯去後
> 此地已不見麥浪輕掀
> 抬望眼
> 長空落寞
> 鐵青的是那張
> 大地的臉
>
> 繃得多緊啊
> 三八度線
> 若你是琴的一弦
> 你便該無聲

此詩可說帶有辛鬱一貫字句簡潔與結構緊密的特質。首段的寫景中，詩人在時節轉換的喟嘆中，勾勒了一個荒涼寂寞的曠野氣氛，「抬望眼／長空落寞／鐵青的是那張／大地的臉」文字精省，以擬人手法寫天與地的寂寥相望，把冬景的荒蕪氣氛整個烘托出來。第二段雖承接首段，但是寫的卻含蓄而更見巧思。詩人將北緯38度線比喻為琴弦，寫到「繃得多緊啊」其實正指涉，南北韓間雖以北緯38度線作為止戰的分野線，但是此處氣氛卻極其緊繃。因此，詩人進一步寫到「若你是琴的一弦／你便該無聲」，除了在書寫技巧上不動聲色地藉此喻，將本段四行

結合成一嚴密不可分割的結構外，更傳達詩人期盼和平共存的願望。這樣對南北韓的願望，當然也包括詩人對兩岸關係的期許，因此扣準詩題〈板門店望鄉〉來看，詩人雖擬南韓人之望鄉，其實也正藉此寫己身之望鄉，只是分界之線不在是那道北緯38度線，而是那片雖狹而實廣的臺灣海峽。

在創世紀詩人這類詩作中，身處在比臺灣更接近大陸的韓國，創世紀詩人凝視中國的方式，也是帶著那遙遠的視角。並在詩語中大量的疑問句，更讓讀者感受到，詩人在肉體上與故鄉的隔閡，但是心理上卻亟欲跨越疆界藩籬的衝動。洛夫於1979年所寫的〈邊界望鄉〉同樣也能展現他深處異地，觀視母土的焦慮心境，他寫到：

說著說著
我們就到了落馬洲

霧正升起，我們在茫然中勒馬四顧
手掌開始生汗
望遠鏡中擴大數十倍的鄉愁
亂如風中的散髮
當距離調整到令人心跳的程度
一座遠山迎面飛來
把我撞成了
嚴重的內傷

病了病了
病得像山坡上那叢凋殘的杜鵑
只剩下唯一的一朵
蹲在那塊「禁止越界」的告示牌後面
咯血。而這時

一隻白鷺從水田中驚起
飛越深圳
又猛然折了回來

而這時，鷓鴣以火發音
那冒煙的啼聲
一句句
穿透異地三月的春寒
我被燒得雙目盡赤，血脈憤張
你卻豎起外衣的領子，回頭問我
冷，還是
不冷？

驚蟄之後是春分
清明時節該不遠了
我居然也聽懂了廣東的鄉音
當雨水把莽莽大地
譯成青色的語言
喏！你說，福填村再過去就是水圍
故國的泥土，伸手可及
但我抓回來的仍是一掌冷霧

　　洛夫此詩的細膩處在以望遠鏡的鏡頭調校中，呈現他遙視故鄉的那
種渴望又緊張的複雜情緒。一開始詩人寫到「望遠鏡中擴大數十倍的鄉
愁／亂如風中的散髮」，便是鏡頭畫面在不斷放大仍尚未對焦時，那籠
統模糊的景況，詩人以風中亂髮喻之，不僅喻其眼前所見之景，更喻其
心內複雜的心情。其次，對焦妥當後，詩人寫到「當距離調整到令人心
跳的程度／一座遠山迎面飛來／把我撞成了／嚴重的內傷」此時詩人突

然見到清晰放大的故鄉，正如詩人所喻如一座遠山飛來撞擊胸口。此段寫來極佳，運用了詩人擅長運用的活躍句法與意象經營，但此處之所以動人，筆者認為不止在於其巧，而在於其巧中見真，因此讀者方能在詩人活躍的形象比喻中，具體感受到詩人此時心中的衝擊之感。

第三段之中，如同辛鬱〈板門店望鄉〉一詩，洛夫也看到了那阻絕的一條界線，詩人既見「禁止越界」的告示牌，自然不能不在自己的政治身份上，感受到阻絕受限感，因此比起上段純就詩人個人血緣身份的鄉愁書寫而言，此段詩中的矛盾衝突感顯然更為強烈。然而詩人顯然是以較淡的筆觸，以及較具多內涵寓意的意象來表現，讓我們問：詩人是透過怎樣意象，來寄託這樣的身份衝突之感呢？細讀此段，可以發現正是段末那隻「驚起」又「折回」的白鷺鷥。白鷺鷥的意象所以具多義性，主要還是因為那有禁斷性、警告性的告示牌。在此，筆者認為這少有以下兩種層次的意義：

第一、詩人突顯了自己因政治身份的侷限，無法自由穿越翻離的痛苦，而不為世俗教條所禁的白鷺鷥，卻能振翼任意穿越深圳。因此，白鷺鷥可以說寄託了詩人賦歸故園的願望。

第二、但是詩人又寫到白鷺鷥「飛越深圳／又猛然折了回來」，可以說白鷺鷥並不單純只是自由來去的意象，事實上，白鷺鷥可能也代表著詩人望鄉的視線，呼應著詩人前段詩中那種矛盾徬徨的思鄉情懷。

本詩的前兩段主要是透過視覺的角度進行書寫，在第三、四段，詩人則主要運用聽覺的角度鋪陳詩句。第三段以「鷓鴣以火發音」為起領句，蓋鷓鴣鳥一般又稱為火鷓鴣，故詩人藉此發揮，雖看似無理，但足見其巧。而以下詩人更用對比之法，以鷓鴣之火音對比三月之春寒，自然是冷／熱的一個對比，而被鄉愁燒得「雙目盡赤，血脈僨張」的洛夫，以及在一旁看似置身事外的余光中，又成另一對比。特別是段尾的「冷，還是／不冷」，更是反詰出詩人心中的無限感慨。

第四段的聽覺意象則不像第三段那麼明確，鄉音、以及雨水將大地譯成青色語言等字句，寫來是較為平穩的。只是全詩最後的尾句寫來卻

極為動人，詩人又借用余光中之語，再予以翻新。詩人從「伸手可及的故土，只抓回一掌冷霧」一句，其實也正呼應了第三段中，那隻飛越禁示牌又折回的白鷺鷥，此句可以說已超越了超現實書寫的技法層次，而在現實界中寫出了「巧」與「情」交互調和的句子，把詩人內心那真正的茫然悵惘透過滿掌冷霧，恰如其份地表現出來。

　　從以上各詩的分析中，可以發現創世紀詩人這一連串對鄉關何處的凝視與衝動，也是他們心中對中國焦慮情緒的反應，張默於詩集《落葉滿階》中的〈時間，我繾綣你〉便寫到：

　　（前略）
　　時間，我悲懷你
　　一滴流浪天涯的眼淚
　　怔怔地瞪著一幅滿面愁容的秋海棠
　　（後略）

　　在詩中展現詩人望鄉時情緒的悲涼，詩中寫到的淚，其實正喻代他自身的失根本質。其中「滿面愁容秋海棠」，自然是政局紛亂的當代中國，而「淚」自然指的是詩人自己，其中臉與淚的相關卻分隔的邏輯關係，更是詩人形構詩意的重要基礎。從眼眶（故鄉）流出，又從臉龐（大陸）落下的淚水，雖然本源在眼眶，但是卻是被迫拋離，而無法重回臉龐與眼眶。而詩人寫到淚水僅能「怔怔地瞪著」秋海棠，正表達了淚水（詩人）對故土無奈卻篤定的思念。誠如張默於該詩〈後記〉這樣寫到：「主要是紀念咱們這一群並肩走過五、六十年代的坎坷歲月，現在是六十歲左右猶在詩壇打拼的老伙伴。」[44]其實點明了自己，在1970年代的往日中，凝視鄉土故園的徬徨情緒，以及難以企及故園的焦慮。

　　除了這類詩作外，創世紀詩人的大鄉土書寫，展現的也僅是少年在大陸的地理經驗，或是對往日中國的文化地標，如：唐代長安、漢代

――――――――――
[44] 見張默，《落葉滿階》（臺灣臺北：九歌出版社，1994年1月），頁176。

洛陽、宋代杭州的嚮往，這樣有些匱乏的地理經驗要支撐出一首真情的詩，其實是有些難度的。在1970年代對大陸信息的管制，他們所能凝視到故園鄉土的方式，除了是心中的往日影像外，在被管制的影音傳媒上，他們僅能透過有限的照片影片的圖像，看到那真實的卻支離破碎的大陸影像，藉以揣摩大陸故園的狀況。這樣片段稀少的資訊，使得創世紀詩人對大鄉土的述說，除了對中國版圖的各種仿形物，例如秋海棠等投注無盡的魂牽夢縈外，支撐他們想像中國的媒介物，便是詳細載錄中國各種山川地名的地圖了。例如1970年代加入創世紀詩社的創世紀詩人沙穗的〈走在中國的地圖上〉一詩，寫到：

> 有人在夢裡回去
> 但夢最多只有一個晚上
> 一個晚上
> 哪走得完整個中國？
> 我是從地圖上回去的
> 在一個寒冷的夜裡
> 我點了一盞燈
> 提了一壺酒
>
> 但還沒上路呢
> 攤開地圖我就先滴了
> 兩顆淚
> 一顆滴在冰冷的黃河
> 一顆滴在老家珠江
>
> 廣東已經缺鹽了
> 滴一顆淚也好
> 鹹鹹的

　　　總能救一點急

　　　（中略）

　　　沿著地圖

　　　我出了嘉峪關

　　　眼前只是一片沙漠　和

　　　幾株乾瘦的仙人掌　仙人掌

　　　都躺在路上　向我要酒喝

　　　喝了酒　還問我

　　　有沒有路條？

　　　　　　　　　　──1980

　　此詩可說是詩人返鄉的超現實旅程，沙穗在此詩一開始便自道，自己不是透過夢超越現實的政治鐵幕，進入自我的故園，夢境畢竟短暫而模糊。可以說，在一般詩人表達欲歸故鄉的情懷時，在詩文本中「入夢」，幾乎成為返回故園的固定管道。在1950年代裡這樣的「返鄉策略」幾乎俯拾即是，例如金劍〈怒吼的海峽〉：「匍匐於海峽的島嶼以花開年年，／海峽的夢魂日夜在海峽迴旋」、風鈴草〈歸夢輯〉：「夢的輕舟，載我歸去」等等。沙穗在此這樣質疑夢回故土的可效性，其實正是帶有「反策略」的意味在，但是儘管如此，詩人自己不走一貫的「夢路」歸鄉，但是卻還是需要另一種窺圖假想的方式歸鄉，自然又是另一層次的諷刺與惆悵了。

　　詩人在現實中透過清晰地可觸摸的地圖，去尋找自己的大鄉土，詩裡詩人透過「酒」作為一把鑰匙，「趁夜」打開現實地理的鑰匙，超越現實處境，進入地圖裡，從臺灣出發，跨越海峽，進入故鄉廣東，就這樣在地圖裡的大鄉土中遊歷。如同張默於〈時間，我繾綣你〉所落之淚一般，沙穗在此詩中也落淚了，不過他卻將淚落在地圖之上，作為假想自己溯源故鄉的一種方式，將地圖中那被虛擬的、縮小的故園，與自己的淚水結合在一起。其中第一滴淚落在黃河，黃河象徵的是中華文化起

源地，第二滴落在珠江，則是詩人自己老家，因此詩人將兩滴淚落這兩處，自然有歸回文化血緣之地的意味在。而詩人最後一路走出嘉峪關，明顯有藉老子出關的典故書寫的意味，其中向他尋索路條的仙人掌，其實正是詩人對於自身文化政治身份的思索。

由以上創世紀詩人的詩作分析，可以發現他們動人的鄉土書寫的詩作，最常捕捉的是他們自己在大陸上的故鄉影像，而其書寫動機也往往不在於對景物的描摩，依恃的則是血性本源上，對鄉土中國的訴說慾望。也可以說在他們大鄉土書寫下的鄉土中國，其實是他們生理心理中生命母體的代名詞。[45]

當然，在1970年代之中，抱持大鄉土書寫的創世紀詩人，也書寫鄉土臺灣。其中葉維廉在1970年代中期到1980年代中，寫了一系列的臺灣山村詩輯，其中〈暖暖礦區的夕暮〉、〈布袋鎮的早晨〉、〈宜蘭太平山詩組〉等詩，可以看出葉維廉親身深入臺灣鄉土的廣度，而〈上霧社入廬山看櫻花〉、〈珊珠湖詩組〉等詩，在風景書寫中亦展現了他獨樹一幟的道家視境。此外商禽的〈無言的衣裳〉、辛鬱的〈台北素寫〉等詩，都展現了一定層度地對臺灣鄉土的述說。不過在創世紀詩人這類詩作，在凝視臺灣的視角與題材上，也壓縮了他們流離身份中的獨特經驗，例如辛鬱〈順興茶館所見〉：

> 座落在中華路一側
> 這茶館的三十個座位
> 一個挨著一個
> 不知道寂寞何物
>
> 而他是知道的

---

45 解昆樺，《心的隱喻——文學場域中知識份子的書寫意識》（臺灣苗栗：苗栗縣文化局，2002年），頁231。

準十點他來報到
坐在靠邊的硬木椅上
濃濃的龍井一杯
卻難解昨夜酒意
醬油瓜子落花生
外加長壽兩包
──他是知道的
　　　這就是他的一切

不　尚有那少年豪情
溢出在霜壓風欺的臉上
偶或橫眉為劍
一聲厲叱　招來些落塵

他是知道的　寂寞是
時過午夜
這茶館的三十個座位
一個挨著一個……

　　　　　　　──1977

　　辛鬱此詩展現了對來台老兵的關懷，而詩中所寫的「順興茶館」，
時常聚集著退伍的來台老兵，詩人透過茶館內的三十個座位，深深刻畫
著老兵的寂寞。該詩善用了對比的手法，表達出老兵被歲月欺凌的無奈
感。這對比手法在第三、四段發揮地淋漓盡致。

　　第三段中「濃濃的龍井一杯／卻難解昨夜酒意」的茶／酒的對比，
是醒／醉的對比，突顯出老兵日常生活中因為失去目標，而造成茫茫然
的失序狀況。而茶館几案上的零食、長壽煙，是對比著老兵生活裡的一
無所有。而第四段中的少年豪情與老邁臉龐的對比，呈現的則是老兵生

命價值，在歲月中的失落。老兵們於是只能在茶館中相聚，在一時的喧囂與懷舊中排遣孤獨。但詩人在詩末寫到，老兵知道寂寞是子夜茶館內三十個座上無人的椅子，不只寫的是「當下子時」老兵的寂寞，其實也暗示了一旦老兵們一一凋零後，恐怕不到子時，僅存的老兵可能就得無時不刻地感受到寂寞的襲人了。

因此可以說，詩人所凝視到的「順興茶館」中的老兵生活面貌，正代表在臺灣中一個離散經驗聚集的地標，在詩人銳意刻畫之中，也展現了詩作背後，他自我的流離經驗與身份。由辛鬱感受的臺灣鄉土，其實也展現了創世紀詩人對臺灣鄉土的書寫，如果不是以其在臺灣旅行經驗為主題[46]外，大多是從他們在台寓居之處為中心點進行擴散[47]。因此他們所展現的臺灣鄉土，往往大多為他們在臺灣城市的居住經驗。

（二）解嚴後的大中國詩觀

創世紀詩人在1970到1980年代中期大鄉土書寫中，呈現對鄉土故園的焦慮感，在1986年後國民政府發佈解嚴令，兩岸開始交流後，正式獲得了抒解。創世紀詩人在陸續返回大陸過後，很自然產生了許多返鄉詩作，再返故園的經驗成為他們此時鄉土書寫最為普遍的內容。他們寫了一系列的大陸遊歷詩作，酷愛旅遊的張默這方面的作品數量最多，例如〈黃昏訪寒山寺〉（1988）、〈在濛濛煙雨中登醉翁亭〉（1990）、〈不如歸去，黃鶴樓〉（1991）、〈長安三帖〉（1991）、〈杜甫銅像偶拾〉（1992）等等。但仔細觀察他們的詩作，除了有著重依母土的衝動外，也因為他們自身流離的身份背景，使得終於能親身擁抱故園的創世紀詩人，更進一步地看到現今母土與過往母土間的同與異。他們共存的大鄉土意識以及臺灣生活經驗不只開始產生了碰撞，也使得他們此時

---

[46]　例如：洛夫的〈去夏北海公路偶見〉（1986）、〈烏來巨龍山莊聽溪〉（1987）。

[47]　例如：洛夫的〈華西街某巷〉（1985）、〈雨中過辛亥隧道〉，辛鬱的〈通化街之什〉（1972）、〈西門町之什〉（1973），張默，〈內湖之晨〉（1978）。

的詩作，隱微地展現了自我與母土間，亦親亦疏的複雜心境。例如張堃的〈初抵廣州〉一詩寫到：

　　　　到底是夢境
　　　　還是電影的蒙太奇
　　　　短短三小時車程
　　　　竟趕完四十年返鄉的路

　　　　甫出廣州車站
　　　　故鄉便迎我
　　　　以洶湧的人潮
　　　　以簡體字
　　　　以社會主義的標語
　　　　以茫然

　　　　我不禁疑惑起來
　　　　難道一顆在車上欲落的淚
　　　　懸到現在才滴落
　　　　也是蒙太奇
　　　　而廣九鐵路的終點
　　　　就是鄉愁的起站？

　　　　疑惑中我嘆了口氣
　　　　哎，四十年返鄉的路
　　　　只不過一聲
　　　　短　　嘆

此詩中，詩人自我懷疑到重返故園的自己，是不是在經歷一場在解嚴以前，重複在自己的夢或電影中追尋故園的旅程，不敢相信自己不再需要透過種種媒介（如地圖、秋海棠），竟能親身置身在真實的故園世界裡。但是故園似乎已不再如故，與詩人心中反覆建構的故園影像似乎也不盡雷同，充滿著「簡體字」、「社會主義的標語」，這一切都是在解嚴前的臺灣中被徹底消滅的圖騰，詩人顯然無法適應這樣的差異，因而陷入深深的茫然。所以，全詩在第三段與尾段間，詩人對於故園的態度，呈現的是一個由疑而嘆的過程。特別是尾段僅四行，卻處處反覆著喟嘆，首句便是疑惑之嘆，第二句則為嘆聲（哎），第三、四兩行，其實是合成一句的短嘆。特別是「只不過」這三字，更代表詩人對故園嚮往的幻滅。

創世紀詩人所以產生這樣錯綜複雜的情緒，突顯了他們心中家與國之間的觀念碰撞，使他們在鄉愁與政治認同間，有著深沈的猶疑焦慮。此外，創世紀部分詩人重回故鄉後，無可避免地與大陸當代詩壇有所接觸。可以說解嚴後，是創世紀詩社重新調整，他們在臺灣與中國間政治、文化以及文學自我定位的重要階段。

針對這樣種種定位的問題，筆者認為可以從創世紀詩人對自身詩學上的定位，做為觀察起點。兩岸交流後，創世紀詩社旋即在《創世紀》第72期（1987年12月）推出的「大陸名詩人作品一百二十首」，向臺灣現代詩壇介紹大陸方面的詩作。接下來的第73、74期（1988年8月）則更推出兩岸詩論專號，專號中分成「臺灣之部」、「臺灣看大陸之部」、「大陸之部」三大部分。「臺灣之部」反映了創世紀詩人對解嚴後臺灣現代詩發展的看法，而「臺灣看大陸之部」則請臺灣詩人對《創世紀》第72期（1987年12月）推出的「大陸名詩人作品一百二十首」發表對大陸詩作的評論，至於「大陸之部」則為大陸學者與詩人對大陸詩壇的看法。「大陸之部」中，從丁芒〈創造中國詩的新傳統〉、李元洛〈中國詩歌傳統縱橫論〉、任洪淵〈對西方現代主義與東方古典詩學的雙重超越〉等文看來，1980年代大陸詩壇基本上環繞在東方傳統與西

方現代間的論證上，其中以中國傳統為主體的論點，可說與創世紀詩社1970年代後「現代與傳統融合時期」所關懷的問題不謀而合。在該專號中最能看到創世紀詩社解嚴後詩典律的調整雛構，應該是洛夫〈建立大中國詩觀的沈思〉一文，洛夫在該文中談到：

> 　　大陸的現代詩通常以一九八〇年前後朦朧詩的興起列為第一代，繼而有所謂「崛起的詩群」，不旋踵又有所謂「現代詩第三代人」的異軍突起。……他們有宣言，卻不一定有詩的觀念，有創作，卻都不成熟，至少迄今還看不到一位代表性的人物，寫出了具有震撼力而又真能超越前輩的作品。……由社會與文化結構之變化而引起的文學觀念與形式的求變心態，應是可以理解的。……靜止是一池死水，有衝突才有自覺，有變化才有生機，這是文學演進的規律，也正是數十年來活生生的「臺灣經驗」。[48]
>
> 　　新詩的發展需要一個開闊的客觀環境和自由的心靈空間。一九五〇──一九六〇年代初期的臺灣現代詩，是在一種極其弔詭的環境中發展，一方面由於詩人懾於政治禁忌而不得不在表現上採取隱晦的策略，另一方面詩人又在這種政治禁忌尚未達到如大陸文革與反右期間那種強勢鎮壓的環境中，大量地輸入西方現代主義各個流派的觀念和技巧，兩相湊合，於是便形成了當時臺灣現代詩一種非常獨特的型態，但也因內外因素的影響和誘發而創造出不少驚人的，迄今猶受重視仍在流傳的作品。嗣後經過多次批判的衝擊和自覺的修正，因在語言上已消除了以往的晦澀，在表達上已由自我的內在經驗走向廣闊的外在現實，臺灣現代詩仍有其潛在的生機，年輕詩人仍傳承著這一無法取代的血脈。在此我想澄清一點誤解：有大陸詩人認為：「臺灣某些詩人全盤照

---

[48] 洛夫，〈建立大中國詩觀的沈思〉（臺灣臺北：《創世紀》第73、74期合刊本，1988年8月），頁10-11。

搬現代派，搞了近三十年後，終於承認自己徹底失敗」，這並非
事實。事實是：當年狹義的現代主義已為今天廣義的現代詩所
取代，早期標榜前衛性和實驗性的現代詩，已日漸轉化為一種現
代，浪漫，現實多種趣味結合的田園詩，抗議詩，鄉愁詩：更年
輕的一代則在題材上有了新的取向而創造出另一種風格的現代
詩，如都市詩、生態詩，科幻詩，電腦詩等所謂後規代詩的形
式，表現方式雖變，其基本精神與求索的內含則一。[49]

　　臺灣放眼大陸，大陸借鏡臺灣，如此，則兩岸詩壇交流與互
動的頻率勢必日益加強。在此一歷史性的變化與相互需求的趨勢
之下，我們覺得最迫切的莫過於建立一種值得兩岸詩人深思和接
受的大中國詩觀。[50]

　　洛夫該文正反映了創世紀詩社在與大陸詩壇交流後的幾個立場：
　　第一、面對1980年代大陸詩壇所面對東／西、傳統／現代的問題，
洛夫提供1950、1960年代臺灣現代詩史的論戰經驗，除從中國文學發展
史的角度，強調中國傳統精神的重要性，並認為中國傳統與西方現代性
間有其共融之必要。
　　第二、否認大陸詩壇對臺灣現代詩吸收現代主義的批評，指出臺灣
現代詩獨特的基本型態，為1950、1960年代臺灣詩人由政治禁忌，以及
西方現代主義的影響下，所採取的隱晦策略。雖引發詩語晦澀等問題，
但在經過修正過後，卻成為臺灣現代詩特有的血脈譜系，而為新生代詩
人所傳承。
　　第三、此文也暗刺了大陸詩壇由於政治禁忌所造成的封閉，使得臺
灣現代詩的成績得以超越大陸現代詩的成果。
　　因而在這三個立場下，洛夫於該文提出大中國詩觀有兩點特質，分
別為：

---

[49] 同前註，頁12-13。
[50] 同註9，頁16。

第一、追求詩的現代化，創造現代化的中國詩。

第二、開創詩的新傳統。

1980年代解嚴後，臺灣種種的政治禁忌也煙消雲散，洛夫排除掉政治干擾，寫下的〈建立大中國詩觀的沈思〉，可以發現其中所呈現創世紀詩人的心態，其實竟與早期創世紀新民族詩型的主張，在輪廓上有著相似之處。這也間接反映了在創世紀詩人對中國文學傳統，以及中國民族立場上的堅持。因此解嚴後，他們仍選擇在「中國文學」的立場下，檢視臺灣現代詩的成就，並尋求與臺灣與大陸間共同的精神母體。

此外在解嚴後的政治情境中，創世紀詩人也確立了他們的世界觀為「立足臺灣、放眼大陸、通往世界」。在過往的流離情感與語言詩境，他們已與「此在」臺灣島嶼相互融合，例如早在1978年張默的〈海棠葉〉便寫到：

> 小女兒歡天喜地地面對中國的版圖
> 大聲地問，安徽離臺灣有多遠
> 我取下一片海棠葉覆在上面
> 諾，這就是啦！

地圖中的安徽為詩人的故園，而臺灣為詩的人的現居地，詩人在面對自身子嗣（小女兒）的探詢同時，詩人面對的不是孰近孰遠的問題，而是自己在兩者之間的定位問題。詩人最後將秋海棠葉──一個創世紀詩人慣用的代表文化中國，以及政治中國的符號，覆蓋在臺灣之上，暗示彼此是沒有距離的，也象徵他們將大陸與臺灣互揉不分的立場。比起大陸，他們認為臺灣，更能代表當代中國文化的正統與中心。因此，說創世紀詩人缺乏對臺灣的認同是不客觀的，他們在臺灣的生長經驗，不論是族群經驗，還是文化經驗，都已成為臺灣文化的一部分[51]。

---

[51] 張默在，《臺灣現代詩編目（修訂篇）》（臺灣台北：爾雅，1996）的序便言：「感謝所有被納入本書目的現代詩人群，願你們的思想與智慧，將隨著光

因此在鄉土文學論戰之後，臺灣文壇中一波波對鄉土現實關懷的風潮，以及解嚴後創世紀詩人對自我在兩岸間的定位影響下，他們也開始認真探討臺灣在戰前以降的文學傳統。例如瘂弦便認為：

> 現代中國詩無法自外於世界詩潮而閉關自守，全盤西化也根本行不通，唯一因應之道是在歷史精神上做縱的繼承，在技巧上（有時也可以在精神上）做橫的移植。兩者形成一個十字架，然後重新出發。內容方面，透過現代人的世界觀去認識生活，尋找新的素材、演繹新的主題──像是落實回到民族與鄉土，自前輩既有的價值成就中突破出來。[52]

而在創世紀的刊物運作上，例如從2001年第126期（2001年3月）開始，開始設立臺灣新詩回顧專欄，連載笠詩人葉笛相關的論述，深入地介紹臺灣戰前詩人楊華、王白淵、賴和、水蔭萍、楊雲萍、吳新榮、江文也、郭水潭的成績，無疑地豐富了《創世紀》雜誌的內容厚度。創世紀詩社這樣開始嘗試進行對臺灣戰前新詩的回顧，可說是正式地接納了鄉土文學中的成績。這也反映在他們的創作上，例如張默寫於1999年的〈經華陰街憶詩人吳瀛濤〉一詩，這樣寫到：

> （前略）
> 俄頃，我的面前閃過一位民國五年誕生的詩人，頭髮稀稀的，眼神木木的，服飾灰暗灰暗的，對照當今五顏七色的繁華，那位極其瘦削幾乎把自己壓縮成單薄如一具稻草人，被鳥群高高低低的啄食著。

燦的歲月，永恆不息的流轉。更感謝這塊美麗的土地，使我在夢中也常常呢喃著：『臺灣，我愛你。』」（頁17）。

[52] 瘂弦，〈現代與傳統的省思〉（臺灣臺北：《創世紀》第73、74期合刊本，1989年8月），頁29。

（中略）

　　這條小街的確是夠老邁的了。而詩人的老邁或許先從光禿的前額開始，那一抹稀有、難以捕捉的清癯與蒼碧，突然自街角十五號四樓沿著陽台的花架跳下來，那不正是瞬間化為一列青山半醒半醉搖曳在某些行人眉宇間的名句[53]：

　　要在空白填些什麼呢

　　蒼穹或海洋

　　啊，此刻，該在漸暗的窗邊點亮燈光吧

————1999

　　在此詩中，他以一種追憶的情緒切入，透過書寫笠詩社戰前世代詩人吳瀛濤，暫時拋去了張默自身的漂離經驗，而以吳瀛濤省籍詩人根著臺灣鄉土的身份，行走在台北的華陰街。不過此詩雖以笠詩人為文本題材，但是就文字技巧的運用上，此詩寫來也仍保有創世紀詩人特有的超現實技法。特別是詩末雖承續前半段感性的氣氛意境，但是最後卻略帶俏皮地寫下「突然自街角十五號四樓／沿著陽台的花架跳下來」這樣超現實擬人化的句子，使得全詩在抒情感慨中不失活潑，呈現了一種活躍的生命力。

　　此詩也展現了張默對笠詩社戰前詩人的認同，特別是這樣身份轉換的書寫中，詩人並不是以仿擬吳瀛濤的字句為目的，而是在於在詩句的鋪寫中，引領自己進入另一種身份經驗之中，展現詩人在文本中尋覓「共感」的企圖。而在《創世紀》第118期（1999年3月）〈從現代到古典，從本土到世界〉，洛夫在與李瑞騰間的跨世紀對談中，則認為：

　　七十年代臺灣現代詩曾經有一次論戰，出現了所謂關、唐、顏三位現代詩的殺手。關傑明、唐文標、顏元叔三位對現代詩的批評

---

[53] 為吳瀛濤的〈空白〉一詩。

是非常具有殺傷力的，不但因而產生一批重視現實、強調本土性
的新生代，同時也逼使我們這一代的詩人反省自覺，對傳統與現
實做一個重新的估價，轉向成熟的務實的創作，而追求西方與東
方、現代與傳統、個人與群體，相互融合的一種多元的呈現。[54]

　　反映了在解嚴以後，創世紀詩人面對臺灣本土精神時，也產生了
反省。除了呈現創世紀詩人以臺灣作為中國中心的立場，更以這樣的立
場重估中國傳統與臺灣現實，繼續融合臺灣現代詩學中，關於西方與東
方、現代與傳統、個人與群體的命題。

（三）對超現實主義的再重估

　　在鄉土文學論戰以及解嚴以後，創世紀詩人除了面對以上各種定位
的問題外，他們在詩語的觀念上也有了進一步的轉變。他們這個階段的
改變，不只是透過之前參照吸收中國傳統詩的方式，進行對晦澀詩語的
放鬆，以及對超現實主義的修正，而是進一步就現實關懷，以及讀者反
應兩個角度，對超現實主義進行再重估。其中創世紀詩社在與「藍星、
創世紀、笠三角討論會」上，坦承超現實主義的弊病，特別具有代表
性。例如辛鬱在〈藍星、創世紀、笠三角討論會〉便認為：

> 創世紀在前幾期，嚴格說並不能作為民族詩型的引證。如瘂弦的
> 詩是短短的、浪漫的，就大的情況，人的情感而言也許合民族詩
> 型，但就我的理解，民族詩型應與國家民族前途相關，瘂弦後來
> 也寫了點，如鹽呀：可以見出一些以民族情感為根源的，但大部
> 份作品則在方法上均很西化，如語言、語法即十分西化。同時創
> 世紀早期有局部寫實的傾向，如洛夫的「煙囪」，表現的方法上
> 卻仍十分浪漫。到後期，則如李兄（按：指李魁賢）所言的國際

---

54 艾農，〈詩的跨世紀對話：從現代到古典，從本土到世界──洛夫V.S李瑞
　騰〉（臺灣臺北：《創世紀》第118期，1999年3月），頁47。

化，但更確切地說應孩是歐美化，我們應以寬容的態度來接納當初的發展，因為是有其必要，那一階段，我把它稱之為形式的試驗階段，在形式上去打破限制，找自己的路，幾乎創世紀每一個人都如此。而有兩種情況，其一即在語言方面發展，受到季紅的意象主義理論的影響……其一則是超現實主義，據我了解，當時商禽、洛夫在外語上仍不算太好，他們的超現實主義理論的理解是十分淺薄的，還是從大陸上已有過的翻譯的作品而吸收營養，真正的理解未必稱得上。同時，由於當時的狀況，無法對文學流派作一比較深入之探討研究，因而，他們發展的並非西方的真正的超現實主義，而是事物的超現實性。嚴格說來在唐詩中豐富得很，如李商隱的詩中。一般人以為它是創世紀的洋化、西化，事實上。這種事物的超現實性是從那些資料中得到啟示，而非完全抄襲或模倣。[55]

以及管管陳述到：「就我自己而言，我是贊成寫完後要讓人看得懂。這些年，我漸主張表現語言上能淺白而不浪費文字，笠詩社在這一點上給我感覺是相同的，因而在這方面我是贊同其主張。」[56]可以看到經過時間的沈澱過後，創世紀詩人在回顧自身詩史的發展，的確看到其中的缺失，並以實驗嘗試時期的角度，定位當時超現實主義時期創世紀詩社的發展。特別是管管的看法，已能從讀者的角度出發，不再以滿足個人私己的書寫欲為目的，並且坦承贊同笠詩社詩典律的立場。其實不只是管管，包括創世紀詩人中語言最為破碎晦澀的碧果，在1980、1990年代語言的調整也是極為明顯的。至於張默在〈三十年來全國新詩期刊縱橫談──從「新詩週刊」到「春秋小集」（一九五一──一九八三）〉一文中也認為：

---

[55] 笠詩社，〈藍星、創世紀、笠三角討論會〉（臺灣臺北：《笠》第115期，1983年6月），頁13-14。

[56] 同前註，頁15。

「現代派」的主知路線及其極端強烈的「現代化」的主張，不久即傳遞到當時年輕氣盛的「創世紀」諸君子的頭上。他們除了從「現代詩」手中接收一些廣泛的影響，同時也引進了西方的超現實主義，及其一部分理論，主張活用自動語言以及切斷聯想系統等等，對現代詩的深度與廣度，有相當廣泛的影響。當然如果他是一位頂呱呱的詩選手，他吸收西方超現實技巧，經過轉化，會使其作品更趨成熟，如果他是一位泛泛之輩，濫用西洋技巧，反而使其作品非驢非馬。民國五十年代詩壇的晦澀之風可能由此而起，但大勢所趨，也不能完全責怪某一詩社。[57]

因此可以發現，就整體說來，在1970年代以後，在創世紀詩社中，詩語的放鬆是一種趨勢。創世紀雖然在此時重估超現實主義，並期待能拉開與超現實主義間的距離，不過誠如洛夫於復刊詞〈一顆不死的麥子〉：

回顧十八年來「創世紀」走過來的歷歷腳印，我們有所反省，也有所警惕，從反省與警惕中我們更加強了「現代詩必將繼續成長」的信心，因而也加重了我們今後應負的使命。也許我們以往的某些創作觀將有所修正，風格有所演變，但我們仍堅信詩不是大眾化的商品，仍認為「不願創造一些立刻被瞭解而又立刻被遺忘的作品」此一求新、求深、求廣、求純的創作觀念是正確的，我們永遠不寫「明白如話」的白話詩，我們的追求是為了更富建設性的創造，我們爭論的不是明朗或晦澀，我們爭論的是詩！[58]

---

[57] 張默，〈三十年來全國新詩期刊縱橫談——從「新詩週刊」到「春秋小集」（一九五一——一九八三）〉（臺灣臺北：《創世紀》第62期，1983年10月），頁142。

[58] 洛夫，〈一顆不死的麥子〉（臺灣臺北：《創世紀》第30期，1972年9月），頁5。

　　創世紀詩人儘管在詩語上放鬆，但是他們不願意放棄對藝術性的堅持，特別是洛夫批評的「大眾」、「白話」等特質，其實正是針對笠詩社詩作的典律特性而來。不過整個1970年代以後的詩壇大勢，在初期對民族性的關懷上，或許大致符合創世紀詩社「傳統與現代融合時期」的主張，但是隨著中期以後現實關懷漸趨主流，以及鄉土論戰的爆發，使得復刊後有著中國風趣味的創世紀詩社，在詩壇上顯然不再獨領風騷，洛夫在〈且領風騷三十年〉便指出：

> 及至現代詩運動的後半期（約在六十一年創世紀復刊的後兩年），由於新生代的崛起，我們詩壇起了劇烈的變化，逐漸打破了三足鼎立或四強分治的局面，而進入了群雄爭霸，自此爭端不息的戰國時代。當時一群現實性和本土意識極端強烈的年輕詩人，對「創世紀」的特殊風格，尤其是若干富於實驗性的創作，展開猛烈的攻擊。在批評的初期，「創世紀」曾一度處於不利的孤立情勢下，但為了維護我們一貫的美學信仰，為了適應當時的變局，我們除了促使自覺，虛心檢討因過度衝刺而產生的缺失之外，且開始調整我們的語言，重視詩的整體結構，擴大取材的範圍，以求更精確和完美的表現……。「創世紀」與某些詩社最難獲致的共識，厥在對「詩與現實」二者關係的認知上。我們發現，早期現代主義者距離現實太遠，而現在的社會寫實主義又與現實靠得太近，太遠顯得空疏，太近則流於粗俗。目前「創世紀」的路向較為中庸，不論同仁的創作態度或選用外稿的標準，大致上都能把握詩與現實不脫不沾，若即若離的間距。[59]

　　說明了創世紀詩人雖然開始關注現實，開始對詩的題材開放，不再侷限於中國傳統意境或是西方晦澀的詩境之中，他們這方面的嘗試，從筆者

---

[59] 洛夫，〈且領風騷三十年〉（臺灣臺北：《創世紀》第65期，1984年10月），頁8。

上文所引創世紀詩人各種大鄉土書寫的詩例可為例證。但是他們畢竟還是以藝術性作為前提，特別是剛宣告從超現實主義等各種純藝色彩的詩觀中走出，使得他們對於較明朗的語言與現實題材的融合上，必須有所調適。

　　以作為創世紀詩社重要主張發言人的洛夫為例，在解嚴前他提出上述各主張理論，使得他在實踐上更有其自覺，為了貫徹他的主張，他在實際創作上經歷了極長的摸索期。在初期，他的詩作雖然已經開始明朗化，但是在詩趣與詩意的經營上，還是有著濃厚的中國風。他經歷解嚴後臺灣一連串社會改變，在1990年代移居加拿大後，或許居於海外，他的詩作又重新展現了那種漂離的情緒，這可以反映在他2001年出版的詩集《漂木》上。洛夫在該詩集，透過在海中漂流的木頭，投注了他自身的天涯美學。重返大陸故園的洛夫，在大陸開放後仍然呈現《漂木》中呈現的放逐感，除了展現他生命中，那命定的漂泊宿命外，更重要的是他體悟到中國知識份子，自屈原以降不斷傳承的放逐宿命。洛夫在《漂木》中分成〈漂木〉、〈鮭魚，垂死的逼視〉、〈浮瓶中的書札〉、〈向廢墟致敬〉四個部分，營構一首長達三千多行的長詩，其中可說凝結了洛夫一切的詩語策略。誠如洛夫自陳到：

> 在語言策略上，也有朋友建議應跳出舊思維的窠臼，但我總覺得時不我與，際此暮年再也沒有顛覆自己……在思維和寫作習慣上重起爐灶的本錢，我無意搞後現代主義，詩人追求的是永恆，而不是流行……這首詩最初的構想只想寫出海外華人漂泊心靈深處的孤寂和悲涼，但後來一面寫一面調整了發展的方向，而逐漸轉為對生命全方位的探索。[60]

　　值得注意的是，洛夫具體地對兩岸展開了「現實批判」，展現了他之前詩作少見的對現實政治的直接譏刺。例如在〈漂木〉中他寫到：

---

[60] 見洛夫，《漂木》（臺灣臺北：聯合文學，2001年），頁285。

木頭
玄學派的批判者
不見得一直是絕望的木頭
它堅持，它夢想
早日抵達另一個夢，一個
深不可測的，可能的
叛逆

木頭的夢不斷上升
它終於在雲端看到
那悲情的
桀驁不馴的島

兩國論。淡水的落日
股票。驚斷了一屋子的褲帶
（中略）
大地震。一條剝皮的蟒蛇在扭動
捷運系統。盲腸發炎送到醫院剛好下班
全民健保。一群肥碩的河馬橫街而過
（中略）
紅葉少棒。打帶跑的地攤文化
滿街史豔文。短線操作的股市文化

中共

《人民日報》。手搖留聲機
法輪功。廣場上的鴿子突然絕跡
泛白的牛仔褲。吞下三粒威而鋼也不管用

電腦。黑五類的另一類

神洲一號飛彈。一個漢子從頤和園斜著走來

核電廠埋頭幹活。月亮獨唱

大碗羊肉泡饃。靈與肉共享美好時光

長江三峽。發電機吃月光的飼料而吐出蒼白的風景

黃鶴樓。崔顥早就知道天堂還遠得很

塔克拉瑪干沙漠。蠍子獨自呼吸宇宙的蒼涼

成都草堂。杜甫在這裡磨損了三顆白牙

黃浦江。脂肪過多而日趨色衰

秦淮河的夜色。趕走了麻雀飛來了蒼蠅

　　此詩中漂流於海追尋突破、叛逆精神的木頭，其實象徵的正是此時流寓海外的詩人自己。漂木於海，自然無根，但是比起1950、1960年代失根的小說家與詩人們，1990年代的洛夫對這個命題展現的矛盾，顯然更為深邃。這可以從詩裡，對大陸與臺灣這兩個鄉土現實的雙向批判看出，這意謂著在洛夫的精神世界中，對無論是具出生血緣意義的鄉土（大陸），還是20歲以後具生活意義的鄉土（臺灣），都不是一個具全然理想性的樂園。特別是在解嚴之後，由於創世紀詩人們重新接觸到大陸真正的「現實」，促使在1980年代以前創世紀詩人（特別是前行代部分）詩中，那種期嚮大陸的樂園意識，逐漸轉化與趨弱。

　　當然，比起洛夫《漂木》詩中這樣意識的轉換，洛夫在詩語風格的轉變也是值得注意的。分析以上筆者所摘引的詩語，可以發現與洛夫在超現實時期、傳統與現代融合時期的詩作相比，一來並不晦澀，二來也不呈現濃厚的中國風，而是採取透過書寫物如「兩國論」、「紅葉少棒」、「法輪功」、「神洲一號飛彈」等種種兩岸現實事件發揮奇想，進行戲謔性的形容。

　　例如「捷運系統。盲腸發炎送到醫院剛好下班」自然是諷刺台北捷運系統的「不便捷」；「紅葉少棒。打帶跑的地攤文化」則引用棒球術語，以地攤文化諷刺臺灣1970年代所運作出的具國族意識的棒球熱潮；「秦淮河的夜色。趕走了麻雀飛來了蒼蠅」則諷刺都市經濟化後的秦淮河，雖然繁榮但是卻帶來了更多的髒亂。這樣以種種兩岸現實事件為題即興造句的手法，以達到諷刺大陸與臺灣現實情境下各自的荒謬現象，也是洛夫在後期企圖兼及現實與藝術的同時，所採取的書寫策略。

　　此外，由於解嚴以後，創世紀詩人以臺灣為中國文化中心的觀念，以及對鄉土文學的認同與理解，使得他們也更能夠接受臺灣福佬話等母語文學，以及以臺灣鄉土為書寫內容的本土文學，例如瘂弦於〈當代中國文藝思潮回顧〉一文中便認為：

> 「橫的移植」的國際化，重視「縱的繼承」的民族化，以及稍後強調鄉土情懷的本土化，三者的界線漸趨模糊，這種經過長期痛苦演化獲致的必然的模糊，加速了不同文學觀點交集、融合速度，我認為這是非常可喜的發展。……對於大陸母土的看法，很多人認為地圖上或觀光指南上的長江、黃河，可能遠不及我們腳下踩的阿里山、濁水溪更真實。這意思並不是說我們背棄了那個宏大的文化背景和歷史傳統，而是發現了只有從臺灣出發，才能把文化傳統更落實地加以鍛接。[61]

> 　　方言既是個人和民族的遺產，方言文學自有在一定地域內發展的必要，不過我想方言和國語兩者絕對不是對立的，兩者可以並行不悖。對於一個作家，多一種語言就多一種表達工具。語言是平等的，沒有高下之分的，文化環境常常決定自語言環境，多元的族群帶來多元語言，每一種語言都得給予應有的尊重。[62]

---

[61] 瘂弦，〈當代中國文藝思潮回顧〉（臺灣臺北：《幼獅文藝》第499期，1995年7月），頁6。

[62] 同前註，頁8。

　　都可以看到創世紀詩人在解嚴以後對詩美學典律的調整。本段落最後，總結筆者以上對創世紀詩社詩人從鄉土文學論戰到解嚴後，所衍生的大鄉土書寫、大中國詩觀，及所呈現的政治、文化、文學認同的探述。可以發現創世紀詩社在1980年代以後，其詩典律的特性有以下四點特質：

第一、持續將西方超現實主義，進行中國式的詮釋。

第二、強調藝術性與現實性間的統合關係。

第三、藝術性的前提下，接受鄉土詩與母語詩。

第四、強調臺灣新文學在中國新文學中的正典性。

　　從以上四點看來，可以發現創世紀詩社在現實性以及鄉土性的主張，已與笠詩社詩典律的大方向相當地接近。但是創世紀詩社雖能認同笠詩社的理念，卻也仍有其反對詩過度深入政治的立場，主要乃是他們一直以1940年代大陸左翼文學，轉變為中共政治鬥爭工具，作為典律發展上重要的參照案例。此外，在詩社營運上一直保持著開放作風的創世紀詩社，也反對過度強調本土詩學，可能帶來的狹隘觀點。

二、笠詩社在鄉土文學論戰與解嚴後的轉變

（一）鄉土文學論戰後地位的躍升

　　鄉土文學論戰時期，如果說創世紀詩社中，因為還有洛夫一人涉入初期論戰，勉強與論戰沾上一些關係的話，那麼，笠詩社的詩人們可說幾乎完全未曾在論戰中露過臉。為何在鄉土文學論戰時期，笠詩社的活動反倒呈現真空的現象？白萩在1984年笠詩社內部舉辦的〈詩與現實——中部座談會記錄〉中便提到：

> 在鄉土文學論戰的那段時間，「笠」詩社為什麼不介入論戰？對於這個問題，一些本省籍的小說家，曾有責難之詞，就是說：「『笠』對於自身的、本土的、鄉土的東西沒有關心」。事實上，

我們在開年會時，也曾有過檢討性的交談，我們認為：當時所謂鄉
土文學論戰，事實上，只是一種爭題材的不同而已，他們的討論點
停頓在那個階段。而我們「笠」詩社的現實主義，並不是題材的問
題，而是一種文學態度的問題，所以我們認為，尚不到一談的時
候。況且，我們「笠」詩社，在鄉土文學論戰之前，事實上在作品
中已經實踐了十年之後，這個問題才浮現出來。因此「笠」詩社不
介入這個表象問題的爭論。我想這就是「笠」詩社的內部立場。[63]

　　而林亨泰在〈藍星、創世紀、笠三角討論會〉中亦言「……此後又
有鄉土論戰，鄉土是一種題材，而非文學方法，似乎爭題材顯得十分不
值得，事實上，這一論戰基本上是笠詩刊帶起的路線……」[64]，都可以
看見笠詩社對鄉土文學論戰的立場，一方面乃是他們認為鄉土文學論戰
僅只是題材之爭，另一方面也因為他們認為鄉土文學論戰中鄉土派論者
的理念，早就是笠詩社本身一貫的路線。不過，表面看來，笠詩社雖然
在主張上，與鄉土文學論戰的主導者之立論或有雷同，但是若分析比較
他們的論點，可以發現兩者在鄉土文學光譜上，實存在著差異。白萩在
〈詩與現實──中部座談會記錄〉中便認為：

關於現實主義，我記得好幾年前，曾跟趙天儀、李魁賢，特地和
陳映真先生四個人見面談過了一次。因為當時陳先生領導之下，
有一個「大中國意識」的小集團主張，在文藝圈裏面流傳。並且
認為鄉土文學論戰開始之後，臺灣才有所謂鄉土文學的這種說
法，我頗不以為然。當時，我就面對陳映真先生直講過：你錯
了，事實上鄉土文學基礎的現實主義；早在民國53年，我們在
「笠」詩社剛成立之時，就已經很明顯地表達出來我們是在走現

---

[63] 笠詩社，〈詩與現實──中部座談會記錄〉（臺灣臺北：《笠》第120期，
1984年4月），頁5-6。

[64] 同註16，頁11。

實主義路線。所以真正鄉土文學是從「笠」開始。……這是與
「創世紀」的純藝術全然不同的分水嶺式的看法。這一點在「時
點」上，應該有一個秩序先後分明的辨別才對，這是白紙黑字的
記錄。當時陳映真先生聽了覺得很驚異。我說：「這是歷史，並
不是說今天因你參加鄉土文學論戰，鄉土文學就是從你們才開
始。」我跟他是第一次見面。大家經過二十年長時間的互相傾
慕，可是真正面對交談，卻只有那一次。[65]

　　白萩這段話反映了笠詩社亟欲說明臺灣鄉土文學的源流，笠詩人認
為比起鄉土文學論戰，他們更早便提倡鄉土關懷與現實主義的精神，並
以此與創世紀詩社相別。當然，參照筆者以上第四章第一節對笠詩社典
律演變的探述，白萩之論其實也略有需斟酌之需要。事實上，綜觀臺灣
新詩與現代詩的發展史，關於現實性、批判性的主張，其實早在戰前臺
灣日據時期，所盛行的左翼文學風潮中，便已是書寫主流。

　　正如筆者於前文所述，當時這樣強調社會寫實成為當時新詩書寫
的強勢典律，對於當時的超現實主義已有排擠效應的產生，因此仔細說
來，臺灣鄉土文學的現實主義精神，一直可溯源至戰前。從筆者對笠詩
社內部現實主義與現代主義的考察可以發現，《笠》詩刊在一開始也並
非特別著重現實性，在前二十期之中的《笠》其實並沒有所謂的鄉土論
述，基本上都仍是在中國文學語境進行論述與創作。一直要到「詩學批
判時期」中後期，笠詩社中的現實主義才慢慢與現代主義相並列，並進
而成為笠詩社中詩典律的核心。因此白萩在鄉土文學與笠詩社間定位的
說法，應該修正為：笠詩社為戰後臺灣現代詩壇中，首先穩固持續地以
鄉土現實精神，作為自身發展路線的詩社。

　　倒是由於笠詩社在鄉土寫實時期以後，對於鄉土文學與現實主義持
續且深入的關注，使得笠詩人很早便以鄉土題材進行創作，而他們的現

---

[65] 笠詩社，〈詩與現實——中部座談會記錄〉（臺灣臺北：《笠》第120期，
　　1984年4月），頁5。

實主義並不侷限於寫實書寫，更開展了新即物主義的創作方法論，在現實主義中開展意義，並寄託他們對社會理想主義精神。因此，比起1970年代鄉土文學論戰的鄉土派支持者，在文學創作的實績上，不只著重於題材上對鄉土的關注，更展現了笠詩社詩典律中獨特的寫實精神與詩學理念。

值得注意的是，在1970年代中期以後，詩壇在新興詩社的刺激下，現實主義已經漸漸成為主流，而復又在鄉土文學論戰後強調鄉土文學的風潮下，使得原本便以鄉土與現實作為自身特色之一的笠詩社，頓時間聲勢亦為之上揚。特別是他們在1983年與自立時報所合辦「藍星、創世紀、笠三角討論會」，展現了他們已從過往在詩壇上「在野」的位置，漸漸問鼎典律核心的地位。正如當時的青年詩人陳寧貴在〈三分臺灣詩天下〉一文，所點出笠詩社於詩壇地位躍升的現象，他提及：

> 笠詩社的成長過程是穩健的、也是寂寞的，在創世紀詩風的籠罩下，笠詩社也渡過了不少尷尬的年歲，挨到現在終於揚眉吐氣了，觀之臺灣現代詩風，真是笠天下，什麼「社會詩」、「政治詩」，莫不是笠詩社先前播下的種子。事實上臺灣詩風的轉變，年輕詩人的覺醒，應該感謝鄉土文學的論戰，這場論戰原是對準小說而發，卻為臺灣詩壇帶來無比的震撼，乃有現今的新局面，笠詩社的重要成員，自然又成了詩壇炙手可熱的人物，如果他們學習創世紀做做活動、編編詩選，笠詩社立刻就會居於詩壇的領導地位。[66]

這樣地位的提升，使得笠詩社更廣為詩文壇所注意，並成為鄉土文學論戰後，詩壇中代表鄉土派的詩社，這也是為何創世紀詩社，在1970年代提倡大鄉土書寫時，總是有意無意地點名，笠詩社不要侷限在小鄉

---

[66] 陳寧貴，〈三分臺灣詩天下〉（臺灣臺北：《笠》第115期，1983年6月），頁39。

土。而創世紀與笠詩社間大小鄉土的差異，不只反映了兩詩社詩人在籍別上的差異，也突顯鄉土文學論戰過後，臺灣詩文壇中對鄉土意識也已漸趨產生了中國結與臺灣結的問題。而本身一直以臺灣省籍詩人，做為其詩人本質特性的笠詩社，在與創世紀詩社間，也開始正式有著中國／臺灣的區別意識。

（二）解嚴前後的釘根意識

解嚴過後，相對於創世紀詩人大量進入大陸故鄉，笠詩社詩人面對這股外省詩人返回中國故園的風潮，展現了他們對臺灣的本土意識。笠詩社1980年代的本土意識，可說是奠基於1970年代的鄉土意識的基礎之上。誠如筆者於第四章第二節探述，笠詩人在1970年代以後，一直透過現實主義的掩護，展露他們的鄉土意識，並隱含他們對威權政治的反抗意識。在1980年代解嚴以後，相對於創世紀詩人在大陸故園與臺灣現居地間的徘徊抉擇，笠詩人展現的是固守臺灣母土的立場，這主要乃是於對笠詩社中大量的省籍詩人而言，臺灣不只是他們的現居地，更是他們的母土。笠詩人這樣的立場，反映在他們的詩作中，便是成了大量普遍的釘根與紮根意象的操作與經營上。釘根與紮根意象的書寫，在1960年代的笠詩人詩作中便已存在，其中特別是白萩的〈樹〉一詩，可視為其後笠詩人釘根意象的基礎原型，白萩在該詩寫到：

> 我們站著站著如一支入土的
> 椿釘，固執而不動搖
> 噢，老天，這是我們的土地，我們的墓穴
> 即使把我們踢成一個旋錘
> 無止盡的驅迫
> 這是我們的土地，我們的墓穴
> 把我處刑為一支火把
> 燒爛每一個呼喊的毛細孔

　　仍以頑抗的爪，緊緊的攫住

　　這立身之點

　　這是我們的土地，我們的墓穴

　　　　　　　　　　　　　　——1965

　　白萩此詩極為動人，將自我書寫成樁釘，將自身對臺灣鄉土深厚的釘根意識形象化。詩人在「我們」與樹的互喻中，其實間接地進行對自我群體形象的描寫。然而，詩人在此所描寫的群體形象，並不僅止於建構外在形貌的層次，而是企圖鋪寫「自我族群」的共通經驗，並將之形象化。

　　白萩此詩中的「自我族群」，其所意指的，自然是臺灣省籍群體的「我們」，而這樣充滿著受迫壓抑經驗的自我族群，詩人將之形象為「樹」自然有其意涵。首先，做為植物的樹意象，並不像動物意象具有活躍性，象徵在政治社會場域中偏屬弱勢的臺灣省籍族群。其次，樹有其穩固的根，象徵臺灣省籍族群與自我鄉土的根生關係與立場。白萩此詩可說結合了這兩種意涵，一方面樹是備受驅迫的，另一方面在驅迫之中，樹卻不移其根，因此詩人很自然在其中，傳達了濃厚的釘根意識。可以說這樣釘根意識，是與省籍詩人自戰後228事變以來，潛藏在心裡的政治受難意識相互因果的，是以樹儘管歷經「把我們踢成一個旋錘」、「把我處刑為一支火把」等種種受難刑罰，卻仍要固執地釘抓住自我的鄉土。只因為這是「我們的土地，我們的墓穴」，簡短堅定地說明了樹（臺灣省籍族群、詩人）無論生與死，都要與自我的鄉土結合的信念。趙天儀在1970年代寫的〈蘆葦〉一詩，也同樣傳達了這樣的根著母土的意識：

　　（前略）

　　白髮蒼蒼地

　　仰望著灰色蒼穹的臉孔

　　在狂風中屹立

在暴風雨中接受挑激

新生地如島嶼

讓我們緊緊地紮根在一起

（中略）

跨過漩渦的激流正趕赴前程

我們是壓不彎的紮了根的蘆葦

——1971

　　比起白萩的〈樹〉中，趙天儀寫於1970年代初期的此詩中，已將自我根著的土地，點名為臺灣這座島嶼，因此在此詩中的「我們」，比起白萩的〈樹〉，其自我群體的族群意義更為明確。不過其蘆葦的植物意象，雖然同樣是透過不具反抗性，但是在受難情境（暴風雨）下，卻展現堅韌個性，也展現詩人即使備受壓抑，卻仍紮根島嶼的信念。特別是詩人又寫到跨越漩渦的激流，其實也為根著河畔泥土的蘆葦，另外點出了一種帶有主動意義的積極理想。然而經過鄉土文學論戰過後，笠詩人對紮根、釘根之處的述說，顯然又更近了一步，例如李魁賢〈檳榔樹〉一詩：

跟長頸鹿一樣

想探索雲層裏的自由星球

拚命長高

堅持一直的信念

無手無袖

單足獨立我的本土

風來也不曾舞蹈搖擺

愛就像我的身長

無人可以比擬

　　　我固定不動的立場

　　　要使他知道

　　　我隨時在等待

　　　（後略）

　　　　　　　　　　　　　　——1984

　　李魁賢此詩又把趙天儀〈蘆葦〉中，在植物釘根意識外，所欲兼及的積極意識，作了進一步的結合。全詩之首，檳榔樹與長頸鹿的互喻中，其實也另外突顯了植物意象本身的成長、抽長的特性，因此結合與象徵了自我族群在釘根意識外，另一種「向上」追求理想的意識。而這理想的境界，正是詩中所謂的「自由星球」，即：一個在政治文化等社會場域中，撤除種種藩籬的自由境界。特別是本詩第三段，詩人又寫到「愛就像我的身長」，更暗示了促成檳榔樹不斷成長的力道，並不是憤恨而是愛，象徵檳榔樹欲溝通泥土與天空，將自由理想在天與地之間的萬物世界中實現。此外李魁賢該詩中，也正式點出了自我根著的土地，便是自我的本土，顯露了詩人以臺灣為中心的鄉土概念，因此詩人面對風的吹動，仍始終堅持著立場，並且「隨時在等待」。笠詩人這樣突顯自身「等待」姿勢的詩作，其實在1980年代以前便已間歇零星地出現[67]。詩人「等待」的是什麼？或者，筆者把問題再放大點來談，笠詩人們在1980年代在等待什麼呢？

　　1980年代以前的笠詩人普遍都有著濃厚的臺灣意識，正如筆者於第四章第二節所探述，由於光復後的臺灣人無法獲得政治上的自由與平等，使得臺灣人的省籍意識開始發揚。而對笠詩社的省籍詩人群而言，他們可說仍環繞在與日治時期相仿的政治情境之中，在統治者／被統治者、上／下、尊／卑中，站在屬於弱勢的處境上進行寫作，這當然會使他們連帶產生受壓抑，並進而抵抗的情緒。因此，他們對自我境況指涉

---

[67] 例如筆者在第四章第三節所分析杜潘芳格的〈聲音〉一詩末尾，詩人便寫到「現在，只能等待新的聲音／一天又一天，／嚴肅地忍耐地等待。」。

的詩語，往往帶有如同巫永福於戰前的〈雞〉一詩般的囚禁之感。特別是巫永福〈雞〉一詩末，假定雞從竹籠脫離，並不斷跳上橫木、屋頂，發出嘹亮的聲音的歷程，恰恰好正是笠詩社後來整個鄉土意識發展路向的縮影。

可以發現，當笠詩社在詩學批判時期，逐漸養成他們固守在野、邊緣的位置，勇於向中心挑戰的批判性格後，不只在詩學議題上，他們也逐漸將這股批判性，延伸到他們對現實與鄉土的關懷上。從以上對白萩、趙天儀、李魁賢在不同年代所呈現的紮根、釘根意識，也可以發現笠詩人在鄉土述說，受限於政治環境，具有相當的層次性。而笠詩人的紮根與釘根意象背後，可說無不都隱含著對過往與現在受難記憶的指涉，例如何瑞雄〈鎮魂〉：

> 我們種樹
> 為全部的死難者
>
> 為　烈士
> 　　種喬木
> 為　老人
> 為　婦女
> 為一個一個眼瞳裏閃爍著
> 　純真之光的　小孩
> 　　也種喬木
> （中略）
> 要讓他們繼續活在
> 他們所愛的鄉土
>
> 更要讓他們永遠活在
> 世世代代生息者的心坎

（後略）

——1984

　　所指涉的便是對臺灣228事件以及政治受難中亡者的追念，透過栽種樹木象徵死去的亡者，在臺灣的鄉土上繼續永存。而笠詩社所書寫的植物意象往往以樹為對象，樹雖不具主動性，也間接反映了省籍詩人在政治情境下的被動與弱勢，但是不表示他們完全是消極的，只是深處弱勢的他們，僅能透過深根於土壤，表達他們的堅持。在1970年代中，笠詩人對於鄉土的熱愛，更展現他們對鄉土文學論戰中，對反鄉土文學派者的辯駁上，無論是紮根還是釘根，都使笠詩人在鄉土書寫上，比起鄉土文學論戰中的鄉土派書寫者，有著更為深厚的自我意識。因此可以說，笠詩人所以認為鄉土文學論戰僅是題材之爭，乃是在於1970年代笠詩人並不僅只滿足於呈現臺灣地方感，在他們的詩作呈現更多的是，對臺灣主體性的言說。他們在根著自我鄉土的立場上，開始展開對自我形象的建構，例如陳秀喜的〈樹的哀樂〉這樣寫到：

　　　　土地被陽光漂白
　　　　成為一面鏡子
　　　　樹樂於看　八等身的自己
　　　　樹也悲哀過　逐漸矮小的自己
　　　　樹的心情　一熱一冷
　　　　任光與影擺佈

　　　　陽光被雲翳
　　　　樹影跟鏡子消失
　　　　樹孤獨時才察覺
　　　　紮根在泥土才是真的存在

　　認識了自己

　　樹的心才安下來

　　再也不管那些

　　光與影的把戲

　　紮根在泥土的才是自己

　　陳秀喜該詩一樣是透過描寫樹，不只展現她的紮根意識，更展現她對自我真實形象的建構。詩中的樹（自己），可說是在與虛妄華麗的虛相抵抗，極力追求自我「真」的形象，因此詩人詩中的樹一開始沈溺在自己的影子當中，影子的長短影響了樹的心情，但是樹最後還是認識了自己，發現紮根在泥土之上的自己才是真正的真實。這也象徵了笠詩人默默在1960、1970年代的追尋自我身份，以及確定了自身的釘根土地的立場，而他們終於等到了1980年代。

　　1980年代政治情境的日益開放，使他們的詩作更富有積極性格，並不流於對鄉土純粹的感懷，而期待將自我鄉土意識作更真實地表達。此外，笠詩人也不流於對身處在劣勢的自我的自艾自憐，例如許達然的〈沙娜的青春〉寫到：

　　鐵絲網沈默：

　　看見外來的巡邏

　　壓破祖先修築的路

　　聽到外來的判決

　　愛鄉土有罪

　　愛是傷口

　　在胸膛震痛

　　子彈喧擾中

　　哀怨的旋律
　　哼不破苦難的秩序

　　愛成火藥
　　爆炸青春

　　死希望活的
　　　　民族不再是囚徒

　　許達然此詩雖然是針對1980年代猶太人與阿拉伯世界中，所爆發的種種衝突事件進行書寫，但是「愛鄉土有罪」一語，卻也直接地表達了他們對臺灣文壇中反鄉土者的回應，而比起早先1960、1970年代的借釘根意象來述說自身根著臺灣的意識相比，明顯更具有戰鬥意味。此詩中也傳達笠詩人濃厚的被囚禁，以及反囚禁的意識，全詩一開始便寫到沈默的鐵絲網，而整個第二段的視角，便是架著這一座鐵絲網，因此其所寫的視境，無不呈現被阻絕、壓迫的拘禁感。但是詩末卻傳達濃厚的抵抗意識，其中「死希望活的／民族不再是囚徒」，直接點出戮力奉獻生命的革命者，期望奉獻自己的生命，成就對「活的」民族的大愛。如果參照以上分析李魁賢的〈檳榔樹〉一詩，可以發現在1980年代以後，笠詩人以「愛」作為實踐追尋「自由」的方式，一直成為笠詩人詩文本中重要的命題。

　　1980年代政治上的解嚴，對笠詩社的省籍詩人而言，政治情境的開放，使得他們終於能更直接展現了潛藏在他們的臺灣意識中，祖國那令人失望的政治形象。而在與大陸文化辨別下，在「有唐山公，無唐山媽」的意識中，他們雖承認臺灣與中國文化間的相關性，但是卻並不特意強調。在詩壇上聲勢增強的笠詩人，也開始企圖逆反原本在政治文化情境中的二元上下結構，在1970年代已隱約建構了自我形象的笠詩人，在1980年代對自我的述說顯然更為明顯，相對於外省籍詩人透過秋海棠，形類他們所

認同的大鄉土輪廓，笠詩社的省籍詩人，則直接透過形類臺灣的蕃薯，呈現他們對臺灣主體的認同。例如黃勁連〈蕃薯的歌〉這樣寫到：

　　四百冬來
　　阮佇遮生活
　　有塗的所在
　　阮就會大

　　無怨天無怨命
　　阮是蕃薯仔
　　阮是蕃薯仔命
　　風冷霜凍阮毋知
　　阮毋驚日頭赤焰焰
　　　　　　　　——1989

　　蕃薯雖然不如秋海棠一般有韻味，但是蕃薯土里土氣的，不只是根，而是整個身體都直接在土裡生長，加以其輪廓類似臺灣島嶼的形狀，因此在解嚴過後，可說是省籍詩人詩作中，投注他們對臺灣認同的圖騰。這種秋海棠與蕃薯間的意象對比，其實隱含的不只是對鄉土認同上範疇的差異，更裸露了笠詩社詩人的臺灣本土意識，以及對政治中國、地理中國、文化中國間的辨別意識。因此可以說，笠詩社在1980年代釘根的意象，不只傳達了他們的堅持，更展現他們企圖以此對抗1980年代以前社會情境中的大中國意識。張默在〈藍星、創世紀、笠三角討論會〉曾言：

　　笠的詩風，強調現實性、鄉土性沒有什麼不好，但是希望能容納
　　各種風格，不要有排他性。其次要有接受批評的雅量，如蕭蕭評
　　笠同仁，就曾引起笠同仁多人的反擊，使其怯而止步。這似乎也

是詩壇整個的問題，如顏元叔一評詩人作品就會引發反駁的現象，詩壇應有接受批評的決決大度。[68]

從張默的意見中，可以看到笠詩社對現實性與鄉土性的堅持，以及本身強大的集團性格。事實上，這樣的集團性格，不只展現笠詩人對詩作的看法上，也展現在他們在1970年中期以來，對中國意識的抗衡，與對臺灣意識的堅持立場。笠詩社在1970年代以後臺灣意識的動因，可說是1970年代以前，省籍詩人在以中國意識為中心的政治文化情境下，對自身族群的「邊緣記憶」的總結。

1970年代中期以前的笠詩社在文壇上，實呈現著多層次的邊緣屬性，一方面是現代詩在文類特性的邊緣性，即現代詩在語言意象上的特質，一般大眾與文評家不容易領略，使得崇尚語言明朗的笠詩人，也感受到現代詩呈現小眾特質。另一方面則是笠詩人特有的省籍身份特性，使得他們更感受到自身在政治、文化上的弱勢，使得笠詩人間的集團性相較於其他詩社為強，並更有意識地抵抗詩壇上種種批評他們的意見，並積極地宣揚他們的典律價值。

笠詩社這樣的集團性格，在1970年代便表現在他們對該時創世紀詩社提倡的中國傳統的反對上。其中最根本的原因，乃是笠詩社本身著重於現實性的典律立場，因此對於無論是在空間上，還是時間上都顯得極為遙遠的中國傳統與意境，他們都認為非當時臺灣所處現實情境，而反對過度的崇揚。此外，當然也是因為，對秉持著雙球根論述的笠詩人而言，比起中國傳統，臺灣戰前所成就的新文學傳統，顯然才是貼近他們文學成長的「現實」。特別是解嚴過後，笠詩人在政治上企圖與中共劃清界限，但是卻不否認與中國中原文化間的關係，只是在政治現實的區隔，他們傾心於著重臺灣自足發展的海洋文化。而部分笠詩人如林宗源、黃勁連等人，更致力於承續臺灣戰前的母語書寫傳統，發展閩南語

---

[68] 見《笠》第115期（1983年6月），頁7-8。

詩的創作，在社會族群的考察中，以語言別群是極其自然的現象，例如臺灣早期移民社會中便使以所使用的語言為中心進行各自的聚集[69]，笠詩人在詩語追求上的復歸閩南語系，呈現了他們自身的省籍身份上的同質性。不過，相較於創世紀詩社接受母語書寫，在這方面笠詩人在態度顯得更為審慎，例如陳千武在〈什麼是臺灣現代詩〉中便認為：

> 詩是什麼？我們的鄉土詩是臺灣詩，不是中國詩。中國是籠統的、曖昧的。我們所寫的，歸屬於臺灣詩，是一致公認的。然而經過幾次詩會討論的過程，主張只限於用台語寫的才能算是臺灣詩，這種邏輯，跟用日語寫的是日本詩，英語寫的是英國詩一樣，未免過於淺薄。[70]

據陳千武之論可以發現，笠詩人在詩語的操作上，雖然尊重使用母語創作，但是卻不強迫獨斷必須使用台語，從此也傳達了他們在語言文化上，仍承認中國文化系統對他們的影響。不過，笠詩社詩人在政治文化觀的討論上，最常援引的例子是美英兩國間發展歷史，著重於兩者相關，但卻絕非百分之百相同的關係，這樣的喻比關係，也正是秉持臺灣本土論的笠詩人，對中國與臺灣間關係的看法。企圖以臺灣為其精神母（主）體，建立與中國文學有別的臺灣文學立場，偏離大陸，發現海洋，以美麗島、福爾摩沙之名，尋找在太平洋上自己的座標。

（三）現代主義與現實主義的結合

就如同創世紀詩社努力矯正，詩壇對創世紀詩社存在的信仰超現實主義，語言晦澀難解的刻板印象；笠詩社極力要揮別的，則是詩壇對笠

---

[69] 黃俊傑，〈論「臺灣意識」的發展及其特質——歷史回顧與未來展望〉，見夏潮基金會編，《中國意識與臺灣意識論文集——一九九九澳門學術研討會》（臺灣臺北：海峽學術出版社，1999年），頁4。

[70] 陳千武，〈什麼是臺灣現代詩〉（臺灣臺北：《笠》第153期），頁1。

詩社存在的僅重視現實主義，而排斥現代主義精神的刻板印象。現實主義的精神雖然成為1970年代中期以後詩壇的典律主流，但是卻不意味他本身是完美無瑕的，事實上，如果說創世紀詩社所引領的超現實主義詩風，產生了過度晦澀的弊病，那麼笠詩社所代表的現實主義詩風，則產生了過度明朗的問題。

誠如前述1970年代詩風所以偏向現實主義，其中的原因之一，乃是1970年代已降，臺灣在國際情勢劇烈變動中，在政治、社會情境已經急速地改變，使得詩人連帶有迫切的述說需求，以表達他們面對的勇氣與理念。不能否認，詩壇這樣現實主義的潮流背後，實隱藏著詩人在創作上的社會性目的，這也是為什麼隨著1970年代末、1980年代初臺灣黨外運動日漸興盛後，詩壇中的政治詩也大量出現。笠詩社在一波波臺灣政治運動中，雖然在理念上與當時的黨外人士互有溝通，但是他們仍針砭當時淪為口號的政治詩，缺乏藝術性。陳千武在《笠》119期（1984年2月）的卷頭言，這樣寫到：

> 梅花　梅花
> 三民主義統一中國　中國
> 我愛您……
> ——你看，我寫這種詩，他們都說很感動，而且獲得國家文藝獎，有人譜曲，有人唱。你覺得怎麼樣？
> （中略）
> 福爾摩沙啊
> 逆境、苦楚，迷失的一代一代
> 站起來呀！
> 你看，我寫這種詩，他們都說很感動，而且獲得「跨國」文藝獎，有人譜曲，有人唱。你覺得怎麼樣？
> （中略）

　　大家都知道，詩單只是寫些現實的表象並不是詩。因此才寫那些即物性現實的極端，認為才是詩。是不是？這裡是詩的國度。然而，意象性語言的詩到哪裡去了？以日常語言追求日常性的意境的詩，哪裡去了？

　　從陳千武之論可以發現，笠詩人儘管提倡明朗性的詩語，但是卻否認淪為意識型態的口號詩，或許正因為笠詩人的現實主義風格，使得詩壇這股政治口號詩的風潮，成為創世紀詩社針砭笠詩社的目標。因此為因應洛夫在〈詩壇春秋三十年〉中，對笠詩社語言的質疑，在《笠》110期（1982年8月）笠詩人有兩次座談會，討論笠詩社的詩語言特質。可以發現在詩語明朗的議題上，洛夫批評此乃笠詩人弊病之所在，然而對笠詩人而言，卻正他們自我所崇尚之處，但是在1980年代的政治口號詩的風潮中，笠詩人則更強調他們本身即物性的創作方法論，認為應該透過明朗的詩語掌握意義性，完成藝術性。

　　笠詩人這樣批評1980年代缺乏藝術性的政治口號詩，卻造成宋澤萊的誤解，在《臺灣文藝》第98期（1986年1月號）撰文批評笠詩社向國民黨示好，此時笠詩社也作了說明，在《笠》第131期（1986年2月）社論中：

> 笠同仁不必，也不會向國民黨示好；在笠同仁的教養裡，沒有污穢、卑劣的言辭。「笠」不斷闡揚，不斷實踐詩的社會性。在「笠」的現實經驗論裡，涵蓋了人間性和社會性。而社會性則又涵蓋了政治性、經濟性、文化性。「笠」不但不會反對詩的政治性，進而要求政治性的深層開拓；但反對政治口號詩的迷思。[71]

　　從笠詩社這段社論，對照前文創世紀詩社在鄉土文學論戰中，恐懼詩壇著重鄉土書寫、平朗詩語的現象，將會重蹈中共階級鬥爭文藝的泥

---

[71] 見《笠》第131期（1986年2月），頁1。

沼當中。可以發現走現實路線的笠詩社，在1980年代後，並未如創世紀詩社所擔憂的，走向階級鬥爭的文學路線。儘管笠詩人以其文學工具批判關懷社會，但是他們也反對過度彰顯政治宣傳作用，而徒流於口號宣傳的政治詩，所以基本上，笠詩社還是強調藝術思考與現實題材間的結合。

　　笠詩人在這方面的思索，可以反應在1980年代他們所執編的詩選序言中，例如在《一九八二年臺灣詩選》中，李魁賢便指出詩史的三個方向：

> 　　「純粹經驗論的藝術功用導向」，重視內在心靈對物象的觀照，執著於藝術層面的傳達，是無所為的「給入」與無所為的「給出」……。「現實經驗論的社會功用導向」，重視社會現實的處境，企圖以詩的手段引起社會性的共鳴和呼應，是有所為的「給入」和有所為的「給出」……。
> 　　「現實經驗論的藝術功用導向」，為前兩者的中和，重視現實經驗的感應，轉化為詩性現實，力求以藝術手段與讀者溝通，是有所為的「給入」和無所為的「給出」……。[72]

而陳千武則在笠詩社所主編的詩論選中，點出：

> 　　「笠」………一向採取細水長流的方式，忍受御用作家詩人們的蔑視摧殘，苦撐了廿五年，不長不短的四分之一世紀。為了度過專制恐怖統治的思想控制，同仁們接受世界潮流的現代知性，以超現實或新即物的手法，採用暗喻或抽象的機能，忠於藝術性的表現，發揮政治抵抗、社會批判的功效。也因此能夠塑造較深入

---

[72] 李魁賢，〈詩人的步伐──『一九八二年臺灣詩選』前言〉，見李魁賢編，《一九八二年臺灣詩選》（臺灣臺北：前衛，1983年），頁5-6。

的詩意象，展出淨化了的臺灣精神，鞏固鄉土文學，使其昂然抬頭，把本土詩文學的旗幟豎立起來。[73]

　　李魁賢之論，不只具體地點出1980年代以後笠詩社的詩典律路線，其實回顧上節，也可以發現與創世紀強調「藝術性與現實性間的統合關係」的主張不謀而合，其實細探兩詩社詩人在1970年代以前的創作，便可以隱約看到一些類同之處。

　　可以發現，兩詩社詩人在1970年代以前，由於都同樣面臨了政治干預的問題，因此通往世界變成他們的一項策略，他們透過對西方書寫手法的吸收，一則提煉詩藝，二則透過隱晦手法逃避檢調的干預，這可說是兩詩社前行代詩人的共同經驗。只是兩詩社詩人承襲的文學傳統，與吸收的文學營養有異，而使得他們的典律特質上有所差異。不過在典律精神上，特別是1980年代以後，著重藝術性的創世紀詩社，開始關心詩的現實性，而著重現實性的笠詩社，則點明詩的藝術性，這顯示兩詩社在現實性與藝術性的結合上，是有所共識的。

　　除了在詩語現實性與藝術性的問題外，笠詩人在1980年代以後，另外一個必須澄清的則是，詩文壇上認為笠詩社主導的現實主義與鄉土路線，是與現代主義相悖反的。對此，笠詩人多有所澄清，例如林亨泰便言：「有人拿鄉土來攻擊現代，我覺得這是一種錯誤的觀念，鄉土和現代並不衝突」[74]白萩則在〈詩與現實——中部座談會記錄〉談到：

　　　關於現代化，過去人們都有一點忽略，好像超現實主義是現代派
　　　的終點站，其實「笠」繼續介紹了新即物主義，這種方法論與詩
　　　作是比超現實主義更進一步的方法上的追求。這一點，我們本身
　　　沒談，而外界也都不瞭解。所以我們「笠」事實上包含了現代化

---

[73] 陳千武，〈豎立臺灣詩文學的旗幟〉，見鄭烱明編，《臺灣精神的崛起——「笠」詩論選集》（臺灣高雄：文學界，1989年），頁2。

[74] 見《笠》第107期（1982年2月），頁37。

精神，以及現實主義這兩重性格，這是我們應該表白給外界知道的特質。[75]

其實在《笠》創刊號的宣言，便提到：「五四對我們來說，已不再意味著什麼意義了，我們可以將五四看成過去的，正如同我們將唐、宋視為過去的一樣；這是我們斷言的，因為我們已有了與前時代完全相異的詩的原故」[76]便已點出笠詩社企圖相別於一個把五四新文學也包括在內的舊時代，而著眼於凝視現代的現代化精神。只是在一開始的「詩學批判時期」初期，笠詩人以建立客觀的詩學批評制度為主要目標，而中期以後笠詩人在現實主義上的表現，又逐漸凌駕於現代主義，加以笠詩人又不尚形式主義，使得笠詩人的現代主義，是一種內化的精神，而不是一種外在的前衛形式。特別是笠詩社隨後在1970年代，正式進入「鄉土寫實時期」，在1970年代文壇重視鄉土現實的風潮下，使得詩壇更對笠詩社產生鄉土寫實的刻板印象，進而造成對笠詩社僅著重現實主義，忽略現代主義的偏頗意見。

事實上，面對詩壇這樣的誤解，笠詩人杜國清便認為：

現代主義是新文學現代化過程中重要的概念，然後一般人不知道追求現代主義的精神，就認為鄉土是跟現代主義對立的，而《笠》是鄉土，所以《笠》就不是現代主義，這實在是很大的誤解。笠詩社是現代主義與現實主義的很大的結合，笠詩社裡面代表現代主義的精神的有白萩、林亨泰、陳千武、我等等，還有李魁賢、趙天儀等等都有現代主義的精神。因為這是現代詩的基本信念，所以這種接受與承傳的問題，在大原則上是沒有問題的，但在彼此的作風上才出現比較多的問題，而彼此之間有了私下的恩恩怨怨。至於真正的追求，彼此都有點矯枉過正，兩者其實應

---

[75] 見《笠》第120期（1984年4月），頁8。
[76] 見《笠》第1期（1964年6月），頁1。

該結合。其實現代主義也不光是純技巧；文學的確需要有比較知性的，比較稍微脫離現實的追求，比較純藝術的追求，這方面的努力也是需要的。但是如果完全把現實的東西擺脫掉，作品就會比較蒼白一點。詩人在精神上超越時空所追求的，是人類共通的人性和人情。笠詩社如果精神上太鄉土，表現上完全口號式的，未必創出好作品。好詩應該跟現實結合，但是詩不能等於現實。……詩或藝術莫不超越現實，但是超現實必須要有現實才能夠超越，但是你如果完全是現實，根本就無所謂超越。閱讀那樣的作品不如看報紙好了，不能提升精神的層次而到藝術的高度，因為藝術絕對有它虛構的成分在裡面，不可能是百分之百純現實。不管你是哪一邊，笠詩社也好，創世紀詩社也好，在追求詩的現代化這點，我覺得應該是殊途同歸……。[77]

　　若就笠詩人自身所接受的文學影響來看，誠如筆者於第二章第二節、第四章第三節所分析，笠詩社不只透過張彥勳、林亨泰、錦連等人，延續繼承了日據銀鈴會與風車詩社的現代主義精神，同樣也透過陳千武、巫永福等人繼承了日據以來的現實性的、批判性的詩學精神，這正是笠詩社兼具現代主義與現實主義雙特質的例證之一。此外，若就笠詩社社團運作的實際表現看來，誠如奚密所言：「鄉土派與現代派的根本差別，我以為是在兩者對文學邊緣化現象的不同反應上。如果後者利用其邊緣地位做為一種藝術獨立、與社會進行批判式對話的保障，則前者欲根本改變文學的邊緣地位，強調其社會良心的功能。」[78]以奚密之論衡量笠詩社，則可以發現笠詩社結合互補了鄉土派與現代派的特性，企圖以詩藝術為其根本立場批評社會現實，亦積極發揮現代詩的詩教養功能，發揮詩的社會功用。

---

[77] 筆者訪談資料，〈現代性與現實性的結合──專訪杜國清訪談杜國清〉（未發表）。

[78] 奚密，《現當代詩文錄》（臺灣臺北：聯合文學，1998年），頁38。

　　因此在1980年代解嚴以後，儘管本土詩學終於成為詩壇上的重要典律系統，笠詩社可說完成了他們早期所預設下的發展本土詩學的階段性任務，但是笠詩人並不以此為滿足，而更亟力於建構本土詩學的內涵。2001年，葉笛便在〈臺灣現代詩《笠》的風景線〉一文末尾，點出了「在臺灣現代詩的困境裡，《笠》該走哪一條路？」這個問題。他認為跨越至新世紀的笠詩社，應該：

(一) 要有本土意識，本土的個性，並非就是狹窄的地域主義，而是追求文學的實質和內涵。[79]

(二) 我們不但要繼承現實主義的批判精神，也要發揮人道的，民主精神，讓現代詩接近大眾。[80]

　　最後，綜合筆者上述的分析，可以發現笠詩社在1980年代以後，其詩典律的特性有以下四點特質：

　　第一、強調臺灣本土現代詩學在中國文學之外有其自足性。

　　第二、強調臺灣現代詩在世界文學中的特殊性。

　　第三、強調現實詩語應具備藝術性。

　　第四、強調現代主義與鄉土現實間的共容性。

　　從以上四點看來，可以發現1980年代以後笠詩社的詩典律，與創世紀詩社一般，同樣強調現實性與藝術性的結合。他們雖然更強調臺灣文學的主體性格，也不願意本土詩學，僅將觀點侷限於臺灣島嶼內部，而成為一種封閉的意識型態。可以說笠詩人對於本土詩學的看法，也如同創世紀詩人一般，同樣致力於將臺灣文學與世界文學接軌。

---

[79] 葉笛，〈臺灣現代詩《笠》的風景線〉（臺灣台北：，《笠》第224期，2001年8月），頁89。

[80] 同前註，頁90。

第三節　兩詩社典律的維持與流變

從上節的探述，可以發現兩詩社的詩典律越趨於靠攏，儘管未必合一，但至少說明了兩詩社詩典律在1980年後的共融與調和。然而筆者要再追問的是，臺灣詩壇中穩健地跨越入21世紀的創世紀與笠兩詩社，如何持續維持自身詩社的典律精神？以及兩詩社的詩典律如何持續發揮它對詩壇的影響力？這兩個問題背後，其實都直指了兩詩社內部世代傳承的重要性，誠如張漢良所言：

> 前輩詩人既成典律（canon），他們的地位是固定的（「譬如北辰，眾星拱之」），是不容挑戰的。他們永遠穩居價值的核心位置，無論年輕詩人如何創新，萬變總不離其宗，總可被納入此派或彼派。當然我們不否認傳承的可能，但今天傳承與脫軌已經被認為是一種弔詭，一種不可須臾分離的辯證關係。[81]

張漢良指出了兩詩社前行代在社中的典律性，甚至是其中隱然若揭的宗派譜系。但是若以1940年世代為標準，將兩詩社人分為前後兩輩，可以發現1980年代中期以後，兩詩社前行代詩人雖然仍保有其典律性，但是在1940年世代以後的新生代詩人傳承，或者說是一種辯證式的承接下，兩詩社的詩典律已經隱然可見下一波延變或深化的路向。

因此，本節筆者將以兩詩社中1940年世代詩人作為切入點，探述兩詩社中1940年世代詩人的活動現象，以及他們的詩作、詩論的實際表現，與詩社內部既成的典律間有何互動。而在論述策略上，筆者將分成三部分進行討論，首先分析兩詩社1940年世代以後詩人間的同質性，從他們身份特性上的相同點，觀察他們彼此的基本關懷，進一步再分別論

---

[81] 張漢良，〈詩觀、詩選與文學史──，《七十六年詩選》導言〉，見張漢良編，《七十六年詩選》（臺灣台北：爾雅，1983年），頁4。

述兩詩社1940年世代以後詩人對社中既存典律，以及所關注相關命題的態度。

一、兩詩社1940年世代以後詩人的同質性

　　兩詩社1940年世代以後的詩人最大的同質性，便是他們的成長背景都極其類似。他們大多是在1945年國民黨政府接收臺灣前後出生，他們雖然沒有接受日本殖民政府的直接統治，但是成長期都歷經了國民黨政府完整的去日本化、反共的中國本位意識型態教育。特別是戰後世代儘管未有實際被日本殖民的經驗，但是他們卻猶能感受到日本統治文化，在1945年後臺灣政治經濟等方面殘留的影響。此外，國民黨政府在二二八事件後嚴密的政治管制，使1940年世代以後詩人在1950、1960年代的青少年時期，猶能感受到另一種型態的統治經驗，這樣成長經驗的背景，可說是兩詩社1940年世代以後詩人在成長時間上的第一個同質之處，不過他們如何面對這樣的成長經驗，則有所差異。

　　在籍別上，參考筆者整理之附件一「創世紀詩社同仁流動情形名錄」，可以發現創世紀1940年世代以後部分詩人，如沈志方、江中明等為外省第二代，其餘部分如余素、侯吉諒等則大多與笠詩人一般為臺灣本省籍。不過比起兩詩社前行代詩人間，在臺灣經驗上則有著的明顯差距，兩詩社1940年世代以後的詩人，幾乎都有著共通的臺灣生長經驗。特別是在1970年代，1940年世代詩人大多已脫離學校，深入社會各階層求職，比起兩詩社的前行代詩人，他們更直接受到社會現實的衝擊，這使得他們所關注的面象與主題，在早期儘管會仿效前行代詩人挖掘內化的潛意識世界，或是表述對鄉土田園的熱愛，但是他們後來都轉向對現實性題材的關注。

　　參考比較筆者於第二章整理之附表4「創世紀詩社中1940年世代詩人入社趨勢對照表」、附表5「創世紀詩社中1950年世代詩人入社趨勢對照表」，以及附表11「笠詩社中1940年世代詩人入社趨勢對照表」、附表12「笠詩社中1950年世代詩人入社趨勢對照表」。可以發現他們多

在1970年代，投入詩社運動當中，一方面乃是他們此時心智與詩藝都已逐漸成熟，另一方面則是兩詩社本身亟待新生代詩人的投入，以刺激本身詩社的成長，林燿德曾經尖銳地指出：

> 臺灣詩界最奇特的現象之一，就是若干詩社的「龜壽鶴齡」已創下世界記錄。這些五、六〇年代崛起的詩社，在八〇年代面臨了社性與主張如何延續或者改裝、易容的問題；它們歷經數十年歷史的種種滄桑以及內、外在考驗後，即令已獲得當代暫時的定位，招牌已不復新穎。摒除新興詩社的競爭因素不論，內部的調整顯然是最重要的課題：不收容新血輪或提出新觀點，就會淪為聯誼性社團；詩社的刊物如果兼容並包、百家雜陳（換言之就是不表張「立場」），也會變身為中性的文學雜誌，喪失了同仁刊物戛戛獨造的特質。[82]

　　這些1940年世代以後詩人加入兩詩社後，的確發揮了他們的影響力，實際地接手社務的運作，給予兩詩社詩刊新的刺激。此外，必須提到的一點是，他們所以會選擇加入創世紀或笠詩社，除了私人間的交誼際遇外，一方面乃是他們在詩創作的學習過程中，對兩詩社前行代詩人的接受度，另一方面則是他們本身對兩詩社所特意關懷的議題，如詩藝、族群等，各有其傾向。當然，無論就哪一方面，其實正涉及到了他們對創世紀與笠詩社間，所各自形塑之詩典律的認同。

　　然而，這樣的認同，並不意味著加入兩詩社後的他們，從此便以膜拜社中既有典律為滿足，事實上，隨著他們介入社務，他們更刺激了兩詩社典律持續進行發展。他們據以與代表社中既成典律前輩詩人相別的，正是他們獨特的成長、社會經驗，本身是創世紀詩社中1950年世代詩人的侯吉諒便曾指出：

---

[82] 見《台北評論》創刊號（1987年9月），頁35-36。

教育程度普遍提高、工作職司分工細密、資訊流通快速迅捷、大
眾傳播媒體力量的不斷延伸、電腦科技的神奇效率，使詩人失去
了傳統社會中高級知識分子的精神特權身份，也使詩人在資訊時
代的工商社會中有更多機會扮演各種角色，獲得各種工作的經驗
和專長，因而造成了詩人從文人墨客到各行各業的生態大躍進，
立即而明顯的效應就在於──詩人再也舶無法自外於社會，象牙
塔式的，自反而縮縮式的作品已經讓人產生最基本的價值懷疑，
因而詩作題材亦已大量出現改革。[83]

　　因此就文學影響的角度來看，無論是創世紀還是笠詩社中1940年世
代以後的詩人，他們在詩的學習過程中，基本上都與中國古典文學傳統
抱持一段距離，而從他們的詩文集以及訪談記錄中更可以發現，他們對
於五四文學的傳接似乎也並不熱絡。他們雖然主要承受了前輩詩人的影
響，但是他們更從文學世界走出，而走入了1970年代後充滿吶喊與抗議
的廣場。

　　1970年代對他們而言，都是個關鍵的年代，就如同1940年代對
1920、1930年世代詩人那般的重要。這使得他們相當早便面臨了中國文
化以及臺灣現實兩個具爭議性的命題，而鋪寫臺灣在政治文化環境轉變
下，兩岸間特殊的現實，可以說兩詩社1940年世代以後詩人，最重要的
共同主題。

　　此外，也可以發現比起創世紀與笠詩社前行代詩人，在1971-1972
年因李敏勇〈招魂祭〉引發直接衝突過後，彼此極少或甚至不參加彼此
詩刊的發表，但是兩詩社1940年世代以後詩人，則比較不侷限在自身的
詩刊與詩社之中，例如創世紀詩社的楊平、簡政珍都經常在笠詩刊上發
表詩作。這雖然只是單純的發表行為，但是1940年世代以後詩人這樣跨
越兩詩刊的現象，其實傳達了兩個意義：

---

[83] 侯吉諒，〈超穩定與多元化〉（臺灣臺北：《創世紀》第76期，1989年8月），
頁95。

　　第一、兩詩刊典律守門人的編輯，對不同典律系統的詩人作品能有所理解。

　　第二、兩詩社1940年世代以後詩人在一定程度上，都吸收對方典律的特性。對此，以下筆者將分為創世紀與笠詩社兩部分，作進一步的探討。

二、創世紀1940年世代以後詩人對社中典律的態度

　　詩人社群在創世紀詩社的變動情形可說相當明顯，創世紀詩社在其詩刊中的社員名單刊頭，總是標名了「創世紀是開放的社團」字樣，說明了他們亟待建構的是一個開放性、世界性的格局。在這樣的心態使然下，時至今日創世紀詩社已從早期以軍旅詩人為主幹的社群主體結構，融合了許多新身份類型的詩人，這些新融入的詩人可以分成「學院派詩人」、「1940年世代以後本土詩人」、「異國華人詩人」、「定居大陸詩人」四大類。

　　其中「學院派詩人」大部分為留學生，這些留學生在臺灣完成了他們的詩藝成長，同時也完成了他們學術成長，早期可以葉維廉與許世旭為代表，後期則有王潤華[84]等，他們從學生詩人變成學院派詩人，使他們對現代詩的認知，有著更為嚴格的學術觀點，促使創世紀詩社在學術批評上，有更為完備的表現。不過比起「學院派詩人」，創世紀詩社中「1940年世代以後本土詩人」對於創世紀後期的影響，顯然更為顯著，他們使創世紀詩社的舊結構產生換血，在實際參與創世紀的社務中，在1980-1990年代便成為創世紀詩社典律的新代言者。而新生代詩人是如何凝視創世紀詩社的既成典律呢？侯吉諒在〈超穩定與多元化〉便提及：

　　　　權力結構的超穩定使現代詩的發展有了一定的方向和規範，得以建立標準化的理論體系和美學架構，進而取代古典詩詞的「創

---

[84] 王潤華重返馬華之後，在馬華致力於推廣現代詩運動，可說在馬華重演一個詩歌現代化的文學史。

作」上的潮流，成為新文學運動的燦爛果實；但同時權力結構的
超穩定也使現代詩的代謝過早出現老化現象，檢視現代詩的發
展，不難發現最具創造力和實驗性的，就是四十年代崛起的「權
力核心」，在那個時代和那些人之外，將近三十年的時間，現代
詩的形式、技巧甚至內容思想，都沒有出現「新」的典型。新的
努力並非沒有。民國六十九年前後的「鄉土文學論戰」是一個機
會，之後，七十五年八月湧起的「後現代主義」是另一個可能，
但事實證明，回歸本土的鄉土文學與實驗叛逆的後現代都沒有成
為氣候，只留下一些史蹟式而不重要的作品。但無論成敗，這正
是亟欲瓦解超穩定的極叛逆企圖。[85]

　　可以發現他們有意識地抵抗前行代詩人的既成典律，並且以思辯
1970年代末期以來的本土與後現代經驗的角度，彰顯他們顛覆陳舊穩固
的詩壇結構的企圖。可見創世紀詩社在1970年代以後的詩典律的核心，
乃是在建構具修正意義的中國式超現實主義，以及重新追尋中國文學傳
統這兩點上。因此，筆者以下將要探述創世紀詩社中1940年世代以後詩
人，對這兩點的看法。
　　首先對於中國式超現實主義上，創世紀1940年世代以後詩人較注重
其創作技巧，至於前行代所注重的禪宗、道家詩歌理論，顯然在1940年
世代以後詩人的作品與詩論中較少看見。不過，創世紀新生代詩人雖然
也操作超現實技巧，但是其目的是要向現實意義回饋，反而較少以完成
詩的「純粹性」，作為他們的關懷點。在曾參加過創世紀詩社的新生代
詩人中，杜十三可說是最具前衛特質者，由於杜十三擅長運用跨文類、
跨媒介素材進行詩的表現，在實驗前衛的表現上，甚至超越了創世紀詩
社中的前行代詩人。因此操作超現實語言意象，可以說是杜十三詩藝的
「基本功」，簡政珍便言：「詩是實景的壓縮，而壓縮勢必造成語言上

---

[85] 同註3，頁93。

的空隙。杜十三詩中的空隙和超現實思維有關，且在超現實的思維中流露相當的自然感」[86]但是檢討杜十三的詩作，可以發現他的詩作對現實的批判性，可說相當濃烈，例如杜十三的〈煤〉寫到：

> 孩子
> 我們生命中的色彩
> 是註定要從黑色的地層下面挖出來的
> 家裡飯桌上綠色的菜
> 白色的米
> 街頭二輪的彩色電影
> 媽媽的紅色拖鞋
> 姊姊的綠色香皂
> 還有你的黃色書包
> 都是需要阿爸流汗
> 從黑色的洞裡挖出來的
> 今後阿爸不再陪你了
> 因為阿爸要到更深更黑的地方
> 再為你挖出一條
> 有藍色天空的路來
> （後略）

此詩乃是杜十三寫給1984年7月煤山礦災死難的67名礦工，傳達詩人心中的悲哀之情。不過在此詩中，杜十三並不是透過寫實呼告的方式書寫，而是簡單地利用超現實技巧，使死亡世界裡的礦工，與他們現實世界的孩子進行對話。其中首段詩人寫到「我們生命中的色彩／是註定要從黑色的地層下面挖出來的」深刻地運用超現實的想像，將礦工依

---

[86] 見簡政珍、林燿德編，《臺灣新生代詩人大系（上）》（台北市：書林，1990年），頁140。

賴辛苦掘礦以為持家計的現實表現出來，也讓人感受到礦工的無奈。順此，詩人寫到礦工家中各種生活所需，其實無論是何種色彩，其實本質上都是黑色的。最後，詩人運用童話式的口吻，寫死去的礦工如何安慰自己孩子，要為自己的孩子在更黑更深的地方，挖出「藍色天空的路」，展現礦工至死無悔的父愛。

　　而簡政珍也同樣擅長運用超現實的語言意象，來為他所營構的主題服務，例如〈我們的影子〉：

　　　　我們站在時間的斷崖
　　　　尋找影子的去處

　　　　我們被放在一個色彩過重的山河裡
　　　　歷史在戰車的履帶下成形
　　　　我們用血水
　　　　醬泡老人癡呆症的時代
　　　　在揮揚的旗幟下
　　　　質問身世

　　　　我們是
　　　　被折疊的一頁
　　　　我們的臉孔
　　　　遺失了封面
　　　　而一度我們在油印機裡
　　　　留下
　　　　風的遺言
　　　　（後略）

　　在此詩，簡政珍在回顧歷史中，探討自我存在意義。詩人感受到自我在歷史中失去意義，在充滿著殺戮的過往中找不到自己的身世，因此他將自己物件化，「超現實」成一本書，不只被折疊，甚至也失去了自己的面容。詩中這樣自我物件化的過程，其實正是現代主義與超現實主義所關注的自我異化的主題，只不過詩人以自我受殖民史作為探述背景，這當然是與原本法國布勒東的超現實主義創作方法論中，所提倡拋去歷史等各種價值教條進行書寫的主張，是有所差異的。但這也突顯了創世紀1940年世代以後詩人，對超現實主義的吸收，是比較偏向於利用超現實主義，作為解放意象的技巧。

　　不過儘管如此，創世紀新生代詩人卻也仍必須與前行代詩人，一起肩負起詩壇對創世紀詩人所存在的超現實刻板印象，並且進行對超現實主義的解釋，簡政珍於〈「創世紀」和詩的當代性〉一文便提到：

> 時至今日，仍然有不少的評論家，討論《創世紀》的詩，總是既定反應地討論它的「超現實」。80年代的《創世紀》則迴然不同。這當然和這其間加入詩刊的較年輕詩人有關。這些詩人生長在這個特定的時空，現實從有生之日即是「日日的存在」（everydayness）。另一方面，恐怖的白色漸漸「退色」，老一輩的詩人從超現實的世界回歸。嚴肅詩人體認到，詩是詩人和現實的辯證。[87]

　　簡政珍乃是1985年《創世紀》改由新世代詩人接編後，負責編輯期數最長者（從1992年1月到1994年9月，共11期）[88]，在親歷編輯事務並與詩壇互動的過程，更能感受到創世紀稱號中所隱含的，「命定式」的

---

[87] 簡政珍，〈「創世紀」和詩的當代性〉（臺灣臺北：《創世紀詩刊》第99期，1996年6月），頁4-5。

[88] 其次則為杜十三由1989年4月到1991年10月，共負責編輯10期。

超現實主義刻板印象。因此，比起前行代詩人，他更致力於澄清創世紀詩人與「現實」間的距離。

　　而對於1970年代以後創世紀詩社的提倡回歸中國文學傳統的主張，1940年世代以後的詩人也曾一度跟隨著前行代詩人的腳步，創作出不少具「中國古典風」作品，例如筆者在第三章第三節所探述過侯吉諒的〈風雨夜讀東坡〉、〈如畫——讀江兆申先生水墨〉，以及楊平〈忘言〉、〈寺名業報——題壁〉、〈道情〉等，都是這樣的作品。只是慢慢地，創世紀1940年世代以後詩人開始一步步脫掉中國風這樣厚重的外衣，而配戴起較為現代的意象。例如早期在《空山靈雨》中，幾乎直接襲取晚明小品、佛禪山水詩意境的楊平，已經能拋去過往的弊病，以現代精神為主，中國風為輔的方式進行創作，也展現出真正屬於他自己的風格。例如楊平寫於1993年11月1日的〈使者〉，這樣寫到：

> 你啣著一枚橄欖葉而來。
> 手提包裡的翅膀
> 只展露給特選的少數人：
> 那堅持孤獨的
> 那洞悉未來與死亡的
> 以及，在秋日的山林古道
> 聆聽鐘聲和詩句飄落的耳朵……
> （後略）

　　比起楊平早期的詩作，這首詩現代感十足，同樣運用了超現實的意象。詩人將詩中的「你」想像為降落在現代社會中的天使，並且穿梭在城市之中，就算孤獨也僅與能和自己理想共鳴者交流，此詩的「你」其實寫的正是詩人自己。而楊平在他此詩中，也運用了一點古典風味的意境，例如「在秋日的山林古道／聆聽鐘聲和詩句飄落的耳朵……」不過，他更能在其中加入現代語感，使得他的詩作展現出一種有別以往的

靈動。也可以發現，新生代詩人在詩語言上也有所放鬆，這連帶使得他們的詩境也明顯地較為明朗，創世紀後期詩人詩作中已不見過往那種血腥灰暗的場景，取代的是如沈志方的《書房夜戲》，或是汪啟疆的大海洋書寫，這樣明朗、抒情的詩境，而明朗放鬆的情緒也漸漸取代了那苦澀幽深的氣氛。事實上這樣的轉變，也可說是創世紀詩社中包括軍旅詩人在內的大趨勢。

　　除了以上楊平有這樣的轉變，侯吉諒在1980年代中期以後，他的詩作也逐漸從早期運用古典與現代情境對比中，製造詩趣的手法，慢慢演變為進行兩岸現實空間上的對比。可以說此時侯吉諒詩裡的中國，不再是存在古典詩詞歌賦的世界裡，而是存在於解嚴過後，充滿著各種衝突矛盾的兩岸之間。例如侯吉諒的〈夢鄉〉這樣寫到：

> （前略）離家時繁茂的青絲
> 在陽光下發亮如刺刀，此時
> 稀是未稀，只是由黑變白
> 黑白之間
> 是四十年未見的山水
> 灰濛濛
> 像褪色的照片
> 在口袋放著，貼心的位置
> 不曾變過。多少次
> 我夢到江南，走在同一條小巷
> 凝神傾聽──
> 巷底的笛聲從某個小樓飄出
> 　　　在雨夜，或者霧晨
> 　　　初春時，尤其歲末
> 悄悄的跨越時空，從陸游
> 小樓一夜聽春雨的深巷

悠悠忽忽

帶點杏花的味道

穿過海峽，來到台北。自從

解嚴，報紙驟然增長似地方新聞

且大都醒目搶眼，在彩色版的位置

一翻就到，那些

地理課本上讀過的名詞

都新鮮得像未乾的油墨

一摸，就沾得指掌盡黑

忙碌一天，也不易擦去

直到下班回家，夜深之後

才與環繞心頭的諸多事務

股票、街頭運動、電視連續劇

一起帶進夢鄉[89]

　　侯吉諒此詩的「我」為1949年以後遷至臺灣的外省人，其中「我」記憶故園的模式，可說與一般與他相同身份背景的外省人並沒有什麼不同，透過照片將故園往昔的影像定格，並藉由夢跨越現實的阻絕，讓自己重回故園。這種「夢的歷程」可說是創世紀外省籍詩人，一貫地化解鄉愁與企望故園的書寫策略，只是在侯吉諒運用早期擅長的古典氣氛營造技巧下，更使得這股鄉愁顯得更為濃厚。但是，這並不是詩人所要彰顯的唯一主題，詩人關注的是解嚴以後，這股往日鄉愁與現實感間的衝突問題。因此詩人接下來，便將夢與現實裡的中國相互對換，將原本在夢中的故鄉現形，而把臺灣現實放入夢中。

　　然而正如詩人於詩中所寫到那些在往日，僅於夢或地理課本中，如影印般灰濛濛地浮現的那些地理名詞，雖然已醒目搶眼地能在每日的報

---

[89]　〈夢鄉〉發表於《創世紀詩雜誌》第73、74期合刊本（1988年8月）。

紙彩色版中出現，但是「一摸」卻沾得人指掌「盡黑」。可見故園儘管已如此逼近現實，卻依然讓人無比陌生，因此詩人最後依然選擇把這故園影像，連同臺灣現實重新帶入夢鄉，「夢鄉」在此其實正是詩人企圖含容與妥協種種矛盾的場域。

比起創世紀詩社中前行代詩人的詩中之夢，所傳達「單純的」文化失根情緒相比，新生代詩人的夢顯然相當「擁擠」，存在更多歷史與現實間的衝突，特別是詩人對解嚴以後臺灣與中國間的矛盾情緒，更是他們企待解決的難題。由於自身的戰後世代在臺灣生長的經驗，使得在臺灣成長的他們對於文化中國、現實中國、政治中國的區分上，有了更多的思慮過程。

比起創世紀前行代詩人解嚴以後，所經歷從返鄉滿足思鄉之情，然後確認中國新文學系統中臺灣詩壇的獨特性，這一連串曲折的轉變過程。新生代詩人在解嚴後，特別是臺灣省籍者，正如侯吉諒詩中所言，他們與詩中的「我」一般，面對著各種傳媒從彼岸大陸傳達到此岸臺灣的各種中國影像。他們面對的真實中國，是一個為中共所管轄，充滿著政治封閉與禁忌的領域，與他們早期詩中那佈滿古典情緒的中國世界，是有著相當的落差。因此有別於創世紀前行代詩人，他們不只是進行對文化中國的反省，更對政治中國展開辯證。正如簡政珍所言：

> 詩的傳統是詩人內在精神的傳遞，所以嚴格說來，並沒有上一代或這一代之別。但在這一代的作品中，至少有兩點值得注意：（一）以詩作的量來說，對現實生活關懷的詩遠遠超越思鄉的詩；（二）詩人反應現實時，觸角且伸展至以往被視為禁忌的陰暗面。[90]

在這方面的表現，創世紀新生代詩人中侯吉諒依然是表現最為亮眼者，不只是他在解嚴前後負責著《創世紀》的編務，在創作上他也能從

---

[90] 見簡政珍、林燿德編，《臺灣新生代詩人大系（上）》（台北市：書林，1990年），頁3。

早期古典走出，可說是當時創世紀詩社中，具有分水嶺意義的詩人。或許是他個人氣質中具有的豪俠習氣，使他在解嚴過後的詩作，勇於批判了臺灣1980年代中期解嚴以後的政治現實，並在其中思考嚴肅的兩岸文化政治問題，例如他的〈中國備忘錄〉這樣寫到：

> （前略）民眾們都從小就習慣了
> 仰望偉大，在人群中歡呼
> 那些站在高台上
> 揮手致意的手勢，他們相信
> 暴政必亡的道理，背得出五千年
> 每一個朝代的興亡更替，約略明白
> 在中國與臺灣之間
> 百年來的列強侵略和軍閥割據
> 卻完全沒有能力理解
> 一個人與生俱來的，不可被否定被取代的
> 權力和尊嚴。在遊行隊伍後面，我想起這些
> 發生在別人和自己身上的故事
> 時間是夏天，赤豔的太陽正冷酷地逼近
> 赤道上方，在一個叫中國
> 或者臺灣，或者中華臺北的
> 既熟悉又陌生的國度

　　侯吉諒此詩發表於《創世紀詩雜誌》第79期（1989年11月），他的書寫動機，正是對中國大陸1989年6月4日爆發的六四天安門事件的反省。由於侯吉諒當時在聯合報報社服務，使得他比一般人更深入臺灣社會第一線，面對當時兩岸因天安門事件而舉行的遊行活動，詩人以詩展現他對現實的思考。詩人點出中國人幾千年來被迫受限於各種帝國統治的歷史，儘管經歷了清末民主革命後，但是一連串的政治鬥爭，卻依然

無法真正在中國實行民主制度。特別是在中共的統治下，大陸的政治情境越益封閉，人民幾乎完全「沒有能力理解／一個人與生俱來的，不可被否定被取代的／權力和尊嚴」。詩人在思辨「發生在別人和自己身上的故事」，其實也正式地將古典中國與現實中國的臍帶切斷，而在一個詩人完全無法命名的「既熟悉又陌生的國度」中，尋找自己的定位。

可以發現，解嚴過後，侯吉諒的詩完全是在臺灣與大陸間的往返對照中，尋找「中國」，而展現出他對現實世界的關懷與批判，例如他在〈臺北‧北京──龍年歲末詩〉一詩中寫到：

> 北京這時該已大雪紛飛了
> 紫禁城上那枚暗紅色的夕陽
> 應已沉入霧裡，黃昏時
> 下工的腳踏車潮捲起的塵浪
> 高飛入天，飄在人民大會堂
> 天安門廣場，在歷史的低空
> 而後緩緩降落，安靜的掩住了
> 龍鱗般琉璃瓦上黃色的微光
> 琉璃廠那條胡同也早已熄燈關門
> 只一抹月色從樹梢瀉下
> 透過木窗
> 映在牆上，那些
> 從古到今，從字到畫
> 一一標了價的
> 精緻的中國文化
>
> 台北冬天總不夠冷
> 大陸性冷氣團只在高壓迴流影響時
> 才偶爾千里迢迢，聲勢南下

何況還隔著臺灣海峽
冷風再強，溫度計頂多下降幾格
一般說來，外銷成衣穿穿就夠了
用不著棉襖和長袍，更何況
股市發燒，政治中暑，六合彩狂熱
解嚴之後多的是熱門新聞

對這個鄉土與那個故土
總有一些感情分不清楚
不知道
政治將如何解釋歷史
海峽兩岸什麼時候可以成為
中國的共同名詞[91]

　　侯吉諒在此詩中描寫了現實北京與現實臺灣。詩人所描寫入冬的
北京，充滿著幽暗的色調，紫紅色的夕陽，熄燈的琉璃廠胡同，而入夜
後僅剩下微弱的月光映照在古董字畫上，象徵著充滿政治抗爭的北京，
在歷史的低空下，文化中國面對政治現實時的蒼白與無力。而詩人筆下
入冬的台北，雖然沒有北京那樣的冷肅幽慘，並且隔著海峽，大陸冷氣
團（或者說大陸的政治威脅）也沒辦法影響臺灣。但是詩人卻暗批了在
解嚴後的臺灣，充斥著「股市發燒，政治中暑，六合彩狂熱」各種熱門
新聞，雖然開始展現多元有活力的氣息，但卻顯得混亂。所以詩人最後
寫到「對這個鄉土與那個故土／總有一些感情分不清楚」，也說明了走
出古典中國後，進入現實中國的他，在故土大陸與鄉土臺灣間的矛盾情
緒。在詩末，詩人則將兩岸一併納入「中國」的指稱下，其實突顯了他
面對兩岸間的差異與分隔時，自身的政治文化的理想圖騰。

---

[91] 〈臺北‧北京──龍年歲末詩〉發表於《創世紀詩雜誌》第75期（1989年5
　　月）。

　　侯吉諒這樣的矛盾情緒，其實正突顯了創世紀新生代詩人在1980年代以後，對鄉土臺灣的看法。他們面對社中前行代詩人解嚴以後的歸鄉，更加嘗試辨別自我土生土長的鄉土臺灣，他們因而開始反省了1970年代末期以來，臺灣文壇一波波鄉土文學與鄉土意識的浪潮。侯吉諒便認為：

> 鄉土文學論戰是一個註定失敗的可能，因為權力核心都是大陸來臺，對他們而言，文化的根本來就是血源於大陸。但解嚴與開放探親直接震撼了詩壇的政治結構。首先產生變化的，是大陸來臺的詩人們。開放探親使他們長期的鄉愁得以舒解，但也意識到長期分離後他們自己與那一片土地的差距，臺灣與大陸頓時成為歸屬的兩難選擇，在他們的詩裏，大陸不再是傾訴鄉愁的題材，而生活四十年的臺灣則成為另一個故鄉。這種權力核心在政治認知與文化歸屬的轉變，使大陸原本至高無上的文化主體式的地位產生動搖，也使臺灣一向被有意無意忽略的文化建設有了重新的認定。這種轉變勢必帶動詩觀、題材、思想的改革，成就尚不可預期，但必然成為一種趨勢，因為，在這段分隔的時間裏，完整的中國現代詩史勢必要分成臺灣與大陸兩個部分來寫。[92]

　　可以看出創世紀新生代詩人在解嚴過後，也開始認為大陸文化對臺灣文壇的影響，將會因臺灣文壇中的「權力核心」，漸漸認同臺灣為他們的另一個故鄉後，而有所鬆動。而臺灣文學也將會在這樣的社群意識的改變下，更確定它本身應有的價值。因此侯吉諒所代表的創世紀新生代詩人，認為「完整的中國現代詩史勢必要分成臺灣與大陸兩個部分來寫」的主張，基本上也說是與創世紀前行代詩人的「大中國詩觀」不相抵觸的。

　　總的來說，從以上的探述看來，在詩典律上，創世紀40年世代以後的詩人，雖然有其顛覆叛逆的企圖，但基本上還是吸收了創世紀既成典

---

[92] 見《創世紀》第76期（1989年8月），頁94。

律的創作精神，運用超現實主義的語言與意象進行創作。只是他們更注重藉此為他們所欲傳達的現實主題服務，而將超現實主義視為一種技巧論。不過他們所秉持的現實精神，使得他們在辨別思索中國上，不止著重在文化性的探討，更勇於面對現實中國裡存在的兩岸問題。而從他們的思辯中也可看出，他們對臺灣現代詩自有價值的確認。

三、笠1940年世代以後詩人對社中典律的態度

　　儘管羅青曾在1983年的「藍星、創世紀、笠三角討論會」中，面對創世紀與笠詩社新舊世代詩人，提出：

> 但以新一輩詩人而言，在民國五十六年到五十八年，九年國民教育的實施十分重要，是轉捩點，使新世代詩人基本經驗都差不多。其一他們都面臨了考學校的問題，其二大學、兵役、出國等等問題，造成他們成長背景相差不多，其次在經驗方面，高速公路之完成有很大影響，縮短南北距離，造成地理與時間觀念的錯亂，農村與都市之差異由於電視傳播也縮小了，鄉土文學運動即含有懷古之情，將來臺灣之發展朝向工業化、商業化、鄉土觀念須靠商業化來傳播，所以新世代詩人接受了流行觀念乃是無可挽回者，有其固定之模式，造成了他們缺乏明顯之差異。[93]

　　但是若細究羅青的意見，其實有值得商榷的餘地。若以創世紀1940年代以後詩人為參照系，可以發現與笠詩社1940年代詩人之間，仍有許多地方是有所差別的。其中最大的差異，便是他們承襲著笠詩社的族群意識與鄉土關懷，使得他們不像創世紀1940年代以後的詩人，在1970年代以後，必須反覆地在文化中國與政治中國間，思索大陸與臺灣間的定位問題，而直接展現他們對臺灣主體的認同。因此在與社中詩典律的關係

---

[93] 笠詩社，〈藍星、創世紀、笠三角討論會〉（臺灣臺北：《笠》第115期，1983年6月），頁17。

上，創世紀新生代詩人與社中既成典律間，尚有一定程度的辯證關係，
而笠詩社新生代詩人則與社中既成典律交互融合，幾乎看不見任何的縫
隙。為何兩詩社新生代詩人間對社中既成典律，會有這樣的差異呢？

　　這主要乃是因為，笠詩社本身相當早便注重培養社中新生代詩人，
早在《笠》詩刊創辦第3年，《笠》第17期（1967年2月）中「座談會──
鄭烱明作品研究」便有意提攜青年詩人鄭烱明，自此之後鄭烱明在笠詩刊
的發言也越見頻繁。此外也屬於1940年世代的詩人陳鴻森，也在1960年代
中期加入笠詩社，可以說「在『盤谷』的時期，『創世紀』及當代某些
詩人給他的衝擊是一種影響。而在『笠』的時期，『笠』及當代詩壇的
演變也給他的衝擊，卻是另一種影響。受影響本身是一件事實判斷，但
影響以後自己的操作卻是一種價值判斷。」[94]。因此比起創世紀在1980
年代中期以後，才呈現以侯吉諒、杜十三、簡政珍等為主的新生代架構，
笠詩社早在1960年代後期，便呈現以陳鴻森、李敏勇、鄭烱明、陳明
台、拾虹等為主的中堅結構。至今，笠的換血動作仍然是詩壇中元老級
詩社裡較為頻繁的，在2002年，《笠》更從岩上轉交由林盛彬主持。

　　在笠詩社注重培養社中新生代詩人的立場的情境下，在60年代中期
以後，對尚處於詩歌學習階段的新生代詩人而言，他們與《笠》間並不
只是一種發表的關係，而是一種深度參與對話的關係。他們參與了早期
笠詩社的詩評活動，在與前行代間的對話中，實際地參與笠詩社詩典律
的運作與成型。是以他們對於臺灣戰前詩壇的傳統，比起當時的社外的
同世代詩人有較多的認識，例如屬於1950年世代詩人的羊子喬在〈血淚
詩篇盡堪傳──光復前臺灣新詩的特性〉一文中便提到：

　　　過去三十多年來，光復前臺灣這段可貴的文學成績，一直蒙塵含
　　垢，受到有意或無意的忽略，甚至到今天還有人抱著好奇、異國
　　情調以及嗤之以鼻的態度，這實在令人深感遺憾。最近十年來，
　　逐漸有人站出來，以民族大義的立場，加以蒐輯、翻譯、註釋和

---

[94] 見《笠》第49期（1972年6月），頁71。

> 整理出版，使得日據時期的台海新文學遺產重見天日。但是，研
> 究這些文學作品時，絕不能僅僅抱持著「對抗異族」的態度，來
> 管窺蠡測，我們需要從更廣大的角度去深入探討：一個雖是侵略
> 者與統治者，一個雖是被侵略者與被統治者，但在兩個不同的民
> 族經驗的融匯，對雙方的文化互有何影響？這些作家在超越種族
> 的情況下，反映了多少人類基本的愛心、基本的人性？[95]

　　從中可以看到，羊子喬已不止注意到戰前臺灣新詩既有的傳統，
更能對臺灣戰前新詩傳統，有較持正公平的觀點。並指出應該避免僅以
「對抗異族」這樣單平面的角度，審度臺灣戰前臺灣新文學的成績，而
應該要以跨文化、民族經驗的角度，探述臺灣戰前臺灣新文學。在1970
年代，笠詩人羊子喬便能提出以上的觀點，除了他個人的自覺外，亦是
因為受到了笠詩人前行代詩人（特別是陳千武）的影響。因此，可以發
現笠詩社的1940年世代以後的詩人，在與社中前行代詩人間的互動上，
顯然比起創世紀詩社較強，這也使得笠詩社在發展上顯得相當一貫。

　　特別是新生代詩人由於年輕，使他們更能勇於對抗1960年代前詩壇
上強勢的創世紀詩典律，例如本章述及的創世紀與笠詩社在1971-1972
年的正面衝突，便是由1940年世代詩人李敏勇引燃。新生代詩人這樣的
衝勁，當然不僅消極地展現在論戰上，更積極提供笠詩社既成典律深化
的力道。

　　他們對笠詩社既成典律產生的深化過程，可以1970年代作為起點。
實際來看，在1970年代，臺灣詩壇中漸漸有展現中國風的風氣，笠詩社
新生代詩人卻並不以此為滿足，他們基本上還是站在笠詩社既有的典律
觀點，崇尚現代主義的精神，反對現代詩重回古典情境之中。他們之中
雖然少數如莫渝，詩作中可略微看到受到古典文學的影響，但是他們基本
上都有對現實性的關懷精神，例如莫渝的〈夜寒聽簷滴〉，這樣寫到：

---

[95] 見《臺灣文藝》第82期（1983年5月），頁32。

夜寒，風勁，雨勢稍歇
萬籟俱寂
唯剩間斷的簷滴
聲聲召喚，攪擾思維

我起身，步出門檻
挨靠廊柱
凝睇漆黑的天宇
欲尋點點星芒

逐漸看清的天宇
依舊不改陰黯

星眼盡隱
耳際簷滴依舊
以單調的節奏滴瀝
聲聲召喚
不道無端愁緒

憑倚廊柱
冥冥中，欣然感知
有隻巨大手掌
正用無限的情懷
按捺這塊土地

——1981

　　此詩的語言形式具有古典語特質，特別是在開頭前二段的音節
停頓，更呈現以2字、4字為主的古典詩語言風格，例如首段「夜寒

（2），風勁（2），雨勢稍歇（4）」／「萬籟俱寂（4）」／「唯剩（2）間斷的（3）簷滴（2）」／「聲聲召喚（4），攪擾思維（4）」，第二段「我起身（3），步出門坎（4）」／「挨靠廊柱（4）」／「凝睇（2）漆黑的（3）天宇（2）」／「欲尋（2）點點星芒（4）」使得詩語潔簡，富含音樂性。

　　此外，在詩境上更有著宋詞中特有的憑欄冥思之情境，前兩段詩人聽雨──起身──出門──凝睇的動作連貫細密，有李清照〈聲聲慢〉裡閣中聽雨起身一般的細膩性。不過莫渝在表現並不一味流於傳達無端的愁緒，而是由「愁」而入「喜」。而其所喜的，乃是雨水滋養著土地內源源不絕的生命，因此詩人把雨陣比喻成巨大的手掌，溫柔地撫按著如孕婦肚婦般的大地，可說在詩最後由私情的層次，提升為對土地生命的大愛。這樣帶有古典詩特質，又能展現對現實的關懷，在笠詩人之中，算是較為特殊的表現。而綜觀莫渝其他詩作，如〈鄉愁的聲音〉、〈土地戀歌〉等，主要還是以展現自己對鄉土的熱愛作為基調。

　　這也可說是其他笠詩社新生代詩人的通性，他們原本出生地便是在臺灣鄉市鎮，而非大都會區，例如李敏勇（屏東縣恆春）、鄭烱明（台南縣佳里）、曾貴海（屏東縣佳冬）、陳鴻森（高雄縣鳳山）。然後他們在成長階段到都市求學或就業，並且定居，因此他們可以說是有著鄉土記憶的中產階級，雖然這可說是臺灣1940年世代以後詩人的普遍背景，但是在1970年代他們比起社外其他同輩詩人，更顯著地展現他們的鄉土記憶，主要還是因為笠詩社詩典律的影響。例如李敏勇1970年代的〈種子〉這樣寫到：

　　　　不要讓意志腐爛

　　　　潛藏在泥土裏
　　　　我們頑強的心
　　　　已經快要免於一季冬長長的欺壓

是春天為我們開門的時候了

雪的酷冷曾經成為水的滋潤
泥土的暗黑是養份
沒有什麼能剝奪我們希望的

一定會遇見陽光

當門開啟的時候
記得相互傳達重見天日的喜悅
以及溫暖

　　　　　　　　──1977

　　此詩語言明朗，意象亦相當單純，可說具笠詩社典律特性的詩作，詩人就透過這樣簡單明朗的詩語，傳達現實的力道。詩人寫到「我們」雖然潛藏在泥土，但是卻與泥土一起生長，吸收水，泥土的養分，儘管在冬天的欺壓，卻憑著頑強的心等到春天的來到，象徵著詩人與鄉土結合，抵抗政治強權的壓抑。特別是「一定會遇見陽光」一句簡單明瞭，而富力道，傳達了詩人依傍鄉土，堅持理想的信念。李敏勇此詩寫於1977年，其實正也暗示了他在鄉土文學論戰中，對鄉土派的支持。而笠詩人這樣與鄉土結合的書寫，很自然地，也深化為笠詩社詩人普遍俱存的釘根意識，傳達了他們的族群意識與政治立場。因此在釘根意識的主導下，笠詩社新生代的詩人詩作中，著根意象也極為普遍。李敏勇為228公義和平日而寫的〈這一天，讓我們種一棵樹〉，這樣寫到：

這一天
讓我們種一棵樹
每個人

在我們的土地
在自己的心中
在島嶼每一個角落
在掩埋我們父兄的墓穴
讓我們種一棵樹

聽到叫喊的聲音
看到血流的影像
但
讓我們種一棵樹
不是為了恨
而是愛
讓我們種下希望的幼苗
而不是流出絕望的淚珠

讓我們種一棵樹
不是為了記憶死
而是擁抱生
從每一株新苗
從每一片新葉
從每一環新的年輪
希望的光合作用在成長
茂盛的樹影會撫慰受傷的土地
涼爽的綠蔭會安慰疼痛的心
（中略）
讓我們種一棵樹
做為一種許諾
做為一種堅持

樹會伸向天際

伸向光耀的晴空

伸向燦爛的星辰

樹會盤根土地

守護我們的島嶼

綠化我們生存的領域

——1988

　　此詩具有強烈的朗誦性，其詩語明朗易誦，不避諱在詩中使用重複的句型，並營造出有力直截的氣勢，例如首段「在我們的土地／在自己的心中／在島嶼每一個角落／在掩埋我們父兄的墓穴」的四次疊起後，最後篤定地寫下「讓我們種一棵樹」，在首段停頓處給人堅毅有力的語感和信心。第三段「從每一株新苗／從每一片新葉／從每一環新的年輪」描寫一棵樹如何以全部的自己「撫慰受傷的土地」、「安慰疼痛的心」。此外更以「種一棵樹」作為核心句，在首段到末段間，做起始、繼起、再現，營造出各段呼應的迴響性，讓讀者無時不刻感受到該詩的核心主題。

　　就如同白萩的〈樹〉一般，李敏勇透過樹來傳達自我盤根泥土的意識，並視鄉土為自己生與死之地。種樹，在這裡象徵著一種對理想生命的投射，因此詩人寫到「讓我們種一棵樹／不是為了恨／而是愛」、「不是為了記憶死／而是擁抱生」，並在詩中不斷以樹為核心，發展（延伸）他對未來和平理想的述說，例如「希望的光合作用在成長／茂盛的樹影會撫慰受傷的土地／涼爽的綠蔭會安慰疼痛的心」。因此可以說在此詩中，樹的意象並不僅單純地展現根著臺灣泥土的立場，也「向上」發展，展現著庇護臺灣的愛。特別是最後的「守護我們的島嶼」，也點出了詩人所認同的鄉土疆界。此外從此詩也可以發現，由於笠詩人本身的詩語、詩觀，使得他們在朗誦詩的表現上，明顯是較創世紀詩人為突出。

　　從以上的分析看來，笠詩社1940年世代以後詩人在詩創作上，的確是與笠詩社典律延變的方向是相同的。如果要確實指出他們與笠詩社前行代詩人，乃至於與創世紀1940年世代以後詩人間的差異，筆者認為在於他們更強調與實踐，笠詩社典律中現實關懷的部分。他們承接了笠詩社戰前世代詩人在政治文化上的壓抑經驗，同樣也承襲了戰前世代的臺灣意識，以及現實主義精神。例如張信吉的〈我的近代史〉便寫到：

> 劫走父親的青春
> 在密林　風悄悄從綠樹的羽翼
> 產生槍　戰慄的閃光
>
> 太平洋戰爭的運兵船
> 載著落日駛向珊瑚礁
> 士兵的噩夢深淵飄浮魚的遺骸
> 他的昨日殖民的悲運
> 沈沒了
> （後略）
>
> ——1978

　　便是採取歷史言說的策略，透過反省臺灣的殖民史，來建構「我的近代史」。該詩以在日治時期被迫入伍，征戰南洋的父親作為書寫對象，傳達被殖民的記憶。首段首句用「劫走」一詞，展現父親被殖民者的無奈，使原本象徵光明積極的青春，掩蓋著令人恐懼的戰爭陰影。而次段開頭三句書寫船難碰撞的場景，其中載著「落日」的運兵船「駛向」珊瑚礁，其實正象徵沒落的日本帝國，終於在太平洋上被擊沈。其後詩人將目光從歷史大場景，轉窺在時代中小人物心理，「士兵的噩夢深淵飄浮魚的遺骸」一句，具像地書寫士兵心中對戰爭的深沈恐懼。而

詩人其後便以承襲自父親在往日沈沒的殖民悲運做為起點，尋找臺灣接下來的歷史記憶，其實正隱含了詩人尋找現實臺灣人命運的企圖。

　　而林豐明的〈蜥蜴斷尾〉一詩，則更傳達了臺灣省籍人士，在戰後慢慢醞釀而生的臺灣意識，林豐明在此詩寫到：

> 毅然地捨棄尾巴
> 在一次致命的危險中
> 因而保住生命的蜥蜴
> 多年後再度拾回
> 當年被犧牲的那一部分
>
> 並且像未進化前的祖先一樣
> 為了抬高自己
> 要求他支撐起
> 絕大部分的體重
>
> 雖然不管連接時或是斷離時
> 都流著與本體同樣的血液
> 切斷處留下的
> 不會消失的傷痕
> 卻因重壓而加深
>
> 蜥蜴不了解
> 曾經斷過的尾巴
> 從被接回的那一天起
> 才開始思索
> 異族的定義
>
> ——1986

　　在此詩中，林豐明採取笠詩社的新即物書寫手法，透過對蜥蜴的書寫，發掘探討兩岸間民族、政治意識。詩中的蜥蜴其實象徵著中國，而其被斷之尾自然指的是臺灣，蜥蜴斷尾暗指的自然是臺灣割讓日本的史實。第二段則暗喻國民黨政府接收臺灣後臺灣本省人的處境，詩人在「身／尾」指稱背後，其實也暗示著外省官僚與本省平民間，「上／下」不同的社會階層差異。因此，詩人在末尾寫到「曾經斷過的尾巴／從被接回的那一天起／才開始思索／異族的定義」，傳達了臺灣人在228事變以後逐漸成形臺灣主體意識，以及中國意識與臺灣意識間抗衡的關係。是以也可以發現，比起前面筆者所分析的創世紀詩社的1940年世代以後詩人侯吉諒，期盼在中國共名下，兩岸能和平共融，而笠詩社的新生代詩人張信吉、林豐明等人，顯然更樂於直陳「臺灣」本身獨立自足的涵義。

　　張信吉在〈這一代的語言哀愁〉一文，探述了臺灣戰後在國民黨政府的語言政策下，母語受迫的事實，張信吉提到：

　　　　臺灣人之所以會強烈地抗拒中國，可能是追求世界觀的海洋文化與封閉獨裁的大陸文化衝突，以及家族統治的現場經驗，由失望而警戒的結果。本質上考查，破壞臺灣人與中國人感情的，國民黨難辭其咎。

　　　　臺灣的語言世界不明朗。典型被消滅，未來的典型被誘惑。不同於統治階段的語言世界與思考模式一律在封殺與壓抑之列。要消除我們這一代的語言哀愁，不僅要求實施多語教育，更需要重新檢視我們的語言世界，剔除由中國出發的封建思考，小心警戒中國的符號，再創海洋文化的世界觀，擠進現代文明。[96]

　　特別是在1970年代末國民黨政府政治禁忌的防線，因為黨外運動漸次衝激，而逐漸有所鬆動，使得在政治關懷上有確定立場的他們，更勇於批判社會上政治文化的亂象。例如林豐明〈圓環銅像〉便寫到：

---

[96] 見《笠》第152期，1989年8月，頁1。

秩序
是他最放不下的東西
即使死了
還要站在路中央
四面八方
監視

因此沒想到
繞著他團團轉的人
有一天會為了秩序
不得不
把他移走

——1988

　　此詩中的銅像象徵著政治強權者對世俗的監督，在世俗的廣場上，銅像將威權的意識型態具體化，使世俗廣場上來去的平民隨時意識到威權者的凝視，而恪守威權者所訂下的「秩序」。特別是銅像還霸佔了廣場的中心，更象徵威權「秩序」崇高的約束性。「繞著他團團轉的人」其實正意謂屬於平民的公眾，被迫實踐屬於「他者」卻霸佔中心的威權價值。然而隨著民主運動的興盛，在人民勇於追求自由民主下，這樣的「偽秩序」終於遭到了人民的抵抗，因此詩人在詩末尾諷刺到銅像，最後「不得不」被移走。其中的「秩序」暗示著正是公眾所尋求的屬於自我的價值中心。從此詩可以發現笠詩社新生代人往往在詩作中，勇於直刺政治現況，並展現強烈的社會批判性。

　　此外比起戰前世代詩人，笠詩社新生代詩人之中，不少人更直接介入了政治活動，實踐他們自身的政治理想，李敏勇自身便強調「以詩人的身份介入政治運動」，期待透過詩人的文化立場發展詩教，以詩的美與愛淨化社會。因此笠詩社新生代詩人們在解嚴前後的詩作，有著比創

世紀新生代詩人更強烈的政治關懷與立場。他們與創世紀新生代詩人一樣，深入社會世俗的廣場，但是他們更走入遊行的隊伍之中，期待遊行的隊伍能找到正確的方向，李敏勇的〈街景〉就是這樣的作品，他這樣寫到：

> 詩人們
> 在街角的咖啡店
> 談論革命的歷史
>
> 偶而
> 翻閱著晚報
> 在音樂裡議論時事
>
> 遠方充滿戰爭的消息
> 獨立運動與統一分別進展
> 世界在瓷杯裡攪動著
>
> 玻璃窗外
> 行人匆匆走過
> 尾隨著迷失的狗
>
> ——1990

　　詩中的「遠方」一詞的使用，在現代詩中往往成為詩人圖構世界的方式。詩人往往透過「遠／近」，暗示著「現實／非現實」、「公／私」場域間的差異，例如余光中〈如果遠方有戰爭〉一詩，便是透過房間內溫暖的床象徵私己場域，與充滿戰爭的遠方象徵公眾場域，形成對比傳達他自己對時代的反省。可以說，李敏勇在此詩中，也是以咖啡館的內與外形成對比，並在對比中進行諷刺與選擇，並形塑自身的價值取

向。在此詩中李敏勇首先諷刺了沈溺在咖啡館中的詩人，在柔和的音樂中躲避現實，雖然談論革命的歷史，評點晚報中的時事，但是卻完全顯得事不關己一般。但是咖啡館外的現實卻充滿著對決的氣氛，當廣場上的威權銅像在解嚴過後，被人們移走後，也象徵著新的秩序亟待重建，而此時獨立與統一運動開始分頭進行，世界的秩序就像在瓷杯裡被攪動的咖啡一般，在不停的旋轉流動中被醞釀。

　　然而詩人眼中在現實裡行走的人，似乎也找不到方向，在匆匆地走動跟隨著「迷失的狗」，暗示他們無法辨別自己心中真正渴望的方向與秩序。李敏勇在此詩中刻畫沈溺在溫室裡的詩人，以及迷失在廣場上的人，其實隱約地傳達他期望以詩人的身份，走進廣場在人群中找到真正秩序的企圖。從他在〈在壓制與破壞下燃亮臺灣文學香火〉一文中認為：

> 經歷了70年代、80年代，戰後臺灣社會的政治，經濟、文化重大變遷，臺灣文學也在「鄉土文學運動」和「臺灣主體運動」的潮流中向前躍進，儘管在時代的變動下，除了統治體制的破壞和壓制外，商業主義的另一股政治之外的腐蝕力也對臺灣文學發生重大破壞和壓制，但是從《臺灣文藝》和《笠詩刊》創刊以來形成的戰後臺灣文學，仍然持續地以無比的韌性揮動著文學的旗幟向前邁進，跨入九〇年代後，形成明晰的精神傳統，在國民黨統治體制籠罩的島嶼領域燃亮著光輝。[97]

　　可以發現李敏勇在面對1990年代的臺灣文學在政治與商業的困境，還是採取建構傳統的方式進行抵抗。他透過點出臺灣戰後文學史中的《臺灣文藝》和《笠詩刊》發展意義，形成臺灣政治文化情境中臺灣本土的精神傳統，並視為臺灣文學本土運動前進的旗幟。

---

[97] 見《文學臺灣》第2期（1992年3月），頁6。

　　至於吳夏暉〈鍵盤〉，透過新生代詩人的科技物件—電腦鍵盤，引申傳達了他的政治關懷，他寫到：

　　　紙盒管領的空間
　　　戒嚴四十年
　　　裡面一層一層曲摺的民意
　　　在解嚴之後
　　　依靠點滴呼吸著
　　　歷史烙印在妳胸脯上的胎記

　　　歷經四十幾年不改選的指紋
　　　以一種充滿老人斑的手勢
　　　長期使用手語表達情慾
　　　藉拐杖纏綿的動作撫慰妳
　　　摸索妳傳統的胴體
　　　甚至公然指令妳叛逆島嶼

　　　如果「如果」不再是一種假設
　　　果真用手比劃可以表決
　　　可以改造兩性相悅唯讀的記憶
　　　語言障礙
　　　必然激情地秀出兩岸連線過後
　　　獲取指數狂飆的滿足

　　　　　　　　　　　　　　——1990

　　吳夏暉的〈鍵盤〉，乃是他一系列電腦詩之中的一首，透過即物書寫的方式，詩人將臺灣戒嚴時期的人民比喻成電腦鍵盤，表達臺灣人解嚴前後複雜的政治處境。就像電腦鍵盤上有著各種符號刻文一樣，臺

灣人身上彷彿也刻繪著命定的胎記，也像被壓迫的女體一般，被老邁的執政者陳舊的指紋撫按，甚至被迫鍵入反叛島嶼的指令。詩人最後則期望，象徵雄性、強勢的執政者，能融入被迫呈現雌性、弱勢的臺灣人民之中，在解嚴過後創造出兩岸的理想圖景。

因此兩岸開放後，秉持這樣政治關懷的笠詩社新生代詩人，在思索中國文學傳統，與臺灣的文學傳統間的關係上，便不同於創世紀新生代詩人一般，採取較為溫和的「並列」觀點，而是較為激烈「對立」觀點，李敏勇在〈譜出戰後臺灣人精神史的重要樂章——集結在笠陣營，穿越四分之一世紀〉便認為：

> 　　在戰後的臺灣詩史，「笠」和「現代詩」發展出來的「現代派」是兩個超越詩社地位的重要詩派。「笠詩派」的集團意義走臺灣本土意識詩人的集結；而「現代派」的集團意義則是現代意識詩人的集結。後者是戰後以中文發展新詩，嘗試走出戰鬥文藝八股，並隱約宣揚中國來台詩火種成就的集團；而前者則是對現代派的中國意識與形式墮落的揚棄。
>
> 　　「笠詩派」與「現代詩（創世紀）」和「藍星」之相衡，一方面具有藝術的意義，亦即對詩藝術認知與實踐的差異；另一方面具有政治意義，係對政治權力和本土立場之取捨差異。「笠詩派」之挫折實反映臺灣本土文化和現實政治地位之挫折。而「現代詩（創世紀）」和「藍星」，挾政治權力的文化主導意味，使其佔據了形式的地位，更並未真正具有實質地位。[98]

李敏勇之論正傳達了笠詩社新生代詩人，企圖自別於創世紀與藍星詩社呈現的大中國意識，其實突顯了笠詩社典律乃是臺灣政治、文化、文學三領域交叉運作後的成果。因此在解嚴過後，笠詩社新生代詩人更積極推動臺灣本土文學的建構，鄭烱明、曾貴海等人持續籌辦《文學

---

[98] 見《笠》151期（1989年6月），頁24。

界》與《文學臺灣》，正是要增加文壇中臺灣文學的據點，不只為推廣臺灣文學，更是要建構臺灣本土的文學。而在1990年代以後，本土與後現代成為詩壇的兩大主流，其實也說明了笠詩社典律在新世代中的確仍有其影響力。只是正如曾加入笠詩社的詩人陳芳明，認為：

> 「本土文學」是把僵硬不變的尺碼嗎？在威權體制的年代，本土乃是相對於當時虛構的中國想像及其延伸出來的霸權論述而存在。不過，在八〇年代解嚴之後，本土不應該再以政治意義來理解，而應該從文化角度給予較為寬闊的意義。凡是在臺灣社會孕育出來的文學作品，都應該屬於本土文學。倘然本土文學不是意味著單一價值的觀念，則不同背景出身的作家所寫出的文學作品，就必然有不同的美學表現。[99]

面對臺灣本土文學從過往的邊緣地位，到漸趨為主流，笠詩社新生代詩人也與前行代詩人一般，能勇於接受創世紀以及文壇其他社團的批評，對臺灣本土文學持續進行反省，並不願意臺灣本土文學成為單面向、狹隘的價值觀。

總結來看，本身即參與建構笠詩社既成典律的笠詩社新生代詩人，他們與笠詩社典律間，可以說並沒有任何衝突關係。由於笠詩社幾乎在一開始便有培養新生代詩人的企圖，使得笠詩社的詩人組成中，相當早便完成了新生代詩人的結構。笠詩社新生代詩人在1960年代末期，便承襲了前行代詩人的鄉土意識、現實明朗的詩語，即物書寫的技巧。因此在1970年代中期鄉土文學論戰以後，詩壇開始追求鄉土現實，他們卻早已有了自身堅定的本土文學立場與政治關懷，呈現出與前行代詩人一樣的釘根意識。只是比起前行代詩人，笠詩社新生代詩人更積極地介入社會運動，因此在他們的詩作中，詩人永遠是深入廣場中的群眾，並勇於批判一切的威權。

---

[99] 林明德編，《臺灣現代詩經緯》（臺灣臺北：聯合文學，2001年），頁180。

第六章 ｜ 結論

第六章　結論

　　創世紀與笠兩詩社典律的建構與轉變，其實正反映了臺灣戰後詩壇中現代詩典律的延變。儘管兩詩社的發展史並不等同於臺灣現代詩史的全貌，但兩詩社所分別代表的超現實主義與現實主義等典律精神，卻正濃縮代表著臺灣自戰前（特別是1930年代風車與鹽分地帶詩人對抗時期）至21世紀以來，兩股刺激現代詩史發展的根源性力量。畢竟建構臺灣現代詩史的重點，自然不在於對所有詩社、詩人，進行鉅細靡遺地「點名」工作。是以，探究臺灣現代詩之典律發展，顯然才是耙梳臺灣現代詩史最為關鍵的要務。

　　因此最後，筆者要透過以上各章論述的成果，具體地回應本論文第一章研究動機中，所點出的「在社會傳播情境中，臺灣現代詩社如何建構自身典律？」、「各現代詩社典律間的互動背後，涉及了哪些現代詩認知與社群意識的議題？」、「在時代環境轉換下，各現代詩社典律間在交鋒過程中有何轉變？」三個核心問題。

第一、在社會傳播情境中，臺灣現代詩社如何建構自身典律？

　　臺灣現代詩社最基本建構典律的方式為辦理自身的詩刊，透過編輯執掌守門人的機制，在錄用稿件、辦理專輯等刊物編排上，展現詩社詩典律的具體型態。詩刊的營運也可說是詩社中最重要的社務，一個詩社影響力幾乎與他們刊物的傳閱率與接受度形成正比。當然，一個詩社的詩刊營運長短與內容深度，也間接反映了詩社典律對詩壇的影響力。

　　這樣典律運作的模式，其實正是中國五四新文學運動以來一貫的方式。可以發現早期中國五四新文學運動中，知識份子們透過編輯傳播刊物，影響了當時的文學（化）運動，影響所及使得後續崛起各種文學社團，也幾乎都各有其自身的機關刊物，作為他們傳播自身文學理念的窗口。當然，除了傳播觀念與理論之外，這些刊物更重要的是傳播實際創作的文學作品，相較於文學的理論或口號，透過理念的鋪陳或呼喊尋求認同，這些文學作品乃是以文學效果來影響大眾，並形成文學創作者實際仿擬的對象。在臺灣，從日治時期以來，現代詩的文學傳播基本上，也是透過刊物進行運作，例如日治時期銀鈴會的刊物《緣草》，以及戰後創世紀詩社的《創世紀》，笠詩社的《笠》皆是如此。

　　只是值得注意的是，臺灣社團與雜誌自日據時期以來，一直就受到政治的文藝檢閱制度、社團經濟、同仁結構三方面的限制，使各社團及刊物的傳播範圍與效果受到影響。在日治時期，以銀鈴會的刊物《緣草》來說，前期僅為台中一中張彥勳等人之間的同仁刊物，此時銀鈴會僅是文學新兵間，彼此交流日文作品的刊物，慢慢成為集合臺灣中部文人的聚集發表處。在戰後更將其刊物改制為《潮流》，最後卻受到二二八事件、國語政策的影響，使得銀鈴會終至解散，很明顯其傳播困境，乃是受到了政治問題的影響。至於1949年以後，臺灣現代詩壇的詩刊最早展現它典律運作的影響力，是在1950年代紀弦的現代詩社所籌編的《現代詩》。在此之後，臺灣詩壇中營運最久的《創世紀》，與出刊期數最多的《笠》，更反映了詩社透過詩刊，營構推廣典律的過程中，所遭遇到的各種問題。

　　創世紀詩社的機關刊物《創世紀》，在1955年創刊，筆者將其發展的各階段分為五期，依序分別為：新民族詩型時期（1954年10月——1958年4月）、超現實主義時期（1959年4月——1969年1月）、中挫整合時期（1969年1月——1972年9月）、現代傳統融合時期（1972年9月——1984年10月）、多元化時期（1985年4月起至今）。

　　《創世紀》雖然始終對外開放，但在新民族詩型時期，很明顯是左營軍區一帶軍人的詩創作匯集處，也因此受到官方文藝政策的侷限，刊登的詩歌也不乏反共文藝、戰鬥口號的作品。在第11期（1959年4月）後的超現實主義時期，創世紀詩社大幅轉型，承接紀弦現代派的現代主義精神，進而主動汲取西方超現實主義的成果。此時作為創世紀主幹詩人群的軍旅與留學生詩人們，如洛夫、張默、瘂弦、葉維廉、商禽等，開始運用各種具實驗性的技巧，展露隱藏他們當時偏離文化母體的苦悶感，加以創世紀詩社這個階段的積極運作，使得創世紀成為1960年代最強勢的詩社。但是在1960年代末，創世紀詩社卻也遭遇到刊物經濟上的困境，而被迫短暫休刊。除了在新民族時期的政治問題，以及在超現實主義時期的經濟問題，創世紀在1970年代的傳統與現代融合時期，也正式面臨社團同仁結構老化的問題，為求創世紀恆保其積極開創的精神，他們開始積極交棒給1940年世代以後的詩人，而進入多元化時期。

　　笠詩社的機關刊物《笠》，在1963年創刊，筆者將其發展的各階段分為四期，依序分別為：詩學批判時期（1963年6月——1969年8月）、鄉土現實時期（1969年10月——1981年2月）、社會批判時期（1981年4月——1987年8月）、本土精神時期（1987年10月起）。

　　《笠》一開始的創辦動機，便是企圖突破當時臺灣省籍作家因為政治文藝政策的排擠，而在各刊物發表受限的困境。受到吳濁流《臺灣文藝》創刊的激勵，笠詩社彙整了北（台北）、中（台中、苗栗）、南（彰化）省籍詩人，開始運作《笠》。值得注意的是，笠詩社一開始便彙整了在戰前，分別呈現注重現代主義、現實主義精神的詩人群，前者以林亨泰、錦連等銀鈴會詩人為代表，後者以吳瀛濤、陳千武為代表。由於政治禁忌，笠在詩學批判時期，主要發展的是建立客觀的詩學批評制度，以及現代主義的「正確精神」。但在中後期，現實主義逐漸在笠詩社中逐漸揚升。在1970年代初期與創世紀詩社間的論戰過後，笠詩社進入鄉土寫實時期，並完成他們以李敏勇、陳鴻森、鄭烱明、陳明台等為主的新生代詩人架構，促使笠詩社持續深化笠詩社既定路線，隨著政

治環境的開放，陸續進入社會批判時期、本土精神時期。當然，儘管笠詩刊從創刊至今始終未脫期，但是社內依然有著社團經濟，以及社群結構更新的壓力。

然而，詩刊畢竟只是建構典律最基本的模式，隨著臺灣戰後現代詩史的持續發展，各詩社向詩壇推介自身典律的方式，也開始趨於多樣。其中創世紀是最早也最成功地，運用編選詩選的方式，向詩壇發揮典律效應的詩社。在創世紀詩社較早投入詩選的籌備工作之前，詩壇其實已有一些詩選問世，只是收錄的多為1950年代初期的作品，而所選詩作大抵都呈現戰鬥文藝的特質，素質並不高，創世紀籌辦的詩選，可說是第一次以詩社為編輯者的詩選。在有豐碩的成績以及固定的詩觀篩選下，比較起之前的詩選，創世紀詩社在1960年代所主導的詩選可說成績不惡，也因此將創世紀詩社在詩壇上的地位大力向前推進。

特別是創世紀詩社在《六十年代詩選》上的成功，使得他們更著力於《七十年代詩選》等詩選的編輯與推廣。「選」在取捨文本中，其實正隱含執掌者崇尚的典律，創世紀詩社在1960年代主導的詩選，不只使得當時被選詩人之詩作，各自形成一種模仿的流派，更使得創世紀詩社的超現實主義詩風，在1960年代蔚為風尚。

相對於創世紀從詩文本的篩選中，間接展現他們的詩典律，笠詩社則是直接對詩文本的批評，展現他們詩典律。《笠》一開始的各專欄，便呈現了他們的批評精神，特別是「作品合評」的群體合評機制，更使得笠詩社中的詩人群，得以從不斷地對話中，形成他們的典律共識。這也是為什麼比起其他詩社詩人，笠詩人彼此對詩典律的理解，一向比較一致的原因。

笠的詩評機制，在詩學批判時期初期主要進行對《笠》內部作品進行討論，後期則直接進行對當時詩壇代表作的批評。可以看出其中先在內形成自身典律價值，然再延伸挑戰社外的強勢典律的發展過程，這也使得笠詩社的詩評機制，開始向社外的詩壇發揮典律效應。不過隨著笠詩社的發展越趨於穩健，他們也開始編輯詩選，其中的《華麗島詩集

——中華民國現代詩選》、《美麗島詩集》等，都展現了他們本土詩學
的精神。

**第二、各現代詩社典律間的差異背後，涉及了哪些現代詩認知與社
群意識的議題？**

詩社典律背後代表的是一個對現代詩的整體價值系統，可說既是
文本的欣賞批評機制，更是文本的創作生產機制。臺灣現代詩壇在1950
年代開始，不同詩社間的典律常常有著差距。比起1950年代的紀弦的現
代詩詩社與覃子豪的藍星詩社間，僅代表著對現代與古典間的差異與著
重。1960年代以後，創世紀與笠典律間的差異與碰撞，不僅只在於詩語
言意象上，創世紀詩社譏笠詩社以明朗見底，而笠詩社諷創世紀詩社故
佈疑陣而已。實則牽涉了對現代詩現實性、藝術性的認知，以及族群意
識中對文學系譜的認同問題。

具體地來說，創世紀初期典律乃是以超現實主義作為其核心重點。
原本現代主義與超現實主義強調的是，抵抗現代社會的工業化與城市化
過程中，人精神主體的削弱，但是在1960年代，臺灣社會並不是一個具
完整意義的現代社會。因此，創世紀詩人們雖然吸收現代主義，但表現
的可說是具臺灣色彩的現代主義，至少在1950、1960年代，他們主要傳
達的是，人們對政治封閉的窒塞感與苦悶情緒，其次才是存在主義所關
懷的人本質與存在的問題。此外，他們所以從東方出走，尋覓西方，也
是因為他們不滿於當時戰鬥文藝詩作，在藝術表現上如沙漠般貧瘠，使
得他們在1950年代後期，如尋覓綠洲般，四處渴尋藝術的新養分。他們
開始透過彼此間流傳的手抄本，理解西方的現代主義理論與藝術作品。

他們吸收的重點主要有兩項，其一為當時流行的存在主義思潮，其
二則為超現實主義的創作手法。這兩個主義最重要的共同點便是，強調
體認人在當代社會遭受異化而喪失自我的現象，這其實正與創世紀詩人
當時偏離文化母體的失根情緒有所雷同。但是，創世紀詩人們雖然大抵
能瞭解超現實主義的精神特質，但主要的接受層面，還是在詩創作方法
論上，對超現實主義進行文學技巧上的吸收。因此可以發現，1960年代

的創世紀詩人，往往利用法國布勒東於〈超現現實主義宣言〉中，提及的自動書寫技巧，進行對內心潛意識世界的探勘。並進而在詩中運用超現實語言形構種種異質空間，例如洛夫的〈石室之死亡〉、商禽〈門或者天空〉、瘂弦〈深淵〉、張默的〈恆寂的峰頂〉等等，都投注他們對潛意識中的苦悶，以及流離宿命的隱喻。因此，創世紀繼承了現代派的盛勢，建立了臺灣現代詩壇1960年代特有的現代主義典律，最大的特質便是對藝術實驗的重視，以及隱晦風格的展現。

在創世紀對詩壇最有影響力的1960年代，除持續有對創世紀典律的批評意見陸續出現，在創世紀典律外，以笠詩社為代表的典律影響圈，也開始逐漸成形。笠詩社的典律乃是以現實主義作為其核心重點。笠詩社以現實主義作為他們主要典律核心，一方面乃是承襲自戰前臺灣新詩傳統中，著重社會寫實批判的精神，另一方面則是反省創世紀超現實詩風，在詩壇引發不注重現實表現的流弊。因此無論在詩語與意象的經營上，他們都注重貼近人們自然口語的運用，以及現實、明朗意象的經營。但是這並不意味他們認為詩的創作，可以任意而為，這可以反映在他們所提倡新即物主義的創作方法論上。

如果說創世紀詩社超現實主義的自動書寫技巧，是用以發抒詩人內在的潛意識，那麼，笠詩社新即物主義的書寫技巧，則是著重於對現實物象的意義開發，以及利用具隱喻意義的現實意象作詩的延伸。因此可以發現笠詩人的作品，往往集中一個或一組物件進行創作，例如非馬的〈鳥籠〉與〈籠鳥〉、鄭烱明的〈誤會〉、陳鴻森的〈十二生肖詩〉組詩等，都是透過不同角度的凝視，運用轉換視角的觀點，開發出新的意義。

也因此有別於創世紀詩社詩境所呈現潛意識的異質空間，笠詩人則直接書寫的地平線上具生機的大地。而在1970年代以後，笠詩人的作品中，更大量呈現釘根與絜根的意象，反映了他們立足於臺灣鄉土的本土意識。這其實正點出了創世紀與笠詩社詩人間在族群意識的差異。

　　特別是笠詩社在1960年代的組社動機上，本身便帶有對當時中國意識強力籠罩文壇現象的抵抗。所以當笠詩社在鄉土寫實時期逐漸確建其典律架構後，與創世紀詩社的典律間的碰撞，可說越益激烈。在許多重大的文學議題上，如對現代詩系譜的認知、鄉土寫實題材的關注等等，都可以發現兩詩社總是處於相對的狀況。這樣對立狀況的根本原因之一，正是在於創世紀與笠詩社之間，在大陸與臺灣晚清以來不同的歷史發展下，外省與本省族群在動盪的政治局勢，各自形成不同的族群記憶，以及背後所指涉的族群（特別指的是前行代）的社會經驗。這都促成他們產生各自的意識型態，使得他們在現代詩的典律立場上，存在著差異。而這樣的差異現象，在1980年代解嚴以後，可說越益明顯。

　　創世紀詩社基本上反映的是外省族群詩人的中國意識。創世紀前行代詩人多有軍旅與留學生身份，因此他們普遍有著從大陸游離至台的經驗，這樣的經驗也使得他們有極深沈的中國文化母體意識。創世紀詩社一開始提出的新民族詩型，雖然不免受到1950年代政治氣氛的影響，但是也呈現了他們對自身國族身份的認同與追尋。此外，從他們早期文學學習的過程，可以發現，他們主要是繼承五四新文學，並傾向於追尋中國的傳統精神。

　　可以說創世紀詩人們在新民族到超現實主義時期，乃是企圖叛離他們深處東方處處受限的情境，並前進西方，汲取得以言傳他們心中虛無苦悶的前衛藝術理論。而從超現實到現代傳統融合時期，則是他們再返東方，表彰自己民族身份，企圖重認與歸入中國傳統系譜的歷程。也因此在1970年代，他們有別於笠詩人的釘根島嶼的意識，展現的是一種「大鄉土」的書寫。

　　笠詩社反應的是本省族群詩人的臺灣意識。特別是笠詩社中1940年世代以前的詩人，普遍都有著日治時期受殖民，以及1947年以後遭受政治壓抑的受難記憶，使得他們形成一股臺灣省籍意識。而笠詩社的詩人結構，無論老中青三代都是以臺灣省籍詩人為主體架構，使得他們在詩壇上所標誌的臺灣意識特性，也越益強烈。笠詩社在這樣的族群身份

下，除了上述筆者點及的對抗與辨別大陸省籍詩社的意識外，另外表現的便是繼承臺灣戰前文壇的寫實主義傳統，以及在1960年代以後，極力挖掘臺灣戰前文學成績。

因此在1960年代末期，面對詩壇中仍普遍存在著，臺灣新文學發展乃是從大陸移植過來的論點，陳千武便提出了笠詩社中最具代表性的雙球根說，點明了臺灣戰後詩壇中存在著臺灣戰前文學，以及大陸五四文學兩個譜系。而在1980年代解嚴後，笠詩人在表述臺灣意識上也更為明確，進而確建他們本土詩學的立場。

第三、在時代環境轉換下，各現代詩社典律間在交鋒過程中有何轉變？

臺灣戰後現代詩壇最大的特色便是論戰迭起，主要乃是現代詩本身文類上，帶有其前衛特性，使得現代詩不易為一般讀者與學者所接受。此外，即便是現代詩壇內部，也因為對現代詩的銓解有所不同，而引發了多次論戰。在1950年代，詩壇內部論戰可以紀弦與覃子豪間的論戰為代表，其論戰意義正是西方現代與東方傳統間的對決。

在1960年代以後，則以創世紀與笠詩社間的長期交鋒為代表，這一連串的交鋒可以分為兩期，第一期為1960年末到1970年代初的詩選之爭，在型態上為兩詩社正面的交鋒，也代表兩詩社對彼此形構典律的詩選與詩評機制的正面對決。第二期則為1970年代中期以後，兩詩社在文學、政治上，對鄉土以及本土議題的不同意見，在型態上彼此意見分散錯落在不同的傳播媒體上，並未有全面交鋒的狀況。誠如上述，兩詩社除在精神面上足資深探比較外，其風格典律的變遷亦值得注意。排除交鋒與論戰中的激情，兩詩社從交鋒、反省到調整的過程，其實也代表著臺灣現代詩典律，在經過數十年的發展後，已經有了其獨特的典律特質。

先就創世紀詩社的部分來看。創世紀詩社由於在1960年代以後，繼紀弦的現代派後迅速崛起，成為執掌現代主義的代表性詩社，卻也因此長期深處在論戰漩渦當中，成為詩文壇中被挑戰的對象。由於遭受到的批評最多，創世紀詩社對於自身的檢討也越為深刻，因此創世紀詩典律的

演變過程，便如同蝶類蛹變般，每個階段都有著重大翻轉。從最早帶有傳統的、戰鬥文藝氣息的新民族詩型，到1960年代突然翻轉為叛逆的、前衛精神濃厚的超現實主義。到了1970年代，在接受包括與笠在內的數次論戰洗禮後復刊的創世紀，開始回歸，又突然轉變為強調接續傳統與現代的立場。而創世紀在1970年代以後的轉變，可說是他們在典律最重要的一次調整，至此以後創世紀便沒有較為突破性的改變。而創世紀在1970年代後的改變，即在立場不再堅持超現實主義，在語言意象上也持續放鬆。其中最關鍵的鎖匙，就是他們重新強調中國古典傳統的重要性。

他們在1970年代以後，運用中國古典禪詩、道家美學重新詮釋超現實主義，將法國超現實主義，轉衍變化為中國式的超現實主義。在維持藝術性的考量下，運用古典語的精緻化，使向敘事、明朗放鬆的詩，得以便利維持在藝術上的形式、語感的要求。他們排除掉代名詞、副詞、形容詞等詞彙的修飾，而將其曖昧性、模糊性和超越性的章法特性，轉接入現代詩中，增加渾然不分的美感[1]。同時在書寫題材上，也開始以中國傳統古籍文本中的故事、文人為對象，在意象、意境的經營上，也有別超現實主義時期中，稜角並現幾乎帶有殺傷力的晦澀特質，而呈現溫馴圓潤的明朗風格。

事實上，他們這樣對中國古典文學傳統的吸收，早在1950年代的新民族時期的宣言中便已有相關記錄，只是隨著創世紀詩社進入超現實主義時期後，為之中斷。然而經歷西化這樣「反」的過程，卻也厚實他們在起點上所欲追求的國族性，最後，在1970年代又秉持著他們的創造精神，「合」於中國文學的傳統中。因此，從創世紀詩社的發展史看來，早期新民族詩型的主張儘管籠統，但是再追求結合縱的繼承與橫的移植這項大業，倒是有分段實現的味道。此外，藉此也可發現，創世紀詩社主要是在國族觀點上，建立他們對現代詩系譜的認知，即期待承接中國五四新文學傳統的系譜，對於中國古典傳統則抱著批判性的承受。

---

[1] 許世旭，〈中國現代詩的回歸傳統〉，見許世旭，《新詩論》（臺灣臺北：三民，1998年），頁142。

　　儘管在1970年代以後，透過對中國古典傳統的吸收，在語言上有所放鬆，但是他們卻也更要面對1970年代臺灣文壇，所興起強調現實與追求鄉土的潮流。因此比起笠詩社，創世紀詩社在路線與觀念上，有了更複雜的辯證與調整。在鄉土文學論戰前後，他們力求對現實的關懷，也極力提倡大鄉土書寫。在解嚴過後，他們提出大中國詩觀，點出臺灣現代詩在中國新文學中的正統性，並視臺灣為中國另一個重要的文化重心，也接納了臺灣鄉土與方言文學。總的來說，創世紀詩社在1980年代以後至今，其詩典律的特性具有以下四點特質：

　　第一、持續將西方超現實主義，進行中國式的詮釋。

　　第二、強調藝術性與現實性間的統合關係。

　　第三、在藝術性的前提下，接受鄉土詩與母語詩。

　　第四、強調臺灣新文學在中國新文學中的正典性。

　　就笠詩社的部分來看，笠詩社在1960年代中期完成省籍詩人的初步結集後，由於他們共同體認到臺灣省籍詩人在社會情境上的弱勢，以及彼此共通的臺灣意識，使得他們的群體意識極為強烈，社團性格極為團結。這樣的特性，也展現在他們對自身路線的堅持，因此笠詩社的詩典律發展的過程，就如同猿類演化般，每個階段都是上一階段主張的再深化。雖然在1960年代剛創辦的笠詩社的聲音，在詩壇上尚顯得微弱，但是他們仍默默地形塑他們特有的詩典律。

　　1970年代以後，笠詩社在經過與創世紀的論戰後，正式步入鄉土現實時期，他們抵抗創世紀中國古典的路線，而堅定地展現對鄉土與現實的關懷，在創作方法論上，也繼續發展他們現實詩語，以及新即物書寫方法。特別是在文本中，他們除了持續進行鄉土書寫外，更展顯了高度的紮／釘根意識，已隱微反映了他們臺灣本土性格。而笠詩社中的許多新生代詩人更直接參與社會運動，走近社會群眾之中，發展詩教的社會功用，部分詩人更著力於母語詩的創作。

　　解嚴之後，面對兩岸交流，在政治社會言論尺度的開放下，笠詩社在1988-1989年間，舉辦了一系列社中本省籍詩人的會談，透過不斷的

座談會進行意見的整合。特別是149期的「臺灣人的唐山觀——兼論巫永福『祖國』一詩」（1989年2月）、150期的「臺灣孤立的哀愁——兼論陳千武『見解』一詩」（1989年4月）、151期的「浮沈太平洋的臺灣——兼論白萩『領空』一詩」（1989年6月），具體展現笠詩社在政治文學上的本土立場。值得注意的是，這些座談可以說是笠詩社戰前與戰後世代的整合過程，透過戰前世代殖民經驗的實際訴說，建立彼此間共同的立場。

因此可以說，笠詩社典律的構建過程，是現代主義位移，而現實主義揚升的過程。特別是在1970年代的詩壇，一波波追求現實與鄉土的風潮中，儘管笠詩社對鄉土文學論戰有著辨別的意識。但是不能否認，在鄉土文學論戰以後，笠詩社在詩壇上的聲勢逐漸揚升，也意味著笠詩社的詩典律在詩壇上越益強勢。但就如同詩壇對創世紀詩社存在的超現實主義的刻板印象一般，笠詩社也開始陷入了被定型為現實主義的窠臼。連帶使得相關論者認為1980年代以後，許多意識型態過重的政治詩，以及詩語言流於情緒宣洩的口語詩，都是笠詩社造成的流弊。而笠詩社詩人們也開始呼籲詩意象經營等藝術技巧的重要性，並強調笠詩社他們本身是現代主義與現實主義的結合，鄉土現實精神與現代精神彼此是不相違背的。總的來說，笠詩社在1980年代以後至今，其詩典律的特性具有以下四點特質：

第一、強調臺灣本土現代詩學在中國文學之外有其自足性。

第二、強調臺灣現代詩在世界文學中的特殊性。

第三、強調現實詩語應具備藝術性。

第四、強調現代主義與鄉土現實間的共容性。

從以上對本論文三個核心問題的探索，可以發現臺灣現代詩典律，永遠不是固守不變的。臺灣現代詩典律的形成，乃是在傳播情境中完成，傳播仰賴媒體，所以當詩社大量透過各種傳播媒體上，傳播自身詩學觀，必然形成一種對創作者與讀者們的典律教化。因此在創作者與讀者接受典律的背後，顯然我們必須思索讀者是從怎樣的管道中選擇典

律，或者說，是被典律選擇。而臺灣現代詩壇在不同時期，都存在著強勢典律，然而當典律作品被創作者過度仿擬，而越益形式化，或是在時代環境轉變下，流失了其藝術與現實精神時，正代表典律本身面臨了亟需修正調適的危機。

創世紀與笠詩社在不同時期，都曾是詩壇中的強勢典律，他們彼此間典律的建構與對立過程，都是在臺灣特殊的社會歷史下發生的，也正反映了1950-1990年代，臺灣現代詩典律的轉變。特別在1950、1960年代，臺灣的文學傳播情境仍籠罩在強大的政治禁忌陰影下，然而隨著臺灣政治社會情境的動盪，臺灣的現代詩人始終（或被要求）必須凝視時代課題。因此他們在對政治最低限度的妥協下，必須尋求藝術層次上最大的表現。

因而不同的詩社與詩人們，在現實與藝術的光譜中，有著不同的立足點。其中以創世紀與笠典律最具代表性，影響面也較廣，這使得他們彼此直接產生了對抗與衝突。兩詩社的對抗在初期不免流於意識型態之爭，但是隨著論戰趨緩，以及臺灣社會轉變，彼此間的隔膜也逐次消散。取而代之的是，更多相容、共同的詩觀的產生，例如在1980年代以後，重視詩現實功用的笠詩社，開始強調詩的藝術性，而，重視詩藝術質地的創世紀詩社，也開始強調詩的現實性。但是就如同創世紀詩社認為反應現實，未必要介入社會政治，笠詩社也認為展現藝術性，也未必要使用繁複技巧，說明兩個典律系統，還是有著他們根本上的立場差異。

但是兩者典律的再解釋，反映了臺灣現代詩典律在建構的過程中，已飛越了西方迷障，現代／傳統的爭議，也早已不是重心。而是亟欲在藝術形式與現實內容間，尋求最適當的平衡，並在生命、文化經驗上認同臺灣，無論兩詩社在族群意識上是選擇遙視中國，還是跨越中國，他們都一致地，建立以臺灣為主體，以世界為視野的臺灣現代詩典律。而兩詩社的詩典律，都可說是詩壇的公有財產，成為新生代詩人的汲取的養分。

　　時至21世紀，無論是創世紀詩社還是笠詩社，在新的社會文化情境下，都面臨了新的挑戰。特別是在詩社群的組構上，前行代詩人只會越來越老，中壯代詩人如何傳承，以及如何持續吸引新生代的詩人加入，以深化或改造自身的詩典律，都是值得後續研究者關注的重點。

附件

附件一

創世紀詩社同仁流動情形名錄

本表說明：

1. 本表1994年前名單參考創世紀詩雜誌各期刊列之資料。1995-2002名單則感謝張默先生提供資料補足。

2. 詩人細目資料主要參考國家圖書館編印《臺灣文學作家年表與作品總錄（1945-2000）》以及作家相關文論集。

3. 本表後續校正感謝張默先生提供協助。

4. 詩人筆名後標「＊」，目前仍為創世紀同仁。逝者不列現居地。打「？？」者為尚待查證。

一九五四年（民國四十三年）

詩人筆名	本名	性別	出生年	省籍居地	學歷	任職記錄	備註
張默＊	張德中	男	1931.2.7	安徽省無為縣，現居臺灣	南京成美中學陸軍軍官學校	海軍軍人、華欣文化中心主編	
洛夫＊	莫洛夫	男	1928.5.11	湖南省衡陽縣，現居加拿大	淡江大學英文系	海軍軍人、東吳大學外文系教師、亞盟總會專門委員	

一九五五年（民國四十四年）

詩人筆名	本名	性別	出生年	省籍居地	學歷	任職記錄	備註
瘂弦＊	王慶麟	男	1932.9.29	河南省南陽縣，現居加拿大	威斯康新大學東亞語文研究所碩士	聯合副刊主編、聯合文學社長	
季紅	齊道旁	男	1927	河南省，現居南非	康乃迪克州立大學語言研究所碩士	任職於航海遊艇機構	曾參加過現代派。

一九五六年（民國四十五年）

詩人筆名	本名	性別	出生年	省籍居地	學歷	任職記錄	備註
章斌	章斌	男	1933	大陸安徽省，現居臺灣	海軍軍事學校畢業	任職海軍後勤單位	

一九五八年（民國四十七年）

詩人筆名	本名	性別	出生年	省籍居地	學歷	任職記錄	備註
林間	張子梅	男	1932	浙江省，現居臺灣	國防醫學院	任職軍醫院	
葉冊	葉忠	男	1932.6.20	海南省安定縣，現居臺灣	？？	陸軍後勤單位	
葉笛	葉寄民	男	1931.9.1	臺灣省臺南市，現居臺灣	東京大學博士	主持東京中國語言學院、東京學藝大學、跡見女子大學教授	葉笛目前為笠詩社同仁。

一九五九年（民國四十八年）

詩人筆名	本名	性別	出生年	省籍居地	學歷	任職記錄	備註
葉泥	戴蘭村	男	1924.5.12	河北省滄縣，現居臺灣	濟南師範學院畢業	國防會議秘書	
葉珊	王靖獻	男	1940.9.6	臺灣省花蓮縣，現居臺灣	柏克萊加利福尼亞大學比較文學博士	美國麻州、華盛頓大學教授、現任職中研院文哲所所長	
商禽＊	羅燕	男	1930.3.11	四川省珙縣，現居臺灣	艾荷華大學國際作家工作坊研究	時報週刊副總編輯	
碧果＊	姜海洲	男	1932.9.22	河北省永清縣，現居臺灣	政治作戰學校初級班、國防管理學院高級班	專職寫作與插畫	

一九六一年（民國五十年）

詩人筆名	本名	性別	出生年	省籍居地	學歷	任職記錄	備註
白萩	何錦榮	男	1937.6.8	臺灣省臺中市，現居臺灣	台中高商畢業	立派美術設計公司	為笠詩社創辦人之一，亦曾參加過現代派、藍星詩社。目前為笠詩社同仁。
黃用	黃用	男	1936	福建省海澄縣，現居美國	美國南伊州法學碩士	美國銀行	曾參加過藍星詩社。
楚戈	袁德星	男	1931.3.22	湖南省汨羅縣，現居臺灣	國立藝專夜間部	畫家、故宮博物院研究員	
辛鬱＊	宓世森	男	1933.6.13	浙江省慈谿縣，現居臺灣	初中未畢業，在軍中完成自我教育	十月出版社總編輯、科學月刊編輯、國軍詩歌研究會召集人	1956年加入現代派。
鄭愁予	鄭文韜	男	1933	河北省，現居美國	中興大學法商學院	耶魯大學東亞語文學系教師	曾參加現代派。
葉維廉＊	葉維廉	男	1937.6.20	廣東省中山縣，現居美國	普林斯頓大學比較文學博士	美國加州大學教授	

一九六三年（民國五十二年）

詩人筆名	本名	性別	出生年	省籍居地	學歷	任職記錄	備註
李英豪	李英豪	男	1941	廣東人，現居香港	香港英書學院畢業	香港現代文學美術協會會長	
崑南	岑崑南	男	1935.9.12	廣東省恩平人，出生於香港，現居香港	華仁書院畢業	印刷廠負責人、專欄作家、刊物編輯	
雲鶴	藍廷駿	男	1942	福建廈門縣，現居菲律賓	遠東大學建築系	攝影	

一九六五年（民國五十四年）

詩人筆名	本名	性別	出生年	省籍居地	學歷	任職記錄	備註
大荒	伍鳴皋	男	1930.1.2	安徽省無為縣，現居臺灣	師大國文專修科畢業	國中教員	2003.9逝世。
沈甸	張拓蕪	男	1928	安徽省涇縣，現居臺灣	私塾、中學畢業	國防部心戰總隊	曾參加過現代派、詩宗社。

沙牧	呂松林	男	1928.9.12	山東省海陽縣		今天雜誌主編、現代高爾夫總編輯、經統建設公司負責人、軍人	1986.2.12逝世。
景翔	華景疆	男	1941.10.14	浙江省紹興縣，現居臺灣	大學畢業	時報週刊副總編輯	曾創辦過龍族詩社。
馬覺	曹明明	男	1943	廣東省三水縣，現居香港	師範學院畢業	教育工作	
梅新	章益新	男	1937.12.23	浙江省縉雲縣	中國文化大學新聞系學士	正中書局副總編輯	曾為現代詩季刊主編。1997.10.10逝世。
菩提	提曰品	男	1931.8.1	河北省青縣，現居？？	幹校後補班二期	陸軍軍人、軍人之友總社服務	曾參加過詩宗社。
管管＊	管運龍	男	1929.9.11	山東省青島市，現居臺灣	通校初級班	專職寫作、業餘演員	曾參與過藍星詩社。
羊令野	黃仲琮	男	1923.1.20	安徽省涇縣	政戰學校研究班畢業	陸軍軍人，國軍詩歌隊召集人。	主編過《南北笛》、《詩隊伍》。1994.10.4逝世。
蔡炎培	蔡炎培	男	1936	廣東南海縣，現居香港	中興大學農學院畢業	？？	
戰塵	莊瑞明	男	1942	福建省晉江縣，現居菲律賓	？？	？？	
戴天	戴成義	男	1937	廣東省，現居美國	臺灣大學外文系	《讀者文摘》高級編輯	
彩羽＊	張恍	男	1928	湖南省長沙市，現居臺灣	軍校專修班8期	現代文藝編委、自由日報晨鐘副刊編輯、專職作家、書店經營	曾參加過現代派、詩宗社。

一九七二年（民國六十一年）

詩人筆名	本名	性別	出生年	省籍居地	學歷	任職記錄	備註
朱提	黃文用	男	1950	臺灣省台南縣，現居臺灣	？？	？？	
沙穗	黃志廣	男	1948.9.30	廣東省東莞縣，現居臺灣	空軍通信電子學校	臺灣汽車公司課員、臺灣屏東監獄政風室主任	曾創辦《暴風雨詩刊》、《盤古詩頁》、海鷗詩社。

沈臨彬	沈臨彬	男	1936.1.19	江蘇省吳縣，現居臺灣	政戰學校五十二年班美術系	海軍軍人、華欣文化中心主編、愛的世界雜誌副總編輯、時報週刊美術編輯	
余素*	林建山	男	1949	臺灣省花蓮縣，現居臺灣	經濟管理學博士	政治大學、輔仁大學教師、環球經濟社社長兼公共政策研究所所長	
汪啓疆*	汪啓疆	男	1944.1.11	湖北省漢口市，現居臺灣	海軍官校畢業	三軍大學海軍學院院長、海軍中將退役。	曾參加過大海洋詩社。
季野	季湞生	男	1946	安徽無為，現居臺灣	政治作戰學校畢業	茶與藝術雜誌發行人	創辦《消息詩刊》。
連水淼	連水淼	男	1949.7.21	福建省永春縣，出生於臺灣省基隆，現居臺灣	政大企業經理高級班結業	主持連勝影視公司	曾為暴風雨詩社編輯。
夏萬洲	夏萬洲	男	1947	遼寧省遼陽縣，現居臺灣	幹校	？？	
李篤恭	李篤恭	男	1929.7.7	臺灣省彰化市，現居臺灣	？？	？？	後為笠詩社同仁
周鼎*	周去住	男	1931.10.20	湖南省岳陽縣，現居大陸	小學	中國工商專科學校職員	
許丕昌	許丕昌	男	1949	山西渾源縣，現居臺灣	政治作戰學校藝術系畢業	陸軍軍人	
劉菲	劉文福	男	1933.1.14	湖南省藍山縣	軍事學校特參班	世界詩頁主編	已逝世。
藍菱	陳婉芬	女	1946	福建省晉江縣，出生於菲律賓馬尼拉，現旅居美國	愛荷華藝術碩士	？？	

一九七四年（民國六十三年）

詩人筆名	本名	性別	出生年	省籍居地	學歷	任職記錄	備註
蘇武雄	蘇武雄	男	？？	臺灣省，現居美國	？？	醫界服務	與黃彬彬為夫妻
黃彬彬	黃彬彬	女	？？	臺灣省，現居美國	？？	？？	

一九七五年（民國六十四年）

詩人筆名	本名	性別	出生年	省籍居地	學歷	任職記錄	備註
丁雄泉	丁雄泉	男	1929	上海市，現居美國	留學巴黎學畫	畫家	
白浪萍	蔡良八	男	1938.10.5	臺灣省高雄縣，現居臺灣	海軍學校	銀行職員	
朱沉冬	朱辰東	男	1933.12.12	江蘇省南通縣，現居？？	江蘇省社教院	畫家	曾參加過現代派、山水詩社。
張漢良＊	張漢良	男	1945.4.30	山東省臨清縣，現居臺灣	臺灣大學比較文學博士	臺灣大學外文系教授	
歐君旦	歐君旦	男	1949	臺灣省澎湖縣，現居臺灣	政治作戰學院	？？	
曠中玉	曠中玉	男	1929.1.6	湖北省衡山縣，現居大陸	？？	華欣文化事業中心	

一九七六年（民國六十五年）

詩人筆名	本名	性別	出生年	省籍居地	學歷	任職記錄	備註
宋熹	？？	男	1954	臺灣省臺東縣，現居臺灣	？？	？？	
渡也	陳啓佑	男	1953.2.14	臺灣省嘉義市，現居臺灣	中國文化大學中國文學博士	彰化師範大學國文系教授	

一九八〇年（民國六十九年）

詩人筆名	本名	性別	出生年	省籍居地	學歷	任職記錄	備註
朱陵	袁瓊瓊	女	1950.11.25	四川省眉山縣人，生於臺灣省新竹，現居臺灣。	臺南商職	創作月刊編輯、專職作家	
馮青	馮靖魯	女	1950.6.18	江蘇省武進縣，生於青島市，現居臺灣。	中國文化大學歷史系學士	商工日報副刊編輯、丹青圖書有限公司企畫	
張堃＊	張臺坤	男	1948	廣東省，現居美國	空軍通信學校	企業公司負責人	曾參加過盤古詩社、暴風雨詩社。
羅英	羅英	女	1940	湖北省蒲圻縣，現居南非	臺北女師專畢業	幼稚園負責人、專業作家	曾參加現代詩社。

一九八二年（民國七十一年）

詩人筆名	本名	性別	出生年	省籍居地	學歷	任職記錄	備註
古月＊	胡玉衡	女	1942	湖南省衡山縣，現居臺灣	基督教協同會聖經書院	中原大學教務處職員	曾參加葡萄園詩社。
劉延湘	劉延湘	女	1942	湖南省湘鄉縣，現居臺灣	政治大學西語系學士	欣欣大眾公司	

一九八三年（民國七十二年）

詩人筆名	本名	性別	出生年	省籍居地	學歷	任職記錄	備註
江中明	江中明	男	1960	福建省福州縣，現居臺灣	東海大學歷史系學士	聯合報記者	
沈志方	沈志方	男	1955	浙江省餘姚縣，現居臺灣	東海大學中文所碩士	遠太人月刊總編輯、理想國開發集團總經理特別助理、東海大學教師、僑光商專教師	
歐周	周安托	男	1946	湖北省	中國文化大學史學系學士	時報出版公司編輯主任兼副理	已逝世。

一九八四年（民國七十三年）

詩人筆名	本名	性別	出生年	省籍居地	學歷	任職記錄	備註
侯吉諒	侯吉諒	男	1958	臺灣省嘉義縣，現居臺灣	中興大學食品科學系	聯合報副刊編輯、未來書城總經理	
胡福財	？？	？？	？？	？？	？？	？？	《創世紀》第67期有相關資料。

一九八七年（民國七十六年）

詩人筆名	本名	性別	出生年	省籍居地	學歷	任職記錄	備註
簡政珍＊	簡政珍	男	1950	臺灣省臺北市，現居臺灣	美國奧斯汀德州大學比較文學博士	中興大學外文系系主任、中興大學外文系教授	

沙笛	汪仁玠	男	1961	安徽省，現居臺灣	成功大學中文系畢業	？？	
艾農	趙潤海	男	1954	山東省濟南市，出生於臺灣省臺南，現居臺灣	東海大學中文碩士	中央研究院歷史語言研究所研究員	
藍嵐	？？	女	1958	臺灣省臺中市，現居國外？？	？？	？？	

一九八八年（民國七十七年）

詩人筆名	本名	性別	出生年	省籍居地	學歷	任職記錄	備註
陳明哲	陳明哲	男	1950	臺灣省臺北市，現居美國	臺大森林研究所碩士、奧地利維也納大學進修、歌德學院德文高級班結業	行政院新聞局科長、漢光文化事業總編輯	

一九八九年（民國七十八年）

詩人筆名	本名	性別	出生年	省籍居地	學歷	任職記錄	備註
杜十三	黃人和	男	1950	臺灣省濁水，現居臺灣	師大化學系	藝術家、多媒體演出導演	
游喚＊	游志誠	男	1956	福建省南靖縣，現居臺灣	東吳大學中文所博士	彰化師範大學教授	創辦政大長廊詩社。
許露麟＊	許露麟	男	1938	福建省晉江縣，出生於菲律賓，現居大陸	菲律賓馬波亞工學院畢業	五更鼓茶屋負責人	
楊平＊	楊濟平	男	1957	河南省，現居臺灣	淡江大學中文系	詩之華出版社負責人、	曾為《新陸詩刊》、《雙子星》主編。

一九九〇年（民國七十九年）

詩人筆名	本名	性別	出生年	省籍居地	學歷	任職記錄	備註
任洪淵	任洪淵	男	1937	四川省，現居大陸	北京師範大學畢業	北京師範大學教授	

李元洛	李元洛	男	1937.3.27	湖南省長沙，生於河南洛陽，現居大陸	北京大學中文系畢業	專業作家，岳陽師範專科學校教師、湖南省文聯副主席、研究員、湖南師大名譽教授	
呂進	呂進	男	1939.9	湖南省，現居大陸	西南師範大學外文系畢業	中國新詩研究所所長、西南師範大學教授	
劉登翰	劉登翰	男	1937	福建省廈門，現居大陸		福建省作協副主席、福建社會科學院文學研究所所長	
大衛·孔伯格（David Cornberg）＊	大衛·孔伯格（David Cornberg）	男	1944	美國，現居臺灣	美國博士	劇本創作	
王潤華	王潤華	男	1941	廣東從化縣人，生於馬來西亞，現居臺灣	美國威斯康新大學文學博士	南洋大學人文與社會科學研究所所長、新加坡國立大學中文系教授。2003年擔任臺灣元智大學中文系系主任。	曾參加過星座詩社、大地詩社。
謝馨＊	謝馨	女	1938	上海市，現居菲律賓馬尼拉	國立藝專影劇科肄業	空中小姐	萬象詩社、千島詩社。
許世旭	許世旭	男	1934	韓國，現居韓國	臺灣師範大學文學博士	韓國外國語大學東方語文學院院長	

一九九一年（民國八十年）

詩人筆名	本名	性別	出生年	省籍居地	學歷	任職記錄	備註
白樺	陳佑華	男	1930	河南省信陽縣，現居大陸	信陽師範藝術科畢業	電影編劇	
舒婷	龔佩瑜	女	1952	福建石碼鎮，現居大陸	初中肄業	廈門燈泡廠錫工、福建省文聯	
謝冕	謝冕	男	1932	福建省福州市，現居大陸	北京大學中文系畢業	北京大學中文系教授	
歐陽江河	江河	男	1956	河北省，現居大陸	大學畢業	國家社科院文學所	
漢樂逸（Lloyd Haft）	漢樂逸（Lloyd Haft）	男	1946	美國，現居荷蘭	荷蘭萊頓大學博士	荷蘭萊頓大學教授	

金良植	金良植	女	1931	韓國慶州，現居韓國	韓國梨花女大	韓印文協會會長	
龍彼德	龍彼德	男	1941	湖南省沅陵，現居大陸	天津南開大學中文系	浙江文聯理論部主任	
須文蔚 *	須文蔚	男	1966	江蘇武進縣，現居臺灣	政治大學新聞所博士	東華大學中文系助理教授	曾參加過南風、曼陀羅詩社，目前為現代詩網路聯盟：詩路之主持人

一九九三年（民國八十二年）

詩人筆名	本名	性別	出生年	省籍居地	學歷	任職記錄	備註
月曲了 *	蔡景龍	男	1941	福建省晉江縣，出生於菲律賓，現居菲律賓	？？	？？	為自由詩社、千島詩社發起人。
白凌 *	葉來城	男	1943	菲律賓，現居菲律賓	馬波亞工專書院企管系學士	？？	為辛墾文藝社社長、千島詩社發起人。
平凡	施清澤	男	1941	福建省晉江縣	菲律賓國立大學化工系學士	？？	曾為千島詩社社長。已逝世
江一涯 *	？？	男	？？	？？	？？	？？	
和權	陳和權	男	1944	福建省晉江人，現居菲律賓	菲律賓中正學院	？？	主編過《永珍詩刊》、《萬象詩刊》。
陳默	陳奉輝	男	1940	福建省南安，現居菲律賓	菲律賓中正學院	？？	為千島詩社同仁。

一九九四年（民國八十三年）

詩人筆名	本名	性別	出生年	省籍居地	學歷	任職記錄	備註
朵思	周翠卿	女	1939	臺灣省嘉義市，現居臺灣	嘉義女中	專職寫作	
葉坪	葉連根	男	1944	浙江省紹興縣，現居大陸	？？	電視文藝編導	

一九九五年（民國八十四年）

詩人筆名	本名	性別	出生年	省籍居地	學歷	任職記錄	備註
楊柏林 *	？？	男	1954	臺灣省雲林縣，現居臺灣	？？	雕塑家	

一九九七年（民國八十六年）

詩人筆名	本名	性別	出生年	省籍居地	學歷	任職記錄	備註
丁威仁	丁威仁	男	1974	臺灣省基隆，現居臺灣	中興大學中文研究所碩士，現就讀東海大學中文研究所	大學講師	丁威仁目前為笠詩社同仁。
邱平*	盧克其	男	1931	江蘇省鎮江縣，現？？	國防醫學院畢業	任職軍伍	
張國治*	張國治	男	1957	福建省金門縣	美國密蘇華州聖路易市芳邦學院藝術碩士	臺灣藝術學院視覺傳達設計學系教師	

一九九八年（民國八十七年）

詩人筆名	本名	性別	出生年	省籍居地	學歷	任職記錄	備註
李進文*	李進文	男	1965	臺灣省高雄縣，現居臺灣	逢甲大學統計系	明日工作室總編輯	
雪陽	楊善林	男	1962	安徽省懷寧縣，現居澳洲雪梨	理學博士	雪梨澳都東方集團董事	參與酒井園詩社。
丁文智*	丁文智	男	1930	山東省諸城人，現居臺灣	省立師範畢業	陸軍輕航空隊	

二〇〇二年（民國九十一年）

詩人筆名	本名	性別	出生年	省籍居地	學歷	任職記錄	備註
方明*	方明	男	1954	廣東省番禺縣，現居臺灣	臺灣大學經濟系畢業，巴黎第八大學研究所	外國公司經理	
辛牧*	楊志中	男	1943	臺灣省宜蘭，現居臺灣	羅東中學畢業	台塑關係企業	曾參加過龍族詩社。
龔華*	？？	女	1948	四川省，現居臺灣	輔仁大學營養學系畢業		曾為小白屋詩苑社長。
談真*	？？	女	1950	臺灣省台中縣，現居臺灣	中興大學中文系畢業	國中教師	
陳素英*	陳素英	女	1956	大陸浙江省溫嶺縣，現居臺灣	東吳大學中文所博士班	銘傳、世新、藝術學院教職	

附件二

創世紀詩社成員分析表

本表說明：

1. 以至2002年12月為止的名單進行分析。

2. 共分「一、加入創世紀詩社各世代詩人籍別統計」、「二、加入創世紀詩社各世代詩人現居地統計」、「三、加入創世紀詩社各世代詩人人數統計」、「四、創世紀詩社詩人跨詩社詩刊活動」四部分整理分析。

一、加入創世紀詩社各世代詩人籍別統計

說明：

1. 甲類為「曾參加過」創世紀詩社之詩人。

2. 乙類為「目前仍為」創世紀詩社之詩人。

3. 單位：人。

4. 表中統計數字後之英文字母為註號，表後列出各英文字母註號中詳細詩人名單。

5. 目前查詢不到相關資料之詩人暫不列入。已逝世之詩人則不列入。

籍別／出生世代	大陸省籍		臺灣省籍		美國		菲律賓		韓國	
	甲	乙	甲	乙	甲	乙	甲	乙	甲	乙
1920-1929年	10a	3b	1c	0	0	0	0	0	0	0
1930-1939年	32d	11e	4f	0	0	0	0	0	2g	0
1940-1949年	26h	7i	3j	2k	2L	1m	1n	1o	0	0
1950-1959年	11p	5q	10r	3s	0	0	0	0	0	0
1960-1969年	4t	1u	1v	1w	0	0	0	0	0	0
1970-1979年	0	0	1x	0	0	0	0	0	0	0
總計	83	27	20	6	2	1	1	1	2	0

◎a洛夫、季紅、葉泥、沈甸、沙牧、管管、羊令野、彩羽、丁雄泉、曠中玉◎b洛夫、管管、彩羽◎c李篤恭◎d張默、瘂弦、章斌、林閒、葉舟、商禽、碧果、黃用、楚戈、辛鬱、鄭愁予、葉維廉、崑南、大荒、梅新、菩提、蔡炎培、戴天、沈臨彬、周鼎、劉菲、朱沉冬、許露麟、任洪淵、李元洛、呂進、劉登翰、謝馨、白樺、謝冕、邱平、丁文智◎e張默、瘂弦、商禽、碧果、辛鬱、葉維廉、周鼎、許露麟、謝馨、邱平、丁文智◎f白萩、白浪萍、朵思、葉

笛◎g許世旭、金良植◎h李英豪、雲鶴、景翔、馬覺、戰塵、沙穗、汪啟疆、季野、連水淼、夏萬洲、許丕昌、藍菱、張漢良、張堃、羅英、古月、劉延湘、歐周、王潤華、龍彼得、月曲了、平凡、和權、陳默、葉坪、龔華◎i汪啟疆、張漢良、歐君旦、張堃、古月、月曲了、龔華◎j葉珊、余素、辛牧◎k余素、辛牧◎L大衛‧孔伯格（David Cornberg）、漢樂逸（Lloyd Haft）◎m大衛‧孔伯格（David Cornberg）◎n白凌◎o白凌◎p朱陵、馮青、沈志方、艾農、游喚、楊平、舒婷、歐陽江河、張國治、方明、陳素英◎q游喚、楊平、張國治、方明、陳素英◎r朱提、宋熹、渡也、侯吉諒、簡政珍、藍嵐、陳明哲、杜十三、楊柏林、談真◎s簡政珍、楊柏林、談真◎t江中明、沙笛、須文蔚、雪陽◎u須文蔚◎v李進文◎w李進文◎x丁威仁

二、加入創世紀詩社各世代詩人現居地統計

說明：

1. 甲類為「曾參加過」創世紀詩社之詩人
2. 乙類為「目前仍為」創世紀詩社之詩人
3. 臺灣部分含金門
4. 目前查詢不到相關資料之詩人暫不列入。已逝世之詩人則不列入。
5. 單位：人
6. 表中統計數字後之英文字母為註號，表後列出各英文字母註號中詳細詩人名單。

現居地／出生世代	大陸		臺灣		香港		美國		加拿大		菲律賓		新加坡		韓國		荷蘭		南非		澳洲	
	甲	乙	甲	乙	甲	乙	甲	乙	甲	乙	甲	乙	甲	乙	甲	乙	甲	乙	甲	乙	甲	乙
1920-1929年	1a		5b	2c			1d		1e	1f									1g			
1930-1939年	8h	2i	14j	5k	2L		4m	1n	1o	1p	1q	1r			2s							
1940-1949年	2t		17u	7v	2w		2x	1y			7z	2aa						1bb		1cc		
1950-1959年	2dd		18ee	9ff			1gg															
1960-1969年			4hh	2ii																	1jj	
1970-1979年	1kk																					
總計	13	2	59	25	4		8	2	2	2	8	3			2			1	1	1	1	

◎a曠中玉◎b葉泥、沈甸、管管、彩羽、李篤恭◎c管管、彩羽◎d丁雄泉◎e洛夫◎f洛夫◎g季紅◎h周鼎、許露麟、任洪淵、李元洛、呂進、劉登翰、白樺、謝晃◎i周鼎、許露麟◎j張默、章斌、林間、葉舟、葉笛、商禽、碧果、白萩、楚戈、辛鬱、沈臨彬、白浪萍、朵思、丁文智◎k張默、商禽、碧果、辛鬱、丁文智◎L崑南、蔡炎培◎m黃用、鄭愁予、葉維廉、戴天◎n葉維廉◎o瘂弦◎p瘂弦◎q謝馨◎r謝馨◎s許世旭、金良植◎t龍彼得、葉坪◎u葉珊、景翔、沙穗、余素、汪啟疆、季野、連水淼、夏萬洲、許丕昌、張漢良、歐君旦、古月、劉延湘、大衛‧孔伯格（David Cornberg）、王潤華、辛牧、龔華◎v余素、汪啟疆、張漢良、古月、大衛‧孔伯格（David Cornberg）、辛牧、龔華◎w李英豪、馬覺◎x藍菱、張堃◎y張堃◎z雲鶴、戰塵、月曲了、白凌、平凡、和權、陳默◎aa月曲了、白凌◎bb漢樂逸（Lloyd Haft）◎cc羅英◎dd舒婷、歐陽江河◎ee朱提、宋熹、渡也、朱陵、馮青、沈志方、侯吉諒、簡政珍、艾農、杜十三、游

喚、楊平、游喚、楊柏林、張國治、方明、談真、陳素英◎ff簡政珍、游喚、楊平、游喚、楊柏林、張國治、方明、談真、陳素英◎gg陳明哲◎hh江中明、沙笛、須文蔚、李進文◎ii須文蔚、李進文◎jj雪陽◎kk丁威仁

三、加入創世紀詩社各世代詩人人數統計

說明：

1. 表中統計數字後之英文字母為註號，表後列出各英文字母註號中詳細詩人名單。

2. 單位：人

3. 目前查詢不到相關資料之詩人暫不列入。

入社年代＼出生世代	1920-1929年	1930-1939年	1940-1949年	1950-1959年	1960-1969年	1970-1979年	該年入社人數
1954	1a	1b					2
1955	1c	1d					2
1956		1e					1
1958		3f					3
1959	1g	2h	1i				4
1961		6j					6
1963		1k	2L				3
1965	5m	5n	3o				13
1972	1p	3q	8r	1s			13
1974							2
1975	2t	2u	2v				6
1976				2w			2
1980			2x	2y			4
1982			2z				2
1983			1aa	1bb	1cc		3
1984				1dd			2
1987				3ee	1ff		4
1988				1gg			1
1989		1hh		3ii			4
1990		6jj	2kk				8
1991		3LL	2mm	2nn	1oo		8
1993			5pp				6
1994		1qq	1rr				2
1995				1ss			1
1997		1tt		1uu		1vv	3
1998		1ww			2xx		3
2002			2yy	3zz			5

◎a洛夫◎b張默◎c季紅◎d瘂弦◎e章斌◎f林間、葉舟、葉笛◎g葉泥◎h商禽、碧果◎i葉珊◎j白萩、黃用、楚戈、辛鬱、鄭愁予、葉維廉◎k崑南◎L李英豪、雲鶴◎m沈甸、沙牧、管管、羊令野、彩羽◎n大荒、梅新、菩提、蔡炎培、戴天◎o景翔、馬覺、戰慶◎p李篤恭◎q沈臨彬、周鼎、劉菲◎r沙穗、余素、汪啟疆、季野、連水淼、夏萬洲、許丕昌、藍菱◎s朱提◎t丁雄泉、曠中玉◎u白浪萍、朱沉冬◎v張漢良、歐君旦◎w宋熹、渡也◎x張堃、羅英◎y朱陵、馮青◎z古月、劉延湘◎aa歐周◎bb沈志方◎cc江中明◎dd侯吉諒◎ee簡政珍、艾農、藍嵐◎ff沙笛◎gg陳明哲◎hh許露麟◎ii杜十三、游喚、楊平◎jj任洪淵、李元洛、呂進、劉登翰、謝冕、許世旭◎kk大衛‧孔伯格（David Cornberg）、王潤華◎LL白樺、謝晃、金良植◎mm漢樂逸（Lloyd Haft）、龍彼得◎nn舒婷、歐陽江河◎oo須文蔚◎pp月曲了、白凌、平凡、和權、陳默◎qq朵思◎rr葉坪◎ss楊柏林◎tt邱平◎uu張國治◎vv丁威仁◎ww丁文智◎xx李進文、雪陽◎yy辛牧、冀華◎zz方明、談真、陳素英

四、創世紀詩社詩人跨文學社團、刊物活動

詩人名（出生年）	活動事項	備註
羊令野（1923）	主編過《南北笛》、《詩隊伍》。	
季紅（1927）	曾參加過現代派。	
沈甸（1928）	曾參加過現代派、詩宗社。	
彩羽（1928）	曾參加過現代派、詩宗社。	
管管（1929）	曾參與藍星詩社。	
李篤恭（1929）	後為笠詩社同仁	
葉笛（1931）	目前為笠詩社同仁。	
菩提（1931）	曾參加過詩宗社。	
辛鬱（1933）	1956年加入現代派。	
鄭愁予（1933）	曾參加現代派。	
朱沉冬（1933）	曾參加過現代派、山水詩社。	
黃用（1936）	曾參加過藍星詩社。	
白萩（1937）	為笠詩社創辦人之一，亦曾參加過現代派、藍星詩社。目前為笠詩社同仁。	
梅新（1937）	曾為現代詩季刊主編。	
謝馨（1938）	曾參加過萬象詩社、千島詩社。	
羅英（1940）	曾參加現代詩社。	
陳默（1940）	為千島詩社同仁。	
景翔（1941）	曾創辦過龍族詩社。	
王潤華（1941）	曾參加過星座詩社、大地詩社。	
月曲了（1941）	為自由詩社、千島詩社發起人。	
平凡（1941）	曾為千島詩社社長。	
古月（1942）	曾參加葡萄園詩社。	
白凌（1943）	為辛墾文藝社社長、千島詩社發起人。	
辛牧（1943）	曾參加過龍族詩社。	

汪啓疆（1944）	曾參加過大海洋詩社。	
和權（1944）	主編過《永珍詩刊》、《萬象詩刊》。	
季野（1946）	創辦《消息詩刊》。	
沙穗（1948）	曾創辦《暴風雨詩刊》、《盤古詩頁》、海鷗詩社。	
張堃（1948）	曾參加過盤古詩社、暴風雨詩社。	
龔華（1948）	曾為小白屋詩苑社長。	
連水淼（1949）	曾為暴風雨詩社編輯。	
游喚（1956）	創辦政大長廊詩社。	
楊平（1957）	曾為《新陸詩刊》、《雙子星》主編。	
雪陽（1962）	參與酒井園詩社。	
須文蔚（1966）	曾參加過南風、曼陀羅詩社，目前為現代詩網路聯盟：詩路之主持人	
丁威仁（1974）	目前為笠詩社同仁。	

附件三

笠詩社同仁流動情形名錄

本表說明：

1. 本名單參考笠詩刊歷期紀錄、莫渝《笠下的一群》、戴寶珠博士論文《「笠詩社」詩作集團性之研究》。
2. 收入曾加入笠詩社之詩人，並標上其出生年與籍貫。
3. 本表收錄笠詩社1964-2002年之名單。
4. 詩人筆名旁打＊者為目前仍為笠詩社同仁者，若無，筆者會在備註欄註明其已退出，或為逝世者。打「？？」者為尚待查證。
5. 本表感謝笠詩社詩人莫渝、笠詩社主編林盛彬幫忙指正。

一九六四年籌組人員

詩人筆名	本名	性別	出生年	省籍居地	學歷	任職記錄	備註
吳瀛濤	吳瀛濤	男	1916	臺北市	日治臺北商專畢業	菸酒公賣局職員	於1971年過世
詹冰＊	詹益川	男	1921	臺灣省苗栗縣卓蘭鄉，現居臺灣台中市	日治台中一中、日本明治藥專畢業	藥劑師、中學教師	於2004年過世
陳千武、桓夫＊	陳武雄	男	1922	臺灣省南投縣民間鄉，現居臺灣台中市	日治台中一中畢業	台中市政府、台中市立文化中心主任及博物館長	
林亨泰＊	林亨泰	男	1924	臺灣省彰化縣彰化市，現居臺灣彰化縣彰化市	臺灣師範學院（今臺灣師範大學之前身）教育科畢業	中學教師、專科學校日文教師	
錦連＊	陳金連	男	1928	臺灣省彰化縣彰化市，現居臺灣彰化縣彰化市	鐵道講習所電信科中等科畢業	鐵路局人員、退休後教授日語	
趙天儀、柳文哲＊	趙天儀	男	1935	臺灣省台中市，現居臺灣臺北市	臺灣大學哲學系及研究所畢業	大學教師、國立編譯館編纂	
白萩＊	何錦榮	男	1937	臺灣省台中市，現居臺灣台中市	台中商職畢業	商業設計	

黃荷生＊	黃根福	男	1938	臺北市，現居臺灣臺北市	政治大學新聞系	出版社負責人	
杜國清＊	杜國清	男	1941	臺灣省台中縣豐原市，現居美國	臺灣大學外文系、日本關係學院大學文學碩士、美國史丹福大學文學博士	美國加州大學聖塔芭芭拉校區東方語文學系教授	
薛柏谷、柏谷、徐澂	薛柏谷	男	1935	苗栗縣竹南鎮	？？	？？	不曾活動，1995年已故。
古貝	林正雄	男	1938	臺灣省彰化市，現居臺灣	？？	？？	不曾活動。
王憲陽	王憲陽	男	1941	臺灣省台南縣，現居臺灣	臺灣大學中文系	紡織公司負責人	曾主編藍星詩刊。

一九六四（詩社成立詩刊發行後）－一九六八年入社

詩人筆名	本名	性別	出生年	省籍居地	學歷	任職記錄	備註
方平	？？	？？	？？	臺灣中部，現居？？	？？	？？	1964年11月27日〈笠同仁通訊〉第一期註明新加入。
蔡淇津	？？	？？	？？	臺灣中部，現居？？	？？	？？	同上
邱瑩星	？？	？？	？？	臺灣南部，現居？？	？？	？？	同上
白山塗	？？	？？	？？	臺灣中部，現居？？	？？	？？	1964年12月15日〈笠同仁通訊〉第二期註明為中部同仁。
陳秀喜	陳秀喜	女	1921	臺灣省新竹市	日據新竹女子公學校畢業	自由寫作	1991年過世，1971-1991年為笠詩社社長
張彥勳	張彥勳	男	1925	臺灣省臺中縣后里	日據台中一中畢業	國中教師及主任	1964年11月27日〈笠同仁通訊〉第一期註明新加入。1995年過世。
羅浪＊	羅洁平	男	1927	臺灣省苗栗縣苗栗市，現居臺灣桃園縣平鎮市	日據中學畢業	地政事務所職員、銀行人員	

杜潘芳格 *	杜潘芳格	女	1927	臺灣省新竹縣新埔，現居臺灣桃園縣中壢市	日據臺北女高畢業	協助夫君從醫、自由寫作	杜為其夫姓。
葉笛 *	葉寄民	男	1931	臺灣省臺南市，現居臺灣台南市	日本大學文史科博士課程畢業	大學教師	曾參加過創世紀。
黃騰輝 *	黃騰輝	男	1931	臺灣省新竹縣竹北，現居臺灣臺北市	臺北東吳大學法律系畢業	中國菱電公司總經理	黃騰輝目前為《笠》發行人。
林宗源 *	林宗源	男	1935	臺灣省臺南市，現居臺灣台南市	台南二中畢業	自營養殖業、旅社、食品店、建築業	1964年11月27日〈笠同仁通訊〉第一期註明新加入。曾參加過現代詩社。
非馬 *	馬為義	男	1936	廣東省潮陽縣，出生於臺灣省臺中市，現居美國	臺北工專、美國威斯康新大學核工博士	美國阿岡國家研究所研究員	
李魁賢、楓堤 *	李魁賢	男	1937	台北縣淡水，現居臺灣臺北市	臺北工專	發明專利代理	1964年11月27日〈笠同仁通訊〉第一期註明新加入。
岩上 *	嚴振興	男	1938	臺灣省嘉義縣，現居臺灣南投縣草屯鎮	台中師範、逢甲學院畢業	小學教師、中學教師	
拾虹 *	曾清吉	男	1945	臺灣省南投縣竹山，現居臺灣基隆市	臺北工專畢業	中國造船廠基隆總廠工程師	
吳夏暉 *	吳順發	男	1947	臺灣省台南縣白河，現居臺灣台南縣新營市	嘉義農專獸醫系畢業、中央大學資訊工程研究	臺灣糖業公司路邊社社長	
李敏勇、傅敏 *	李敏勇	男	1947	臺灣省屏東縣恆春，現居臺灣臺北市	台中中興大學歷史系畢業	高中教師、記者、廣告公司、企業經理	
陳明台 *	陳明台	男	1948	臺灣省台中縣豐原，現居臺灣臺北市	臺北文化大學歷史研究所、日本東京教育大學東洋史學科、日本筑波大學歷史人類學博士課程畢業	大學教師	
鄭炯明 *	鄭炯明	男	1948	臺灣省台南縣佳里，現居臺灣高雄縣鳳山市	台中中山醫學院醫科畢業	自設內科診所	
陳鴻森 *	陳鴻森	男	1950	臺灣省高雄縣鳳山市，現居臺灣臺北縣汐止鎮	臺灣大學中文系畢業、赴日研究	中央研究院歷史語言研究所研究員	

李篤恭	李篤恭	男	1929	臺灣省彰化縣彰化市，現居臺灣彰化縣彰化市	臺灣師範學院英語科畢業	中學教師	1965年1月31日〈笠同仁通訊〉第4期註明新加入。曾參加創世紀詩社。已故。
游曉洋	？？	男	？？	臺灣省籍，現居？？	？？	？？	1965年1月31日〈笠同仁通訊〉第4期註明新加入。
鄭仰貴	鄭仰貴	男	1940.2.22	臺灣省彰化縣，現居？？	？？	？？	同上
潛石	鄭恆雄	男	？？	臺灣省籍，現居？？	？？	？？	1965年3月14日〈笠同仁通訊〉第5期註明新加入。
白浪萍	蔡良八	男	1938.10.15	臺灣省高雄縣，現居？？	？？	？？	同上
何瑞雄	何瑞雄	男	1933.7.2	臺灣省高雄縣，現居？？	？？	？？	同上
羅錦文	？？	男	？？	臺灣省籍，現居？？	？？	？？	同上
林煥彰	林煥彰	男	1939.8	臺灣宜蘭縣，現居臺灣	國小畢業，中國文協文藝創作研究班詩歌組結業	曾任聯合報社編輯。	1965年8月15日加入。
羅明河	？？	男	？？	臺灣北部，現居台北縣	？？	曾任幼獅文藝秘書	同上
林錫嘉	林錫嘉	男	1939.7.3	臺灣省嘉義縣，現居臺灣	？？	曾任汐止市文化藝術學會理事長。	1966年2月15日加入。
巫永福、田子浩、永州＊	巫永福	男	1913	臺灣省南投縣埔里，現居臺灣臺北市	日本明治大學文藝科畢業	記者、市政府秘書、新光公司主管	
吳建堂	吳建堂	男	1926	臺灣省台北市，現居臺灣	台北二中，台北高校畢業後，進入台北帝國大學醫學部	基隆市立醫院院長、省立苗栗醫院、省立宜蘭醫院、省立花蓮醫院院長。	1967年7月26日〈笠同仁通訊〉第19期編入同仁確定名單。1999年逝世。
施善繼	施善繼	男	1945.4.6	臺灣省彰化縣，現居臺灣	？？	？？	1967年7月26日〈笠同仁通訊〉第19期編入同仁確定名單。
戰天儒	？？	男	？？	臺灣北部，現居？？	？？	？？	同上
龔顯宗	龔顯宗	男	1943.9.23	臺灣省嘉義縣，現居臺灣高雄。	中國文化大學畢業國家文學博士	中山大學中文所教授	同上

藍楓、古添洪	古添洪	男	1945.7.2	廣東省鶴山縣，現居臺灣北部	？？	師範大學教授	同上
靜雲	？？	？？	？？	臺灣北部，現居？？	？？	？？	同上
徐和隣	？？	？？	？？	臺灣北部，現居？？	？？	？？	同上
喬林＊	周瑞麟	男	1943	臺灣省基隆市，現居臺灣臺北市	臺北中國市政專校畢業	公營榮民工程處工務部	同上
莊金國	莊金國	男	1948	臺灣省高雄縣大樹鄉，現居臺灣高雄鳳山市。	？？	新臺灣新聞週刊南部特派記者	同上
謝秀宗	？？	？？	？？	臺灣中部，現居？？	？？	？？	同上
畢禧	？？	？？	？？	越南華僑詩人，現居？？	？？	？？	1967年11月4日〈笠同仁通訊〉第21期註明新加入。
艾雷	？？	？？	？？	？？	？？	？？	1968年1月8日〈笠同仁通訊〉第22期註明新加入。

一九六九－一九七三年

詩人筆名	本名	性別	出生年	省籍居地	學歷	任職記錄	備註
周伯陽	周伯陽	男	1917	臺灣省新竹市	日據臺北第二師範學校、省立新竹師專畢業	國小教師及校長	1984年去世。
沙白＊	涂秀田	男	1944	臺灣省台中縣，現居臺灣臺北市	高雄醫學院牙醫學系畢業、日本大阪大學、東京大學	自設牙科診所	
旅人＊	李勇吉	男	1944	臺灣省台中縣，現居臺灣臺北市	臺灣師範大學國文系畢業	中小學教師、銓敘部公務員	
郭成義＊	郭亞夫	男	1950	臺灣省基隆市，現居臺灣臺北市	臺北中興中學畢業	報社編輯及撰述委員	

一九七四－一九七八年

詩人筆名	本名	性別	出生年	省籍居地	學歷	任職記錄	備註
北原政吉 *	北原政吉	男	1908	日本，現居日本千葉	日本大學藝術科	？？	
井東襄	井東襄	男	1924	日本，現居日本大阪	大阪市立大學日本文學科畢業	？？	
林外 *	林鐘隆	男	1930	臺灣省桃園縣楊梅，現居臺灣桃園縣中壢市	臺北師範學校畢業	國小教師、中學教師	
許達然 *	許文雄	男	1940	臺灣省台南市，現居美國	台中東海大學歷史系、美國哈佛大學碩士、芝加哥大學歷史博士、英國牛津大學研究	美國西北大學教授	
陳坤崙 *	陳坤崙	男	1952	臺灣省高雄市，現居臺灣高雄市	高雄私立高中畢業	出版社編輯、春暉出版社與印刷廠負責人、春暉語言中心負責人	

一九七九－一九八三

詩人筆名	本名	性別	出生年	省籍居地	學歷	任職記錄	備註
北影一 *	坂本影一郎	男	1930	日本，現居日本大阪	？？	自由寫作	
龔顯榮 *	龔顯榮	男	1939	臺灣省台南市，現居臺灣台南市	台南工業學校畢業	電台播音員、建設公司主管	
黃勁連 *	黃進蓮	男	1947	臺灣省台南縣佳里，現居臺灣台南縣佳里	嘉義師範、文化大學中文系文藝組畢業	出版社負責人、語文中心主任	
曾貴海 *	曾貴海	男	1946	臺灣省屏東縣佳冬，現居臺灣高雄市	高雄醫學院醫學系畢業	醫師	
羊子喬 *	楊順明	男	1951	臺灣省台南縣佳里，現居臺灣台北市	臺北東吳大學中文系畢業	前衛出版公司總編輯、自立報社編輯、彭百顯研究室主任	
黃樹根	黃樹根	男	1947	臺灣省高雄市，現居臺灣高雄縣烏松鄉	台南師專、高雄師範學院畢業	國小教師	

鴻影、謝碧修＊	謝碧修	女	1953	臺灣省台南縣七股，現居臺灣高雄市	高商、空中商專畢業	銀行人員	
杜榮琛	杜榮琛	男	1955	臺灣省苗栗縣，現居臺灣苗栗縣竹南鎮	省立師範專科畢業	國小教師	
蔡榮勇＊	蔡榮勇	男	1955	臺灣省彰化縣北斗，現居臺灣，現居臺灣台中市	省立師範專科畢業	國小教師	
黃恆秋＊	黃子堯	男	1957	臺灣省苗栗縣，現居臺灣新莊市	台中沙鹿高工畢業	工廠負責人	
張子伯	張獻薇	男	1946	臺灣省台中縣后里	？？	？？	1984年去世
綠莎、利玉芳＊	利玉芳	女	1952	臺灣省屏東縣，現居臺灣台南縣下營鄉	空中商專會統科畢業	公司會計、食品業、教師	
莫渝＊白沙堤	林良雅	男	1948	臺灣省苗栗縣竹南市，現居臺灣台北縣板橋市	台中師專、淡江大學法文系畢業、赴法國進修	國小教師	
吳俊賢＊	吳俊賢	男	1954	臺灣省花蓮縣，現居臺灣台北縣板橋市	臺灣大學森林系、森林研究所畢業	行政院農委會森林科技士	
李昌憲＊	李昌憲	男	1954	臺灣省台南縣南化，現居臺灣高雄市	台南崑山工專電子工程科畢業、中山大學企業經理研究	高雄楠梓加工區華泰電子公司資材部經理	

一九八四－一九八八年

詩人筆名	本名	性別	出生年	省籍居地	學歷	任職記錄	備註
蕭翔文	蕭金堆	男	1927	臺灣省彰化縣田中	臺灣師範學校史地科畢業	中學教師	已故
明哲、柯旗化	柯旗化	男	1929	臺灣省高雄縣	臺灣師範學院英語科畢業	中師教師、出版社負責人	2002年過世
莊柏林＊	莊柏林	男	1932	臺灣省台南縣學甲，現居臺灣臺北市	臺灣大學法律系畢業、日本明治大學民訴法研究	高等法院法官、律師	
林豐明＊	林豐明	男	1948	臺灣省雲林縣，現居臺灣花蓮縣吉安鄉	高雄工專畢業	臺灣水泥公司機械工程課長	
江自得＊	江自得	男	1948	臺灣省台中市，現居臺灣台中市	高雄醫學院醫科畢業	醫師	

詩人筆名	本名	性別	出生年	省籍居地	學歷	任職記錄	備註
洪中周 *	洪中周	男	1948	臺灣省彰化縣，現居臺灣台中市	台中師專畢業	國小教師語文班負責人	
陳亮	陳明亮	男	1956	臺灣省嘉義縣，現居臺灣台中縣烏日鎮	物理學博士	大學教授	
蕭秀芳 *	蕭秀芳	女	1955	臺灣省澎湖縣，現居臺灣台中縣大肚鄉	省立師範專科畢業	國小教師	
江平 *	吳西東	男	1957	臺灣省彰化縣，現居臺灣桃園縣大溪鎮	臺北醫學院專科部肄業	郵局人員	
林盛彬 *	林盛彬	男	1957	臺灣省雲林縣，現居臺灣台中市	臺北淡江大學西班牙文系、西班牙馬德里大學拉丁美洲文學博士	文學研究、大學教授	
徐雁影	徐弘	男	1955	臺灣省雲林縣，現居臺灣雲林縣四湖鄉	高中畢業	美術設計	
張芳慈 *	張芳慈	女	1964	臺灣省台中縣東勢，現居永和市	省立師範專科畢業	國小教師	
吉也、張信吉 *	張信吉	男	1963	臺灣省雲林縣虎尾鎮，現居臺灣雲林縣虎尾鎮雲林縣虎尾鎮	臺北輔仁大學中文系畢業，淡江大學國關所碩士	報社編輯、記者、雲林民主有線電視總經理	

一九八九－一九九三年

詩人筆名	本名	性別	出生年	省籍居地	學歷	任職記錄	備註
王昶雄	王榮生	男	1916	臺灣省台北縣淡水	日本大學齒科畢業	齒科診所醫生	2000年已故
增田良太郎	增田良太郎（漢本名為陳楪增）	男	1922	原臺灣省臺灣省高雄人，日人領養	東京高工畢業	食品公司	1990年過世
莊世和 *	莊世和	男	1923	臺灣省屏東縣潮州鎮，現居臺灣屏東縣潮州鎮	日本東京美術工藝學院純粹美術部繪畫科畢業	美術教師	
（？）陳嘉農、宋冬陽	陳芳明	男	1947	臺灣省高雄縣左營，現居臺灣臺北市	臺灣大學歷史研究所、美國華盛頓大學歷史學博士	刊物總編輯、民主進步黨文宣部主任、政治大學中文系教授	
海瑩 *	張瓊文	女	1949	臺灣省台中縣大雅，現居臺灣臺北市	臺北文化大學中文系畢業	企業公司負責人	

| 陳晨＊ | 陳明進 | 男 | 1965 | 臺灣省高雄縣，現居臺灣南投縣埔里鎮 | 嘉義農業專科畢業 | 獸醫師 | |
| 陳謙＊ | 陳文成 | 男 | 1968 | 臺灣省桃園縣，現居中壢市 | 四海工專土木科畢業，現就讀南華大學出版所 | 出版社總編輯 | |

一九九四年

詩人筆名	本名	性別	出生年	省籍居地	學歷	任職記錄	備註
潾雲	吳龍衫	男	1962	臺灣省，現居臺灣雲林縣	國防醫學院專科畢業	虎尾郵局任職	
林建隆＊	林建隆	男	1956	臺灣省基隆市，現居臺北市	美國密西根州立大學英美文學博士	東吳大學英文系教授	
張昭卿＊	張昭卿	女	1958	臺灣省，現居西班牙	西班牙留學	？？	
楊超然＊	楊超然	男	1950	臺灣省台南市，現居日本	高雄醫學院畢業	日本行醫	
林鷺＊	林雪梅	女	1955	臺灣省台中縣，現居永和市	靜宜大學外文系	英文秘書	
慶之＊	徐慶東	男	1956	臺灣省台東市，現居臺灣台東	東海大學外文系畢業	台東市東海國中任教職	

一九九五年八月

詩人筆名	本名	性別	出生年	省籍居地	學歷	任職記錄	備註
賴浹＊	賴浹	男	1928	臺灣省彰化，現居臺灣台中市	臺灣文化學院	？？	
蔡秀菊＊	蔡秀菊	女	1953	臺灣省台中縣，現居臺灣台中市	臺灣師範大學生物系	教職	

一九九六年八月

詩人筆名	本名	性別	出生年	省籍居地	學歷	任職記錄	備註
向陽＊	林淇瀁	男	1955.5.7	臺灣省南投縣人，現居臺灣	政治大學新聞所博士	東華大學教職	

| 賴欣* | 賴義雄 | 男 | 1943.6.24 | 臺灣省台中市，現居臺灣 | 美國紐約西奈山醫學院研究員 | 中國醫藥學院醫學系 | |
| 吳念融* | 吳念融 | 女 | 1952.1.7 | 臺灣省台南縣，現居臺灣 | 成功大學中文系 | 台中梨園樂坊 | |

二○○○年六月

詩人筆名	本名	性別	出生年	省籍居地	學歷	任職記錄	備註
王啓輝*	王啓輝	男	1953	臺灣省嘉義縣，現居臺灣	中興大學畢業，美國懷俄明大學建教合作國際經濟研究班結業	台糖嘉義營業所課長	
周華斌*	周華斌	男	1969	臺灣省台南縣，現居臺灣	五專畢業	專利商標事務所	

二○○○年十二月

詩人筆名	本名	性別	出生年	省籍居地	學歷	任職記錄	備註
陳填*	陳武雄	男	1944	臺灣省台北縣，現居臺灣	美國伊利諾州立大學農經博士	行政院農業發展委原員會副主任委員	
吳櫻*	吳麗櫻	女	1953	臺灣省，現居台中市	中興大學文學碩士	台中教育大學實驗小學校長退休，曾擔任臺灣現代詩人協會理事長	
紀小樣、姜銅袖*	紀明宗	男	1968	臺灣省彰化縣，現居臺灣臺中	臺北商專空中商專企管科畢業	私人作文班	
王宗仁*	王宗仁	男	1970	臺灣省彰化縣，現居臺灣彰化	東吳政治系畢，現就讀華梵大學中文所	彰化縣文化局	
李長青*	李長青	男	1975	臺灣省高雄縣，現居臺灣臺中縣	台中師範學院畢業	教師	
丁威仁*	丁威仁	男	1974	臺灣省，現居臺灣	東海大學博士班	東海大學講師	
黃明峰*	黃明峰	男	1975	臺灣省屏東縣，現居臺灣	逢甲大學中文所碩士		
楊潛*	楊忠傑	男	1976	臺灣省台中，現居臺灣	清大電機系畢業	任職於新竹電廠	

文學視野17　PG0854

臺灣現代詩典律與知識地層的推移：
以創世紀、笠詩社為觀察核心

作　　者 / 解昆樺
責任編輯 / 王奕文
圖文排版 / 楊家齊
封面設計 / 陳佩蓉

發 行 人 / 宋政坤
法律顧問 / 毛國樑　律師
出版發行 / 秀威資訊科技股份有限公司
　　　　　114台北市內湖區瑞光路76巷65號1樓
　　　　　電話：+886-2-2796-3638　傳真：+886-2-2796-1377
　　　　　http://www.showwe.com.tw
劃撥帳號 / 19563868　戶名：秀威資訊科技股份有限公司
　　　　　讀者服務信箱：service@showwe.com.tw
展售門市 / 國家書店（松江門市）
　　　　　104台北市中山區松江路209號1樓
　　　　　電話：+886-2-2518-0207　傳真：+886-2-2518-0778
網路訂購 / 秀威網路書店：http://www.bodbooks.com.tw
　　　　　國家網路書店：http://www.govbooks.com.tw

2013年1月BOD一版
定價：600元
版權所有　翻印必究
本書如有缺頁、破損或裝訂錯誤，請寄回更換

國家圖書館出版品預行編目

臺灣現代詩典律與知識地層的推移:以創世紀、笠詩社為觀
察核心 / 解昆樺著. -- 初版. -- 臺北市:秀威資訊科技,
2013.01
　　面; 公分.
　　ISBN 978-986-326-028-8(平裝)

1. 臺灣詩 2. 新詩 3. 詩評 4. 臺灣文學史

863.091　　　　　　　　　　　　　　　　101023353

讀者回函卡

感謝您購買本書,為提升服務品質,請填妥以下資料,將讀者回函卡直接寄回或傳真本公司,收到您的寶貴意見後,我們會收藏記錄及檢討,謝謝!

如您需要了解本公司最新出版書目、購書優惠或企劃活動,歡迎您上網查詢或下載相關資料:http:// www.showwe.com.tw

您購買的書名:＿＿＿＿＿＿＿＿＿＿＿＿＿＿＿＿＿＿＿＿＿

出生日期:＿＿＿＿＿年＿＿＿＿＿月＿＿＿＿＿日

學歷:□高中 (含) 以下　　□大專　　□研究所 (含) 以上

職業:□製造業　□金融業　□資訊業　□軍警　□傳播業　□自由業
　　　□服務業　□公務員　□教職　　□學生　□家管　　□其它＿＿＿

購書地點:□網路書店　□實體書店　□書展　□郵購　□贈閱　□其他

您從何得知本書的消息?

　　□網路書店　□實體書店　□網路搜尋　□電子報　□書訊　□雜誌

　　□傳播媒體　□親友推薦　□網站推薦　□部落格　□其他＿＿＿＿＿

您對本書的評價:(請填代號　1.非常滿意　2.滿意　3.尚可　4.再改進)

　　封面設計＿＿　版面編排＿＿　內容＿＿　文/譯筆＿＿　價格＿＿

讀完書後您覺得:

　　□很有收穫　□有收穫　□收穫不多　□沒收穫

對我們的建議:＿＿＿＿＿＿＿＿＿＿＿＿＿＿＿＿＿＿＿＿＿

＿＿＿＿＿＿＿＿＿＿＿＿＿＿＿＿＿＿＿＿＿＿＿＿＿＿＿＿

＿＿＿＿＿＿＿＿＿＿＿＿＿＿＿＿＿＿＿＿＿＿＿＿＿＿＿＿

＿＿＿＿＿＿＿＿＿＿＿＿＿＿＿＿＿＿＿＿＿＿＿＿＿＿＿＿

11466
台北市內湖區瑞光路 76 巷 65 號 1 樓

秀威資訊科技股份有限公司　　收
BOD 數位出版事業部

⋯⋯⋯⋯⋯⋯⋯⋯⋯⋯⋯⋯⋯⋯⋯⋯⋯⋯⋯⋯⋯⋯

（請沿線對折寄回，謝謝！）

姓　　名：_____　年齡：_____　性別：□女　□男

郵遞區號：□□□□□

地　　址：_____

聯絡電話：(日) _____　(夜) _____

E-mail：_____